Der Zorn der Kommissarin

Sabine Trinkaus lebt mit Schaf und Familie in Alfter bei Bonn. Seit 2007 schreibt sie kriminelle Kurzgeschichten, für die sie bereits zahlreiche Preise gewonnen hat. »Der Zorn der Kommissarin« ist ihr zweiter Roman im Emons Verlag.

SABINE TRINKAUS

Der Zorn der Kommissarin

KRIMINALROMAN

emons:

Bibliografische Information der Deutschen Nationalbibliothek
Die Deutsche Nationalbibliothek verzeichnet diese Publikation in der Deutschen Nationalbibliografie; detaillierte bibliografische Daten sind im Internet über http://dnb.d-nb.de abrufbar.

MIX
Papier aus verantwortungsvollen Quellen
FSC® C083411

Umschlagmotiv: iStockphoto.com/blackred
Umschlaggestaltung: Tobias Doetsch
Gestaltung Innenteil: César Satz & Grafik GmbH, Köln
Druck und Bindung: CPI – Clausen & Bosse, Leck
Printed in Germany 2014
ISBN 978-3-95451-308-6
Originalausgabe

Dieser Roman wurde vermittelt durch die AVA international GmbH
Autoren- und Verlagsagentur.
www.ava-international.de

Für meine wunderbare Kollegin Regina Schleheck,
ohne die es diesen Roman so nicht gegeben hätte –
danke!

Prolog

Es ist ein Moment, der Bruchteil einer Sekunde, in dem man begreift, was Grauen bedeutet. Elementar und kalt fühlt sich das an, sonderbar beiläufig erkennt man, dass dieser Moment das Leben für immer verändert.

Die Fensterscheibe ist aus Milchglas. Die Krone des Baums im Hinterhof kann man nur schemenhaft sehen. Man weiß, dass die ersten Blätter schon gelb werden, der Herbst beginnt. Die Augen schauen auf hellgraue Fliesen, modernes Design, ein schönes neues Bad. Der Geist versucht, diese Gedanken festzuhalten, die nichts mehr bedeuten, weil alles auf gefährliche, Angst einflößende Weise auseinanderdriftet.

Eine Tür aufzubrechen ist viel leichter, als man denkt. Obwohl man nicht daran denkt, normalerweise, wozu auch? Man kann ja nicht ahnen, dass der Moment kommt, in dem Stille plötzlich bedrohlich wird. In dem es nur ein paar Tritte braucht. Es schmerzt in der Hüfte. Ein Knall, kein schönes Geräusch, dann wieder Stille und ein Bild.

Eben noch war er so laut. Er hat gebrüllt und getobt. Eben noch hat man sich gewünscht, dass er still sein möge. Da drüben in dem Raum, in dem alle saßen. Alle haben etwas genommen, ein bisschen, nicht zu viel, man muss einigermaßen klar bleiben. Alle haben auf den dicken Kissen auf dem Boden gesessen und das Gefühl genossen. Der Geist wird weit, Bilder fließen, sanfte Farben und Töne. Alles wird klar, weil der Geist durchlässig ist. Alles ist friedlich und entspannt.

Bis der Zorn kommt, unvermittelt aus dem Nichts. Ohne Vorwarnung ist er aufgesprungen. Er war laut und böse und hasserfüllt. Er hat allen Angst gemacht. Er hat sich nicht beruhigen lassen, es war unmöglich, zu ihm durchzudringen. Als er aus dem Raum stürmte, waren alle erleichtert.

Zwei Minuten oder vier oder zehn hat man gewartet, bevor man ihm folgte. Es ist schwer zu sagen, unmöglich, fest steht nur, dass es zu viele Minuten waren. Die Badezimmertür war verschlossen, er reagierte nicht auf Rufen, er war still, so still, zu still, sodass man Anlauf nahm, die Tür aufbrach, es war ganz leicht, eine Badezimmertür, nicht dafür gemacht, jemanden aufzuhalten, der gewaltsam hineinwill.

Ein Tritt, ein Knall, splitterndes Holz, Zerstörung und Stille.

Jemand atmet keuchend. Dann ein Aufschluchzen, eine Stimme beginnt zu kreischen. Man steht da, wünscht sich, dass das Kreischen aufhört, obwohl es besser ist als die Stille.

Man will weggehen, aber das geht nicht. Man muss etwas tun, man trägt Verantwortung, aber man kann nicht. Das Grauen lähmt.

Jemand stürzt zu ihm, packt seinen Oberkörper, richtet ihn auf und lockert so den Druck des Seils um den Hals. Das andere Ende ist am Fenstergriff verknotet.

Er kniet auf dem Boden. Er ist blass und still, und es ist zu spät. Es ist anders, als man es im Fernsehen sieht, wo sie immer hängen, von Dachbalken, von Bäumen im Wald. In Wirklichkeit machen die Menschen es häufiger so. Sie hocken, knien, sitzen, wenn sie sich erhängen. Es braucht nicht viel Kraft, die Blutzufuhr zum Gehirn abzuschnüren. Wenn man erst das Bewusstsein verloren hat, geht alles ganz schnell.

Sein Kopf rollt nach vorn, während jemand den Oberkörper hält. Jemand tut, was man tun muss, was man selbst tun müsste, aber man kann nicht. Man steht nur da und hört, wie jemand nach einem Krankenwagen ruft. Jemand anderes schluchzt verhalten. Man kann die Augen nicht abwenden vom Grauen. Man weiß, dass es für immer dableiben wird. Man wird dieses Bild nie mehr loswerden.

Und auch nicht die Schuld.

1

Kriminalhauptkommissar Brodtmann hatte den Arm um die schmalen Schultern der Frau gelegt und führte sie vorsichtig über den gepflegten Rasen in Richtung der Villa. Die Ritterlichkeit der Geste, seine bärenhafte Statur neben ihrer Zerbrechlichkeit und nicht zuletzt die Kulisse des kunstvoll angelegten großen Gartens, der sich vom Haus bis zum Flussufer erstreckte – all das wirkte sonderbar unwirklich. Wie in einer Pilcher-Verfilmung, dachte Ruth. Wie in einem bescheuerten Groschenroman.

Für einen Moment gab sie die Kontrolle auf. Sie ließ ihn von der Leine, den unmotivierten Hass auf diese Person. Verena Brandmeyer! Dieses zierliche Frauchen in dem nachtblauen Seidenkimono, der mit seinem breiten Gürtel die puppenhafte Taille betonte. Ruth hasste die lilienweiße Haut und die zu großen hellblauen Augen, die einen so delikaten Kontrast zu dem glänzenden rabenschwarzen Haar bildeten. Makellos war diese Frau, genau wie die Villa, genau wie der Garten. Genau wie das Leben, das sie bis zu diesem Tag geführt hatte. Eines, das sie vermutlich zu der Annahme verleitet hatte, ihr könne nichts passieren.

Das war allerdings ein Irrtum.

Einer, der dazu führte, dass Ruth jetzt hier war, statt zu Hause in der Küche zu sitzen, gehüllt in den alten braun gestreiften Herrenbademantel, um den ersten Kaffee des Tages zu trinken.

Verena Brandmeyer hatte ihren Mann im Pavillon gefunden. So bezeichnete sie das überdimensionierte Gartenhaus am Ufer des Flusses, dessen Panoramafenster einen Blick auf den Rhein eröffneten, den man am besten von einem der gemütlichen Sessel vor dem Kamin genoss. Jetzt war das Feuer allerdings längst erloschen. Und Eugen Brandmeyer war mausetot.

Ein solcher Fund war ein großer Schock, auch für die Verena Brandmeyers dieser Welt. Und darum heulten sie dann Rotz und Wasser. Nein, korrigierte Ruth sich still, sie heulten nur Wasser.

Kurz wanderte ein Bild durch ihren Kopf, eines, das sie einmal gesehen hatte, als sie unvorsichtig und zufällig beim Heulen einen Blick in den Spiegel geworfen hatte.

Es gab, so stellte sie fest, offensichtlich solche und solche Frauen. Wasserfrauen und Rotzfrauen.

Ein Räuspern hinter ihr holte sie in die Wirklichkeit zurück. Ruth fuhr herum.

Sie fühlte sich ertappt. Vage schuldig. Immerhin kannte sie Frau Brandmeyer gar nicht. Und die arme Frau hatte gerade ihren Ehemann verloren. Sie verdiente Ruths Mitgefühl. Eigentlich.

Dieser Typ hingegen, der da neben der Leiche stand, war wirklich ein Idiot! Schon wie er aussah! Halbglatze, Goldrandbrille. Das wandelnde Klischee des Hausarztes mit einer schwarzen altmodischen Arzttasche. Er stand kurz vor der Rente, einer guten Rente, darauf wettete Ruth, denn vermutlich hatte er ja seine nette kleine Praxis hier irgendwo in der Nachbarschaft inmitten der Villen am Rhein. Bestimmt wurde er nicht allzu oft von Kassenpatienten belästigt.

»Wir sollten vielleicht an die frische Luft gehen.« Seine Stimme war leise.

Ruth würdigte ihn keiner Antwort. Sie starrte auf den erloschenen Kamin und den toten Mann davor. Das Seil lag noch um seinen Hals. Natürlich hatten sie ihn abgeschnitten. Man konnte weder Frau Brandmeyer noch gar dem Arzt einen Vorwurf machen. Aber Ruth ärgerte sich trotzdem. Die Kollegen von der Spurensicherung mochten es gar nicht, wenn man die Leiche bewegte, den Tatort veränderte.

Er war bleich. Jemand hatte seine Augen geschlossen. Aber er sah nicht aus, als schliefe er. Sie sahen nie aus, als schliefen sie. Jedenfalls nicht für Ruth, die es ja besser wusste.

Sie wandte den Blick ab, ließ die Augen durch den Raum wandern. Er wirkte ordentlich, aufgeräumt und sauber. Die Etiketten der leeren Flaschen auf einem Beistelltisch verrieten, dass diese einst Hochprozentiges enthalten hatten. Nur das – und natürlich die Leiche – ließ ahnen, dass hier etwas aus dem Ruder gelaufen war.

»Frische Luft wird uns guttun!« Der Arzt hatte sich in Richtung Tür bewegt und blickte Ruth sorgenvoll an. »Sie sehen ein bisschen blass aus.«

Ruth unterdrückte ein Schnauben. Wenn sich dieser aufgeblasene Schnupfenmediziner einbildete, er müsste hier den väterlichen Beschützer spielen, dann hatte er sich geschnitten. Ruth hatte in ihrem Leben bestimmt doppelt so viele Leichen gesehen wie er. Und sie war ganz sicher nicht blasser als der feine Herr Doktor selbst!

Unglücklicherweise hatte er natürlich vollkommen recht. Dem Mann vor dem Kamin konnte keiner mehr helfen, und bis die Spurensicherung eintraf, war es am sinnvollsten, den Fundort zu sichern und sich zu entfernen. Die Wartezeit sinnvoll zu nutzen, um etwa den Hausarzt des Opfers zu befragen.

Es war an der Zeit, sich zusammenzunehmen.

Leider hatte Ruth dazu gar keine Lust.

Ruths Tatortzorn – so nannte Brodtmann das Phänomen. Seine frisch angetraute Gattin war Psychologin, und gemeinsam hatten die beiden eine feinsinnige Ferndiagnose erarbeitet.

Ruth kannte deren Inhalt nicht. Sie hatte sich in aller Entschiedenheit verbeten, Thema und Subjekt der küchenpsychologischen Forschung im Hause Brodtmann zu sein. Ihr war klar, dass das ihren Kollegen nicht weiter scherte, aber immerhin respektierte er ihren erklärten Wunsch, die Sache nicht weiter zu diskutieren.

Wozu auch? Es war im Grunde ganz einfach. Ruth kam nicht klar mit Leichen. Sie hasste Tatorte. Tote Menschen setzten sie unter Stress. Dabei spielte es nur eine untergeordnete Rolle, mit welcher Art von Verbrechen sie zu tun hatte. Es ging nicht um das Maß der Brutalität oder den Grad der Verwesung oder sonst eine messbare Belastungsgröße. Was Ruth zusetzte, war der Tod selbst, dieser banale Umstand, einen Körper zu sehen, der eben noch gelebt, nun damit aber ein für alle Mal aufgehört hatte.

Das war nicht die beste Voraussetzung für eine Tätigkeit im Dezernat für Todesermittlungen. Aber Ruth mochte ihren Job. Und sie war eine gute Ermittlerin. Das war wohl der Grund, dass Brodtmann und die anderen Kollegen und auch ihre Vorgesetzten in stillem Einverständnis einfach ignorierten, dass sie am Tatort eine Katastrophe war.

Ruths Tatortzorn ließ sie so wütend werden, dass sie irgendwohin musste mit dem, was da brodelte. Wenn sich kein passendes Ziel fand, begann sie einfach, unmotiviert alle Anwesenden zu hassen. Den Tod zu hassen, das kam ihr nämlich verschroben und außerdem ein bisschen albern vor. Die Leiche zu hassen, erschien ihr unfair.

Die lebenden Anwesenden hingegen konnten es verkraften, zumal Ruth sich meist einigermaßen im Griff hatte – gut genug, um nur als biestiges Flintenweib wahrgenommen zu werden, aber nicht als Soziopathin.

Sie folgte dem Doktor nach draußen. Waldberg, so hatte er sich vorgestellt. Verena Brandmeyer hatte ihn gerufen, nachdem sie ihren Mann leblos am Fenstergriff hängend vorgefunden hatte. Er hatte den Tod festgestellt und dann die Polizei informiert. Er hatte alles richtig gemacht. Vorbildlich sogar.

Nun steuerte er auf eine Bank am Flussufer zu. Eine wunderschöne schmiedeeiserne Bank mit einer Sitzfläche aus glänzendem Holz. Sie setzten sich, und für einen Moment starrten beide schweigend aufs Wasser.

Waldberg legte den Kopf in den Nacken und atmete tief durch. Dann kramte er in seiner Jackentasche und zog ein verknittertes Päckchen Zigaretten hervor, das er Ruth hinhielt.

Sie rang die Versuchung, die sie heimtückisch ansprang, nieder und verneinte tapfer.

»Ich sollte auch nicht«, murmelte Waldberg und inhalierte gierig. »Aber manchmal muss es einfach sein.«

Ruth ließ ihn einen Moment rauchen. »Also?«, fragte sie dann.

»Was soll ich sagen?«, murmelte Waldberg. »Es ist ein Schock. Er war eine Ewigkeit mein Patient. Wir haben uns oft gesehen. Er war krank, wissen Sie, er war Diabetiker und darum regelmäßig in der Praxis.«

»Hat er sich deshalb umgebracht?«

»Wegen Diabetes?« Waldberg warf ihr einen Blick zu. »Wohl kaum.«

Ruth streckte die Beine ein Stückchen weiter aus. Die Morgensonne färbte den Fluss rötlich. Sie wartete.

»Er war gut eingestellt. Es ging ihm alles in allem sehr gut damit.« Waldbergs Stimme war leise. »Er hätte nicht trinken dürfen! Diabetes und Alkohol, das geht nicht gut zusammen.«

Ruth wünschte, er würde zum Punkt kommen. Zu irgendeinem Punkt. Sie wollte hier weg. Sie wollte ins Präsidium und dort einen starken Kaffee trinken, statt ihre Zeit mit komplizierten, zögerlichen alten Männern zu vergeuden.

»Können Sie sich vorstellen, warum er das getan hat?«, fragte sie.

»Nein!« Waldbergs Widerspruch kam ein bisschen zu schnell und zu laut. »Herr Dr. Brandmeyer war ein intelligenter Mensch!«

»Nicht nur dumme Menschen bringen sich um.«

»Natürlich nicht. Was ich sagen will, ist, dass er ein rationaler Mann war. Einer, der mit Problemen umgehen konnte.«

»Er hat gesoffen«, stellte Ruth fest. »Obwohl er als rationaler Mensch wusste, dass er das nicht tun sollte.«

Waldberg sah sie empört an. »Er hat hin und wieder ein Glas getrunken. Der Mann stand unter enormem Druck! Vielleicht hat er gelegentlich über die Stränge geschlagen, aber ich verwahre mich gegen den Begriff ›saufen‹.«

»Ich bin kein Arzt, aber die Leiche stinkt nicht nach einem Gläschen zu viel. Eher nach einer Brennerei!«

Waldberg schwieg. Auf die Art, die nahelegte, dass Ruth zu weit gegangen war.

»Er hatte Stress, sagten Sie?« Sie bemühte sich um einen versöhnlichen Tonfall.

Waldberg zuckte die Schultern.

»Herr Dr. Waldberg!« Ruth atmete tief durch. »Ich mache hier nur meinen Job. Und ich würde es wirklich begrüßen, wenn Sie mir das Leben nicht schwerer machten.«

Waldberg ließ die Kippe fallen und trat sie wütend tot. »Ich will hier nichts in die Welt setzen«, murmelte er.

»Was Sie sagen, bleibt unter uns«, log Ruth frech. »Es ist wichtig, dass wir ein möglichst umfassendes Bild bekommen.«

»Es ging ihm nicht besonders in den letzten Monaten.« Noch immer blickte Waldberg zu Boden, und sein Genuschel war schwer zu verstehen. »Er hat wohl viel gearbeitet. Er kam mir nervös vor, er hat Gewicht verloren. Da keine körperliche

Ursache zu erkennen war, gehe ich davon aus, dass die Sache stressbedingt war.«

»Ja?«

»Ich habe ihm geraten, sich ein wenig zu schonen. Sich Ruhe zu gönnen.«

»Und?«

»Nichts ›und‹. Ich bin sein Arzt, nicht sein Vorgesetzter. Ich kann meinen Patienten nur Ratschläge geben. Ob sie befolgt werden, liegt nicht in meiner Hand.«

Ruth musterte ihn unauffällig. Er starrte angespannt auf den Rhein und schien sich nicht sehr behaglich zu fühlen. Einen Grund, flehte sie still. Gib mir bitte einen Grund. Suizid war eine tragische Sache. Eine schlimme Geschichte, vor allem für die Hinterbliebenen. Für sie und ihre Kollegen war es allerdings eine dünne Akte, die man rasch schließen und ins Archiv bringen konnte. Keine schlechte Perspektive.

Leider tat Waldberg ihr den Gefallen nicht. »So war er nicht. Ich kann mir beim besten Willen nicht vorstellen, dass er sich umgebracht hat.« Er zog die Beine unter die Bank, setzte sich ein bisschen gerader und straffte die Schultern. »Ich würde jetzt gerne nach Frau Brandmeyer sehen. Wenn Sie noch weitere Fragen haben, können Sie mich ja anrufen!«

Er rannte fast in Richtung Villa. Ruth sah ihm nach und nahm erleichtert zur Kenntnis, dass er ihr ein bisschen leidtat. Der Tatortzorn klang also ab. Noch ein Viertelstündchen, und sie würde wieder die sozialkompetente und vergleichsweise wenig neurotische Person sein, die Kollegen und Freunde schätzten und liebten. Es war jedes Mal wieder beruhigend.

Sie richtete ihre Aufmerksamkeit erneut auf den Strom, der sich träge dahinschob, und sah der Sonne beim Aufgehen zu, bis auf dem Kies der Auffahrt knirschende Autoreifen verrieten, dass die Kollegen von der Spurensicherung eingetroffen waren.

2

Es hatte geregnet in der Nacht, und Ines' federnde Schritte wirbelten den feuchten und würzigen Duft des Waldbodens auf.

Alles wird gut. Der Gedanke kam plötzlich. Ines zögerte nicht, sondern griff nach dem Gefühl, hielt es ganz fest. Der Rhythmus der Schritte wurde gleichmäßiger, der Atem etwas ruhiger.

Es ging ihr viel besser. Seit sie jemanden hatte, mit dem sie reden konnte, fühlte sie sich stärker. Niemand konnte ihr die Probleme abnehmen. Aber darüber zu sprechen gab ihr das Gefühl, wieder auf dem Weg zu sein.

Es war ein Fehler, die Steigung zu unterschätzen. Sie sah ganz harmlos aus, aber sie zog sich. Heimtückisch saugte sie Kraft aus den Beinen. Ines' Waden brannten. Sie lief zu schnell, eigentlich wusste sie es besser. Aber es tat ihr gut, die Angst, die sie im Nacken spürte, in Energie umzuwandeln.

Sie hätte das Kind nicht bekommen dürfen. Noch immer löste der Gedanke Schuldgefühle aus. Sie liebte den Jungen. Er war so ein süßer kleiner Kerl. Er konnte nichts dafür. Er war einfach der berühmte Tropfen, der das Fass zum Überlaufen brachte. Seit er da war, entglitt ihr alles.

Jetzt war er bei ihrer Mutter, zusammen mit den zwei Großen, die doch auch nicht groß waren, sondern noch so klein. Ines versuchte, nicht an den Blick ihrer Mutter zu denken. Den unausgesprochenen Tadel. Ihre Mutter schätzte es nicht, wenn Ines irgendetwas tat, was sie für Zeitverschwendung hielt. Durch den Wald rennen zum Beispiel. Sie begriff nicht, wie dringend sie das brauchte. Eine Stunde, ab und zu.

Ihre Mutter hatte keine Ahnung, wie ihr Leben sonst aussah. Bisher hatte Ines geglaubt, dass das auch ganz gut so war. Ein Irrtum, das begriff sie langsam. Ihr Fehler.

Das Brennen wurde schlimmer, aber sie war fast oben. Sie wusste, dass sie es schaffen würde. Das letzte kleine Stück noch, dann kam die Ebene. Dann ging es geradeaus, wie von selbst, und dann, am Ende, wieder hinunter. Bergab, so leicht, dass es sich wie Fliegen anfühlte.

Sie atmete tief und gleichmäßig und merkte, wie die Dinge im Kopf an ihren Platz fielen. Das war es, was sie am Laufen so mochte.

Es war ein Fehler, die Steigung zu unterschätzen.

Aber viel schlimmer war es, sich diesen Fehler nicht einzugestehen. Man konnte die Grenze nicht beliebig verschieben. Es war keine Schande, aufzuhören, wenn es nicht mehr ging.

Heute Abend würde sie mit ihm reden. So ging es nicht weiter. Sie schaffte es einfach nicht mehr. Sie brauchte ihre Zeit und Energie für die Kinder. Ein Leben mit ihnen. Das war viel wichtiger als das Haus.

Es würde ihm schwerfallen, das Haus zu verkaufen. Aber er würde begreifen, dass einem das schönste Haus nichts nutzte, wenn man jede Minute, die man darin wohnte, damit verbrachte, sich zu sorgen.

Sie konnten ganz neu anfangen, ohne Schulden und ohne Angst.

Eine Krähe flatterte krächzend aus dem Unterholz auf.

Er weiß nicht, wie lange er schon reglos hinter dem Baum steht. Vermutlich zu lange für jemanden, dem die Zeit davonläuft. Der Gedanke scheint ihm unsinnig, hier draußen. Die Zeit läuft nirgendwohin und auch nicht davon. Darüber nachzudenken, dass sie ihm zu entgleiten scheint, sich seiner Kontrolle so vehement entzieht, führt nur zu Verzweiflung. Verzweiflung, die in hilflosen Zorn übergeht und ihn so daran hindert, Entscheidungen zu treffen.

Die Zeit ist da und verstreicht. Sie ist nicht sein Freund. Sie ist nicht sein Feind.

Es gibt keinen Grund, sie zu fürchten, denn das ändert nichts an dem Spiel, das sie mit der Macht spielt, die man Gott oder Schicksal oder Zufall nennt.

Alles ist doch längst geschehen. Dass es niemand bemerkt hat, ändert nichts. Es gibt kein Zurück in dem Spiel. Ein Zug ist ein Zug, was liegt, das liegt. Weglaufen gilt nicht. Wohin hätte er auch laufen sollen? Es gibt längst keinen Ort mehr für ihn. Nicht in dieser Welt und vermutlich auch in keiner anderen.

Eine tiefe Ruhe hat von ihm Besitz ergriffen. Etwas ist erwacht, etwas Altes, das tief in ihm geschlummert hat. Er ist ein Jäger geworden. Eins mit dem Wald und der Zeit.

Trotz Müdigkeit und Erschöpfung war Ines gut in Form. Das Laufen schien ihr mehr Kraft zu geben als zu nehmen. Hin und wieder eine Stunde, zum Denken, zum Atmen. Sie brauchte diese Stunde genau wie das Gefühl, die Dinge im Griff zu haben.

Er würde sich schämen, wenn sie aufgaben. Aber ein bisschen Scham schien ein geringer Preis zu sein verglichen mit dem, was sie jetzt bezahlten. Sie hatte das verstanden. Alles andere spielte keine Rolle.

In ihrem Kopf erwachte die andere Stimme. Sie zischte etwas von Verrat, von Schwäche.

Sie atmete tief, ein und aus und ein und aus, sie atmete die Stimme nach draußen, in die Waldluft.

Sie hatte es fast geschafft. Bald war sie oben. Bald war das Schlimmste überstanden.

Er hört sie, bevor er sie sieht. Den dumpfen Klang der Schritte auf dem Waldboden, keuchenden Atem. Kurz ist ihm, als könne er sie wittern.

Ihr Blick trifft den seinen, als er hervortritt. Eine Sekunde nur schaut sie in seine Augen. Erkennen blitzt auf, gefolgt von Erstaunen. Dann begreift sie sehr schnell. So instinktiv, wie er in die Rolle des Jägers geschlüpft ist, erkennt sie, dass sie Beute ist. Sie versteht, dass sie verloren hat. Und doch kämpft sie. Verzweifelt wehrt sie sich gegen seinen Griff. Sie schreit nicht, sondern konzentriert ihre Kräfte. Ihre Gegenwehr ist erbittert, stärker, als er erwartet hat. Aber sie hat keine Chance. Er presst den Lappen auf ihre Nase und ihren Mund, spürt, wie ihre Bewegungen schwächer werden.

Dann liegt sie da. Er betrachtet sie. Das Hochgefühl ist verschwunden. Er ist kein Jäger mehr. Er ist ein Mensch, und diese Frau ist auch ein Mensch. Ihr Mund steht offen. Ihr Sweatshirt ist nach oben gerutscht, entblößt einen Teil des weißen weichen Bauches, der nicht zu den dünnen, sehnigen Beinen passen will, die in den Laufhosen stecken. Sie sieht grotesk aus, wie sie da liegt. Entsetzen flackert auf. Schuld und Angst.

Er muss sich beeilen. Es gibt kein Zurück, jetzt nicht mehr. Widerwillig packt er sie an den Armen und zerrt sie vom Weg. Das Seil hängt an einem der unteren Äste. Er bringt sie in die richtige Position, legt die Schlinge um ihren Hals. Dann wartet er.

***

Angela liebte den Morgen. Diese Zeit, in der wie auf ein geheimes Signal Menschen aus den Häusern traten, aus allen Richtungen zum Bahnhof strömten. Ein Wimmeln, das auf den ersten Blick chaotisch aussah. Auf den zweiten erkannte man die Ordnung. Von weit oben sah es vermutlich aus wie ein Ameisenhaufen. Jeder hatte seinen Pfad, wich nicht davon ab, sondern bewegte sich zielstrebig bis zum Bahnsteig, an die eine, die richtige Stelle, stand dort und wartete, bis ein Zug kam und ihn schluckte. Ein Zug, der wiederum andere ausspuckte, die dann den Bahnhof verließen, zielstrebig und emsig zu anderen Bahnen eilten, zu Bussen oder zu Fuß in Richtung Büro strebten.

Jeder für sich, aber zusammen ein großes Gefüge. Frühmorgenmenschen, frisch und gepflegt. Frühmorgenfrauen in Kostümen, auf hochhackigen Schuhen, gut frisiert und duftend.

Angela mochte das Gefühl, dazuzugehören. Sie schob den Schulterriemen ihrer neuen Handtasche ein wenig höher und passte sich dem Tempo der Menge um sie herum an.

Sie fühlte sich gut. Sie war eine attraktive berufstätige Frau. Eine, die aussah, als hätte sie es geschafft, die zu beneiden war. Bis vor Kurzem war es wirklich so gewesen. Bis er alles ruiniert hatte.

Sie schob den Gedanken weg. Es war kein Gedanke für den Morgen. Schon gar nicht für diesen Morgen, an dem sie sich noch ein bisschen besser fühlte als sonst.

Das lag an dem Rock, dem neuen Rock, rot und seidig schimmernd. Reduziert und trotzdem zu teuer, aber das war ihr egal. Sie hatte fünf Kilo abgenommen. Ganz ohne Diät, einfach so. Sie hatte sich eine Belohnung verdient.

Sie sah gut aus. Man sah Angela Zülpenich ihr Alter nicht an. Eine schlanke, gepflegte Erscheinung. Angela hatte sich nie gehen lassen. Und das tat sie auch jetzt nicht.

Etwas gewagt war ein roter Rock natürlich, aber es war ein dezentes Rot, und außerdem war er wie für sie gemacht. Er betonte die schmale Taille und spannte genau richtig über der Hüfte. Fünf Kilo, einfach so!

In erster Linie lag es vermutlich an Stress. In zweiter Linie daran, dass sie sich ganz anders ernährte, seit er weg war. Er hatte nie gern in der Kantine gegessen, lieber abends zu Hause. Schnitzel und Bratwurst und Hackbraten, schwere Soßen, Kartoffeln, die er gern in das Fett in der Pfanne tunkte. So aß er am liebsten, und Angela war blöd genug gewesen, sich all die Jahre nach seinen Wünschen zu richten.

Seine Cholesterinwerte mussten schwindelerregend hoch sein. Er ging nie zum Arzt, er hielt nichts von Vorsorge. Sie hatte ihm immer wieder gesagt, dass das unvernünftig war in seinem Alter. Mit dieser Ernährung, er trank ja auch zu viel. Er achtete nicht auf seinen Körper. Es war ein Wunder, dass er weder fett geworden war noch einen Herzinfarkt bekommen hatte.

Es war ein Jammer, eigentlich.

Angela räusperte sich vorsichtig. Ihr Hals kratzte ein wenig, und sie spürte einen leisen Schmerz hinter der Stirn. Kaum regte sie sich auf, meldeten sich wieder die Nebenhöhlen.

Ihr Blick fiel auf den Mann, der ein paar Meter von ihr entfernt stand. Anzug, ein dunkler Mantel über den Arm gelegt, Aktentasche. Er starrte in ihre Richtung. Er war schon alter, alt eigentlich, und er starrte sie an. Schnell wandte sie den Blick ab. Es lag am Rock. Er stand ihr, zeigte genug Bein. Sie hatte immer schöne Beine gehabt.

Sie hob den Kopf ein bisschen höher, streckte den Rücken. Verlagerte unauffällig ihr Gewicht und schob die Hüfte ein Stück vor. Dabei tat sie so, als mustere sie interessiert den gegenüberliegenden Bahnsteig.

So alt war er eigentlich nicht. Er wirkte distinguiert, ganz attraktiv mit dem dichten grauen Haar. Jurist, dachte Angela, vielleicht auch ein Banker. Er trug einen Anzug, die Aktentasche war aus echtem Leder, nicht billig.

Sie widerstand dem Drang, mit der Hand den Sitz der frisch blondierten Haare zu korrigieren. Sie spürte seinen Blick, unverschämt und dreist. Und ein bisschen schmeichelhaft. Gucken war nicht verboten, und sie war eben eine attraktive Frau.

Sie fragte sich, wie Volker es wohl finden würde. Wenn da plötzlich ein neuer Mann war in ihrem Leben. Es würde ihn ärgern. Es würde ihn sicher wahnsinnig machen.

Sie nahm all ihren Mut zusammen, wandte ihm erneut den Blick zu und lächelte.

Er verzog keine Miene. Starrte einfach weiter. Es war irritierend, beängstigend fast.

Er sah an ihr vorbei, begriff sie dann, er nahm sie gar nicht zur Kenntnis. Vorsichtig drehte sie den Kopf ein Stück, folgte seinem Blick.

Fast hätte sie laut gelacht über die Erbärmlichkeit. Sie hätte seine Tochter sein können. Seine Enkeltochter möglicherweise. Obwohl kein anständiger Mensch seine Tochter oder Enkeltochter in so einem Aufzug aus dem Haus lassen würde. Das T-Shirt spannte über dem Push-up, der Minirock ging kaum noch als Oberbekleidung durch. Nie würde Angela ihrer Tochter ein solches Outfit durchgehen lassen. Vermutlich gab es ein solches Outfit auch nicht in Hannahs Größe, sie würde aussehen wie eine Presswurst.

Das Kratzen in Angelas Hals wurde schlimmer. Vermutlich war es die Allergie. Jetzt im Frühjahr war es besonders schlimm. All diese Pollen, Hasel, Erle, Birke, sie wusste nicht, was da alles flog. Sie suchte in ihrer Handtasche nach den Allergietabletten. Sie würde wieder Kopfschmerzen bekommen. Diese Nebenhöhlengeschichte in Kombination mit der Allergie war äußerst unangenehm.

Sie drehte sich wieder um und warf dem ekelhaften alten Sack einen bösen Blick zu. Mindestens sechzig, dachte sie, und das Hemd mochte ja ein Vermögen gekostet haben, aber den

Schmerbauch konnte es trotzdem nicht verstecken. Es war wirklich nicht zu fassen. Primitiv und peinlich!

Er nahm den wütenden Blick ebenso wenig zur Kenntnis wie das Lächeln zuvor.

Sie zupfte an ihrem Rock herum. Er schien irgendwie enger geworden zu sein in den letzten Minuten. Er scheuerte unangenehm. Sie hatte ihn nicht gewaschen, möglicherweise war das ein Fehler. Man wusste ja, dass diese neuen Klamotten immer voll mit giftigen Farbstoffen waren.

Hinter ihr klickte ein Feuerzeug, und Rauch drang in ihre Nase. Sie fuhr herum. »Hier ist Rauchen verboten!«, fauchte sie und hustete demonstrativ. Die kleine Schlampe rollte die Augen, stöckelte dann aber auf ihren Fick-mich-Schühchen ein paar Schritte nach hinten, bis sie neben dem ekelhaften Aschenbecher in der abgegrenzten Raucherzone stand. Sie würde Falten kriegen und Lungenkrebs. Der Gedanke tröstete Angela ein bisschen.

Sie räusperte sich erneut. Es brannte im Hals.

Die große Anzeigetafel begann zu rattern, und während neue Buchstaben erschienen, erläuterte die Stimme aus dem Lautsprecher, dass sich der Regionalexpress nach Köln um voraussichtlich fünf bis zehn Minuten verspäten werde.

Sie würde wieder zu spät kommen. Sie sah schon den Blick der Gottler. Als könnte sie etwas für die Unzuverlässigkeit der Bahn. Aber sie würde sich nicht unterkriegen lassen. Nicht von der Gottler und schon gar nicht von der kleinen Schlampe, die da stand und rauchte, als gäbe es weder Lungenkrebs noch Hautalterung.

Ihr Hals tat weh, er tat schrecklich weh, und sie überlegte, ob sie doch lieber zum Arzt gehen sollte. Leider war ihr Hausarzt noch immer im Urlaub, und seine Vertretung war ziemlich inkompetent. So ein Typ, bei dem man schon Blut husten musste, bevor er sich dazu herabließ, einen krankzuschreiben. Angela hatte keine Lust, stundenlang in einem muffigen Wartezimmer zu hocken, um dann mit einem Rezept für ein paar wirkungslose Halsschmerztabletten aus der Praxis zu gehen. Sie war ja auch nur gesetzlich versichert.

Es klackte in der Anzeigetafel, und aus den zehn Minuten Verspätung wurden fünfzehn. Die kleine Schlampe zündete sich die nächste Zigarette an. Angela hustete.

3

»Marc-Oliver hat jetzt die zweite Nacht durchgeschlafen – sechs Stunden!«, verkündete Andrea, als Ruth zur Tür hereinkam, und plusterte sich auf vor Stolz.

Brodtmann warf der gemeinsamen Kollegin einen trotzigen Blick zu. »Der Scheißkerl auch!«, behauptete er.

Natürlich hatte Brodtmanns Sohn auch einen richtigen Namen. So, wie es sich für ein Baby gehörte. Seine äußerst unsentimentale Mutter redete ihn jedoch beim Windelwechsel und im Rahmen vieler anderer Störungen, die er im täglichen und nächtlichen Leben erzeugte, gern liebevoll mit »kleiner Scheißkerl« an. Diese Bezeichnung war im KK 11, dem Dezernat für Todesermittlungen, mit großer Begeisterung aufgenommen worden und hatte sich sofort etabliert.

»Guten Morgen«, sagte Ruth, »ich habe den Bericht von der Spurensicherung mitgebracht!«

»Zwei Nächte in Folge?« Andrea, die noch immer auf Ruths Stuhl saß und keinerlei Anstalten machte, sich zu erheben, verzog zweifelnd das Gesicht und ruckelte ihre Körpermasse zurecht, die sie an diesem Morgen in eine wilde Kombination aus Gelb- und Grüntönen gehüllt hatte. Andrea Stein liebte Essen, und sie liebte Farben. Die Kombination dieser Leidenschaften war zuweilen etwas anstrengend fürs Auge.

»Zwei Nächte. Oder drei. Mindestens sechs Stunden«, sagte Brodtmann, »womöglich sogar sieben!« Die Ringe unter seinen Augen straften ihn Lügen.

Ruth verspürte kurz den Drang, zu schreien. Sie freute sich, freute sich aufrichtig, dass Brodtmann seine späte Vaterschaft so ernsthaft und begeistert lebte. Dass Andrea ihren Neffen genauso zu vergöttern schien, als wäre er ihr eigenes Kind. Das war schön und erfreulich. Und strapazierte ihre Nerven mit jedem Tag mehr.

Die Tür öffnete sich, und Severin Orth betrat den Raum. Dafür, dass der Arbeitstag noch nicht sonderlich weit fortgeschritten war, wirkte der Leiter des KK 11 schon recht sorgenzerfurcht.

Grußlos ließ er sich auf einen Stuhl fallen. »Und? Was haben wir?«

»Den vorläufigen Bericht der Spurensicherung.« Ausnahmsweise war Ruth nicht ganz unglücklich über die Anwesenheit des Chefs.

»Und?«, wiederholte Orth.

»So ziemlich genau das, womit zu rechnen war. Magere Spurenlage. Da war nichts, was nicht hätte da sein dürfen. Sie untersuchen noch die Mikrospuren an dem Seil, aber ich fürchte …«

»Verdammt!«, unterbrach Orth.

Brodtmann sah ihn fragend an. »Es sieht nach einem sauberen Suizid aus. Wo ist das Problem?«

»Herrgott, Brodtmann!«, brüllte Orth und sprang auf. »Verschon mich mit deinen unqualifizierten, vorschnellen Theorien, ja?«

Ruths Schultern verkrampften sich. Sie hatte keine Ahnung, was hier vorging. Aber sie wusste genau, dass es ihr nicht gefiel.

»Ich hol mir mal Kaffee«, sagte Andrea. »Möchte noch jemand?«

»Vorschnell und unqualifiziert?« Auch Brodtmann hatte sich von seinem Stuhl erhoben. »Sagtest du ›vorschnell‹ und ›unqualifiziert‹?«

Andrea floh.

»Spurenlage und Fundsituation ergeben keinerlei Hinweis auf Fremdbeteiligung«, sprang Ruth ihrem Kollegen zur Seite. »Nach unseren bisherigen Erkenntnissen deutet alles darauf hin, dass Eugen Brandmeyer sich im stark alkoholisierten Zustand das Leben genommen hat.«

»Aus welchem Grund sollte er das wohl getan haben?« Orths Stimme klang vorwurfsvoll. Brodtmann holte Luft.

»Das wissen wir noch nicht«, kam Ruth ihm zuvor. »Aber wir werden es hoffentlich herausfinden.«

»Keine voreiligen Schlüsse!« Orth wich Ruths Blick aus. »Wir dürfen die Möglichkeit nicht ausschließen, dass der Mann ermordet wurde.«

»Wir schließen gar nichts aus. Aber alles deutet darauf hin …«

»Er war nicht der Typ!«, unterbrach Orth sie erneut.

»Du kanntest ihn?« Ruth verstand noch immer nicht, worauf Orth eigentlich hinauswollte, aber ihr Interesse war geweckt.

»Kennen, ach, ›kennen‹ ist zu viel gesagt. Wir haben zusammen Golf gespielt. Manchmal zusammen gegessen.«

Und doch war »kennen« zu viel gesagt? Ruth schwante Böses.

»Wenn er umgebracht worden ist, dann müssen wir den Schuldigen dingfest machen! Und zwar so schnell wie möglich!«

»Da hast du selbstverständlich voll und ganz recht«, sagte Brodtmann, der sich offenbar gefangen hatte. »Und wir werden bei so einem wichtigen Mann unsere Arbeit natürlich genauso gründlich machen wie bei jeder hergelaufenen Leiche von der Straße.«

»Die Sache ist kompliziert«, fauchte Orth. »Mir ist weiß Gott nicht nach Scherzen zumute. Verena Brandmeyer hat mich heute Morgen angerufen. Sie war, nun, sie wirkte äußerst …«

»Hysterisch«, half Brodtmann. »Der Arzt musste ihr gestern was spritzen, damit sie sich einigermaßen beruhigt.«

»›Beruhigt‹ ist nicht der Begriff, der mir in den Sinn kam bei unserem kleinen Gespräch.« Orth seufzte. »Ich kenne diese Frau. Versteht ihr? Ich kenne sie, und sie kennt mich. Und außer mir kennt sie so ziemlich jeden, der Einfluss hat in dieser Stadt. Wenn Verena Brandmeyer den Eindruck hat, dass wir nicht ordentlich arbeiten, dass wir womöglich voreilige Schlüsse ziehen, dann könnte das äußerst unangenehme Konsequenzen haben!«

»Sie setzt dich unter Druck?« Langsam war Ruths Langmut aufgebraucht. »Sie glaubt, sie muss uns drohen, damit wir gründlich arbeiten?«

»Veritzky, das geht jetzt doch wohl ein bisschen zu weit!«, polterte Orth. »Reiß dich zusammen! Die Frau hat gerade ihren Mann verloren. Und ich bin immer noch dein Vorgesetzter. Ganz sicher lasse ich mich von niemandem unter Druck setzen. Ich bitte lediglich um ein bisschen psychologisches Feingefühl. Redet mit der Frau. Hört ihr zu. Nehmt sie ernst und tut eure Arbeit.« Er erhob sich von seinem Stuhl. »Ich bin sicher, wir kriegen das hin. Ich zähle auf euch.« Er riss die Tür auf und rannte fast Andrea über den Haufen, die ein Tablett mit duftenden und dampfenden Bechern trug. »Severin«, rief sie, »du wolltest doch auch …«

Orth eilte den Flur hinunter und tat, als hätte er sie gar nicht gehört.

»Komischer Kauz ist das manchmal.« Andrea stellte das Tablett ab.

»Arschloch ist das manchmal«, korrigierte Brodtmann finster. »Ermittlungen als Therapiemaßnahme für verstörte Witwen. Um eventuellen politischen Folgen vorzubeugen. Ein freundlicher Service Ihres öffentlichen Dienstes.«

Andrea knallte einen Becher vor ihn auf den Schreibtisch. »Hör auf, wirres Zeug zu reden«, befahl sie. »Ich muss dir nämlich was erzählen.« Sie händigte auch Ruth Kaffee aus und nahm dann auf dem frei gewordenen Stuhl von Orth Platz. »Zufällig«, sagte sie, »zufällig hat gerade meine Schwester angerufen, als ich beim Kaffeekochen war. Und du wirst es nicht glauben – Marc-Oliver hat sich ganz allein gedreht!«

***

Verena hatte die große, schwere Haustür geöffnet, war die Treppe zum Garten hinuntergegangen. Sie stand einfach da, blickte in den Garten, der still im Sonnenlicht lag. Vögel sangen, aus ordentlich gepflegten Beeten streckte sich vorsichtig erstes Grün. Ein schöner Tag. Einer dieser ersten Frühlingstage, auf die man so lange gewartet hat und die einen dann doch überraschen. Kaiserwetter, hörte sie Eugen sagen, und ihre Kehle wurde eng.

Das alles fühlte sich wie ein böser Traum an. Ausgelöst von dieser Spritze, die Dr. Waldberg ihr gestern gegeben hatte. Seitdem fühlte sich ihr Gehirn an wie Watte.

Schlafen solle sie, hatte er gesagt, bevor er sie allein ließ mit dem Schmerz und der Fassungslosigkeit.

Sie hatte geweint. Sie hatte geschlafen. Dann war sie aufgewacht und hatte sich erinnert. Ein quälender Kreislauf, weinen, schlafen, vergessen, dann erwachen, sich neu erinnern, neu begreifen, was nicht zu begreifen war.

Eugen war tot.

Irgendwann hatte sie es nicht mehr ertragen. Sie hatte sich einen starken Kaffee gekocht und war hinausgegangen zum Flussufer. Sie hatte sich auf die Bank gesetzt, Kaffee getrunken und abwechselnd aufs Wasser und auf das Band gestarrt.

Als es kalt wurde, hatte sie sich einen Mantel aus dem Haus geholt, den sie über den Kimono zog. Es wäre vernünftig gewesen, sich etwas Richtiges zum Anziehen zu nehmen. Sie brachte es nicht über sich. Als sie den Kimono angezogen hatte, hatte es Ordnung und Sicherheit gegeben in ihrem Leben. Es war, als würde das Gefühl noch unter dem seidigen Stoff hängen, auf ihrer Haut. Wenn sie den Gürtel öffnete, den Kimono auszog, dann würde es davonfliegen. Für immer.

Erst als die Sonne aufgegangen war, war sie aufgestanden. Ihre Glieder steif vor Kälte, alles tat weh. Sie war ins Haus gegangen und hatte sich gezwungen, den Kimono auszuziehen. Dann hatte sie heiß geduscht, sich zurechtgemacht. Sie war müde, und die Trauer schnürte ihr fast die Luft ab.

Aber Verena wusste, dass sie sich dem Schmerz nicht hingeben durfte. Jetzt noch nicht. Sie musste dafür sorgen, dass Eugens Mörder seine gerechte Strafe bekam. Das war sie ihrem Mann schuldig.

Es roch nach Frühling. Kaiserwetter. Sie stand da, und alles fühlte sich merkwürdig normal an. So als könne sie sich umdrehen, ins Haus gehen, in die Küche, um eine Kanne Tee aufzubrühen. Zwei Tassen und ein paar Kekse auf ein Tablett stellen und damit ins Arbeitszimmer gehen. Er arbeitete meistens zu Hause. Er nutzte die Kanzlei in der Gründerzeitvilla in der Südstadt nur, um Klienten zu empfangen und offizielle Termine wahrzunehmen. Wenn er sich konzentrieren musste, blieb er lieber zu Hause. Da hatte er Ruhe.

Da ließ er sich zwischendurch höchstens von einer Tasse Tee mit ihr ablenken. Früher jedenfalls, früher, als die Zeiten gut waren, früher war es ihr immer ein Leichtes gewesen, ihn zu einer Pause zu überreden. Vor allem bei Kaiserwetter.

Nach der Dusche hatte sie diesen Polizisten anrufen wollen. Brodtmann. Das stand auf der Karte, die er ihr gegeben hatte. Er war ihr nett vorgekommen. Trotzdem zögerte sie. »Nett« war nicht genug. Die Geschichte war ungeheuer kompliziert. Es war unmöglich, der Polizei alles zu erklären. Und doch musste sie ihnen die Richtung weisen.

Verena war es gewohnt, zu bekommen, was sie wollte. Aber sie ahnte, dass es diesmal schwierig werden könnte. Wenn sie die Sache falsch anging, würde sie womöglich mehr schaden als nutzen.

Beziehungen, hatte sie auf einmal Eugens Stimme in ihrem Kopf gehört. Beziehungen sind das halbe Leben.

Sie hatte sich geärgert, dass sie nicht früher auf den Gedanken gekommen war. Sie hatte die Nummer im Speicher ihres Handys. Dabei kannte sie diesen Orth eigentlich kaum. Orth, Erster Kriminalhauptkommissar, so hatte er sich vorgestellt. Er hatte bei einem Essen im Golfclub an ihrem Tisch gesessen. Nicht besonders sympathisch, ein Strebertyp, bemüht, es allen am Tisch recht zu machen. Trotzdem hatte sie seine Karte genommen und seine Nummer in ihr Handy gespeichert. Das tat sie mit allen Nummern. Beziehungen sind das halbe Leben. Eugen kannte sich aus. Sprich immer mit dem Chef, sagte Eugen. Alles andere ist Zeitverschwendung.

Er war liebenswürdig gewesen, dieser Orth. Sie hatte ihm die Sache erklärt.

Es war ein guter Anfang.

Im Flur klingelte das Telefon. Es schien ständig zu klingeln, aber Verena fühlte sich nicht imstande, die Anrufe anzunehmen. Alles fühlte sich taub an, innen und außen. Unsinnig und untröstlich schwammen die Gedanken durch ihren Kopf. Kamen aus dem Nichts und gingen fort, kaum dass sie angekommen waren. Ihr Geist war durchlässig und verworren. Sie konnte nicht reden. Sie wollte nicht.

Sie wollte schlafen. Sie musste schlafen. Es war wichtig, dass sie schlief.

Sie drehte sich um und ging zurück ins Haus.

Die Lampe am Anrufbeantworter blinkte hektisch. Verena drückte auf den Knopf. Die erste Nachricht war von Eugens Sekretärin. Frau Jäger erstattete Bericht über den Stand der Dinge. Sie werde sich um alles kümmern, hatte sie gesagt, als Verena ihr die schreckliche Nachricht überbracht hatte. Verena solle sich keine Sorgen machen. Sie hatte ganz ruhig geklungen, ganz geschäftsmäßig. Dabei war sie seit über zwanzig Jahren Eugens Sekretärin. Seine Perle hatte er sie genannt. Eine Perle mit mausbraunem Haar und Gesundheitsschuhen. Eine Perle, von der keine Gefahr drohte. Und doch hatte sie Verena immer nervös gemacht. Es war die Art, wie sie und Eugen kommunizierten. Kleine Halbsätze, Andeutungen. Ein Wort, ein Name, herzliches Gelächter über Scherze, die außer ihnen niemand verstand. Wie ein altes Ehepaar.

Verena war sicher, dass Frau Jäger der Verlust schmerzte. Aber was eine wahre Perle ist, verschiebt die Trauer. Frau Jäger würde erst tun, was zu tun war. Alles regeln, wie es in Eugens Sinne gewesen wäre. Und in Verenas.

Ich sollte ihr dankbar sein, dachte Verena. Aber das war sie nicht.

Die nächste Nachricht war von ihrer Mutter. Wie immer sprach sie zu leise, nuschelte etwas von Beileid aufs Band, fragte, ob sie kommen solle.

Verena war irritiert, bis ihr klar wurde, dass das vermutlich zu den Dingen gehörte, um die Frau Jäger sich kümmerte. Frau Jäger informierte die Menschen, die von Eugens Tod wissen mussten. Zum Beispiel seine Schwiegermutter.

Sie hatte den Gedanken noch nicht zu Ende gedacht, als der Pfeifton die nächste Nachricht ankündigte. Keine Worte diesmal. Nur ein kurzer, heftiger Atemzug. Es klang, als erschrecke sich der Anrufer vor dem Ton, der ihn aufforderte, etwas zu sagen. Dann Ende der Nachricht.

Verena wurde schlecht. Sie lehnte sich an die Wand. Sank langsam nach unten, bis sie saß.

Atmen, dachte sie verzweifelt, nur ein Atemzug. Sicher wollte jemand sein Beileid ausdrücken. Jemand, der im letzten Moment erkannt hatte, dass das unpassend war auf einem Anrufbeantworter, und darum in letzter Sekunde aufgelegt hatte.

Jeder konnte es gewesen sein.

Aber es war nicht jeder gewesen. Sondern er.

Einbildung. Das war Einbildung. Die Spritze von Dr. Waldberg, ihre Nerven, das alles war zu viel für sie.

Es konnte nicht sein. Er würde es nicht wagen!

Verena zitterte. Ihr war auf einmal kalt. Wusste sie doch genau, dass es nichts gab, was er nicht wagen würde.

Das Telefon begann wieder zu klingeln. Verena wurde schwindelig. Sie schloss die Augen, fühlte es kommen, und doch konnte sie sich nicht rühren.

Sie übergab sich auf den weichen hellblauen Flurteppich.

4

Er hat sich etwas vorgemacht.

So einfach kann es nicht sein. Das hat er oft gedacht, als er alles vorbereitet hat. Als er beobachtete, sammelte. Sie waren so berechenbar. Alle. Sie standen auf, sie gingen zur Arbeit. Kamen nach Hause, aßen, tranken, schliefen. Fest verankert in einem Zeitmuster, regelmäßig, unumstößlich.

So einfach kann es nicht sein, hatte er gedacht. Aber es war so einfach gewesen.

Bis jetzt. Versagt, denkt er, dabei ist das Unsinn. In jedem Muster gibt es Fehler, Stellen, an denen ein Faden aus der korrekten Bahn weicht. Winzige Webfehler, zu klein für das menschliche Auge. In jedem Leben kleine Inseln der Freiheit, ein letzter Rest Unberechenbarkeit.

Man gewöhnt sich zu schnell daran, dass die Dinge glattlaufen. Wie geplant. Trügerische Sicherheit.

Denn man muss sie einkalkulieren, die kleinen Abweichungen. Wie ein Einbrecher, der ein Haus beobachtet. Bis er genau weiß, wann die Bewohner fort sind, sodass es ihm ein Leichtes ist, einzudringen und ihnen das zu nehmen, was ihnen lieb und teuer ist. Ein Einbrecher darf sich nie sicher fühlen. Er muss einen Plan B haben für den Fall, dass etwas schiefgeht.

Genau wie er. Obwohl er kein Einbrecher ist. Sondern ein Mörder.

»Und – hab ich zu viel versprochen?« Markus sah Carsten erwartungsvoll an.

Der grunzte zufrieden. Genoss den Nachgeschmack des Biers. Das erste Bier des Sommers, hier im Biergarten, in der Sonne. Mitten am Tag, einfach so.

Er war froh, dass er mitgekommen war.

Es tat gut, weg vom Telefon zu sein, das ohnehin nicht klingelte. Weg vom E-Mail-Programm, das er in Endlosschleife alle paar Minuten auf neue Eingänge kontrollierte.

»Schon was gehört?« Markus trank einen Schluck Bier, musterte ihn vorsichtig.

Carsten zuckte die Schultern. »Ende der Woche, haben die gesagt.« Er zögerte. Sah Markus' fragenden, leicht besorgten Blick. »Es ist schon in Ordnung«, versicherte er. »Wirklich. Es geht mir gut!«

»Du hast getan, was du konntest«, sagte Markus. »Es wird schon klappen. Und wenn nicht, geht davon die Welt nicht unter! Noch eins?« Er stand auf und griff nach den leeren Gläsern.

Carsten nickte.

Mörder. Rot glühend fährt der Gedanke in seinem Kopf herum. So heiß, dass kleine Rinnsale Schweiß seinen Nacken überziehen. Er muss sich zusammennehmen. Nicht auffallen, ganz ruhig bleiben.

Es ist ein Fehler gewesen, dem Impuls nachzugeben. Er hätte ihm nicht folgen dürfen. Diesem Mann, der zu Hause sein sollte, wie es das Muster vorgibt. Zu Hause und ganz allein. Eine kleine Unregelmäßigkeit, eine Änderung im Plan. Er hätte weggehen sollen. Morgen wiederkommen.

Stattdessen ist er ihnen gefolgt. Und jetzt sitzt er hier, ganz nah an diesen Menschen, so viele Menschen, die die Sonne aus den Häusern gelockt hat, hierher an den Fluss, zum Licht, zum Wasser. Im Kopf das Wort, genauso glühend wie der Wunsch, zu sein wie sie. Unbeschwert und ohne Schuld. Der Wunsch, nicht getan zu haben, was er getan hat. Nicht tun zu müssen, was er tun wird.

Es ist längst geschehen. Er hat keine Wahl.

Er löst die Hände von dem Glas, das er umklammert. Widersteht dem Drang, aufzustehen und davonzurennen. Ruhig bleiben. Er darf die Sache nicht noch schlimmer machen.

Er löst den Blick von der Tischplatte. Seine Augen sehen Menschen, seine Ohren fangen Wortfetzen auf, Gelächter, irgendwo kreischt ein Kind. Er vermeidet, direkt hinüberzusehen zu ihrem Tisch. Nimmt nur im Augenwinkel wahr, dass er sich nähert. Sein Freund.

Wieder Glut und Schmerz.

Das Bier machte Carstens Gedanken leicht. Es war genau, wie Markus sagte. Er hatte getan, was er konnte. Er wollte nicht scheitern, niemand wollte das. Aber es gehörte zum Leben, es kam vor. Man musste es versuchen. Und wenn es nicht funktionierte, dann gab es andere Möglichkeiten. Neue Chancen.

Der Sommer fing gerade erst an. Der erste Sommer mit Katharina.

Markus näherte sich dem Tisch. Carsten sah, wie sich Frauenköpfe drehten, heimliche oder demonstrativ direkte Blicke in seine Richtung warfen. Er verspürte den gewohnten, mittlerweile beiläufigen Hauch Neid. Markus kam von einer Rennradtour, trug eines dieser furchtbaren Lycra-Outfits, schwarz immerhin, nicht bunt gemustert. Trotzdem ein Kleidungsstück, das aus jedem Mann eine alberne Figur machte. Außer aus Lance Armstrong. Und Markus Berg. Er war verschwitzt, hatte graue Strähnen im Haar. Falten im Gesicht. Das änderte nichts. Ganz im Gegenteil.

Natürlich war Markus alles andere als beneidenswert. Das wusste niemand besser als Carsten. Er vergaß es nur manchmal.

»Kann das Leben noch besser werden?«, fragte Markus, als er die Gläser auf den Tisch stellte. »Alter, geht's uns gold oder was?«

Carsten grinste. Die Sonne war fast schon zu warm. Von irgendwoher wehte der Geruch von Grillwürsten zu ihnen herüber. Einen Grill, dachte er, wir sollten einen Grill kaufen. Katharina war so gerne draußen, und sie liebte Grillwurst.

Möglicherweise hatte er ja bald viel Zeit zum Grillen. Mehr Zeit, als er je hatte haben wollen. Er schob den Gedanken weg. Er würde einen Grill kaufen. Gleich morgen Nachmittag.

Er hob sein Glas, stieß mit Markus an.

Freund, hämmert es, ein harter, spitzer Gedankensplitter. Er muss weg. Weg von hier. Er hat verloren, diesen Tag, diese Gelegenheit. Die leise Hoffnung, dass sich vielleicht noch etwas ergeben würde, die Gelegenheit, trotz allem, stirbt kreischend in dem verbotenen Wort.

Seine Hand hebt das Glas, führt es zum Mund. Automatisch, mechanisch. Er zittert. Alkoholfreies Bier schwappt auf seine Hose.

Freund. Freund und Freundin, Mann und Frau, Sohn und Tochter, Mutter und Vater. Verbotene Worte, verbotene Begriffe, etwas, das die Grenze niederreißt, die sein muss, die Grenze zwischen dem Mörder und dem Menschen. Dem Mörder und dem Opfer. Dem Mörder und der Welt.

Es kostet ihn enorme Kraft, das Glas abzustellen. Ruhig. Beherrscht. Sich umzusehen. Niemand nimmt ihn zur Kenntnis. Niemand hört, wie es in ihm schreit.

Er steht auf, ganz langsam. Tut, als sei er ein Mensch, einfach ein Mensch. Er lässt das Glas stehen, obwohl er Pfand dafür bezahlt hat. Meidet den Blick in ihre Richtung. Er konzentriert sich auf seine Schritte, ein Fuß vor den anderen, langsam, ruhig, ganz ruhig.

Ein Tag nur, denkt er. Kein Fehler. Keine Zeit, genug Zeit, es spielt keine Rolle.

Es ist längst geschehen.

Alles ist längst geschehen.

***

»Frau Brandmeyer, was soll das?« Brodtmann blickte fassungslos auf den Aktenberg, der sich auf dem Schreibtisch türmte.

Eine blasse, schmale Frau in einem leicht abgeschabten Kostüm hatte ihnen die Tür geöffnet. Ein Putzeimer stand im Flur, und es roch säuerlich.

Die Frau hatte etwas Unverständliches gemurmelt und sie die Treppe hinauf ins Arbeitszimmer geführt, wo Verena Brandmeyer sie bereits erwartete. Im Unterschied zu dem luftigen Stil der anderen Räume mit ihren eleganten Möbeln auf dem hellen Stäbchenparkett wirkte das Arbeitszimmer so dunkel und wuchtig, dass Ruth am liebsten sofort alle Fenster aufgerissen hätte.

»Ich habe das Wichtigste herausgesucht«, antwortete Frau Brandmeyer nun auf Brodtmanns Frage. In einem Ton, der nahelegte, dass das wohl auch dem Dümmsten klar sein musste.

Ruth musterte sie heimlich. Sie stand neben dem lederbezogenen Lehnstuhl am Schreibtisch, umklammerte dessen hohe Lehne. Eine nervöse Energie ging von ihr aus, gleichzeitig wirkte sie sonderbar abwesend. Über den blauen Puppenaugen, die auf einmal zu dicht beieinanderzuliegen schienen, lag ein Schleier, und der Alabasterteint changierte gefährlich ins Grünliche. Etwas war verrutscht hinter Verena Brandmeyers Fassade. Es sah aus, als verhinderten nur die scharfen Falten, die sich zwischen Mundwinkel, Nase und Augen eingegraben hatten, dass ihr Gesicht in alle Richtungen davonfloss.

»Alles, was Sie brauchen!«, sagte sie nun und klang ungeduldig. »Es ist alles da.«

Brodtmann räusperte sich. Er trat auf den Schreibtisch zu und blätterte unschlüssig in einem der Ordner. »Frau Brandmeyer, das sind Unterlagen, die einen Klienten Ihres Mannes betreffen. Einen gewissen Herrn … Morowski!«

Ruth schnappte nach Luft.

Verena Brandmeyer hob eine Hand und wischte sich ein paar unsichtbare Fusseln vom Ärmel der hellgrünen Seidenbluse, die locker über ihre Designerjeans fiel. »Es wäre mir lieb, wenn Sie die Akten mitnehmen«, sagte sie. »Ich möchte nichts von diesem Mann im Haus haben. Sie können das sicher verstehen!« Als niemand antwortete, schüttelte sie unwillig den Kopf, sodass die ordentlich geföhnten Strähnen in Unordnung gerieten. »Sie wissen doch wohl Bescheid über ihn?«

Natürlich wussten sie Bescheid. Natürlich war Ruth und Brodtmann bekannt, wer und was Morowski war. Ein großer Fisch. Ein richtig großer Menschenhandel-Drogen-Zuhälterei-Erpressungs-Fisch. Einer, der in der Oberliga des organisierten Verbrechens spielte, so weit oben, dass er den Kollegen bisher immer durch die Finger geglitten war.

»Es wäre mir lieb, wenn Sie ihn sofort festnehmen«, erklärte Frau Brandmeyer nun. »Es sollte kein Problem sein, genug belastendes Material aus den Akten zu ziehen.«

Ruth hätte am liebsten laut gelacht. Dafür, dass sie Witwe eines Anwalts war, schien ihr Weltbild recht simpel zu sein.

»Sie denken, Herr Morowski hat etwas mit dem Tod Ihres Mannes zu tun?«

Die schöne Witwe fuhr herum und funkelte sie derart wütend an, dass Ruth sich zusammennehmen musste, um nicht einen Schritt zurückzuweichen.

»Sind Sie verrückt?«, zischte sie. »Seien Sie doch still! Ich habe nichts gesagt. Gar nichts! Ich bin doch nicht lebensmüde!« Sie wandte sich wieder Brodtmann zu. »Morowski ist ein Monster. Eugen hätte sich nie mit ihm einlassen dürfen. Es war klar, dass er Unheil über uns bringen würde.« Ein Schluchzer, ebenso melodramatisch wie ihre Worte, hinderte sie am Weitersprechen.

»Frau Brandmeyer, so geht das nicht!« Brodtmann ließ sich auf den ledernen Schreibtischstuhl sinken. Sein Blick hing an den Akten. Es war kaum zu übersehen, dass er nichts lieber getan hätte, als sie umgehend ins Auto zu laden und in Ruhe zu studieren. Aber er wusste es besser.

»Wir können nicht ohne einen begründeten Verdacht Einsicht in solche Unterlagen nehmen.«

»Aber mein Mann ist umgebracht worden!« Verena Brandmeyers Stimme wurde schriller.

»Wir ermitteln in der Sache«, erwiderte Brodtmann diplomatisch. »Wenn Sie uns vielleicht sagen, was vorgefallen ist zwischen Herrn Morowski und Ihrem Mann, wenn Sie uns erklären könnten, worauf Ihr Verdacht fußt, dann können wir möglicherweise einen entsprechenden Beschluss beantragen.«

»Wie bitte? Das ist doch wohl absurd!« Abermals begann die Brandmeyer, an ihrer Bluse zu nesteln. »Ich weiß natürlich nicht, was vorgefallen ist. Glauben Sie, ich war dabei, wenn mein Mann mit Klienten gesprochen hat?«

Brodtmann lächelte geduldig, schöpfte aus den beeindruckenden Gelassenheitsreserven im Umgang mit Zeugen, die Ruth jedes Mal aufs Neue imponierten. »Natürlich nicht. Aber wenn Sie den Verdacht haben, dass Morowski Ihren Mann getötet hat, dann wird es einen Grund dafür geben. Einen, den ich nicht erkennen kann. Denn wenn ich mich recht erinnere, dann verdankt Morowski Ihrem Mann, dass das letzte Verfahren gegen ihn eingestellt wurde. Obwohl das niemand für möglich gehalten hätte.«

Die Frau des Toten schien noch etwas bleicher zu werden. »Oh Gott!« Ihre Hand huschte dramatisch an ihren Hals. »Daran habe ich nicht gedacht. Ihre Kollegen haben hart gearbeitet, um diesem Schwein das Handwerk zu legen. Ich kann verstehen, dass sie erbost waren, außer sich. Aber ich bin gar nicht auf den Gedanken gekommen, dass vielleicht einer von Ihnen die Sache in seine eigenen Hände genommen hat und auf diese kranke, abscheuliche Art für Gerechtigkeit sorgen wollte.«

»Jetzt machen Sie aber mal halblang!« Ruth fühlte etwas aufsteigen, das sie vage an Tatortzorn gemahnte, aber nicht mit Tatort zu entschuldigen war. »Ganz sicher wollte Herr Brodtmann nicht andeuten, dass einer unserer Kollegen …« Sie brach ab, suchte nach Worten.

»Natürlich!«, schrie Verena Brandmeyer. »Eine Krähe hackt der anderen kein Auge aus. Aber so läuft das nicht! Ich kenne Ihren Vorgesetzten. Herrn Orth. Sehr gut kenne ich ihn. Und er hat mir versichert, dass dieser Mord absolute Priorität hat. Dass schonungslos aufgeklärt wird, was hier geschehen ist. Ihr Verhalten wird Konsequenzen haben!« Ihre Stimme überschlug sich bei den letzten Worten.

Ruth holte Luft, aber eine Geste und ein eindeutiger Blick von Brodtmann bremsten sie. Sie nickte kurz und biss sich auf die Zunge, während die blasse Frau, die die ganze Zeit in der Ecke des Raumes gestanden hatte und mit jeder Sekunde mehr mit dem dunkelgrünbraunen Hintergrund zu verschmelzen schien, einen leisen Ton von sich gab. Sie hob eine Hand in Richtung der Witwe, hielt dann in der Bewegung inne und ließ sie wieder sinken. Ruth fragte sich, wer sie eigentlich war. Vermutlich eine Art Hausmädchen, obwohl der Begriff ihr reichlich unpassend vorkam. Für ein Mädchen war die Frau entschieden zu alt. Allerdings wirkte sie auch nicht wie eine Haushälterin. Eine solche hatte in Ruths Vorstellung nämlich drall, kräftig und rotwangig zu sein und in der Küche ein strenges Regiment zu führen, statt still und halb durchsichtig in einer Ecke zu stehen. Aber auch wenn sie sich nicht gut genug auskannte, um das Personal dieser Kreise richtig zu titulieren, sie musste versuchen, die Frau irgendwo allein zu erwischen. Ein Gespräch mit ihr war möglicherweise durchaus erhellend.

Verena Brandmeyer hob beide Hände und begann, sich die Schläfen zu massieren. Dabei ging sie langsam zum Fenster und wandte dem Raum den Rücken zu. »Ich habe Kopfschmerzen«, murmelte sie.

»Frau Brandmeyer, auch wir müssen uns an gewisse Regeln halten.« Brodtmann klang, als spräche er mit einer Dreijährigen. »Anderenfalls ...« Ein dunkler, harmonischer Gong unterbrach ihn.

»Ich mache schon auf«, hauchte die blasse Frau. Als sie weg war, fasste Brodtmann Frau Brandmeyer vorsichtig am Ellbogen und führte sie zu dem Ledersofa, das vor dem Kamin stand. Sie saß gerade, als sich die Tür öffnete und eine Frau mittleren Alters den Raum betrat, gefolgt von zwei Männern in Overalls. Im Unterschied zur blassen Dame entsprach sie in jeder Hinsicht der Vorstellung, die Ruth von einer tatkräftigen und tüchtigen Haushälterin hatte. Dass sie keine solche war, erklärte sie allerdings im nächsten Moment selbst, während sie Ruth die Hand entgegenstreckte. »Jäger ist mein Name. Ich bin die Sekretärin von Herrn Brandmeyer!«

»Sie *waren*«, murmelte Verena Brandmeyer vom Sofa.

Frau Jäger hob kampflustig das graue Haupt mit der praktischen Kurzhaarfrisur. »Bis Ende des Monats bekomme ich mein Gehalt«, sagte sie, »und außerdem gibt es entsprechende Verfügungen. Ihr Mann war ein guter Anwalt, er hat für alle Eventualitäten vorgesorgt.« Sie seufzte und wandte sich an ihre Begleiter. »Alle Akten«, sagte sie und wies auf die Regale an der Wand. »Und am besten auch alles aus dem Schreibtisch.« Sie stutzte und trat näher. »Was ist das denn?«

Verena Brandmeyer sprang vom Sofa auf und eilte zum Schreibtisch. »Das sind Beweismittel«, rief sie schrill. »Die Polizei wird diese Akten beschlagnahmen.«

»Wie bitte?« Frau Jägers Augen hefteten sich auf Brodtmann. »Ich hoffe, das ist nicht Ihr Ernst. Ihnen sagt der Begriff Anwaltsgeheimnis etwas? Herr Morowski ist ein Mandant. Diese Unterlagen unterliegen der anwaltlichen Schweigepflicht ...«

»Falls Sie es vergessen haben«, unterbrach die Brandmeyer, »mein Mann ist tot. Er ist ermordet worden! Und die Polizei nimmt an, dass Herr Morowski hinter der Sache steckt.«

Ruth öffnete den Mund, um zu protestieren, aber sie kam

nicht zu Wort. »Ich habe nicht vergessen, dass er tot ist«, zischte Frau Jäger. »Darum bin ich schließlich hier! Und ich komme gerade rechtzeitig, wie ich sehe. Ist Ihnen klar, dass Sie gerade das Berufsethos und damit das Andenken Ihres Mannes mit Füßen treten? Wir können nur hoffen, dass der Kollege, der das Mandat übernimmt, die Sache mit Nachsicht behandelt und sie keine üblen Folgen für alle Beteiligten hat.«

»Machen Sie sich keine Sorgen«, sagte Brodtmann. »Wir haben die Akten nicht angefasst.«

»Sie Hexe!«, kreischte Verena Brandmeyer und machte Anstalten, sich auf Frau Jäger zu stürzen. Brodtmann reagierte sofort und packte sie an den Schultern. Sie wehrte sich nur halbherzig. »Ich weiß, warum Sie mich hassen! Sie wollten ihn immer haben, Sie wollten ihn für sich! Sie haben ihm nie verziehen, dass er mich geheiratet hat! Aber dass Sie so weit gehen, seinen Mörder zu schützen, nur um mich zu treffen, dass Sie eine so verbitterte Person geworden sind, das ist abscheulich!«

Frau Jäger presste die ungeschminkten Lippen aufeinander. »Packen Sie einfach alles ein«, wies sie dann die Männer an, die die Szene ungläubig verfolgten. »Ich sortiere dann in der Kanzlei!«

»Das ist Diebstahl!«, kreischte die Brandmeyer. »Das ist mein Haus. Ich verbiete Ihnen, irgendetwas von hier wegzuholen.« Sie begann, hysterisch zu schluchzen.

Die blasse Frau löste sich auf einmal aus ihrer Ecke und trat auf Brodtmann zu, der mit etwas hilfloser Miene Verena Brandmeyer im Arm hielt. »Würden Sie mir vielleicht helfen, meine Tochter hinüber ins Schlafzimmer zu bringen?«, fragte sie leise. »Ich glaube, das hier ist alles etwas zu viel für sie.«

Als das Trio den Raum verlassen hatte, ließ Ruth sich auf das Sofa fallen. Frau Jäger ging hinüber zu dem kleinen Schrank, der neben dem Kamin stand, und entnahm ihm eine Flasche Cognac. Sie warf Ruth einen fragenden Blick zu. Die zögerte eine winzige Sekunde, bevor sie nickte.

5

Es war schon nach acht, als Robert Wolkenhauer die Haustür aufschloss.

Lautes Gelächter drang aus dem Wohnzimmer.

Robert zog die Schuhe aus und stellte sie in das Regal neben der Tür. Die Terrakotta-Fliesen strahlten eine angenehme Wärme ab.

Wann immer er diese Wärme fühlte, musste er an den Streit denken. Ihr erster Streit, dabei waren sie damals schon über ein Jahr verheiratet gewesen. Er hatte sich eingebildet, dass er sie kannte, seine stille und vernünftige Julia. Der Zorn, der ihre Stimme schrill werden ließ, ihre Bewegungen hektisch, hatte ihn irritiert. Er hatte ihm Angst gemacht und ihm gleichzeitig imponiert. Sie hatte ihm gefallen, diese lodernde Julia, die Worte schleuderte wie böse Blitze. Jedenfalls für einen kleinen Moment.

Scheißegal, hatte sie gebrüllt, scheißegal sei ihr, ob das ins Budget passe. Völlig wurscht, ob sie mitten in die Schuldenfalle rannten! Wenn sie ein Haus baue, dann mit Fußbodenheizung. Und wenn er zu geizig sei, dann müsse er eben allein dort einziehen!

Später hatte sie sich entschuldigt. Dafür, dass sie ihn geizig genannt hatte. Er war nicht geizig. Er ging einfach auf Nummer sicher. Auch bei der Baufinanzierung. Sie wusste das. Sie schätzte das an ihm. Das hatte sie später gesagt.

Sie war eine vernünftige Person. In jeder Hinsicht. Nur eben damals nicht, als es um die Fußbodenheizung ging. Dass es auf die paar Kröten nicht mehr ankäme, hatte sie geschrien, und dass sie warme Füße haben wollte in ihrem Haus. In ihrem Heim. In ihrem Leben.

Es war natürlich wirklich nicht darauf angekommen. Sie hatten auch mit Fußbodenheizung keinerlei Schwierigkeiten, ihren Kredit zu bedienen. Und heute war Robert froh, dass Julia sich durchgesetzt hatte mit dieser scheinbaren Extravaganz. Er war froh, dass seine Frau wenigstens warme Füße hatte. In ihrem Haus, in ihrem Heim, in ihrem Leben.

Erneut lachte es aus dem Wohnzimmer. Ein bisschen zu lange, ein bisschen zu laut.

Robert legte die Hand auf die Klinke. Für einen Moment, eine Sekunde nur, fühlte er sich zu schwach, sie nach unten zu drücken. Er dachte ans Labor, an die Ratte, die zuckend in ihrem Käfig gelegen hatte. Er öffnete die Tür.

Julia saß auf dem Sofa. Vor ihr auf dem Tisch stand ein leeres Weinglas. Sie starrte auf den Fernseher, aus dem gerade wieder eine der künstlichen Lachsalven drang.

»Hallo, Schatz«, sagte er, »entschuldige, dass ich so spät bin.«

Julia löste den Blick vom Bildschirm. Ihre Augen waren gerötet, die Lider geschwollen. »Ist schon gut«, sagte sie. »Das macht doch nichts.«

Was ist mit uns passiert?, dachte Robert. Was ist nur mit uns passiert?

»Ist alles in Ordnung?«, fragte er.

»Ja, natürlich«, erwiderte sie. »Ich bin nur müde.« Sie sah ihn an, rang sich ein Lächeln ab. »Dein Essen steht in der Küche. Du kannst es in der Mikrowelle aufwärmen.«

»Danke«, sagte er. »Ich bin nicht sehr hungrig.«

»Du musst etwas essen!« Zum ersten Mal, seit er den Raum betreten hatte, sah sie ihn richtig an.

»Ich schau vorher noch schnell nach Tobias.«

»Er ist gerade erst eingeschlafen. Er war aufgedreht, den ganzen Abend, er ist nicht zur Ruhe gekommen. Ich bin froh, dass er endlich schläft. Wenn du ihn jetzt aufweckst …«

»Ich kann später nach ihm sehen.«

Es lachte wieder aus dem Fernseher.

Er setzte sich neben sie aufs Sofa. Legte vorsichtig den Arm um ihre Schulter. Sie versteifte sich leicht. Aber sie schob ihn nicht weg. »Denk an dein Essen«, sagte sie nur, »du musst etwas essen.« Ihr Atem roch nach Wein.

»Ja«, sagte er, »gleich.« Er spürte, wie sich ihr Körper entspannte. Ihr Kopf neigte sich, legte sich an seine Schulter. Er lächelte.

Ein Schrei ertönte von oben. Dann ein Heulen, panisch und entsetzt.

***

Den Vögeln schien es nicht recht zu sein, dass die Sonne langsam in den leichten Wolkendunst am Horizont tauchte. Sie protestierten kreischend, obwohl zu vermuten stand, dass sie zurückkommen würde, morgen, genauso schön wie heute. Stabile Hochdruckzone mit sommerlichen Temperaturen hatte der Wetterbericht versprochen. Kein Grund also zum Kreischen, dachte Ruth und sah zu, wie eine Amsel ein paar Meisen nachdrücklich des Baumwipfels verwies, der vor dem Balkon im Abendwind schwankte.

Sie nippte an ihrem zweiten Bier und versuchte, nicht an Laras E-Mail zu denken. Ihre Freundin meldete sich sporadisch von der grauenhaften vierwöchigen Kreuzfahrt, auf die ihre anstrengende Tante sie genötigt hatte. Wider Erwarten amüsierte sie sich prächtig. Was offenbar mit einem Belgier namens Yves zu tun hatte. Es war oft von Yves die Rede in Laras Mails. Und das, so erinnerte sich Ruth, war ja auch gut so.

Man musste schon ein verdammt unsicherer Mensch sein, um deswegen gleich trübsinnig zu werden und sich vorzustellen, wie der sagenhafte Yves vor Lara auf die Knie ging, ihr einen Ring kredenzte, den sie, Dank hauchend, annahm, bevor er sie auf seinem Pferd mitnahm in den Sonnenuntergang, weg von der Wohnung im zweiten Stock, in der ihre alte Freundin Ruth auf sie wartete.

Ruth war froh, dass sie kein verdammt unsicherer Mensch war. Sie konnte hier in aller Ruhe auf dem Balkon sitzen und Bier trinken und darüber nachsinnen, ob sie etwas kochen sollte oder nicht. Zu dem Schluss kommen, dass sie eigentlich keinen Hunger hatte. Nicht wirklich. Und das war auch ganz gut so, denn die Jeans kniff ein wenig an den Hüften.

Vier Wochen waren eine lange Zeit. Aber Ruth hatte glücklicherweise kein Problem damit, allein zu sein.

Anders als Verena Brandmeyer. Die allerdings nicht nur ein Problem hatte, sondern auch eines zu werden drohte.

Ruth dachte an das Gespräch mit Frau Jäger, das einen beruhigenden Cognac lang währte. Diese so praktisch wirkende Frau schien mit beiden Beinen im Leben zu stehen und nichts gemein zu haben mit der hysterischen Verena Brandmeyer. Sah man von der felsenfesten Überzeugung ab, dass Eugen Brandmeyer ein Heiliger gewesen war. Und Heilige brachten sich nicht um.

Eugen Brandmeyer sei einfach zu integer gewesen, zu intelligent, zu feinfühlig, zu erfolgreich und zu wunderbar, um seinem Leben auf derart rohe Weise selbst ein Ende zu setzen, hatte sie versichert. Als sei Selbstmord ein Anzeichen für Charakterschwäche.

Der Umstand, dass Frau Jäger nichts auf ihren Chef kommen ließ, hatte möglicherweise mit dem Gehalt zu tun, das er ihr zahlte. Ruth kannte sich nicht gut aus mit derlei Dingen, aber das Kostüm der Sekretärin saß so angegossen, der Ring an ihrem Finger glitzerte so dezent, dass sogar jemand wie Ruth erkannte, dass es sich nicht um Billigware aus Fernost handelte.

Dass er gestresst war, das hatte sie immerhin eingeräumt. Auch angespannt, aber das sei kein Wunder, überhaupt kein Wunder, nach dem Prozess. Sie betonte den Artikel. *Der* Prozess. Ein Meilenstein in der Karriere des Eugen Brandmeyer. Sein Meisterstück, das war *der* Prozess.

Ruth kam nicht umhin, sich zu fragen, was das über ihn aussagte. Natürlich war ein Anwalt ein Anwalt. Und als Strafverteidiger konnte man es sich schwerlich erlauben, nur unschuldige Klienten zu vertreten. Es leuchtete Ruth ein, dass es eine intellektuelle und professionelle Herausforderung war, die Morowskis dieser Welt zu verteidigen. Es leuchtete ihr sogar ein, dass man Freude daran haben konnte, sich dieser Herausforderung zu stellen. Womit sie Schwierigkeiten hatte, war allerdings der Gedanke, dass man am Ende gewonnen hatte, wenn jemand wie Morowski ungeschoren davonkam. Wenn ein Mann, der mit Frauen handelte wie mit Autos und Drogen, wenn einer, der offensichtlich keinerlei Moral und Mitgefühl besaß, als freier Mann aus dem Gerichtssaal ging, dann hatte ihrer Ansicht nach niemand gewonnen. Dazu waren die Morowskis dieser Welt zu gefährlich.

Gefährlich für alle – außer für Eugen Brandmeyer. Die rätselhaften Anschuldigungen seiner Witwe waren vollkommen unsinnig. Brandmeyers Tod war eine Katastrophe für Morowski. Er hatte nicht den Hauch eines Motivs, seinen Anwalt umzubringen.

Bisher gab es nur eine Person, die sich in der ganzen Sache merkwürdig und verdächtig aufführte, und das war die schöne Witwe selbst. Tatsächlich war es Ruth gelungen, Frau Jäger die Andeutung zu entlocken, dass auch im Hause Brandmeyer nicht alles so golden war, wie Verena es nun glänzen ließ. Die Sekretärin war zögerlich gewesen. Beziehungsprobleme waren ja ein Makel, etwas, das eigentlich nicht zum perfekten Eugen Brandmeyer passte. Aber Verena sei ja noch recht jung, hatte sie gesagt, sie habe ja in ihrem Leben noch keinen Tag gearbeitet und sicherlich nicht immer das nötige Verständnis aufbringen können für ihren Gatten. Für *den* Prozess, für das Loch, in das auch ein Mann wie Brandmeyer natürlich fiel nach so einer Anstrengung. Sie wolle nichts gesagt haben, sagte Frau Jäger. Sie wisse auch nichts Genaues, denn natürlich hielt ein Mensch wie Eugen Brandmeyer Privates privat. Aber wenn man täglich so eng zusammenarbeite, dann fielen einem natürlich Dinge auf. Zumal man als Sekretärin ja auch die Person sei, die Blumen bestellte und Tische in Restaurants reservierte. Oder es eben nicht tun sollte. Man merkte schon, wenn der Chef bedrückt wirkte. Wenn er viel mehr Zeit in der Kanzlei verbrachte als vorher.

Es war beeindruckend, wie geschmackvoll und dezent Frau Jäger die winzigen Spitzen gegen Verena Brandmeyer platzierte.

Trotzdem war Ruth nicht weiter in sie gedrungen. Möglicherweise würde sie Frau Jäger zu einer Befragung bitten und noch ein wenig nachbohren. Im Moment hatte sie allerdings keinen Anlass gesehen, eine insgesamt willige und kooperative Zeugin unter Druck zu setzen. Eine Frau, die Brandmeyer nahegestanden hatte und mit der man trotz der übersteigerten Wertschätzung immerhin reden konnte. Eine, die ihren eigenen Kopf hatte.

Auch ihren eigenen Mann, eigene Kinder gar, das hatte sie

doch noch loswerden müssen. Auch wenn Frau Brandmeyer davon natürlich nichts ahnte, weil sich Frau Brandmeyer eben nie die Mühe gemacht hatte, auch nur zu fragen.

Ruth hob die Bierflasche zum Mund. Der letzte Rand der Abendsonne verschwand hinter den Häusern vor dem Balkon. Sie fröstelte.

Sie sollte in die Wohnung gehen, sich eine Strickjacke überziehen. Sich vielleicht einen Salat machen, etwas Gesundes. Sie blieb sitzen. Ihr Magen knurrte leise.

Normalerweise kochte Lara. Jeden Abend. Und Lara kochte gut. Heute kochte Lara natürlich nicht, denn sie fuhr ja auf einem Schiff durch die Welt und amüsierte sich mit hergelaufenen Belgiern, die Yves hießen, und darum war vermutlich auch der Kühlschrank leer. Ruth hatte gar nicht darauf geachtet, als sie sich ihr Bier geholt hatte.

Ihr Magen wiederholte seine Ansage, lauter diesmal, renitent fast. Sie hieß ihn schweigen und dachte, dass es eigentlich ja auch ganz schön war, mal Zeit für sich zu haben. Sie vermisste Lara ein bisschen, das war schon richtig, aber alles in allem hatte sie kein Problem damit, allein zu sein.

Sie war ja nicht Verena Brandmeyer.

Wer sich um die jetzt kümmern würde, hatte Frau Jäger wissen wollen. Ihr Ton hatte nahegelegt, dass Witwenbetreuung nicht zu den Aufgaben der Sekretärin gehörte. Ruths Hinweis, dass doch Verenas Mutter da war, hatte sie mit einem Blick kommentiert, mit dem sie Ruth natürlich unrecht tat. Ihre Kombinationsgabe reichte sehr wohl aus, um zu erkennen, dass diese Frau ihrer Tochter nicht unbedingt Stecken und Stab war.

Aber Ruth war bei der Polizei, nicht beim Sozialdienst für vereinsamte Besserverdienende. Sie hatte Frau Jäger versprochen, sich mit den Kollegen vom Opferschutz in Verbindung zu setzen. Gemeinsam hatten sie so den Anflug schlechten Gewissens in die Flucht geschlagen.

Verena Brandmeyer würde schon klarkommen, hatten sie sich wortlos versichert, wenigstens bis morgen.

Brodtmann hatte das anders gesehen. Brodtmann und sein verdammter ritterlicher Zug konnten manchmal wirklich nerven.

Aber wenn er bleiben wollte, dann war das schließlich seine Entscheidung. Er war ein erwachsener Mann, und er musste wissen, was er tat, und wenn er sich einbildete, dass Ruth sich nun herzlos und zynisch fühlte, dann hatte er sich geschnitten. Zumal sie durchaus andere Dinge zu tun hatten, als sich um die Befindlichkeiten von Hinterbliebenen zu kümmern. Während Brodtmann Händchen hielt, hatte Ruth die Zeit genutzt und möglichst viele in Brandmeyers Adressbuch notierte Bekannte aufgesucht. Bis ihr der Kopf schwirrte vor glänzenden Türschildern und Vorzimmern, in denen mindestens eine Sekretärin über die kostbare Zeit ihres Arbeitsgebers wachte. Man hatte Ruth von dieser kostbaren Zeit geschenkt, hatte sie das aber auch spüren lassen.

Das Ergebnis war erschreckend mager. Ja, man kannte sich. Man spielte Golf oder Tennis, man traf sich hier und da zum Essen. So etwas wie tiefe Freundschaft schien es allerdings nicht zu geben in diesen Kreisen. Niemand hatte ihr sagen können, wer Eugen Brandmeyer, dem wohlhabenden, erfolgreichen Anwalt, wirklich nahegestanden hatte – sah man von seiner Gattin ab. Ruths vorsichtige Fragen nach möglichen Eheproblemen wurden wortreich und entschieden verneint. Ein harmonisches Paar, die Brandmeyers, ein glückliches Paar, die Anwaltsgattin war eine so charmante und bezaubernde Gastgeberin, sehr bewandert in Kunstfragen.

Am Ende des Tages blieb ein merkwürdig blasses Bild. Und die leise Frage, ob es möglich war, dass Eugen Brandmeyer die Einsamkeit, die sich hinter der schillernden Fassade verbarg, womöglich einfach nicht mehr ertragen hatte.

Ein leichter Windhauch strich über den Balkon. Auf Ruths Armen breitete sich Gänsehaut aus. Langsam wurde es dunkel, und erneut grummelte ihr Magen zornig. Ein Salat, so sagte dieses Grummeln, ein Salat war nicht die Antwort. Es war höchste Zeit, einen Blick in den Kühlschrank zu werfen, einen wachen und analytischen Blick. Vielleicht war noch ein Joghurt da. Vielleicht, so besänftigte sie ihren Magen, der auf diesen Gedanken spürbar unwirsch reagierte, konnte man ja auch einen Blick auf die Kühlschranktür werfen. Auf die bunten Prospekte, die an

Magneten baumelten und fette Pizza oder chinesische Glutamatköstlichkeiten anpriesen.

Die Jeans war schließlich schon uralt. Vielleicht sollte sie sie einfach wegschmeißen. Sich endlich mal neu einkleiden. Immerhin fing ja auch der Sommer an. Im Sommer war es viel leichter, die guten Vorsätze in die Tat umzusetzen. Sie würde regelmäßig Sport treiben, würde auf ihre Ernährung achten. Im Nu würden alle Hosen wieder passen. Auf eine Pizza mehr oder weniger kam es da jetzt wirklich nicht mehr an.

Sie trank den letzten Schluck Bier aus der Flasche, erhob sich und ging in die Wohnung. Im Wohnzimmer schaltete sie Licht und Fernseher ein, griff nach dem schnurlosen Telefon und machte sich auf den Weg in die Küche.

6

Dröhnend fuhr die Lok durch die Bahnhofshalle und unterband mit den ratternden, scheppernden Güterwaggons, die sie in scheinbar endloser Länge hinter sich herschleppte, jedes Gespräch auf dem überfüllten Bahnsteig. Der schmutzige Nachsog, der nach der wartenden Menge griff und an Zeitungen und Haaren zerrte, ließ Carsten frösteln. Obwohl der wolkenlose Himmel einen weiteren warmen Tag versprach, war es am frühen Morgen noch kalt.

Frisch, so nannte Katharina das. Frisch war es, obwohl Carsten sich alles andere als frisch fühlte.

Hier und da setzten die gemurmelten Gespräche wieder ein. Müdes Geplänkel und pflichtschuldige Konversation von Menschen, die das Schicksal dazu verdammt hatte, jeden Morgen mit demselben Zug dieselbe Strecke zu fahren. Jeden Morgen dieselben Gesichter, dieselben Plauderer und die Schweiger, die in der Mehrzahl waren.

Er hatte Kopfschmerzen. Die Flasche Wein, zu der Katharina ihn genötigt hatte, als er nach Hause gekommen war, vertrug sich nicht gut mit den Bieren, auf die er sie gegossen hatte. Und doch bereute er die Sache nicht. Im Gegenteil. Wenn sich je eine Flasche Wein gelohnt hatte, dann vermutlich diese.

Was dachte er da nur? Gott, das war zu viel. Irgendwie war das alles ein bisschen zu viel. Gut, ja, aber doch zu viel.

Es wurde voller um ihn. Aber Carsten wich nicht von der Stelle. Es war eine gute Stelle, an der er stand, jeden Morgen dieselbe Stelle, auf deren Höhe sich eine Tür befinden würde, wenn der Zug einfuhr. Wer zuerst an der Tür war, hatte immerhin noch die Chance, einen Sitzplatz zu ergattern. Darum standen dieselben Leute an derselben Stelle, Tag für Tag, so wie Carsten. Er wollte einen Sitzplatz. Er brauchte einen Sitzplatz, heute.

Er hat geschlafen wie ein Stein. Tief und traumlos.

Beim Erwachen sind die lauten Gedanken nur noch eine blasse

Erinnerung. Die Klarheit ist zurück, das Störende weggewischt. Instinkt statt Impuls.

Er ist aufgestanden, hat leise das Haus verlassen. Dem Instinkt folgend, der ihm zuflüstert, dass das Problem nicht die Menschen waren.

Ein richtiger Instinkt, denn hier und jetzt sind sie gut. Anders als gestern dringen sie nicht auf ihn ein. Sie sind viel zu sehr bei sich. Jeder versunken in seine müde Depression, verschanzt in frühe, milchige Gedanken. Jeder so konturlos, alle zusammen nur träge Masse, die ein Teil von ihm wird, Teil seines Willens. Er vibriert innerlich, er ist Energie, die einzige Energie. Er wird es lenken, es hinter sich bringen. Ein weiterer Schritt.

Er weiß, dass es funktionieren wird. Er ist sicher.

Normalerweise hasste Carsten das hier. Normalerweise haderte er mit diesem Leben, Tag für Tag, mit diesem ganz normalen Leben. Natürlich gab es Schlimmeres. Natürlich wusste er das. Er ging zur Arbeit. Er mochte diese Arbeit nicht besonders, sah sie noch immer als Strafe für sein Versagen. Und doch tat er einfach nur, was alle taten. Er verdiente Geld, Geld genug sogar, um sich eine Teilzeitstelle erlauben zu können. Wenn er am frühen Nachmittag nach Hause fuhr, war noch etwas da. Etwas von ihm und seiner Energie und seiner Zeit. Etwas, das er investieren konnte in den Traum und die Hoffnung, die er noch immer nicht aufgegeben hatte. Wenn er nach Hause kam, lag mehr vor ihm als ein vor dem Fernseher verdämmerter Abend, an dessen Ende man sich ins Bett schleppte und darauf wartete, dass der Wecker einen erneut zum Bahnhof befahl.

Normalerweise musste er sich zwingen, sich auf diese positiven Aspekte zu konzentrieren, wenn er hier stand. Er war kein Morgenmensch. Er hasste den Wecker, er hasste die Routine. Und dass er es einmal besser gehabt hatte, dass es Zeiten gegeben hatte, in denen er bestimmte, was er tat und wann er es tat, machte die Sache nicht besser. Im Gegenteil. Das hatte ihn arrogant gemacht, anspruchsvoll und undankbar. Er hatte Glück gehabt. Leider hatte er das irgendwann vergessen. Irgendwann war er dem eitlen Irrtum erlegen, dass Glück keine Rolle spielte, dass es vielmehr um Talent, um Geschäftssinn und um Geschick ging. Irgendwann machte Erfolg einen arrogant genug, um zu vergessen, wie schnell ein Traum zu Ende sein konnte.

Normalerweise waren das die Dinge, um die seine müden Gedanken lustlos kreisten, früh am Bahnhof. Heute wollten sie nicht.

Er hört eine Stimme, die sich beschwert, mürrisch über die Verspätung schimpft. Die Menschen schauen ständig auf die Uhr, große Uhren, die überall hängen, Zeiger mit leisem Geräusch vorrücken lassen. Sie zählen Minuten, die nur auf einem Bahnsteig so kostbar, so dramatisch wichtig scheinen.

Eine Zumutung, murmelt jemand. Fünf Minuten. Verzerrte Wahrnehmung. Was sind schon fünf Minuten? Eine halbe Stunde, eine Stunde, ein Tag, eine Woche? Sinnlose Einheiten, gefühlte Wirklichkeiten ohne sinnhafte Relation, wenn man nicht weiß, wann die Gesamtheit endet.

Es gibt nur zwei Menschen hier auf dem Bahnsteig, für die die Minuten zählen.

Und einer von beiden hat keine Ahnung, dass dem so ist.

Scheißegal, dachte Carsten, das bisschen Verspätung. Scheißegal: Wir melden uns bei Ihnen. Zu seiner eigenen Überraschung fühlte sich das ganz und gar richtig an. Scheißegal.

Es war entsetzlich voll, voller als sonst. Carsten spürte die Nähe der Menschen, die um ihn herumstanden. Er roch Parfüm und Rasierwasser, von irgendwo einen Hauch Knoblauch.

Er dachte an Katharina. An den Abend. Nicht scheißegal, dachte er. Wichtig. Wichtig und warm in seinem schmerzenden Kopf. Er wusste nicht mehr, wie sie überhaupt auf das Thema gekommen waren. Ein Thema, das seine Gedanken früher höchstens am Rande und dann mit Panik gestreift hatten. Erst war es eher scherzhaft gewesen, dann hatte er auf einmal Dinge gesagt, die ihn selbst überraschten. Mehr noch, er hatte diese Dinge gemeint. Er wusste nicht, wie sie das machte. Aber Katharina änderte Dinge.

Sie schenkte ihm eine Zukunft. Er grinste ob dieses pathetischen Gedankens, grinste, bis ihm auffiel, wie debil das wirken musste auf die Umstehenden.

»Achtung auf Gleis eins – Zugdurchfahrt!«, dröhnte die Stimme aus dem Lautsprecher. Carsten warf einen Blick hinauf zur Bahnhofsuhr. Wenn jetzt noch ein Güterzug durchfuhr, würden es mindestens zehn Minuten Verspätung. Möglicherweise sogar fünfzehn. Scheißegal, dachte er. Bemerkte, dass er glücklich war. Einfach so.

Er hörte ein leises Atmen hinter sich, unangenehm nah. Unauffällig trat er einen Schritt vor.

Diese Nähe ist weniger schwierig. Unangenehm auf ihre Art, aber das Wissen, dass es nur einer Handbewegung bedarf, lindert das Unbehagen. Er braucht keine Uhr, kein künstliches Hilfsmittel, das die Zeit misst. Er muss einfach nur wach sein, fühlen, es spüren, das, was sich nähert, unaufhaltsam, laut, gewaltig.

Ein Moment, der richtige Moment, eine Bewegung dann, wenn sie gebraucht wird. Es fühlt sich sauber an, sicher, richtig.

Er konzentriert sich. Eine Bewegung. Dann gehen. Ganz einfach. Ganz falsch und doch richtig.

Fünfzehn Minuten, dachte er, er würde zu spät kommen. Scheißegal. Er fühlte ein unangenehmes Prickeln im Nacken. Der Idiot hinter ihm hielt nichts von Individualabstand. Vielleicht war es wirklich noch voller als sonst. Vielleicht war wieder irgendeine Messe in Köln. Fast meinte er, einen warmen, feuchten Hauch auf der Haut zu spüren. Unauffällig wanderte sein Blick nach links und rechts. Vielleicht sollte er ausweichen. Den taktischen Vorteil der Türnähe aufgeben.

Vorerst machte er noch einen Schritt nach vorn, über die weiße Linie, die Reisende mahnte, ausreichend Sicherheitsabstand zur Bahnsteigkante zu halten, abgetreten und schmuddelig, missachtet von allen.

Das Gefühl, dass sein Hintermann ihm millimetergenau folgte, grenzte an Verfolgungswahn. Das ekelhafte Gefühl von warmer, feuchter Atemluft in seinem Nacken.

Carsten überlegte, ob er sich umdrehen und den Betreffenden

darauf hinweisen sollte, dass er es vorzog, nicht angeatmet zu werden. Möglicherweise würde ein böser Blick genügen. Bevor er zu einer Entscheidung kam, hörte er das Dröhnen des herannahenden Güterzugs.

Und dann ging alles schnell und langsam zugleich. Er begriff nichts von dem, was da geschah. Er fühlte Enge, viel zu viel Nähe. Er wunderte sich, dass die ohnehin zu laute Lok nun noch die schrille Warnpfeife hören ließ. Die übertönte fast die hysterischen Schreie, die nun Menschen vom Bahnsteig ausstießen. Etwas passiert, dachte Carsten noch, irgendetwas stimmt nicht. Kein Kontakt, dachte er, ich falle, und da ist kein Boden unter mir. Und dann stand alles still, Zeit, Bewegung, Geräusch. Für einen Moment schwebte er, zwischen den Dingen, über den Dingen. Er wollte sich umdrehen, herausfinden, was die Ursache für die Aufregung war, aber der heftige Schlag kam dem zuvor. Bevor er den Schmerz begriffen hatte, war alles dunkel und still.

***

Idiotisch, hatte Rainer neulich gesagt. Eine idiotische Zeitverschwendung sei es, diese Zeitung zu lesen. Es sei denn, man interessiere sich für Neuigkeiten aus den Karnevalsvereinen oder für Äußerungen profilneurotischer Lokalpolitiker. Christine hatte sich auf unbestimmte Art beleidigt gefühlt. Dabei war das albern. Sie hätte nie behauptet, dass die Lektüre ihrer politischen Bildung diente. Sie las durchaus andere Dinge, sie informierte sich.

Natürlich konnte sie nicht mithalten mit Rainer, dessen neue Angewohnheit es war, am Morgen mindestens eine überregionale Tageszeitung mit politisch-intellektuellem Anspruch gründlich zu studieren. Seine Tendenz, das, was er tat, zum Maß aller Dinge zu erheben, war ihr nicht neu. Neu war nur, dass ihr das auf die Nerven ging.

Das hatte seine Gründe. Komplexe Gründe, um die es nicht ging im Moment. Es ging vielmehr darum, dass er diese Bemerkung gemacht hatte, weil er sie treffen wollte. Der Angriff war kindisch und aggressiv. Und erschreckend erfolgreich.

Das war allerdings ihr Problem, nicht seines. Sie war darüber hinweggegangen. So weit kam es schließlich noch, dass sie mit Rainer darüber diskutierte, wie sie ihre Frühstückspause verbrachte. Eine Tasse Tee und der Lokalteil, eine Stunde im Wintergarten oder, wenn das Wetter es erlaubte, draußen im Garten. Ein schöner Earl Grey, der Lokalteil und Ruhe, das half ihr, abzuschalten. Es hatte nichts mit Niveau zu tun. Weder mit ihrem noch mit seinem.

Und nun saß sie hier, starrte auf die Seite und kämpfte gegen den Gedanken, dass sie auf Rainer hätte hören sollen.

Schließlich war Rainer klug. Er war sogar brillant. Der Umstand, dass er das sehr genau wusste und sich selbst hoch schätzte, änderte nichts an dieser Tatsache. Christine hatte oft auf ihn gehört und war alles andere als schlecht damit gefahren.

Sie zwang ihre Augen, den Buchstaben zu folgen. Anwalt, las sie, renommiert. Renommierter Anwalt. Suizid, las sie dann. Suizid, wiederholte ihr Gehirn. »Suizid« vom lateinischen *suicidum*, zusammengesetzt aus *caedium*, der »Tötung« und *sui*, »seiner selbst«, einem Genitiv. Suizid, Selbstmord oder Freitod, das willentliche Beenden des eigenen Lebens durch beabsichtigtes Handeln. Man wählt den Freitod. Man begeht Selbstmord. Zwei Dinge, die dasselbe bedeuteten und doch ganz unterschiedlich klangen.

Es half. Das Gehirn zu beschäftigen, die Gedanken in eine Richtung zu zwingen, in eine, die ordentlich war, wissenschaftlich irgendwie, half ihr immer. Leider nie lange.

Sie blickte erneut auf den Text. Renommierter Anwalt tot aufgefunden. Erhängt. Suizid. Oder nicht Suizid. Noch unklar, stand da, mögliches Fremdverschulden, Verbrechen, stand da, nicht Mord, obwohl Verbrechen in diesem Zusammenhang ja nur Mord bedeuten konnte. Wie viele Anwälte gab es in der Stadt, denen das Blatt das Prädikat »renommiert« verleihen würde? Viele, dachte sie, sicherlich viele, zumal man nicht sparsam war mit Lob, wenn jemand gestorben war. Viele renommierte Anwälte. Zwei Möglichkeiten.

Statistik war nie ihre Stärke gewesen. Am Anfang des Studiums hatte sie fast das Handtuch geworfen wegen der elenden Rechnerei. Es war nicht ihre Art, aufzugeben, darum hatte sie sich durchgebissen, so gut es eben ging. Gut war sie allerdings nie geworden in dem Bereich. Hätte sie damals den Stoff verinnerlicht, statt ihn einfach zu bewältigen, sie hätte die Sache jetzt im Kopf überschlagen können. Sauber und mathematisch. Dann wäre sie auf eine Zahl gekommen, eine lächerlich niedrige Zahl, die eine Wahrscheinlichkeit dafür bezeichnet hätte, dass das, was sie da las, irgendetwas mit ihr zu tun hatte.

Ein toter Anwalt, eine polizeiliche Ermittlung. Natürlich ermittelte die Polizei. Das ergab sich logisch. Ein ungeklärter Todesfall zog eine polizeiliche Ermittlung nach sich. Immer. Das war normal. Das hatte nichts mit ihr zu tun.

Sie schlug die Zeitung zu. Griff nach der Teetasse. Ihre Hand zitterte, heiße Flüssigkeit schwappte auf die Haut, auf das Papier. Braune Flecken breiteten sich auf der Titelseite aus, Earl Grey durchweichte das Bild eines Flugzeugwracks, aufgenommen irgendwo in Indien, an einem Ort, dessen Namen sie nie zuvor gehört hatte. Über hundert Menschen waren gestorben, irgendwo in Asien, und ein Anwalt hier in der Stadt.

Sie stand auf und ging ein paar Schritte, ging zu der Ecke, in der der kleine Teich lag. Teichanlage, dachte sie, alles in diesem Garten war Anlage. Ein kleiner Teich zwischen kleinen Pflanzen. Alles war klein. Ein kleiner Wasserfall ergoss sich künstlich auf kleine Felsen. Plätscherte – beruhigend, so sollte es wirken. Aber das tat es nicht. Nicht auf Christine, die bei diesem Geräusch immer an eine kaputte Klospülung hatte denken müssen. Der Taucher, dachte sie, das war ein Wort, das sie als Kind gelernt und das sie fasziniert hatte, hatte sie sich doch einen winzigen Mann vorgestellt, der im Spülkasten tauchte und für Ordnung sorgte. Sie war enttäuscht gewesen, als man ihr erklärt hatte, um was es sich in Wirklichkeit handelte. Wenn der Taucher kaputt war, lief das Wasser, lief immer weiter, war verschwendet, vergeudet, Wasser kostet Geld, und Wasser ist kostbar, nicht alle Menschen haben Wasser in einem derartigen Überfluss, und darum durfte man das Wasser nicht einfach durchs Klo laufen lassen, sinnlos. Das Geräusch bedeutete, dass man etwas in Ordnung bringen musste. Das war nicht beruhigend. Das war das Gegenteil von beruhigend. Das machte sie nervös. Vor allem jetzt, in diesem Moment, in dem sie sich enorm anstrengen musste, um die Gedanken zu disziplinieren, ihnen nicht zu erlauben, sich frei zu bewegen, in eine Richtung zu gehen, in die sie nicht gehen sollten.

Es hatte keinen Sinn, jetzt über etwas nachzudenken, das lange her war. Vergangenheit. Etwas, das in Ordnung war, etwas, das Rainer in Ordnung gebracht hatte. Für sie. Christine war ihm dankbar, sehr dankbar. Daran änderte auch der Umstand nichts, dass es Dinge gab, die man nicht wirklich in Ordnung bringen konnte.

Denn das war nicht Rainers Schuld. Sondern ihre eigene.

Ihre Augen wanderten durch den Garten. Die Anlage. Nervtötend ästhetisch. Normalerweise störte sie sich nicht daran. Es gefiel ihr nicht besonders, aber der Garten war Rainers Bereich. Japanische Gartenarchitektur, ordentlich und klein und symmetrisch, das harmonierte perfekt mit dem Haus. Moderne Architektur, riesige Glasflächen, viel Licht, gerade Linien, die sich fortsetzten, hier draußen. Lächerliche kleine Büsche, kein Ast, der sich aus der Form wagte. Sie vergaß den Namen dieser Büsche ständig. Der Name dieser Büsche interessierte sie nicht. Für Christine war das hier kein Garten. Aber ihr Garten hätte nicht zum Haus gepasst. Und nicht zu Rainer. Ihr Garten hätte aus breiten Rabatten bestanden, Beeten voller Stauden, ein üppiges buntes Durcheinander von Farben und Formen, Blätter und Blüten, die sich nicht darum scherten, ob und mit wem sie harmonierten. Ihr Garten wäre schön gewesen, nicht ästhetisch.

Die alte Esche, die im Garten ihrer Großmutter gestanden hatte, fiel ihr ein. Der Baum war nicht schön gewesen, krumm und verwachsen, aber groß. Ein mächtiger Stamm, darüber eine dichte Krone aus Blättern, die rauschten, wenn der Wind sie bewegte. Das hätte ihr jetzt möglicherweise geholfen. Ein großer Baum, an dessen Stamm man sich lehnen konnte und sich beschützt fühlen unter dem breiten Blätterdach.

Hier war alles klein, viel zu klein.

Ein Anwalt. Viele Anwälte. Ein Tod. Die Polizei. Das alles hatte nichts mit ihr zu tun. Vermutlich nicht. Gar nichts.

Es war nicht allzu schwer, die Sache zu klären, theoretisch. Es bedurfte eines Anrufs.

Wenn man hörte, dass irgendwo Wasser lief, dann stand man auf und ging nachsehen. Man prüfte, wo es lief und warum. Kontrollierte, ob man etwas reparieren musste oder ob es einfach falscher Alarm war, weil etwa die Waschmaschine lief und das Geräusch daher ganz normal war und richtig, nichts, worüber man sich weiter den Kopf zerbrechen musste.

Ein Anruf wäre es in diesem Fall, ein einfacher Anruf.

Sie unterdrückte den Impuls, dem kleinen grünen Busch vor ihren Füßen einen Tritt zu versetzen. Was fanden die Japaner nur an all diesen kleinen Dingen? Diesen winzigen Dingen?

Selbst wenn es von allen renommierten Anwälten ausgerechnet den getroffen hatte, den einen, der es nicht sein durfte, bedeutete das nichts. Suizid war unmöglich. Nicht gänzlich, natürlich nicht, denn wenn sie etwas gelernt hatte im Lauf der Jahre, in denen sie sich nun schon mit der menschlichen Psyche befasste, dann, dass »unmöglich« keine Kategorie war. Aber »unwahrscheinlich«. Äußerst unwahrscheinlich. Unwahrscheinlicher als Mord?

Für einen Moment trat sie aus sich heraus. Stellte sich neben sich selbst und betrachtete sich mit den Augen der Therapeutin. Ihr gefiel nicht, was sie sah. Sie sah eine Frau, die sich wünschte, jemand sei umgebracht worden oder bei einem Unfall gestorben. Eine Person, in deren Denken jede Empathie fehlte. Das war erbärmlich. Das war nicht sie. Ihr lag an den Menschen. Darum hatte sie diesen Beruf gewählt. Sie wollte den Menschen helfen, besser klarzukommen. Weniger Angst zu haben und die inneren Dämonen zu zähmen. Schuld, Angst und Versagen. Sie wollte Menschen helfen, glücklich zu sein.

Sie blickte hinüber zu den großen Fenstern, hinter denen sich ihr Behandlungsraum befand. Versuchte, sich zu erinnern, wann sie das letzte Mal mit ihm dort gesessen hatte. Mit dem renommierten Anwalt. Sie wusste es nicht genau. Es war noch nicht sehr lange her. Aber das Bild entglitt ihr, wieder und wieder, wurde weggeschoben von der hässlichen Fratze der Panik, die sich um nichts kümmerte als um sich selbst.

Ein leichter Windstoß griff nach der Zeitung auf dem Tisch, nahm sie mit und trug sie auf den Rasen. Christine ging hinüber. Die Seiten wirkten wohltuend unordentlich auf der sauber gemähten Fläche. Sie waren noch feucht vom Tee, der nächste Windstoß hatte Mühe, sie anzuheben, ein Stück weiter zu tragen in Richtung Teich.

Sie schloss die Augen und konzentrierte sich darauf, ruhig zu atmen. Den Impuls zu kontrollieren, nach oben zu laufen, nach oben zu Rainer. Die Panik abzuliefern, die Kontrolle abzugeben. Es würde nicht funktionieren. Er würde ihr genau das sagen, was sie selbst sich sagte. Ein Zufall. Kein Grund zur Panik, würde er sagen. Als hätte sich Panik je um einen Grund geschert.

Sie hob die Zeitung auf. Knüllte das feuchte Papier zusammen. Sie sah auf die Uhr. Ihr nächster Patient würde in einer Viertelstunde da sein. Es war an der Zeit, sich zu beruhigen. Sich vorzubereiten. Es war an der Zeit, zurück in ihr Büro zu gehen, sich zu fassen und zu konzentrieren. Später würde sie sich um die Sache kümmern. Ein Anruf. Ein Anruf nur, um die Dämonen zurück in das finstere Loch zu schicken, aus dem sie gekrochen waren.

7

Man musste kein intimer Kenner von Körpersprache sein, um aus Brodtmanns stampfendem Schritt, dem gebrummten Pseudogruß und der Art und Weise, wie er die Tür ins Schloss donnerte, die richtigen Schlüsse zu ziehen. Nun hockte er mit gerunzelter Stirn am Schreibtisch und murmelte bei der Kontrolle seines morgendlichen Mail-Eingangs leise Flüche.

Dass Brodtmann schlecht gelaunt war, war offensichtlich. Wie schlecht gelaunt er war, das galt es allerdings herauszufinden. Und zwar schnell. Denn wer mit Brodtmann arbeitete, tat gut daran, die Abstufungen der schlechten Laune genau zu studieren und sich entsprechend zu verhalten. Stufe eins war zu handhaben. Und das war gut so, denn Stufe eins wurde angesichts des Schlafmangels und der häuslichen Hektik derzeit oft erreicht. Bei Stufe eins reichten ein oder zwei alberne Sprüche, die an sein humoristisches Ehrgefühl appellierten, um die Sache ins Lot zu bringen. Stufe zwei forderte schon mehr Engagement. Zu Schlafmangel und Unruhe kam dann nämlich eine weitere, eine unbekannte Komponente, die es sensibel zu erfragen und mit ausreichendem Mitgefühl zu kommentieren galt. Hilfreiche Rahmenbedingungen schuf dabei ein schneller Gang zur nahe gelegenen Bäckerei, um die von Brodtmann geschätzten Rosinenschnecken zu erwerben, die, serviert mit einer Tasse Kaffee, eine beruhigende und ausgleichende Wirkung auf seine Seele hatten. Ein Opfer, zu dem Ruth in der Regel durchaus gerne bereit war, wenn es der Sache denn diente.

Jetzt allerdings, an diesem strahlenden Frühlingsmorgen, deuteten die Zeichen klar auf Stufe drei. Stufe drei war schlecht, weil hoffnungslos. Stufe drei umfasste neben alltäglichen Ärgernissen einen allgemeinen globalen Überdruss und manifestierte sich darin, dass Brodtmann sein Leben, sein Schicksal und das Universum als solches komplett und nachhaltig in Frage stellte. Bei Stufe drei konnte man mit Rosinenschnecken jonglieren, feinste Kaffeespezialitäten servieren und dabei einen feinsinnigen

Scherz nach dem anderen zum Besten geben, es war verlorene Liebesmüh.

Stufe drei musste man aushalten. Man musste sich daran erinnern, dass Brodtmann eigentlich ein ausgeglichener, ein netter, ein geschätzter Kollege war. Und darauf vertrauen, dass alles ein Ende hatte, sogar Stufe drei. Bis dahin tat man gut daran, ihm aus dem Weg zu gehen.

»Schlecht geschlafen?« Ruth riskierte einen vorsichtigen Blick über ihren Monitor.

Brodtmann grunzte.

Ruth überlegte, ob er möglicherweise doch sauer auf sie war, weil sie ihn allein gelassen hatte mit Verena Brandmeyer. Das war nicht wirklich anzunehmen, aber bei Stufe drei bereitete man sich besser auf alle Möglichkeiten vor.

Brodtmann brummte etwas.

»Wie bitte?«, säuselte Ruth.

»Affenarsch! Ich sagte: Affenarsch!«, wiederholte Brodtmann freundlicherweise. »Was der sich einbildet, es ist nicht zu glauben!«

»Wer?«

»Na, unser heiliger Severin. Unser Erster Kriminalhauptarsch! Hast du seine Mail nicht gekriegt?«

»Noch nicht gelesen …« Ruth klickte sich eilig in der Liste des Posteingangs nach oben. Sie überflog besagte Mail. Wie immer im Schriftverkehr hielt sich Orth knapp, erkundigte sich mit Dringlichkeit nach den Fortschritten im Fall Brandmeyer.

»Was für ein Oberarsch«, sprach Ruth opportunistisch.

Brodtmann würdigte ihre Schleimerei nicht einmal der Kenntnisnahme. »Bis zehn«, polterte er. »bis zehn Uhr habe ich bei dieser irren Ziege gesessen und ihr Händchen gehalten! Was glaubt die denn, wer sie ist? Was glaubt denn Orth, was ich hier mache?«

Kein Kaffee, dachte Ruth, keine Rosinenschnecke. Klarer Fall von Stufe drei.

»War nicht ihre Mutter …« Sie kam nicht dazu, den Satz zu Ende zu sprechen.

»Oh, die feine Frau Mutter! Ja, die – die hatte wohl noch andere Sachen zu tun. Nicht zu fassen, das! Ich hocke da an ihrem Bettchen, ich halte ihre Hand, ich warte auf den Herrn Doktor, damit der sie ruhigspritzt. Und dann sagt der, jemand sollte besser dableiben, bis sie eingeschlafen ist, und da hat die feine Frau Mama schon den Mantel an und sagt, sie könne wohl nicht mehr viel tun hier!«

Er schnappte nach Luft. »Macht ja nix, der Brodtmann ist ja da. Der hat ja nichts Besseres zu tun, als am Bett von wildfremden Frauen zu sitzen und sich anzuhören, wie wundervoll der Eugen war und wie schrecklich alles ist und dass der böse, böse Russe ihn um die Ecke gebracht hat. Ich schwöre dir, sie ist gerade rechtzeitig eingeschlafen, ich war kurz davor, sie bewusstlos zu schlagen. Und als ich dann nach Hause komme, müde nach Hause komme, weil ich so ein Trottel bin, so ein Weichei, und nicht kapiere, wann Schluss ist, da erwartet mich die göttliche Gattin und verpasst mir einen Rieseneinlauf. Als könnte ich was dafür, dass der Scheißkerl geimpft worden ist und einen roten Arm hat und Fieber, das ganze Programm. Und während sie schreit, schreit er noch viel lauter und so hysterisch, dass er kubikmeterweise Luft schluckt, und davon kriegt er natürlich Blähungen, und darum plärrt er noch viel mehr. Und das macht die Gattin gar nicht froh, sie ist ja sowieso in schlechter Stimmung, weil der Kindsvater ein pflichtvergessener Idiot ist, der sich vor allem drückt mit dem lächerlichen Vorwand, dass er zur Arbeit gehen und das Geld verdienen muss!«

Abermals unterbrach er kurz, um nach Atem und um Fassung zu ringen. »Und als wäre das alles nicht schlimm genug«, fuhr er dann fort, »weiß die Gattin noch zu berichten, dass unser lieber Herr Orth angerufen hat. Nicht ein Mal. Nicht zwei Mal. Nein, drei Mal. Nach acht! Privat! Zu Hause, verstehst du? Das schätzt meine Gattin nicht, dienstliche Anrufe zu Hause. Und wenn sie allein ist mit einem plärrenden, fiebernden Scheißkerl, der sich nicht beruhigen lässt, dann schätzt sie es noch viel weniger. Man könnte sagen, sie hasst das. Und du darfst dreimal raten, wem sie die Schuld gibt. Vermutlich kann ich mich glücklich schätzen, dass sie sich nicht lange mit Vorwürfen aufgehalten hat, sondern mir einfach den Scheißkerl in die Hand gedrückt hat und abgehauen ist. Wegen Auszeit, verstehst du, die braucht sie ja. Ja, ich hab schon Glück gehabt. In jeder Hinsicht. Ich weiß gar nicht, warum ich mich beschwere. Kinder sind ein Geschenk. Und schlafen kann man, wenn man tot ist, nicht wahr?«

Erschöpft von seinem Ausbruch sank Brodtmann auf dem Stuhl zusammen und starrte trübsinnig auf den Bildschirm.

»Oh«, sagte Ruth. »Das ist nicht schön!« Sie schwieg einen Moment. »Die Jäger, diese Sekretärin, hat angedeutet, dass der Haussegen schief hing bei den Brandmeyers.«

Brodtmanns Kopf hob sich ein wenig.

Derart ermutigt fuhr Ruth fort. »Er hat sich wohl über beide Ohren in diesen Morowski-Prozess gestürzt, und danach gab es Knatsch.« Erneut warf sie Brodtmann einen Blick zu, und fast meinte sie, eine leichte Abmilderung der Zornesfalten auf seiner Stirn zu sehen.

»Hilft uns nicht weiter«, brummte er. »Eine dicke Lebensversicherung würde ja immerhin erklären, warum sie so auf Mord beharrt. Die gibt es auch, natürlich, schön und fett, aber die braucht sie nicht. Der Typ hat so viel Kohle, altes Geld, und sie erbt alles. Da kann sie auf die Lebensversicherung bequem verzichten.«

»Geld ist schön, mehr Geld ist schöner«, wandte Ruth ein. »Hältst du es für möglich, dass sie ihn selbst um die Ecke gebracht hat?«

Brodtmann blickte skeptisch in ihre Richtung. »Aber dann würde sie doch wohl kaum einen derartigen Aufwand betreiben, um uns darauf zu stoßen, dass es kein Suizid war. Und schau sie dir an. Die wiegt doch höchstens zehn Kilo. Die hätte ihn nie stemmen können und mal eben aufhängen.«

»Er war besoffen. Und vielleicht will sie erwischt werden. Verschleierte Selbstanzeige. Sie ist nicht unbedingt eine ausgeglichene Person, oder? Die Ehe geht den Bach runter, sie ist verzweifelt, sie dreht durch und erhängt ihren Gatten. Danach tut es ihr furchtbar leid. Sie erträgt die Schuldgefühle nicht.«

»Veritzky, deine Küchenpsychologie ist erbärmlich. Wenn überhaupt, dann bräuchten wir hier ein bisschen Affekt. Und den sehe ich nicht.«

Brodtmann seufzte tief.

»Vermutlich hast du recht. War nur so ein Gedanke. Aber immerhin war er Anwalt. Es gibt bestimmt einen Ehevertrag, und den würde ich mir gern ansehen. Obwohl vermutlich kein Ehevertrag so aussieht, dass man den Suizid der Scheidung vorzieht.«

»Was nur beweist, dass du keine Ahnung von Beziehungen hast«, brummte Brodtmann.

Ruth versuchte nicht beleidigt zu sein. Er meinte es nicht so. Brodtmann war Stufe drei. Das galt als eingeschränkt zurechnungsfähig. »Würdest du dich etwa umbringen, wenn deine Holde dich absägt?« So ganz ungestraft konnte sie ihn dennoch nicht davonkommen lassen. Brodtmann sah auf, und zu Ruths Überraschung zeigte sich auf seinem Gesicht fast so etwas wie ein Lächeln. »Natürlich nicht«, sagte er, »aber ich hätte dann ja immer noch dich.«

Noch immer war sein Ton nicht sonderlich heiter, aber immerhin schienen sich seine Gedanken weg vom allgemeinen, hin zum konkreten Elend zu bewegen.

Ruth wollte sich eben selbst zu ihrem psychologischen Coup gratulieren, als die Tür aufgerissen wurde und Andrea, heute in Violett und Pink, in den Raum segelte. In der Hand hielt sie ein Buch, das sie schwenkte wie ein Schwert.

»Es ist nicht zu glauben«, keuchte sie atemlos. »Wie blöd Eltern heute sind! Sklaven der Pharmapropaganda. Vollkommen unkritisch lassen sie ihre Kinder impfen, keiner informiert sich vorher mal gründlich. Und dann beschweren sie sich, wenn die armen Würmer Höllenqualen leiden. Tagelang durchbrüllen vor Schmerzen. Dabei kann man das auch ganz anders angehen, sich mal schlaumachen und …«

Ruth hustete künstlich und laut. Als Andreas fragender Blick sie traf, hob sie im Sichtschutz des Bildschirms drei Finger. Andreas Augen weiteten sich, wanderten zu Brodtmann. Ihr Mund klappte zu und verzog sich im Versuch eines Lächelns. »Nun«, sagte sie, »das ist jedenfalls ein ganz interessantes Buch, und ich dachte, das möchtest du vielleicht auch mal lesen. Aber eigentlich wollte ich nur fragen, ob hier jemand Lust auf eine Rosinenschnecke hat.«

Ruth hätte schwören können, dass sich die Haare in Brodtmanns Nacken ein wenig aufstellten. »Ich habe keine Zeit«, fauchte er. »Ich habe keine Zeit, hier rumzuhocken und Rosinenschnecken zu essen!«

»Natürlich nicht. Selbstverständlich nicht. Ich dachte ja nur. Die Gerichtsmedizin hat übrigens angerufen. Ulf will wissen, ob er ihn aufschneiden soll, den Anwalt.«

»Das entscheidet doch wohl immer noch der Staatsanwalt«, donnerte Brodtmann.

»Natürlich, sicher, ich dachte nur, Orth hätte euch das vielleicht gesagt.«

»Uns sagt hier keiner was«, beklagte Brodtmann. »Und mir langt es jetzt. Wenn er will, dass das ein Fall ist, dann ist es jetzt ein Fall. Ulf soll ihn aufschneiden. Und ich, ich werde jetzt mal anfangen zu arbeiten. Zu ermitteln. Das ist nämlich mein Job. Das ist mein Beruf. Dafür bekomme ich nämlich dieses absurd hohe Gehalt bezahlt.« Er stand auf und griff nach seiner Jacke.

»Wo willst du denn hin?«

»Ich fahr noch mal zu Verena ... äh, Frau Brandmeyer«, brummte er.

Ruth sah ihn überrascht an.

»Wir müssen sie doch wohl befragen. Zu ihrer Ehe. Zu den Erkenntnissen, die du mir eben vorgetragen hast.« Brodtmann sah sie an. »Willst du mit?« Es klang nicht, als wollte er, dass sie wollte. Und das passte Ruth ganz gut.

»Ich würde lieber die Berichte fertig machen«, sagte sie. »Dann können wir Orth wenigstens irgendwas auf den Schreibtisch legen.«

Das Telefon auf ihrem Schreibtisch klingelte.

»Wenn er das ist, sag ihm, dass ich tot bin«, verlangte Brodtmann und verließ fluchtartig den Raum. Halb besorgt, halb erleichtert sah Ruth ihm nach, während sie nach dem Hörer griff. Nichts auf der Welt konnte schlimmer sein als ein Tag mit Brodtmann auf Stufe drei.

Fast nichts, korrigierte sie sich, nachdem sie begriffen hatte, was die Einsatzzentrale von ihr wünschte.

***

»Hast du Lust auf einen Kaffee?«

Robert Wolkenhauer zuckte zusammen und fuhr vom Mikroskop auf.

»Entschuldige, ich wollte dich nicht erschrecken …« Katrin, die den Kopf durch die Tür streckte, wirkte verunsichert. Robert wurde klar, dass er sie vermutlich böse ansah. Dabei meinte sie es gut. Katrin arbeitete genauso lange wie er in der Firma, und sie hatten sich immer gut verstanden.

»Danke«, erwiderte er, so freundlich es eben ging. »Im Moment nicht. Ich muss das hier noch fertig machen, ich habe keine Zeit.«

Das war die Wahrheit. Es war immer die Wahrheit. Aber er schämte sich trotzdem. Weil sie es doch gut meinte. Sie fragte ja nicht, weil sie Lust hatte, mit ihm einen Kaffee zu trinken. Das hatte sie nicht. Das hatte niemand hier, schon lange nicht mehr.

Es hatte Zeiten gegeben, in denen das anders war. Früher war er ein beliebter Kollege gewesen. Ein bisschen stiller als die anderen vielleicht, eher der zurückhaltende Typ. Aber doch einer, der gern mitkam in die Kantine, einer, der plauderte beim Kaffee, über Hausbau, über Wetter, über die Idioten von der Marketingabteilung. Einer, der auch mal einen Witz riss, wenn er sich traute. Der immer über die Witze der anderen lachte.

Aber das war vorbei. Langsam, ganz langsam war das Band zwischen ihm und den anderen immer dünner geworden.

Nein, Katrin hatte keine Lust, mit ihm Kaffee zu trinken. Wie alle anderen würde sie sich unbehaglich fühlen, wenn er ihr gegenübersaß, an seinem Becher nippte und sich zu dem zwang, was er für Konversation hielt. Er würde sein Bestes tun, sich auf ein Thema einzulassen, eines, das unverfänglich war und harmlos. Er würde sich Mühe geben, und es würde nicht funktionieren.

»Ich bring dir einen mit«, sagte Katrin nun. »Einen Kaffee«, fügte sie hinzu, als sie seine verständnislose Miene zur Kenntnis nahm. »Willst du auch ein Brötchen oder so?«

Robert wollte kein Brötchen. Er wollte auch keinen Kaffee. Er wollte, dass sie ging. Wollte zurück zu dem Bild unter dem Mikroskop, zurück zu seiner Arbeit. Er wollte, dass sie ihn in Ruhe ließ. Dabei mochte er sie. Er mochte sie wirklich. Sie war freundlich, sie war witzig, sie war hübsch. Und sie meinte es gut. Mit allen, sogar mit Robert. Sie konnte nichts dafür, dass es keinen Sinn hatte. Mit Robert. Es würde nur Kraft kosten, sich einzulassen auf diese Normalität. Auf harmlose Fragen. Hattest du ein schönes Wochenende? Zum Beispiel.

Robert wollte nicht vom Wochenende reden. Er wollte jetzt auch nicht ans Wochenende denken. Aber es war schon zu spät.

Sie waren auf dem Reiterhof gewesen, er und Tobias. Er brachte ihn jeden Samstag dorthin. Zeit, die er mit seinem Sohn verbrachte. Zeit, die Julia für sich hatte. Sie brauchte ein paar Stunden für sich am Wochenende, ein paar Stunden ohne Tobias. Sie brauchte diese Zeit und wollte sie doch nicht haben. Es fiel ihr schwer, die Verantwortung abzugeben. An ihn. Obwohl er Tobias' Vater war.

Er machte seine Sache nicht allzu gut. Obwohl auch er diese Zeit brauchte. Obwohl er seinen Sohn liebte und bedauerte, dass er ihn in der Woche kaum zu Gesicht bekam. Er verließ das Haus, bevor Tobias aufstand. Kam meistens erst zurück, wenn er schon schlief. Julia kümmerte sich um ihren Sohn. Julia teilte sein Leben. So war das. Es ließ sich nicht ändern. Das wussten sie beide.

Tobias mochte Pferde. Es war schön, mit ihm auf dem Reiterhof zu sein. Robert sah gerne zu, wenn er im Sattel saß, sich an die Mähne des unendlich geduldigen Haflingers krallte und lachte, stolz und zufrieden mit sich. Aber es gab gute und schlechte Tage. Am Samstag hatte er es nicht geschafft, allein aufs Pferd zu kommen. Es machte Tobias wütend, wenn ihm etwas nicht gelang. Er hatte einen Tobsuchtsanfall bekommen. Hatte gebrüllt, geschlagen, nach seinem Vater, nach dem Therapeuten, sogar nach dem Pferd. Er hatte seinen hilflosen Zorn und seine Verzweiflung herausgebrüllt.

Das war normal. Eine ganz normale Reaktion, hatte der Psychiater versichert. Als ob es eine Rolle spielte. Als ob diese »Normalität« es Robert leichter machte, danebenzustehen und zu ertragen, dass er nichts tun konnte, um es seinem Kind leichter zu machen. Seinem wunderbaren, tapferen Sohn. Der ein Mensch war. Nicht die Summe aus Stoffwechselprozessen. Obwohl es leichter war, es so zu sehen. Obwohl es Robert half, es so zu sehen.

Robert wollte nicht über sein Wochenende reden. Es gab Dinge, die eigneten sich nicht für Small Talk in der Kantine. Dinge, die niemand hören wollte, wenn er jemand anderen nach seinem Wochenende fragte. Robert war nicht mehr kompatibel. Und egal wie gut es Katrin meinte, daran würde auch sie nichts ändern.

»Danke, ich habe Brote dabei«, sagte er nun endlich und bemühte sich, in Richtung Tür zu lächeln. Die war geschlossen. Katrin war schon gegangen.

Er wandte sich wieder dem Mikroskop zu. Er studierte die Zellstrukturen. Stutzte. Er hob den Kopf, griff nach der Maus. Auf dem Bildschirm, der an das Mikroskop angeschlossen war, markierte er einen Ausschnitt und vergrößerte ihn. Er starrte auf das, was er da sah. Schwankte zwischen Fassungslosigkeit und Entsetzen. Sollte es das sein? Sollte es so einfach sein? Er versuchte, den Gedanken zu Ende zu denken. Atmete ruhig und kontrolliert. Und dann ließ er für einen Moment den Panzer fallen, der seine Seele zusammenhielt. Ein Geräusch entrang sich seiner Kehle. Ob ein Schluchzer oder ein Juchzen, hätte er selbst nicht sagen können. Für einen Moment ließ er los und erlaubte der Hoffnung, groß und bunt und hell durch seinen Kopf zu strömen.

8

»Da!« Ruth musste an sich halten, um dem kleinen, dicken Mann, der vor dem Schreibtisch hockte, nicht den Ellbogen in die Seite zu rammen. Da er sich nicht den Umstand gemacht hatte, ihr einen Platz anzubieten, stand sie in ungesund gebeugter Haltung neben ihm und starrte mit zusammengekniffenen Augen auf den Bildschirm und das diffuse Bild.

»Jetzt halten Sie schon an!« Sie schrie fast. »Spulen Sie zurück!«

»Ja doch. Ich versuch es ja.« Der Mann drückte auf ein paar Knöpfe, der Bildschirm wurde schwarz.

Es war bisher noch nicht vorgekommen, dass sich Ruths Tatortzorn in körperlicher Gewalt manifestierte. Aber heute rückte diese Variante in gefährliche Nähe. Sie war alles andere als wild darauf, das, was dieser unangenehme Typ hartnäckig als »Personenunfall« bezeichnete, in Form einer Filmaufnahme zu betrachten. Aber die Aufnahmen der Überwachungskamera am Bahnsteig waren bislang der einzige Anhaltspunkt, den sie hatten. Die möglichen Augenzeugen hatten sich längst in alle Himmelsrichtungen zerstreut. Man musste ja zur Arbeit, klar, um diese Zeit konnte sich niemand lange damit aufhalten, dass gerade ein Mensch auf abscheuliche Weise ums Leben gekommen war.

Ruth bremste sich. Die Schaulustigen, die geblieben waren, die jetzt hinter der polizeilichen Absperrung herumlungerten und versuchten, einen Blick auf das Geschehen zu erhaschen, waren ihr nicht wirklich sympathischer.

Ich wäre nicht geblieben, dachte sie. Ich wäre auf keinen Fall hier, wenn ich nicht hier sein müsste.

Aber sie musste. Sie musste, und das Mindeste, was sie erwarten konnte, war doch wohl ein bisschen Kooperationsbereitschaft derer, die letztlich verantwortlich waren für die Sicherheit auf diesem Bahnhof. Personenunfall! Was für ein Wort!

Wenn dieser unfähige Idiot die Aufnahmen jetzt versehentlich löschte, was Ruth leider keineswegs für unwahrscheinlich hielt, dann war alles verloren.

Ihr Blick wanderte hinauf zu dem Monitor an der Wand. Männer in grellen Warnwesten durchschritten mit gebeugten Köpfen das Gleisbett. Der offene Zinksarg stand, abgeschirmt von neugierigen Blicken, auf dem Bahnsteig. Sein Inhalt wirkte, vor allem wenn man die Umstände bedachte, relativ zusammenhängend. Dass die Männer noch im Gleisbett herumliefen, bewies, dass der Schein trog. Ruth kämpfte gegen die Übelkeit. Personenunfall! Ich hasse meinen Beruf, dachte sie. Ich hasse meinen Beruf, und ich hasse Brodtmann, der jetzt mit irren Witwen Kaffee trinkt, statt mir diese Scheiße abzunehmen.

»Ich hab's!« Die Stimme des Mannes, dessen Namen Ruth vergessen hatte, kiekste vor Aufregung und Stolz. »Hier, jetzt läuft es ganz langsam.«

Ruth kniff die Augen noch ein Stück zusammen. Es änderte nichts. Alles, was man sah, war ein diffuser Menschenkloß in verschiedenen Grauabstufungen. Tonlos wogte die Masse vor sich hin. Das Bild hatte etwas Gespenstisches. Zumal sich nun ein Schatten löste, ganz langsam. Taumelte, offenbar versuchte, wieder Schritt zu fassen, langsam, viel zu langsam für den sich nähernden schwarzen Block der Lokomotive, mit dem er dann verschmolz. Die graue Masse wurde unruhig, wellenförmig wich sie zurück, begann dann, sich an den Rändern aufzulösen in graue Einzelfiguren, die an der Rolltreppe verschwanden oder durch die Tür der Bahnhofshalle flohen. Alle weg, dachte Ruth, so viele Zeugen und alle weg.

Es war natürlich nicht sehr wahrscheinlich, dass irgendwer irgendetwas gesehen hatte. Die Sache war schnell gegangen, schnell und unvermittelt, egal ob Unfall oder Suizid. Es war fraglich, ob sie das je würden klären können. Die Kollegen hatten die Personalien derer, die noch herumstanden, aufgenommen, hatten die Leute befragt. Man würde mögliche Zeugen bitten, sich zu melden. Man würde tun, was man konnte, egal was es brachte.

»Ist das immer so?«, fragte sie nun.

»Was?« Der Mann ruckelte den Bund seiner Uniformhose

unter dem hervorquellenden Bauch zurecht. Wann immer er sich bewegte, drang ein Schwall Schweißgeruch in Ruths Nase. Sie trat einen Schritt zurück. »So voll!«, konkretisierte sie unwirsch ihre Frage.

»Die Züge im morgendlichen Berufsverkehr zwischen sechs und neun haben eine außerordentlich hohe Auslastung«, erklärte der Mann. So stolz, als wäre das sein persönliches Verdienst. »Eine der wichtigsten Strecken im Schienenpersonenverkehr Westdeutschlands.« Seine Miene verfinsterte sich. »Das ist eine Katastrophe. Mitten im Hauptbahnhof, um diese Zeit. Aber schauen Sie sich das nur an. Wie die Leute drängeln. Überall sind Warnschilder. Es ist nicht gestattet, die Linie zu überschreiten. Aus gutem Grund. Schnelle Durchfahrten, das geht einfach nicht anders. Aber das ist den Leuten ja egal. Da kümmert sich ja keiner drum. Da muss erst so was passieren. Mitten im Hauptbahnhof!« Er hob den Arm und wischte sich mit dem Ärmel die Schweißtropfen von der hohen, runden Stirn. »Wie lange dauert das denn noch?«, verlangte er zu wissen. »Wir haben ein Riesenchaos. Alles steht, zwischen Koblenz und Köln geht nichts mehr. Wir können nicht alles rechtsrheinisch umleiten, das geht nicht.«

»Es tut mir sehr leid, dass der Umstand, dass ein Mensch gestorben ist, Ihrem Unternehmen solche Unannehmlichkeiten bereitet.« Ruth richtete sich auf und rieb sich den schmerzenden Rücken. »Aber vielleicht möchten Sie ja runtergehen und ein bisschen beim Suchen helfen. Dann geht es gewiss schneller.«

Der speckige Nacken versteifte sich. »Sie finden das lustig? Sie haben gar keine Vorstellung, was das bedeutet, wirtschaftlich, meine ich. Und dann schimpfen alle wieder auf die Bahn! Als könnten wir etwas dafür, dass so ein Irrer meint, sich ausgerechnet in der Stoßzeit, ausgerechnet im Bahnhof, im Hauptbahnhof … Das ist doch geschmacklos. Rücksichtslos! So was ist mir in all den Jahren noch nicht untergekommen.«

Das Telefon auf dem Schreibtisch begann zu klingeln. »Ich tue, was ich kann«, wimmerte er in den Hörer, nachdem er kurz gelauscht hatte. »Ich bekomme ja selbst keine verlässlichen Aussagen hier. Ja, natürlich. Ja, sicherlich. Ich melde mich, sobald ich etwas weiß.« Er legte den Hörer auf. »Das war die Leitstelle! Er sah Ruth vorwurfsvoll an. »Überall Chaos!«

»Machen Sie mir eine Kopie.« Ruth schluckte kurz und rang sich dann ein »Bitte« ab.

»Wie?«

»Ich brauche eine Kopie von dem Film. Halbe Stunde vorher, halbe Stunde nachher mindestens. Vielleicht können unsere Techniker was an der Qualität machen …«

»Wie ich eine Kopie machen soll, meine ich«, unterbrach der Mann. »Ich kenne mich nicht aus mit so was. Macht man das auf CD? Ich weiß gar nicht, ob wir CDs dahaben. Die brauchen wir ja nicht, normalerweise.«

Ruth besann sich. Sie strich sich die Haare aus dem Gesicht. »Lassen Sie es sein. Ich rufe einen Techniker an.« Das Risiko, dass der Trottel doch noch irgendetwas ruinierte, war einfach zu hoch.

Personenunfall. Verdammter, idiotischer Personenunfall. Dagegen war Brodtmann auf Stufe drei der reinste Erholungsurlaub. Sie wandte ihre Aufmerksamkeit der braunen Ledertasche zu, die auf einem anderen Schreibtisch lag. Sah man von den tiefen Kratzern im Leder ab, sah sie merkwürdig unbeschädigt aus. Offenbar war sie beim Aufprall zur Seite geschleudert worden und auf einem benachbarten Bahnsteig gelandet. Ruth öffnete vorsichtig den Verschluss.

Ein paar Computerzeitschriften. Ein in Alufolie gehülltes Brot. Ein Butterbrot, dachte Ruth, kein Mensch schmiert sich ein Butterbrot, bevor er sich vor den Zug schmeißt. Und überhaupt – so etwas passierte nicht am Hauptbahnhof im Frühling. Im November, da rechnete man damit. Im November und eher gegen Abend, irgendwo auf freier Strecke. Wer brachte sich schon im Frühling um? Am Hauptbahnhof mit einem Butterbrot in der Tasche?

Sie bremste die Gedanken. Sie war zu voreilig. Das alles sagte gar nichts aus. Das musste nicht das Geringste zu bedeuten haben. Ihr Blick fiel auf das, was sie zu finden gehofft hatte. Ein dunkelbraunes Portemonnaie. Vorsichtig zog sie es hervor, klappte es auf. Führerschein, Personalausweis, Kreditkarte, alles ordentlich beisammen. Ein Foto von einer lächelnden Frau. »Scheiße«, murmelte Ruth.

Sie zog ihr Handy aus der Tasche und wählte die Nummer der Kriminaltechnik. Nachdem sie einen Kollegen angefordert hatte, der sich um die Aufnahmen der Überwachungskamera kümmern sollte, griff sie nach der Tasche. »Gehen wir«, sagte sie zu dem schwitzenden Mann.

»Wohin?«, fragte der angriffslustig. »Das hier ist mein Büro. Ich würde lieber in meinem Büro bleiben.«

Ruth schloss kurz die Augen und zählte langsam bis zehn.

***

Angela fühlte sich grauenhaft, als sie endlich im Büro eintraf. Sie war einiges gewohnt als Pendlerin, aber heute war es der Gipfel gewesen. Eingezwängt in eine schmuddelige S-Bahn, die an jeder Milchkanne hielt, war sie durchs Vorgebirge gezuckelt. Das hatte ewig gedauert, und als sie endlich in Köln ankam, war sie verschwitzt und fühlte sich wie erschlagen.

Warum hatte sie bloß nicht angerufen und sich krankgemeldet? Warum war sie nur so verdammt pflichtbewusst und tat sich so etwas an? Es war kein Wunder, dass sie Magenschmerzen hatte. So etwas wie am Bahnhof sah man ja schließlich nicht alle Tage. Obwohl sie genau genommen nichts gesehen hatte, aber darum ging es ja nicht. Allein der Anblick des Zuges, der nach dem scheinbar endlosen Bremsvorgang, begleitet von der Warnhupe, die der offenbar verzweifelte Lokführer wieder und wieder sinnlos ertönen ließ, hatte gereicht. Und dann die Polizei, die Rettungskräfte, alle Menschen verwirrt, schockiert, verängstigt, es hätte ohne Weiteres zu einer Massenpanik kommen können.

Grauenhaft!

Der Gottler war natürlich egal, was Angela gerade durchgemacht hatte. Ihr Morgengruß klang spitz, ihr Blick auf die Armbanduhr war verdammt demonstrativ.

»Die Züge sind alle ausgefallen«, erklärte Angela. »Der Bonner Hauptbahnhof ist komplett gesperrt. Es hat einen Unfall gegeben.«

Die Gottler nickte desinteressiert.

»Ein Mensch ist tot!«, sagte Angela. Es war immer wieder erstaunlich, wie wenig mitfühlend diese jungen Frauen heutzutage waren. Dass sie ihr gegenüber keinen Respekt zeigte, und das, obwohl Angela den Job seit fast zwei Jahrzehnten machte, daran hatte sie sich ja gewöhnt. Aber dass für Frau Gottler und ihresgleichen nichts auf der Welt zu existieren schien als ihre lächerliche Karriere und ihre beschränkte Bürowelt, erschütterte Angela immer wieder aufs Neue. Die Gottler war natürlich nie auch nur eine Sekunde zu spät. Aber sie wohnte ja auch um die Ecke, schickes Apartment in der Kölner Südstadt, wusste der Himmel, wie sie das finanzierte. Außer Arbeit gab es nichts in ihrem Leben. Sie machte sich überhaupt keine Vorstellung, wie es für Angela als alleinerziehende, berufstätige Mutter war – und dann noch die Fahrerei.

Sie setzte sich an ihren Schreibtisch vis-à-vis Gottler und fuhr den Computer hoch.

»Der Chef ist schon weg«, erklärte die nun, als hätte Angela danach gefragt. »Sie haben wohl vergessen, ihm gestern noch die Excel-Diagramme zu mailen?«

Excel-Diagramme! Angela versuchte, sich auf den diffusen Begriff zu konzentrieren, aber das war im Moment wirklich ein bisschen viel verlangt.

»Ein Mann ist vor einen durchfahrenden Güterzug gestürzt«, sagte sie. »Es war grauenhaft!«

Die Gottler hob den Kopf und warf ihr über den oberen Bildschirmrand einen Blick zu, der wohl mitfühlend sein sollte.

»Ich bin noch ganz durcheinander«, sagte Angela. »Ich stand quasi genau daneben …« Wenn die Gottler nicht begriff, was sich da gerade abgespielt hatte, dann musste sie eben ein wenig dramatisieren. »Grauenhaft«, wiederholte sie.

»Das kann ich mir vorstellen«, sagte die Gottler. Sie legte die Stirn in Falten, kniff ihre überschminkten Augen ein wenig zusammen. »Wenn Sie lieber nach Hause gehen wollen …«

Das könnte dir so passen, dachte Angela. Sie wusste, dass ihre Kollegin ohnehin die Tage zählte, an denen Angela krankgeschrieben war. Sie war so ein Typ, der noch mit dem Kopf unter dem Arm ins Büro kam, demonstrativ herumschniefte und ihre Keime überall verteilte. Aber Angela war nun einmal keine zwanzig mehr. Sie trug Verantwortung, sie war Mutter. Nach diesem Zusammenbruch im letzten Jahr musste sie auf sich achten. Es war allerdings geradezu unverschämt von der Gottler, sie jetzt, nachdem sie diese schreckliche Fahrt hinter sich hatte, nach Hause schicken zu wollen. Als wäre sie ihre Vorgesetzte! Dieser gönnerhafte Ton!

»Nein, nein. Es geht schon.« Sie seufzte, holte ihren Taschenspiegel aus der Schreibtischschublade und zog sich rasch die Lippen nach.

Die Gottler wandte den Blick ab, verräterisch eilig, duckte sich hinter dem Bildschirm. Angela war das nur recht.

Sie legte den Spiegel weg und stand auf, um das Fenster zu schließen. Es zog. Und im Moment war die Luft so pollengeschwängert, dass es wirklich besser war, alle Fenster geschlossen zu halten. Angela hatte darum gebeten, dass entsprechende Pollenschutzgitter angebracht wurden. Das kostete nicht die Welt und war ja für alle Mitarbeiter gut. Vor Wochen hatte sie das angeregt, aber es war nichts passiert. Das wunderte sie nicht. Seit der alte Chef weg war, funktionierte nichts mehr in diesem Büro. Da konnte der kleine Hektiker mit seinem aufgeblasenen Doktortitel gerne so tun, als hätte er das Rad neu erfunden – alles ging den Bach runter.

»Wegen der Diagramme«, sagte die Gottler jetzt.

Angela hätte am liebsten geschrien. Was hatte die denn bloß mit ihren blöden Diagrammen?

»Sie kennen ihn ja, er ist immer ein bisschen gereizt vor diesen Meetings. Ich wollte nicht an Ihren Computer gehen, ich hab die Sachen dann schnell selbst gemacht.«

»Na, dann ist doch alles bestens!« Angela zwang sich, munter und gut gelaunt zu klingen.

»Gerade noch mal gut gegangen, würde ich eher sagen.«

Sie wollte unbedingt darauf herumreiten. Gut, dachte Angela, wenn es ihr hilft!

»Ich habe mir überlegt, dass wir am besten eine gemeinsame Ablage einrichten«, redete die Gottler weiter. »Es kann ja immer mal passieren, dass ein Zug Verspätung hat oder jemand krank ist. Oder dass ich am Nachmittag, wenn Sie weg sind, mal gefragt werde nach solchen Sachen. Es hat ja keinen Sinn, wenn wir die Arbeit hier doppelt machen, auch wenn das jetzt keine große Sache war.«

Keine große Sache? Angela fühlte Zorn aufsteigen. Was sollte das denn heißen, keine große Sache? So langsam grenzte das Verhalten der Gottler ernsthaft an Mobbing. Subtil, natürlich, sie war nicht ungeschickt. So ein Satz war ganz und gar typisch. Er klang ganz harmlos, aber der Subtext war klar: Wenn der Chef schon Angela fragte, dann konnte es keine große Sache sein. Nur weil sie nicht schon im Kleinkindalter am Computer gesessen hatte, behandelte diese Gottler sie wie eine Vollidiotin.

Angela hatte einiges zum Thema Mobbing gelesen. Sie würde nicht auf diese plumpe Provokation anspringen.

»Das ist eine gute Idee!«, sagte sie also. »Eine gemeinsame Ablage. Wie ich Sie kenne, haben Sie sicher schon was vorbereitet.« Sie lächelte falsch und sah sich suchend nach dem entsprechenden Ablagekorb im Büro um.

»Ich habe auf Server G im Verzeichnis V eine angelegt«, sagte Frau Gottler. »Unter ›Gemeinsame Dokumente‹ gibt es dann Unterordner mit den entsprechenden Namen, und da können wir zukünftig alles ablegen, worauf die anderen Zugriff haben sollten. Dann kann der Chef sich die Sachen auch direkt ausdrucken, wenn er sie braucht, und wir sparen uns das Mailen.«

Angela starrte sie an. »Ja«, sagte sie. »Das ist natürlich richtig.« Sie fingerte nach einem Kugelschreiber, kritzelte »Server G, Verzeichnis V« auf ein Stück Papier. Sie hasste das. Sie hasste diesen ganzen Wust aus Servern und Verzeichnissen, das war unglaublich unübersichtlich, genau wie diese Mail-Verteiler.

»Am besten schieben Sie die Diagramme gleich rein, dann schaue ich noch mal und gleiche ab. Das macht ja jeder ein bisschen anders. Nicht, dass wir nachher zwei Versionen haben und es Verwirrung gibt.«

Auf einmal war es Angela furchtbar warm. Sie stand wieder auf und öffnete das Fenster.

Die Gottler lächelte zuckersüß.

Mobbing, das war Mobbing. Diese Frau führte sie ständig vor. Das hatte doch Methode. Es gab doch überhaupt keine Solidarität mehr in diesem Büro. Als der neue Chef gekommen war, hatte es eine Riesenwelle gegeben. Tausend Schulungen, Umstellung sämtlicher Arbeitsprozesse. Effektivierung, das war sein Lieblingswort, er warf unglaublich gern mit leeren Fremdworten um sich.

Dass Angela mitten in einer komplizierten Scheidung gesteckt hatte, dass ihre Tochter sie dringend brauchte, dass es ihr körperlich und psychisch wirklich schlecht ging, das hatte natürlich niemand zur Kenntnis genommen. Sie hatte weder die Zeit noch die Nerven, eine dieser Schulungen zu machen. Sie war eine Teilzeitkraft, sie musste pünktlich nach Hause, es war ja nicht so einfach, wie alle taten.

Zumal diese Systeme ja auch relativ selbsterklärend waren. Angela war schließlich eine intelligente Frau und keine Idiotin, sie konnte sich auch allein einarbeiten, und das hatte sie getan, und alles in allem kam sie ausgezeichnet klar. Manchmal hakten diese Systeme eben, aber das war ja nicht ihre Schuld. Sie machte den Job seit fast zwanzig Jahren, sie brauchte keine Schulung, um ihre Arbeit zu erledigen.

Sie checkte ihre E-Mails. Ihre Nebenhöhlen waren schon wieder dicht. Seit sie den Kopierer auf den Flur geräumt hatten, war die Luft nicht mehr ganz so schlecht, aber gut war sie eben auch nicht. Sie würde beim Betriebsrat noch einmal nachfragen, was aus ihrer Idee mit der Raumluftanalyse geworden war.

Sie öffnete die Online-Seite des Bonner Generalanzeigers. Es stand schon da. Unfall am Hauptbahnhof. Noch immer starke Behinderungen im Zugverkehr. Man schien noch nicht genau zu wissen, was geschehen war.

Sie versuchte, sich zu entspannen. Sich klarzumachen, wie viel Glück sie gehabt hatte. Es hätte ja möglicherweise auch sie treffen können. Tot hätte sie sein können. Der Gedanke, was aus Hannah werden sollte, wenn sie tot war, trieb ihr Tränen in die Augen.

Sie zog ein Taschentuch aus der Handtasche und putzte sich die Nase.

Immerhin war der Chef nicht da. Es war immer ein bisschen entspannter, wenn er nicht alle paar Minuten hereinplatzte oder eine E-Mail schrieb.

»Und?« Frau Gottlers rot gefärbte Stachelhaare hoben sich erneut über ihren Bildschirm.

Angela sah sie irritiert an.

»Haben Sie es schon in den Ordner geschoben?«

So penetrant, sie war so unfassbar penetrant, diese Person, dachte Angela und sagte: »Ja, also, ich schau gerade.« Sie klickte ein wenig herum. »Ich kann die Daten jetzt gerade nicht finden«, sagte sie. »Sind Sie denn sicher, dass ich das machen sollte? Irgendwie kann ich mich dunkel erinnern, dass eigentlich Sie … Ich meine, Sie sind doch unsere Excel-Spezialistin.«

Die ohnehin viel zu schmalen Lippen von Frau Gottler pressten sich zu einem dünnen Strich zusammen. »Nein«, sagte sie nach kurzem Schweigen. »Nein, ich bin sicher, dass Sie das machen sollten.«

Diesmal war es nicht schwer, den Unterton zu deuten. Es war dieser blöden Karrieretussi völlig egal, ob sie einen Schock hatte oder nicht. Rücksicht und Kollegialität waren Fremdworte für die.

Angela zuckte die Schultern. »Ja, wenn Sie das sagen, dann muss ich mal gucken. Wo hab ich das denn? Moment, ich suche.« Sie klickte und klickte. »Obwohl es eigentlich ja egal ist«, murmelte sie dann halblaut. »Sie haben es ja sowieso noch mal gemacht.«

Frau Gottler erhob sich von ihrem Schreibtischstuhl. Zu schnell und zu hektisch. »Ich glaube, ich hole mir mal schnell einen Kaffee«, sagte sie, es klang ein wenig atemlos.

Und rauchen gehst du dann auch gleich wieder, dachte Angela, die es ziemlich ungerecht fand, dass die rauchenden Kollegen sich ständig diese Extrapausen genehmigen durften. Aber sie war im Unterschied zu anderen ja ein kollegialer Mensch, sie gönnte es Frau Gottler. Meistens jedenfalls. »Machen Sie das«, sagte sie also betont munter. »Ich schau in der Zeit nach der Datei, und wenn ich sie gefunden habe, dann lösche ich sie einfach. Ich bin sicher, Ihre Version ist völlig in Ordnung, und dann sparen Sie sich das Abgleichen, und wir kriegen keine Verwirrung. Das ist dann doch am einfachsten, oder?«

Sie wartete, bis die Gottler aus der Tür gestöckelt war, und vertiefte sich dann wieder in die Online-Ausgabe der Zeitung.

9

Aus dem Radio rieselte leise Musik. Markus starrte auf den Bildschirm, betrachtete kritisch die Aufnahmen.

Das Material war hervorragend. Er hatte nichts anderes erwartet. Keine Überraschung. Jeder Trottel hätte diese Frau fotografieren können. Ende zwanzig, klassische Züge. Und sie war ein Profi. Hatte genug Fototermine gehabt, um zu wissen, wie sie sich bewegen musste. Sie posierte ebenso gekonnt wie ungekünstelt. Flirtete mit der Kamera.

Und mit ihm.

Ärgerlich schob er den Gedanken weg, konzentrierte sich auf den Bildschirm. Er studierte die Schattierungen auf dem Gesicht, verglich die einzelnen Aufnahmen und wählte sorgfältig aus. Kämpfte gegen das Gefühl der Sinnlosigkeit in seinem Kopf.

Die Bilder würden sich hervorragend verkaufen. Sie hatte kürzlich einen Fernsehpreis gewonnen, die Medien rissen sich um sie. Sie war intelligent, sie war schön, sie war jung. So jung, dachte er und wusste nicht, ob er sie beneiden oder bedauern sollte.

Altherrengedanken. Er war gar nicht so viel älter als sie. Es war eine Frage der Perspektive. Nicht Jahre machten ihn alt, sondern andere Dinge. Schuld zum Beispiel – und Scham.

In ihrem Alter war er jung gewesen. Er hatte sich für frei und mutig gehalten. Dabei hatte er damals nur nicht begriffen, was auf dem Spiel stand. Das war nicht mutig gewesen, sondern dumm und selbstgerecht. Er hatte sich eingebildet, das Richtige zu tun. Er zeigte denen, die er für überfüttert und ignorant hielt, wie es wirklich aussah auf der Welt. Er machte Bilder von denen, die das Pech hatten, zur falschen Zeit am falschen Ort geboren zu sein.

Bildete sich ein, dass er von Natur aus zur richtigen Zeit am richtigen Ort war.

Er warf einen Blick auf die Uhr. Strich sich die halblangen

Haare aus dem Gesicht. Er musste dringend zum Friseur. Ein normaler Gedanke. Am Vormittag fiel es ihm meistens leicht, so zu tun, als sei er ein normaler Mensch mit einem normalen Leben.

Er betrachtete die Bilder, versuchte, eine Entscheidung zu treffen. Irrelevant, dachte er wieder. Völlig belanglos. Es war zu früh für diese Art von Gedanken.

Normalerweise vollzog sich der Prozess langsam. Von Stunde zu Stunde mutierte er vom Pragmatiker zum Grübler. Vom Grübler zum Getriebenen, der nicht wusste, wohin mit sich, der Bitterkeit und dem Zorn. Heute schien alles eine Spur zu schnell zu laufen. Gedanken, die versuchten, sich seiner Kontrolle zu entziehen, ihm einen Schritt voraus waren. Wie ungezogene Kinder, die man nicht unter Kontrolle bekam.

Er griff nach der Maus, markierte seine Auswahl. Im Radio säuselte schmelzend eine weibliche Stimme. Er legte eine CD ins Laufwerk des Computers, startete den Brennvorgang. Dann stand er auf, ging hinüber zum Regal, um nach einer Hülle für die CD zu suchen.

Er versuchte, das Bild an der Wand nicht anzusehen. Es gehörte zu den wenigen persönlichen Dingen, die er in seiner Umgebung duldete. Alles in allem sah das Haus noch genau so aus, wie seine Eltern es hinterlassen hatten. Er war zu lange Nomade gewesen, um einen Sinn für Einrichtung und Dekoration zu haben. Ein Heimatloser, für den ein Bett zum Schlafen da war, ein Schrank zum Verstauen. Beides zu haben war Luxus. Alles, was er in diesem Haus vorgefunden hatte, erfüllte seinen Zweck.

Auch das Arbeitszimmer war noch so, wie sein Vater es eingerichtet hatte. Er hatte lediglich ein paar Kartons mit alten Unterlagen in den Keller getragen, um Platz zu schaffen für seine Sachen. Und er hatte das Bild aufgehängt.

Das war sentimental. Das war möglicherweise ein Fehler. Aber es hatte sich richtig angefühlt. Zumal es eine großartige Aufnahme war. Perfekt in jedem Detail. Das satte dunkle Grün des Regenwaldes bildete genau den richtigen Kontrast zu den bunten Gewändern, die Sandra und er trugen. Gewänder, die albern hätten aussehen müssen an den blassen Europäern, die strahlend posierten. Die Schwestern aus der Klinik hatten sie genäht. Heimlich, nachdem Sandra unvorsichtig von ihren Plänen erzählt hatte. Dabei hatten sie keine große Sache daraus machen wollen. Eine schlichte Trauung mit dem jungen Kaplan in der Kapelle des Krankenhauses, in dem Sandra arbeitete. Aber sie hatten die Rechnung ohne die Leute gemacht. Weder Krankenschwestern noch Kollegen, keiner der Dorfbewohner, denen es an allem fehlte, hatten eine Hochzeit ohne Fest dulden können.

Er erinnerte sich an seine Sorge. Es fiel ihm schwer, seine kostbare Kamera aus der Hand zu geben. Sie jemandem auszuhändigen wie diesem Pfleger, der so etwas noch nie gesehen hatte. Sandra hatte ihn ausgelacht. Ihm erklärt, dass er leider die Seiten wechseln musste für sein eigenes Hochzeitsbild. Nervös hatte er dem völlig hilflosen Mann erklärt, auf welchen Knopf er drücken musste.

Er hätte nie für möglich gehalten, dass etwas derart Perfektes dabei herauskam. Ein perfektes Bild von einem perfekten Paar.

Markus wühlte im Regal. Zwang seine Augen, nach CD-Hüllen Ausschau zu halten. Er musste mal wieder aufräumen.

Das schmalzende Gesäusel aus dem Radio wurde abgelöst von einem penetranten Werbespot für einen Elektromarkt. Eigentlich hasste Markus den Komiker, der da quakte. Aber in diesem Moment war er dankbar, dass der ihn zurückholte ins Jetzt. Es war allemal besser, als in sentimentalen Erinnerungen zu baden.

Das Leben ging weiter. Dinge änderten sich. Kein Ponyhof, das Leben, kein Wunschkonzert.

Er kehrte zum Schreibtisch zurück, kramte nach dem Formular für den Lieferschein, nach einem passenden Umschlag. Er beeilte sich. Dabei hatte er alle Zeit der Welt. Keine Termine heute, keine Verpflichtungen. Ein privilegiertes Leben, im Grunde. Der Himmel war blau, das Licht wunderbar. Er würde sich aufs Fahrrad setzen, einfach herumfahren. Früher oder später würde er etwas finden, etwas, das es wert war, fotografiert zu werden. Irgendein irrelevantes Motiv, das irrelevante Kunden kaufen würden.

Vielleicht sollte er sie anrufen. Vielleicht würde es nicht schaden. Es kam nicht alle Tage vor, dass er die Telefonnummer einer so interessanten, attraktiven Frau bekam. Natürlich traf er Frauen. In Kneipen meistens. Zuweilen führten diese Treffen dazu, dass jeder bekam, was er wollte. Irgendwann schlich er dann in der Dunkelheit aus irgendeinem Schlafzimmer, ein schales Gefühl im Mund.

Einen »Schlag bei den Weibern« nannte Carsten das, der Unterton neidisch. Carsten war toll, aber es gab Dinge, von denen er keine Ahnung hatte.

Vielleicht würde es helfen, sie anzurufen. Nicht auf Dauer, aber um diesen Tag zu überstehen. Sie wohnte in Köln, ein Katzensprung. Sie könnten einen Kaffee trinken, ganz unverbindlich, ein bisschen reden.

Gedankenverloren zog er seinen Geldbeutel aus der Hosentasche. Er suchte nach der Karte, auf die sie ihre private Handynummer notiert hatte. Er betrachtete die mädchenhaft geschwungenen Zahlen. Bevor seine freie Hand nach dem Telefonhörer greifen konnte, besann er sich. Stoppte die Bewegung, kehrte sie um, zwang sie zu der Karte. Er riss sie in der Mitte durch. Er riss so lange, bis nur noch kleine Fetzen übrig waren.

Das Licht war wunderbar. Er würde zur Post fahren, die CD an die Agentur abschicken. Belanglose Bilder, die sich gut verkaufen würden. Er war gut im Geschäft, er hatte Glück.

Er hatte Glück, und er hatte Pech, so wie alle Menschen.

Jeder tat, was er tun musste. Es klang sehr einfach, aber das war es nicht.

Die Werbung war zu Ende, die sonore Stimme des Nachrichtensprechers drang an sein Ohr. Ein Erdbeben in China, ein Streik in Frankreich legte noch immer den Flugverkehr in Europa lahm. Markus lauschte mit halbem Ohr, behielt den Bildschirm mit der Sanduhr im Auge, bis die Nachricht erschien, dass die Daten erfolgreich kopiert waren.

Sonnig würde es die nächsten Tage, teilte ihm das Radio mit, bei leicht sinkenden Temperaturen. Dann wechselte die Stimme, und die Sprecherin begann, die um diese Uhrzeit üblichen Staus aufzuzählen. Aufgrund eines Unfalls am Bonner Hauptbahnhof komme es außerdem zu erheblichen Behinderungen im Bahnverkehr, erklärte sie noch.

Kein guter Tag zum Reisen, dachte Markus. Kein guter Tag zum Denken. Kein guter Tag, um irgendjemanden anzurufen.

Er nahm den Lieferschein aus dem Drucker, unterschrieb ihn und steckte ihn zusammen mit der CD in den Umschlag. Siebengebirge, dachte er. Ein paar ernste Steigungen. Das würde ihm guttun. Das half an solchen Tagen. Er würde sich austoben, hoffentlich ein paar Bilder machen.

Danach im Heim vorbeisehen. Es war drei Tage her, dass er dort gewesen war. Es war Zeit, auch wenn es eigentlich keinen Unterschied machte, dort, wo Zeit ohnehin keine Rolle mehr spielte.

***

Verena musterte heimlich den Mann, der ihr gegenübersaß und müde in seiner Kaffeetasse rührte.

Eigentlich sah er nicht schlecht aus. Groß und dunkelhaarig, der kräftige Typ. Ein bisschen zu viel Bauch vielleicht. Er war älter, ungefähr so alt wie Eugen. Sie schämte sich des Gedankens. Eugen war nicht alt. Älter als sie, das schon. Aber er war ihr nie alt vorgekommen. Sah man von den letzten Monaten ab. Aber die letzten Monate zählten nicht.

Sie hob ihre Tasse, trank einen Schluck. Versuchte, sich an den Namen des Mannes zu erinnern. Der Polizist, er war der Polizist. Er war da gewesen, als sie Eugen entdeckt hatte, und auch gestern war er da gewesen. Er war nett. Nicht so kaltschnäuzig wie seine Kollegin, diese biestige Frau mit der schlechten Frisur und der schlampigen Garderobe. Eine von denen, die meinten, Emanzipation beweise man durch ein ungepflegtes Äußeres.

Der Mann war netter. Er war nett, aber sie hatte seinen Namen vergessen. Er weiß das, schoss es Verena durch den Kopf, er hat das gemerkt. Deshalb wirkte er so schlecht gelaunt. Er gab sich Mühe, das zu verbergen, aber Verena merkte es trotzdem.

Er sah sie auffordernd an. Verena war das peinlich. »Entschuldigung. Wie war die Frage?« Sie errötete ein wenig.

»Ich möchte wissen, warum Sie nicht noch einmal rübergegangen sind«, wiederholte er. Langsam und ruhig. Als spräche er mit einer Verrückten. »Wenn doch noch Licht brannte? Warum haben Sie nicht Guten Abend gesagt?«

Verena verstand nicht, was diese Frage sollte. Er mochte nett sein, aber er ging ihr trotzdem auf die Nerven. Statt über das zu sprechen, was wichtig war, stellte er all diese sonderbaren und überflüssigen Fragen. Aber sie musste Ruhe bewahren. Letztlich war auch die Polizei nur eine deutsche Behörde. Und jeder wusste, wie die Mühlen in Behörden mahlten. Dieser Polizist verstand sich auf seinen Job. Das hatte Orth ihr versichert. Die Besten, hatte er versprochen, seine besten Leute würde er auf den Fall ansetzen. Natürlich konnte man nicht wissen, ob diese Besten gut genug waren. Langsam beschlichen Verena da ernsthafte Zweifel. Sie hatte versucht, ihm zu erklären, welch perfides Spiel Frau Jäger trieb. Die Frau, der sie vertraut hatte. Weil Eugen ihr vertraut hatte. Weil er blind gewesen war.

Aber der Polizist wollte nicht über Frau Jäger sprechen. Er stellte lieber diese Fragen. Und Verena antwortete, während sie ihre Ungeduld zügelte. Es war nicht klug, die Polizei zu verärgern.

Wenn ihr nur sein Name eingefallen wäre!

»Ich weiß nicht, was Sie meinen«, sagte sie nun so freundlich wie möglich.

Der Polizist schien ein Seufzen zu unterdrücken. »Sie waren in der Oper. Mit Ihrer Mutter. Ihr Mann hatte keine Lust, also haben Sie Ihre Mutter mitgenommen.«

»Er liebt Opern, eigentlich«, unterbrach Verena. »Wir haben ein Premieren-Abo. Aber es war etwas Modernes, ›Katja Kabanowa‹, und Eugen war nicht so für moderne Opern …«

»Ja, sicher, natürlich«, unterbrach der Polizist. Das war unhöflich von ihm. Fand Verena.

»Die Vorstellung ging bis halb elf, dann haben Sie ein Taxi genommen, haben Ihre Mutter abgesetzt und sind nach Hause gefahren.«

»Ja, ja, das habe ich doch gesagt!«

»Richtig. Und ich frage Sie nun, warum Sie Ihrem Mann nicht noch Gute Nacht gewünscht haben. Es brannte Licht im

Gartenhaus, sagten Sie. Da wäre es doch naheliegend, sich sozusagen zurückzumelden. Kurz Hallo zu sagen.« Er sah sie an. Nein, er musterte sie. Prüfend. Lauernd.

Verena legte den Kopf schief. Hilflos. So als könne sie seinen Worten keinen Sinn entnehmen.

Ruhig, mein Täubchen! Die Stimme in ihrem Kopf war so klar, dass sie fast meinte, der Polizist müsste sie auch hören. Mein Täubchen. Sie hatte gelacht über diesen Kosenamen. Er war so altmodisch, altbacken fast. Aber es passte. Es passte zu den Gesten, den Berührungen. Nicht altbacken. Ritterlich. Das Gefühl, dass einer da war, der sie beschützte. Für immer beschützte. Ruhig, mein Täubchen. Das hieß: Ich kümmere mich darum. Um alles. Mach dir keine Sorgen. Mein Täubchen.

»Bitte, Frau Brandmeyer! Ich verstehe, dass es schwer für Sie ist. Aber wir müssen genau wissen, was geschehen ist an diesem Abend. Warum sind Sie nicht ins Gartenhaus gegangen, als sie nach Hause kamen?«

Weil es sinnlos gewesen wäre. Weil ich nicht wollte. Ihn so nicht sehen wollte. Betrunken. Entweder aufgelöst in Selbstmitleid oder zornig. Weil er schreckliche Dinge gesagt hätte. Dinge, die niemanden etwas angehen. Dinge, an die ich nicht mehr denken will.

Sie schluckte. Strich sich über die Stirn, um die Gedanken zu vertreiben. Sie musste sich konzentrieren. Das hier war wichtig. »Ich hatte Kopfschmerzen«, sagte sie. »Und außerdem wollte Eugen seine Ruhe, wenn er im Gartenhaus war. Es war sein Refugium, verstehen Sie? Mein Mann brauchte gelegentlich ein paar Stunden Ruhe. Ganz für sich. Ich habe das respektiert. Es gab keinen Grund, das nicht zu tun.« Sie bremste sich. Ihre Stimme war zu schrill, die Worte kamen zu schnell.

Der Polizist hob eine Hand. Besänftigend. Er nickte. Notierte sich etwas.

Da war etwas in der Nähe ihres Magens. Etwas, das sich anfühlte wie ein Sack, in den sie alles gestopft hatte. Schmerz, Verzweiflung, Angst. All die Dinge, um die sie sich im Moment nicht kümmern konnte. Jetzt zuckte er, der Sack, er dehnte sich. Als würde er jeden Moment platzen. Das durfte nicht passieren.

Nicht jetzt. Sie konzentrierte sich auf den Polizisten. Musterte ihn, nicht heimlich, ganz offen.

Er hatte Ringe unter den Augen. Einen leichten Ansatz von Tränensäcken. Er war schlecht rasiert. Er wirkte unausgeschlafen. Unkonzentriert. Nicht wie einer, der seinen Job gut machte.

Sie lächelte ihn an. Er schien kurz irritiert, lächelte dann aber zurück. Verena fühlte Tränen aufsteigen. Sie schloss kurz die Augen.

Nicht weinen, mein Täubchen, alles wird gut.

Sie riss die Augen wieder auf. »Manchmal wollte er einfach seine Ruhe! Ist das so schwer zu begreifen?«

»Nein«, sagte der Polizist. »Ich verstehe das sehr gut.« Er hob eine Hand, legte sie auf Verenas. »Ich bin doch auf Ihrer Seite, Frau Brandmeyer.«

Verena sah in seine Augen. »Mein Mann ist ermordet worden«, sagte sie leise. »Morowski darf nicht ungestraft davonkommen. Sie müssen einen Beschluss erwirken. Bitte, das können Sie doch. Sie können Frau Jäger, diese Verräterin, dazu zwingen, die Akten herauszugeben.«

»Es ist nicht so einfach«, sagte der Polizist.

Ruhig, mein Täubchen.

»Es ist mir egal, wie einfach oder schwer das ist!« Wieder zu schrill, wieder zu laut. »Er darf nicht ungestraft davonkommen! Ich lasse das nicht zu!« Verena zog ihre Hand aus der seinen. Sie griff nach der Tasse, nicht, weil sie trinken wollte. Sie umklammerte das Porzellan, konzentrierte sich auf die Bewegung.

»Frau Brandmeyer«, sagte er. Verena kannte den Ton. Ein guter Ton. Freundlich, sanft. Fast liebevoll. »Ich bin Ermittler, kein Hellseher. Wenn Sie mir nicht sagen, was Sie wissen, dann komme ich nicht weiter. Es gibt Regeln, an die ich mich halten muss.«

Verenas Hand begann zu zittern. Sie umklammerte die Tasse.

»Sie wissen alles, was Sie wissen müssen!«

»Wenn jemand Ihren Mann ermordet hat, dann will ich den Schuldigen finden. Zur Verantwortung ziehen. Aber dazu müssen Sie mir die Wahrheit sagen. Die ganze Wahrheit!«

»Was soll das? Wollen Sie andeuten, dass ich lüge?«

Ruhig, mein Täubchen!

»Ich will andeuten, dass der von Ihnen geäußerte Verdacht jeglicher Grundlage entbehrt. Ich gehe aber davon aus, dass Sie diese Anschuldigungen nicht grundlos aussprechen. Ich denke, dass Sie Angst haben. Aber wir können Sie schützen.«

Es klirrte hässlich. Verena wusste nicht, ob sie die Tasse auf den Tisch geworfen hatte oder ob sie einfach aus ihren Händen geglitten war. Zarte Porzellanscherben lagen auf der Tischplatte, eine Lache Kaffee breitete sich auf dem hellen Holz aus. Sie starrte auf die Bescherung.

»Geht es Ihnen gut?«, fragte der Polizist. Er machte Anstalten, aufzustehen.

»Ja, ja, es geht mir gut«, log sie schnell und sprang selbst vom Stuhl hoch. »Ich hole einen Lappen.«

Als sie zurückkam, hatte er die Scherben ordentlich auf die Untertasse gestapelt. Sie wischte den Kaffee weg. Ließ die Hand mit dem Lappen dann achtlos neben den Trümmern liegen. Es machte keinen Unterschied. Mein Täubchen! Sie fragte sich, wie der Polizist seine Frau nannte. Oder seine Freundin. Ob er überhaupt eine hatte. Eine Frau. Oder eine Freundin.

Wieder griff er nach ihrer Hand. Warm und angenehm. Sie sah ihn an. Sie mochte, was sie in seinen Augen sah. »Sie schaffen das«, sagte er. »Es ist schrecklich. Aber Sie werden das schaffen.«

Abermals fühlte sie Tränen aufsteigen. Dankbare Tränen diesmal. Und dann war die Hand weg. Kalt fühlte sich die Haut an, auf der sie eben noch gelegen hatte.

»Es ist vielleicht besser, wenn ich jetzt gehe.« Der Polizist hatte sich erhoben. Er wirkte unschlüssig. »Denken Sie darüber nach, was ich gesagt habe. Ich lasse Ihnen meine Karte da. Sie können mich jederzeit anrufen!«

Das war gut. Das war sehr gut, denn dann würde sich Verena an den Namen erinnern können. Es war unhöflich, es war entsetzlich unhöflich von ihr, immerzu seinen Namen zu vergessen, und es war ihr peinlich.

»Sie können mir vertrauen. Wenn es irgendetwas gibt, irgendjemandem, vor dem Sie Angst haben …«

Verena stand auf. »Ich habe keine Angst!«, sagte sie. Das war gelogen, aber irgendwie fühlte es sich gut an, diese Worte auszusprechen. »Ich will, dass Sie den Mann bestrafen, der Eugen auf dem Gewissen hat!«

Er seufzte schon wieder. Dann war er verschwunden.

10

Gerhard Waldberg stocherte lustlos in seinem Gulasch herum.

»Schmeckt es dir nicht?« Seine Frau musterte ihn besorgt.

»Doch«, versicherte er schnell. Und das war nicht gelogen. Seit über dreißig Jahren war er nun mit Helma verheiratet, und es hatte nicht eine von ihr gekochte Mahlzeit gegeben, die ihm nicht geschmeckt hatte. »Ich habe nur nicht viel Appetit.«

»Du wirst mir doch nicht krank werden?«

Er hob die volle Gabel und lächelte seiner Frau beruhigend zu. Gerhard Waldberg war ein altmodischer Mensch. Er genoss seine Mittagspausen und legte Wert auf häusliche Harmonie. Es war ihm wichtig, neben dem Beruf ein Privatleben zu haben. Wenn er sich die jungen Kollegen betrachtete, die sich die Praxen mit modernen Geräten vollstellten, die anscheinend Tag und Nacht arbeiteten und ständig darüber klagten, dass ihnen mit jeder Gesundheitsreform der Geldbeutel schmaler wurde, dann hatte er oft das Gefühl, nicht mehr dazuzugehören. Er liebte seine Arbeit. Empfand sein Leben als privilegiert. Das Haus mit der Praxis war abbezahlt, vor zwei Jahren war seine Jüngste endlich auch mit dem Studium fertig geworden. Die Praxis lief gut, nicht zuletzt wegen der zahlreichen Privatpatienten. In den letzten Jahren fühlte er sich hin und wieder erschöpft, aber das hatte seiner Ansicht nach mehr mit dem Alter als mit der Belastung zu tun.

Als er sich für seinen Beruf entschieden hatte, war ihm klar gewesen, auf was er sich einließ. Und Helma auch. Sie hatte sich nie beklagt.

Sie kochte ihm seit über dreißig Jahren täglich ein Mittagessen und wartete, bis er seine Pause machen konnte, bis er von der Praxis nach oben kam. Sie aßen zusammen, danach legte er sich eine halbe Stunde hin, bevor er wieder nach unten ging, um die Nachmittagssprechstunde abzuhalten. Manchmal machte er Hausbesuche.

»Ist es wegen Brandmeyer?«, fragte Helma.

Waldberg nickte.

»Glaubst du denn wirklich, er hat sich selbst …?«

Er hing an einem Seil am Fenstergriff, hätte Waldberg gern gesagt. Wie hoch ist die Wahrscheinlichkeit, dass jemand ihn auf diese Weise umbringt?

Er seufzte. »Es spielt keine Rolle«, sagte er. »Die Polizei wird sich ja darum kümmern.« Und so war es. Er hatte viel gegrübelt seit dem vergangenen Morgen. Ihn schlug das Gewissen. Obwohl er diese Polizistin ja nicht angelogen hatte. Etwas Verschweigen war keine Lüge, genau genommen. Es gab ja so etwas wie eine ärztliche Schweigepflicht. Und sie hätte die falschen Schlüsse gezogen. In erster Linie war er Eugen Brandmeyer verpflichtet. Und der hätte sicher nicht gewollt, dass bestimmte Dinge öffentlich bekannt und diskutiert wurden.

So tröstete sich Waldberg, obwohl ihm tief in seinem Herzen klar war, dass er nicht geschwiegen hätte, wenn diese Frau nicht so ein Drachen gewesen wäre. Unhöflich und patzig. Eine unangenehme Person.

Im Grunde war es egal. Es spielte keine Rolle. Es war keine Schande, kein schmutziges Geheimnis. Es war, wie es war. Privat. Es hatte nichts mit dem zu tun, was passiert war. Zumindest änderte es nichts. Überhaupt nichts.

Er spießte mit der Gabel ein Stück Kartoffelkloß auf und strich mit dem Messer ordentlich Gulasch darüber. Niemand kochte so gutes Gulasch wie Helma. Er war froh, dass er einen derart aktiven Stoffwechsel hatte und sich keine Gedanken machen musste, was und vor allem wie viel er aß.

»Die arme Frau«, sagte Helma nun. »Sie ist doch noch so jung.«

»Geht so. Ende dreißig, glaub ich.« So alt wie sein ältester Sohn.

»Keine Kinder«, seufzte Helma. »Wieso haben die Leute heutzutage bloß alle keine Kinder mehr?«

»Glaubst du, dann wäre es leichter?«

Helma zuckte die Schultern. »Man hätte wenigstens einen Grund, weiterzumachen«, sagte sie. Waldberg kam nicht umhin, seiner Frau zuzustimmen. Für Verena Brandmeyer wäre es im Moment ganz sicher ein Segen, etwas zu tun zu haben, das sie von ihrer Trauer ablenkte.

»Und die Polizei ermittelt?« Helma bemühte sich, neutral zu klingen, aber Waldberg hatte dennoch den starken Verdacht, dass diese Angelegenheit Stoff der Supermarktgespräche war und sie unauffällig nach Informationen fischte.

»Natürlich«, fauchte er. »Der Mann hing am Fenstergriff, Herrgott!«

»Entschuldige«, murmelte Helma. »Das war sicher nicht leicht für dich.«

»Ist schon gut«, sagte er.

»Frau Ortheim erzählt überall herum, dass er ermordet worden ist. Nur weil sie fast nebenan wohnt, tut sie so, als wäre das ihre persönliche Angelegenheit. Es ist unglaublich, was die Leute tratschen.« Sie sah ihren Mann an, in ihrem Blick las er eine leise Hoffnung. Gib mir etwas, bat sie stumm, ein bisschen Information, mit der ich auftrumpfen kann.

Er konnte ihr den Gefallen nicht tun, und das wollte er auch gar nicht. Er schob eine weitere Gabel mit Gulasch in den Mund und kaute langsam. Er dachte an Eugen Brandmeyer. Der Mann hatte immer um seinen Wert und seine Fähigkeiten gewusst. War auf eine gewisse Weise arrogant gewesen, aber nie herablassend. Für jemanden wie Brandmeyer war es möglicherweise unerträglich, Schwächen einzugestehen. Er war sein Hausarzt gewesen, er war an die Schweigepflicht gebunden, die über den Tod hinaus galt. Es gab Dinge, die gingen niemanden etwas an, weil sie keine Rolle spielten. Es war nicht seine Aufgabe, der Polizei Informationen zu liefern, die bestimmt nicht weiterhalfen, ja sie vielleicht sogar in die Irre führten. Manchmal war es sinnvoll, einfach den Mund zu halten.

»Du kennst sie doch«, sagte er zu Helma, »die Ortheim. Wenn die sich nicht über irgendwas das Maul zerreißen kann, dann ist sie nicht glücklich!« Er schob den letzten Bissen in den Mund, kaute, schluckte.

»Machst du mir noch einen Kaffee?«, fragte er.

Sie war schon in der Küche verschwunden.

***

Angela wusste nicht, wie sie es geschafft hatte, den Vormittag zu überstehen. Sie war fix und fertig, als sie endlich zu Hause ankam.

Zwischen den Platten des Wegs, der zur Haustür führte, spross schon wieder das Unkraut. Der Rasen musste gemäht werden. Sie kam einfach nicht hinterher mit dem Garten. Hannah hätte ihr helfen können, aber wann immer sie ihre Tochter um Hilfe bat, führte das zu stundenlangen Diskussionen.

Sie betrachtete die makellosen Vorgärten der benachbarten Reihenhäuser. Kein Halm hier, der nicht sein sollte. Da wohnten Rentner, Männer, die genug Zeit hatten. Und Paare, heile Familien, bei denen der Mann zur Arbeit ging und nach Feierabend den Rasen mähte und Unkraut jätete.

Vielleicht am Wochenende, dachte sie, aber das Wochenende war Meilen entfernt. Sie holte den Schlüssel aus der Tasche und betrat den Flur. Sie zog die hochhackigen Schuhe aus, rieb sich die schmerzenden Füße.

Es war still im Haus. »Hannah!«, rief sie. Keine Reaktion. Sie seufzte, stieg die Holztreppe hinauf und öffnete die Tür zum Kinderzimmer.

Hannah lag bäuchlings auf dem Bett, die Ohren fest mit Kopfhörern verstöpselt, vor sich das Laptop. »Hannah!«, rief Angela wieder. Diesmal fand sie Gehör. Ihre Tochter zuckte zusammen, schloss schnell das Fenster auf dem Bildschirm und nestelte sich unbeholfen den Knopf aus dem rechten Ohr.

»Hallo«, sagte sie ohne große Begeisterung.

Aus dem winzigen Knopf, der von ihrer Schulter baumelte, drang sonderbar distanziert Musik.

»Das ist viel zu laut«, sagte Angela.

Hannah stöhnte leise und drehte an dem Regler ihres iPods.

Angela hasste das Ding. Nicht nur, dass es Hörschäden verursachte. Alle Jugendlichen sah man nur noch mit Stöpseln im Ohr. Sie schauten die Welt an wie einen Film, in dem sie nicht mitspielten. Verschlossen sich der Realität.

Natürlich sah Volker das anders. Er hatte Hannah das Ding zu Weihnachten geschenkt. Er tat alles, um sich freizukaufen.

Hannah murmelte etwas und wandte sich demonstrativ ihrem Computer zu.

»Wie bitte?« Angela trat auf ihr Bett zu.

»Nichts.«

»Wieso liegst du im Bett?«, fragte Angela. »Hast du keine Hausaufgaben?«

»Schon fertig«, behauptete Hannah. »Und ich liege nicht im, sondern auf dem Bett. Ich liege hier und lese …« Sie deutete auf das Buch, das seitlich neben dem Computer lag. Direkt daneben ein Kissen, unter dem eine verräterisch silbrige Ecke hervorlugte. Angela trat näher, hob das Kissen ein wenig. Wie sie vermutet hatte – Schokolade!

»Ich hatte Hunger!«, kam Hannah ihrem Vorwurf zuvor.

»Wir haben Obst unten«, sagte Angela. »Du hättest dir auch ein Brot machen können …«

»Ich habe mir ein Brot gemacht. Und danach hatte ich Hunger auf Schokolade!«

»Kind …«, seufzte Angela.

»Kind, Kind, Kind!«, äffte Hannah sie nach. Sie wurde immer so schnell aggressiv. Sie kann nichts dafür, erinnerte sich Angela, sie ist in der Pubertät und kann nichts dafür.

»Lass mich doch einfach essen, was ich will«, verlangte Hannah trotzig. »Lass mich doch fett sein. Ist schließlich mein Leben!«

»Hannah, wir haben doch oft genug darüber gesprochen …«

»*Du* hast darüber gesprochen«, unterbrach ihre Tochter. »Und oft genug, ja, absolut oft genug!«

»Was soll das denn heißen?«

»Nichts!« Hannah biss sich auf die Unterlippe.

»Ich meine es doch gut«, setzte Angela an. Schon wieder, immer wieder, immer das Gleiche. Sie liebte ihre Tochter, sie liebte sie von Herzen, aber Kinder in der Pubertät waren wirklich anstrengend.

Seit er weg war, aßen sie gesund. Vitamine und Ballaststoffe, schonend gegartes Geflügel und viel Gemüse. Anders als Angela hatte Hannah allerdings nicht fünf Kilo abgenommen. Nicht mal zwei. Es sah eher aus, als habe sie noch zugelegt. Angela wusste nicht, was sie noch tun sollte. Bei den gemeinsamen Mahlzeiten konnte sie ihre Tochter bremsen. Sanft ermahnen, wenn sie über die Stränge schlug. Aber sie konnte das Kind nicht den ganzen Tag überwachen. Die ewigen Diskussionen darüber waren zermürbend. Trotzdem war Angela sich ihrer Verantwortung als Mutter bewusst. Natürlich durfte sie keine Dankbarkeit erwarten. Nicht jetzt. Aber irgendwann in der Zukunft würde Hannah begreifen, was Angela für sie getan hatte. Anders als Volker, der die Sache einfach als Babyspeck abtat. Der sich einschmeichelte und das Kind noch zu McDonald's einlud. Als gäbe es keine Fettzellen, die man ein Leben lang nicht loswurde. Keine Untersuchungen, die zeigten, dass dicke Teenager früher starben, im späteren Leben ernste gesundheitliche Probleme hatten. Er ignorierte einfach, dass Hannah nach allem, was sie durchgemacht hatte, geradezu prädestiniert für eine Essstörung war.

Dabei war das alles seine Schuld. Alles seine verdammte Schuld!

»Kann ich jetzt weiterlesen?« Hannah griff demonstrativ nach ihrem Buch. Irgendein idiotischer Vampirschinken.

»Was ist mit deinen Hausaufgaben?«

»Fertig. Sagte ich doch schon!«

»Es ist halb eins. Wie willst du denn bitte um halb eins deine Hausaufgaben fertig haben?«

»Reli ist ausgefallen, wir hatten eine Freistunde, da hab ich alles gemacht.«

Angela musterte sie misstrauisch. Hannah war gut in der Schule. Natürlich hätte sie herausragend sein können, wenn sie sich ein bisschen ins Zeug legen würde. Aber sie war bequem. Das hatte sie von ihrem Vater. Für den war es auch immer eine Tugend gewesen, mit möglichst wenig Aufwand ein genügendes Ergebnis zu erzielen. Wozu sich anstrengen, wenn es ohne geht? Dass es nicht leichter wurde in der Schule, jetzt, wo Hannah ein Jahr früher Abitur machen musste, dass in ihrem Alter so mancher eine böse Überraschung erlebte, war Volker völlig egal. Wenn alles den Bach runterging, konnte sich ja Angela darum kümmern.

Was denn noch?, dachte sie nun. Was soll ich denn noch alles tun? Sie fühlte sich schrecklich hilflos. Hannah verschloss sich ihr gegenüber. Kein normales Gespräch schien möglich. Ihre Tochter litt, das war ihr klar. Ihre Familie war auseinandergebrochen. Aber es war nicht fair, dass sie Angela gegenüber so feindselig war. Sie war nicht diejenige, die nach fast zwanzig Jahren Ehe entdeckt hatte, dass ihr etwas fehlte, dass sie unglücklich war. Sie hatte nicht ihre Koffer gepackt und war zu irgendeiner Schlampe gezogen!

Bis dass der Tod euch scheidet – für sie hatte das etwas bedeutet.

Hannahs Jeans saß viel zu eng. Ihre Haare waren strähnig und brauchten dringend einen Schnitt. Schokoladenflecken zierten das T-Shirt über ihrer Brust.

»Du könntest mal duschen«, sagte Angela.

»Ich habe heute Morgen geduscht.«

Angela seufzte.

»Kann ich jetzt bitte weiterlesen?«

Nein, wollte Angela brüllen. Nein, du kannst jetzt nicht lesen. Du kannst jetzt aufstehen und etwas Sinnvolles tun. Sport treiben, dich mit Leuten treffen, zum Friseur gehen, meinetwegen Unkraut im Garten jäten, irgendetwas! Du bist so jung, du musst etwas aus dir machen, aus deinem Leben!

Aber sie kannte ihre Tochter. Es hatte keinen Zweck, eine Grundsatzdiskussion anzufangen, wenn sie in dieser bockigen Stimmung war. Außerdem war Angela erledigt, sie war fix und fertig und nicht in der Stimmung, mit Hannah zu streiten. Sie hätte gern mit jemandem gesprochen über den grauenhaften Morgen. Über den Unfall am Bahnhof, über die Gottler und ihre spitzen Bemerkungen. Sie nahm sich zusammen. Sie würde Hannah nicht mehr aufbürden, als sie sowieso zu ertragen hatte.

»Ich leg mich ein bisschen hin«, sagte sie. »Ich habe Kopfschmerzen.«

»Hm«, machte Hannah.

Angela bewegte sich zur Tür. Sie sah die Wände, die sie einst zitronengelb gestrichen hatten. Jetzt wirkten sie schmuddelig. Es war Zeit, mal zu renovieren. Hannah war zu alt für diese Kinderzimmerfarben. Aber Angela wusste nicht, wie sie das noch schaffen sollte, neben all dem anderen.

»Bist du morgen Abend zu Hause?«, fragte Hannah, als sie die Tür schon geöffnet hatte.

»Ja«, sagte sie überrascht. Natürlich war sie zu Hause. So wie jeden Abend, dachte sie. »Ja, sicher. Wieso?« Normalerweise interessierte sich Hannah nicht sonderlich dafür, ob sie zu Hause war oder nicht. Sie verbrachte ihre Abende in ihrem Zimmer, hing vor dem Computer, chattete oder spielte oder tat, was immer die Jugendlichen eben taten.

Es wäre eigentlich schön, wenn sie mal einen Abend zusammen verbringen würden, dachte Angela. Vielleicht einen Film ausleihen, es sich gemütlich machen, Mutter und Tochter.

»Papa wollte vorbeikommen«, nuschelte Hannah.

»Was?« Angelas Herzfrequenz erhöhte sich.

»Papa wollte vorbeikommen«, wiederholte Hannah, etwas zu laut und zu deutlich, als sei Angela ein bisschen dumm.

»Wieso? Was soll das? Ich meine, wie kommt er dazu?« Sie wollte ihn nicht haben. Dieser Mann hatte kein Recht mehr, hier zu sein. Er hatte nichts mehr verloren in ihrem Leben. In ihrem Haus!

»Er wollte was mit dir besprechen«, sagte Hannah.

»Was denn?«

»Keine Ahnung.« Hannah klang genervt. »Er hat gesagt, du sollst anrufen, wenn es dir morgen Abend nicht passt. Sonst kommt er so um halb acht.«

»Na, dann stehe ich natürlich gern zu seiner Verfügung!« Angela war verärgert. Was der Mann sich einbildete! Es war wirklich das Letzte!

»Ist gut«, sagte Hannah und wandte sich demonstrativ wieder ihrem Buch zu.

Angela verließ den Raum. So viel also zum Thema Mittagsschlaf. Jetzt war sie viel zu aufgeregt. Obwohl sie sich fest vorgenommen hatte, sich nicht mehr aufzuregen über ihn und diese Art. Er schaffte es immer wieder.

Angela ging in die Küche und setzte sich einen Kaffee auf.

11

Die Frau trug einen Bademantel und hatte ein Handtuch um den Kopf geschlungen. Ruth hatte unten in dem Mehrfamilienhaus geklingelt. Vier Parteien, neugierige Blicke eines grau gelockten Hauptes hinter schneeweißen Gardinen im Erdgeschoss, als sie vorbeiging.

Katharina Glaswinkler. Der Name stand neben dem des Opfers auf dem Schild. Katharina Glaswinkler war offenbar weniger vorsichtig und misstrauisch als ihre Nachbarin im Erdgeschoss. Sie hatte einfach den Türsummer gedrückt und die Wohnungstür geöffnet. Nun stand sie in ihrem Flur und starrte Ruth überrascht an. »Entschuldigung«, sagte sie und zog den Bademantel etwas enger um ihren Oberkörper. »Ich dachte … ich habe jemand anderen erwartet.« Sie lächelte unsicher. »Was kann ich für Sie tun?« Sie verschränkte die Arme vor der Brust.

»Veritzky mein Name«, sagte Ruth und versuchte sich an einem Lächeln, das ihr im selben Moment so verlogen erschien, dass sie den Versuch einstellte. »Ruth Veritzky. Ist das hier die Wohnung von Carsten Landau? Kennen Sie Herrn Landau?«

Die Frau lachte. »Es ist seine Wohnung. Und meine Wohnung. Es ist unsere gemeinsame Wohnung. Glaswinkler, Katharina Glaswinkler ist mein Name. Ich bin Carstens Freundin. Lebensgefährtin. Wie immer man das nennt. Er müsste jeden Moment hier sein, ich habe gedacht, er hat seinen Schlüssel vergessen, sonst hätte ich nicht einfach so aufgemacht, in diesem Aufzug.« Während sie sprach, veränderte sich etwas in ihrer Stimme. Etwas sickerte ein. Eine Ahnung, die sie nervös machte. »Er hat mir nicht gesagt, dass er Besuch erwartet. Aber er wird jeden Moment da sein.« Die Worte kamen zu schnell, zu bestimmt.

Ruth hasste das. Sie hasste jede Sekunde, jede endlose Sekunde vor dem Moment, der alles veränderte. Tatort, Zorn, Leiche, das war unangenehm. Aber etwas, das sie mit sich ausmachen konnte. In ein Leben zu marschieren, eine Bombe platzen zu lassen und zuzusehen, wie alles in Trümmer fiel, war ungleich schlimmer. Danebenzustehen, unfähig, die Last leichter zu machen, unfähig, zu lindern, zu trösten. Irgendwer musste es tun. Brodtmann, dachte Ruth, Brodtmann musste das tun. Er war viel besser in solchen Dingen. Aber er war nicht erreichbar. Ruth fragte sich, ob er noch immer bei der schönen Verena saß und ihr Händchen hielt oder ob er sich eine kleine Auszeit genommen hatte. Irgendwo in der Sonne saß, sich um seine Befindlichkeiten kümmerte. Jetzt. Ausgerechnet jetzt. Er konnte ein Arsch sein, Brodtmann, das konnte er wirklich!

»Können wir uns vielleicht setzen, irgendwo?«, sagte sie. »Ich bin von der Polizei.«

Katharina Glaswinkler wurde bleich. Jetzt ist es klar, dachte Ruth. Jetzt hat sie es verstanden.

»Natürlich, ich meine … kommen Sie.« Sie wies Ruth den Weg ins Wohnzimmer. Auf dem Sofa und dem Couchtisch lagen Stapel mit Wäsche. »Es ist ein bisschen chaotisch.« Sie deutete hilflos auf das Sofa. »Ich fliege morgen in die Staaten, dienstlich, darum habe ich heute frei. Ich packe gerade, und darum sieht es so aus.«

Ein durchdringender Geruch lag in der Luft. Süßlich und schwer. Ruth sah einen riesigen Strauß mit weißen Lilien in einer großen Bodenvase. Ihre Nase zuckte, nicht so unmerklich, wie sie dachte, denn Katharina Glaswinkler stieß ein kurzes, bemühtes Lachen aus. »Sie duften so stark«, sagte sie. »Aber ich liebe Lilien. Ist nicht jedermanns Sache, Carsten mag den Geruch nicht besonders, aber er hat sie mir mitgebracht, trotzdem, er weiß ja, wie sehr ich sie mag. Friedhofsblumen sind es eigentlich, ich weiß, ich weiß gar nicht, was ich daran finde.«

Sie hat es begriffen, dachte Ruth, sie will es nicht hören. Sie feilscht um Minuten, Sekunden, um Aufschub, sie will mir lieber etwas erklären, darauf hinweisen, dass alles ganz normal ist. Sie will nicht hören, was ich nicht sagen will.

»Kein Problem«, sagte sie. »Ich mag Lilien auch.«

Sie nahmen am Esstisch Platz, ein schöner Tisch, dunkles Holz, ein bisschen rötlich. Katharina Glaswinklers Hände umklammerten einander, die Knöchel weiß.

»Es gab einen Unfall«, sagte Ruth.

Katharina Glaswinkler stöhnte auf.

»Heute Morgen, am Bahnhof«, fuhr Ruth fort. »Wir wissen noch nicht genau, was geschehen ist. Ein Mann ist zu Tode gekommen, und wir sind sicher, dass es sich bei dem Opfer um Carsten Landau handelt. Es tut mir sehr leid.«

»Nein.« Frau Glaswinkler senkte den Kopf und starrte in ihren Schoß.

»Wir haben seine Tasche gefunden. Mit der Brieftasche. Die Leiche muss noch identifiziert werden.«

»Was ist passiert?« Katharina Glaswinkler hob den Blick und sah Ruth in die Augen. »Was ist denn bloß passiert?«

»Er ist vor einen durchfahrenden Zug gestürzt. Der genaue Ablauf ist noch unklar. Wir werten die Bilder der Überwachungskamera aus. Wir sind auf der Suche nach möglichen Zeugen. Wir tun alles, um so schnell wie möglich Klarheit zu gewinnen. Es würde helfen, wenn Sie mir ein paar Fragen beantworten könnten. Wenn Sie sich dazu imstande fühlen. Wenn nicht, komme ich einfach später wieder.« Einfach. Später. Oh Gott, was redete sie da bloß? »Vielleicht möchten Sie jemanden anrufen?« Oh Gott, dachte sie wieder.

»Nein!« Die Frau klang fast panisch. »Ich … es geht mir gut.« Sie lachte auf, kurz und hysterisch. »Habe ich gerade gesagt, dass es mir gut geht?« Ihre Zähne packten ihre Unterlippe. »Fragen Sie! Fragen Sie mich irgendwas. Wenn ich meinen Kopf nicht irgendwie beschäftige, dann explodiert er.«

»War er bedrückt in letzter Zeit?«, fragte Ruth. »Ich meine, gab es Anzeichen, dass er Probleme hatte?«

Katharina Glaswinkler schien sich ein wenig zu fassen. »Nein«, sagte sie. »Er hat einiges durchgemacht im letzten Jahr. Aber in letzter Zeit ging es ihm gut. Wirklich.« Sie stockte, schluckte. »Kann es ein Irrtum sein? Eine Verwechslung?«

Ruth schüttelte stumm den Kopf. Fang nicht an zu weinen, flehte sie stumm, bitte nicht!

»Wir kennen uns noch nicht so lange.« Frau Glaswinkler starrte auf ihre Hände. »Ein halbes Jahr erst. Wir haben uns bei so einer Kontaktbörse im Internet kennengelernt. Ich wollte das eigentlich gar nicht machen, es war mehr ein Witz. So lernt man doch niemanden kennen, eigentlich, niemanden, der richtig ist, meine ich. Aber wir haben uns getroffen, und es hat gestimmt, alles hat gestimmt. Wir waren uns einig, dass wir zu alt sind, um lange zu fackeln. Die Wohnung gehört mir, ich habe sie gekauft, schon vorher, und er hatte ein paar Schwierigkeiten, finanziell, wir haben gedacht, wir probieren es mit dem Zusammenwohnen. Wenn es nicht geklappt hätte, dann wäre er wieder ausgezogen. Gott, das interessiert sie vermutlich nicht, entschuldigen Sie …«

»Das ist in Ordnung«, sagte Ruth. »Erzählen Sie mir alles.«

Katharina schwieg einen Moment. Sie löste die Hände voneinander, kreuzte die Arme und umfasste ihre Oberarme. Als wolle sie sich selbst festhalten.

»Ich kenne ihn nicht.« Es klang wie ein Stöhnen. »Ich weiß nicht, wie ich das erklären soll, ohne dass es merkwürdig klingt. Ich habe diesen Mann geliebt. Wir hatten eine Beziehung, eine wunderbare Beziehung, aber wir waren doch noch dabei, uns kennenzulernen. Verstehen Sie? Er war selbstständig. Beruflich, meine ich. Er hatte eine Website, so ein Internet-Unternehmen. Ich verstehe davon nicht viel, mir war es immer ein Rätsel, wie man mit so etwas Geld verdienen kann. Es lief nicht so gut im letzten Jahr. Aber es war ihm wichtig, das war ihm sehr wichtig. Er hatte sich das aufgebaut, alles war in Ordnung, bis diese Krise kam. Er hat sich einen Job gesucht, in Köln, Teilzeit, um sich über Wasser zu halten. Er war auf dem Weg zur Arbeit, heute, ich meine, am Bahnhof, er ist mit dem Zug gefahren, er hatte ein Jobticket.« Sie atmete ein paarmal kontrolliert. »Entschuldigung«, sagte sie wieder. »Ich wollte nur sagen: Deshalb ist er so schnell bei mir eingezogen. Mir geht es gut, finanziell, meine ich, und es wäre ja Unsinn gewesen, doppelt Miete zu zahlen, obwohl ich Platz genug habe und wir eh jede freie Minute zusammen verbracht haben.« Sie schluckte.

Es wird nicht mehr lange dauern, bis sie anfängt zu weinen, dachte Ruth. Nur ein paar Minuten trennten sie von dem Moment, in dem ihre Hilflosigkeit ihren Tiefpunkt erreichen würde. Es war nicht schwer, Menschen, die man zuvor noch nie gesehen hatte, Trost zu spenden, es war schlicht unmöglich.

Ruth war nicht gut im Trösten. Trösten war Brodtmanns Job. Aber Brodtmann war ja nicht da. So ein Arsch, dachte Ruth.

Finanzielle Probleme, dachte sie dann, abhängig von einer Frau, das Geschäft geht den Bach runter. Kein existenzielles Problem, möglicherweise, aber vielleicht war Carsten Landau einer von denen gewesen, denen das ausreichte.

»Er hat sich nicht umgebracht!« Katharina Glaswinkler schien ihre Gedanken gelesen zu haben. »Das ist vollkommen ausgeschlossen. Es war schwer für ihn im letzten Jahr. Bevor wir uns trafen, ging es ihm schlecht. Er hat nur noch gearbeitet, hat alle Kraft in die Firma gesteckt. Er hat gegen Windmühlen gekämpft und das erst begriffen, als er fast zusammengebrochen ist. Als wir uns trafen, ging es ihm besser. Er hatte begriffen, dass Arbeit und Firma nicht alles sind. Dass es etwas anderes gibt im Leben. Es ging ihm gut.«

»Auch geschäftlich?«

Glaswinkler zuckte die Schultern. »Die Sache steht noch immer auf der Kippe«, sagte sie. »Er hat möglicherweise Investoren gefunden, die ihm auf die Beine helfen. Die wollten sich melden, diese Woche. Er war nervös. Aber nicht so, ich meine, nicht auf diese Art. Er hat zu mir gesagt, dass es jetzt um alles oder nichts geht. Wenn es funktioniert, hat er gesagt, dann ist alles in Ordnung. Wenn nicht, dann gibt er auf. Dann findet er sich damit ab, dass es eben schiefgegangen ist.«

Das Handy, dachte Ruth, seine E-Mails. Sie brauchte seinen Computer. Alles oder nichts. Er wäre nicht der Erste, der Gelassenheit vortäuschte. Bis dann alles schiefging. Bis alles keine Option mehr war und nichts die einzige Realität.

»Er wollte ein Kind.« Katharina Glaswinklers Stimme war leise. »Wir wollten ein Kind. Gestern Abend haben wir darüber gesprochen. Wir haben hier gesessen und ein Glas Wein getrunken. Ein bisschen zu viel Wein. Wir haben vorher nie über so etwas geredet. Wir kennen uns ja erst sechs Monate. Aber ich bin nicht mehr die Jüngste und er auch nicht. Gestern Abend hat er gesagt, dass er gern ein Kind hätte mit mir. Er hat gesagt, dass es sich richtig anfühlt, jetzt. Er hat gesagt, dass er glücklich ist. Das sagt man doch nicht, wenn man sich umbringen will, oder?« Sie sah Ruth flehend an.

»Nein«, sagte Ruth. »Das sagt man nicht, wenn man sich umbringen will.«

»Er war ein guter Mensch. Das klingt so abgedroschen, aber er war ehrlich und freundlich, er war offen. Er war witzig. Ich wusste längst noch nicht alles von ihm und über ihn, aber ich habe ihn geliebt. Das hat mir manchmal Angst gemacht, weil ich misstrauisch geworden bin, weil ich fürchtete, noch einmal verletzt zu werden. Ich habe heimlich immer damit gerechnet, dass es doch noch schiefgeht. Aber nie im Leben hätte ich mit so etwas gerechnet. Das ist doch absurd. Das ist doch ein Alptraum!« Sie stand auf. »Entschuldigen Sie, aber ich glaube, ich wäre jetzt doch lieber allein. Ich fühle mich nicht gut. Ich muss im Büro anrufen, ich muss die Reise absagen, ich kann doch morgen nicht … ich kann nicht. Muss ich … muss ich ihn identifizieren? Ist er … ich meine …?«

»Das wird nicht nötig sein. Es wäre gut, wenn Sie uns eine Bürste von ihm geben könnten. Oder irgendetwas anderes. Wir werden einen DNA-Abgleich machen.«

Katharina Glaswinkler nickte abwesend. »Gut«, murmelte sie. »Das ist gut.«

Dann sah sie Ruth in die Augen. »Vermutlich glauben Sie mir nicht«, sagte sie. »Vermutlich ist das die normale Reaktion von Menschen, deren Partner sich das Leben genommen haben. Aber ich bin sicher, ich bin absolut sicher. Das hätte er nicht getan. Das hätte er mir nicht angetan. Und sich selbst auch nicht.« Sie zögerte. »Ich gebe Ihnen die Adresse von Markus«, sagte sie dann. »Markus Berg. Er ist … er war sein bester Freund. Er kennt ihn sehr gut. Besser als ich, ich meine, vielleicht hilft es, wenn Sie mit ihm reden. Ich rufe ihn an, ich werde ihn gleich anrufen, ich bin sicher, er kann Ihnen helfen.«

***

Gewäsch, dachte Christine, dummes Gewäsch. Sie bereute, schwach geworden zu sein. Sie hätte unten in der Praxis bleiben sollen. Sich um den Papierkram kümmern. So, wie es ihr Tagesplan vorsah. Sie ließ sich Luft und Zeit zwischen den Terminen, hatte sie doch gemerkt, dass bei aller Professionalität auch die Probleme, die nicht die ihren waren, einen gewissen Nachhall hatten. Einen, der abklang, wenn sie sich mit anderen Dingen befasste, mit notwendigen Notizen und Akten, ihren Gutachten und Artikeln, mit Dingen, die ohnehin erledigt werden mussten. Rainer fand diese Pausen unnötig. Ein wirklicher Profi brauchte so etwas nicht. Einer wie er, das wollte er sagen, dabei hatte er nie wirklich als Therapeut gearbeitet. Aber einer wie Rainer wusste eben alles.

Christine war klar, dass sie ungerecht war. Sie war zornig. Enttäuscht. Sie war zu ihm gegangen, weil sie es allein nicht ausgehalten hatte. Sie hatte jemanden gebraucht, dem sie ihre Ängste anvertrauen konnte. Jemanden, der auf ihrer Seite war.

Er hätte wenigstens so tun können.

Stattdessen hatte er dagesessen, mit der Zeitung und einer Tasse Kaffee, gemütlich im Sessel. »Hast du schon Feierabend?« Er hatte nicht begeistert geklungen.

Aber das war ihr in dem Moment egal gewesen. Alles, was sie wollte, war jemand, der ihr zuhörte und sie tröstete. So dringend war das Bedürfnis gewesen, dass sie Rainers Unzulänglichkeit auf diesem Gebiet komplett ignoriert hatte.

Er reagierte unleidlich auf Schwäche – physische wie psychische. Er wurde schon ungeduldig, wenn sie eine Erkältung hatte. Das nahm er irgendwie persönlich. Wie er psychische Schwäche definierte, hing leider im Wesentlichen von seiner Tagesform ab. Christine konnte nie genau sagen, wann er ein Gespräch als gut und intensiv erlebte, sich als erfahrener und kluger Mann gefordert fühlte, und wann als Jammerei, die ihm kostbare Zeit und Nerven raubte.

»Hast du schon Feierabend?« Der Tonfall sagte ihr, dass sie ihre Worte klug wählen sollte. Das war nicht unbedingt ein Nachteil in dieser Situation. Es half ihr, aus dem Gewirr im Kopf die Fäden zu ziehen, um die es eigentlich ging. Sie versuchte es jedenfalls, wenngleich das, was sie sagte, alles andere als sortiert und überlegt klang.

Sie hatte ein Recht, das zu tun. Er war immerhin ihr Partner. Christine hasste das Wort. Es klang nach Geschäft, nach Vertrag und Brief und Siegel.

Rainer sah das anders. Rainer lehnte den Begriff »Beziehung« ab. Er hatte sein halbes Leben damit verbracht, die monogame Beziehung auf Lebenszeit als eine der großen Lügen der modernen Gesellschaft zu entlarven. Ziemlich erfolgreich, denn obwohl es ihm zu seinem eigenen Verdruss bis heute nicht gelungen war, die Menschen von ihrem Irrweg abzubringen, hatten sich seine Bücher gut verkauft, seine Vorlesungen genossen bis zum Schluss einen legendären Ruf.

Rainer führte keine Beziehung, er lebte in einer Partnerschaft. Frei von Selbstbetrug, zwei autarke Persönlichkeiten, die gewisse Lebensbereiche teilten. Die sich gegenseitig emotional unterstützten. Wenigstens dann, wenn es einem von beiden nicht gerade zufällig auf die Nerven ging. So wie jetzt.

Christine war bewusst, dass sie hysterisch klang. Je abweisender sein Blick wurde, desto weniger schien sie in der Lage, das zu kontrollieren. Er hatte sie prüfend gemustert und dann angefangen, ihr einen Vortrag zu halten. Er sprach von Projektion, von Schattenarchetyp und klassischen Abwehrmechanismen. Von Attributionsfehlern und Urteilsheuristiken.

Sie stand da und fühlte sich wie ein gescholtenes Schulmädchen. Gewäsch, dachte sie. Betrachtete ihn, wie er im Sessel saß, dozierend die Brille in der Hand schwang, um den bedeutenden, klugen Worten das rechte Gewicht zu verleihen. War es irgendwann anders gewesen? Hatte es Zeiten gegeben, in denen er in einer solchen Situation einfach aufgestanden wäre, einfach die bescheuerte Zeitung beiseite- statt auf den Schoß gelegt hätte, um sie in den Arm zu nehmen? Um ihr zu sagen, dass alles gut werden würde? Dass er ihre Sorge verstand und sie ernst nahm und nur aus dem Grund nicht teilte, weil es keinen echten Anlass gab?

Sie konnte sich nicht erinnern.

Christine war wütend. Sie war wütend und enttäuscht, und deshalb weigerte sich ihr Verstand, zur Kenntnis zu nehmen, dass er recht hatte. Alles war in Ordnung.

Sonst würde Rainer nicht sitzen bleiben in seinem beschissenen Sessel. Sonst würde er nicht sagen, was er gerade sagte. »Reiß dich ein bisschen zusammen« nämlich. »So kenne ich dich gar nicht.« Er hob die Brille, platzierte sie demonstrativ wieder auf seiner Nase und griff nach der Zeitung.

Die Wut machte Christine ganz schwach.

Merkst du eigentlich gar nichts mehr?, wollte sie schreien. Siehst du nicht, was aus dir geworden ist seit dieser Zwangspensionierung? Du sitzt nur noch herum und pflegst deine Großartigkeit. Du kannst nicht damit umgehen, du kommst nicht klar, dass du nicht mehr der große Zampano bist, sondern nur ein emeritierter Professor, dessen Bücher sich immer schlechter verkaufen, weil immer das Gleiche drinsteht.

Sie sagte nichts dergleichen. Es war kaum der richtige Moment. Irgendwann, wenn sie ruhig war, in der Lage, fair und sachlich zu argumentieren, würde sie es ansprechen.

»Ich habe Angst«, sagte sie stattdessen. »Es ist vermutlich irrational, aber ich habe einfach Angst. Es gibt eine polizeiliche Ermittlung. Was soll ich machen, wenn die Polizei plötzlich vor der Tür steht?«

»Es gibt eine ärztliche Schweigepflicht«, erklärte er ungeduldig. »Du musst nicht mit der Polizei sprechen. Außerdem ist es höchst unwahrscheinlich, dass dieser Brandmeyer seine Therapietermine auf dem Familienkalender in der Küche notiert hat. Typen wie der finden es doch peinlich, Probleme zu haben. Und seine Gattin hat sicher auch kein Interesse daran, dass du der Polizei Einzelheiten aus seinem Privatleben erzählst.«

Christine sah ihn an. Wunderte sich. »Wie meinst du das?«

Für eine Sekunde wirkte er unsicher. Ertappt, schoss es ihr durch den Kopf. Aber das war schnell vorbei. »Das ist so bei Leuten aus dieser Generation«, behauptete er.

Christine musterte ihn kurz. Er hatte die Zeitung demonstrativ ein Stück gehoben. Das hier hatte keinen Sinn. Er wirkte verärgert, und sie war vermutlich paranoid.

»Ist noch ein Kaffee da?«, fragte sie. Trotz ihrer Wut und der Enttäuschung, trotz des Gefühls der Einsamkeit, das dieses Gespräch in ihr hervorgerufen hatte, war sie noch nicht so weit, wieder nach unten zu gehen. Ihre nächste Patientin kam erst in einer halben Stunde. Die konnte sie ebenso gut hier oben verbringen. Schlechte Gesellschaft war besser als gar keine Gesellschaft.

»In der Küche«, sagte Rainer und bemühte sich nicht sonderlich, seine mangelnde Begeisterung zu verbergen.

Das Handy, das neben ihm auf dem Beistelltisch lag, piepte. Er griff so hastig danach, dass die Zeitung, die er eben noch gehütet hatte wie die Kronjuwelen, auf den Boden fiel. Er meldete sich. »Natürlich«, sagte er dann. »Ja, sicher, das kann ich einrichten …« Schwieg kurz. »Ich freue mich auch«, sagte er dann, beendete das Gespräch und stand auf. »Ich muss noch mal weg«, sagte er.

Nein, dachte Christine, bitte nicht jetzt.

Er trat auf sie zu, gab ihr einen flüchtigen Kuss. Was ihre Befürchtung bestätigte. Die Stimmung war nicht danach. Was immer das für ein Termin war, den er jetzt unbedingt wahrnehmen musste, er hatte ein schlechtes Gewissen. Egal was in all seinen Büchern stand. Egal wie weit er über der Lüge der monogamen Beziehung stand, dieser Kuss, bevor er ging, war Ausdruck des schlechten Gewissens, das er so eifrig leugnete. Sie ertrug ihn, blieb einfach stehen, trat irgendwann ans Fenster und sah ihm zu, wie er beschwingt in sein neues Cabrio stieg, das er sich zur Feier des Ruhestands spendiert hatte.

Sie sah ihm nach und verfluchte ihre Schwäche. Sie hätte in der Praxis bleiben sollen. Sich all das, was er gesagt hatte, selbst erklären. Es wäre ihr damit auf keinen Fall schlechter gegangen. Sie hätte sich einfach nur einsam gefühlt. Hier zu stehen, ihm zuzusehen, wie er zu irgendeiner anderen Frau fuhr – Anruf genügt –, führte nur dazu, dass sie sich nicht nur einsam fühlte, sondern, so zuwider ihrem rationalen Ich das auch war, auch noch gedemütigt.

12

»Pow!« Jan Nelles hatte eine Hand flach nach oben gestreckt und ließ die andere, zur Faust geballt, dagegenklatschen. »Was hat so ein Ding drauf im Bahnhof? Hundert Sachen, nehme ich an. Das bricht dir jeden Knochen im Körper. Die Weichteile platzen. Und dann geht's ab nach unten, unter die Lok, unter den Zug, und man sollte nicht glauben, was da alles dranhängt an Haken und Ösen. Da braucht es gar nicht die Räder, obwohl die freilich auch ganze Arbeit leisten. Und was so eine Lok für einen Bremsweg hat, das kann man sich nicht vorstellen. Alles, was uns am Ende bleibt, ist ein Puzzle.« Er unterbrach kurz, blickte finster drein. »Puzzeln!« Er legte so viel Abscheu in dieses Wort, dass Ruths Drang, sich zu übergeben, kurz dem Bedürfnis wich, sich zu entschuldigen. So als hätte sie den armen Carsten Landau persönlich derart zugerichtet und nicht eine leistungsstarke Güterlokomotive.

»Augen auf bei der Berufswahl«, murmelte sie stattdessen und vertrieb die unerwünschten Bilder in ihrem Kopf damit, dass sie sich in dem kleinen Büro im rechtsmedizinischen Institut umsah, als wäre sie noch nie dort gewesen.

Es wunderte sie jedes Mal aufs Neue, wie ein so penibel und akkurat wirkender Mensch wie Nelles in einem derartigen Chaos arbeiten konnte. Vielleicht brauchte er ein Gegengewicht zu der kühlen Sterilität des Sektionsraums, dieser glänzenden Edelstahlordnung, nur gestört von dem, was auf die Tische gelegt wurde.

Ruth griff nach der Kaffeetasse, obwohl ihr die Lust auf Kaffee gründlich vergangen war. Sie nahm in diesem Gebäude nicht gern etwas zu sich, lehrte doch die Erfahrung, dass über kurz oder lang Dinge aus Nelles' Mund drangen, die einem jeden Appetit verdarben.

»Heute schaffe ich das auf keinen Fall!« Nelles nahm die Brille ab und massierte kurz seine Nasenwurzel.

»Was ist mit Brandmeyer?«, erkundigte sich Ruth.

»Der Anwalt? Nun, meiner medizinischen Einschätzung nach ist der Mann tot!« Nelles lachte dröhnend über seinen Scherz. Ruth zwang sich zu einem Lächeln.

»Äußere Besichtigung ist fertig«, erklärte Nelles. »Von außen ist der Mann tipptopp. Gut in Schuss für sein Alter. Er war blass, daraus schließe ich, dass die Schlinge sich schnell zugezogen hat. Ansteigende Strangulationsfurche, so weit alles, wie zu erwarten. Ansonsten kein blauer Fleck, kein Kratzer. Dass er getrunken hat, ist offensichtlich, wir schauen nach der Promillezahl und natürlich nach den üblichen Medikamenten und Drogen. Für mich sieht das aber nach einem sauberen Suizid aus. Aber wenn der Staatsanwalt darauf besteht, dann mach ich ihn natürlich gerne auf.« Nelles trank einen großen Schluck aus seinem Kaffeebecher, auf dem ein großer Schriftzug ihn als »World's Best Boss« pries. »Dabei weiß ich nicht, wie ich das alles noch schaffen soll. Es geht drunter und drüber hier.« Er warf einen unglücklichen Blick auf die Glasscheibe, die sein Büro vom Vorraum trennte, in dem ein aufgeräumter und verwaister Schreibtisch stand. »Seit einer Woche ist sie krankgeschrieben. Ich bin hilflos ohne sie. Ich kann nicht überall gleichzeitig sein, und ich muss mich eigentlich auf diesen Kongress vorbereiten.«

Ruth erhob sich eilig. »Ich bin schon weg!«

»Kannst es kaum erwarten, hier rauszukommen, was?« Nelles grinste zufrieden. »Gott, Veritzky, du bist so ein Mädchen!«

Ruth erwiderte sein Grinsen. »Und du bist so ein stahlharter, abgebrühter Kerl, dass ich wirklich besser gehen sollte«, versetzte sie. »Sonst kann ich nicht mehr an mich halten und falle über dich her!«

»Und das wäre ja in der Tat nicht auszudenken!« Nelles erhob sich ebenfalls. »Ich seh zu, dass ich den Brandmeyer morgen schaffe. Und an das Puzzle setze ich einen, dem so was liegt.«

Allein die Vorstellung, dass es Menschen gab, denen es lag, derartige Aufgaben zu übernehmen, verursachte Ruth eine Gänsehaut.

»Grüß mir Brodtmann«, rief Nelles ihr über den Flur nach. »Ich melde mich dann!«

Auf der Fahrt ins Präsidium drehte Ruth das Radio auf. Ein gut gelauntes Mädchen sang von Sommer und Liebe und davon, dass es sich die Zehennägel lackiert hatte. Die Sonne strahlte vom Himmel, das Leben war gut. Oder wenigstens nicht schlecht. Es war nicht schön, an fremden Türen zu klingeln und Nachrichten zu überbringen, die keiner hören wollte. Und doch war es wesentlich schöner als diejenige zu sein, die die Tür öffnete und diese Nachrichten entgegennahm. Nein, sie hatte keinen Grund, sich zu beklagen. Herzlos waren diese Gedankengänge – und wohltuend. Zuweilen erleichterte ein schäbiger Charakter eben doch das Leben.

Sie parkte den Wagen vor dem Präsidium. Die Terrasse der Kantine war voll besetzt, Kollegen und Besucher genossen die Sonne. Ruth zog ihr Handy aus der Tasche, erreichte Brodtmann, und es kostete sie wenig Mühe, ihn zum gemeinsamen Cappuccino nach unten zu zitieren. Keine zehn Minuten später saßen sie zusammen unter einem Sonnenschirm, vor sich große Tassen mit luftigen Milchschaumkronen.

Brodtmann erkundigte sich pflichtschuldig nach ihrem bisherigen Tag. Der allgemeine Verstimmungsgrad war in Richtung schwache Eins geschrumpft.

»Landaus Freundin hält Selbstmord für ausgeschlossen«, erklärte Ruth. »Und wenn sie recht hat, dann ist es eine unfassbar blöde Geschichte. Ein Unfall, das wäre so bescheuert und bizarr!«

»Die meisten Unfälle sind bescheuert und bizarr.« Brodtmann löffelte vorsichtig ein wenig Schaum aus seiner Tasse.

»Hast du dich wenigstens amüsiert? Mit der schönen Witwe?«

»Was?« Brodtmann blickte auf. »Wie meinst du das denn bitte?«

»Ich meine gar nichts«, versicherte Ruth schnell. Obwohl genesen, war er offenbar noch etwas dünnhäutig. »Ich wollte nur wissen, ob sich irgendwas Neues ergeben hat.«

Brodtmann leckte den Milchschaum vom Löffel. »Die Sache stinkt wie zehn tote Ratten. Die Frau ist völlig fertig. Sie macht nicht den Eindruck, als würde sie sich fassen. Im Gegenteil, sie driftet zielstrebig ins Nirwana. Und in diese Sache mit Morowski hat sie sich jetzt wirklich verbissen. Sie hat Angst. Und ich wünschte, ich würde kapieren, warum.« Er seufzte. »Andrea war so freundlich, ihre Aufmerksamkeit kurz von ›Babytreff.de‹ und anderen Fachforen abzuziehen und ein bisschen Hintergrund zu recherchieren. Alles, was sie mir gegeben hat, deutet darauf hin, dass Verenas Theorie und die Realität nicht zusammenpassen. Morowski müsste völlig verrückt sein, um Brandmeyer zu erledigen. Der Mann ist schuldig wie die Sünde. Das weiß jeder, das wusste auch der Richter. Brandmeyer hat ganze Arbeit geleistet. Hier ein begründeter Zweifel, da eine Lücke in der Indizienkette. Er hat Morowski den Arsch gerettet. Und so wenig ich den Herrn schätze – jemanden zum Dank dafür umzubringen, das ist nicht sein Stil!« Er hob die Tasse und trank den letzten Schluck. »Und das führt mich zu der interessanten Frage, ob die irre Verena irre ist, weil sie Angst hat, oder ob sie Angst hat, weil sie irre ist. Huhn oder Ei, das ist hier die Frage!« Er schwieg einen Moment.

»Du machst das schon«, sagte Ruth. »Brodtmann, wenn jemand mit so etwas klarkommt, dann du!«

»Scheißdreck!«, erwiderte er.

Ruth nickte. »Wo wir gerade davon sprechen: Wir müssen noch zu diesem Markus Berg. Dem Freund vom Bahnhofsmann. Ich würde das gern heute noch hinter mich bringen.«

»Scheißdreck«, wiederholte Brodtmann und sah auf die Uhr. »Ich schlage vor, dass du in diesem Fall ein wenig schneller trinkst. Wenn ich heute nicht pünktlich zu Hause bin, kriege ich garantiert Stubenarrest, und du kannst den Rest des Monats zusehen, wie du ohne mich klarkommst!«

***

Der Löffel klirrte an den Rand des Tellers. Robert blickte auf, gerade so weit, dass er über den Tisch die Hand sehen konnte, die sich um das Metall krampfte. Dann eine andere Hand, die sich sanft darüberlegte, den Löffel ruhig und entspannt zurück in die richtige Bahn lenkte.

Sie saßen im Schatten der Markise auf der Terrasse. Der Baum im Garten war noch zu klein, um Schatten zu spenden.

Robert hatte ihn selbst gepflanzt. Seinen Baum in seinem Garten. Julia hatte auf der Terrasse gesessen, deren Platten gerade erst gelegt und noch von Sand bedeckt waren. Sie hatte gelacht und die Hand auf ihren runden Bauch gelegt. Haus gebaut, hatte sie gesagt, Baum gepflanzt, Sohn gezeugt. Jetzt kannst du dich wohl zur Ruhe setzen. Robert hatte mitgelacht. Er hatte das alberne Gefühl von bedeutungsschwangerem Ernst weggelacht und doch heimlich genossen. Es hatte sich angefühlt, als hätte er alles richtig gemacht.

Tobias schüttelte die Berührung seiner Mutter ab und tunkte den Löffel erneut in die Suppe. Die Hand zitterte ein wenig, fand aber ihren Weg zum Mund. Das war gut. Heute war ein guter Tag. Darum hatte Julia im Labor angerufen, obwohl sie das sonst fast nie tat. Sie hatte gefragt, ob er nicht nach Hause kommen wollte für ein frühes Abendessen im Garten.

Nach dem Essen würde er zurückfahren. Würde da weitermachen, wo er aufgehört hatte. Der Gedanke machte ihn auf angenehme Weise unruhig. Es gab gute und schlechte Tage. Heute war ein guter Tag, zu Hause, aber auch im Labor.

»Es schmeckt ganz wunderbar«, sagte er und lächelte Julia an. Das Licht, das durch die orangerote Markise fiel, zauberte helle Reflexe in ihr Haar. Die grauen Strähnen waren nicht mehr zu übersehen, ebenso wenig wie die Falten rund um ihre Augen. Grüne Augen, die ein wenig schräg standen. Sie ist schön, dachte Robert, ich sollte ihr das häufiger sagen. Ich sollte sie ansehen und ihr sagen, dass sie schön ist.

Sie erwiderte sein Lächeln. »Schmeckt es dir auch, mein Schatz?«, wandte sie sich dann Tobias zu.

»Lecker«, erwiderte ihr Sohn.

Es war zu warm für Suppe. Eigentlich schrie das Wetter nach einem Grillabend, nach ein paar Würstchen und Steaks, die duftend auf dem Rost brutzelten. Aber Tobias kam mit dem Löffel besser klar. Messer und Gabel zu koordinieren fiel ihm zunehmend schwer. Und er hasste es, sich das Essen klein schneiden zu lassen. Er war kein Baby. Das sagte er. Oft.

Robert würde nie den Moment vergessen, an dem man ihm seinen Sohn das erste Mal in den Arm gelegt hatte. Es war grauenhaft gewesen. Schon im Zuge der pränatalen Vorbereitung war ihm die Sache mit der Vaterschaft unendlich kompliziert vorgekommen. Eine Million Dinge galt es zu beachten. Der richtige Kinderwagen, das richtige Bettchen, der richtige Wickeltisch, die passende Wärmelampe in der richtigen Höhe dazu. Die Farben der Wände, die Größe und Form des die richtigen Sinne stimulierenden Mobiles, die richtige Badewanne, gar nicht zu reden von den richtigen Pflegeprodukten – es galt, sich zu informieren, klug zu wählen, es galt, zu planen, sich vorzubereiten. Irgendwann kam es ihm vor, als habe er jedes Buch zu dem Thema gelesen, jedes Test-Heft studiert. Aber sie hatten es bewältigt. Sie hatten ihr Nest gebaut und perfekt gestaltet. Robert hatte sich eingebildet, er sei vorbereitet auf das, was da kam. Aber dann hatte man ihm diesen winzigen, scheinbar perfekten Menschen in den Arm gelegt. Und er hatte ihn mit einer Intensität geliebt, die ihn fast zerrissen hätte. Das da war sein Sohn, und er hatte die Aufgabe, ihn zu beschützen. Alles, was böse, schlecht und gefährlich war, von ihm fernzuhalten. Das war nicht kompliziert, sondern einfach. So einfach und gleichzeitig so hoffnungslos unmöglich, dass seine Knie weich wurden und sein Atem stockte.

Er hatte nicht die sanfte, geduldige Liebe verspürt, auf die er sich vorbereitet hatte. Es war ein wildes, fast ein wütendes Gefühl.

Von diesem Tag an war Angst sein ständiger Begleiter gewesen. Er war ein schrecklicher Vater. Einer, der nervös wurde, sobald sich der kleine Körper aus der schützenden Reichweite seiner Arme entfernte. Er hatte Angst vor spitzen Steinen, vor Glasscherben im Sand. Angst vor den unzähligen kleinen Dingen, an denen sein Sohn ersticken konnte, vor den Wasserpfützen, in denen er ertrinken konnte. Angst vor rostigen Leitern der viel zu hohen Rutschen auf schlecht gepflegten Spielplätzen, vor Mäuerchen und Bäumen, auf die Tobias unbedingt klettern wollte. Am meisten Angst hatte er vor Tobias' unbändigem Willen, jedes Risiko einzugehen. Ich bin kein Baby! Trotzige Worte aus einem kleinen Mund. Der Blick aus den grünen Augen, die so sehr Julias glichen, erschreckend entschlossen.

Robert war klar gewesen, dass er loslassen musste. Jeden Tag ein bisschen mehr. Er musste die Angst aushalten. Er hatte sich redlich bemüht. Trotzdem war es ihm nie gelungen, so natürlich und leicht mit der Sache umzugehen wie Julia, die auf einer Bank am Spielplatz sitzen konnte und unbefangen mit anderen Eltern plaudern, während ihr Sohn auf kleinen, dicken Beinen die Welt erkundete. Sie ertrug aufgeschlagene Knie und Mittelohrentzündungen, sie pustete und tröstete, und Robert beneidete sie oft um die Gewissheit, dass alles gut ausgehen würde. Diese Gewissheit, die sie bis heute umgab wie ein Panzer.

»Der Papa muss gleich noch mal ins Labor«, erklärte sie nun ihrem Sohn. »Ich dachte, wir beide gehen noch ein bisschen Tandem fahren. Vielleicht bis zur Eisdiele, für einen kleinen Nachtisch? Wäre das was?«

Tobias lächelte und nickte.

»Aber höchstens dreißig Kugeln!«, sagte Robert streng. »Allerhöchstens fünfzig. Und ihr müsst mir was mitbringen! Ich will ein schönes Eis, wenn ich nach Hause komme.«

»Nein«, sagte Tobias und lachte. »Ich ess alles allein.«

»Du!« Julia knuffte ihn in die Seite. »Sei nicht so frech zu deinem armen Vater.«

Robert sah auf die Uhr. Bedauerte das sofort, weil er Julias Blick spürte. Es gab nicht mehr viele Momente, in denen sie zusammen lachten. Gute Tage, an denen sie zusammen aßen und redeten. Robert war zu selten zu Hause.

Es ging nicht anders, und Julia wusste das besser als jeder andere Mensch auf der Welt. Er musste weder ihr noch seinem Sohn seine Liebe beweisen, indem er wertvolle Stunden vergeudete. Zeit war kostbar. Und Zeit war ihr schlimmster Feind.

»Bevor ich gehe, sollte ich diesem ungezogenen Kind mal wieder den Hintern versohlen«, sagte er und sah wieder auf die Uhr, demonstrativ diesmal. »Oh, leider habe ich dafür keine Zeit mehr. Dann muss ich das wohl auf morgen verschieben.«

Tobias und Julia lachten, und für einen Moment fühlte sich Robert ganz leicht. So sehr zu Hause, dass er sich zurückhalten musste, um nicht herauszusprudeln, was ihn so unruhig machte. Um Julia nicht mit Fachbegriffen und Theorien zu überhäufen, so wie früher.

Julia redete, erzählte von Tobias' Schule, von einer anderen Mutter, die sie kennengelernt hatte. Robert versuchte, ihr zu-

zuhören. Es war schön, sie so zu sehen. Sie gestikulierte beim Reden, wirkte lebhaft. Am Tag war sie die Julia, die alle bewunderten. Die Frau, die sich tapfer hielt. Die Mutter, die alles tat für ihr Kind. Eine, die stark war. Eine, die nicht aufgab.

Robert sah diese Julia nicht oft. Wenn er am Abend nach Hause kam, wenn Tobias schlief, dann war sie anders. Wie eine leere Hülle saß sie auf dem Sofa, trank ein Glas Wein oder zwei. Sie machte den Fernseher an. Nutzte das bisschen Kraft, das ihr nach dem Tag blieb, um Angst und Verzweiflung in Schach zu halten.

Wenn Robert sie so sah, fürchtete er manchmal, dass sie die Hoffnung aufgegeben hatte. Manchmal wünschte er es sich fast. Er hasste sich für diesen Gedanken. Hoffnung war das, was sie verband. Hoffnung machte sie zu einer Einheit. Es kam schlichtweg nicht in Frage, die Hoffnung aufzugeben.

Andere Menschen nahmen Anteil. Sie waren mitfühlend und versuchten zu helfen. Aber sie standen auf der anderen Seite des Grabens, der Julia und ihn vom Rest der Welt trennte. Es gab einen Unterschied zwischen Verstehen und Begreifen. Es gab Hoffnung, die existierte, weil sie existieren musste. Sie war stark und gleichzeitig so brüchig, dass sie beide wussten, dass man sorgsam mit ihr umgehen musste. Man durfte sie nicht leichtfertig aufs Spiel setzen, indem man über Dinge sprach, für die die Zeit nicht reif war. Noch nicht.

»Jedenfalls finde ich die Idee mit der Tombola toll, und darum machen wir das jetzt zusammen. Sie kommt morgen zum Kaffee, ich hoffe, das Wetter hält, dann können wir draußen sitzen. Sie bringt Yannik mit, das ist doch super, oder?« Julia sah Tobias an.

Der grunzte, und es klang nicht, als fände er das super. Vermutlich mochte er diesen Yannik nicht. Bestimmt mochte er diesen Yannik nicht. Er vermisste seine »echten« Freunde aus der alten Klasse. Die Schule hatte nicht die Kapazitäten gehabt, ihn weiter zu unterrichten. Ein fast blindes Kind.

Eines, dem die Dinge von Tag zu Tag schwerer fielen statt leichter. Die neue Schule trug dem Rechnung. Es war eine hervorragende Schule.

Am Anfang waren die alten, die »echten« Freunde noch zu Besuch gekommen. Irgendwann waren sie weggeblieben.

Tobias hatte nicht nach ihnen gefragt. Er hatte getan, als spiele es keine Rolle.

Robert sah seinen Sohn an. Er hatte das fein geschnittene Gesicht seiner Mutter. Ungewöhnlich lange, dichte Wimpern umrahmten die Augen, die leicht himmelwärts gedreht ins Leere blickten. Robert sah seinen Sohn an, und er dachte an Cathepsin D, dachte an CLN1-Enzyme, an Palmitoylprotein-Thioesterase. Ein Haus bauen, einen Baum pflanzen, einen Sohn zeugen. Die Angst aushalten. Und irgendwann akzeptieren, dass man sich immer vor den falschen Dingen gefürchtet hatte.

»Ich muss los«, sagte er. Julia sah ihn an. Lächelte. Und nickte dann.

Tobias hustete. Julia sprang auf und klopfte ihm auf den Rücken. »Ist gut«, sagte er unwillig und wehrte sie ab. »Ist schon gut!«

Robert ging um den Tisch, gab seiner Frau einen Kuss und nach kurzem Zögern auch seinem Sohn.

»Bäh«, sagte der, wischte sich über die Wange und grinste.

»Viel Spaß beim Eisessen, du unverschämter, undankbarer Rotzlöffel!« Robert fuhr ihm kurz durchs Haar.

Ein Haus bauen, einen Baum pflanzen, einen Sohn zeugen. Das war der Anfang. Dann weitermachen. Immer weitermachen. Die Hoffnung nicht aufgeben. So einfach war das. Auch wenn es sich nicht einfach anfühlte.

13

Irgendetwas war merkwürdig. Vielleicht lag es daran, dass der Mann, der Ruth und Brodtmann die Tür geöffnet hatte, barfuß war. Auch die alte Jeans und das verwaschene T-Shirt wirkten zwischen den eleganten Stilmöbeln des Wohnzimmers merkwürdig fehl am Platze.

Er bot Platz an, verschwand kurz und kehrte mit einem Tablett zurück, auf dem eine Kanne Kaffee und Tassen aus zartem Porzellan standen. Er lächelte unsicher. »Ich dachte, Kaffeekochen hilft mir dabei, nicht verrückt zu werden.« Es klang fast entschuldigend. »Es hat nicht besonders gut funktioniert. Ich hoffe noch immer, dass Sie mir jetzt sagen, dass Katharina da etwas missverstanden hat. Dass er nicht wirklich tot ist, eine Verwechslung, ein Irrtum.«

Ruth schluckte. »Das Ergebnis der DNA-Analyse steht noch aus.« Sie dachte an die Männer mit den Westen, an die braune Tasche mit der Geldbörse und dem Butterbrot. »Es gibt aber kaum einen Zweifel.« Sie fühlte sich irgendwie tapfer, als sie das sagte. Merkwürdig, dachte sie wieder, irgendetwas ist merkwürdig.

Berg setzte sich auf die Kante des antiken Sofas. Er starrte auf den Tisch, besann sich dann und schenkte Kaffee ein.

»Es tut mir leid«, sagte Ruth. »Es tut mir wirklich sehr leid!«

Brodtmann räusperte sich.

Seine Sicherheit, begriff Ruth. Markus Berg war verstört, bewegte sich aber trotzdem mit der Sicherheit eines Menschen, der sich in seiner Haut wohlfühlte, mit sich und seinem Körper im Einklang war. Das war kein Wunder, fand Ruth, so wie er aussah. Trotzdem wirkte es in dieser Situation irgendwie irritierend.

»Katharina war völlig aufgelöst. Ich bin nicht sicher, dass ich alles richtig verstanden habe«, sagte Berg jetzt. »Er ist vor einen Zug gestürzt?« Sein Tonfall flehte um Widerspruch. Brodtmann, dachte Ruth, Brodtmann soll das hier machen. Obwohl Berg mit ihr sprach.

So war das immer. Verstörte Menschen waren mit mehreren

Gesprächspartnern überfordert. Sie suchten sich einen Menschen aus, an den sie sich halten konnten. Brodtmann, meistens. Vielleicht, weil er ein Mann war. Vielleicht vertraute man im Zweifelsfall, dann, wenn es tatsächlich um Leben und Tod ging, doch lieber einem Mann. Weil man ihm im Zweifelsfall mehr Stärke zutraute, mehr Kompetenz. Der Gedanke hätte sie ärgern müssen, aber Ruth war gerne bereit, in diesen Situationen auf Gleichberechtigung zu verzichten.

Brodtmann sollte das hier machen! Unglücklicherweise schien er das anders zu sehen. Er schwieg. Idiot, dachte Ruth und unterbrach widerwillig ihre Introspektive. »Es ist am frühen Morgen passiert«, sagte sie. »Wir wissen nicht genau, was sich abgespielt hat. Wir werten die Bänder der Überwachungskamera aus. Vielleicht wissen wir bald Genaueres.«

»Er hat sich nicht umgebracht!«, erklärte Berg ein wenig unvermittelt. »Ich habe keine Ahnung, was da passiert ist, aber ich versichere Ihnen, dass Carsten Landau sich nicht das Leben genommen hat.«

»Was macht Sie so sicher?« Nun, da Brodtmann endlich sein Schweigen brach, klang seine Stimme barsch. Unangemessen barsch, fand Ruth.

Berg zögerte. »Es klingt vielleicht albern, aber neulich gab es da einen Vorfall … Wir waren verabredet, ich wollte ihn abholen, und er kam viel zu spät, weil sein Zug nicht fuhr. Jemand … jemand hat sich umgebracht. Als er endlich kam, war er wütend. Asozial, hat er gesagt, asozial und rücksichtslos wäre so etwas. Katharina hat ihn herzlos genannt. Weil man von jemandem, der verzweifelt genug ist, sich vor den Zug zu werfen, wohl kaum erwarten kann, dass er Rücksicht auf die Pünktlichkeit der Bahn nimmt. Aber Carsten hat gesagt, man müsse ja auch an die Hinterbliebenen denken und an die, die die Schweinerei dann wegmachen.« Er räusperte sich. Verzog kurz das Gesicht. Ruth, die abermals an die Männer in den Westen dachte, musste sich zusammennehmen, um nicht das Gleiche zu tun. Sie stimmte dem verblichenen Landau aus tiefem Herzen zu. Auch wenn seine löblichen Ansichten letztlich nichts änderten. Beschissen, dachte sie, so ein beschissenes Ende. Sie griff ein wenig zu hastig nach ihrer Kaffeetasse. Fragte sich, wie oft sie heute noch Kaffee zu sich nehmen musste, den sie eigentlich gar nicht wollte. Mir ist das zu viel, dachte sie, heute ist mir das alles zu viel.

»Es war nicht ernst, verstehen Sie?«, brach Berg das Schweigen, als fürchtete er, etwas Falsches gesagt zu haben. »Wir haben gelacht dabei, wir waren ein bisschen albern. Albern und geschmacklos. Ich glaube, wir haben furchtbare Dinge gesagt. Dinge, die man sagt, wenn etwas Grauenhaftes nichts mit einem selbst zu tun hat …«

»Das ist völlig normal«, sagte Ruth. »Das machen doch alle Menschen.« Sie schluckte. »Und es ist ja durchaus fraglich, ob er sich wirklich selbst …«, ergänzte sie dann hastig.

Brodtmann räusperte sich erneut, diesmal laut und vernehmlich.

Berg ignorierte ihn. Er sah Ruth dankbar an. Dankbar für den Quatsch, den sie hier redete. Er hatte schöne Augen, ein helles Braun, wie Bernstein.

»Sie haben sich über Suizid unterhalten«, stellte Brodtmann fest, knapp bis teilnahmslos.

»Nein. Ich sagte doch gerade … Hören Sie, ich weiß, was Sie denken. Aber Carsten hätte das nie und nimmer getan. Und schon gar nicht auf diese Weise.«

»Sie kannten ihn schon lange?« Es war Ruth auf einmal ein dringendes Bedürfnis, Berg zu beruhigen. Das Letzte, das Allerletzte, was ihr an diesem Tag noch fehlte, war, diesen Mann weinen zu sehen, nachdem ein gütiges Schicksal diesen Kelch bei Katharina Glaswinkler von ihr genommen hatte.

»Wir waren zusammen in der Schule.« Berg lächelte kurz. »In derselben Stufe. Kannten uns eben. Nach dem Abi habe ich irgendwie alle aus den Augen verloren. Wie das halt so ist. Nur Carsten war ständig in der Nähe. Wir haben uns an der Uni getroffen, ab und zu ein Bier zusammen getrunken. Mit der Zeit hat sich eine Art lockere Freundschaft entwickelt. Ich war dann länger weg, immer wieder im Ausland, Afrika, Naher Osten, Südostasien. Das hat meinem Sozialleben nicht gutgetan. Und Carsten war ein Arbeitstier, private Kontakte waren nicht unbedingt seine Stärke. Meine auch nicht, um ehrlich zu sein.

Wir waren froh, dass wir uns hatten. Wir haben wohl gedacht, dass wir dann immerhin nicht als völlig vereinsamte alte Säcke sterben.«

Ruth versuchte, sich Markus Berg als alten Sack vorzustellen. Das war nicht leicht.

»Das klingt eher nach Zweckgemeinschaft als nach Freundschaft.« Brodtmanns Ton gefiel Ruth immer weniger. Soweit sie informiert war, war er selbst nicht unbedingt der König auf dem gesellschaftlichen Parkett. Sah man von gelegentlichen Getränken mit den Kollegen ab, überließ er das soziale Leben gerne und willig seiner Gattin. So wie Männer das gemeinhin taten.

Berg schien sich nicht angegriffen zu fühlen. Er lächelte ein wenig verloren. »Das haben Sie völlig missverstanden. Carsten Landau ist der einzige wirkliche Freund, den ich habe. Ein verdammt guter Freund. Einer, auf den ich mich verlassen kann. Wir haben uns manchmal Monate nicht gesehen, aber wenn wir uns dann trafen, war es genau wie vorher. Um das alte Klischee zu bemühen: Carsten ist der, den ich nachts um drei anrufen kann, wenn ich ihn brauche. Und umgekehrt genauso!«

»Kam das vor? Anrufe nachts um drei? Weil es ihm nicht gut ging?«

Ruth hätte Brodtmann am liebsten den Ellbogen in die Seite gestoßen. War das hier ein Kreuzverhör?

»Ich frage, weil wir gehört haben, dass es ihm nicht sonderlich gut ging. Geschäftlich«, erläuterte Brodtmann.

»Es ging ihm geschäftlich beschissen«, konkretisierte Berg. »Und nein, er hat mich nicht angerufen. Nicht nachts um drei und auch sonst nicht. Als sich die Lage bei ihm zuspitzte, war ich in Afghanistan, beruflich.«

»Was machen Sie denn – beruflich?« Kaum war die Frage aus ihrem Mund, verspürte Ruth ein dringendes Bedürfnis, sich auf den Boden zu werfen und unter dem Tisch zu verstecken. Sie konnte Brodtmanns Gesicht nicht sehen, hatte diese missbilligende Falte zwischen seinen Brauen aber lebhaft vor Augen.

»Ich bin Fotograf«, erklärte Berg. »Ich arbeite im Reportagebereich. Krisen, Konflikte, internationale Politik. Nicht immer ganz einfach, aber man kommt herum.«

Interessant, dachte Ruth, faszinierend, dachte sie und war stolz auf sich, weil sie auf dem Sessel saß, statt unter dem Tisch zu liegen. Weil es ihrem Gehirn gelang, den Gedanken zu formen, dass sie eine vollkommen relevante und adäquate Frage gestellt hatte. Hochprofessionell.

»Darum sieht es hier auch so aus.« Berg lächelte sie entschuldigend an und zeigte vage in den Raum. »Es ist das Haus meiner Eltern. Ich habe es geerbt, aber ich bin quasi nur vorübergehend hier.« Er stockte, als wundere er sich selbst. »Ich bin ehrlich gesagt seit Jahren mehr hier als woanders, aber aus irgendwelchen Gründen schaffe ich es nicht mal, mir eigene Möbel zuzulegen. Was wohl mehr über mich aussagt, als mir lieb ist.«

Zum Beispiel, dass da niemand anderes ist, der sich um die Einrichtung kümmert, dachte Ruth. Hochprofessionell.

Brodtmann ließ abermals sein aufdringliches Räuspern vernehmen.

»Entschuldigung!« Bergs Augen verharrten noch einen Moment bei Ruth, bevor er sich wieder Brodtmann zuwandte. »Vor meiner letzten längeren Reise ging es wohl bergab mit Carstens Geschäft. Das ist bestimmt zwei Jahre her. Bevor ich weg bin, war er beunruhigt. Er hat von schlechten Zahlen geredet. Ich habe das nicht so ernst genommen. Es war nicht das erste Mal. Wenn man so ein Geschäft betreibt, dann geht es immer mal auf und ab. Für mich sah es aus, als würde alles perfekt laufen. Carsten hat eine Menge Geld verdient. Fragen Sie mich nicht nach den Details. Ich habe nie verstanden, wie man sein Leben damit verbringen kann, vor einem Bildschirm zu sitzen und sich den Kopf darüber zu zerbrechen, wie man noch mehr Leute dazu bringen kann, sich eine Website anzusehen. Damit noch mehr Werbekunden ihre Anzeigen schalten. Ich könnte das nicht.«

Du musst ja auch nach Afghanistan, dachte Ruth. Nach Afrika und Südostasien. Sie fragte sich, was Google wohl zum Namen Markus Berg zu sagen hatte. Nahm sich vor, das herauszufinden.

»Ich habe gedacht, er jammert auf hohem Niveau. Er hatte sein dickes Auto, eine tolle Wohnung, er hat gearbeitet wie ein Tier, diese Firma war sein Leben. Und dass eine dubiose Krise ihn so hart trifft, hätte ich einfach nicht für möglich gehalten.«

Berg seufzte, als sei er persönlich dafür verantwortlich. »Offenbar ist aber das Geschäft mit den Werbekunden von jetzt auf gleich völlig eingebrochen. Und zwar nicht nur vorübergehend. Carsten hat seine gesamten Rücklagen in die Firma gepumpt, irgendwann sein Privatvermögen genutzt, um die Löhne zu zahlen. Bis er so kurz vor der Insolvenz stand, dass es einfach nicht mehr ging. Er hat alle entlassen müssen, fünf Mitarbeiter, soweit ich weiß. Er hat die Firma faktisch aufgelöst, aber trotzdem weitergemacht. Mit einem Computer, ganz allein, von zu Hause.«

»Diese entlassenen Mitarbeiter«, unterbrach Brodtmann, »kennen Sie die Namen?«

Berg runzelte die Stirn und sah Brodtmann irritiert an. »Gott, Sie denken doch nicht …?« Abermals seufzte er resigniert. »Es gibt da sicher Unterlagen. Aber soweit ich das mitbekommen habe, herrschte immer ein gutes Betriebsklima. Die Mitarbeiter haben sogar auf Teile ihres Lohns verzichtet. Sie standen hinter ihm. Hinter der Firma. Bis klar war, dass es einfach nicht mehr geht. Sie kannten ihn und wussten, dass er alles versucht hat. Ich kann mir beim besten Willen nicht vorstellen, dass einer von denen Carsten persönlich verantwortlich gemacht hat.«

»Das müssen Sie ja auch nicht«, unterbrach Brodtmann. »Aber wir ermitteln in einem Todesfall. Wir müssen jede Möglichkeit in Betracht ziehen!«

»Es ist trotzdem absurd«, murmelte Berg, ein bisschen trotzig. Er strich sich die Haare aus dem Gesicht. Eine affige Geste, dachte Ruth, normalerweise eine sehr affige Geste.

Brodtmann kritzelte etwas in sein Notizbuch.

Berg sprang auf, so unvermittelt, dass Ruth zusammenzuckte. »Scheiße!«, sagte er und begann, auf und ab zu gehen. »Das ist doch alles völlig irrsinnig. Selbstmord, Mord, das ist doch krank! Ich verstehe, dass Sie Ihre Arbeit machen, aber ich kriege das nicht auf die Reihe! Es kann nur ein Unfall gewesen sein. Alles andere ist doch …«

»Undenkbar, ja, ich weiß.« Ruth stand auf, trat auf ihn zu und legte ihm eine Hand auf die Schulter. Er wehrte die Berührung nicht ab, sondern schien sich tatsächlich etwas zu beruhigen. »Es muss ein Unfall gewesen sein«, wiederholte er. »Ich wünschte nur, das würde etwas ändern. Aber es ist und bleibt beschissen sinnlos!«

»Beruhigen Sie sich.« Ruth war klar, dass es an der Zeit war, ihre Hand von seiner Schulter zu nehmen.

»Danke«, sagte er leise, legte seine Hand auf ihre, ganz kurz nur, und drückte sanft. »Es geht schon wieder.«

Seine Augen wanderten zu den leeren Tassen auf dem Tisch. »Soll ich noch einen Kaffee kochen?«

»Mir wäre es lieber, wenn Sie erzählen, was nun los war nach dem Zusammenbruch der Firma«, sagte Brodtmann. Es gab keinen, aber auch gar keinen Grund, unhöflich zu sein, fand Ruth und fragte sich, welche verdammte Laus ihm wohl jetzt wieder über die Leber gelaufen war.

»Natürlich. Entschuldigen Sie, ich bin durcheinander.« Berg seufzte. »Ich war nur drei Monate weg, und als ich zurückkam, war Carsten in einem furchtbaren Zustand. Hat in einer winzigen Wohnung gehockt und gearbeitet, nur noch gearbeitet. Er ist kaum noch vor die Tür gegangen, hat nicht richtig gegessen. Er stand kurz vor einem Zusammenbruch.«

Berg schien einen Moment zu überlegen. »Nein, er stand nicht kurz davor«, sagte er dann. »Es hat mich eine Menge Mühe gekostet, überhaupt zu ihm durchzudringen. Er war am Ende. Er hatte Panikattacken, Schlafstörungen. Er war völlig fokussiert auf die Arbeit, besessen geradezu. Damals war er vielleicht tatsächlich nah dran, etwas Dummes zu tun. Er hätte so nicht mehr lange weitermachen können. Aber er hat begriffen, dass etwas schiefläuft, richtig schief. Er hat es eingesehen, er hat sich helfen lassen. Es war nicht leicht für ihn, aber er hat sein Leben Stück für Stück wieder in den Griff gekriegt. Hat sich einen Job gesucht, um finanziell einigermaßen abgesichert zu sein. Damit er überhaupt mal wieder durchatmen kann. Er hat sich rausgekämpft aus dem Loch. Ja, und dann kam Katharina.« Berg schwieg kurz. »Gott, das klingt wie der Titel eines Kitschromans! ›Und dann kam Katharina‹.« Er grinste kurz, suchte erneut Ruths Blick. »Aber es war ja auch ein verdammter Kitschroman. Zwei, die sich gefunden haben. Ich weiß nicht, wie ich es ausdrücken soll, ohne dass es lächerlich klingt, aber mit ihr hat er wirklich neu angefangen zu leben. Er hat begriffen, dass Arbeit nicht alles ist. Sie war natürlich nicht die erste Frau in seinem Leben. Aber er hat sich nie zuvor emotional so auf jemanden eingelassen. Ob es an Katharina lag oder an dem, was er vorher durchgemacht hat, weiß ich nicht, aber mit ihr war es anders. Wie ich schon sagte – ein Kitschroman, die beiden!«

Kitschromane, dachte Ruth, Kitschromane sind möglicherweise als Gattung verkannt. Man sollte sie nicht so nennen, man sollte vielleicht einfach Liebesgeschichte dazu sagen.

»Er hat diese Frau geliebt. Wirklich und ehrlich geliebt. Er hätte ihr das nie angetan.«

»Suizid«, dozierte Brodtmann, »ist häufig eine Kurzschlusshandlung. Man verliert die Perspektive, für den Moment erscheint einem das, was man hat, nicht wichtig, nicht wertvoll, man sieht nur noch die Belastung und das Negative im Leben.«

»Nein«, unterbrach Berg. »Nein! Er hat sich nicht umgebracht. Er hatte keinen Grund. Die Sache mit dem Geschäft stand kurz vor der Klärung. So oder so. Er hatte mögliche Investoren an der Hand. Hätte das funktioniert, dann wäre er gerettet gewesen. Das hat er gesagt.«

»Und diese Investoren haben möglicherweise abgesagt. Vielleicht heute Morgen, vielleicht gestern Abend. Vielleicht hat er die ganze Nacht nicht geschlafen. Hat sich gequält, das Hirn zermartert, vielleicht stand er heute Morgen am Bahnhof, müde, zerschlagen, deprimiert, vielleicht gab es diese Sekunde, in der er dachte, dass ja alles keinen Sinn mehr hat.«

»Nein!«, brüllte Berg. Ruth war hin- und hergerissen. Sie wollte Brodtmann die Faust ins Gesicht donnern, und sie wollte aufspringen, um Markus Berg in die Arme zu schließen und ihn zu beruhigen. Da beides keinesfalls in die Kategorie »hochprofessionell« fiel, blieb sie einfach sitzen.

»Entschuldigung«, murmelte Berg. Brodtmann schwieg.

»Wir haben darüber gesprochen. Er hat gesagt, dass es jetzt entweder ein neuer Anfang ist oder eben das Ende. Er hat genug investiert, hat er gesagt, Zeit und Kraft. Irgendwann muss man aufhören, auf ein totes Pferd einzudreschen. Wenn es nicht funktioniert, dann sucht er sich einen Job, einen richtigen, einen, der ihm Spaß macht. Dann wird er ein Neun-bis-fünf-Büromann, der nach der Arbeit nach Hause kommt und Feierabend hat. Er hat gesagt, das wäre keine schlechte Perspektive. Und er hat es so gemeint!«

»Klar«, murmelte Brodtmann.

Berg erhob sich. »Glauben Sie, was Sie wollen«, sagte er. »Ich würde gerne aufbrechen. Ich glaube, Katharina braucht jetzt jemanden.«

»Natürlich.« Brodtmann erhob sich ebenfalls.

Ruth ging das alles ein wenig zu schnell. Eigentlich wäre sie gerne noch eine Weile geblieben. Hätte gewisse Fragen erörtert. Berg begleitete sie zur Tür. Er schüttelte erst Brodtmann die Hand, dann Ruth. Ruth lange. Ziemlich lange. Obwohl er gar nicht schüttelte. Nicht so sehr. »Wenn Sie noch Fragen haben«, sagte er und sah ihr in die Augen. »Also, wenn Sie noch irgendwelche Fragen haben, dann melden Sie sich.«

»Natürlich.« Ruth hatte für eine Sekunde das grässliche Gefühl, zu erröten. Sie befreite ihre Hand aus seiner. Fingerte nervös in ihrer Tasche herum und zog ihre Karte hervor. »Und wenn Ihnen noch etwas einfällt«, krächzte sie und wühlte nach einem Kugelschreiber. »Rufen Sie mich an«, sagte sie, während sie ihre Handynummer auf die Rückseite kritzelte.

»Das werde ich!« Berg griff nach der Karte und lächelte.

Merkwürdig, dachte Ruth. Das alles war ganz und gar merkwürdig.

Leider trug das eisige Schweigen im Auto nicht dazu bei, die stickige Hitze erträglicher zu machen. Ruth hatte das Fenster heruntergekurbelt und ließ sich den warmen Abgaswind des Stadtverkehrs ins Gesicht blasen.

»Es zieht«, mäkelte Brodtmann.

Ruth kurbelte das Fenster hoch. »So besser?«

Brodtmann schwieg.

Fein, dachte Ruth, wie du willst. Sie war müde, sie war gereizt, und sie wollte nach Hause. Sie konnte sehr gut auf eine Konversation mit einem Miesepeter wie Brodtmann verzichten.

Jedenfalls theoretisch. Leider beherrschte Brodtmann die Kunst des beleidigten Schweigens perfekt. So perfekt, dass Ruths Nerven ernstlich darunter litten.

»Kannst du jetzt vielleicht mal aufhören«, sagte sie deshalb. »Meine Güte, was ist denn los mit dir?«

»Ich hatte einen beschissenen Abend. Ich hatte eine beschissene Nacht. Ich hatte einen beschissenen Tag!« Brodtmann malträtierte den Schaltknüppel, als wäre der persönlich dafür verantwortlich. »Reicht das?«

»Oh!«, sagte Ruth. »Oh, du armer Brodtmann. Entschuldige, dass ich nicht weine. Vermutlich liegt es daran, dass mein Tag so perfekt war. Leichen von Schienen kratzen, Hinterbliebene informieren, ja, und nicht zu vergessen ein kleiner Wellness-Aufenthalt in der Pathologie – könnte das Leben schöner sein?«

»Du hast wenigstens geschlafen, letzte Nacht.«

Für einen winzigen Moment war Ruth in Versuchung, in Tränen auszubrechen oder laut »unfair« zu schreien. Sie war müde, sie war wirklich müde. Aber da war noch etwas anderes. Wund, dachte sie, meine Nerven sind wund wie der Hintern des Scheißkerls, wenn man ihn nicht oft genug wickelt. Zum Glück vermochte sie es wie kaum eine Zweite, Weinerlichkeit in Wut umzuwandeln.

»Entschuldige«, brüllte sie. »Brodtmann, ich möchte mich in aller Form dafür entschuldigen, dass ich letzte Nacht geschlafen habe. Dabei wäre es doch das Mindeste, die Nächte wach zu verbringen. Aus Solidarität mit Helden wie dir!« Sie atmete tief durch, testete, ob es damit genug war. Nein, erkannte sie und fuhr fort: »Ich hab echt die Schnauze voll langsam. Es war deine Entscheidung, dir ein Kind zuzulegen. Und glaub mir, ich finde das manchmal ganz genauso anstrengend wie du. Tag für Tag kein anderes Thema mehr im Büro. Aber ich bin eine gute Kollegin. Ich verstehe, dass du zu wenig schläfst. Ich verstehe, dass du Stress hast. Aber du musst verdammt noch mal aufhören, deine schlechte Laune an allen anderen auszulassen. An Zeugen zum Beispiel, an Leuten, die gerade vom Tod ihres besten Freundes erfahren haben. Krieg dich in den Griff, verdammt! Oder nimm Elternzeit! Wenn du so verzweifelt bist, dann musst du was ändern!«

Brodtmann bremste, eben noch rechtzeitig, um vor der roten

Ampel zum Stehen zu kommen, und scharf genug, dass Ruths Oberkörper mit einem unangenehmen Ruck nach vorn schnellte. Er wandte den Kopf und sah Ruth an. Er war sauer. Er war richtig sauer, das konnte sie sehen. Da war die Falte, sein Unterkiefer schien leicht zu mahlen. Stufe drei war möglicherweise überschritten, dachte Ruth und erwog, den Gurt zu lösen und aus dem Wagen zu fliehen.

»Wenn ich nicht«, sprach er, sehr beherrscht, »wenn ich nicht so ein guter Kollege wäre und in der Lage, kurz nachzudenken, bevor ich meine Schnauze aufreiße – im Unterschied zu manchen anderen hier im Auto –, wenn ich dich nicht eigentlich gut leiden könnte und wüsste, dass du das, was du da eben gesagt hast, nicht wirklich so meinst, dann würde ich dir jetzt sagen: Wenn du so verzweifelt bist, dass du irgendeinem Zeugen, einem hergelaufenen eingebildeten Schönling von Fotografen, fast ans Bein springst bei einer Befragung, wenn du so verzweifelt bist, dass du den Job als Kontaktbörse benutzen musst, dann musst du was ändern!«

Die Ampel schaltete auf Grün, und er gab Gas, starrte wieder nach vorn.

Ruth versuchte, die Fassung zu wahren. »Du bist ein solches Arschloch«, sagte sie. Dann fing sie doch an zu weinen.

»Scheiße!«, sagte Brodtmann. »Auch das noch!« Er setzte den Blinker und fuhr an den Straßenrand. Legte einen Arm um Ruths Schultern. »Hey«, sagte er. »Ich habe es ja nicht gesagt, erinnerst du dich?«

Ruth musste wider Willen grinsen. »Und das war verdammt schlau von dir«, sagte sie und zog die Nase hoch. »Denn wenn du das gesagt hättest, dann wäre ich echt fertig mit dir. Dann würde ich womöglich anfangen zu heulen oder so.«

»Nicht auszudenken!« Er reichte ihr ein knittriges Taschentuch.

»Bitte sag, dass du mir nur einen reinwürgen wolltest«, bat Ruth. »Ich gebe zu, dass ich es möglicherweise ein winziges bisschen verdient habe. Aber bitte sag, dass ich mich professionell verhalten habe.«

»Das glaubst du mir ja jetzt eh nicht«, sagte Brodtmann. »Kannst du mir mal erklären, was ihr an solchen Lackaffen findet, ihr Weiber? Oh, seht mich an, ich bin so schön, ich bin so interessant, oh ja, Afrika, Südostasien. Da kriegt man doch das Kotzen!«

Ruth schnäuzte sich. »Du bist eifersüchtig«, stellte sie fest, und ihre Laune besserte sich ein bisschen. »Weil du ein Kerl bist und du es nicht leiden kannst, wenn ein anderer Kerl cooler und toller ist als du.«

»Schluss!« Brodtmann startete den Wagen. »Verschon mich mit deiner verdrehten Frauenzeitschriftenweisheit. Lass uns einfach ins Büro fahren, unsere Sachen schnappen, nach Hause gehen und uns freuen, dass wir beide nichts Dummes gesagt haben auf dieser bezaubernden Autofahrt.«

»Ja, das war sehr klug von uns!« Ruth warf ihm einen Blick zu. »Sag ehrlich – war ich peinlich?«

»Nein. Ganz bestimmt wirklich ehrlich nicht. Du hattest ja kaum eine Wahl, so wie der dich angegraben hat. So etwas sollte unter der Würde eines jeden Mannes sein.«

»Du meinst, er, äh, glaubst du, er hat …?«

Brodtmann grinste. »Veritzky, ich bitte dich. Du bist doch eine leidlich gute Ermittlerin. Das war ja nun wirklich schwer zu übersehen. Was ist nur los mit euch Frauen?«

Ruth schwieg.

»Jetzt musst du sagen, dass ich trotz meiner schweren Doppelbelastung ein Traumkollege bin und dass du sehr froh bist, dass ich nicht wie andere Eltern bin, die ständig nur über Babys quatschen«, bemerkte Brodtmann.

»Sagen wir, du bist ein Traum im Vergleich zu Andrea«, murmelte Ruth.

»Blöde Kuh!« Brodtmann fuhr in den Kreisverkehr, von dem aus man das Präsidium schon sehen konnte. Er setzte den Blinker. »Ich bin übrigens aus einem ganz anderen Grund so ätzend drauf«, bemerkte er beiläufig.

»Den du vielleicht gerne mit mir teilen willst?«

»Ich krieg diese Verena nicht aus dem Kopf. Sie lügt. Sie lügt mir die Hucke voll auf ihre komische, irrsinnige Weise. Ich kapiere nicht, was sie will. Ich verstehe nicht, was da läuft. Und blöderweise ist die einzige Erklärung, auf die ich komme, dass da wirklich was im Busch ist. Dass der Brandmeyer vielleicht etwas wusste, etwas, das sie auch weiß. Aber wenn sie nicht den Mund aufmacht, dann kann ich nichts tun. Mit Morowski ist nicht zu spaßen. Wenn es ein Problem gibt, dann wird er sich auf seine Weise darum kümmern. Und der Gedanke, dass ich hübsch brav danebensitze und nichts tun kann, der macht mich wirklich, wirklich schlecht gelaunt!« Er parkte den Wagen.

»Aber wenn sie etwas wüsste, wenn es wirklich so wäre, wie du fürchtest, dann hätte Morowski sie doch direkt auch erledigt.« Ruth öffnete die Tür und stieg aus.

Brodtmann tat es ihr gleich. Er blieb einen Moment neben dem Wagen stehen und nickte. »Das denke ich auch. Das passt alles hinten und vorn nicht. Und genau das macht mich so nervös.«

»Soll ich noch mal mit ihr reden? Vielleicht funktioniert ja die Frau-zu-Frau-Schiene.«

»Das wage ich zu bezweifeln«, sagte Brodtmann. »Aber möglicherweise ist es den Versuch wert!«

14

»Carsten ist tot«, sagte er und lauschte dem Hall der Worte nach. Das Zimmer war winzig. Trotzdem schien selbst ein Flüstern groß, als wehre sich die Stille des Ortes gegen jede Störung.

Sie lag auf dem Rücken, die Augen waren geöffnet und starrten blicklos an die Decke. Er nahm ihre Hand. Sie fühlte sich warm und schlaff an. Die Fingernägel waren ordentlich geschnitten. Man pflegte sie gut hier.

»Carsten ist tot«, wiederholte er, als warte er auf eine Antwort. »Die Polizei war bei mir.«

Er konzentrierte sich auf ihr Gesicht. Die meisten Leute fanden es unheimlich, wenn sie wach war. Manchmal bewegten sich die Augen, wanderten hektisch und schnell durch den Raum. Sie verharrten nicht bei den geschnitzten Giraffen aus dunklem Holz, die auf der kleinen Kommode standen. Nicht bei dem aus Draht und alten Spülmittelflaschen gebastelten Auto, das die Kinder ihr geschenkt hatten, nicht beim bunten Wandbehang aus Stoff und auch nicht bei den Bildern, die über dem Bett hingen. Fotos, die in regelmäßigen Abständen mit den Briefen kamen. Er hängte sie auf und las ihr die Briefe vor. Er las laut in die Stille des Zimmers, Neuigkeiten aus Dorf und Klinik. Sie schrieben vom Wetter und von der Ernte. Sie schrieben, dass sie sie vermissten, dass sie für sie beteten, für eine gute Besserung.

Sie glaubten ans Beten. Und sie glaubten an Besserung. Schon immer hatte Markus sich über diese Fähigkeit gewundert. Egal was kam, sie glaubten, dass es besser werden würde. Dabei hätten gerade sie es besser wissen müssen.

Markus hatte versucht, es ihnen gleichzutun. Die Hoffnungslosigkeit einfach zu leugnen. Er konnte es nicht.

Er betrachtete ihr Gesicht. Blass war sie, reine weiße Haut. Aber mit der Mimik war ihre Schönheit verschwunden. Das, was da lag, war nur noch eine Hülle. Er sah sie und sah sie doch nicht, sondern einmal mehr das alte Bild von ihr, wie ein Filmausschnitt in seinem Gehirn gespeichert. Sie lachte, redete, während sie neben ihm auf der staubigen Straße ging. An einem dieser langsamen Tage, die es nur dort zu geben schien. Die Sonne brannte vom Himmel, neben dem Lastwagen am Straßenrand standen die Blauhelmsoldaten und rauchten gelangweilt, während sie das Wahllokal bewachten. Er wollte ein Foto von ihr machen. Vor diesem Wahllokal, in dem Geschichte geschrieben werden sollte. In dem Geschichte geschrieben wurde, wenngleich anders als erwartet. Es sah schön aus, wie der trockene Wind ihr langes Haar zerzauste. Sie stand da, posierte, sie war albern und schnitt ihm Grimassen. Und dann war da das grelle Licht und der Knall, dann zerbarst ein Schaufenster, und Glassplitter flogen durch die Luft.

Die Bombe war in einem Kinderwagen versteckt gewesen.

Als sich seine Augen von dem Lichtblitz erholt hatten, sah er sie im Staub der Straße liegen. Sie blutete. Er hörte die Soldaten brüllen, hörte Menschen stöhnen und weinen.

Es war so schnell gegangen. Ebenso schnell war die Welt zur Tagesordnung zurückgekehrt. Ein kurzer Aufschrei der Empörung, und dann fragte keiner mehr nach Schuld und Verantwortung.

»Es tut mir leid«, sagte er und strich ihr über das Haar. Es war kurz geschnitten, fühlte sich trocken und strohig an. Er entschuldigte sich jedes Mal bei ihr. Er glaubte nicht, dass sie ihn hören konnte. Aber das spielte keine Rolle. Darum ging es nicht.

Er hätte sie nicht dorthin mitnehmen dürfen. Und nicht hierherbringen. Aber nach dem Anschlag war er auf die Hoffnung, die so heimtückisch bereitstand, hereingefallen. Das gelobte Deutschland, Hightech-Medizin, Krankenhäuser, die mit ihren afrikanischen Gegenstücken kaum zu vergleichen waren. Spezialisten für alles und jeden. Heilung, er hatte an Heilung geglaubt, und deshalb hatte er sie hierhergebracht, obwohl er gewusst hatte, dass sie das nicht gewollt hätte.

Nun lag sie hier, weit weg von allem, was sie geliebt hatte. Das war seine Schuld, noch mehr Schuld, die er zu tragen hatte. Sünden, für die er büßte. Jeden Tag.

»Ich wünschte, du wärst tot«, sagte er. Nicht laut, er wollte nicht, dass irgendwer ihn hörte.

Er schämte sich, weil er so ein Feigling war.

Mit jedem Tag wuchs die Gewissheit, dass es nur einen Ausweg gab. Er war der Einzige, der ihr helfen konnte. Aber es gab so viele Gründe, die dagegensprachen. So viele Namen für Feigheit.

Wann immer er hier saß, konnte er die Wut spüren, die in diesem Körper, der reglos vor ihm lag, tobte. Sie war zornig auf ihn, weil er nicht tat, was richtig war. Und sie war zornig auf den Tod, der den Job nur halb erledigt hatte.

Er verstand ihren Zorn. Er teilte ihn.

Er hasste sich für seine Feigheit.

Er drückte die schlaffe Hand. Vorsichtig. Es war schwer, Berührungen richtig zu dosieren, wenn ein Körper nicht reagierte. Er legte die Hand zurück auf die Bettdecke. Er wollte ihr nicht wehtun.

Die Sonne war fast untergegangen. Er stand auf und zog die Vorhänge zu.

»Morgen«, sagte er. »Ich fahre gleich morgen zu Katharina.«

Er war ein Feigling. In jeder Hinsicht. Er hatte Angst vor Katharinas Schmerz. Sie hatte viele Freunde, hatte er sich gesagt, Menschen, die ihr näherstanden als er. Sie war nicht allein, sie brauchte ihn nicht. Das hatte er sich gesagt, obwohl er wusste, dass das Unsinn war.

Er war umgekehrt, weil er Angst hatte. Angst vor Fragen, die er und sie sich stellen mussten. Angst vor Antworten.

Er dachte an die Polizistin. Sie hatte ihn auf eine Art angesehen, die merkwürdig war. Als könne sie hinter die Maske schauen, die sich ohnehin brüchig und rissig anfühlte.

Sie hatte ihn angesehen, als würde sie ihn durchschauen. Und ein Teil von ihm schien sich genau das zu wünschen.

Eine Überreaktion, dachte er. Stress, er war überfordert. Es war lächerlich. Gefährlich und brüchig. So wie sein ganzes Leben.

Er fragte sich, was sie über ihn dachte.

Obwohl das eigentlich überhaupt keine Rolle spielte.

***

Ruth spähte in den Kühlschrank. Sirenengleich klang der Gesang der Bierflaschen durch die Stille der leeren Wohnung. Sie fragte sich, wo ihre Laufschuhe geblieben waren. Ihre Beine fühlten sich schwer an. Der Kühlschrank tat mit lautem Piepsen kund, dass die zulässige Türöffnungszeit überschritten war. Ruth seufzte und klappte die Tür zu.

Sie hörte Schritte in der Wohnung über ihr. Von irgendwo klang gedämpft der Ton eines Fernsehers.

Sie sah sich um. Musterte die unbehagliche Unordnung, die entstand, wenn abends noch die schmutzige Tasse vom Morgen auf dem Tisch stand. Kleinkram, zu lächerlich, um sich darum zu kümmern. Kleinkram hier und dort, der sich gegen sie zu verbünden schien mit der leeren, stillen Wohnung, die ihr langsam, aber sicher auf die Nerven ging.

Dabei hatte sie bisher wirklich nie ein Problem damit gehabt, allein zu sein. Sie hatte keine Ahnung, wann sich das geändert hatte. Möglicherweise lag es tatsächlich an dem Galan, mit dem Lara da auf dem Traumschiff Ringelpiez spielte. Möglicherweise mittlerweile mit Anfassen.

Allein der Umstand, dass sie darüber nachdachte, war alarmierend.

Sie musste etwas tun, sie musste etwas Sinnvolles tun, etwas Zielgerichtetes. Sie musste die Richtung ihrer Gedanken korrigieren, sich zusammennehmen. Also doch Laufen. Laufen war gut. Laufen half beim Denken.

Ruth ging in ihr Zimmer und öffnete den Schrank. Sie wühlte nach den Sportklamotten, die erschreckend weit nach hinten gerutscht waren, als ihr Handy klingelte.

»Das ist jetzt möglicherweise ein bisschen dreist«, sagte Markus Berg. »Ich weiß selber nicht, was ich mir dabei denke, aber ich … Ich wollte fragen, ob Sie schon gegessen haben.«

Ruths Hand zitterte ein bisschen. »Nein«, sagte sie.

»Ich will Sie nicht belästigen, verdammt, es fühlt sich gerade so an, als ob ich Sie belästige. Eben hat sich das noch anders angefühlt.« Er sprach zu schnell. Wie jemand, der sehr nervös ist.

»Sie belästigen mich nicht.«

»Ich will nicht zu Hause sein«, sagte er. »Ich dachte, dass es vielleicht gut wäre, irgendwo essen zu gehen. Mit irgendjemandem. Also, nicht mit irgendjemandem, sondern mit Ihnen.«

Ruths Gedanken taumelten verwirrt durch ihren Kopf. Ein Fehler, das war mit Sicherheit ein Fehler. Obwohl er kein Verdächtiger war. Ein Zeuge, weiter nichts. Ein Zeuge in einem Todesermittlungsverfahren. Es war vielleicht keine gute Idee, aber es war auch nicht verboten. Höchstens ein winziges bisschen unprofessionell.

»Ich habe Zeit«, sagte ihr Mund. »Ich würde gerne mit Ihnen essen gehen!«

»Oh!«, sagte er. Es klang überrascht. »Ich hole Sie ab«, sagte er dann, hastig. »Bis gleich.«

Dann legte er auf. Gleich, dachte Ruth. Er hat »gleich« gesagt. »Gleich« bedeutete, dass ihr faktisch keine Zeit blieb. Dabei brauchte sie Zeit. Das verriet der Blick in den Badezimmerspiegel. Hektisch fingerte sie in ihrer Kosmetiktasche herum. Sie suchte nach Tünche und Farbe. Sie fuhr sich mit der Bürste durchs Haar, das sich zum Dank elektrisch knisternd aufrichtete. Fluchte, als es klingelte.

Sie bat ihn höflich herein und führte ihn in die Küche, die sie für den ordentlichsten Raum im Haus hielt.

»Das ging ja schnell«, sagte sie.

Er räusperte sich. »Ich war in der Gegend«, sagte er.

»Möchten Sie etwas trinken?«

»Nein, nein danke«, sagte er. Großartig! Das konnte ja heiter werden. Ruth ging zum Fenster, stellte das Radio an. Ein wenig Musik war immer gut, ein wenig Musik entspannte die Stimmung. »… begrüßen wir euch alle zum Abend der größten Liebesschnulzen der Welt …«, erklärte eine sonore Stimme. »Ihr könnt noch immer auf der Website abstimmen, aber schon jetzt präsentieren wir euch die Top-Favoriten …« Ruth lachte nervös. »Radio«, sagte sie. »Also, das ist einfach so ein Sender.«

Er nickte eilig. »Ja«, sagte er. »Ich hör das auch. Manchmal. Also, wenn ich Radio höre.«

»… legen wir los mit Leona Lewis …«, sagte der Mann im Radio.

Ruth atmete tief durch. Sie sah ihn an. Er stand neben der Tür und wirkte mindestens so zittrig wie sie. Alles in Ordnung also. Alles bestens. »Ich wollte mich gerade noch ein bisschen frisch machen«, sagte sie. »Ich sehe ja aus wie eine Vogelscheuche.« Oh Gott, warum wies sie ihn auch noch darauf hin?

Frau Lewis' Stimme floss butterweich aus dem Radio, verkündete zu süßlichen Klavierakkorden, dass manche Menschen ein Leben lang auf einen Moment warteten, einen magischen, eben diesen Moment.

»Sie entschuldigen mich kurz?«

»Nein«, sagte er. »Ich meine, ja. Sie sehen nicht aus wie eine Vogelscheuche, das wollte ich sagen.«

Ruth lachte nervös.

»... a moment like this ...«, wiederholte Leona Lewis in einem harmonischen Dur-Sprung.

Weg hier, dachte Ruth, schnell ins Bad. Sie ging zur Tür. Er wich ihr aus, in die falsche Richtung, sie stießen zusammen. Sie lachten, sahen sich an, eine Sekunde in die Augen, noch eine Sekunde, und gerade als sich noch mehr nervöses Lachen aus Ruths Mund schleichen wollte, küsste er sie.

»Oh, I can't believe it's happening to me ...«, jubelte das Radio.

Das ist nicht klug, dachte Ruth, das ist das Gegenteil von vernünftig. Das ist sonderbar und absurd, und es fühlt sich gut an.

»Some people wait a lifetime«, erklärte Leona Lewis, nun unterstützt von einem stimmgewaltigen Chor, *»for a moment like this ...«*

Scheiß drauf, dachte Ruth, die Frau hat möglicherweise recht.

***

»Er zeigt keinerlei Verantwortung«, sagte Angela. »Ich bin wütend auf ihn!«

Ich weiß, dachte Christine und ärgerte sich. Sie atmete tief durch. »Sie müssen die Dinge trennen«, erwiderte sie. »Er hat Sie verletzt. Er hat Sie verlassen. Darum sind Sie wütend.« Sie musterte Angela, die mit geradem Rücken im Sessel thronte. Die Seidenbluse sah neu aus, genau wie die lange Kette, die sie trug. Die Hände mit den ordentlich manikürten Nägeln ruhten damenhaft auf dem oberen Knie der übereinandergeschlagenen Beine, der dezente rosa Lack schimmerte perlmuttern. Eine Pose, dachte Christine, das Leben dieser Frau besteht aus ständigem Posieren.

Und das macht sie unglücklich, erinnerte sie sich streng, darum ist sie hier, und dein Job ist es nicht, sie zu verurteilen, sondern ihr zu helfen.

Christine war gern Therapeutin. Aber auf Dauer war es zu eng hier in der Praxis. Und darum freute sie sich, dass bald alles anders werden würde. In der Klinik hatte sie ganz andere Möglichkeiten. In der Klinik wäre es ein Leichtes, Patienten wie Angela Nebgen abzugeben. An andere, die ihr genauso helfen konnten wie Christine, besser womöglich.

Wenn sie erst Leiterin dieser Klinik war, dann hatte sie die Freiheiten, die sie brauchte, um wirklich Großes zu erreichen.

»Es ist nicht so einfach.« Angela Nebgens vorwurfsvolle Stimme riss sie aus ihrem tröstlichen Tagtraum. »Es geht ja nicht um mich, es geht um meine Tochter!«

Christine unterdrückte ein Seufzen und blickte durch das große Fenster nach draußen. Im hellen Licht des Morgens hüpfte eine Amsel auf der makellosen Rasenfläche herum. Sie äugte misstrauisch nach links und rechts, im Schnabel einen fetten, ekligen Wurm.

Christine mochte Angela Nebgen nicht besonders. Sie war wie ein bockiges Kind, verzogen und schwierig. Sie weigerte sich beharrlich, sich mit dem Umstand abzufinden, dass sie Dinge nicht einfach bekam, nur weil sie sie unbedingt haben wollte. »Hannah ist ein anderes Thema«, sagte sie. »Er trifft sie regelmäßig. Er bemüht sich ganz offensichtlich um den richtigen Kontakt zu ihr und darum, sich verantwortungsvoll zu verhalten.« Wie so oft in den Sitzungen mit der Nebgen hatte sie das Gefühl, dass sie sich im Kreis drehten. Wie ein altes Ehepaar auf dem Sofa, Abend für Abend. Jeder Satz schon tausendmal gesagt. Jeder Blick schon tausendmal getauscht. Bis zum Überdruss. Bis zu dem Moment, in dem man heimlich zu hoffen begann, dass man den anderen überlebte.

Manchmal erwischte sich Christine bei dem Gedanken, dass sie nur zu gut verstand, warum Angelas Mann sich aus dem Staub gemacht hatte.

Dann schämte sie sich. Es ging nicht um Sympathie. Es ging um Therapie.

»Er kauft sie!« Die Stimme der Nebgen klang schrill. »Er macht es sich doch leicht! Er kauft sich ihre Zuwendung. Er erfüllt ihr jeden Wunsch, sinnvoll oder nicht, und zieht sie so auf seine Seite. Ich bin immer die Böse. Ich habe die Probleme am Hals. Irgendwer muss sie doch erziehen. Ihr das sagen, was ihr nicht gefällt. Schule, Ernährung, ihre schreckliche Trägheit, das bleibt doch alles an mir hängen. Und darum bin ich die Böse, ich bin immer die Böse, und er macht es sich leicht!«

»Ich kann das nicht beurteilen«, sagte Christine. »Und das will ich auch nicht, denn es geht ja hier um Sie. Ihre Tochter hat offenbar einen Weg gefunden, mit der Situation klarzukommen. Sie ist ein Teenager, und daher ist es normal, dass sie sich materialistisch verhält und aus der Situation das für sich herausholt, was sie bekommen kann. Wichtig ist, dass Sie und Ihr Exmann an einem Strang ziehen, wenn es um die Erziehung geht. Und darum müssen Sie einen Weg finden, sich konstruktiv mit ihm auseinanderzusetzen.«

»Ich kann mit diesem Mann nicht normal sprechen«, fauchte Angela Nebgen. »Dazu ist er viel zu ignorant!«

Christine musste sich zwingen, nicht auf die Uhr zu sehen. Im Kreis, dachte sie, immer im Kreis.

Sie war nervös. Sie sehnte sich nach dem Ende dieser Stunde, nach dem Moment, in dem sie in ihr Büro gehen und nach den Unterlagen suchen konnte.

Sie ließ die Nebgen reden. Hörte mit halbem Ohr die Tirade, die nun kommen musste und für die ein halbes Ohr reichte.

Es war ihr unerklärlich, dass sie die Unterlagen nicht gefunden hatte. Sie war ordentlich, akribisch gar, wenn es um geschäftliche Dokumente ging. Erst recht, wenn sie derart wichtig waren. Im Anschreiben das Angebot an sie, die Leitung der Klinik zu übernehmen, angehängt all die Entwürfe und Pläne, die es bislang gab. Zu denen man unter den gegebenen Umständen natürlich ihre Meinung einholen wollte. Wenn sie denn dann bereit wäre, den Posten anzunehmen. Sie hatte die Unterlagen in den Ordner geheftet, ganz automatisch, in den Ordner, in dem sie auch die bisherige Auswertung der Studie lagerte, der sie das Angebot verdankte. Es war ein dicker Ordner, denn mittlerweile koordinierte sie die Gruppen der Probanden, die von Kollegen bundesweit betreut wurden, seit Monaten. Bei ihr liefen die Fäden zusammen. Sensible Daten waren das, denn sie waren nicht anonymisiert. Das machte Christine erst, wenn sie auswertete und zusammenfasste.

Der Ordner war da. Er lag im Regal an dem Platz, an den Christine ihn gelegt hatte. Aber die Unterlagen zum Klinikprojekt fehlten.

Sie hatte sie verlegt. So etwas passierte. Ihr Gehirn gaukelte ihr vor, dass sie die Sachen abgeheftet hatte. Sie war vermutlich im Begriff gewesen, es zu tun, als etwas dazwischenkam. Ein Anruf vielleicht.

Sie war aufgeregt gewesen. So etwas kam vor. Es war normal, aufgeregt zu sein, wenn man erfuhr, dass man es geschafft hatte. Dass man bald da sein würde, wo man hingewollt hatte, viel schneller als erhofft.

Natürlich würde sie die Unterlagen finden. Auf keinen Fall hatte sie sie aus dem Büro entfernt. Irgendwo lagen sie. Sie brauchte nur ein bisschen Zeit zum Suchen. Dass sie auf eine so minimale Unregelmäßigkeit derart nervös reagierte, war ein Symptom.

Sie musste sich am Riemen reißen.

Sie konzentrierte sich wieder auf Angela Nebgen. »Sie können ihren Exmann nicht ändern«, sagte sie. »Es ist nicht Ihre Aufgabe, ihn zu ändern. Es ist Ihre Aufgabe, einen Weg zu finden, mit ihm umzugehen. Sie haben ein gemeinsames Kind, deshalb wird er in den nächsten Jahren in Ihrem Leben immer präsent sein. Sie müssen die Probleme angehen, um sie zu lösen!«

Angela Nebgen seufzte tief. »Alle hacken auf mir herum!«, wechselte sie dann ungeschickt das Thema. »Im Büro, zu Hause, überall. Ich tue, was ich kann. Ich reiße mir ein Bein aus, ich habe keine ruhige Minute, aber das interessiert niemanden!« Sie schüttelte empört den Kopf. »Ich schlafe schon wieder schlecht«, sagte sie vorwurfsvoll. »Wenn das so weitergeht, dann brauche ich wieder Medikamente.« Sie warf Christine einen Blick zu, überprüfte die Wirkung ihrer Worte. Dabei verschränkte sie die Arme vor der Brust und schob das Kinn einige Millimeter nach vorn, während sie routiniert auf den Widerspruch ihrer Therapeutin wartete.

Für einen winzigen Moment hasste Christine sie. Eine Sekunde nur. Hätte sie am liebsten gepackt und angebrüllt. Krieg den Arsch hoch, wollte sie schreien, hör endlich auf, dich selbst zu bemitleiden! Du hast doch alle Möglichkeiten.

Natürlich war das ein unsinniger Impuls. Es war nicht so einfach. Man musste Angela Nebgen Schritt für Schritt aus den destruktiven Mustern führen, an die sie sich so hartnäckig klammerte. Sie dazu bringen, ihre Energie sinnvoll einzusetzen.

»Ich denke oft ans Meer im Moment«, brach sie nun ihr beleidigtes Schweigen. »Koffer packen, an den Strand fahren, dorthin, wo die Sonne scheint. Davon träume ich.«

Was für ein überaus origineller, überraschender Gedanke, dachte Christine. Für einen Moment schob sich ein absurdes Bild vor ihr inneres Auge. Sie sah sich und Angela an einem Traumstrand sitzen, im weichen Sand, dazu eine Flasche Wein. Sie saßen da, schauten in den Sonnenuntergang, heulten gemeinsam und wunderten sich, dass gar nichts besser oder leichter war am Meer.

»Fahren Sie«, sagte sie. »Fahren Sie ans Meer. Wenn Sie denken, dass Ihnen eine Auszeit helfen würde, ein Urlaub, dann fahren Sie. Nehmen Sie Ihre Tochter mit, machen Sie sich ein paar schöne entspannte Tage.« Die Worte klangen genauso hohl und leer, wie sie sich anfühlten.

Angela Nebgen sah auf die Uhr. Sie seufzte erneut. »Ich schätze, wir sind dann am Ende für heute«, sagte sie und erhob sich.

Christine reichte ihr die Hand. »Wir sehen uns nächste Woche!«

Sie brachte sie zur Tür und schloss hinter ihr ab. Sie blieb kurz im kühlen Flur stehen, atmete, atmete Angela und das, was sie mitgebracht hatte, aus ihrem System. Sie hatte zu tun. Papierkram, etliche Anrufe. Ein Anruf, besonders ein Anruf, wenn sich die Gelegenheit ergab.

Aber erst war der Ordner dran.

Es war an der Zeit, den Brief zu beantworten. Mitzuteilen, dass sie sich vorstellen konnte, einen entsprechenden Vertrag zu unterschreiben. Gesetzte Worte, nicht zu euphorisch. Es war unklug, zu eifrig zu wirken. Man musste den Eindruck erwecken, dass man nachgedacht hatte. Gründlich nachgedacht und abgewogen, andere Optionen geprüft.

Andere Optionen. Andere Rahmenbedingungen.

Denn da war ja noch Brandmeyer. Brandmeyer, der tot war oder auch nicht, Christine wusste es nicht, sie wusste nichts, wusste von gar nichts. Und selbst wenn sie es wüsste, selbst wenn er wirklich tot war, dann änderte sich im Grunde nichts. Jedenfalls nichts Wesentliches. Es waren so viele Probanden. Alle machten Fortschritte, gute und große Fortschritte. Der Erfolg der Therapie, die sie zusammen mit der Firma Sanivitale entwickelt hatte, war unbestritten. Vielen Menschen wurde geholfen. Und daran änderte der Tod eines Einzelnen nichts.

Sie hatte diese Gedanken so oft gedacht, dass sie sich automatisch abspulten. Und doch war ihr klar, dass es etwas anderes gab, etwas, das sie nicht berücksichtigte in dieser Überlegung.

Ethik war manchmal ein sehr theoretisches Konstrukt, weit weg von dem, was man in der Praxis tat und erreichen konnte. Manchmal bewirkte sie, dass die Arbeit von Monaten einfach zunichte war. Zufällig, beiläufig.

Und doch war Ethik wichtig.

Schon begannen ihre Gedanken wieder zu kreiseln und zu taumeln. So ging das nicht. So ging das überhaupt nicht. Sie würde jetzt diesen Anruf machen. Den Hörer nehmen, die Nummer wählen. Bevor sie nicht wenigstens die Fakten kannte, war es unmöglich, eine Entscheidung zu treffen.

Sie würde die Sache klären. Jetzt gleich. Sie würde verhindern, dass ihr die Dinge entglitten. Die Sache nicht weiter aufschieben. Vorher würde sie nur noch schnell nach dem Ordner suchen.

15

Ruth kannte sich mit Kindern nicht aus. Das war ihr schon klar gewesen, bevor ihre Kollegen zu Fachleuten auf dem Gebiet mutierten. Es war ziemlich lange her, dass sie selbst ein Kind gewesen war, und sie hatte allenfalls diffuse Erinnerungen an ihre damaligen Befindlichkeiten.

Anstrengend, dachte sie nun, als sie den Jungen, der auf Brodtmanns Schreibtischstuhl hockte, betrachtete. Ganz offensichtlich war es viel anstrengender, ein Kind zu sein, als Erwachsene gemeinhin annahmen.

Sie fühlte sich unbehaglich. Sie konnte sich nicht gut konzentrieren, und das war kein Wunder.

Kein Mensch konnte sich nach so einem Abend konzentrieren. Nach so einer Nacht.

Er war weg gewesen, als sie aufwachte. Auf dem Küchentisch lag ein Zettel. Der Name eines Restaurants, halb acht, dann ein Fragezeichen. »Ich hole dich nicht ab«, hatte er daruntergeschrieben, das »nicht« unterstrichen, daneben ein Smiley.

Ruth war froh gewesen, dass er schon weg war. Einerseits. Aber andererseits auch enttäuscht. Einer- und anderer- und allerseits war sie auf eine nicht unangenehme Weise verwirrt, aber dafür war jetzt keine Zeit. Jetzt musste sie arbeiten und sich konzentrieren, und Leona Lewis sollte ihren Schnulzkram woanders singen, nicht in ihrem Kopf.

Sie hatte sich auf einen guten Kaffee und einen behutsamen Einstieg in den Tag gefreut. Stattdessen hatte sie eine aufgeregte Andrea erwartet, die ihr eine noch aufgeregtere Dame vorstellte, die diesen Jungen an der Hand hielt, mit dem Ruth sich gerade nicht gut auskannte. Sein Name war Konstantin. Ein großer Name für einen kleinen Jungen, der eigentlich in der Schule sein sollte um diese Zeit.

Konstantin las sehr viel. Er war überhaupt ein phantasiebegabtes Kind, neigte aber nicht zum Schwindeln. Diese Informationen hatte sie aus dem aufgeregten Mund der Mutter vernommen.

Sie sprach in hektischem Ton, manchmal kiekste die Stimme vor Nervosität. Es sei ja auch sehr viel gewesen gestern, hatte sie erklärt, viel zu viel für ein Kind, man wisse nie, wie ein Kind auf so etwas reagiere. Aber sie habe mit ihrem Mann gesprochen, lange, und sie seien zu dem Schluss gelangt, dass es wichtig war, zur Polizei zu gehen mit Konstantin, der, obwohl er ja viel lese und eine lebhafte Phantasie habe, wirklich nicht zum Schwindeln neige und schon gar nicht lüge, jedenfalls nicht normalerweise.

Ruth hatte sich gefragt, ob es für Achtjährige genauso beleidigend war wie für Erwachsene, wenn in ihrem Beisein in der dritten Person von ihnen gesprochen wurde. Vermutlich war Konstantin daran gewöhnt, denn er verzog keine Miene. Überhaupt wirkte er sonderbar ernsthaft. Fast feierlich stand er da, und man musste schon genau hinsehen, um die Verzweiflung in seinen Augen zu entdecken.

Brodtmann hatte irgendwann die Mutter geschnappt und war mit ihr in Richtung Cafeteria verschwunden, auf ein Wort unter vier Augen. Andrea war, einem gigantischen Kugelblitz ähnlich, losgefegt, um jemanden vom psychologischen Dienst aufzutreiben, einen, der sich auskannte mit Kindern.

Konstantin hatte ein bisschen erleichtert gewirkt, ein Gefühl, das Ruth teilte. Aber nun saß sie hier mit Konstantin, dem Kind, mit dem sie sich wirklich nicht auskannte, und zermarterte sich das leicht schmerzende Hirn darüber, was man so redete mit einem Kind.

»In welcher Klasse bist du denn?«, fragte sie. Ein gutes Thema. Ein einfaches Thema.

»Ich bin in der 3 c«, sagte Konstantin. »Auf der Kreuzbergschule in der Klasse von Frau Sonnenschein«, erläuterte er dann.

»Ah«, sagte Ruth und fragte sich, ob es tatsächlich möglich war, dass eine Grundschullehrerin Sonnenschein hieß, oder ob sich aus dieser Aussage Rückschlüsse auf die Glaubwürdigkeit des phantasiebegabten Konstantin ziehen ließen. Es war schon erstaunlich, wie ungeheuer schlecht sie sich mit Kindern auskannte.

»Und – gehst du gern in die Schule?«

Konstantin nickte eifrig. Glaubwürdig eifrig. Ein kleines Lächeln umspielte seine Mundwinkel. Gut, dachte Ruth zufrieden, bis sie erkannte, dass für ihren jungen Gesprächspartner damit alles zum Thema gesagt war. Mit acht schienen Kinder die hohe Kunst des Small Talks noch nicht wirklich zu beherrschen. Während ihre Gedanken sich erneut auf die Suche nach einem Thema machten, einem schönen, unverfänglichen, minderjährigengerechten Thema, nahm ihr Gegenüber ihr die Mühe ab. »Ich habe keinen Nervenzusammenbruch«, verkündete er sachlich.

Ruth sah ihn irritiert an. »Natürlich nicht«, sagte sie. »Wie kommst du denn auf so eine Idee?«

»Na, wegen dem Psychologendienst. Die dicke ... ich meine, die eine Frau hat gesagt, sie holt den Psychologendienst«, erklärte der Junge. »Und das braucht man, wenn man einen Nervenzusammenbruch hat. Meine Tante Anni hatte einen Nervenzusammenbruch, wegen ihrem Freund, der war ein Ar... der war nicht nett, meine ich, und da hat sie geschrien und böse Sachen gesagt, und sie hat schlimm geweint, und sie hatte sogar Tabletten gesammelt, weil alles zu viel war, und dann ist sie zum Psychologendienst gegangen, und jetzt geht es ihr wieder besser!«

»Ich verstehe«, sagte Ruth. »Aber das ist etwas anderes. Keiner denkt, dass du einen Nervenzusammenbruch hast. Hier ist es so, dass wir jemanden vom psychologischen Dienst holen, wenn wir mit Kindern reden. Damit es keine Missverständnisse gibt, weißt du?«

Konstantin sah sie an. »Weil ihr denkt, dass ich lüge, oder?« Seine Kinderstirn legte sich in zarte Falten. »Aber ich lüge nicht. Ich habe mir das nicht ausgedacht. Und es hat auch nichts mit dem Lesen zu tun. Das hab ich Mama auch gesagt. Ich mag gerne Krimis, das stimmt, aber in den Krimis, die ich lese, passiert ja so was nicht. Die sind ja für Kinder, da ist kein Mord drin, sondern mehr so Sachen von Hunden, die verschwinden, oder es wird was geklaut. Das ist ja nicht wie ›Tatort‹. ›Tatort‹ darf ich nicht gucken, weil das zu spannend ist für mich und auch zu spät, und ich mag das auch nicht, mit der Musik am Anfang und dem Auge, das finde ich gruselig.«

Er hielt inne, seufzte erneut. »Das jetzt habe ich wirklich gesehen! Und es war nicht zu viel für mich, man hat ja gar nichts gesehen, nichts Ekliges, meine ich. Was ich gesehen habe, war nicht schlimm, also, natürlich war es dann hinterher schlimm, aber das habe ich ja nicht gesehen.« Er schien zu merken, dass das alles ein wenig verwickelt klang, und schwieg unglücklich.

»Das verstehe ich«, sagte Ruth, die durchaus folgen konnte.

Er sah sie an. »Glauben Sie mir?« Er klang eher interessiert als bittend.

Ruth sah in die großen runden Kinderaugen. »Ja, natürlich«, sagte sie und stellte ein wenig überrascht fest, dass das die Wahrheit war. Sie kannte sich nicht aus mit Kindern, sie kannte dieses spezielle Kind kein bisschen, trotzdem hatte sie nicht die leisesten Zweifel, dass Konstantin Realität und Phantasie sehr genau unterscheiden konnte. Wenn dieser Junge sagte, dass jemand Carsten Landau vor den Zug geschubst hatte, dann hatte er genau das gesehen.

***

Inmitten des regen Treibens wirkte sie wie eine Statue. Obwohl sie frei stand, schien sie allen den Rücken zuzuwenden, während sie reglos in eine Richtung starrte. Sie hielt sich aufrecht, so aufrecht wie jemand, der jeden Moment umzufallen droht.

Markus hatte vergeblich an ihrer Wohnungstür geklingelt. Und während er noch wartete, war der Gedanke plötzlich da gewesen. Er kannte sie nicht wirklich gut, aber hierherzukommen war etwas, das sich auf eine merkwürdige Weise aus ihrer Logik ergab.

Er ging auf sie zu, schlug einen Bogen, um sich von der Seite zu nähern. Er wollte sie nicht erschrecken. Er berührte sie vorsichtig am Arm. Sie zuckte ein wenig, sah ihn an. »Markus«, sagte sie dann. Mehr nicht. Sie griff nach seiner Hand, nickte mit dem Kopf kurz in die Richtung, in die sie eben geschaut hatte.

Sekunden später dröhnte es, der Luftstrom zerrte an den Haaren, der Krach der Güterwaggons an den Trommelfellen. Ihr Griff um seine Hand wurde fester.

Als es vorbei war, ließ sie los.

»Ich habe es versucht«, sagte sie. »Ich stehe hier und schaue mir das an. Ich versuche, mir vorzustellen, wie das ist, wenn man sterben will. Wenn man wirklich sterben will und hier steht und auf den Moment wartet. Wenn die Lok näher kommt …« Ihre Stimme brach, sie räusperte sich. »Es kann nicht sein. Er hätte sie nie auf diese Art und Weise umgebracht. Nicht Carsten!« Es schimmerte in ihren Augen.

»Katharina«, sagte Markus leise. »Tu das nicht!«

»Was?« Sie zog die Nase hoch, wandte den Blick ab und kramte in der Tasche ihres hellen Sommermantels nach einem Taschentuch.

»Er hat sich nicht umgebracht«, sagte Markus. »Das weißt du so gut wie ich.«

»Ich weiß gar nichts mehr«, sagte sie. »Und darum muss ich alles in Betracht ziehen. Ich muss jede Möglichkeit zu Ende denken.«

»Aber es ist nichts vorgefallen, oder?« Das waren feige Worte. Markus schaffte es nicht, es anders zu formulieren. Katharina verstand es ohnehin. »Nein«, sagte sie. »Nein, gar nichts.«

Markus biss sich auf die Unterlippe. Er wollte ihr glauben.

Sie sah ihn an. »Er hatte keine Ahnung«, sagte sie. »Aber selbst wenn es anders gewesen wäre, dann hätte er nicht so reagiert. Er hätte etwas gesagt, er hätte doch mit mir geredet!« Abermals griff sie nach seiner Hand. Umklammerte sie fester, als angenehm war.

»Das hätte er«, sagte Markus und versuchte, überzeugend zu klingen.

»Vielleicht habe ich mich einfach geirrt«, sagte Katharina. »Vielleicht war er nicht glücklich.«

»Nein!«, sagte Markus. »Ich weiß es. Er war glücklich. Mit dir. Wegen dir. Er hat dich geliebt. Er hat sich nicht umgebracht.«

Sie gab den Kampf auf. Ließ die Tränen laufen. Markus musterte heimlich ihr Gesicht. Sie war bleich. Ungeschminkt. Sie schminkte sich selten. Sie war nicht besonders attraktiv, eigentlich. Unscheinbar und mindestens zehn Kilo zu viel auf den Rippen. Sie war nett. Sie war intelligent und witzig. Es war nicht schwer, sie zu mögen. Aber sie war eigentlich keine, der Markus einen zweiten Blick geschenkt hätte. Und doch war geschehen, was geschehen war. Ein Abend, den man ungeschehen machen wollte, sollte, musste, aber man konnte nicht. Man konnte nur so tun, als hätte es diesen Abend nie gegeben.

Sie schnäuzte sich, wischte die Tränen ab. Dann deutete sie auf die Gleise. »Es ist so roh«, sagte sie. »Es ist ein Tod für einen, der beweisen will, was für ein harter Kerl er ist. Er war kein harter Kerl!«

»Nein«, sagte Markus. »Das war er nicht.«

»Ich sollte Blumen hierhin legen, oder?« Katharina sah sich auf dem Bahnsteig um. Teenager drückten sich in der Raucherecke herum. Hausfrauen mit Einkaufstaschen versuchten, den Obdachlosen aus dem Weg zu gehen, die ihnen ihre Zeitung verkaufen oder einfach so ein paar Cent schnorren wollten. Eine Gruppe japanischer Geschäftsleute schnatterte aufgeregt, sie schienen ihre Armbanduhren zu vergleichen.

»Das macht man doch so«, sagte Katharina und sah Markus hilflos an, »Blumen und Kerzen.«

»Wenn du willst«, murmelte Markus unsicher.

»Nein«, sagte sie. »Ich will das nicht. Ich will mit diesem Ort nichts zu tun haben. Ich will hier nicht mehr sein.«

Markus griff nach ihrer Hand. »Soll ich dich nach Hause bringen?«

»Nein, nicht in die Wohnung. Da will ich auch nicht sein.« Sie schniefte leise, lachte dann kurz. »Entschuldige. Irgendwo muss man sein, ich weiß das. Hast du einen Moment Zeit? Trinkst du irgendwo einen Kaffee mit mir?«

»Natürlich«, sagte Markus. Er sollte sie in den Arm nehmen. Sie festhalten und trösten. Aber das ging nicht. Er konnte das nicht tun. Das hatten sie verspielt. Sie trauerten, beide trauerten aufrichtig. Um den Geliebten und um den besten Freund. Aber das mussten sie beide allein tun.

Das war der Preis, den sie zahlten.

»Es ist in Ordnung«, sagte sie, als habe sie seine Gedanken gelesen. »Es ist schon gut, Markus.«

Er nickte, obwohl es sich nicht anfühlte, als sei irgendetwas in Ordnung.

So brüchig, dachte er, so schnell vorbei.

Obwohl er versuchte, es nicht zu tun, dachte er an Ruth Veritzky. So unpassend war das, so irrational. So ein schlechter Zeitpunkt. Er sollte die Finger von dieser Frau lassen, dachte er. Aber dafür war es längst zu spät.

16

Verena klammerte sich an den Tresen in der hohen Empfangshalle des neuen Polizeipräsidiums. Ihr war schwindelig. »Ich möchte Herrn Brodtmann sprechen.«

Der Uniformierte blickte auf und lächelte routiniert. »Brodtmann?«

»Ja, Brodtmann!« Verena war sicher. Es war ihr eingefallen, gestern, nachdem er gegangen war. Und irgendwo hatte die Karte gelegen, seine Visitenkarte, da stand es auch.

»Brodtmann«, sagte sie. »Mit dt.«

Der Mann blätterte in einem Telefonverzeichnis. »Brodtmann«, murmelte er und griff nach dem Hörer. »Wie ist denn Ihr Name, bitte?« Er sah Verena fragend an.

Sie schüttelte ungeduldig den Kopf. »Brandmeyer«, sagte sie, »Verena Brandmeyer, aber Sie müssen nicht anrufen. Sagen Sie mir einfach die Etage und die Zimmernummer. Er ist bei der Mordkommission, es geht um Mord!«

»Sekunde«, sagte er und tippte eine Nummer ein.

Blitzschnell fuhr Verenas Hand über den Tresen und drückte die Gabel des Telefons nach unten. Sie hatte die Nase voll von Telefonen. Telefone, die klingelten, die piepten, die Melodien spielten. All diese Töne und Geräusche hallten in ihrem Kopf, raubten ihr den Schlaf. Dabei hatte sie die Tabletten genommen. Weil sie so müde war. Weil sie dachte, dass schlafen wichtig war.

Aber sie hatte nicht schlafen können, weil das Telefon klingelte, weil das Handy piepte oder die schlimme Melodie spielte, immer wieder, wieder und wieder.

Sie war benommen gewesen, die Tabletten hatten ihren Kopf schwummrig und schwer gemacht. Sie meinte sich zu erinnern, dass sie den Hörer abgenommen hatte, manchmal. Sie wusste nicht, mit wem sie wirklich gesprochen und wessen Stimme sie nur auf dem Anrufbeantworter gehört hatte. All das verschwamm, versank in einem Brei aus Tönen und Nebel.

Sie war so entsetzlich müde gewesen, aber die Tabletten hatten alles nur noch schlimmer gemacht. Sie konnte sich nicht konzentrieren, sie konnte kaum denken. Aber sie musste denken. Musste sich konzentrieren. Das war sie Eugen schuldig. Sie musste sich konzentrieren und musste schlafen und konnte keins von beidem. Dabei wollte sie vorbereitet sein auf den Anruf, den sie erwartete.

Man würde sie bald brauchen. Für das, was Gegenüberstellung hieß in den Fernsehkrimis. Sie würden ihn verhaften und sie holen.

Sie freute sich darauf. Sie würde da stehen und mit dem Finger auf ihn zeigen. Würde laut den Namen des Mannes sagen, der ihren Eugen auf dem Gewissen hatte.

Schlaf, mein Kindchen, sang das Handy, schlaf, mein Täubchen, *bajuschki baju*.

So ein falsches, ein böses Geräusch war das. Am liebsten wäre sie aus dem Raum gelaufen, hätte sich versteckt, aber das ging ja nicht. *Bajuschki baju*.

Sie würde mit dem Finger auf ihn zeigen und ihm ins Gesicht sehen. Sie musste sich nicht fürchten, weil zwischen ihnen diese Scheibe wäre, durch die man nur von einer Seite sehen konnte. Sie würde ihn sehen, aber er sie nicht.

Sie hatte gewartet auf diesen Anruf, die ganze Nacht. Sie hatte vergeblich gewartet. Und jetzt hatte sie genug von Telefonen.

»Sie müssen ihn nicht anrufen«, wiederholte sie und hörte, wie schrill ihre Stimme klang. »Geben Sie mir die Zimmernummer! Ich finde den Weg allein!«

Seine Miene veränderte sich. Unwille, ein Hauch Nervosität. Und dann Wut. Sie hatte ihn wütend gemacht. Das war falsch. Ganz falsch.

»Nehmen Sie bitte sofort Ihre Hand da weg«, sagte er, sehr ruhig.

Der Wodka, begriff sie jetzt, es lag am Wodka. Irgendwann war sie wohl doch eingedämmert, bis die Melodie in ihren Schlummer drang – schlaf, mein Kindchen, schlaf, mein Täubchen, *bajuschki baju* –, sie zurück in die Welt riss. Wie gerädert. Sie hatte die Angst weggeschoben, das Handy weggeschoben, hatte stattdessen auf den Knopf am Anrufbeantworter gedrückt und versucht, sich auf all die Stimmen zu konzentrieren, auf die Worte, die Wortwolke, erstickend und lähmend. Frau Jäger hatte sie gehört, die falsche Schlange, Dr. Waldberg mit seinen schrecklichen Tabletten. Sie warteten, hatte sie verstanden, alle warteten nur darauf, dass sie die Nerven verlor. Aber den Gefallen tat sie ihnen nicht. Sie wusste, was sie Eugen schuldig war. Dann mischte es sich wieder unter die Worte, mein Täubchen, *bajuschki baju*, und sie hatte keine Luft mehr bekommen.

Der Wodka stand im Kühlschrank. Kartoffelschnaps, sagt Eugen, der sauberste Schnaps der Welt. Der macht den Kopf klar und reinigt das System.

Sie hatte es versucht.

Wodka macht keine Fahne, sagt Eugen und lacht.

Die Art und Weise, wie die Nasenflügel des Beamten hinter dem Tresen sich bewegten, ganz sacht, kaum merklich, bewies, dass Eugen sich getäuscht hatte. Der Wodka war ein Fehler gewesen, genau wie die Tabletten.

Schlaf, mein Kindchen, singt das Handy, und sie steht im Flur vor dem großen Spiegel mit dem Glas in der Hand, *bajuschki baju*, und sie hebt das Glas und prostet sich zu und sagt *»Nasdrowje«* und gießt die brennende Flüssigkeit in ihren schmerzenden Hals. Dann holt sie aus und schleudert das Glas in den Spiegel, tausend Stücke, Zacken und Ecken, kaputt ist das Bild, alles ist kaputt, und Wodka macht keine Fahne.

»Entschuldigen Sie«, sagte sie zu dem Polizisten hinter dem Tresen, nahm die Hand vom Telefon und wich ein Stück zurück. Ganz falsch, das lief ganz falsch. »Es geht mir nicht so gut.«

»Das tut mir leid«, sagte der Mann. »Aber Sie können trotzdem nicht einfach da reingehen. Es gibt Vorschriften.«

»Mein Mann ist ermordet worden«, sagte Verena. »Es geht mir gar nicht gut.«

Er nickte, sein Blick wurde etwas weicher.

»Es ist wohl besser, wenn Sie sich einen Moment setzen.« Er deutete auf die Stühle, die ein Stück entfernt standen. Schicke Stühle, modernes Design. »Ich rufe an, und gleich kommt jemand und holt sie ab.«

Verena wollte nicht sitzen. Aber ihre Beine fühlten sich schwach an, und ihr war klar, dass sie die Situation nicht im Griff hatte. Der Wodka war keine gute Idee gewesen. Genau wie die Tabletten. Der Spiegel war in tausend Stücke zerbrochen. Das durfte mit dem Spiegel passieren. Aber nicht mit ihr.

***

Brodtmanns Telefon klingelte. Das Geräusch störte Ruth. Es störte sie dabei, aus dem Fenster zu starren und sich über ein bis hundert Dinge klar zu werden. Ob es ihr gefiel oder nicht – die Ermittlungssache Landau war nicht länger ein möglicher Unfall oder Suizid. Es ging um Mord, es ging um eine Mordermittlung, und das änderte die Lage.

An dem, was geschehen war, ließ sich natürlich nichts mehr ändern. Und Ruth hätte wohl auch nichts ändern wollen. Jetzt war die Sache verfahren und nahm ihren Kopf in Anspruch, der doch für andere Dinge gebraucht wurde, im Moment zum Beispiel für ein klingelndes Telefon.

Brodtmann war nicht da, er führte ein Gespräch mit Konstantin, dessen Mutter und der freundlichen Frau vom psychologischen Dienst. Aber wer immer da anrief, er war hartnäckig, und deshalb hob Ruth den Hörer ab. »Veritzky, Apparat Brodtmann!«

»Börne hier, Empfang. Ich hab da eine Dame für Herrn Brodtmann. Sie ist ein wenig … aufgelöst.«

»Brandmeyer«, sagte Ruth. »Verena Brandmeyer?«

»Genau. Sie wird erwartet?« Seine Erleichterung war nicht zu überhören.

»Nein«, sagte Ruth. »Und Brodtmann kann jetzt nicht, er ist in einer Befragung.«

Ihr Gesprächspartner senkte die Stimme. »Sie sitzt jetzt hier unten. Ganz offen, mir ist nicht wohl dabei, dass sie hier allein sitzt …«

Ruth seufzte. Sie dachte an das, was sie Brodtmann versprochen hatte, gestern, vor gefühlten hundert Jahren. »Ich komme«, sagte sie. »Bin in zwei Minuten unten.«

***

Betrunken. Der Gedanke war so peinlich, dass Verena am liebsten aufgesprungen und geflohen wäre. Was war nur in sie gefahren? Sie hatte es nicht einmal bemerkt. Seit Eugens Tod fühlte sie sich ständig wie betrunken, weggetreten, so als sei alles nicht real. Der Wodka machte keinen Unterschied. Nicht für sie. Aber für die anderen schon. Sie war betrunken, sie hatte eine Fahne, sie hatte seit mehr als vierundzwanzig Stunden nicht geduscht, hatte nicht geschlafen, sie konnte sich nicht erinnern, wann sie das letzte Mal gegessen hatte. Und in diesem Zustand war sie hierhergekommen. Sie machte sich lächerlich. Sie schämte sich. Sie saß da und hoffte, dass Brodtmann nicht kommen würde. Hoffte, dass man sie einfach vergaß und sie einen günstigen Moment abpassen konnte, um heimlich zu verschwinden. Sie starrte auf die Fliesen vor ihren Füßen.

»Frau Brandmeyer?«

Sie fuhr hoch und starrte die Frau an, die sie angesprochen hatte.

»Veritzky ist mein Name«, sagte die, »wir kennen uns doch.«

»Natürlich.« Verena schob das unangenehm verschwommene Gefühl und die diffuse Scham weit von sich. Ihr Mann war ermordet worden, verdammt. Sie hatte das Recht, sich danebenzubenehmen. Sie würde sich nicht unterkriegen lassen. »Ich warte auf Herrn Brodtmann«, erklärte sie also und setzte sich etwas aufrechter.

»Ich weiß«, erwiderte die Frau, Veritzky hieß die Frau. »Der ist leider im Moment verhindert. Und da wir ja zusammen an dem Fall arbeiten, bin ich gekommen.«

Ihre Stimme klang sanft. Sie war anders, ganz anders, als Verena sie in Erinnerung hatte.

»Ich würde es vorziehen, zu warten«, sagte sie trotzdem.

»Es kann dauern. Warum kommen Sie nicht einfach mit mir in die Cafeteria. Wir trinken etwas zusammen, und vielleicht kann ich Ihnen ja auch weiterhelfen.«

Verena überlegte kurz. Ein Kaffee, ein starker Kaffee würde sicher helfen. Sie nickte, erhob sich und ließ sich von der Frau, Veritzky, Frau Veritzky, in den hinteren Teil des Gebäudes führen.

»Wie geht es Ihnen?«, fragte die Frau, als sie zusammen am Tisch saßen. Sie hatte Kaffee geholt. Verena hatte gerade angefangen, sie sympathisch zu finden, und jetzt stellte sie diese Frage. Wie geht es Ihnen? Was für eine Frage! Sie griff nach ihrer Tasse, trank einen Schluck und unterdrückte die Wut.

»Es würde mir besser gehen, wenn Sie ihn endlich verhaften«, sagte sie. »Es würde mir besser gehen, wenn Sie mich auf dem Laufenden halten würden hinsichtlich der Ermittlungen.« Sie hob den Blick von ihrer Tasse, nur ein Stück, blieb mit den Augen an den Händen der Frau hängen. Sie betrachtete die kurz geschnittenen, eckigen Nägel. Ungepflegt, dachte sie, als würde sie jeden Tag im Garten wühlen. Aber vielleicht tat sie das ja. Man wusste ja nicht, was Leute so taten den ganzen Tag, sie hatte ja keine Ahnung, vielleicht hatte die Frau einen Garten, und wenn sie Feierabend machte, dann dachte sie nicht an das ganze Grauen, mit dem sie zu tun hatte, sondern sie ging in den Garten und pflanzte Tomaten oder vielleicht Rosen.

»Frau Brandmeyer, Sie sollten sich etwas ausruhen«, hörte sie die Stimme der Frau. Sie zuckte zusammen. Ihr Kopf war ein Stück zu weit nach vorn gesunken. »Sie sehen müde aus.«

»Ich bin müde!« Jetzt fauchte sie. »Ich bin sehr müde!«

»Haben sich die Kollegen vom psychologischen Dienst schon bei Ihnen gemeldet?«

Verena sah auf, sah in das Gesicht, ein rundes Gesicht hatte die Frau, die braunen Haare mit einem Gummiband nach hinten gezurrt. Sie könnte hübsch sein, dachte Verena, wenn sie ein bisschen was aus sich machen würde, könnte diese Frau ganz hübsch sein. »Wo ist denn Herr Brodtmann?«, fragte sie.

»Wie ich schon sagte, er steckt mitten in einer Befragung. Das kann noch eine Weile dauern. Aber wir bearbeiten den Fall ja zusammen, Herr Brodtmann und ich.«

Verena griff erneut nach ihrer Tasse. »Wie weit sind Sie denn?«, fragte sie. »Warum hält mich denn niemand auf dem Laufenden?«

»Wir warten derzeit auf das Obduktionsergebnis«, sagte die Frau, zögerte kurz und fügte dann hinzu: »Wir ermitteln in alle Richtungen.«

»Was soll denn das?« Verenas Stimme war schrill. »In alle Richtungen? Ich habe Ihnen gesagt, wer Eugen umgebracht hat. Ich erwarte, dass Sie etwas unternehmen!«

»Das ist nicht so einfach. Bisher haben wir nichts in der Hand. Darum ist es wichtig, dass Sie konkreter werden, verstehen Sie? Sie müssen uns alles sagen, was Sie wissen.«

Verena hätte ihr am liebsten den Kaffee ins Gesicht geschüttet. Ihr Ton war unerträglich. Herablassend. Das runde Gesicht nachsichtig. Diese Frau fühlte sich überlegen, aus welchem Grund auch immer. Dabei tat sie ihren Job nicht, ebenso wenig wie dieser Brodtmann.

»Sie können mir vertrauen«, sagte sie jetzt. »Ich kann verstehen, dass Sie möglicherweise Angst haben. Wir können Sie vor Morowski schützen. Aber Sie müssen uns die Wahrheit sagen.«

Verena wurde übel. Ihr wurde so übel, dass sie kurz befürchtete, sich hier, am Tisch mitten in der Cafeteria, übergeben zu müssen. Sie lehnte sich zurück. Atmete kontrolliert. Die Wahrheit sagen! Sie verstanden es nicht. Die Dinge waren ganz anders, vielschichtig, gefährlich, es gab ja mehr als eine Wahrheit, je nachdem, aus welchem Blickwinkel man schaute.

Es gab Dinge, die man nicht sagen konnte, es gab Dinge, die sie Eugen schuldig war. Sie hätte das wissen müssen, diese Frau, so jung war sie schließlich nicht mehr, das konnte man sehen in dem runden Gesicht, das nicht den Eindruck machte, als würde es regelmäßig gepflegt.

»Ich habe Ihnen alles gesagt.« Verena sprach leise. Sie sagte den Satz, weil sie etwas sagen musste, weil ihr Geist Gefahr lief, einfach wegzudriften, weg von dieser Kantine, von dem Geruch nach Gebratenem, der langsam durch den Raum waberte. Sie wäre gern gegangen. Aber sie durfte nicht, noch nicht, sie war Eugen das hier schuldig. Sie tat ihre verdammte Pflicht, während diese Polizeibeamten ständig redeten, während sie Zeit verschwendeten, sie hinhielten, sich verleugnen ließen. Bestimmt ließ er sich verleugnen. Vermutlich saß er gerade oben, dieser Brodtmann, und machte seine Frühstückspause. Beamte, hatte Eugen immer gesagt, auch Polizisten sind halt immer noch Beamte. Eugen hatte das gefreut, ihm half das oft in seinen Fällen. Aber jetzt hätte Eugen auf den Tisch gehauen, hier, jetzt, hätte dafür gesorgt, dass sich etwas bewegte, er hätte diesen Brodtmann aus seiner Pause gezerrt und ihm ein paar Takte erzählt.

Verena konnte das nicht. Sie konnte nicht auf den Tisch hauen wie Eugen. Sich Gehör verschaffen. Zu ihr waren alle nur nett, so widerwärtig nett, dieser Brodtmann war nett gewesen, und er hatte so getan, als sei er auf ihrer Seite. Er hatte ihre Hand gehalten. Und er hatte sie angesehen. So als könne sie ihm vertrauen. Und auf einmal fiel Verena auf, dass sie sich vielleicht täuschte. Vielleicht war er wirklich in einer Befragung, darum war diese Frau hier, sie war hier und wartete, weil man sie gleich brauchen würde.

»Was für eine Befragung ist das?«, fragte sie. »Die der Herr Brodtmann da gerade macht.«

»Es tut mir leid, aber das darf ich Ihnen wirklich nicht sagen.« Die Frau wich ihrem Blick aus.

»Oh Gott«, sagte Verena und musste schlucken. »Ich verstehe. Entschuldigen Sie, ich … ich bin wirklich nicht ganz bei mir. Ich habe diese Tabletten genommen und konnte trotzdem nicht schlafen, ich stehe neben mir, verstehen Sie, darum habe ich Sie eben nicht richtig verstanden.« Sie hielt inne, überlegte kurz. Natürlich, dachte sie, das mit der Gegenüberstellung war Unsinn. Das machte man ja nur, wenn man den Täter erst identifizieren musste. Sie wussten, wie Morowski aussah. Sie kannten das scharf geschnittene Gesicht, diese Nase, die ein bisschen aristokratisch wirkte, die winzige Narbe über seiner rechten Augenbraue. Sie kannten diese Augen, die so sanft wirkten, diese verlogenen Augen, die verbargen, wie viel Böses in diesem Mann war.

Sie sah die Frau an, lächelte, lächelte, bis sie das Unverständnis in ihren Augen bemerkte. Sie beugte sich ein Stück vor. »Ich habe verstanden«, sagte sie leise. »Ich danke Ihnen. Ich kann gar nicht sagen, was es für eine Erleichterung für mich ist, ihn hinter Gittern zu wissen.«

Falten erschienen auf der Stirn. Großporig, dachte Verena, großporige Haut, da kann man was machen.

»Ich fürchte, das ist ein Missverständnis.«

»Natürlich«, sagte Verena. »Ein Missverständnis. Machen Sie sich keine Sorgen. Ich weiß von nichts. Es wird nicht lange dauern, bis Sie ihn festnageln können. Aber ich verstehe, dass Sie jetzt noch nicht darüber sprechen dürfen. Er hat mächtige

Freunde, man tut gut daran, die Verhaftung zunächst nicht an die große Glocke zu hängen.«

»Frau Brandmeyer, wir haben niemanden verhaftet. Und das werden wir auch in absehbarer Zeit nicht tun. Ich verstehe, dass Sie unter Stress stehen. Ich verstehe, dass das alles sehr schwer für Sie ist. Aber ich sage es noch einmal – wir haben nichts gegen Herrn Morowski in der Hand. Und wenn Sie uns nicht helfen, dann können wir nichts tun.«

Vor Verenas Augen tanzten kleine Lichtpunkte. Ihr wurde wieder schlecht. Erneut versuchte sie, ihren Atem zu kontrollieren. Sie bekam nicht gut Luft. Sie durfte sich nicht so aufregen. Sie atmete keuchend und kämpfte gegen die Enge in ihrer Brust.

»Sie dürfen das nicht tun!« Die Frau stand auf einmal neben ihr, legte die Hand auf ihre Schulter. »Frau Brandmeyer, sie dürfen auf keinen Fall diese Tabletten nehmen und dazu Alkohol trinken. Ich werde Ihnen ein Taxi rufen. Sie müssen sich ausruhen. Ich werde Dr. Waldberg anrufen. Sie können nicht …«

»Sagen Sie mir nicht, was ich kann!« Verena sprang auf, wischte die Hand weg, als wäre sie eine eklige Spinne. »Machen Sie lieber Ihren Job! Machen Sie Ihre Arbeit, bevor es zu spät ist!«

Köpfe wandten sich ihnen zu. Peinlich, dachte Verena, aber es war ihr egal. Erneut näherte sich die Hand der Frau, die nicht Brodtmann war, nicht Brodtmann, Veritzky hieß die Frau, was war das für ein Name, er klang polnisch, obwohl sie nicht polnisch aussah, kurze Fingernägel an der Hand, die nach ihr griff, und Verena wollte nicht, dass die Hand sie anfasste, Tomaten, dachte sie, da muss Mist drauf, wie damals im Schrebergarten. Sie wollte weg von hier, sie durfte keinen Wodka trinken, nie wieder, das war dumm gewesen, alles sehr dumm, sie wollte weg, und darum sollte sie jetzt gehen, und sie machte ein paar Schritte, sie taumelte, und dann war alles schwarz.

»Scheiße«, hörte sie die Frau, deren Namen sie vergessen hatte, noch sagen. »Verdammte Scheiße!«

17

Links und rechts, oben und unten. Markus war verwundert, wie sauber die Dinge voneinander getrennt waren. Trauer und Freude, Angst und Euphorie. Alles an seinem Platz und Markus mittendrin, traurig und glücklich.

Er saß hinter dem Haus auf einem der Holzstühle. Er hatte nicht daran gedacht, sie in den Keller zu räumen vor dem Winter, und jetzt waren sie grau und rissig. Trotzdem schöne Möbel, Teakholz, sie waren einst teuer gewesen. Sein Vater hatte sie gehegt und gepflegt und regelmäßig geölt.

Schöne Möbel in einem schönen Garten, ein schönes Haus. Und er wohnte hier und bemerkte es nicht einmal. Er würde das ändern. Er würde sich ändern. Er hatte ein Zuhause, und ab jetzt würde er sich auch so verhalten.

In den Beeten wucherte das Unkraut. Noch behaupteten sich Stauden, die seine Mutter vor langer Zeit gepflanzt hatte, zauberten Farbflecken ins Grün. Der Garten war es wert, dass er sich darum kümmerte. Rettete, was zu retten war. Er würde den Rasen mähen, würde Unkraut jäten, die Stauden befreien von dem, was sie zu erdrücken drohte. Er würde den Garten wieder zu dem schönen und friedlichen Ort machen, der er gewesen war, als seine Eltern noch gelebt hatten.

Er würde Gäste einladen im Sommer. Ruth zum Beispiel, vielleicht würde Ruth Veritzky hier mit ihm sitzen. Grillen und etwas trinken. Sie würde lachen und ihn zum Lachen bringen, und sie würde ihn ansehen mit ihren schönen Augen. Sie würden angebrannte Wurst essen und Kartoffelsalat, dabei in den Garten schauen, während langsam die Sonne unterging.

Er würde auch Katharina einladen. Sie würden miteinander reden. Über alles würden sie reden, auch über das, was sie beide lieber vergessen wollten.

Als die Scham noch frisch brannte, war Markus kurz davor gewesen, Carsten alles zu beichten. Im letzten Moment war ihm klar geworden, dass sein Motiv reiner Eigennutz war. Es wäre schrecklich gewesen für Carsten. Es hätte nichts besser gemacht oder leichter. Ganz im Gegenteil.

Es war richtig gewesen, zu schweigen. Auch jetzt, gerade jetzt dachte Carsten, dass es eine gute Entscheidung gewesen war. Er musste trotzdem mit Katharina reden. Auch darüber. Sie mussten bestimmte Dinge abschließen, ein für alle Mal. Die Trauer musste jeder für sich tragen. Aber sie konnten miteinander reden und füreinander da sein, sie konnten einander Gesellschaft leisten beim Trauern.

Er würde den Garten retten, und Katharina würde sich selbst retten. Der Gedanke kam von irgendwo, kam ungefragt, aber laut und klar. Als er bei ihr gewesen war, mit ihr Kaffee getrunken hatte, geredet, geweint, da hatte er ihren Schmerz gespürt. Er war anders als sein eigener. Er war schlimmer, roh, zornig. Katharina würde nie wieder dieselbe sein. Ihre Wunde würde heilen. Aber eine Narbe würde zurückbleiben, eine große und sichtbare Narbe.

Man konnte mit Narben leben. Sie veränderten Menschen, aber sie brachten sie nicht um.

Für einen Moment vermisste Markus Carsten so sehr, dass es körperlich schmerzte. Er hätte so gern mit ihm gesprochen. Jetzt. Ihn angerufen und ihm von der letzten Nacht erzählt. Von dem, was in seinem Kopf herumgeisterte.

Aber Carsten war tot. Es gab Schlimmeres, erinnerte sich Markus, es gab weit Schlimmeres als den Tod.

Carsten war tot, aber Markus war lebendig. Es war an der Zeit, das wieder zu bemerken und dankbar zu sein. Er würde sich um den Garten kümmern. Er würde sich um sein Leben kümmern. Vielleicht würde er die Kraft finden, die Gedanken, die ihm Angst machten, zu Ende zu denken, die Dinge zu Ende zu bringen. Möglicherweise konnte er mit den Konsequenzen leben.

Alles war möglich. Wenn man einen Sinn sah und ein Ziel hatte. Sein Kopf schmerzte. Zu viel, dachte er, nervös, traurig, aufgeregt und zuversichtlich, einfach zu viel.

Er hatte Angst vor dem Abend. Gestern war alles unbeschwert gewesen, impulsiv und unkompliziert. Heute würde er sich so zeigen müssen, wie er war. Er musste Ruth von dem Ballast erzählen, den er mit sich trug. Ihr erklären, warum es kompliziert war. Er hatte Angst vor ihrer Reaktion.

Es klingelte an der Tür. Markus zuckte zusammen. Er warf einen Blick auf die Uhr. Er erwartete niemanden. Er bekam selten Besuch, niemals überraschenden. Die Post, dachte er, vielleicht ein Päckchen. Er erhob sich und ging zur Tür, um zu öffnen.

***

»Ich weiß gar nicht, was es da zu grinsen gibt!«

Ruth brauchte einen Moment, um zu begreifen, dass Brodtmann mit ihr sprach. Sie war nicht ganz bei der Sache.

»Nichts«, sagte sie. »Es gibt nichts zu grinsen. Ich grinse nicht.«

»Und wie du grinst«, schlug sich Andrea auf Brodtmanns Seite. »Du sitzt da, und zum Teufel mit dem Manne, der da nicht an Honigkuchenpferde denkt.«

»Es ist ein schöner Tag. Und ich bin einfach gut gelaunt. Es wird doch wohl erlaubt sein, gut gelaunt zu sein.«

Brodtmann und Andrea tauschten einen Blick. »Vermutlich ist es ein Glück, dass unsere schöne Witwe zusammengeklappt ist«, sagte Ruth, bevor irgendwer anfangen konnte, sich in Spekulationen über den Ursprung des als Grinsen abqualifizierten Lächelns zu ergehen. »Wenn sie wirklich zu Hause sitzt und Schlafmittel mit Wodka runterspült, ist sie in der Klinik besser aufgehoben.«

»Die behalten sie nicht lange da«, unkte Andrea. »Die Krankenhäuser schmeißen die Leute heute doch so schnell wie möglich wieder raus.«

»Meiner Ansicht nach ist sie ein Fall für die Psychiatrie. Und wenn die in der Klinik das anders sehen, dann muss irgendwer ein Auge auf sie haben. Ich ruf noch mal diesen Hausarzt an. Oder ihre Mutter ...«

»Ich mach das schon«, murmelte Brodtmann. »Ich fahr nachher noch mal vorbei.« Dann begann er, roh und sinnlos auf die Tastatur einzuhämmern. »Was ist denn das hier für eine Scheiße?«

»Wie gehen wir jetzt weiter in der Bahnhofssache vor?«, ignorierte Andrea seinen Ausbruch. Die Dame vom psychologischen

Dienst hatte Ruths Einschätzung bezüglich der Aussage des kleinen Konstantin geteilt. Das freute sie heimlich, auch wenn es die Lage erheblich verkomplizierte.

Ruth fragte sich, wie Katharina Glaswinkler auf die Neuigkeiten reagieren würde. Immerhin musste sie sich nicht mehr mit der Vorstellung quälen, dass der Mann, den sie liebte, sich selbst das Leben genommen hatte. Es war allerdings fraglich, ob die Vorstellung, dass er einem grausamen und sinnlosen Verbrechen zum Opfer gefallen war, ihr Seelenfrieden schenken würde.

Ruth dachte an Markus Berg und hörte umgehend wieder damit auf. Sie konnte das trennen. Sie war eine Meisterin im Trennen beruflicher und privater Dinge.

»Sie macht es schon wieder«, sagte Andrea zu Brodtmann. »Mach, dass sie aufhört zu grinsen. Das ist ja unheimlich!«

»Du kannst mich mal«, erklärte Ruth freundlich. »Ihr beide könnt mich mal. Und was den Bahnhof angeht, würde ich sagen, dass unsere beste Chance diese verfluchten Videobänder sind. Was hat die Technik denn gesagt?«

»Eine Menge Worte, die ich hier nicht wiederhole, weil ich eine gute Kinderstube genossen habe«, erklärte Andrea. »Sie können die Qualität verbessern, aber Wunder können sie nicht wirken. Und als ich dann darum gebeten habe, die Sache so schnell wie möglich zu erledigen, als ich dann noch erwähnte, dass Standbilder uns das Leben ganz erheblich erleichtern könnten, durfte ich mir einen langen, langen Vortrag darüber anhören, was da alles noch dringend zu erledigen wäre und wie überlastet die Abteilung ist und der Krankenstand im Speziellen und die Personaldecke im Allgemeinen. Ihr wisst schon. Sie tun, was sie können.«

»Wir brauchen die Presse.« Die altbekannte Falte zwischen Brodtmanns Augen verriet, dass ihm das nicht besonders gefiel. »Einen Aufruf an diejenigen, die möglicherweise irgendwas gesehen haben. Und Aushänge. Da führt kein Weg dran vorbei.«

»Und wir brauchen einen Dummen, der sich die ganzen Anrufe von den Spinnern anhört«, ergänzte Andrea. »Denn wenn ihr euch einbildet, dass ich das mache, dann habt ihr euch geschnitten.«

»Frag Orth«, sagte Ruth. »Orth soll uns jemanden zuteilen. Wir brauchen den Computer von Carsten Landau. Geschäftliches Umfeld. Vielleicht hat er sich mit den falschen Leuten eingelassen. Oder angelegt. Privates Umfeld, alle Freunde, Bekannten, Familie …«

»Deshalb grinst sie«, unterbrach Brodtmann. »Das ist es, Andrea. Sie freut sich, dass sie wieder zum schönsten Fotografen der Welt gehen darf.«

»Quatsch!«, widersprach Ruth, und das war, wie sie zufrieden feststellte, ja nicht wirklich gelogen. »Mir wäre es lieber, wenn du das übernehmen würdest«, fügte sie hinzu und schob das Gefühl von Hinterhältigkeit beiseite.

Brodtmann musterte sie misstrauisch. Dann schüttelte er den Kopf. »Na gut«, sagte er. »Mir soll's recht sein. Versteh einer die Weiber.« Er wandte sich erneut seinem Computer zu. »Das ist doch zum Kotzen hier. Nichts funktioniert, gar nichts! Das ist doch eine Farce! So kann ich nicht arbeiten!«

»Bestimmt ein Anwenderfehler«, sagte Andrea. »Statistisch gesehen kommen Männern in deinem Alter nicht mehr wirklich klar mit der modernen Technologie.«

»Männer in meinem Alter?« Brodtmann schnaubte. »Statistisch gesehen sterben Frauen mit deiner Klappe oft einen langsamen, schmerzhaften Tod! Mein Anwalt würde auf Affekt plädieren, und ich käme mit ein paar Jahren Bewährung davon.«

»Was machst du denn da überhaupt?«, erkundigte sich Ruth.

»Nichts«, murmelte Brodtmann und errötete. »Ach, Scheiße, ich versuche, den Anhang zu öffnen. Von der Mail von meiner Schwiegermutter, die es sich nicht nehmen lässt, die Einladungen zur Taufe selbst zu gestalten. Ich hab versprochen, dass ich mir das kurz ansehe.«

»Ihr lasst den Scheißkerl taufen?« Andrea sah ihn erstaunt an. »Warum das denn?«

»Weil man das so macht. Mit Kindern.«

»Aber du bist doch aus der Kirche ausgetreten.«

»Die Kindsmutter ist nicht aus der Kirche ausgetreten. Und Scheißkerls Oma ist so etwas wie die Urlaubsvertretung des Heiligen Vaters, und wenn der Scheißkerl nicht getauft ist, dann kann er nicht zur Erstkommunion und fühlt sich möglicherweise ausgegrenzt, und die konfessionellen Schulen sind häufig ja auch viel besser, und das ist eine lange Geschichte, das ist ein schmales Brett auf dünnem Eis, und ich möchte nicht darüber reden. Ich möchte nur diesen bescheuerten Anhang öffnen.«

»Das Format kannst du doch hier gar nicht öffnen.« Andrea war hinter ihn getreten. »Wirklich«, sagte sie. »Also echt.«

»Was?«

»Wir haben ja überlegt, dass Marc-Oliver das später mal selber entscheiden soll«, sagte Andrea und klang wenig überzeugt. »Andererseits ist es natürlich schwierig, sich für etwas zu entscheiden, wenn man es gar nicht kennt«, widerlegte sie ihre These auch umgehend selbst. »Und so eine Taufe, das ist ja auch eine schöne Gelegenheit, ein schönes Fest, meine ich, er würde bestimmt entzückend aussehen in so einem weißen Kleid. Ich habe gerade neulich gelesen, dass gläubige Menschen glücklicher sind und gesünder, das hat irgendwie mit Beten zu tun.«

»Ich danke dir für diese nützliche Information.« Brodtmann tippte erneut auf der Tastatur herum.

»Da komme ich ja gerade recht!« Die Tür hatte sich schwungvoll geöffnet, und Orth betrat federnd den Raum. Er trug eine rosa Krawatte, von der Ruth umgehend den Blick wenden musste, um nicht laut loszuprusten. Es war Zeit, ihre innere Heiterkeit ein wenig zu bremsen.

»Wegen der nützlichen Informationen«, erläuterte Orth, der wie so oft der Überzeugung war, sein Umfeld sei nicht in der Lage, die Feinheit seines Wortwitzes vollumfänglich zu begreifen. »Was gibt es denn Neues?«

Brodtmann tippte erneut auf seinen Computer ein, diesmal hektisch und ein wenig schuldbewusst.

»Es gibt nichts Neues«, erwiderte Ruth. »Aber da es noch keine zwei Stunden her ist, dass wir die Aussage von dem Jungen bekommen haben, wäre das ja auch sehr verwunderlich.«

»Welcher Junge?« Orth nahm die randlose Brille von der Nase und hielt sie fragend in den Raum.

»Konstantin Jahnke.« Andrea ließ von Brodtmanns Bildschirm ab und nahm die Tasche, die sie abgelegt hatte, vom Besucherstuhl. »Der Junge, der gesehen hat, dass der Tote vom Bahnhof unter die Lok geschubst worden ist.«

»Ach«, sagte Orth, »ach das. Ja. Ja, darum müssen wir uns kümmern. Aber ich dachte eher an den Fall Brandmeyer. Was ist mit der Morowski-Spur?«

»Morowski-Spur?« Brodtmann räusperte sich. »Wir haben keine Morowski-Spur. Keine Spur von einer Spur!«

Orth warf ihm einen irritierten Blick zu. »Ich verstehe nicht. Ich habe mit Frau Brandmeyer gesprochen. Was soll denn das Theater?«

»Kein Theater«, mischte sich Ruth schnell ein. Ihr war nicht entgangen, dass die Brodtmann'sche Brauenfalte sich deutlich vertieft hatte. »Was der Kollege Brodtmann sagen will, ist, dass wir uns natürlich mit Morowski befassen, den Frau Brandmeyer für dringend verdächtig zu halten scheint. Aber da sie nur sehr vage Angaben macht, da es bisher noch keinerlei Indizien gibt, die auf eine Tatbeteiligung oder ein Motiv von Morowski hinweisen ...«

»Was der Kollege Brodtmann sagen will«, unterbrach Brodtmann, »das kann der Kollege Brodtmann ganz gut selber sagen. Was der Kollege Brodtmann sagen will, ist, dass wir bis jetzt nicht einmal wissen, ob es einen Fall Brandmeyer gibt. Bisher haben wir eine Menge Chaos und Stress und keinen einzigen wirklichen Hinweis.«

»Mein lieber Brodtmann, mit dieser Diskussion müssen wir gar nicht anfangen!« Orth hob seine Brille anklagend in Richtung des Schreibtischs. »Ich habe euch erklärt, was ich erwarte, und soweit ich informiert bin, bin ich noch immer weisungsbefugt.«

»Dann solltest du vielleicht versuchen, die reizende Frau Brandmeyer anzuweisen, uns zu sagen, was sie weiß, statt uns das Leben schwerer zu machen, als es ohnehin ist«, grollte Brodtmann. »Denn als ich das letzte Mal nachgesehen habe, lebten wir noch in einem Rechtsstaat. Da war es gute Sitte, erst dann gegen jemanden zu ermitteln, wenn sich Verdachtsmomente ergaben.«

»Gott, Brodtmann! Wir reden von Morowski! Mir fallen spontan eine Million Gründe ein, gegen ihn zu ermitteln. Ich muss dir doch wohl nicht erklären, wie viele Gründe Frau Brandmeyer möglicherweise hat, sich mit ihren Aussagen zurückzuhalten.

Davon abgesehen sollt ihr ihn ja nicht gleich verhaften. Redet mit ihm, befragt ihn. Rechtsstaatlich korrekt.«

»Wie stellst du dir denn das vor?«

»Ich stelle mir das gar nicht vor. Das ist euer Job.« Orth setzte die Brille so nachdrücklich zurück auf seine Nase, dass Ruth um deren Unversehrtheit fürchtete. Dann griff er nach dem rosa Schlips und ruckelte energisch den Knoten zurecht. »Macht euren Job und haltet mich auf dem Laufenden. Ich fürchte, ich muss auch schon wieder los, ich hab noch einen Termin.«

»Oh, keinen Kaffee?«, flötete Andrea in falscher Süße. Orth zögerte. Aber offenbar waren seine Antennen für die Stimmung im Raum fein genug, um auf die Dosis Koffein zu verzichten.

»Leider nein, die Pflicht ruft.«

»Eine Sekunde noch.« Ruth atmete tief durch, fasste sich ein Herz. »Wie geht es Frau Brandmeyer denn?«

Orth warf ihr einen irritierten Blick zu. »Nicht sonderlich gut, nehme ich an. Sie trauert. Sie trauert um ihren Mann, sie steht unter Schock.«

»Du weißt, dass sie hier war? Was passiert ist?«

Orths Augen wanderten zur Tür. Er griff nach seinem Ohrläppchen, knetete es nervös. Er war vermutlich der schlechteste Lügner der Welt.

»Sie ist am Ende«, erklärte Ruth. »Sie hatte getrunken, sie hatte Tabletten genommen. Meiner Ansicht nach steht sie kurz vor einem Zusammenbruch.«

»Sie trauert. Das ist doch ganz normal.«

»Nein. Das, was ich heute gesehen habe, war ganz bestimmt kein normaler Trauerprozess. Ich habe gehofft, dass du vielleicht …«

»Dass ich was?« In Orths Gesicht stand die nackte Panik.

»Rede mit ihr«, sagte Ruth. »Sorg dafür, dass sie die Hilfe in Anspruch nimmt, die sie braucht. Sie vertraut dir doch. Sie schafft das nicht allein.«

»Ich glaube, du hast da eine falsche Vorstellung.« Abermals malträtierte Orth seinen Schlipsknoten, als könne er so das Universum geraderücken. »Wir sind ja nicht unbedingt eng befreundet. Es wäre vollkommen distanzlos und unangemessen, sie diesbezüglich anzusprechen.« Er sah erneut auf die Uhr. »Meiner Ansicht nach können wir für die arme Frau nur eins tun. So schnell wie möglich weiterkommen mit den Ermittlungen. Nichts ist so hilfreich für die Angehörigen wie eine schnelle und umfassende Aufklärung der Tat. Und darum fahrt ihr jetzt zu Morowski. Ich denke, dann sind wir schon einen guten Schritt weiter.«

Brodtmann erhob sich von seinem Stuhl. Ruth meinte, an seinem Hals eine Ader pochen zu sehen. »Entschuldige, aber das verstehe ich jetzt nicht. Du kennst sie gut genug, um dich fortwährend in unsere Ermittlung einzumischen und uns Druck zu machen, aber nicht gut genug, um mit ihr darüber zu sprechen, dass sie hier volltrunken auftaucht und öffentlich erklärt, dass sie ein bisschen von der Rolle ist, weil sie ihre Schlaftabletten mit Wodka runterspült?«

»Brodtmann, du vergreifst dich im Ton!« Orths Augenlid begann zu zucken. »Ich habe jetzt wirklich keine Zeit für derartige Anwürfe. Ich habe es eilig. Ich muss weg!« Er drückte die Klinke, die er bereits in der Hand hielt, und verschwand aus dem Büro, als sei der Teufel hinter ihm her.

»Kacke«, sagte Brodtmann und ließ sich schwer auf einen Stuhl fallen. »Kackepissearsch!«

18

Er sitzt auf der Terrasse, als sei dies das Normalste der Welt. Dabei ist es gefährlich, fast fahrlässig, aber es geht nicht anders.

Der Garten ist verwahrlost, Unkraut, Löwenzahn, dabei ist es ein schönes Grundstück. Das spielt keine Rolle, jetzt nicht mehr.

Sein Gegenüber hat aufgehört zu sprechen. Er sitzt still, in sich zusammengesunken. Es ist an der Zeit, aber etwas lässt ihn zögern. Etwas in ihm will noch hier sitzen, den Kaffee trinken, der gerade richtig stark ist, belebend. Hier sitzen und an Glück denken. An Glück, das so ist wie Zeit, wie Schicksal, wie Zufall, wie Gott, nur ein Wort. Ein hilfloses, kleines Wort, das eigentlich nichts bedeutet und doch manchmal alles.

Er hat Glück gehabt. Er wird weiterhin Glück haben. Somit müsste er glücklich sein, aber das ist absurd und zeigt, wie armselig sich das menschliche Denken mit leeren Worten behilft. Das ist kein Glück, es ist etwas anderes, etwas, für das er kein Wort hat und auch kein Wort braucht, denn er wird ja nie davon erzählen, niemandem.

Er mustert den Mann. Der ihm vertraut. Der ihm glaubt, dass er vom Pflegeheim kommt und sich kurz mit ihm unterhalten will. Sein Gehirn behilft sich auch schnell, das vage Gefühl von Bekanntschaft erklärt er so, wie er soll, es ist ganz erstaunlich, wie gutgläubig die Menschen sind. Weil sie sich sicher fühlen. Weil sie denken, dass nichts Schlimmes passieren kann. Sogar er denkt das, obwohl er es besser weiß. Besser wissen müsste.

Er hat um ein Glas Wasser gebeten zum Kaffee. Nutzt die Abwesenheit des anderen, um etwas von der klaren Flüssigkeit in die Tasse zu träufeln.

Er kommt zurück, er trinkt, verzieht den Mund ein winziges bisschen. Er hat etwas herausgeschmeckt, ahnt trotzdem nichts Böses, achtet nicht weiter darauf, weil er Wichtigeres im Kopf hat. Er will hören, was sein Besucher zu sagen hat. Aber er ist schon bald nicht mehr bei der Sache, sein Blick wird weicher, die Lider schwer. Seine Worte werden schleppend, und dann verstummt er, sinkt in sich zusammen.

Alles läuft nach Plan. Niemand ist zu sehen in den Nachbargärten. Viel von dem, was man Glück nennen könnte, aber nicht will. Manchmal hat er das Gefühl, dass etwas auf seiner Seite ist. Etwas Großes, Mächtiges, das über den Dingen steht. Er ist nicht gläubig, schon lange nicht mehr, aber es ist trotzdem ein gutes Gefühl. Eines, das hilft, die Angst zu besiegen.

Er ist nicht überheblich. Er weiß, dass er nicht besser ist, nicht klüger, nicht raffinierter als die, die das Spiel verlieren. Auch nicht glücklicher.

Auf keinen Fall glücklicher.

Er sieht sich noch einmal um. Dann zieht er die Latexhandschuhe an, steht auf, geht zu dem anderen Stuhl. Er zerrt den Mann hoch, schleppt ihn durch die offene Terrassentür ins Wohnzimmer. Der Mann kann noch gehen, taumelt, halbwegs die Richtung haltend, weil er ihn lenkt. Er ist schon ohne Willen und Steuerung. Er setzt ihn auf den Boden vor dem Fenster ab. Dann holt er das Seil aus der Aktentasche.

Glück und Zeit und Schicksal und Zufall und Gott. Es spielt keine Rolle. Es sind nur Worte. Worte braucht der, der anderen etwas mitteilen will.

Er will niemandem etwas mitteilen.

Er tut einfach, was er tun muss.

Danach geht er zurück auf die Terrasse. Kümmert sich um die Becher, aus denen sie getrunken haben. Verwischt die wenigen Spuren. Er sieht nach links und rechts. Er denkt an Glück und beeilt sich, hier wegzukommen.

***

Die Empfangsdame war ein bisschen zu jung, ein bisschen zu perfekt, ein bisschen zu eloquent. Wenn das ein Film wäre, dachte Ruth, dann wäre er verdammt unrealistisch.

Sie saß da, als habe diese Welt aus Marmor und Stahl sie geschaffen. Gänzlich unbeeindruckt von der Dienstmarke, mit der Brodtmann vor ihrem makellosen Gesicht herumfuchtelte, erklärte sie lächelnd, dass Herr Morowski ein über die Maßen beschäftigter Mensch sei, sie aber natürlich trotzdem gerne nachfragen könne, ob sich denn ohne Termin etwas machen lasse. Die Wartezeit war exakt so bemessen, dass die ungebetenen Besucher sich unbehaglich und schäbig zu fühlen begannen inmitten der Pracht.

Als das Fräulein zurückkehrte, machte ihr Tonfall deutlich, dass das, was Ruth und Brodtmann nun zuteilwerden sollte, in etwa die Bedeutung einer spontanen Audienz beim Papst hatte.

Ruth hatte Mühe, ihre Ungeduld zu zügeln. Ihr letzter Blick in den Spiegel lag eine Weile zurück, hatte aber klar verraten, dass neben einer ausgiebigen Dusche noch einige gesichtskosmetische Restaurierungsmaßnahmen erforderlich waren, bevor sie sich auf den Weg zu ihrem Date machte. Neben dem Zeitdruck nagte das Wissen, dass das, was Brodtmann und sie hier taten, im Grunde vollkommen idiotisch war, an ihren Nerven. Sie hatten nichts, aber auch gar nichts in der Hand. Kein Plan, keine Richtung, das war nicht unbedingt eine günstige Voraussetzung für ein Gespräch mit einem Typen wie Morowski.

Aber die feine Kunst der Brodtmann'schen Rache bestand nun eben darin, einer hirnrissigen Anweisung zu folgen. In der Hoffnung, sämtliche Beteiligten ordentlich auflaufen zu lassen.

Dieses Wissen führte nicht dazu, dass Ruth sich behaglicher fühlte, als Clark Gable auf sie zukam und ihre Hand ergriff, als sei sie eine lang verschollene Jugendfreundin. Natürlich hatte Ruth nicht ernsthaft mit einem gedrungenen Schlägertypen gerechnet, der sie im rauchigen Hinterzimmer eines zwielichtigen Clubs empfing und dem wüste Tätowierungen aus dem T-Shirt wucherten. Trotzdem überraschte sie die Erscheinung und die mit großer Liebe zum Detail gestaltete Inszenierung vornehmer Gediegenheit.

Sie schätzte Morowski auf Anfang fünfzig. Dezent gebräunt, athletisch, sein Anzug saß perfekt. Nachdem er kalte, heiße oder alkoholische Getränke angeboten hatte, forderte er sie mit einer Handbewegung auf, auf der nebelgrauen Ledergarnitur in der Sitzecke Platz zu nehmen.

»Was kann ich für Sie tun?«

»Wir ermitteln in der Sache Brandmeyer«, kam Brodtmann ohne Umschweife zur Sache.

Die wohlgeformten Augenbrauen Morowskis hoben sich einen Millimeter. »Tatsächlich?« Er wiegte sorgenvoll den Kopf. »Eine schlimme Geschichte«, sagte er dann. »Eine Tragödie! Ich kann es noch immer nicht glauben. Herr Brandmeyer war für mich mehr als ein Anwalt. Er war ein Freund.« Sein Akzent war hörbar, aber dezent. Ruth bemerkte eine kleine Narbe über seiner Augenbraue. »Ich habe gestern mit Frau Jäger gesprochen. Sie hat mir erzählt, dass die genauen Umstände seines Ablebens unklar sind. Aber Mord?«

»Wie kommen Sie auf Mord?«, konterte Brodtmann.

Morowski lachte leise. »Nun, Sie sind vom KK 11«, sagte er. »Und da ich in meiner Laufbahn unglücklicherweise hin und wieder mit der Polizei zu tun hatte, ist mir bekannt, womit Sie sich beschäftigen.«

»Wir beschäftigen uns mit einem ungeklärten Todesfall«, gab Brodtmann zurück. »Wir gehen natürlich allen Hinweisen nach.«

Morowski schob den Ärmel seines Jacketts ein kleines Stück nach oben und warf einen Blick auf die goldene Armbanduhr, die an seinem Handgelenk hing. Dann musterte er Brodtmann, ohne sich viel Mühe zu geben, seine Herablassung zu verbergen.

»Natürlich, natürlich. Sie tun Ihre Pflicht. Aber ich muss Ihnen leider sagen, dass ich Ihnen nicht weiterhelfen kann. Er war ein brillanter Jurist. Intelligent, scharfsinnig. Ein durch und durch integrer Mann!«

»Wie schön«, sagte Brodtmann.

»Wie mein Kollege schon sagte«, ging Ruth dazwischen, »wir unterhalten uns mit allen, die im Umfeld von Herrn Brandmeyer eine Rolle gespielt haben, gehen allen Hinweisen nach.«

Morowskis Augen verengten sich, abermals entblößte er die makellos weiße Zahnreihe und zeigte ein arrogantes Lächeln.

»Ich verstehe. Da haben Sie dann gedacht, Sie gehen mal wieder beim guten alten Morowski vorbei. Dem teuflischen Russen.« Er erhob sich und ging hinüber zu dem Sideboard, griff nach einer Flasche und schenkte sich klare Flüssigkeit ein. Dann wandte er sich um und hob es. »Wodka«, sagte er, »wenigstens das will ich tun, um Ihren Erwartungen zu entsprechen. Ansonsten muss ich Sie nämlich leider enttäuschen. Was nicht weiter schlimm ist, denn offen gestanden enttäuschen auch Sie mich ein wenig. Hätten Sie Ihre Hausaufgaben gemacht, dann wüssten Sie, dass ich wohl der letzte Mensch auf der Welt bin, der Eugen Brandmeyer den Tod gewünscht hätte.« Er trank einen Schluck und kehrte dann zurück zu seinem Sessel. Dabei fixierte er Ruth auf eine Art und Weise, die es ihr schwer machte, den Blick nicht abzuwenden. »Sein Tod bringt mich in eine prekäre Lage. Es ist nicht leicht, einen Anwalt wie Brandmeyer zu finden. Ich kann noch immer nicht begreifen, warum Sie und Ihre Kollegen nicht von der paranoiden Idee lassen können, dass ich ein Krimineller bin. Obwohl mir mit Hilfe von Brandmeyer vor nicht allzu langer Zeit gelungen ist, sogar ein deutsches Gericht von der Haltlosigkeit dieser Vorwürfe zu überzeugen. Aber es ist, wie es ist, und ohne Brandmeyer, der sich um diese Dinge gekümmert hat, wird sicher neuer überflüssiger Stress auf mich zukommen. Dass Sie hier sitzen und offenbar allen Ernstes andeuten wollen, dass ich etwas mit seinem Tod zu tun haben könnte, ist glücklicherweise so absurd, dass es mich nicht weiter beunruhigt. Und doch verärgert es mich. Es ist, mit Verlaub, eine Unverschämtheit!«

Er saß am längeren Hebel. Und er genoss es. Erzittert, sagte seine Körperhaltung, ihr habt den großen Morowski verärgert. Es war nicht zu übersehen, dass die Sache anfing, ihm Spaß zu machen.

»Herr Morowski, als Geschäftsmann wissen Sie sicher, dass es unklug ist, wenn man gleich alle Karten auf den Tisch legt. Ich versichere Ihnen, dass wir Ihre kostbare Zeit keinesfalls grundlos in Anspruch nehmen. Für den Anfang würde es schon helfen, wenn Sie uns einfach sagen, was Sie in der Nacht von Sonntag auf Montag getan haben.« Sinnlos und hirnrissig hin oder her – Ruth wollte wenigstens den Versuch unternommen haben, die Sache in Würde zu Ende zu bringen. Morowski blickte zur Zimmerdecke, tat so, als überlege er angestrengt. »Sonntag«, murmelte er. »Ja, richtig, Sonntag war ich in der Oper. ›Katja Kabanowa.‹ Eine wundervolle Aufführung.« Er lächelte.

»Ach?« Ruth musterte ihn. »Tatsächlich?«

»Ja, tatsächlich. Überraschend, nicht wahr, aber wir Mädchen- und Drogenhändler haben mehr für die schönen Künste übrig, als man gemeinhin glaubt.« Abermals zeigte er seine makellosen Zähne. »Und wie Sie sich sicher denken können, gibt es eine Menge Zeugen.«

»Frau Brandmeyer zum Beispiel«, sagte Ruth. Ihr Vorstoß wurde belohnt. Für eine winzige Sekunde entglitten Morowskis Gesichtszüge. »Was hat Frau Brandmeyer damit zu tun?«

»Nun, Frau Brandmeyer war ebenfalls in der Oper. Am Sonntagabend. Ich gehe davon aus, dass Sie sich getroffen haben. Sich begrüßt, geplaudert. Mich wundert ein bisschen, dass sie das gar nicht erwähnt hat.«

Morowski fasste sich schnell wieder. »Sie scheinen die Oper nicht so oft zu besuchen«, sagte er. »Es war eine Premiere. Restlos ausverkauft. Das Haus bietet Platz für über tausend Besucher. Es ist somit bedauerlich, aber nicht verwunderlich, dass ich Frau Brandmeyer nicht über den Weg gelaufen bin. Dafür wie gesagt genug anderen Leuten. Ich kann Ihnen gerne eine entsprechende Liste geben.«

»Die Vorstellung war um elf zu Ende«, mischte Brodtmann sich ein. »Was haben Sie dann getan?«

»Ich habe mit ein paar Freunden auf den gelungenen Abend angestoßen. Danach bin ich nach Hause gegangen. Ins Bett. Nicht allein, so viel kann ich verraten, obwohl ich zu diesem Zeitpunkt keinen Anlass zu Indiskretionen bezüglich der Dame sehe.« Nun war er wieder ganz Clark Gable, wenngleich das Lächeln einen Hauch zu schmierig wirkte. Was allerdings möglicherweise mehr mit Ruths Stimmung als mit Morowski selbst zu tun hatte. Es war höchste Zeit, allerhöchste Zeit, die Sache hier abzubrechen. Brodtmann schien das ähnlich zu sehen, denn er erhob sich von dem tiefen Ledersofa. »Dann bedanken wir uns für Ihre Kooperation«, sagte er eisig.

Ruth stand ebenfalls auf. »Und für die Zeit, die Sie uns so großzügig gewährt haben«, flötete sie in einer Tonlage, um die sie selbst das Busenwunder vom Empfang beneidet hätte. »Sollten wir noch Fragen haben, melden wir uns.«

»Ich glaube kaum, dass sich noch Fragen ergeben werden.«

Morowski stellte sein Glas auf dem niedrigen Tisch zwischen Sessel und Sofas ab.

»Oh, das weiß man nie. Frau Brandmeyer steht ja verständlicherweise unter Schock. Aber ich kann mir nicht vorstellen, dass sie Sie tatsächlich nicht gesehen hat in der Oper«, flötete Ruth weiter. Und da war es wieder. Ein winziges Zucken in seinem Gesicht, kaum zu bemerken.

»Ich freue mich, Ihnen mitteilen zu können, dass Frau Jäger so freundlich war, mir einen neuen Rechtsbeistand zu empfehlen. Sicherlich ist jemand wie Herr Brandmeyer nicht zu ersetzen, aber ich denke, mein neuer Anwalt wird auf jeden Fall in der Lage sein, die Fragen, die Sie sich möglicherweise noch aus ihren Fingern saugen, zu beantworten.«

»Kacke«, sagte Brodtmann, kaum dass sie im Auto saßen. »Kackepissearsch!«

19

Stunden! Stunden ihrer kostbaren Zeit hatte es Angela gekostet. Im Grunde den ganzen Nachmittag, in dessen Verlauf der Ärger stetig zunahm. Was bildete der Mann sich eigentlich ein? Sich einfach so einzuladen, ihre Zeit in Anspruch zu nehmen, einfach so.

Dabei hatte sie sich eigentlich besser gefühlt nach der Sitzung heute Morgen. Obwohl sie nicht immer ganz zufrieden mit Frau Gröbnitz' Ansätzen war, tat es ihr doch gut, mit ihr zu reden. Mit einer Therapeutin, jemandem, der ihre Gefühle und Bedürfnisse ernst nahm. Es half ihr, sich nicht mehr so allein zu fühlen.

Damals, als es ihre Ehe noch gegeben und ihr Leben noch funktioniert hatte, hatte sie gedacht, dass sie sicher war vor Einsamkeit. Sie hatte nicht nur ihren Mann gehabt, sondern auch Freundinnen. Frauen, die waren wie sie, Kinder im gleichen Alter hatten, man traf sie im Kindergarten, auf dem Spielplatz, bei Elternabenden. Man trank zusammen Kaffee, bereitete gemeinsam den Weihnachtsbasar vor. Manchmal ging man zusammen ins Kino oder etwas trinken.

Angela hatte angenommen, dass diese Frauen ihr den Rücken stärken würden, als ihre Welt in Scherben ging.

Und anfangs hatte es auch so ausgesehen. Sie hatten sich bemüht. Sie hatten Mitleid gehabt mit Angela, hatten ihr zugehört und sie zu trösten versucht. Aber mit der Zeit ließ das Interesse nach. Eine Scheidung hatte nur einen begrenzten Unterhaltungswert. Irgendwann waren alle zur Tagesordnung übergegangen. Sie hatten offenbar das Gleiche von Angela erwartet. Als gäbe es einen Zeitpunkt, den richtigen Zeitpunkt, an dem man darüber hinweg sein sollte.

Diese Frauen, die da in ihren schönen Häusern hockten, mit ihren Männern und ihren Kindern, in ihrer heilen Welt, diese Frauen, die alles hatten, was Angela einfach weggenommen worden war, hatten keine Ahnung, was sie durchmachte. Als schließlich sogar Bärbel, die sie für ihre beste Freundin gehalten hatte, mit idiotischen Durchhalteparolen daherkam, hatte Angela erkannt, dass sie vollkommen allein war. Niemand verstand sie. Niemand versuchte auch nur, sie zu verstehen.

Natürlich hatte Angela keine Szene gemacht. Keinen dramatischen Bruch inszeniert. Ab und zu traf man sich noch, plauderte, wenn man sich über den Weg lief. Aber sie hatte genug um die Ohren, mit dem Job und mit Hannah und dem Haus.

Wenn sie eingeladen war zu einer Party oder einem Essen, dann sagte sie meistens ab. Sie hatte keine Lust, allein unter Zweisamen zu sitzen. Sie brauchte Ruhe, viel Ruhe. Auch und vor allem heute Abend. Sie hatte lang gearbeitet. Die Gottler schien selbstverständlich davon auszugehen, dass sie länger blieb, wenn sie später kam. Obwohl sie ja einen Arzttermin gehabt hatte. So nannte sie das im Büro. Es ging die Gottler nichts an, dass sie eine Therapie machte. Sie würde dieser Person ganz sicher nicht die Steilvorlage für boshaften Klatsch und ihr Mobbing liefern. Jede Vollzeitkraft durfte während der Arbeitszeit zum Arzt gehen. Von ihr erwartete man vollkommen selbstverständlich, dass sie diese Zeit nacharbeitete. Man war immer die Dumme als Teilzeitkraft. Immer unter Zeitdruck, das Gehalt war lächerlich, und Karriere zu machen konnte man sowieso vergessen. Von den Blicken und kleinen Spitzen gar nicht zu reden. »Die hat es gut, die kann jetzt schon gehen.« Als sei sie privilegiert. Die Leute hatten keine Ahnung, wirklich nicht.

Heute war es vier gewesen, als sie endlich zu Hause war. Hannah war nicht da. Ein Zettel auf dem Tisch, neben dem schief zugeschraubten Nutella-Glas und den Toast-Krümeln, auf dem stand, dass sie bei irgendeiner Freundin war.

Angela hatte seufzend den Tisch sauber gemacht. Sie hätte sich gern ein Stündchen hingelegt, aber das war ja nicht möglich. Bis acht musste sie das Haus auf Vordermann bringen. Es war nicht besonders schmutzig, es war nie schmutzig bei Angela. Aber wenn er kam, wenn er dieses Haus betrat, dann war ihr wichtig, dass er es makellos vorfand. Sie würde sich nichts nachsagen lassen von ihm. Zumal sie vermutete, dass seine neue Freundin vermutlich nicht in der Lage war, einen so perfekten Haushalt zu führen wie Angela.

Sie fühlte sich wie gerädert, als sie fertig war. Sie duschte und hatte gerade noch genug Zeit, ihre Kleidung sorgfältig auszuwählen. Nicht zu leger, er sollte nicht denken, dass sie sich gehen ließ. Aber er sollte auch nicht denken, dass sie sich herausputzte für ihn.

Sie hatte sich für die neue Jeans entschieden, die, die deutlich zeigte, wie viel sie abgenommen hatte. Dazu einen cremefarbenen Mohair-Pullover. Eigentlich war es zu warm dafür, aber er stand ihr, passte gut zu ihren Haaren.

Jetzt hockte sie schwitzend in der Küche, wartete und starrte auf die tickende Uhr, die schon fünf nach acht zeigte. Er kam zu spät. Typisch. Als hätte sie nichts Besseres zu tun, als hier zu sitzen und auf ihn zu warten.

Hannah war auch noch nicht da. Kein Mensch kam auf die Idee, Rücksicht auf sie zu nehmen.

Es klingelte.

Sie begrüßte ihn reserviert, wie einen fremden Gast. Trotzdem ging er unaufgefordert in die Küche und bewegte sich überhaupt, als wäre er hier zu Hause. Ihr Ärger wuchs, während sie ihn heimlich musterte. Er trug ein T-Shirt mit einem albern jugendlichen Aufdruck. Er wirkte entspannt, gut gelaunt fast, als er sich an den Tisch setzte, ungefragt. »Ist Hannah noch nicht da?«

»Sie muss um acht zu Hause sein«, gab sie zurück. »Es ist dir vielleicht entgangen, aber sie ist kein kleines Kind mehr.«

»Das kann man wohl sagen.« Er lächelte, überhörte demonstrativ ihre Spitze. Seine Brille war neu. Ein dickes, dunkles Gestell. Sie machte ihn älter.

»Worum geht es?« Sie setzte sich ihm gegenüber, verschränkte die Arme vor der Brust.

»Ich dachte, wir warten lieber auf Hannah …«

»Ich habe nicht den ganzen Abend Zeit«, sagte sie.

Er runzelte kurz die Stirn, seufzte leise. »Sicher«, sagte er. »Entschuldige.« Er meinte das nicht. Er sagte »Entschuldigung« auf die gleiche Art wie »Gesundheit«, wenn jemand nieste. Er war schon immer unglaublich unsensibel gewesen. Wie oft hatte er auf ihren Gefühlen herumgetrampelt, einfach weil er sich weigerte, sie zur Kenntnis zu nehmen? Sie hatte alles getan, jedes Opfer gebracht, um ihm und Hannah ein schönes Zuhause zu schaffen. Und zum Dank hatte er alles ruiniert. Ihr Leben, ihre Zukunft, alles hatte er kaputt gemacht, ohne mit der Wimper zu zucken. Er glaubte tatsächlich, dass es mit einer lapidaren Entschuldigung getan war. Tut mir leid. Ich kann es nicht ändern. Es ist, wie es ist. Er schien nicht einmal ein schlechtes Gewissen zu haben. Wie hatte sie nur auf so einen Mann hereinfallen können? Einen, für den Rücksicht und Dankbarkeit Fremdworte waren. Der immer nur an sich dachte.

»... bin ich der Ansicht, dass wir das unterstützen sollten«, drang seine Stimme in ihre Gedanken.

»Was?« Sie sah ihn vorwurfsvoll an.

»Es ist eine wunderbare Chance«, fuhr er fort, als hätte sie gar nichts gesagt. »Und wenn ich das richtig verstanden habe, dann verliert sie nicht mal ein Jahr. Aber selbst wenn – ich finde, das ist kein Problem. In diesem Jahr in Amerika lernt sie sicher so viel, dass sie in jedem Fall davon profitiert!«

»Was?«, wiederholte Angela gereizt. »Was soll das?«

»Wer hätte das gedacht, dass unser kleines Mädchen so abenteuerlustig ist?« Er lächelte wieder.

Angela saß da, unfähig, sich zu rühren. »So ein Unsinn«, brachte sie heraus. »Das ist doch Quatsch!«

»Das habe ich im ersten Moment auch gedacht«, sagte er. »Aber sie meint es wirklich ernst. Sie hat sich informiert. Sie hat mit den Lehrern gesprochen, hat sich mit den Organisationen in Verbindung gesetzt. Sie hat sich gründlich vorbereitet, bevor sie damit rausgerückt ist.« Er klang stolz. Als wäre das sein Verdienst.

»Das ist unmöglich«, brachte Angela heraus. »Hast du eine Ahnung, was das kostet?«

»Billig ist es nicht, sicher. Aber sie ist gut in der Schule, sie kann sich um ein Stipendium bemühen. Abgesehen davon hab ich mir das überlegt. Wenn sie weg wäre, dann könntest du ja voll arbeiten. Dann kriegen wir das schon hin, finanziell.«

»Voll arbeiten?« Sie sah ihn ungläubig an. »Was soll das denn heißen?«

»Angela, bitte. Du weißt, dass ich dir im Grunde gar keinen Unterhalt mehr zahlen muss. Ich zahle das Haus ab, ich unterstütze dich, weil ich es genauso wichtig wie du finde, dass Hannah ihr Heim behalten kann. Dass du Zeit für sie hast. Aber sie ist mittlerweile so selbstständig. Und wenn sie weg ist, dann spricht wirklich nichts dagegen, dass du ganz zurück in den Beruf gehst. Du hast selbst immer gesagt, dass dein Chef das gerne hätte.«

Angela schluckte, aber der saure Geschmack in ihrem Mund blieb. Sie dachte an die Gottler, an den Fatzke mit seinen Diagrammen und Organigrammen und den ständigen Forderungen. »Du schickst dein Kind weg, damit du mir keinen Unterhalt mehr zahlen musst?«, fragte sie fassungslos.

»Nein. Aber nein.« Er atmete tief durch. »Es geht doch nicht um dich. Es geht um Hannah.«

Sie hasste diesen Ton. Betont geduldig. Herablassend.

»Oh nein«, sagte sie. »Es geht darum, dass dir wirklich jedes Mittel recht ist, sie aus dem Weg zu haben!«

»Angela, bitte bleib jetzt mal sachlich.«

»Sachlich? Du sagst mir, dass ich sachlich bleiben soll? Und kommst mit einer derartigen Spinnerei? Das ist doch wohl lächerlich!«

Er schüttelte den Kopf. »Es ist nicht lächerlich«, sagte er. »Es ist der Herzenswunsch unserer Tochter. Ein sinnvoller Wunsch, der einigen Mut erfordert. Ich finde das überhaupt nicht lächerlich.«

»Ein Herzenswunsch? Das kann ich mir nicht vorstellen. Ich weiß noch nicht mal etwas von diesem angeblichen Herzenswunsch. Warum hat sie mir nichts davon erzählt?« Angela versuchte, ihre Gedanken zu sortieren.

»Ja, diese Frage solltest du dir vielleicht stellen.«

Angela war zu wütend, um auf diese Unverschämtheit einzugehen. »Sie ist fast die Älteste in ihrer Klasse. Ich werde auf keinen Fall zulassen, dass sie ein ganzes Jahr vergeudet.«

»Sie vergeudet doch nichts. Sie hat mit ihrer Klassenlehrerin gesprochen. Die hat gesagt, dass sie mit ihren Leistungen gute Chancen hat, zurück in ihre Stufe zu gehen. Sie muss sich Mühe geben, ja, aber wenn es nicht klappt, dann ist das ja kein Weltuntergang. Dann macht sie ein Jahr später Abitur.«

»Sie muss sich Mühe geben?« Angela schnappte nach Luft. »Ist dir eigentlich klar, warum sie diese Leistungen zeigt? Doch nur, weil ich ständig hinterher bin!«

»Sie kriegt das allein hin, da bin ich sicher«, sagte er. »Ich kenne meine Tochter. Sie ist alt genug.«

»Sie ist vierzehn.« Es kostete Angela Mühe, nicht zu schreien. »Und das ist weiß Gott kein einfaches Alter. Du hast ja keine Ahnung. Von morgens bis abends räume ich hinter ihr her. Sie treibt sich mit allen möglichen Leuten herum, Typen, die Bier trinken und rauchen, weiß der Teufel, ob da nicht noch ganz andere Drogen im Spiel sind. Sie ist naiv. Sie ist faul. Wenn ich nicht wäre, würde sie den ganzen Tag im Bett liegen, fressen und auf eine bescheuerte Mattscheibe glotzen. Und du willst sie wegschicken, Tausende Kilometer weit weg, wo sie außerhalb jeder Kontrolle ist? Wo sich keiner darum kümmert, was sie tut?«

»Sie hat eine Gastfamilie«, sagte er. »Sie geht in die Schule. Es ist nicht so, dass sie allein mit dem Rucksack durch die Welt reisen will.«

»Das ist so typisch. Du machst es dir leicht. Sie ist ein Kind. Sie kommt nicht klar ohne mich.«

»Sie wird bald fünfzehn. Kinder machen ein Auslandsschuljahr mit fünfzehn, weil sie dann alt genug sind. Hannah ist weder naiv noch gar unzuverlässig. Im Gegenteil. Sie wird von dieser Erfahrung in jeder Hinsicht profitieren. Nicht nur, was die Sprache angeht.«

Seine Plattitüden kosteten Angela den letzten Nerv. In ihrem Kopf wuchs etwas, das sie als Angst erkannte. Nackte und elementare Angst.

»Sie ist dann ganz allein«, schrie sie, unterbrach damit seinen Redeschwall. »Reicht es nicht, dass du sie verlassen hast? Musst du ihr jetzt noch die Mutter nehmen?«

»Angela!«

»Nichts da, ›Angela‹! Ist es dir noch immer nicht genug? Reicht es dir erst, wenn du alles zerstört hast? Mir das bisschen genommen, was mir noch bleibt?«

»Es geht nicht um dich!« Er wurde lauter. Beherrscht, aber sie hörte den alten Zorn. »Es geht um unsere Tochter!«

»Genau! Es geht um unsere Tochter. Du siehst nur, was du sehen willst. Mach doch die Augen auf. Schau sie dir an. Sie wird immer fetter, sie lässt sich gehen, sie hat überhaupt keinen Antrieb mehr. Auch nur daran zu denken, dass sie so einem Auslandsjahr gewachsen sein könnte, zeigt, dass du überhaupt keine Ahnung hast!«

Von der Tür kam ein unterdrückter Laut. Angela fuhr herum. Hannah stand da, die Unterlippe fest zwischen die Zähne geklemmt.

»Schatz«, sagte sie, peinlich berührt.

»Hannah!« Er stand auf, ging zur Tür und nahm seine Tochter in den Arm. Es ist nicht fair, dachte Angela, das ist einfach nicht fair. Er strich ihr übers Haar. »Deine Mutter hat das nicht so gemeint«, sagte er. »Sie ist sauer auf mich!« Er führte sie zum Tisch, als wäre sie krank. Drückte sie auf den Stuhl neben sich. Sie lächelte ihn an.

»Ich kann das«, sagte sie nach einem Moment der Stille. »Ich will nach Amerika. Ich habe mit Frau Volkmann gesprochen, und sie hat auch gesagt, dass sie mir das zutraut.«

»Natürlich traut sie dir das zu. Wir trauen dir das alle zu«, sagte er.

»Sprich für dich«, unterbrach Angela. Da war etwas Kaltes in ihrer Brust, etwas, das über Zorn hinausging. »Hannah, ich weiß, dass du das nicht hören willst. Aber ich bin deine Mutter. Ich kenne dich weiß Gott besser als dein Vater oder irgendeine Lehrerin. Das ist ein riesengroßer Unfug. Ich will davon nichts mehr hören!«

»Ich gehe trotzdem«, sagte Hannah. »Ich gehe nach Amerika!«

»Nicht in diesem Ton«, fauchte Angela. Das war alles seine Schuld. Er hatte ihr diese idiotische Idee eingeredet. Sie war so leicht zu beeinflussen.

»Verstehst du nicht, was er tut?«, fragte sie, bemühte sich um Geduld. »Er will dich kaufen. Er denkt, wenn er dir einfach alles erlaubt und bezahlt, kann er deine Liebe kaufen.«

»Er muss mich nicht kaufen«, sagte Hannah trotzig. »Er ist mein Vater. Ich liebe ihn. Er hört mir zu. Und er versteht mich.« Sie sah Angela herausfordernd ins Gesicht.

Die verlor die Beherrschung. »Er will dich aus dem Weg haben!«, schrie sie. »Kapierst du das nicht?«

»Angela, das reicht jetzt!« Er sprang vom Stuhl auf. »Glaubst du wirklich, ich hätte sie nicht lieber bei mir? Aber unsere Tochter wird erwachsen. Sie hat Pläne, sie hat Träume. Sie muss ihr eigenes Leben leben. Es geht nicht um dich oder um mich. Es geht darum, was das Beste für Hannah ist.«

»Wie bitte?« Angela lachte bitter auf. »Das Beste für Hannah? Gott, du bist ein derart verlogener Scheißkerl! Darf ich dich daran erinnern …?«

»Angela!«, unterbrach er, bellte fast, er war nervös, er hatte Angst, das sah sie in seinen Augen, und sie genoss es.

Er konnte die Wahrheit nicht ertragen, natürlich nicht, er hatte die Wahrheit noch nie ausgehalten.

»Du willst das nicht hören, ich weiß! Du denkst, dass man so etwas vergessen kann!«

»Halt den Mund!«, brüllte er, kleine Speicheltropfen spritzten von seinen Lippen. Er war blass geworden.

»Du wolltest sie nicht haben«, schrie Angela. »Du wolltest, dass ich abtreibe. Du hast dieses Kind doch nie gewollt. Du hast kein Recht, überhaupt kein Recht, dich hier als Mustervater aufzuspielen. Du wolltest sie nicht, und dann hast du sie verlassen und …«

Hannah keuchte.

»Schnuppe«, sagte er. »Mäuslein …«

Hannah stand auf. »Scheiße«, sagte sie.

Er streckte die Hand nach ihr aus.

»Lass mich«, sagte sie.

Es war schrecklich. Aber es war nicht Angelas Schuld. Es war nicht ihre Schuld, es war einfach die Wahrheit. Er hatte kein Recht, hierherzukommen. Sie zu provozieren, so unerträglich zu provozieren. Irgendwann musste das Kind die Wahrheit erfahren. Auch wenn sie schmerzhaft war. Letztlich war es nötig, damit Hannah wusste, was sie zu halten hatte von ihrem Vater.

»Lass mich«, wiederholte Hannah. Ihre Stimme war heiser. Sie ging in Richtung Küchentür, ganz langsam, wirkte ein wenig marionettenhaft. An der Tür blieb sie stehen, wandte den Kopf.

»Ich hasse dich«, sagte sie leise. »Ich hasse euch beide«, schrie sie dann. Wenige Minuten später hörte man die Haustür ins Schloss fallen.

»Verdammt«, stöhnte er. »Verdammt, wie konntest du?«

Angela war es schwindelig. Sie ließ sich schwer auf den Stuhl fallen, konnte sich nicht einmal erinnern, eben aufgestanden zu sein.

»Du bist ein solches Miststück«, sagte er. »Wie konntest du ihr das antun?«

»Jetzt ist es also meine Schuld?«

»Es geht nicht um Schuld! Und es geht verdammt noch mal nicht um dich! Tausendmal habe ich mich entschuldigt. Tausendmal habe ich dir gesagt, wie dumm ich damals war. Wie oft habe ich dir dafür gedankt, dass du dich durchgesetzt hast? Dieses Kind ist das Beste, was ich in meinem Leben habe. Ich habe Hannah vom ersten Tag an geliebt, und das weißt du genau.« Seine Stimme brach.

Fast hätte Angela ihm die Tränen abgenommen. Fast hätte sie so etwas wie Reue verspürt, Bedauern wenigstens. Aber sie bekam das schnell in den Griff. Es war, wie es war. Er drehte immer alles so, dass er am Ende vor Hannah als der strahlende Held dastand. Er sabotierte sie. Er hatte ihr im Grunde keine Wahl gelassen. Es war wichtig, dass Hannah erkannte, wie er wirklich war.

»Unsere Ehe war ein Fehler, von Anfang an«, sagte er. »Das einzig Gute, was wir zusammen hinbekommen haben, ist dieses Kind. Du kannst mich hassen, wenn dir das hilft. Aber ich lasse nicht zu, dass du Hannah zerstörst. Ich lasse nicht zu, dass sie zerbricht, weil du sie als Waffe gegen mich missbrauchst!« Er wandte sich zum Gehen.

»Was fällt dir ein?«, kreischte sie. »Du kannst nicht einfach abhauen! Wie immer, wenn es brenzlig wird. Du bist schuld an diesem Schlamassel! Du kannst jetzt nicht einfach gehen!«

Er wandte den Kopf und sah sie an, die blauen Augen hart und kalt. »Ich kann nicht nur gehen«, sagte er, »ich muss! Ich muss nämlich nach meiner Tochter suchen. Die irgendwo da draußen rumläuft. Allein und aufgewühlt. Verletzt. Ich muss sie suchen und finden und versuchen, das, was du da gerade angerichtet hast, wiedergutzumachen!«

Dann war er weg. Angela starrte die geschlossene Tür an und brach in Tränen aus.

20

Er saß da und weinte. Weinte hemmungslos. Es war ewig her, dass Robert eine Träne vergossen hatte. Er hätte nicht einmal sagen können, warum er eigentlich weinte. Es hatte mit Angst zu tun und mit Freude, mit Liebe und mit Einsamkeit.

Er hockte auf dem Laborstuhl, sah die tote Ratte an. Er war überrascht, wie gut es sich anfühlte, für einen Moment die Kontrolle aufzugeben.

Ich werde dich zerstören, dachte er. Er erinnerte sich an einen Spruch seiner Mutter. Dass Hass nichts weiter als Liebe sei, die ihren Weg nicht gefunden hatte. Ja, es war Hass gewesen, am Anfang. Brennender, leidenschaftlicher und erbitterter Hass. Er war blindwütig auf die Krankheit losgegangen. Diese Krankheit, die so viele Leben zerstörte.

Er hatte Fehler gemacht, viele Fehler, war frustriert gewesen und verzweifelt. Bis er irgendwann begriffen hatte, dass die Kategorien falsch waren. Es gab keine Fehler. Nicht in der Biochemie. Die Natur machte keine Fehler. Es war der Mensch, der irrte. Aber jeder Irrtum war ein Schritt, führte zu neuer Erkenntnis und war eine Chance, etwas zu begreifen, was zuvor übersehen und falsch verstanden worden war.

Es war weder hilfreich noch sinnvoll, die Krankheit zu hassen. Hass verhinderte, dass man Dinge verstand. Aus Verständnis wuchs Bewunderung. Respekt vor der gnadenlosen Präzision, mit der die Krankheit tat, was die Natur ihr zu tun befahl. Er war ihr nahegekommen, jeden Tag ein Stück näher. Sie zu lieben vermochte er nicht, aber er konnte sie nicht länger hassen.

Seine Hand zitterte, als er die Unterlagen, die er auf den Boden hatte fallen lassen, aufhob. Jede Bewegung kostete Kraft. Er starrte auf die Zahlen, die Tabellen, die Kurven. Versuchte, die Hoffnung, die in ihm loderte, zu beherrschen. Er legte das Klemmbrett beiseite. Sein Gehirn war noch nicht so weit, sich damit zu befassen.

Er erhob sich, ging hinüber zu dem Regal, in dem Katrin

allerhand lebenspraktische Dinge lagerte. Kopfschmerztabletten zum Beispiel und Taschentücher. Er bediente sich an ihrem Vorrat. Dann verließ er den Raum.

Im Nachbarbüro brannte Licht. Er hörte Sandmann telefonieren. Er arbeitete lang in letzter Zeit, länger als gewöhnlich. Die Etatplanung für das nächste Jahr stand an. Sandmann hatte viel zu tun.

Sogar in diesem Moment konnte Robert nicht an die Etatplanung denken, ohne diesen Knoten im Magen zu fühlen. Er mochte besessen sein, aber er war kein Idiot. Er wusste, dass sein Forschungsgebiet für die, die zu bestimmen hatten, allenfalls unter der Rubrik Imagepflege lief. Eine Erkrankungswahrscheinlichkeit von eins zu dreißigtausend versprach keine lohnende Einnahmequelle.

Dass er tun durfte, was er tat, verdankte er letztlich dem Zufall, dass es in der Familie eines der Aufsichtsräte einen so unwahrscheinlichen Erkrankungsfall gab. Der Sohn einer Nichte, soweit Robert wusste. Einer Nichte, die zufällig ein defektes Gen trug. Die sich in einen Mann verliebt hatte, der zufällig diesen Gendefekt teilte. Einen, von dem sie nichts geahnt hatten, als sie beschlossen, eine Familie zu gründen. Genau wie Julia und er.

Es war Zufall, dass sie beide ebenjenes defekte Gen weitergaben. Wäre es nur eines gewesen, es hätte keine Rolle gespielt. In jedem menschlichen Körper schlummerten unzählige Defekte, und die Natur war ein Meister darin, sie auszugleichen. Standen ein krankes und ein gesundes Gen zur Verfügung, wusste sie, welches sie zu nutzen hatte. Fehlte das gesunde Gen, hatte die Natur allerdings keine Wahl.

Im Moment der Zeugung war es letztlich eine Rechenaufgabe.

Eine Frage der Wahrscheinlichkeit. So viele Defekte standen zur Auswahl. So viele Möglichkeiten. Grausamer Zufall oder zufällige Grausamkeit. Im Grunde spielte es keine Rolle.

Der Sohn der Nichte war vor ein paar Jahren gestorben. Aber Robert war noch da und auch sein Forschungsbereich. Das, was er tat, half denen, die nicht betroffen waren, ihr Unbehagen in den Griff zu bekommen. Man zeigte sich großzügig.

Obwohl Robert die Art, wie Sandmann ihn zuweilen ansah,

irritierend fand, diese Mischung aus Mitleid und Bewunderung, war ihm doch klar, dass er es seinem Abteilungsleiter verdankte, dass für ihn bisher jedes Jahr Platz gewesen war im Etatplan. Aber die Zeiten wurden schlechter. Letztlich ging es um Geld und um sonst gar nichts. Die Zeiten, in denen man sich den Luxus der Grundlagenforschung leistete, waren vorbei. Egal was er tat, irgendwann war Schluss. Und es konnte nicht mehr lange dauern.

Robert überlegte, ob er in Sandmanns Büro gehen sollte. Seinem Vorgesetzten erzählen, was er gerade entdeckt hatte. Ihm für das danken, was er getan hatte, all die Jahre.

»Christine«, hörte er Sandmann sagen, »es ist wirklich wichtig. Noch heute Abend. Bitte!« Seine Stimme klang verzweifelt. Das geht mich nichts an, dachte Robert und schämte sich. Er hatte nicht lauschen wollen.

Sandmann hatte andere Probleme als er. Alle Menschen hatten Probleme. Jeder hatte sein Päckchen zu tragen, und jedes fühlte sich schwer an. Es war zu früh, darüber zu sprechen. Viel zu früh, um es mit Sandmann oder irgendjemand anderem zu teilen. Er musste die Sache genau prüfen. Er musste weitere Testreihen starten. Er musste ganz sichergehen. Erst dann durfte er es glauben.

Er brauchte Affen, er brauchte dringend Affen.

Er ging weiter, geräuschlose Schritte auf dem Linoleumboden des Flurs. In der Toilette schaufelte er sich einen Schwall kalten Wassers ins Gesicht. Er betrachtete sein Spiegelbild. Er brauchte dringend eine Rasur. Seine Haut sah grau aus, die Augen waren rot vor Müdigkeit. Er sollte nach Hause gehen. Er brauchte Schlaf, damit er sich konzentrieren konnte.

Die Ratten fielen ihm ein. Der Beutel lag hinten in der Tiefkühlung. Er hatte vorgehabt, sie heute mitzunehmen, um sie irgendwo zu entsorgen. Aber das Risiko, Sandmann mit einem Beutel toter Ratten über den Weg zu laufen, war zu hoch. Sandmann war kein Idiot. Er ahnte, dass Robert die Regeln beugte, sie brach. Er zeigte sich nachsichtig. Es war nicht klug, den Bogen zu überspannen. Schon gar nicht jetzt.

Er trocknete sich das Gesicht mit einem der rauen Papierhandtücher ab und verließ den Toilettenraum. Sandmann hatte aufgehört zu telefonieren.

Robert ging zurück in sein Büro und setzte sich an den Computer. Er rief das Formular auf, das er benötigte. Dachte kurz darüber nach, es ordnungsgemäß von Sandmann abzeichnen zu lassen. Er verwarf den Gedanken. Er hatte nicht die Kraft für die Diskussion, die zu erwarten war. Einmal noch, dachte Robert, ein letztes Mal. Jetzt machte es ohnehin keinen Unterschied mehr.

***

»Was machst du hier?« Christines Stimme klang schärfer, als sie beabsichtigt hatte.

Rainer lehnte an dem grauen Stahlschrank, in dem sie ihre Patientenakten aufbewahrte. Ertappt sah er aus, aber bevor Christine den Gedanken zu Ende gedacht hatte, hatte er sich schon wieder im Griff. Wie weggewischt war der schuldbewusste Ausdruck, hatte der üblichen selbstzufriedenen Miene Platz gemacht.

»Ich dachte, du bist nicht da«, sagte er, als beantworte das ihre Frage. »Ich hab Zigaretten gesucht.«

Er hatte das Rauchen eigentlich vor Jahren aufgegeben. Nur gelegentlich gönnte er sich eine Ausnahme. Trotzdem achtete er peinlich genau darauf, für ebenjene Momente einen Vorrat zu halten. Rainer war ein begeisterter Anhänger der spontanen Bedürfnisbefriedigung. Christine hätte schwören können, noch gestern ein fast volles Päckchen im Regal im Wohnzimmer gesehen zu haben.

»Sekunde«, sagte sie trotzdem und ging hinüber zu ihrem Schreibtisch, wo auch sie für Notfälle ein Päckchen bereithielt. Nicht für sich selbst, sondern für ihre Patienten. Es war zweifellos sehr ungesund für den Körper. Aber Christines Fachgebiet war nun einmal die Seele, und es gab Gelegenheiten, in denen eine süchtige Seele anders keine Entspannung fand.

»Schon was gehört von deinem Anwalt?«

Christine zuckte zusammen. Ich frage aus Höflichkeit, suggerierte sein Ton, ich frage aus beiläufigem Interesse. Und doch schwang etwas anderes mit. Ich werde paranoid, dachte Christine, diese ganze Sache macht mich noch verrückt.

Sie schloss die Schublade des Schreibtischs, als hätte sie die

Zigaretten nicht gesehen. Sie drehte Rainer den Rücken zu, tat, als würde sie im Regal suchen.

»Alles bestens«, sagte sie. Sie fragte sich, wie es so weit hatte kommen können. Ihre Beziehung war nie unkompliziert gewesen. Rainer war der Ansicht, dass niemand sich in seinem Wünschen und Handeln einschränken sollte, nur weil er in einer Partnerschaft lebte. Theoretisch teilte Christine diese Ansicht. Leider gestaltete sich das Modell in der Praxis schwieriger, als sie angenommen hatte.

Trotzdem hatte es all die Jahre einen Punkt gegeben, in dem sie sich absolut einig waren. Ehrlichkeit war das zentrale Element. Unbedingte Ehrlichkeit.

Dass sie Rainer belog, war neu. Sie hätte nicht einmal genau sagen können, warum sie das tat.

Eine Ausnahme, sagte sie sich. Eine weitere Ausnahme. Sie wusste, dass sich ihre Ausnahmen häuften. Von seinen ahnte sie es nur.

Sie räumte sinnlos ein paar Bücher hin und her. Sie wollte jetzt nicht daran denken. Nicht an ihre Lügen und nicht an seine. Nicht an Brandmeyer, schon gar nicht an Brandmeyer oder seine Frau.

»Mein Mann hat sich nicht umgebracht.« Der Satz hallte in ihren Ohren. Genau der Satz, den sie hatte hören wollen. Und doch so falsch, dass es ihr beim besten Willen nicht gelang, die Sache damit abzuhaken. Verena Brandmeyer war außer sich gewesen. Hysterisch und feindselig. Christine hatte ihr Anliegen erklärt, so ruhig wie möglich. Sie hatte einen unklaren Termin vorgeschoben, den es zu klären galt. Sie hatte das für unproblematisch gehalten, denn Verena Brandmeyer wusste Bescheid über die Therapie. Es hatte eine Weile gedauert, aber irgendwann hatte sie den Anwalt davon überzeugen können, dass es wichtig war, das, was er selbst als Schwäche empfand, zu kommunizieren, wenigstens seiner Frau gegenüber. Christine war sicher, dass er das getan hatte. Auch wenn Verena Brandmeyer jetzt abstritt, je von ihr gehört zu haben. Mehr noch, sie reagierte aggressiv, warf Christine vor, sie quälen zu wollen, indem sie ihren verstorbenen Gatten mit Dreck bewarf.

Die Fassungslosigkeit hatte Christine stumm werden lassen.

»Wenn Sie diese böse Nachrede nicht unterlassen, werde ich Sie verklagen«, hatte die Brandmeyer gekreischt. »Mein Mann war nicht verrückt. Mein Mann war völlig normal. Mein Mann hat sich nicht umgebracht! Lassen Sie mich in Ruhe!«

Mein Mann hat sich nicht umgebracht. Nie hatte ein richtiger Satz falscher geklungen.

»Na, dann ist doch alles in Ordnung.« Wie durch eine Nebelwand drang Rainers Stimme zu ihr. Sie fuhr herum.

»Natürlich«, fauchte sie. »Natürlich ist alles in Ordnung!«

Er musterte sie. Nicht verletzt, nicht überrascht. Eher mit einem klinischen Blick, interessiert. »Es wird wohl ein Unfall gewesen sein«, sagte er.

Das Telefon auf dem Schreibtisch klingelte. Christine hatte den Eindruck, dass Rainer sich zurückhalten musste, um nicht nach dem Hörer zu greifen. Was war nur los mit ihr? So langsam war ihr Drang, ihm irgendetwas Böses zu unterstellen, ja fast pathologisch.

So geht es nicht weiter, dachte sie, wir müssen das klären. Wir müssen uns unterhalten. Das gerät außer Kontrolle, dachte sie, während sie das Gespräch annahm.

»Edgar«, sagte sie, nachdem sich ihr Gesprächspartner gemeldet hatte, und bereute das umgehend, denn Rainer grinste anzüglich. »Dann will ich mal nicht länger stören«, flüsterte er, die Miene gönnerhaft, drehte sich um und verschwand aus ihrem Büro.

Christine sah ihm nach, versuchte, sich auf das zu konzentrieren, was aus dem Hörer drang. »Ich bin wirklich müde«, sagte sie. »Vielleicht ein andermal.«

Sie lauschte dem Bitten, dem Betteln. Verfluchte den Tag, an dem sie die falsche Entscheidung getroffen hatte. »Na gut«, sagte sie. »Um acht. Aber nur eine Stunde, ich habe noch einen Termin.« Die Lüge ging ihr flüssig von den Lippen. Langsam bekam sie Routine. Sie legte den Hörer auf und starrte auf den Stapel mit Papieren, der in der Ecke des Schreibtischs lag.

Da war er. Ganz unten. Der verdammte Brief mit den Planungsunterlagen für die Klinik. Sie hatte den halben Nachmittag danach gesucht. An allen möglichen und unmöglichen Stellen.

Und jetzt lag er da, nachlässig in den Stapel geschoben, so, dass eine Ecke hervorlugte. Da war er nicht gewesen. Ganz sicher hätte sie ihn gesehen, sie hätte ihn sehen müssen.

Ein Unfall, hatte Rainer gesagt. Es wird wohl ein Unfall gewesen sein. Er konnte nicht wissen, dass Brandmeyer tot war. Alles bestens, hatte sie gesagt, alles bestens hieß doch nicht, dass jemand tot war.

Auch wenn das natürlich stimmte.

Etwas ging vor. Er log, Rainer log sie an.

Sie log. Und dass er das wusste, verriet der Brief. Es war die einzige Erklärung. Er hatte in ihren Sachen gestöbert.

Christine versuchte gar nicht erst, sich vorzumachen, dass es keine Lüge war, wenn man etwas verschwieg. Etwas so Wichtiges wie die Sache mit der Klinik. Wenn man nichts sagte, weil der Zeitpunkt nicht günstig schien. Weil man fürchtete, Rainers angeschlagenem Selbstwertgefühl den Rest zu geben, wenn man ihm davon erzählte. Sie hatte auch nicht erzählt, dass die Studie ein durchschlagender Erfolg zu werden versprach. Bahnbrechend. Das Wort war gefallen. Diese Form der Kombinationstherapie war durchaus auf andere Bereiche zu übertragen. Sie würde dem Gesundheitssystem Milliarden einsparen. Würde gleichzeitig der Sanivitale enorme Gewinne bescheren.

Man maß der Sache große Bedeutung zu, auf hoher Ebene. Und sie war eine Schlüsselfigur. Sie hätte Rainer davon erzählen müssen. Es gab keinen Grund, ihm diese Dinge vorzuenthalten.

Sie hatte sich falsch verhalten. Aber das gab ihm trotzdem nicht das Recht, in ihrem Büro zu stöbern. Sie dachte an seine merkwürdigen Bemerkungen in letzter Zeit. An sein auffallendes Interesse an ihren Patienten.

Sie schob den Gedanken beiseite. Paranoid, dachte sie.

Sie atmete tief durch. Beruhigte sich etwas. Eins nach dem anderen, dachte sie, immer schön eins nach dem anderen.

21

Ruth lenkte ihr Fahrrad im Slalom um die Grüppchen, die sich in den Straßen der abendlichen Altstadt tummelten. Kichernde Teenager, zu luftig und zu bauchfrei für die Jahreszeit, gehüllt in feine Duftwolken. Auch unten am Rhein herrschte reges Treiben. Ruth fuhr in Richtung Innenstadt und betrachtete versonnen die lächelnden Menschen mit den lächelnden Hunden. Hier und da taumelte ein juchzendes Kleinkind auf den Radweg. Studenten und Teenager breiteten ihre Decken aus und stellten Einweggrills und Bierkästen bereit. Ruths Blick fiel auf ein Liebespaar, das versunken draußen auf einer Buhne saß, eng umschlungen in den Rhein träumte. Sie bremste scharf, um dem winzigen Pinscher, der von einer alten Dame über den Weg gezerrt wurde, nicht das Lebenslicht auszublasen, und schaltete den Weichzeichner aus.

Es war nur der Frühling. Das Wetter war schön, die Menschen gut gelaunt. Sie ging essen, sie ging einfach nur essen, und es bestand immerhin die Möglichkeit, dass der Abend ein Reinfall wurde. Vielleicht war er ein Idiot. Vielleicht konnten sie nicht viel miteinander anfangen. Außerhalb eines Bettes. Wo sie allerdings eindeutig allerhand miteinander anfangen konnten. Sie schob den Gedanken weg. Ihr war warm genug. Abwarten, dachte sie, abwarten und essen gehen.

Dabei nicht vergessen, dass die Welt möglicherweise nicht so schön war, wie sie gerade tat. Sie dachte an Katharina Glaswinkler, die den Besuch von Brodtmann, der auf dem Heimweg noch den Computer von Landau abholen wollte, vermutlich hinter sich hatte. Die Kriminaltechnik tat derweil ihr Möglichstes, das beschädigte Handy wieder funktionstüchtig zu machen. Ruth versuchte, sich vorzustellen, wie Katharina Glaswinkler die Welt heute Abend wahrnahm. Kein schöner Gedanke.

Ruth war zufrieden mit ihrem Leben. Sie hatte ihren Teil Beziehungen gehabt. Sie hatte Wut, Verletzung, Enttäuschung und Schmerz erlebt. Natürlich auch das, was davorlag. Sie hatte es genossen, dann überstanden, sie hatte sich ein Leben aufgebaut, das stabil war. Sie wohnte gern bei Lara. Es gab keinen Beziehungsstress, keine emotionalen Fallstricke und nicht die winzigen Irritationen, die das Zusammenleben sonst so anstrengend machten. Freundschaft, da war Ruth sicher, war allemal das verlässlichere Lebensmodell als Beziehung.

Ohne Sex eben, aber Sex war ja nicht alles im Leben. Andererseits sprach natürlich auch nichts gegen ein bisschen Sex hin und wieder, hier und da. Schon gar nicht, wenn er so gut war wie gestern Abend.

Abermals rief sie sich zur Ordnung. Zwang sich, ihre Gedanken auf Pasta und Pesto zu richten. Sie ging essen.

Und zwar mit einem Mann, der zufällig auch ein Zeuge war. Der freilich nicht ahnte, welche neuen Entwicklungen sich ergeben hatten.

Ruth hatte kein Problem mit One-Night-Stands. Sie war eine emanzipierte Single-Frau. Eine, die sich auch mal amüsieren wollte.

Aber sie hatte ein Problem mit der diffusen Verheißung, die sie seit dem Morgen verfolgte. Mit dieser Möglichkeit, die zu sehr nach Hoffnung schmeckte. Nach Hoffnung, die allzu leicht enttäuscht werden konnte.

Sie würde ihm sagen müssen, wie sich der Fall Landau entwickelt hatte. Dann durften sie darüber kein Wort mehr verlieren. Ein Date war keine Zeugenbefragung.

Es würde gehen. Das würde schon gehen.

Erst mal hatte sie Hunger. Pasta und Pesto und ein schöner Salat. Sie bog nach rechts ab, weg vom Rhein, trat an der leichten Steigung keuchend in die Pedale. Zerknirscht erneuerte sie den inneren Vorsatz, wieder regelmäßig und mehr Sport zu treiben.

Das Lokal war neu, und sie war noch nie da gewesen. Es lag versteckt in einer stillen Seitenstraße. Er war noch nicht da. Sie war ein bisschen zu früh dran. Sie überlegte, ob sie noch eine Runde fahren sollte. Lieber ein bisschen zu spät kommen, als zu warten. Sie verwarf den Gedanken. Sie war zu alt für solche Kindereien. Es reichte mit Bewegung, und sie hatte Durst. Sie schloss ihr Fahrrad an und suchte sich auf der Terrasse, die zur Straße hinaus lag, einen freien Tisch, einen, von dem sie einen guten Blick auf den Bürgersteig und den Eingang hatte. Sie setzte sich. Bestellte ein Bier. Sie konnte durchaus ein paar Minuten warten. Souverän und entspannt.

Sie beobachtete das Treiben rund um sich her und dachte an Morowski. Dass der Mann ein Lügner und ein Blender war, bezweifelte sie seit dem kleinen Gespräch nicht mehr. Leider war sie ebenso sicher, dass er nicht dumm genug war, sie mit einem falschen Alibi zu behelligen. Was natürlich nichts zu sagen hatte, denn Morowski war keiner, der sich die Hände selbst schmutzig machte.

Trotzdem. Morowski war ein Krimineller, der vor nichts zurückschreckte. Für seine Schuld sprach in diesem Fall aber deutlich weniger als dafür, dass Verena Brandmeyers Anschuldigungen Produkt einer hysterischen Phantasie waren.

Der Umstand, dass beide angeblich in derselben Oper gewesen waren, irritierte Ruth trotzdem. War es wirklich möglich, dass diese Verena ihn nicht gesehen hatte? Er hatte jedenfalls auf die Erwähnung ihrer Person reagiert, kaum sichtbar und trotzdem nicht zu übersehen. Großartig, dachte Ruth, das gehört wohl in die Kategorie »Bauchgefühl«. Das funktionierte ihrer Erfahrung nach leider nur im Kriminalroman gut. Ihr Bauch sagte laut und deutlich, dass Morowski Dreck am Stecken hatte. Nicht unbedingt eine Neuigkeit für ihr Gehirn. Ihr Bauch sagte, dass dieser Mann gefährlich war. Die Fragen »warum?« und »für wen?« beantwortete er leider nicht. Alles in allem hatte ihr Bauch im Moment allerdings sowieso mehr zum Thema Markus Berg zu sagen. Er war regelrecht geschwätzig im Moment, brachte alles durcheinander, und jetzt knurrte er auch noch laut und vernehmlich.

Ruth griff nach ihrem Glas. Dann sah sie auf die Uhr. Viertel vor acht. Eine Viertelstunde war kein Problem. Eine Viertelstunde war im Rahmen.

Sie zog ihr Handy aus der Tasche. Keine entgangenen Anrufe. Sie trank den letzten Schluck Bier.

Mochte ihr Bauch diffus herumfühlen, ihren Kopf konnte sie immerhin mit dem Umstand beschäftigen, dass die größte Gefahr, die Verena Brandmeyer derzeit drohte, Verena Brandmeyer selbst zu sein schien. Die Kollegen vom Opferschutz hatten abgewinkt. Man konnte niemanden dazu zwingen, sich helfen zu lassen, mehr als Unterstützung anbieten konnten sie nicht. Verenas Mutter schien nicht nur unfähig, sondern leider auch unwillig, das Problem zu lösen. Von Orth und seinem sozialen Feingefühl ganz zu schweigen.

Einsam, dachte Ruth. Wieso war eine solche Frau so einsam? Warum gab es niemanden, der wirklich für sie da war? Der ihr half, die Sache irgendwie in den Griff zu bekommen?

Die Kellnerin kam, griff nach Ruths leerem Bierglas und sah sie fragend an. Ruth überlegte. Zwei Bier auf nüchternen Magen waren möglicherweise ein taktisch unkluger Alkoholvorsprung. Andererseits war die Idee, hier zu sitzen und an einem freudlosen Wasser zu nippen, auch nicht gerade attraktiv. Und nach dem gestrigen Abend musste sie eigentlich nicht wirklich fürchten, durch allzu enthemmtes Auftreten aufzufallen. Dieser Zug war abgefahren.

»Ein Radler«, bat sie, ein guter Kompromiss, obwohl sie das Zeug eigentlich nicht mochte.

Sie sah wieder auf die Uhr. Ärgerte sich, dass sie ein Radler bestellt hatte. Jetzt waren es fast dreißig Minuten. Eine halbe Stunde, das war ein bisschen unverschämt. Das schrie nach einem Grund, einem verdammt guten Grund, einem, der nicht nur die Verspätung erklärte, sondern auch, warum er nicht wenigstens eine SMS geschrieben hatte.

Sie stand auf, ging in den Gastraum. Während sie in Richtung Toilette schritt, suchte sie eilig alle Tische ab. Vielleicht war er ja drinnen, vielleicht war es ein Missverständnis, und er wartete genau wie sie, hatte sich aber aus irgendeinem Grund nach drinnen gesetzt.

Abgesehen von einem greisen Ehepaar, das farblos an einem Ecktisch kauerte und demonstrativ die Sonne verachtete, war der Raum leer.

Als sie zu ihrem Tisch zurückkehrte, wartete das Radler bereits auf sie. Ein bisschen abgestanden sah es aus. Verpanschtes Bier macht nie eine schöne Krone. Sie musterte die anderen Gäste. Paare, Gruppen, alle lachten, alle aßen. Nur schräg gegenüber erspähte sie einen Mann, der offenbar ihr Schicksal teilte und dessen Blicke zwischen Armbanduhr und Straßen hin- und hereilten.

Vielleicht habe ich mich verhört, dachte Ruth. Vielleicht hat er »halb neun« gesagt.

Das Radler schmeckte ekelhaft. Süß und klebrig. Ruth bestellte noch ein Bier. Heimlich betrachtete sie ihren Leidensgenossen. Ein bisschen spießig, ein bisschen zu nervös wirkte er, aber eigentlich sah er ganz nett aus. Vielleicht sollte sie sich einfach zu ihm setzen. Mit ihm plaudern, die Zeit überbrücken, recht beschäftigt und gut unterhalten wirken, wenn der feine Herr Berg und diejenige, die ihren unbekannten Leidensgenossen schlecht behandelte, zu erscheinen geruhten.

Sie unterdrückte den Drang, wieder auf die Uhr zu sehen. Ihr Magen äußerte grummelndes Missbehagen.

Eine Frau betrat die Terrasse. Sah sich um, entdeckte den Mann. Er stand auf, küsste sie zur Begrüßung. Ihr gefiel das nicht. Kein schöner Abend, dachte Ruth, armer Kerl. Aber immerhin hockte er nicht mehr allein da. Immerhin hatte man ihn nicht versetzt.

Versetzt, dachte Ruth, so ein hässliches Wort. Sie winkte ungeduldig ab, als die Kellnerin erneut erschien. Es reichte. Nicht das Bier, das eigentlich nicht. Aber der Rest.

Erneut zog sie das Handy aus ihrer Umhängetasche. Überlegte kurz. Dann wählte sie seine Nummer. Sie ignorierte ihr Herz, das spürbar pumpte. Sie ärgerte sich. Sie war kein Teenager, verdammt, sie war eine gestandene Frau, und sie hatte ihre Zeit nicht gestohlen. Seine Mailbox meldete sich.

Ruth sprach leise, obwohl sie lieber gebrüllt hätte. »Ich habe jetzt über eine Stunde gewartet«, sagte sie zu dem Band. »Und ich hoffe für dich, dass du eine gute Entschuldigung hast. Eine verdammt gute Entschuldigung!«

Dann schaltete sie ihr Handy aus, zahlte und setzte sich aufs Fahrrad. Fluchend und klingelnd drängelte sie sich durch die rücksichtslosen Passanten am Rhein mit ihren dämlichen Kötern und den plärrenden Kindern. Ekelhaft voll war es, überall Teenager, testosteronverseuchte Halbstarke und halb nackte Mädchen, die sich betranken, obwohl mindestens die Hälfte von ihnen aussah wie deutlich unter sechzehn. Schon jetzt lag der Müll überall herum. Rücksichtslos, dachte Ruth, rücksichtslos und schlecht erzogen.

Sie war froh, als sie endlich zu Hause war.

***

Feucht und unbeholfen fühlte sich der Kuss auf die Wange an. Nervosität steht ihm nicht, dachte Christine, Nervosität steht ihm ganz und gar nicht.

Sie entschuldigte sich für ihre Verspätung und setzte sich an den Tisch. Sie versuchte, Trost in dem Gedanken zu finden, dass auch für Edgar Sandmann viel auf dem Spiel stand. Sie würde sich anhören, was er zu sagen hatte. Sie würde abwarten, welche Entscheidung er getroffen hatte.

Es war erbärmlich. Sie kannte Edgar. Er war ein egoistischer Mensch, einer, dem Karriere über alles ging. Ganz sicher über Ethik. Davon abgesehen ahnte er nichts von dem, was tief vergraben und scheinbar vergessen in Christines Vergangenheit lauerte. Etwas, das keine Rolle mehr spielte, aber trotzdem noch da war.

Es war erbärmlich, Edgar dazu zu benutzen, eine Entscheidung, die sie doch längst getroffen hatte, zu rechtfertigen. Aber Christine konnte nicht anders.

Die Kellnerin kam, brachte eine Flasche Sekt und zwei Gläser. Für einen Moment war Christine fassungslos. Sie wusste, dass Edgar ehrgeizig war. Aber sie hätte ihn nicht für kaltblütig gehalten.

»Schau nicht so«, sagte er und lachte. »Man muss die Feste feiern, wie sie fallen.«

Er hat keine Ahnung. Die Erkenntnis traf sie wie ein Schlag.

Er schenkte ein, hob auffordernd sein Glas. »Auf unseren Erfolg!«, sagte er und strahlte sie an.

Natürlich hatte er keine Ahnung. Er hatte die Zeitung vermutlich nicht einmal gelesen. Und wenn doch, dann hatte er keinen Zusammenhang hergestellt. Das war logisch, nicht überraschend. Trotzdem hatte Christine diese Möglichkeit nicht einmal in Betracht gezogen. Ihr Hals wurde trocken.

»Ich habe gestern die erste Rückmeldung zum Abschlussbericht bekommen«, sagte er. »Natürlich noch inoffiziell. Die Herren sind begeistert!« Er legte eine Spannungspause ein, theatralisch und überflüssig, eine, die Christine ärgerte. Seine Augen leuchteten. Wie ein Schuljunge, dachte Christine wieder. »Es ist so gut wie sicher, dass die Sache ausgebaut wird. Im ganz großen Stil. Der Markt ist unverbraucht und riesig. In kaum einem Bereich nimmt die Zahl der Neuerkrankungen so rasant zu wie bei den psychischen Erkrankungen. Die Ausfälle kosten die Wirtschaft Milliarden. Das, was wir da entwickelt haben, wird wegweisend sein. Einzigartig, Christine, einzigartig und bahnbrechend!« Er klang beeindruckt, so, als könne er selbst nicht glauben, was für ein toller Hecht er war. Christine rang sich ein Lächeln ab und nippte an ihrem Glas. Wie hatte sie sich so täuschen können in diesem Mann? Sich blenden lassen von einem Blender? Christine, die große Menschenkennerin!

Sie musterte ihn heimlich. Die grauen Schläfen, das fein geschnittene Gesicht. Er sah gut aus für sein Alter. Er trat auf wie einer, der wusste, was er konnte. Eloquent und souverän. Einer, der wusste, was er wollte.

Einer, der es trotzdem nie bekommen würde.

»Burn-out ist die Zukunft«, schwafelte er weiter, merkte nicht mal, wie das klang. »Depression ein Riesenmarkt, und wenn wir Burn-out in den Fokus rücken, dann können wir nur gewinnen. Der Steigleiter hat gesagt, dass sie meine Abteilung komplett umbauen werden. Andere Schwerpunkte setzen. Sie verhandeln schon mit der Klinik. Das sieht alles sehr, sehr vielversprechend aus.«

Ich muss etwas sagen, dachte Christine. Ich kann doch nicht einfach so tun, als wäre alles in Ordnung. Ich muss es ihm wenigstens sagen.

»Letztlich hat meine Abteilung natürlich nicht die Kapazität, das zu leisten, was nötig sein wird. Da muss mehr Manpower rein, mehr Forschungsmittel sowieso.

Das wird groß, richtig groß, verstehst du? Für mich könnte der Zeitpunkt nicht günstiger sein. Ich bin jetzt in diesem Alter, in dem man noch mal durchstarten kann. Ich habe schon eine Weile darüber nachgedacht, mich zu verändern, aber jetzt ändern sich die Rahmenbedingungen, und zwar absolut in meinem Sinne!« Er grinste zufrieden. Runzelte dann die Stirn, tat sorgenvoll. »Es tut mir leid für den Wolkenhauer, den armen Kerl«, fuhr er fort. »Aber das eine hat mit dem anderen eigentlich nichts zu tun. Es war klar, dass das auf Dauer nicht so weitergeht. Ich hab ihn lange durchgeschleppt, ich habe wirklich getan, was ich konnte. Aber letztlich führt kein Weg daran vorbei, dass in einem Wirtschaftsunternehmen wirtschaftlich gedacht wird. Das mag für Einzelne bitter sein, aber so ist es nun einmal.« Er warf ihr einen Blick zu, als erwarte er eine Antwort. Aber sie konnte ihm nicht folgen, natürlich konnte sie ihm nicht folgen. Und das wollte sie auch gar nicht. Sie hatte genug damit zu tun, Ordnung in ihre Gedanken zu bringen.

»Wer hätte das gedacht? Wer hätte das vor einem Jahr für möglich gehalten?« Er trank hastig, verschluckte sich fast.

Ich kann nicht, dachte sie, ich kann das nicht!

»Hat es dir die Sprache verschlagen?« Edgar lächelte sie auf eine Weise an, die ihr nicht gefiel.

»Das ist wunderbar«, sagte sie. Es klang kläglich. Sie nippte an ihrem Sekt, halbtrocken, er schmeckt nach Chemie und Kopfschmerzen. Die Hausmarke vermutlich. Edgar war sparsam, auch wenn er in Spendierlaune war.

Er griff nach ihrer Hand. Sie unterdrücke den Impuls, sie wegzuziehen. »Christine«, sagte er, blickte sie aus wässrigen Augen an. »Ach, Christine …«

Ihre Gedanken glichen kleinen Hämmern, die in ihrem Kopf einen hektischen Rhythmus trommelten. Zufall, trommelten sie. Zufällig hatte sie das Käseblatt gelesen. Sie wusste von nichts, offiziell. Sie hatte die Gutachten letzte Woche geschrieben. Nach bestem Wissen und Gewissen. Es war unwahrscheinlich, dass es überhaupt einen Zusammenhang gab. Nicht alles hatte miteinander zu tun, auch wenn man sich in dem verzweifelten Versuch, dem Sinnlosen Sinn zu geben, gern etwas anderes einbildete.

»Du trinkst ja gar nicht«, sagte Edgar und schenkte sich nach.

»Ich muss noch fahren«, sagte Christine, »ich hab ja noch einen Termin.«

Sein Strahlen fiel in sich zusammen. »Ich dachte, wir essen zusammen«, sagte er. »Ich dachte …« Er brach ab.

Du dachtest, du feierst die Sache mit einer Flasche Billigsekt, einem Essen beim Italiener und einer Runde aufgewärmtem außerehelichem Sex, dachte Christine.

»Es tut mir leid«, sagte sie, »es ging nicht anders.«

Er griff nach ihrer Hand. Sie ließ ihn auch diesmal gewähren, erwiderte seinen Blick und zwang sich zu einem Lächeln.

»Christine«, sagte er wieder. Sein Blick erinnerte sie an einen Welpen, der darum bettelte, hinter den Ohren gekrault zu werden. »Das ist ein wichtiger Moment. Für dich und für mich!«

Pompös, dachte Christine, pompöses kleines Arschloch.

»Ich habe mich dir gegenüber nicht richtig verhalten in den letzten Wochen. Ich hatte viel zu tun, natürlich, ich hatte wirklich viel zu tun, aber das war nicht der einzige Grund, warum ich mich zurückgezogen habe.« Er zögerte und griff abermals nach seinem Glas. »Ich brauchte ein bisschen Zeit. Um mir über bestimmte Dinge klar zu werden.«

Christine unterdrückte ein hysterisches Lachen. Rainer hat doch recht, dachte sie. Für den klassischen kleinen Spießer läuft es immer auf ein Drama hinaus. Egal wie klar man sich ausdrückt. Eine kleine Affäre, ein bisschen Spaß, weiter nichts. Sie waren sich absolut einig gewesen. Und doch brauchte er jetzt das Melodram, tiefe Blicke, ein bisschen Hollywood in der Öde der Realität. Sie hoffte nur, dass er es kurz machte.

»Ich habe dir von Anfang an gesagt, dass ich meine Frau liebe«, fuhr er fort, getragener Ton, »und natürlich meine Kinder. Ich habe es so gemeint.« Er holte tief Luft, und Christine bemerkte winzige Schweißtropfen, die sich an seinem Haaransatz gebildet hatten. Bring es hinter dich, dachte sie, jetzt mach schon. Sie zwang sich, nicht auf die Uhr zu sehen.

»Aber mir ist einiges klar geworden«, sagte er. »Ich habe begriffen, dass ich mich geirrt habe. Du und ich – Christine, das bedeutet etwas. Gott, du hast mir so gefehlt! Ich habe Zeit gebraucht, um zu begreifen, dass ich dich liebe.«

Es fühlte sich an, als hätte ihr jemand mit der Faust in den Magen geschlagen. »Ich habe an dich gedacht, Tag und Nacht.

Ich kann nicht ohne dich leben. Ich will nicht ohne dich leben. Ich wollte meiner Frau so etwas nie antun. Aber es ist nun einmal passiert. Mit dir zu arbeiten, mit dir zu leben, ich habe begriffen, dass es das ist, was ich will. Ich kann mich nicht länger belügen und auch meine Frau nicht. Ich werde sie verlassen. So kann ich nicht weitermachen!« Er drückte ihre Hand, fest, viel zu fest.

»Edgar«, sagte sie. »Bitte.«

»Ich weiß«, unterbrach er. »Ich weiß, was du sagen willst. Aber es ist nicht deine Schuld. Du hast meine Ehe nicht zerstört. Sie war längst kaputt, ich habe es nur nicht gemerkt.«

»Edgar!« Sie musste ihn daran hindern, weiterzusprechen. Jetzt. Sofort. »Es tut mir leid, aber das geht nicht!«, sagte sie.

Er ließ ihre Hand los. »Was?«, sagte er. »Was meinst du?«

»Es war eine schöne Zeit«, sagte Christine. Versuchte, überzeugend zu klingen. Sie dachte an die Verabredungen, an fade Abendessen, langweilige Gespräche, an mittelmäßigen Sex. »Aber wir waren uns einig«, fuhr sie fort. »Du hast deine Familie. Ich habe meinen Mann. Und dabei sollten wir es belassen.«

Abermals suchte seine Hand die ihre. »So war es am Anfang«, sagte er, klang heiser. »Aber dass das mit uns etwas ganz Besonderes ist, das konnten wir doch da nicht ahnen.«

Christine presste die Lippen zusammen. Sie verfluchte den Tag, an dem sie sich auf die Sache eingelassen hatte. Etwas Besonderes, hatte er gesagt. Sie mochte sich nicht vorstellen, in welchem emotionalen Entwicklungsland sich Edgars Leben abspielte, wenn er das wirklich ernst meinte.

Es gab Beziehungen, die etwas Besonderes waren. Die zwischen ihr und Rainer zum Beispiel. Vom ersten Tag an. Von der Zeit, in der sie die talentierte Studentin und er der brillante Professor gewesen war. Es war nie leicht gewesen. Er forderte sie heraus, intellektuell und emotional. Rainer war ein arrogantes Arschloch, aber sein Selbstbewusstsein war keine Fassade wie bei Edgar. Rainer nahm mit beiden Händen, aber er hatte auch etwas zu geben. Sie wuchsen aneinander, miteinander. Das war besonders, und sie konnte es kaum fassen, dass Edgar den Begriff im Zusammenhang mit ihrer freudlosen kleinen Affäre benutzte.

Es war ihre Schuld, der ganze Schlamassel war ihre Schuld.

Von Jahr zu Jahr ertrug sie Rainers Affären schlechter. Sie hatte sich eingebildet, dass es helfen würde, wenn sie gleichzog.

»Ich liebe Rainer«, sagte sie. Sie mied Edgars Blick. Ich liebe dich nicht, hätte sie sagen müssen, denn letztlich ging es hier nicht um Rainer. Ich liebe dich nicht, und ich war nicht einmal in dich verliebt. Du warst ein Mittel zum Zweck. Einfach irgendjemand, der mir gezeigt hat, dass sich keiner mit Rainer messen kann. Egal wie er ihr in den letzten Monaten auf die Nerven ging. Egal wie oft sie sich über ihn ärgerte. »Ich liebe meinen Mann«, wiederholte sie.

»Gott!« Er griff nach der Flasche, schenkte sich nach. »Gott!«, sagte er wieder.

Ich habe ihm keinen Anlass gegeben, dachte sie. Nicht den geringsten Anlass für das hier. Ich wäre im Traum nicht darauf gekommen, was sich in seinem Kopf zusammenbraut.

Er hatte ihre Hand losgelassen, befingerte nervös sein Glas. »Es tut mir leid«, sagte sie erneut. Und sie meinte es. Es tat ihr leid, dass sie ihn falsch eingeschätzt hatte. Sie hatte ihn benutzt, weil sie sicher gewesen war, dass er das Gleiche tat. Ein kleiner Kick, ein bisschen Spannung. Erwachsene Menschen eben. Es war keine böse Absicht gewesen.

»Christine!« Seine Stimme zitterte. »Wenn es wegen meiner Frau ist, wenn du Schuldgefühle hast – es lässt sich jetzt sowieso nicht mehr ändern. Ich habe gedacht, dass ich eine gute Ehe führe. Aber durch dich habe ich erkannt, dass das ein Irrtum war. Sie ist die Mutter meiner Kinder, und auf eine gewisse Art liebe ich sie auch, aber ich habe erkannt, dass das nicht reicht, nicht für ein Leben.« Er griff wieder nach der Flasche, goss sich den Rest in sein Glas.

Erbärmlich, dachte Christine. Sie bezweifelte nicht, dass es ihm ernst war. Wenn sie jetzt, wie von ihm geplant, schluchzend vor Erleichterung in seine Arme sinken würde, würde er seine Frau verlassen. Ebenso sicher war sie allerdings, dass er unter den gegebenen Umständen nichts dergleichen tun würde. Die Chancen, dass das Ehepaar Sandmann irgendwann im Käseblatt ihre Goldhochzeit annoncieren würde, waren recht groß.

Scheiß-Käseblatt, dachte sie. Nicht jetzt, jetzt geht es nicht!

»Bitte«, sagte er. »Bitte denk darüber nach. Ich weiß, dass dich mein Rückzug verletzt hat. Ich hätte früher etwas sagen sollen, aber versteh doch, ich wollte sicher sein. Ich brauchte diese Zeit, um mir über die Dinge klar zu werden.«

Es war beeindruckend, wie er den Kern der Sache umschiffte. Faszinierend, wie ihn diese Entwicklung überforderte. Er hat dieses Szenario nicht mal in Betracht gezogen, dachte Christine. Ein Wahrnehmungsproblem.

Das hier beschädigte sein Selbstbild. Aber er würde es reparieren. Auf eine falsche, eine dumme Art und Weise. Allerdings war er nicht ihr Patient. Er war ein Mann, mit dem sie zusammenarbeitete. An einem Projekt, das ihr am Herzen lag. An einem Projekt, das groß geworden war, sehr groß. Ihre Zukunft war es geworden, ihre sonnige, erfolgreiche Zukunft.

Sie brauchte ihn. Aber er brauchte sie noch mehr.

Und inmitten des Chaos, das da tobte, erhob sich plötzlich ein Gedanke. Kalt und kristallklar. Die Situation war kompliziert genug. Brandmeyer spielte keine Rolle. Er würde verschwinden, einfach verschwinden aus den Akten. Niemand würde den Unterschied bemerken, weil es keinen Unterschied gab. Eine kleine Sünde, ein winziges Fehlverhalten, genauso schnell geschehen wie vergessen.

Es ging nicht wirklich um Erfolg und Geld.

Es ging um die Menschen, denen geholfen werden konnte mit dieser Therapie.

Edgar schniefte. Christine flehte alle Mächte des Himmels an, dass er jetzt nicht anfangen würde zu weinen.

Es ging auch um diesen Mann. Es ging auch um seine Karriere. Sie verachtete Edgar. Aber es gab keinen Grund, ihm gerade jetzt ein weiteres Messer in den Rücken zu rammen. Sie war nicht grausam.

Er zog ein Taschentuch aus seiner Hosentasche und schnäuzte sich. »Gott«, sagte er wieder. »Ich dachte …« Er brach ab, sah sie an, Welpenblick. »Ich bin nicht geübt in so etwas«, sagte er. »Ich hätte nicht mit der Tür ins Haus fallen sollen. Ich will dich nicht drängen. Denk darüber nach, bitte! In Ruhe. Denk nach, und wir reden noch einmal darüber, ganz in Ruhe. Das musst du mir versprechen. So viel bist du mir schuldig, Christine.«

Ich bin dir gar nichts schuldig, dachte sie, warum sollte ich dir etwas schuldig sein? Auf einmal war ihr seine Nähe unerträglich. Sie stand auf. »Natürlich«, sagte sie. »Ich rufe dich an«, sagte sie, obwohl sie das nicht hatte sagen wollen. Sie drehte sich um, verließ langsam die Terrasse. Im Augenwinkel sah sie, wie er nach der Kellnerin winkte, auf die leere Flasche Sekt zeigte.

Armes Schwein, dachte sie, und sie schämte sich.

22

Sie hatte jedes Zeitgefühl verloren. Das, was nicht sein sollte, schien keinen Anfang mehr zu haben und kein Ende. Aber Verena wusste, dass sie diese hoffnungslose Ewigkeit durchbrechen musste. Nur sie konnte dieser Sache, deren Anfang sie vergessen hatte, ein Ende bereiten.

Sie saß im Flur auf dem Boden vor dem kaputten Spiegel. Seit er kaputt war, zeigte er mehr Wahrheit als vorher. Er zeigte eine Verena, die aus langen, unregelmäßigen Dreiecken bestand, Teilen, die zusammenhingen, aber nicht zusammenpassten. Sie musste sich auf die Mitte konzentrieren. Dort lief alles zusammen, alles traf sich an einem Punkt, blind und dunkel, im Herzstück der Zerstörung.

Sie erinnerte sich an den Moment, in dem sie es für eine gute Idee gehalten hatte, wieder Wodka zu trinken. Kein Wodka, keine Tabletten, hatte die Frau gesagt, die mit den ungepflegten Fingernägeln. Diese Frau von der Polizei, die ihre Arbeit nicht machte und die nichts verstand. Vielleicht hatte er sie gekauft. Sie durfte nicht vergessen, wozu Morowski in der Lage war. Es war dumm, anzunehmen, dass diese Frau oder Brodtmann auf ihrer Seite waren. Sie logen. So wie Orth, vermutlich log auch der. So wie sie selbst. Kleine Lügen, große Lügen, die in der Mitte, überall Lügen, etwas essen, etwas schlafen, kein Wodka und keine Tabletten.

Es war nicht so einfach mit der Wahrheit.

Im Krankenhaus zum Beispiel, als sie sich etwas ruhiger gefühlt hatte, etwas besser, hatte sie lügen müssen. Obwohl sie gerne dageblieben wäre. Der Arzt war nett und auch die Krankenschwestern. Aber sie konnte nicht bleiben. Sie durfte nicht. Sie hatte dem Arzt erklärt, dass Eugen tot war. Der Arzt hatte das verstanden. Auch, dass es sehr schwer war für sie. Sie hatte gesagt, dass sie ihre Mutter anrufen würde, das war keine Lüge. Ihre Mutter holte sie ab, das war keine Lüge. Und doch war es eine Lüge, weil sie genau gewusst hatte, dass der Arzt das falsch verstand. Er hörte, was er hören wollte. Er hörte »Mutter« und »abholen« und war froh, die Verantwortung abgeben zu können. Er ließ sie gehen mit ihrer Mutter. Die es richtig verstand. Die pflichtschuldig fragte, ob sie bleiben solle, und wegfuhr, als Verena das verneinte.

Das war gut so. Verena liebte ihre Mutter. Aber sie waren sich fremd geworden. Ihre Mutter hatte sie gehen lassen, weg von der winzigen Wohnung in dem grauenhaften Haus. Ihre Mutter hatte verstanden, dass sie all das hinter sich lassen musste. Viel besser als Eugen, der am Anfang noch davon sprach, dass sie zu ihnen ziehen musste, das Haus war doch groß genug. Er hatte eine Weile gebraucht, um zu verstehen, dass sie nicht in diese Welt passte. Sie war fremd, immer starr vor Angst, etwas Falsches zu sagen, etwas Falsches zu tun. Sie war wie ein Gespenst, wenn sie hier war, in der Ecke hockte, Unbehagen verbreitete.

Verena liebte ihre Mutter, die verstand, wann kein Platz für sie war. So wie jetzt. Gerade jetzt. Verena liebte ihre Mutter dafür, dass sie wegfuhr, sie allein ließ, wenn sie allein sein wollte.

Sie musste ihre Gedanken in Ordnung bringen. Sie war ja da, diese Wahrheit, die alle hören wollten. Aber sie war verhüllt mit Schichten von anderen Dingen, Wahrheiten und Lügen, es war nicht leicht, es war sogar schwer, es war kompliziert, so kompliziert, dass irgendwann der Moment da war, in dem sie dachte, dass Wodka eine gute Idee war, in dem sie aus einer Wahrheit eine Lüge machte, so schnell ging das. Er half, der Wodka, er half ihr offensichtlich, denn jetzt saß sie hier vor dem zerbrochenen Spiegel und konnte die Wahrheit sehen. Sie quoll aus den Sprüngen im Glas, kroch über den Boden.

Morowski hatte Eugen auf dem Gewissen. Das war der Kern, der Kern der Wahrheit, mehr brauchte es nicht, alles andere lenkte nur ab. All die Fakten, all die anderen Wahrheiten und Lügen, verwirrend, schmerzhaft, es lenkte nur ab vom Kern.

Morowski hatte Eugen auf dem Gewissen. Morowski musste bestraft werden. Und sie würde dafür sorgen, dass das geschah.

Er hämmerte an die Tür. Er rief ihren Namen. Mein Täubchen, rief er, lass mich rein.

»Nein«, schrie Verena. Es hallte von den Wänden des Flurs,

und sie begriff, dass sie laut geschrien hatte, sie begriff, dass es real war, nicht in ihrem Kopf.

Der warme Dreiklang der Klingel, immer wieder, dann erneut Pochen, Hämmern, wütend. Real.

»Mach auf, mach auf, Verena, mach die Tür auf!« Es klang wie ein Abzählreim, irgendwie.

»Die Polizei war bei mir«, sagte er, ein bisschen leiser, aber laut genug. Die Tür war dick, dickes, stabiles Holz, seine Stimme klang gedämpft, aber sie konnte ihn hören.

»Die Polizei war da. Was hast du ihnen erzählt? Verena, mach die Tür auf!«

Geh weg, dachte sie, geh weg, geh weg. Sie sah ihr Spiegelbild, Scherben und Splitter.

»Es tut mir leid«, sagte er. »Es tut mir leid, was geschehen ist. Aber du musst mit mir reden, Verena, lass mich dir helfen!«

Lügen, Lügen, Lügen. Verena log und die Polizisten und ihre Mutter und der Arzt, und natürlich log Morowski. Da draußen stand er und log.

Wieder die Türglocke, der warme Ton eiskalt. Immer näher kam die Realität der Szene, baute sich vor Verena auf, machte ihr Angst.

Die Tür war dick und stabil, aber eine dicke und stabile Tür würde ihn nicht aufhalten. Morowski ließ nicht zu, dass sich etwas in seinen Weg stellte.

Sie fragte sich, ob er imstande war, sie zu töten.

»Geh weg«, schrie sie wieder. »Geh weg, geh weg, geh weg! Ich rufe die Polizei!«

Er redete, leise, zu leise, sie verstand nicht, was er sagte. Sie rutschte über das glatte Parkett, immer näher in Richtung Tür, lautlos, Stück für Stück. Sie hörte ihn, verstand nun Bruchstücke, war nicht sicher, ob sie richtig verstand, denn die Stimme in ihrem Kopf mischte sich ein, füllte Lücken, brachte alles durcheinander, schon wieder. »Täubchen«, sagte sie, »du bist nicht allein. Ich mache mir Sorgen, lass mich mit dir reden. Ich mache alles gut, alles wieder gut, ich helfe dir. Lass mich verstehen, bitte, lass mich rein …«

Täubchen, sagte die Stimme, eine Stimme, schlaf, mein Kindchen, schlaf, mein Täubchen, *bajuschki baju*.

»Sei still«, schrie Verena.

Starke Arme, die sich um sie legten, mach dir keine Sorgen, Täubchen, alles wird gut.

»Warum tust du das?«, fragte die Stimme. »Warum tust du mir das an? Warum sprichst du nicht mit mir? Verena, was geht hier vor, sag mir, was hier vorgeht!«

Wie ein Mensch, dachte Verena. Es klingt, als redete da ein Mensch, ein warmherziger, ein mitfühlender Mensch. Das ist das Schlimmste, dachte sie, er kann das. Er kann so tun, als wäre er ein Mensch. Man ahnt nicht, dass er ein Teufel ist.

»Ich rufe jetzt die Polizei an!« Sie wusste nicht, ob sie es ausgesprochen hatte, geflüstert, geschrien, es war egal. Sie griff nach ihrem Handy. Sie hatte die Nummern eingespeichert, obwohl sie wusste, dass es keinen Sinn hatte. Nummern, Handynummern, Brodtmann, ja, Brodtmann hieß der Mann, und die Frau, das runde Gesicht, nachlässige Kleidung, sie wirkte nicht kompetent, gar nicht, aber Brodtmann nahm nicht ab, der von Ihnen gewünschte Teilnehmer ist derzeit nicht zu erreichen, die Frau hatte einen polnischen Namen, keinen russischen, obwohl Verena nicht sicher war, sie kannte sich nicht aus mit Namen, er konnte ebenso gut russisch sein. Sie drückte das Gespräch weg, sofort, obwohl sie schon die Stimme hörte, die Computerstimme, der von Ihnen gewünschte Teilnehmer …

Sie konnte sich nicht mehr im Spiegel sehen, sie war zu weit weg, saß jetzt fast an der Tür, sie rückte näher, lehnte sich daran, stellte sich ihn auf der anderen Seite vor, stellte sich vor, wie er aussah, wie seine Arme gegen das dicke, stabile Holz hämmerten, Muskeln, die die glatte Haut dehnten. Stellte sich vor, wie die Arme nach ihr griffen, sie packten und festhielten.

Sie begann zu weinen.

»Ich bin doch nicht dein Feind«, log die Stimme. Dann schwieg sie. Und Verena weinte.

***

»Meinst du, sie wird wieder?« Andrea richtete sich auf und kratzte sich im Kreuz. Sie stand neben Brodtmann, der sich durch seinen

Teil der Mails auf Carsten Landaus Account arbeitete – bislang ohne größeren Erkenntnisgewinn.

Ruth starrte auf ihren Bildschirm, vollführte mit den Fingern leere Bewegungen auf der Tastatur, um ein Tippgeräusch zu erzeugen, und tat so, als hätte sie nichts gehört.

»Schätze schon«, murmelte Brodtmann. »Sie hat einen Kater. Das kannst du an den Augen sehen. Kater wird wieder …«

»Das ist mehr als ein Kater«, widersprach Andrea. »Das ist ein schlechter Kater und etwas, das mindestens Stufe vier ist.«

»Stufe vier gibt es nicht«, wandte Brodtmann ein. »Drei ist maximale Stärke.«

»Das war mal. Guck sie dir an. Wir müssen die Skala nach oben aufmachen.«

»Könnt ihr vielleicht einfach mal eure Schnauze halten? Ich muss mich konzentrieren.« Ruth starrte angestrengt auf den Bildschirm, auf dem sich eine der entsetzlich langweiligen Mails befand, die sie nur halb verstand.

Wenigstens begann die Kopfschmerztablette zu wirken. Hätte sie der Versuchung widerstanden, nach ihrer Heimkehr in das Meer aus Selbstmitleid und heiligem Zorn noch eine Flasche Wein zu gießen, wenigstens das wäre ihr erspart geblieben, dachte sie. Andererseits machte ein bisschen Selbsthass heute sowieso keinen Unterschied. Die Welt war ein Arschloch.

»Gestern Honigkuchenpferd, heute Godzilla«, fuhr Andrea unbeeindruckt fort. »Dabei ist sie eigentlich nicht launisch. Ich denke, es gibt nur zwei Möglichkeiten. Entweder ein richtig übler Abend. Oder die Wechseljahre.«

Als Ruth das Handy wieder eingeschaltet hatte, heute Morgen nach der langen kalten Dusche, war ein Anruf da gewesen. Nummer unbekannt. Und nichts auf der Mailbox. Großartig, hatte sie gedacht, feige ist er auch noch.

»Bist du irre, Andrea?« Brodtmann klang, als würde er grinsen. »Hüte deine Zunge. Die Frau ist bei der Polizei, sie trägt eine Schusswaffe.«

»Ihr seid witzig«, sagte Ruth. »Ihr seid so ungeheuer witzig, dass ich jetzt lieber einen Kaffee trinken gehe. Sonst sterbe ich vor Lachen.« Sie griff nach ihrer Tasche.

Er konnte ihr jedenfalls gestohlen bleiben, der feine Herr Fotograf. Genau wie Brodtmann und Andrea und ihre blöden Witzeleien. Genau wie der Rest der Welt. Sie brauchte einen Kaffee, jetzt sofort, und sie brauchte noch eine Kopfschmerztablette, und ihre Ruhe brauchte sie sowieso.

Die Welt war ein derartiges Arschloch!

An der Tür stieß sie fast mit Heribert Lichter von der Kriminaltechnik zusammen. »Entschuldigung«, murmelte er und hielt Ruth einen Karton hin.

»Was ist das?«, fragte sie unwirsch.

Lichter, ohnehin von erstaunlich zarter Statur, schien ob ihres Tons noch ein paar Zentimeter zu schrumpfen. »Die Standbilder«, hauchte er. »Von der Kamera am Bahnhof. Die wolltet ihr doch haben, so schnell wie möglich.«

»Ja.« Ruth versuchte sich an einem Lächeln, scheiterte aber so kläglich, dass Lichter einen Schritt zurückwich. »Danke«, sagte sie.

»Kein Problem«, murmelte er. Ruth stellte die Kiste auf ihren Schreibtisch und wandte sich erneut zum Gehen. Zu ihrer Überraschung stand Lichter noch immer an der Tür und nestelte mit nervösen Fingerchen an seinem Strickjäckchen herum.

»Ist noch was?«

Er nickte und warf ihr einen sorgenvollen Blick zu.

»Lichter, mach den Mund auf«, dröhnte Brodtmann aus dem Hintergrund. Lichter beachtete ihn gar nicht.

»Kennst du einen Berg? Markus Berg?«, fragte er stattdessen. Ruth wurde kurz schwummrig. »Nein«, sagte sie. »Also, ich meine, flüchtig. Wir haben ihn als Zeugen vernommen … Warum?«

Lichter hüstelte. Fingerte an seinem Kragen und zuckte nervös die Schultern. »Es ist nur … Ich wollte dir sagen … also, wegen des Anrufs … Er hatte eine. Eine Entschuldigung. Eine verdammt gute Entschuldigung, würde ich sogar sagen. Als du ihn angerufen hast, war er ja schon tot.«

***

»Bei allem Verständnis, Robert, so geht das nicht weiter!« Edgar Sandmann hielt es nicht mehr auf seinem Stuhl. Er stand auf, trat ans Fenster und sah hinunter auf den Hof, auf dem die schmucken Familienkutschen der Belegschaft ordentlich aufgereiht standen. Er hasste diesen Tag. Er hatte schlecht geschlafen, er fühlte sich deprimiert, und er hatte Sodbrennen.

Er starrte hinab auf die öden Metallic-Töne, seufzte und drehte sich zurück zum Raum. Wolkenhauer saß auf dem Stuhl vor dem Schreibtisch. Er wirkte nervös und abwesend. So wie immer, dachte Sandmann und unterdrückte einen weiteren Seufzer. »Ich weiß ja nicht, was du zu ihr gesagt hast«, fuhr er fort, als klar war, dass sein Gegenüber nicht beabsichtigte, sich zu äußern. »Aber sie war außer sich!« Sie hatte geweint. Das Letzte, das Allerletzte, was Sandmann an einem Tag wie diesem gebrauchen konnte, war eine heulende Mitarbeiterin mit einer wirren Geschichte, und das noch vor dem ersten Kaffee. Dabei hätte es ihm möglicherweise ganz gutgetan, irgendjemandem einen richtigen Einlauf zu verpassen an diesem Morgen. Jedem außer Wolkenhauer.

»Sie hat ihren Job gemacht. Ganz einfach. Wenn Versuchstiere im Kühlfach liegen, dann müssen sie seziert werden. Das ist das, wofür sie bezahlt wird, Robert. Was ist denn nur in dich gefahren?«

Wolkenhauer zuckte die Schultern. Eiskalt, dachte Edgar, obwohl er wusste, dass Wolkenhauer alles andere als das war. Er bekam schlicht nicht genug mit von dem, was um ihn herum passierte, um Gefühlsregungen zu zeigen. Eben deshalb war sein Ausbruch so irritierend. Erschreckend irgendwie.

Immerhin machte er endlich den Mund auf. »Sie hat eigenmächtig gehandelt. Ohne Rücksprache«, murmelte er. »Das geht so nicht!«

»Sie hat gedacht, du hast es vergessen«, wandte Sandmann ein. »Herrgott, kapierst du eigentlich gar nichts? Sie hat gedacht, sie tut dir einen Gefallen. Abgesehen davon wäre mir neu, dass sie für so eine Routine Rücksprache nehmen muss. Soll sie dich in Zukunft auch fragen, ob sie mal aufs Klo gehen darf?«

»Wir haben andere Sachen zu tun. Wichtigere Sachen!«

»Nein!« Edgar war kurz davor, die Geduld zu verlieren. »Das habt ihr eben nicht! Ich verstehe, dass du das manchmal so siehst, Robert. Aber du kannst dich nicht über jede Regel hinwegsetzen. Es gibt Vorschriften und gute Gründe für diese Vorschriften. Katrin tut alles, um dir den Rücken freizuhalten. Wie viele Jahre arbeitet ihr schon zusammen? Sie ist zuverlässig, sie ist engagiert, sie ist mehr als kompetent. Sie tut alles für euer Projekt. Und zum Dank führst du dich auf wie ein Berserker.«

Wolkenhauer presste die Lippen aufeinander. Edgar fühlte, wie der Zorn wich, dem vertrauten Gefühl von Mitleid Platz machte. »Ich weiß, dass du unter Druck stehst«, sagte er. »Ich sehe über einiges hinweg, immer wieder. Aber auch meine Toleranz hat Grenzen.«

Es war ein Fehler, dachte er. Ich hätte ihm die Sache längst abnehmen müssen. Er kommt nicht klar mit Misserfolgen, das hält er einfach nicht aus. Edgar konnte es ihm nicht verdenken. Allein die Vorstellung, in Robert Wolkenhauers Haut zu stecken, verursachte ihm körperliches Unbehagen.

»Es spielt sowieso keine Rolle.« Wolkenhauers Stimme klang trotzig.

Sandmann sah ihn fragend an.

»Ein paar tote Ratten, es gibt doch wohl Wichtigeres«, sagte er, klang, als würde er über das Wetter plaudern. »Edgar, bitte, ich habe zu tun …«

Ich könnte dich rausschmeißen, dachte Sandmann. Nicht für diese Nummer, aber für tausend andere. Ich könnte dich rausschmeißen, einfach so, und das würde ich tun, wenn du nicht so eine arme Sau wärst. Du bist eine arme Sau, aber du bist auch ein arrogantes Arschloch, dachte Sandmann, und obwohl das stimmte, schämte er sich für den Gedanken. Es war nicht nötig, dass er Wolkenhauer einen Dämpfer verpasste. Das würden andere tun, bald schon. Und Sandmann konnte nicht behaupten, dass ihm bei dem Gedanken wohl war.

»Du wirst dich bei ihr entschuldigen«, sagte er fest. »Kauf ihr Blumen oder Pralinen oder sonst was. Robert, das ist mein Ernst. Überspann den Bogen nicht.«

Wolkenhauer nickte. Keine Spur von Einsicht, nur Ungeduld.

Edgar seufzte demonstrativ. »Überspann den Bogen nicht«, sagte er noch einmal, und es fühlte sich an, als würde er gegen eine Gummiwand reden.

23

Als sie im Auto saßen, musste Ruth sich eingestehen, dass sie eigentlich doch ganz froh darüber war, dass Brodtmann darauf bestanden hatte, sie zu begleiten. Der Gedanke, ein zweites Mal in Katharina Glaswinklers Leben zu platzen, um eine neue Hiobsbotschaft zu verkünden, behagte ihr nicht. Alles in allem behagte ihr überhaupt gar nichts. Ihr war zum Heulen, aber sie heulte nicht. Ihr war zum Kotzen, das immerhin hatte sie erledigt. Auf der Toilette im Revier hatte sie sich selbst versichert, dass das dem Wein des vergangenen Abends geschuldet war und nicht den Umständen.

Es gab nämlich keine Umstände. Während sie sich das Gesicht gewaschen und den Mund ausgespült hatte, hatte sie sich auf diesen Gedanken konzentriert. Ein bisschen Sex, hatte sie gedacht, mit irgendeinem Typen. Ein paar Hoffnungen, ein bisschen Schmetterlingsgefühl. Es machte im Grunde genommen keinen Unterschied. Ob er sie nun versetzt hatte oder eben tot war. Aus. Ende. Schluss. Kam vor. So war das.

Sie war zurück ins Büro gegangen und hatte sich angehört, was Lichter zu berichten hatte. Eine Nachbarin hatte ihn gefunden. Zufällig. Sie hatte gesehen, dass die Terrassentür offen stand, spät am Abend. Als auf ihr Klingeln niemand reagierte, war sie ins Haus gegangen. Sie hatte ihn gefunden, hatte den Notarzt verständigt, ihn abgeschnitten vom Fenstergriff. Es war zu spät gewesen.

Aus und vorbei, manchmal ging es schnell. Im Grunde kannte sie diesen Mann so gut wie gar nicht. Sie war ihm zweimal im Leben begegnet. Man trauerte nicht um jemanden, den man nicht kannte. Das war albern und melodramatisch.

Es gab keine Kampfspuren. Keinen Hinweis auf die Anwesenheit einer weiteren Person. Es sah aus, als habe sich Markus Berg an diesem schönen Frühlingstag auf seine Terrasse gesetzt, eine Tasse Kaffee getrunken. Als sei er dann ins Haus gegangen und habe sich das Leben genommen. Darauf deutete alles hin.

Alles – außer dem Umstand, dass er eine Nacht zuvor nicht den Eindruck gemacht hatte, suizidal gestimmt zu sein. Dass er Zettel mit Smileys geschrieben, sich für den Abend in romantischen Restaurants verabredet hatte.

Das ergab keinen Sinn. Das ergab überhaupt keinen Sinn.

»Ich fahre zur Glaswinkler«, hatte Ruth irgendwann gesagt. »Sie muss das wissen!« So unangenehm die Vorstellung war, es fühlte sich allemal besser an, als im Büro zu sitzen und das unterdrückte Mitleid in den Gesichtern rund um sie zu ertragen.

»Das ist kein Zufall«, brach sie nun das Schweigen. »Verdammt, Brodtmann, die Sache stinkt zum Himmel!«

Er parkte den Wagen und sah sie an. »Sie sieht jedenfalls komisch aus«, bestätigte er, zögerte kurz. »Bist du sicher?«, fragte er dann. »Ruth, bist du sicher, dass du weiter an diesem Fall arbeiten kannst?«

»Natürlich! Brodtmann, ich fand ihn nett. Wir haben uns verabredet, er hat mich versetzt …« Sie schluckte, senkte den Kopf. »Ich dachte, er hat mich versetzt«, korrigierte sie. »Nichts passiert. Alles im grünen Bereich.« Das fühlte sich nicht gut an. Brodtmann musste nicht alles wissen, nicht jetzt. »Ich streite nicht ab, dass ich ein bisschen durcheinander bin, aber ich bin nicht befangen.«

Brodtmann grunzte. »Bleibt die Frage, ob Orth das genauso sieht.«

»Orth soll sich da schön raushalten«, brummte Ruth. »Orth kann mich mal. Orth schuldet uns was!«

»Darum geht es doch nicht.«

»Nein«, unterbrach Ruth. »Jetzt geht es erst mal darum, der armen Frau dadrin den nächsten Schlag zu versetzen.« Sie öffnete die Wagentür. »Bringen wir es hinter uns.«

***

Sie war nicht im Labor. Robert war erleichtert. Obwohl er natürlich wusste, dass Sandmann recht hatte. Er musste die Sache in Ordnung bringen.

Er war nicht gut darin, sich zu entschuldigen. Meistens war

das auch nicht nötig. Katrin kannte ihn. Er verlor ihr gegenüber manchmal die Geduld. Ihm war klar, dass das ungerecht war, weil Katrin es nicht nur gut meinte, menschlich, sondern auch gut machte. Er hätte sich keine bessere Mitarbeiterin wünschen können. Er hätte nicht die Beherrschung verlieren dürfen. Aber als er sie gesehen hatte mit diesen Ratten, diesen vermaledeiten Ratten, die er längst hätte wegschaffen sollen, da war es einfach über ihn gekommen. Er war so nah am Ziel. Er ertrug den Gedanken nicht, jetzt noch aufgehalten zu werden. Selbst wenn es vermutlich gar keine Rolle mehr spielte.

Er ging zum Tisch, griff nach ihrem Sektionsbericht. Er las ihn, jedes Wort brannte in seiner Seele. Es gibt keine Fehler, erinnerte er sich. Es gibt nur Irrtümer, man lernt. Ich habe gelernt, dachte er, ich habe verstanden. Wo gehobelt wird, da fallen Späne. Letztlich lief es auf eine Kosten-Nutzen-Rechnung hinaus. Es gab Situationen, in denen man Kosten nicht scheute.

Er würde sich entschuldigen. Er würde ihr die Sache erklären. Sie würde das verstehen.

Genau wie Julia. Allerdings verstand Julia es auf eine andere Art als Katrin. Heute früh war sie mit ihm aufgestanden. Sonst schlief sie so lange, wie es ging. Sie war immer müde, nahm den Schlaf mit, den sie kriegen konnte.

Aber heute war sie aufgestanden und hatte ihm Kaffee gekocht. Sie hatten nicht viel geredet. Aber sie hatte ihn angesehen. Mit dem gleichen Blick wie damals im Krankenhaus. An dem Tag, an dem man ihnen die Diagnose mitgeteilt hatte.

Auf dem Schreibtisch des Arztes hatten alberne Plastikfiguren gestanden, Werbegeschenke der Pharmaindustrie, kleine Spielzeuge, die die Patienten der Kinderklinik ablenken sollten und die schrecklich unpassend wirkten in diesem Moment. Robert hatte Julias Hand gehalten. Als der Arzt fertig war, waren sie aufgestanden. Sie hatten sich artig verabschiedet und die Klinik verlassen.

Es hatte in Strömen geregnet. Sie hatten keinen Schirm dabei, aber das war egal. Sie standen vor der Tür, die sich automatisch öffnete und schloss, immer wieder, weil sie dort standen, sich nicht bewegten, weil ihnen die Tür völlig egal war. Robert hatte nach Worten gesucht. Nach Worten, die einen Sinn ergaben, die Trost spendeten. Aber Julia hatte keinen Trost gewollt. Sie hatte seine Hände genommen, beide Hände. Es war keine liebevolle Berührung gewesen. Sie hatte ihn gepackt, hatte ihn ganz fest gehalten, als fürchte sie, er könnte weglaufen. Dann hatte sie ihn angesehen, ihr Blick so fest wie der Druck der Hände. »Ich dulde das nicht«, hatte sie gesagt und ihre Augen tief in seine gebohrt. Ihre Stimme war leise gewesen und ruhig. »Ich dulde nicht, dass mir dieses Kind genommen wird!« Aus ihren nassen Haaren liefen kleine Tropfen über ihren Hals in den Kragen. »Du wirst ihn retten«, hatte sie gesagt. »Du musst. Und deshalb wirst du es tun. Du wirst es schaffen. Versprich mir, dass du mein Kind rettest!«

Und Robert hatte es versprochen.

Er zuckte zusammen, als die Tür aufging.

»Katrin«, sagte er. »Wo warst du?«

»Ich war in der Kantine«, sagte sie, wich seinem Blick aus. »Es gibt Leute, die auch mal was essen müssen«, fügte sie ungewohnt spitz hinzu.

Er legte ihren Bericht auf den Tisch und stand auf. »Ich war ungerecht. Es tut mir leid. Ich möchte mich entschuldigen. Sandmann sagt, ich soll dir Blumen kaufen. Oder Pralinen. Magst du Pralinen? Oder magst du lieber Blumen?«

Ihr Mund verzog sich, kurz nur, fast, als würde sie lächeln. Aber dann blieb sie doch ganz ernst. »Es geht nicht um Blumen oder Pralinen«, sagte sie. »Es geht nicht mal um mich. Robert, du musst den Tatsachen ins Gesicht sehen. Ich weiß, dass es schlimm ist. Ich weiß das genauso gut wie du. Aber wir reden von Tumorzellen. Tumorzellen in jeder Ratte. Wir haben uns geirrt. Das kannst du nicht ignorieren.«

Er hob die Hand. »Es ist anders«, sagte er. »Es ist anders, als du denkst. Ich hätte es dir früher sagen sollen, aber ich wollte erst sichergehen. Ich habe ihn gefunden. Den Fehler. Es war nicht so schwer, vielleicht habe ich Glück gehabt, aber ich …« Er fuhr sich mit der Hand durch die Haare, ihm war ein bisschen schwindelig. »Komm her«, sagte er. Er ging zum Computer, öffnete seine Dateien. »Das hab ich gestern Abend noch gemacht. Das ist die nächste Versuchsreihe.« Er schluckte. »Ich weiß, dass es zu früh ist, aber sieh es dir an, Katrin, sieh dir das hier an!« Er wandte seine Augen nicht vom Bildschirm. Er spürte die Wärme ihres Körpers, als sie neben ihn trat, hörte sie atmen, ruhig erst, dann schneller. »Oh Gott«, sagte sie. »Oh mein Gott, Robert.«

Er schluckte wieder, musste sich räuspern.

»Es tut mir leid, dass ich dich angeschrien habe. Ich bin runter mit den Nerven.«

»Oh mein Gott!«, sagte sie wieder.

»Behalt es für dich«, sagte er. »Es ist zu früh.«

»Natürlich.« Sie gab einen unterdrückten Laut von sich. »Mein Gott«, sagte sie ein drittes Mal. Dann fiel sie ihm um den Hals und begann zum zweiten Mal an diesem Tag zu weinen.

***

»Sind Sie noch zu retten?«, brüllte Katharina Glaswinkler. »Reicht es Ihnen tatsächlich noch nicht?« Sie stand neben dem Esstisch im Wohnzimmer, auf dem drei Kaffeebecher unbeachtet vor sich hin dampften.

»Frau Glaswinkler …«, sagte Brodtmann, besänftigend, hilflos.

»Nichts ›Frau Glaswinkler‹!«, fauchte sie. »Gestern kommen Sie hierher und erzählen mir, dass Carsten umgebracht wurde. Und heute, und jetzt … Das geht nicht, verstehen Sie, das geht nicht!« Sie ließ sich auf einen Stuhl fallen und vergrub das Gesicht in den Händen.

Der Duft des Kaffees mischte sich mit dem künstlichen Zitronenaroma von Putzmitteln. Darüber lag etwas anderes, ekelhaft und faulig. Der Lilienstrauß. Er stand noch immer in der Ecke, an genau derselben Stelle. Blütenblätter und Blütenstaub waren zu Boden gerieselt, das Wasser in der Glasvase schimmerte grünlich.

»Großer Gott«, murmelte die Frau. Sie hob den Kopf, sah Ruth an, die ihr gegenüber am Tisch saß. »Entschuldigung«, sagte sie. »Es ist ein bisschen viel im Moment!«

»Das ist in Ordnung«, sagte Brodtmann und setzte sich ebenfalls.

»Was ist passiert? Was genau ist passiert?«

»Eine Nachbarin hat ihn gefunden. Die Terrassentür stand offen. Er hat nicht auf Klingeln und Rufen reagiert, und als sie hineingegangen ist, fand sie ihn.«

»Aufgehängt«, murmelte Frau Glaswinkler. »Er hat sich aufgehängt?« Sie hob beide Hände. »Aber das ist doch absurd. Warum um alles in der Welt sollte Markus so etwas tun?« Sie hob den Kaffeebecher, ließ ihn dann wieder sinken, ohne etwas getrunken zu haben. »Was habe ich nur getan?«, fragte sie. »Was um alles in der Welt habe ich getan, dass das Leben so mit mir umspringt?« Sie hielt kurz inne, drehte den Becher hin und her. »Und was bin ich für ein Mensch, dass ich hier sitze und mir selbst leidtue, und Carsten ist tot und jetzt auch Markus.« Sie verstummte, senkte den Blick.

»Wir ermitteln in der Sache«, sagte Brodtmann. »Wir brauchen Ihre Hilfe.«

Katharina Glaswinkler nickte. »Ich weiß. Ich will Ihnen ja helfen, wirklich. Ich habe die ganze Nacht gegrübelt. Ich weiß nicht viel über Carstens Geschäfte. Aber ich kann mir beim besten Willen nicht vorstellen, dass es da ein Mordmotiv gibt. Wir reden von Wettervorhersage im Internet, mein Gott!« Sie warf Brodtmann einen hilfesuchenden Blick zu, fast als hoffe sie auf Widerspruch.

»Wenn jemand nicht nur Carsten, sondern auch Markus umgebracht hat, dann muss es einen Zusammenhang geben. Sie waren Freunde. Was hat sie verbunden? Egal wie unwichtig es Ihnen vorkommen mag, sagen Sie uns alles, was Ihnen einfällt.«

»Sie waren Freunde. Sie haben sich regelmäßig zum Laufen getroffen. Oder auf ein Bier. Sie sind ab und zu ins Kino gegangen. Manchmal haben wir alle zusammen gekocht. Es tut mir leid, aber mehr kann ich Ihnen nicht sagen.« Sie schluckte hörbar.

»Soweit wir wissen, lebte Markus Berg allein«, wechselte Brodtmann das Thema. »Wissen Sie etwas über Angehörige? Gibt es jemanden, den wir informieren müssen?«

Katharina Glaswinkler lachte freudlos auf. Sie hob den Becher, nippte diesmal tatsächlich, bevor sie antwortete: »Seine Eltern sind tot«, sagte sie. »Schon seit ein paar Jahren. Sein Vater war Professor hier an der Uni, er hat dieses wunderbare Haus von ihm geerbt. Soweit ich weiß, gibt es sonst keine Verwandtschaft, nur seine Frau.«

Ruths Hände zuckten nach vorn, suchten Halt, fanden ihn am Becher, den sie umklammerte, genau wie Katharina. Er war zu heiß, es schmerzte an den Handinnenflächen. Sie ließ trotzdem nicht los.

»Sie ist Ärztin«, fuhr Katharina fort. »War Ärztin, muss man wohl sagen. Sie hat im Entwicklungsdienst gearbeitet. Er hat nie darüber gesprochen, aber Carsten hat es mir erzählt. Sie haben sich in Afrika kennengelernt. Sie hat für ein Klinikprojekt gearbeitet. Wo genau, weiß ich nicht mehr. Es gab einen Terroranschlag, und sie wurde schwer verletzt. Sie hat überlebt, liegt aber seit fast zwei Jahren im Wachkoma.«

»Ach ja?« Brodtmanns Augenbrauen hoben sich einen Millimeter.

»Nichts ›ach ja‹!« Sie sah ihn an. »Das wäre für ihn kein Grund gewesen, sich das Leben zu nehmen. Im Gegenteil!«

Ruth konzentrierte sich auf das Brennen ihrer Handflächen. Sie fühlte Brodtmanns Blick, hielt ganz still.

»Ich konnte ihn nicht leiden«, sagte Katharina Glaswinkler nun. »Am Anfang, meine ich. Ich fand ihn arrogant irgendwie. Er war auf eine merkwürdige Art verschlossen und reserviert. Ich habe das persönlich genommen. Vermutlich war ich auch eifersüchtig, weil er Carsten so nahestand. Und dann hat Carsten mir von dieser Sache erzählt. Hat mir erklärt, dass das der Grund ist, dass er so wenig preisgibt von sich. Dieser Anschlag hat sein Leben zerstört. Er musste alles aufgeben, er konnte keine Aufträge im Ausland mehr annehmen, weil sie ja hier im Pflegeheim liegt. Es gibt wenig Hoffnung, dass sich ihr Zustand noch einmal ändert. Markus musste sein Leben neu sortieren, alles aufgeben, was ihm wichtig war. Und er musste aushalten, dass der Mensch, den er liebt, nicht tot ist und nicht lebendig. Ich habe versucht, mir vorzustellen, wie sich das anfühlt …« Sie blickte auf, sah Ruth kurz mitten ins Gesicht. Dann stand sie auf, ein bisschen zu schnell, und ging zum Fenster. Sie sah hinaus. »Ich habe mit ihm geschlafen«, sagte sie dann. Sie drehte sich um, ging zurück zum Tisch. Sie setzte sich wieder und strich sich eine Haarsträhne aus dem Gesicht. »Ich schäme mich, es war eine entsetzliche Dummheit, aber es ist passiert. Ich wollte nicht, dass es irgendwer erfährt. Und er natürlich auch nicht, wir waren uns einig. Das Übliche. Ein Ausrutscher. Es hat ja nichts bedeutet. Es war ja nur viel Alkohol, wir haben geredet. Carsten war nicht da. Irgendwie ist es passiert. Wir haben uns entsetzlich geschämt hinterher. Carsten hat es nicht gewusst. Ich hatte nicht vor, Ihnen das zu erzählen, ich dachte, Sie ziehen die falschen Schlüsse. Aber ich ertrage es nicht, ständig darüber nachzudenken. Das, was man nicht sagt, das bleibt im Kopf. Es wird immer größer und schwerer. Carsten hat sich nicht umgebracht. Und Markus auch nicht. Ich verstehe nicht, was hier passiert. Ich halte das nicht mehr lange aus. Ich kann nicht mehr denken. Ich kann gar nichts mehr!« Sie schwieg kurz, fingerte ein Taschentuch aus der Hosentasche und putzte sich die Nase. »Es ist egal, was Sie von mir denken«, bemerkte sie. Es klang, als rede sie mit sich selbst. »Das ist vermutlich mein geringstes Problem. Ich werde damit klarkommen müssen. Mit alldem. Ich weiß nicht, ob ich das kann.«

Es hat nichts bedeutet, wiederholte Ruth im Geiste. Es ist einfach passiert. Ihre Augen brannten. Trockene Luft hier drinnen, dachte sie, verdammt stickig. Dazu der Geruch der faulenden Friedhofsblumen. Diese Frau musste das Zeug wegwerfen. Und zwar bald.

»Jemand muss seine Frau benachrichtigen«, sagte Katharina Glaswinkler und griff wieder nach dem Becher wie nach einem Rettungsring. »Ich weiß nicht, ob und wie das geht. Ich weiß noch nicht mal, in welchem Heim sie liegt. Er hat nie darüber gesprochen, und das habe ich akzeptiert. Verdammt, das war mir eigentlich ganz recht. Es ist leichter, so zu tun, als gäbe es bestimmte Dinge nicht.« Sie biss sich auf die Unterlippe. »Glauben Sie, es ist in Ordnung, wenn ich sie besuche? Können Sie mir sagen, wo sie ist? Sie müssen das ja herausfinden, oder? Dürfen Sie mir das sagen? Er hätte nicht gewollt, dass sie allein ist. Das hätte er bestimmt nicht gewollt.«

Ruth schluckte weg, was bitter in ihrer Kehle brannte. »Nein«, sagte sie. »Das hätte er nicht gewollt. Wir kümmern uns darum. Ich sage Ihnen Bescheid.« Sie stand auf. »Wir melden uns, sobald es etwas Neues gibt.« Sie ignorierte Brodtmanns überraschten Blick. Sie konnte nicht mehr. Sie hielt diesen Geruch keine Sekunde mehr aus und auch nicht den Anblick dieser trauernden, verwirrten Frau. Sie wollte hier weg, sie wollte nach Hause, wollte sich in ihr Bett legen, sich die Decke über den Kopf ziehen und nichts mehr sehen und hören. Und weil das leider nicht ging, wollte sie etwas anderes tun. Was genau, würde ihr bestimmt noch einfallen.

»Wir brauchen eine Verbindung!« Brodtmann balancierte die Gabel mit dem Hühnerfrikassee zum Mund. »Irgendeinen Ansatz!«

Ruth stocherte missmutig in ihrem Reis herum.

»Wir fangen noch mal ganz von vorn an. Berufliches Umfeld, privates Umfeld«, redete Brodtmann weiter. »Gott, ich hasse das. Ich hasse diese Herumprokelei!« Er schaufelte sich eine weitere Gabel in den Mund, schluckte und seufzte. »Was ist nur aus den guten alten Morden geworden? Ein Toter, ein Täter. Ein paar Befragungen, ein paar Hinweise, jemand mit einem schönen Motiv und ohne Alibi. Ist das wirklich zu viel verlangt?«

»Augen auf bei der Berufswahl!« Ruth rang sich ein Lächeln ab. Er machte das gut. Brodtmann gab sich wirklich Mühe, und es fühlte sich fast an wie ein normales Gespräch bei einem normalen Mittagessen.

»Was hältst du von Drogen?«, fragte er.

»Drogen? Warum? Weil es zu einem passt, der mit der großen Liebe seines besten Freundes schläft, während seine Frau im Wachkoma vor sich hin vegetiert?« Ruths Stimme klang schärfer, als sie beabsichtigt hatte.

»Hast du nicht gesagt, dass du absolut unbefangen und sachlich bist in dem Fall?«, gab er zurück. »Ich glaube nicht, dass das von Bedeutung ist. Für unsere Ermittlung, meine ich. Wenn Landau tatsächlich herausgefunden hätte, was da gelaufen ist, wenn er sich deshalb umgebracht hätte, dann hätte er es sich bestimmt nicht nehmen lassen, einen Brief zu hinterlassen. So ist es doch sinnlos.«

»Vielleicht gab es einen Brief. Vielleicht hat Markus Berg ihn verschwinden lassen, um Katharina zu schützen. Und dann hat er sich schuldig gefühlt und die Konsequenzen gezogen.« Ruth hasste jedes Wort, das sie da sagte. Und sie glaubte keines von ihnen. Wenn es so gewesen wäre, dann hätte er nicht mit ihr geschlafen. Das passte nicht zu ihm.

Zu dem Mann, den sie nicht kannte, wie sie sich nun erinnerte.

Brodtmann verzog das Gesicht. »Reichlich melodramatisch, oder? Wir reden von ein bisschen Sex und vom echten Leben. Das ist kein Opern-Libretto. Da finde ich meine Drogentheorie eindeutig glaubhafter. Zumal wir doch unserem jungen Freund Konstantin glauben, dass zumindest bei Landau jemand nachgeholfen hat. Berg war immerhin ein weit gereister Mann, Afghanistan, du erinnerst dich? Und so ein Pflegeheim kostet. Drogen würden einiges erklären. Bei Drogen ist viel Geld im Spiel, und viel Geld ist immer ein guter Grund, Leute umzubringen.«

»Ja, klar!« Ruth gab es auf, nach ihrem Appetit zu suchen, und legte die Gabel auf den fast vollen Teller. »Allerdings drängt sich dann die Frage auf, warum Landau sich mit einem ungeliebten Job über Wasser hält und bei seiner Freundin wohnt. Warum er verzweifelt auf der Suche nach Geldgebern für sein Unternehmen ist. Das klingt nicht so, als hätte er irgendwo ein Vermögen gebunkert, oder?«

»Dein Punkt«, gab Brodtmann zu. »Wir bringen jetzt diese Besprechung hinter uns, und dann fahren wir zu Berg. Schauen uns ein bisschen um. So er uns lässt, der liebe Orth …«

»Scheiße«, sagte Ruth.

»Ja, ich weiß, der kann dich mal.« Brodtmann grinste, bis er bemerkte, dass Ruths unflätige Bemerkung sich keineswegs auf Herrn Orth bezog. Leider war es zu spät für Flucht, denn Verena Brandmeyer hatte sie schon gesehen und steuerte im Sturmschritt auf den Tisch in der Cafeteria zu. Sie baute sich vor ihnen auf, die Hände in die schmalen Hüften gestemmt.

»Frau Brandmeyer«, sagte Ruth. »Geht es Ihnen besser?« Sie nahm zur Kenntnis, dass sie nicht nach Alkohol roch. Außerdem trug sie ein Kostüm, das wie angegossen saß, und sie hatte immerhin versucht, die geisterhafte Blässe und die dunklen Ringe unter ihren Augen unter einer großzügigen Schicht Schminke zu verbergen.

»Was ist das eigentlich für ein Name?«, fragte sie, ohne sich mit Begrüßungsfloskeln aufzuhalten. »Veritzky? Ist das polnisch oder russisch?«

»Ich weiß es nicht«, log Ruth, die keinerlei Lust verspürte, die Genealogie ihrer Familie mit dieser Frau zu diskutieren. »Möchten Sie sich setzen?«

»Nein«, zischte die Brandmeyer. »Ich möchte mich nicht setzen. Ich könnte jetzt sagen, dass ich ja nicht stören möchte, aber das stimmt leider nicht. Mein Mann ist nämlich ermordet worden, und daher muss ich wohl ihre gemütliche Mittagspause unterbrechen!«

Brodtmann räusperte sich. »Frau Brandmeyer. Bei allem Verständnis für Ihre Lage, aber gelegentlich müssen auch Ermittler etwas essen.«

Verena Brandmeyer ignorierte ihn einfach. »Was haben Sie Morowski erzählt?«

Ruth und Brodtmann tauschten einen Blick. »Nichts«, sagte Ruth dann. »Wir haben ihn befragt. Das ist unser Job. Theoretisch wenigstens. Leider war dieses Gespräch eine Farce. Absolute Zeitverschwendung, da Sie ja nicht bereit waren, die Karten auf den Tisch zu legen.«

»Er war da«, zischte Frau Brandmeyer. »Er war auf meinem Grundstück. Gestern Abend. Er stand vor meiner Tür! Ich hatte Todesangst! Was haben Sie ihm erzählt? Ich habe versucht, Sie anzurufen, aber keiner von Ihnen war zu erreichen!«

»Er hat Sie bedroht?« Ruth kämpfte gegen das rasant wachsende Unbehagen. In Gedanken ging sie das Gespräch mit Morowski durch. Sie hatten nichts gesagt. Gar nichts. Soweit sie sich erinnerte. Es war nicht ihre Schuld, dass diese Sache so lief, wie sie nun einmal lief.

»Tun Sie doch nicht so, als würde Sie das interessieren!« Verena Brandmeyer verzog verächtlich das Gesicht und verlagerte ihr Gewicht auf das andere Bein.

»Frau Brandmeyer, bitte setzen Sie sich«, sagte Brodtmann. »Erzählen Sie uns, was passiert ist.«

»Den Teufel werde ich tun!«, zischte sie. »Sie liefern mich ans Messer! Sie gehen hin und liefern mich diesem Monster aus! Was mit mir passiert, ist Ihnen völlig egal!«

»Das stimmt nicht.« Ruth atmete durch. Einmal. Zweimal. »Es ist uns alles andere als egal. Wenn er Sie bedroht hat, dann müssen wir sofort handeln. Was genau ist passiert? Was hat er gewollt? Was hat er gesagt?«

Verena Brandmeyer schwieg.

»Frau Brandmeyer, verstehen Sie nicht, dass das so nicht geht? Sie müssen uns die Wahrheit sagen!«

»Ich muss gar nichts!« Verena Brandmeyer wandte den Blick ab, starrte zu der großen Fensterfront.

Atmen, dachte Ruth, einmal, zweimal. »Sie müssen gar nichts«, wiederholte sie. »Da haben Sie natürlich vollkommen recht. Aber wenn Sie nicht reden, dann können wir nicht handeln. Ist das so schwer zu begreifen? Ihr Mann ist tot. Er war zum Zeitpunkt seines Todes volltrunken. Bislang deutet alles darauf hin, dass es sich um einen Suizid handelt. Sie können sich an Herrn Orth wenden, sooft Sie wollen – das ändert nichts an den Fakten. Wir können nämlich weder zaubern noch hellsehen!«

»Mein Mann hat sich nicht umgebracht!« Brandmeyers Stimme klang schrill.

»Was macht Sie so sicher?«

Verena Brandmeyer verfiel erneut in bockiges Schweigen.

»Gut!« Ruth sprang auf. »Wie Sie wollen. Dann entschuldigen Sie mich jetzt bitte! Ich habe nämlich zu tun. Es gibt Mordfälle, die ich aufklären muss. Es mag Sie überraschen, aber Sie sind nicht der einzige Mensch auf der Welt! Auch wenn Sie so tun. Wenn Morowski Sie bedroht hat, dann kommen Sie jetzt mit hoch ins Büro. Wir nehmen Ihre Aussage auf. Und wir reagieren angemessen. Tun Sie es oder lassen Sie es einfach – das steht Ihnen frei. Aber wenn Sie sich weiter so verhalten wie im Moment, dann wird es Ihnen am Ende nicht helfen. Ihnen nicht, uns nicht, überhaupt niemandem.«

»Was fällt Ihnen ein, so mit mir …?«

Ruth ließ sie nicht ausreden. »Wir sind der sogenannten Spur, die Sie uns da legen, dieser nebligen und sinnlosen Spur, nachgegangen. Wir haben getan, was Sie und Ihr Freund Orth für richtig halten. Aber es war nicht richtig. Es war Zeitverschwendung. Herr Morowski mag ein unangenehmer Mensch sein. Aber er hat kein Motiv, und außerdem hat er ein Alibi. Verdammt, er war in der Oper. Er war in der Oper, und Sie waren auch in der Oper. Sie führen uns in die Irre. Und ich begreife nicht, warum Sie das tun. Ich begreife nicht, ob Sie damit eine Absicht verfolgen oder ob Sie einfach nur durchgeknallt sind!« Es wäre gut, dachte sie, jetzt aufzuhören. Es wäre meiner Karriere äußerst förderlich, jetzt sofort den Mund zu halten.

»Was nehmen Sie sich eigentlich heraus?« Verena Brandmeyers Augen schimmerten verdächtig. Heul doch, dachte Ruth, dann heul doch einfach. »Es ist Ihr Job, mir zu helfen! Aber das tun Sie nicht. Sie tun gar nichts. Und ich weiß auch, warum! Sie stecken unter einer Decke mit ihm, nicht wahr? Bezahlt er Sie gut? Lohnt es sich wenigstens, dass Sie ein Monster wie Morowski unbehelligt lassen?«

Ruths Pulsfrequenz schnellte in die Höhe. Wieder atmen, dachte sie, atmen, atmen.

»Frau Brandmeyer, das geht zu weit!« Jetzt erhob sich auch Brodtmann. »Bei allem Verständnis, das geht entschieden zu weit. Ich denke, wir tun einfach so, als hätten wir nicht gehört, was Sie da gerade gesagt haben. Wir machen es so, wie meine Kollegin gesagt hat. Sie kommen jetzt mit hoch und erzählen uns, was sich abgespielt hat gestern Abend.« Er streckte den Arm nach ihr aus.

Sie wich zurück und schluchzte auf. »Sie behandeln mich wie Dreck!«

»Wir behandeln Sie nicht wie Dreck!«, keifte Ruth. »Wir behandeln Sie so, wie wir jeden behandeln. Der Unterschied ist, dass die meisten Menschen daran interessiert sind, mit uns zusammenzuarbeiten. Uns zu unterstützen. Die meisten Menschen kommen nicht hierher, machen ein paar Andeutungen und erwarten dann, dass wir irgendwen verhaften, weil es ihnen richtig erscheint. Das hier ist ein Rechtsstaat, keine Monarchie, wo König Orth mal eben jemanden hinrichten lässt, weil Prinzessin Brandmeyer das für richtig hält!« Ich gehe zu weit, dachte sie, diese Frau hat ein Problem. Diese Frau ist nicht bei sich, nur deshalb stiehlt sie unsere Zeit und lügt und manipuliert, und es macht mich wütend, dass ich nicht verstehe, welchen Zweck sie damit verfolgt.

»Kommen Sie?«, fragte Brodtmann.

»Das wird ein Nachspiel haben«, kreischte Verena Brandmeyer, laut genug, dass sich ihnen alle Köpfe zuwandten. Dann drehte sie sich um und stöckelte in beachtlichem Tempo aus dem Raum.

Brodtmann sah ihr mit offenem Mund nach.

»Ich denke, es ist vielleicht an der Zeit, meiner Holden zu erklären, dass es wohl so bald nichts wird mit der Beförderung«, murmelte er, als die Schwingtüren sich hinter ihr schlossen.

Ruth nickte. »Das ist vermutlich eine verdammt gute Idee.«

24

Manchmal kam Menschen etwas dazwischen. Dafür hatte Christine Verständnis.

Allerdings gab es im Zeitalter der modernen Telekommunikation Mittel und Wege, einfach mitzuteilen, wenn man sich verspätete. Wie alle beschäftigten Menschen hasste sie es, herumzusitzen und zu warten. Kostbare Zeit zu vergeuden machte sie nervös. Und es machte sie wütend. Heute fühlte sich die Wut allerdings lauwarm an, eher alte Gewohnheit als echtes Gefühl.

Auf eine merkwürdige Art fand sie es fast erholsam, hier zu sitzen, aus dem Fenster zu starren und darauf zu warten, dass es klingelte.

Sie zuckte zusammen, als die Tür aufging und Rainer den Raum betrat.

»Was machst du hier?« Sie versuchte nicht, ihre Irritation zu verbergen. »Rainer, ich habe einen Termin!«

»Er kommt nicht«, sagte er. »Dein Termin. Es ist Viertel vor, Christine. Du fängst immer um halb an oder zur vollen Stunde.« Er lächelte. »Sieh mich nicht so an. Du bist berechenbar, meine Liebe. In dieser Hinsicht ganz bestimmt. Ich habe aus dem Fenster geschaut. Ich habe gesehen, dass niemand gekommen ist, und ich dachte, ich packe die Gelegenheit beim Schopf.«

»Du hast aus dem Fenster geschaut?«

Er lächelte und nahm Platz. »Ja«, sagte er. »Und um deine nächste Frage vorwegzunehmen – nein, ich spioniere dir nicht nach.« Er lehnte sich zurück und sah sie an. »Ich denke nur, dass es an der Zeit ist, dass wir miteinander reden. Und weil ich heute Abend nicht zu Hause bin, wäre jetzt vielleicht ein guter Moment. Was ist los mit dir, Christine?«

Ausgerechnet, dachte sie. Ausgerechnet jetzt kommt er mir auf diese Tour. »Es passt jetzt nicht«, sagte sie. »Ich habe zu tun. Ich habe einen Patienten, er hat sich nur verspätet.«

»Sobald er klingelt, gehe ich. Ich lasse mich jetzt nicht abspeisen. Ich schaue mir das nicht länger an. Du wirst jetzt mit mir reden!«

Ihr Ärger wuchs. Dieser väterliche Ton war so herablassend. Sie hatte keine Lust, ein solches Gespräch zu führen.

Er schlug die Beine übereinander. »Warum hast du mir nichts von dem Job in der Klinik erzählt?« Er klang völlig neutral.

Christine starrte ihn böse an. »Du spionierst mir also doch nach!«

»Bitte«, sagte er, »lass die Paranoia stecken.« Sein Ton war deutlich schärfer geworden. »Ich bin vielleicht emeritiert, aber ich habe den Planeten nicht verlassen. Ich habe Angermaier getroffen, den vom Fachbereich klinische Forschung. Der hat da was läuten gehört, und er hat mich gebeten, dir recht herzlich zu gratulieren. Ich stand da wie ein Idiot.«

Christine fühlte Hitze im Gesicht. Das war eine Erklärung. Eine einleuchtende, eine sinnvolle und völlig harmlose Erklärung. Aber sie glaubte ihm trotzdem nicht.

»Christine!« Er kehrte zurück zum väterlichen Timbre. »Ich mache mir Sorgen. Ich kenne dich. Ich kenne deinen Ehrgeiz. Du siehst deine Grenzen nicht. Du überschätzt dich, und ich muss dich nicht daran erinnern, wie gefährlich das werden kann.« Er musterte sie, schwieg einen Moment. »Ich habe dir einmal den Hals gerettet«, sagte er dann. »Ich werde nicht ein zweites Mal untätig zusehen, wie du dich in Teufels Küche bringst. Ich liebe dich, und ich lasse nicht zu, dass du dich zerstörst.«

Liebe, dachte sie, es geht nicht um Liebe. Es geht um Macht. Darum erinnert er mich an etwas, von dem er weiß, dass ich es nicht vergessen habe. Darum spricht er so mit mir.

»Du traust mir das nicht zu?«, sagte sie, und es klang in ihren eigenen Ohren spitz, spröde. »Du denkst, die kleine Christine kann das nicht?«

»Unsinn! Natürlich kannst du das. Es ist ein perfekter Zeitpunkt, ein großartiger Schritt in deiner Karriere. Meiner Ansicht nach bist du so weit. Aber es geht dir schlecht. Und das hat einen Grund. Das macht mir Sorgen. Du bist nur ein Mensch, Christine.«

»Im Unterschied zu dir, nicht wahr?« Sie stand auf, ging zum

Fenster und versuchte, die Wut zu kontrollieren. »Du bist ja der Größte«, flossen die Worte dennoch weiter. »Der Übermensch! Gott bewahre, dass die kleine Christine irgendwann groß wird, so groß wie Rainer, größer womöglich!« Sie drehte sich um, sah ihn an.

Er lächelte, herablassend, fand sie. »Christine, bitte. Bleib sachlich.«

»Ich bin sachlich! Aber ich bin es leid, Rainer. Es steht mir bis oben! Wenn hier jemand ein Problem hat, dann bist du das. Du bist nämlich im Eimer, mein Lieber. Du bist verzweifelt. Sie haben dich rausgeschmissen. Die Kollegen, die seit Jahren keine Luft kriegen neben dir, dem großen Zampano. Sie haben dafür gesorgt, dass du gehen musst, und jetzt schmeißen sie den Laden ohne dich. Und es läuft gut, es läuft ganz hervorragend. Du bist nicht unersetzlich, und damit hast du nicht gerechnet, nicht wahr? Das tut weh. Jetzt sind andere an der Reihe. Keiner fragt nach Rainer, nicht mal mehr die kleinen Schlampen aus dem Grundstudium. Rainer ist raus. Und damit kommst du nicht klar!«

»Christine«, sagte er wieder, diesmal klang es drohend. »Du solltest jetzt aufhören. Ich kann verstehen, dass dich das alles mitnimmt. Der Selbstmord von Brandmeyer kommt äußerst ungelegen, nicht wahr?«

»Selbstmord?«, unterbrach sie, kreischte fast. »Was soll das? Woher weißt du …?«

Er winkte ab. »Ich bin kein Idiot, meine Liebe. Und wie ich schon sagte, ich habe ja das Universum nicht verlassen. Sein Hausarzt ist ein alter Bekannter von mir.«

»Ach ja? Und du hast ihn vermutlich vollkommen zufällig getroffen.«

Er stand auf. »Du musst dich beruhigen. So kommen wir nicht weiter, Christine. Ich sehe, dass du Angst hast. Und nachdem ich das von Brandmeyer weiß, verstehe ich nicht nur, warum, sondern ich muss dir auch sagen, dass du einen guten Grund hast. Wenn jetzt irgendwer blöde Fragen stellt, dann ist alles vorbei.«

Sie fühlte, wie ihre Wut in sich zusammenfiel und einem Gefühl der Depression wich.

»Brandmeyer«, sagte sie. »Was hat dieser Arzt gesagt? Ich habe nicht … Rainer, das hat nichts mit der Sache von damals zu tun.« Sie klang heiser.

Rainer erhob sich aus dem Sessel. Er trat zu ihr, legte seine Arme um sie und zog sie an sich. »Ich weiß das, Christine«, sagte er leise, drückte sie. Dann ließ er los, trat einen Schritt zurück. »Ich weiß das, und du weißt das. Aber du weißt auch, wie wenig das die interessiert, die möglicherweise ihre Nase in solche Dinge stecken.« Er sah sie an, seine Augen waren klar und hart.

»Willst du mir drohen?« Sie bereute die Worte, kaum dass sie aus ihrem Mund waren.

»Herrgott!« Er hob die Hände ein Stück, ließ sie wieder sinken. Theatralisch, dachte sie.

»Komm zur Vernunft, Christine! Du weißt, wo du mich findest, wenn du so weit bist.«

Kaum hatte sich die Tür hinter ihm geschlossen, ballte Christines Hand sich zur Faust. Sie ging zum Tisch, schlug darauf, hart, wieder und wieder, bis es schmerzte. Sie musste sich fassen. Sie musste arbeiten. Sie durfte sich nicht aus dem Tritt bringen lassen. Nicht von Rainer und nicht von Edgar und schon gar nicht von Brandmeyer und all dem, was in seinem Kielwasser schwamm.

Das war nicht ihr Problem. Das war Rainers Problem. Edgars. Es war das Problem von Verena Brandmeyer. Sie, Christine, hatte nichts mit all diesen Dingen zu tun. Sie hatte sich richtig verhalten. Sie war erfolgreich. Sie war fast am Ziel. Sie würde sich das nicht kaputt machen lassen.

Sie sah auf die Uhr. Unverschämt war das! Er war einfach nicht gekommen. Sie würde ihm die Stunde voll in Rechnung stellen. Sie hasste Unpünktlichkeit, und noch mehr hasste sie Unzuverlässigkeit. Das war noch nie vorgekommen bei ihm. Sie würde dafür sorgen, dass es sich nicht wiederholte.

Sie blätterte in dem Kalender, der neben dem Telefon lag. Wäre er gekommen, dachte sie, wäre mir diese widerliche Szene erspart geblieben. Sie hob den Hörer, wählte die Nummer. Während sie dem Freizeichen lauschte, sah sie zum Fenster, hinaus in den Garten. Rainer ging über die Wiese, die Hecke entlang. Er betrachtete die kleinen Büsche. Er lächelte.

»Hier ist die Mailbox von Carsten Landau«, sagte die Stimme in der Leitung. »Ihr Anruf kann leider nicht entgegengenommen werden. Wenn Sie eine Nachricht hinterlassen möchten …«

Christine legte den Hörer auf die Gabel.

»Verdammt«, murmelte sie. »Verdammt, verdammt, verdammt!«

***

Brodtmann verließ das Präsidium und schlenderte in Richtung Straße. Die Sonne schien, und er versuchte, sich auf das warme Gefühl auf der Haut zu konzentrieren und nicht an die bevorstehende Dienstbesprechung zu denken. Die Lage war verwickelt, und eine verwickelte Lage war genau das, was er im Moment am wenigsten gebrauchen konnte. Es war schwer genug, ein Leben mit dem Scheißkerl in den Griff zu kriegen. Er liebte seinen Sohn, er liebte ihn wirklich, genau wie er seine Frau liebte. Aber er liebte auch seinen Nachtschlaf, und er liebte es, zuweilen als Mensch wahrgenommen zu werden und nicht nur als Teil eines zweckorientierten Teams.

Brodtmann liebte seine Frau, daran bestand nicht der geringste Zweifel. Und dass Verena Brandmeyer ihm so hartnäckig im Kopf herumspukte, hatte natürlich professionelle Gründe. Sie war eine schöne Frau, das natürlich auch, das wollte Brodtmann gar nicht abstreiten. Ebenso wenig hätte er abgestritten, dass ein Teil von ihm auf ihre Bedürftigkeit reagierte. Die Rolle des großen, starken Ritters hatte er lange nicht mehr gespielt.

Er war ja auch kein Ritter, ganz bestimmt nicht, so sah er sich nicht und seine Frau schon gar nicht. Es spielte allerdings sowieso keine Rolle, denn es änderte nichts. Verena Brandmeyer hatte ganz offensichtlich die feine Grenze, die zwischen Verzweiflung und Wahnsinn lag, überschritten.

Warum war nur alles so verdammt anstrengend im Moment? Warum hatte er das eindeutige Gefühl, dass Rosinenschnecken letztlich nicht ausreichten, um das fragile Gleichgewicht seines Lebens zu erhalten?

Blieb zu hoffen, dass wenigstens Ruth sich schnell stabilisierte.

Tief in seinem Herzen war Brodtmann sicher, dass Ruth klarkam. Ruth kam immer klar. Ruth war eine solide Frau, kompetent und robust. Sie kam klar. Die Frage war allerdings, wie gut. Wenn er wenigstens gewusst hätte, was sich wirklich abgespielt hatte zwischen ihr und diesem Berg. Aber er kannte sie gut genug, um zu wissen, dass Nachbohren keinen Zweck hatte im Moment.

Es war keine Lösung, aber immerhin war es den Versuch wert, ein paar Rosinenschnecken zu kaufen, den Mund zu halten und abzuwarten. Ein Eiertanz, dachte er bei sich, es ist immer ein Eiertanz mit den Weibern.

Er trat auf den Zebrastreifen, nickte den Autofahrern, die hier vor dem Präsidium brav anhielten, freundlich zu. Die Glocke an der Bäckereitür klingelte fröhlich, als er eintrat, und der tröstliche Duft von klebrigem Zuckergebäck hüllte ihn ein. Er scherzte mit der jungen Bäckereifachverkäuferin, die ihm gut gelaunt die gewünschten Schnecken in eine Tüte packte. So einfach konnte es sein, so schön. Fröhliche und freundliche Menschen, die am Morgen aufstanden und zur Arbeit gingen. Menschen, die ihre Kinder liebten, die gerne Scherze machten und lachten. Die niemanden ermordeten und nicht ermordet wurden. Ausgeglichene Menschen ganz ohne dunkle Geheimnisse.

Seit der Scheißkerl da war, tendierte er zu kurzen Ausflügen in eine derart naive Weltsicht. Zuweilen dachte er sogar daran, den Beruf zu wechseln. Etwas zu tun, das ihm nicht täglich die Schlechtigkeit und Verzweiflung der Welt vor Augen führte. Als er zurück auf die Straße trat, überlegte er, wie es sich anfühlen mochte, Bäckereifachverkäufer zu sein. Jeden Tag hinter einer Ladentheke zu stehen und den Menschen das zu verkaufen, was ihren Hunger stillte und sie glücklich machte.

Ein zischender Laut riss ihn aus seinen süßen Zuckerbäckerträumen. Verena Brandmeyer stand an der Straßenecke, nur wenige Meter entfernt. Sie sah ihn flehend an, winkte ihn zu sich. Sie hatte offensichtlich versucht, ihr derangiertes Äußeres zu sortieren, wirkte aber noch immer etwas zerwühlt und zerflossen. Brodtmann dachte an die Frau, die er an jenem Morgen, an dem sie ihren Mann gefunden hatte, kennengelernt hatte. Es war erschreckend, wie sehr sie sich verändert hatte.

Er trat auf sie zu. Sie hatte geweint, das konnte man sehen, obwohl sie auch ihre Wimperntusche renoviert hatte. Sie stand da, klein und schmal, und Brodtmann verspürte sowohl den Drang, einfach wegzulaufen, als auch das Bedürfnis, sie in den Arm zu nehmen und ihr zu versprechen, dass alles gut werden würde.

»Eine Minute!« Sie sah ihn an. »Bitte, Herr Brodtmann, kann ich Sie eine Minute sprechen? Unter vier Augen?«

In meinem Büro, dachte er, ich muss jetzt sagen: Natürlich, gerne, bitte folgen Sie mir in mein Büro.

Aber sie war schon hinter der Ecke verschwunden, in die kleine Sackgasse, in der er manchmal parkte, wenn er keine Lust hatte, in die Tiefgarage zu fahren.

Er packte die Tüte mit den Rosinenschnecken fester und folgte ihr.

Sie wartete auf ihn und sah sich hektisch um, bevor sie ihn näher heranwinkte.

»Ich kann niemandem trauen«, flüsterte sie, als er nah genug herangekommen war. »Ich entschuldige mich für die Szene vorhin, aber glauben Sie mir, ich habe meine Gründe.« Sie trat einen Schritt näher, stolperte dabei auf ihren hohen Absätzen. Brodtmann streckte instinktiv den Arm aus, um sie am Fallen zu hindern. Sie griff zu, umklammerte ihn. Sie stand nun dicht vor ihm, viel zu dicht. Brodtmann versuchte diskret, sich loszumachen, aber sie hielt sich an seinem Arm fest wie eine Ertrinkende.

»Sie müssen mich beschützen«, hauchte sie.

Brodtmann nickte. »Das werden wir. Aber meine Kollegin hat recht. Sie müssen mit uns reden. Sie müssen uns die Wahrheit sagen. Wir können Polizeischutz für Sie organisieren und …«

Sie hob einen Arm, legte ihn auf seine Brust. »Ich kann niemandem trauen«, wisperte sie. »Ich weiß, dass Sie das nicht hören wollen, aber auch Ihre Kollegen …« Sie brach ab, abermals ruckte ihr Kopf hektisch hin und her, um Ausschau nach heimlichen Lauschern zu halten. Sie rückte noch ein Stück näher, und Brodtmanns Versuch, nach hinten auszuweichen, wurde durch die Hauswand hinter seinem Rücken vereitelt.

»Ich kann hier nicht reden!« Sie war mindestens zwei Köpfe

kleiner als Brodtmann und stand nun so nah, dass sie ihren Kopf in den Nacken legen musste, um ihn anzusehen. Ihre Hand begann zu wandern, krabbelte spinnengleich an seiner Brust nach oben, erreichte den Hals und schob sich in seinen Nacken.

Er widerstand dem Drang, sie wegzuschubsen. Sie braucht einen Psychiater, dachte er, was mache ich nur mit dieser Frau?

»Heute Abend«, hauchte sie. »Nur Sie und ich. Ich sage Ihnen alles!«

Brodtmann brach der Schweiß aus. Sie hatte Ganzkörperkontakt aufgenommen. »Ich brauche Sie! Ich kann sonst niemandem trauen!« Sie verstärkte den Griff um seinen Nacken, und erst als ihr Mund ganz nah an seinem war, begriff Brodtmann, dass die Sache jetzt nichts mehr mit Höflichkeit zu tun hatte. Im selben Moment merkte er, dass ein Teil seines Körpers sich von seinem Gehirn abgekoppelt hatte. Ausgerechnet der Teil, den es zu kontrollieren galt. Er konnte nur hoffen, dass sie nichts davon mitbekam. Ihr Blick und das merkwürdige Lächeln des Gesichts, das sich dem seinen näherte, machte diese Hoffnung jedoch zunichte.

Mit einem energischen Ausfallschritt befreite er sich aus der ebenso peinlichen wie misslichen Lage.

»Frau Brandmeyer«, krächzte er heiser. Er räusperte sich. Ihm war heiß, vermutlich lief er gerade rot an. Das war unangenehm. Das alles war unglaublich unangenehm.

Er rechnete fest damit, sie peinlich berührt zu sehen. Bereitete sich heimlich auf ein paar tröstende Worte vor. Das hier musste niemand erfahren, den Gefallen immerhin konnte er ihr und sich selbst tun. Das hier war viel zu unfassbar, als dass er es irgendwem hätte erzählen wollen.

Leider zeigte Verena Brandmeyer keinen Hauch von Scham. Im Gegenteil. In Windeseile versuchte sie, wieder näher an ihn heranzurücken. »Niemand wird es je erfahren«, wisperte sie in die Richtung seines heißen, brennenden Ohrs. »Sie müssen sich keine Sorgen machen. Wir sind doch alle erwachsene Menschen.« Sie lächelte anzüglich.

Ehe sich ihre Hände, die ihm auf einmal wie Klauen erschienen, wieder seines Körpers bemächtigen konnten, brachte

Brodtmann sich mit einer Reihe weiterer Schritte in Sicherheit. Sie taumelte erneut, fing sich diesmal aber allein wieder. Sie sah ihn an, wirkte für eine Sekunde fassungslos. Dann begann ihre Unterlippe zu zittern.

Wie beim Scheißkerl, wenn er den Schnuller verloren hat, dachte Brodtmann. Er räusperte sich erneut. »Frau Brandmeyer, mir ist bewusst, dass Sie eine sehr schwere Zeit durchmachen. Darum denke ich, dass es am besten ist, wenn wir das hier so schnell wie möglich vergessen.« Seine Hand umklammerte die Tüte mit den Rosinenschnecken.

Sie starrte ihn an, verzog den Mund zu etwas, das wohl ein Lächeln sein sollte. »Denken Sie einfach darüber nach«, sagte sie. »Ich bin zu Hause, heute Abend. Ich warte auf Sie. Wir können reden, ganz in Ruhe, ich kann Ihnen alles erklären.«

Brodtmann rang um Fassung. Am liebsten hätte er sich beide Hände auf die Ohren gelegt. »Kommen Sie«, sagte er. »Ich fahre Sie zu einem Arzt. Zu Dr. Waldberg. Frau Brandmeyer, ich denke wirklich, dass Sie Hilfe in Anspruch nehmen sollten.«

Sie gab einen Laut von sich, der entfernt an ein Kläffen erinnerte. »Schwein«, zischte sie. »Erbärmliches, korruptes Schwein! Wie können Sie es wagen? Mich derart bloßzustellen und meine verzweifelte Lage auszunutzen!«

Nun war es Brodtmanns Kopf, der hektisch hin- und herruckte. Versuchte sie, ihn irgendwie zu diskreditieren? Die gute alte Falle mit der sexuellen Belästigung? Aber weit und breit war niemand zu sehen.

»Tun Sie bloß nicht so heilig«, fuhr sie fort. »Ich bin doch nicht blöd! Einer wie Sie hat doch im Leben noch nie eine Chance bekommen bei einer Frau wie mir. Und jetzt sind Sie tatsächlich zu feige, sie zu ergreifen. Sie haben die Hosen voll, nicht wahr? Sie haben Angst vor Morowski, genau wie alle anderen auch!«

Brodtmann wollte sie an den Schultern packen und ordentlich schütteln. Allerdings schien ihm sogar diese Art von Körperkontakt unter den gegebenen Umständen keine gute Idee zu sein.

»Sie brauchen Hilfe«, sagte er. »Frau Brandmeyer, Sie brauchen dringend Hilfe.«

»Was Sie nicht sagen!« Sie klang höhnisch, hatte aber offenbar eingesehen, dass körperliche Vorstöße ihr nicht weiterhelfen würden. Sie hob eine Hand, strich sich in einer merkwürdig verlorenen Geste die Haare aus dem Gesicht.

»Ich bin nicht nachtragend«, sagte sie, ihr Ton auf einmal wieder sanft. »Ich glaube nicht, dass ich Sie wirklich so falsch eingeschätzt habe. Sie wissen, wo Sie mich finden. Ich warte auf Sie, Herr Brodtmann.«

Erneut verzog sich ihr Mund zu der lächelnden Grimasse, die Brodtmann einen Schauer über den Rücken jagte. Er schnappte nach Luft. Sie kann nicht fahren, dachte er, als sie zu ihrem Wagen ging und die Fahrertür aufschloss. Sie kann doch so nicht fahren. Er brachte kein Wort heraus. Sah einfach zu, wie sie den roten Kleinwagen aus der Parklücke rangierte und dann mit dramatisch quietschenden Reifen anfuhr.

25

Langsam ließ der Schmerz nach.

Angela lag im verdunkelten Schlafzimmer, ein feuchtes Handtuch auf der Stirn. Sie hatte es kommen sehen. Noch bevor er aus der Tür war, hatte sie gewusst, dass die Kopfschmerzen kommen würden.

Als er angerufen hatte, um ihr mitzuteilen, dass er Hannah gefunden hatte, war ihr Nacken bereits völlig verkrampft gewesen.

Sie hatte geweint, und das hatte ihre Nebenhöhlen zuschwellen lassen. Die Art und Weise, der Ton, in dem er verkündet hatte, dass das Kind lieber bei ihm schlafen wolle, hatten ein Übriges getan.

Die Nacht war die Hölle gewesen. Hämmernd, bohrend, pochend hatte der Schmerz in ihrem Kopf gewütet. Sie hatte nutzlose Tabletten genommen und trotzdem kaum ein Auge zugetan. Sie hatte dagelegen und versucht, nicht daran zu denken, wie schrecklich schief alles gelaufen war. Es war so furchtbar ungerecht. Sie hatte die Beherrschung verloren, ja, aber angesichts der Umstände konnte man ihr das kaum zum Vorwurf machen. Hinter ihrem Rücken verschwor er sich mit ihrer eigenen Tochter, tat alles, um sie einander zu entfremden. Er würde keine Ruhe geben, bevor er ihr alles genommen hatte.

Sie verstand es nicht. Er hatte doch jetzt alles, was er gewollt hatte. Er war sie los, er war Hannah los und die Verantwortung. Er hatte seine Schlampe, sein ach so wunderbares neues Leben, all das, was ihm angeblich gefehlt hatte in den Jahren ihrer Ehe. Er hatte neu angefangen, ohne sich weiter um den Trümmerhaufen zu scheren, den er hinterlassen hatte. Warum konnte er sie und Hannah nicht wenigstens jetzt in Ruhe lassen? Was hatte sie ihm denn getan, dass er nicht aufhörte, sie zu quälen?

Noch rätselhafter war ihr allerdings Hannahs Reaktion. Natürlich war es schmerzlich für ein Kind, die Wahrheit zu hören. Aber dass Hannah das, was ja nun wirklich alles andere als Angelas

Schuld war, nun irgendwie gegen sie zu verwenden schien, begriff sie einfach nicht.

Es war alles so unglaublich unfair!

Am Morgen war es ihr etwas besser gegangen, aber sie fühlte sich wie gerädert. Und das am Wochenende. Sie brauchte ihre Wochenenden, um sich zu erholen.

Sie hatte ein heißes Bad genommen, sich Tee gekocht und wieder ins Bett verkrochen. Es war so furchtbar anstrengend, wenn man allein war.

Sie zuckte zusammen, als sie die zufallende Haustür von unten hörte.

Sie verließ das Bett, zog sich einen Morgenmantel über. »Hallo?«, rief sie im Flur. »Hallo, wer ist da?«

»Mama?« Hannahs Stimme klang überrascht. Nicht freudig überrascht, und auch ihr Blick war feindselig, als Angela die Treppe hinunterging.

»Schätzchen«, sagte Angela. Es klang eher hilflos als liebevoll. Die Kopfschmerzen erwachten wieder. »Wie geht es dir, Mäuschen?«, fragte sie.

Hannah zuckte die Schultern. »Ich bin müde«, sagte sie. »Es ist spät geworden. Wir haben uns unterhalten, Papa und ich.«

Angela zog die Brauen hoch.

»Hast du noch geschlafen?«

Angela zog den Bademantel ein wenig enger. »Es geht mir nicht so gut«, sagte sie. »Das gestern war ein bisschen viel.« Sie zögerte. »Was da passiert ist, das tut mir leid. Ich wollte nicht, dass du es so erfährst.« Das war nicht gelogen. Es war die reine Wahrheit.

»Ist schon in Ordnung«, sagte Hannah.

»Nein, das ist es nicht. Es ist sicher schrecklich für dich. Wir müssen miteinander reden. Weißt du was, ich mache uns einen schönen Kakao. Mit Sahne, in Ordnung?«

Was er konnte, das konnte sie schon lange.

»Jetzt nicht«, sagte Hannah. »Ich würde lieber ein bisschen schlafen.« Sie hängte ihre Jacke an die Garderobe.

»Hannah«, flehte sie. »Bitte, ich habe wirklich Kopfschmerzen! Aber das können wir nicht so stehen lassen. Es war ein Schock für dich, ich weiß das. Es ist wichtig, dass du darüber sprichst. Ich kann doch nicht zulassen …« Sie brach ab. Wusste selbst nicht recht, wie der Satz zu enden hatte. Ich kann doch nicht zulassen, dass du mich auch noch verlässt, dachte sie. Ich kann doch nicht zulassen, dass alles endgültig auseinanderbricht.

»Mama, es ist in Ordnung«, hörte sie die Stimme ihrer Tochter. »Ich bin okay. Wir haben darüber geredet. Du musst dir keine Sorgen machen, ehrlich. Papa hat mir erklärt, wie es damals für ihn war. Dass er jung war und Pläne hatte. Er wollte ins Ausland zum Beispiel, so wie ich. Er wollte noch nicht heiraten und Vater sein. Aber er ist ja dageblieben. Und er hat mich lieb, das weiß ich. Ich bin kein Baby mehr. Ich verstehe das. Es geht mir wirklich gut. Ich bin nur echt müde.«

Falsch, dachte sie, das klingt alles falsch. Das läuft alles falsch. Das Pochen hinter der Stirn verstärkte sich. Hannah blockierte. Wie so oft in letzter Zeit schien ihre Tochter ihr einfach die Tür vor der Nase zuzuschlagen. Sie wusste nicht, was sie noch tun sollte mit dem Kind, sie wusste es wirklich nicht. Sie schloss die Augen.

»Gut«, sagte sie. »Sicher. Wie du meinst. Wir können ja später reden. Wenn du willst.«

»Ja«, sagte Hannah. Sie ging zur Treppe. Hielt kurz an, als sie neben Angela stand. Sie zögerte. Dann gab sie ihr einen Kuss auf die Wange. »Ich hab dich lieb, Mama«, sagte sie, zögerte kurz. »Ich hab dich wirklich lieb!«

Aber es klang eher, als spreche sie mit sich selbst.

***

Wie brackiges Wasser schwappte die Leere Ruth entgegen. Nach der hektischen Aktivität, die seit der Dienstbesprechung im Präsidium herrschte, wirkte die Stille der Wohnung fast unheimlich.

Drei Todesermittlungsverfahren. Drei scheinbare Selbstmorde, zwei davon mit hoher Wahrscheinlichkeit Tötungsdelikte. Morde, die zusammenhingen, zusammenhängen mussten. Ein Kopf voller Gedanken, unruhiger und verworrener Gedanken, die sich gegenseitig blockierten, die sich verhakten und verknoteten. Immerhin hatte Orth die große Maschine angeworfen. Das Wochenende war abgesagt. Man putzte Klinken, man suchte nach Zeugen. Im Präsidium stapelten sich Adressbücher, Kalender und Computerdateien. Gesammelte Steine, die umgedreht werden wollten. Es wurde gewühlt, gelesen, telefoniert, diskutiert.

Aber über der hektischen Geschäftigkeit lag lähmend das, was keiner aussprechen wollte. Sie traten auf der Stelle. Und jeder Informationsfetzen, der Anlass zur Hoffnung gab, jede Spur, die sie auftaten, versandete in kürzester Zeit.

Es war ermüdend und frustrierend.

Ruth hatte sich auf den Fall Landau konzentriert. Mittlerweile hatte sie das Überwachungsvideo so oft gesehen, dass ihr die verschwommenen Gesichter wie alte Bekannte vorkamen. Sie las die Zeugenaussagen derer, die sich an der Hotline gemeldet hatten. Spinner überwiegend, Leute, denen es aus unerfindlichen Gründen ein Bedürfnis zu sein schien, dringende Verdachtsmomente gegen einen besonders aufdringlichen Obdachlosen am Bahnhof zu äußern oder sich auf andere Weise wichtigzumachen.

Mit jeder Stunde und jeder Sackgasse wuchs die allgemeine Missstimmung. Zeit war ein entscheidender Faktor, und jede Minute, die ergebnislos verstrich, führte dazu, dass man dünnhäutiger und gereizter wurde.

Eigentlich war Ruth froh gewesen, endlich Feierabend zu haben. Ihre Nackenmuskeln waren völlig verspannt, der Rücken tat weh, und von all dem ungesunden fettigen Zeug, das sie im Lauf des Tages in ihren Mund gestopft hatte, war ihr übel. Sie hatte sich darauf gefreut, endlich nach Hause zu gehen.

Aber jetzt konnte sie sich leider nicht mehr daran erinnern, warum. Sie stand im Flur, der so vertraut war und der sich doch anfühlte wie Laras Flur. Es war Laras Wohnung, in der Ruth wohnte. Sie war ein Gast. Ein gern gesehener, willkommener Dauergast. Das war so, und es war in Ordnung, eigentlich, es störte Ruth nicht, nicht normalerweise, aber jetzt, hier, heute störte es doch. Etwas lag schief in ihrem Leben, etwas schien verrutscht.

Er roch nach zu lange nicht geleertem Mülleimer. Ruth hatte

die Küche gemieden. In der Küche lauerten Gespenster. Mehr Gespenster als in ihrem Schlafzimmer.

Sie ging durch die leeren Räume, kippte alle Fenster. Dann gab sie sich einen Ruck. Sie ging in die Küche, stand da, vor der Spüle. Sie starrte auf das stumme Radio auf der Fensterbank, widerstand dem Drang, es zu packen und an die Wand zu schleudern. Stattdessen griff sie nach der Mülltüte. Sie ignorierte den Geist an der Tür, ging an ihm vorbei und trug den Müll nach unten.

Um sicherzugehen, dass der Bann gebrochen war, kehrte sie zurück in die Küche. Sie öffnete den Kühlschrank, schloss ihn wieder. Sie war nicht hungrig. Sie war auch nicht durstig. Sie war nicht einmal müde. Sie ging ins Wohnzimmer und setzte sich aufs Sofa. Sie lauschte den Geräuschen der leeren Wohnung. Dem Brummen des Kühlschranks, den Schritten aus der Wohnung oben. Hin und wieder knackte ein Balken, von irgendwo hörte man sehr leise den sonoren Klang eines Fernsehers. Es fühlte sich merkwürdig an, hier einfach zu sitzen. Neurotisch irgendwie.

Sie sah sich um. Es war ein schönes Wohnzimmer. Liebevoll eingerichtet. Von Lara. Sie war gern hier bei Lara. Es war sicher, es war bequem, es war ungefährlich.

Es war ein schönes Wohnzimmer, Laras Wohnzimmer, aber es war schmutzig. Überall lag Staub. Ruth dachte an Katharina Glaswinkler, an den zitronig-sauberen Duft in ihrer Wohnung. An die welken, stinkenden Lilien. Sie fragte sich, wann diese Frau es schaffen würde, sie wegzuwerfen.

Sie griff nach der Fernsehzeitung. Das war etwas anderes, erinnerte sie sich. Die Glaswinkler und sie waren nicht in der gleichen Situation. Katharina Glaswinkler hatte ihren Partner verloren, den Mann, den sie liebte. Den Mann, der sie liebte. Sie war so etwas wie eine Witwe. Ihr Schmerz war groß und echt, verständlich und legitim.

Katharina Glaswinkler hatte mit Markus geschlafen.

Die Fernsehzeitung war von letzter Woche. Ruth pfefferte sie ärgerlich auf den Couchtisch. Eine kleine Staubwolke wirbelte auf. Sie stand auf und kontrollierte den Anrufbeantworter.

Obwohl sie auch so sah, dass kein Licht blinkte. Keine neuen Nachrichten, bestätigte die Computerstimme. Natürlich nicht.

Es spielte keine Rolle. Selbst wenn Lara angerufen hätte, Ruth hätte sie vermutlich angelogen. Hätte »Alles in Ordnung« gesagt und »Mir geht's gut, ein Fall, jede Menge Arbeit«. Es gab Dinge, die besprachen sich nicht gut am Telefon. Mit jemandem, der gerade irgendwelche Datumsgrenzen durchschiffte und vermutlich vollauf damit beschäftigt war, Liebesschwüre auf Französisch zu lernen und sich mit Tante Louise zu zanken. Es gab Dinge, die besprachen sich nie gut, mit niemandem. Das war der Grund, warum man so oft sagte, dass es einem gut ging. Dass alles in Ordnung war. Es machte das Leben leichter, jedenfalls für einen Moment. Und wenn man es oft genug sagte, dann stimmte es vielleicht irgendwann.

Wenn Lara zu Hause war, klingelte ständig das Telefon. Lara sang im Chor, sie ging zum Sport, ins Theater. Lara war in Vereinen aktiv, sie traf ständig Leute. Lara war eine, die schnell Freundschaften schloss, die Kontakte pflegte.

Ruth stand auf, trat zum Fenster und sah hinaus zu den Mehrfamilienhäusern auf der anderen Straßenseite. Es war ja nicht so einfach. Sie arbeitete viel. Sie war müde am Abend. Sie hatte durchaus Freunde. Sie hatte ein Leben. Sie war noch nicht wirklich da angekommen, wo sie sein wollte. Aber sie war auf einem guten Weg. Nur zu beschäftigt. Was für eine bescheuerte Ausrede das war. Es geht mir nicht gut, dachte Ruth. Es geht mir schlecht, und ich bin ganz allein.

Bevor ihre Gedanken zu glitschig wurden, konzentrierte sie sich auf das, was relevant war.

Zwei Männer im gleichen Alter, beruflich engagiert. Erfolgreiche, aktive Männer, bei denen es gut lief, bis ihnen das Leben einen Strich durch die Rechnung machte und ihnen den Boden unter den Füßen wegzog. Sie hatten sich aufgerappelt, scheinbar. Carsten Landau hatte mit seiner Katharina einen Neuanfang gewagt. Ein glückliches Paar, ein Zuhause. Trotz der Sache mit Markus.

Der Sache. Die sein Freund Carsten möglicherweise doch herausgefunden hatte. Und sich deshalb vor den Zug geworfen. Möglicherweise hatte Markus Berg das genau begriffen und die

Schuldgefühle nicht ertragen. Es war nicht unmöglich. Nichts war unmöglich.

Und doch fühlte es sich nicht richtig an.

Sie hatten beide echte Schicksalsschläge verkraftet. So ein kleines Eifersuchtsdrama war nichts dagegen.

Erst als die Fingernägel sich schmerzhaft in die Handflächen gruben, merkte sie, dass sie ihre Hände zu Fäusten geballt hatte. Sie kehrte zurück in die Gegenwart, blickte in die Fenster der Wohnungen gegenüber. Sie schaute in Wohnzimmer und Küchen, sah Menschen in Feierabendstimmung. Es wurde gekocht, Wein wurde eingeschenkt. Hier und da flimmerte blau das Fernsehlicht. Es sah gemütlich aus und schön und harmonisch, so viel Zuhause, dass Ruth ganz schlecht wurde.

Sie stieß einen Fluch aus, wandte sich eilig ab. Es war höchste Zeit, etwas zu tun. Etwas anderes als die Depression, die lauernd in der staubigen Ecke des Wohnzimmers hockte, mit solchen Bildern und einem unausgegorenen Gedankenbrei zu füttern und untätig zuzusehen, wie sie wuchs und gedieh.

Die Laufschuhe. Irgendwo mussten sie sein.

Sie hatte überall gesucht gestern Abend. Als das Bedürfnis, sich auszutoben und wegzurennen, gerade richtig groß gewesen war. Aber sie hatte die dämlichen Schuhe nicht gefunden. Sie hatte den Schuhschrank komplett aus- und wieder eingeräumt. Sie hatte unter die Betten geschaut, jeden Schrank durchforstet. Immer hektischer hatte sie gesucht, ziel-, plan- und erfolglos. Bis es dunkel war und spät. Bis sie müde genug war, um ins Bett zu gehen. Dort hatte sie gelegen und sich gefragt, ob jemand, der nicht einmal ein paar Schuhe finden konnte, wohl geeignet war, nach einem Mörder zu suchen.

Ein dummer Gedanke, idiotisch und destruktiv. Einer, der nicht weiterhalf.

Zum Glück war sie schnell eingeschlafen. Gestern.

Sie setzte sich wieder aufs Sofa und griff nach der Fernbedienung. Sie zappte durch die Kanäle und starrte auf die Bilder, die bunt und schnell über den Bildschirm flimmerten und keinen Sinn ergaben. Sie schaltete den Apparat aus und sah wieder zum Fenster. Schmutzig, dachte sie, sehr schmutzige Fenster.

Einen Versuch war es immerhin wert.

Als der Eimer gerade handbreit mit heißem Wasser gefüllt war, klingelte es.

Brodtmann stand vor der Tür.

»Wie siehst du denn aus?« Ruth starrte auf die Jogginghose und das labberige T-Shirt, das ihr Kollege trug.

»Wie ein alter, dicker Mann«, sagte Brodtmann und klopfte sich auf die Kugel, die sich deutlich sichtbar über den Bund der Trainingshose schob. »Wie so ein Bulle, über den sich irgendwann alle totlachen, weil er kaum noch vom Stuhl hochkommt. Einer, der leicht abgeknallt wird, weil er das Format eines Scheunentors hat. So in etwa hat meine Holde es ausgedrückt.« Er hob die Tasche, die er in der Hand hielt. Eine Tasche, die Ruth bekannt vorkam. »Sie hat gesagt, so geht es nicht weiter«, fuhr er fort. »Und da dachte ich, ich bring dir endlich mal deine Sporttasche vorbei. Eigentlich wollte ich warten, bis du sie von allein vermisst. Aber nach der schmerzlichen und unsachlichen Kritik meiner Gattin dachte ich, ich komme dir zuvor und erinnere dich daran, dass Sport gut und sinnvoll ist und sehr ausgleichend.«

Ruth starrte auf die Tasche. Natürlich! Sie hatte sie stehen lassen, vor zwei oder drei Wochen. An so einem Abend, an dem Brodtmann ihre guten Vorsätze mühelos mit ein paar Flaschen Bier, die er aus dem Kühlschrank zauberte, weggespült hatte.

»Sie hat ja leicht reden«, fuhr Brodtmann fort. »Sie isst genauso viel wie ich, aber der Scheißkerl saugt jede Kalorie doppelt aus ihr raus. Es ist nicht gerecht!«

»Du willst mit mir laufen gehen?«

»Wollen ist vielleicht nicht ganz das richtige Wort«, sagte Brodtmann.

Ruth kniff die Augen zusammen und musterte ihn. »Sie hat dich geschickt«, sagte sie dann.

Brodtmanns Gesicht verfärbte sich ein wenig. »Nein«, behauptete er. »Sie hat gesagt, ich bin fett!«

»Ich brauche keine Betreuung«, log Ruth zurück.

»Natürlich nicht«, erwiderte Brodtmann. »Aber ich. Ich brauche liebevolles Coaching.« Er zog die Stirn kraus. »Jetzt lass mich wenigstens rein«, sagte er.

Ruth öffnete die Tür ganz, ließ ihn in den Flur.

Es war erbärmlich irgendwie, aber ihr latent gekränkter Stolz wirkte winzig neben der unerwarteten Freude darüber, dass Brodtmann gekommen war.

»Gib mir fünf Minuten«, sagte sie.

Eine knappe halbe Stunde später trabten sie keuchend nebeneinander durch den Wald. Es fühlte sich besser an, als Ruth erwartet hatte. Es roch gut, die frische Luft war belebend. Und Brodtmanns Keuchen und Stöhnen neben ihr führte dazu, dass sie sich viel fitter fühlte, als sie vermutlich war.

»Müssen … reden …«, keuchte er irgendwann.

Sie warf ihm einen bösen Blick zu. Wollte er jetzt wirklich alles kaputt machen, indem er ihr ein therapeutisches Gespräch aufdrängte? Ruth wollte nicht reden. Sie wollte laufen und den Wald riechen.

»Wegen Tempo …«, keuchte er wieder, »… unterhalten, dann läuft man nicht zu schnell …«

Ruth reduzierte das Tempo. »Na gut«, sagte sie. »Rede!«

»Wir kommen nicht weiter.« Er klang atemlos, aber immerhin schaffte er einen ganzen Satz.

»Rede was anderes!«, forderte Ruth.

Brodtmann gab einen angestrengten Laut von sich.

»Warum hat sich die irre Witwe nicht beschwert?«, fragte Ruth.

»Hör auf, sie so zu nennen.« Die Pausen zwischen den Worten waren noch etwas zu lang, aber Brodtmanns Atmung schien sich einzupendeln. »Vielleicht hat sie ja.«

»Und Orth hat davon abgesehen, uns einen gewaltigen Einlauf zu verpassen? Weil er eingesehen hat, dass er sich benimmt wie ein Idiot?« Ruth lachte freudlos. »Unwahrscheinlich, Brodtmann, sehr unwahrscheinlich.«

»Scheiße«, sagte Brodtmann.

»Was?«

»Versprich mir, dass das unter uns bleibt«, ächzte er. »Und mach um Gottes willen langsamer!« Er keuchte eine weitere Minute, und dann begann er, Worte zu murmeln. Hastig und nuschelig, aber das war nicht der einzige Grund, warum es Ruth schwerfiel, ihm zu folgen. Dem, was er sagte, Sinn zu entnehmen. Als es sich ihr endlich erschloss, blieb sie wie angewurzelt stehen.

»Das ist nicht dein Ernst«, keuchte sie. »Das kann doch nicht wahr sein! Warum hast du mir das nicht gleich erzählt?«

Brodtmann beugte sich ein Stück nach vorn und stützte seine Hände auf die leicht gebeugten Oberschenkel. Er stand ein paar Sekunden mit gesenktem Kopf und atmete schwer. Dann sah er auf. »Es war mir peinlich«, sagte er. »Es ist mir immer noch peinlich. Und ihr wird es hoffentlich irgendwann auch peinlich sein. Wenn sie wieder bei Verstand ist.« Jetzt atmete er ruhiger und richtete sich wieder zu ganzer Größe auf. »Und außerdem will ich nicht riskieren, dass da irgendeine große Sache draus wird. Sie steht neben sich. Sie ist ganz offensichtlich unberechenbar im Moment. Wer weiß, was die daraus macht? Wenn das zum Thema wird, meine ich. Du weißt, wie solche Sachen aus dem Ruder laufen können.«

Das wusste Ruth allerdings. Sexuelle Belästigung – zwei Worte, die jede Karriere in Windeseile gründlich ruinieren konnten. Selbst wenn Brodtmann zweifelsfrei belegen konnte, dass er in diesem Fall eher der Belästigte als der Belästiger war, würde ihn das mindestens zur Lachnummer machen. Und je nachdem, wie geschickt diese Verena sich verhielt, würde etwas kleben bleiben.

Ruth setzte sich wieder in Bewegung. Brodtmann folgte seufzend.

»Kannst du mal was dazu sagen?«, forderte er.

»Was denn?« Ruth versuchte, ihre Schritte wieder in den richtigen Rhythmus zu zwingen.

»Zum Beispiel: Ja, Brodtmann, ich verstehe, du hast völlig recht.«

»Ja, Brodtmann«, sagte Ruth gehorsam. »Ich verstehe tatsächlich.«

»Ich war nett zu ihr, das ist alles. Ruth, ich habe das wirklich gut gemeint.«

»Das weiß ich. Aber irgendwas müssen wir unternehmen. Sie dreht durch, die Frau verliert den Verstand, und keiner kümmert sich darum.«

»Und was willst du tun?« Brodtmann klang gereizt. »Glaubst du, mir gefällt das alles? Diese Frau raubt mir den letzten Nerv und langsam auch das bisschen Schlaf, das mir der Scheißkerl gönnt. Aber wenn sie sich gegen jede Hilfe sperrt, können wir gar nichts tun. Ich jedenfalls bin raus. Ich halt mich jetzt fern von ihr!«

Er stöhnte. »Das ist alles so … oh Gott …« Er hob eine Hand und presste sie dramatisch in die Gegend seines seitlichen Unterbauchs. »Ich habe Schmerzen. Ich sterbe!«

»Du hast Seitenstechen«, befand Ruth mitleidslos. »Länger ausatmen!«

Sie schwiegen einen Moment. Ein Windstoß fuhr durch die Blätter, etwas raschelte im Unterholz.

»Noch mal der psychologische Dienst«, sagte Ruth dann. »Und ich rufe morgen ihre Mutter an. Und den Waldberg. Irgendwer wird sie doch zur Vernunft bringen. Oder meinetwegen einweisen.« Sie seufzte. Lief. Atmete. »Ich kann sie irgendwie verstehen«, sagte sie dann. »Vermutlich macht es einen verrückt. Wenn man nicht mehr weiß, wohin. Mit all diesen Gefühlen.«

»All diesen Gefühlen, aha.« Brodtmann klang auf einmal sonderbar zufrieden. »Also doch!«

»Was?«

»Das war nicht nur ein geplatztes Date«, keuchte er. »Ich kenne dich, Veritzky. Ich kapiere nicht, wann und wie du das gemacht hast, aber da war noch mehr.«

Ruth zog das Tempo an.

»Hey! Ich habe dir meine dunklen Geheimnisse verraten. Jetzt bist du dran. Das ist nur fair.«

Ruth legte noch einen Zahn zu.

»Gewonnen«, hörte sie Brodtmann hinter sich. »Hast … gewonnen … ich höre auf. Ich schwöre. Kein Wort mehr zu dem Thema.«

»Kluger Mann!« Ruth wurde wieder langsamer. »Ich würde darüber reden«, sagte sie dann. »Aber es geht nicht. Ich weiß das alles selbst nicht. Ich komme klar. Ehrlich. Ganz ehrlich!« Sie zögerte, gab sich einen Ruck. »Es ist trotzdem gut«, sagte sie. »Es ist gut, dass du gekommen bist. Richte der Holden meinen Dank aus. Und es ist gut, dass du mir von dieser, äh, Sache erzählt hast.«

Ich komme klar, dachte sie. Das war keine Lüge. Ruth kam klar. Das hieß nicht zwangsläufig, dass alles in Ordnung war. Oder gar gut. Es lag nicht an Markus Berg. Es lag nicht an Lara, die nicht anrief. Am allerwenigsten lag es an Brodtmann.

Das, was nicht in Ordnung kam, hatte mit nichts und niemandem zu tun als mit Ruth Veritzky.

Es war bedauerlich, dass sie in den nächsten Tagen kaum Zeit finden würde, sich mit diesem Thema zu befassen. Das war wirklich bedauerlich, und sie war verdammt froh darüber.

26

Er hätte nicht sagen können, was ihn geweckt hatte. Etwas Grauenhaftes, so wie ein Alptraum und doch anders als ein Alptraum, denn es war ja noch da, auch jetzt war es da, obwohl er wach war.

Die rot leuchtenden Ziffern auf dem Wecker zeigten vier Uhr. So wie immer.

Die dunkle Stunde, einsam, obwohl Julia neben ihm lag. Er hörte sie atmen, leise und gleichmäßig, noch hörte er sie, aber das Pfeifen in seinen Ohren begann schon, das beruhigende Geräusch zu übertönen. Es war nicht real, das wusste er, genau wie er wusste, dass er nichts tun konnte. Er war dem, was kam, schutzlos ausgeliefert. Das Bewusstsein, alle Gedanken, die er hätte denken können, um sich zu verteidigen, waren nichts wert, nachts um vier.

Biochemie. Er versuchte, sich an den Gedanken zu klammern. Noradrenalin, Acetylcholin, Dopamin, Serotonin, Tausende Rezeptoren, elektrische Impulse, Stoffwechsel. Überall im Körper, im Kopf, im Ohr. Das Pfeifen veränderte sich, greller, quietschend, immer lauter.

Immer um vier.

Etwas funktionierte nicht um diese Zeit. Etwas, das in seiner Funktion der Blut-Hirn-Schranke glich. Eine Barriere, die das Gehirn schützt, indem sie den Blutkreislauf vom zentralen Nervensystem trennt. Indem sie sorgfältig filtert, was passieren darf und was nicht.

Glitschig entschlüpfte der Gedanke, er konnte ihn nicht festhalten, sie versagte, die Schranke, die das Bewusstsein vom Horror trennt.

Ein Auto fuhr vorbei, tauchte das Schlafzimmer kurz in geisterhaftes Licht. Schatten, Hände, die nach ihm griffen, Fratzen an der Wand, auf dem Bett, überall. Sie sprachen, bemächtigten sich des Pfeifens, wisperten, tausend Stimmen. Der Dämon war da.

Etwas Schlimmes, zischte er, etwas Grauenhaftes, und du

denkst, du kannst es aufhalten. Erbärmlich, höhnte er. Dein Sohn wird sterben, er stirbt jeden Tag vor deinen Augen, jeden Tag ein Stückchen mehr. Und du tust, als gäbe es Hoffnung, und damit machst du es noch viel schlimmer. Alles machst du nur noch schlimmer. Es brannte im Ohr. Wie bei einer schlimmen, einer ernsten Mittelohrentzündung.

Als kleiner Junge hatte Tobias oft Mittelohrentzündung gehabt. Irgendwann war es so schlimm gewesen, dass der Arzt ihm die Trommelfelle durchstochen hatte, um den Druck zu nehmen, den Schmerz zu lindern. Robert hatte den Gedanken kaum ausgehalten, damals. Aber nachts um vier verstand er. Hatte selbst ein tiefes, fast übermächtiges Bedürfnis, sich etwas ins Ohr zu rammen, um den Druck zu lindern, die Stimme zum Schweigen zu bringen.

Als ob, wisperte der Dämon, als ob du auch nur eine Idee hättest, was Schmerz bedeutet. Du wirst nicht sterben. Auch wenn du dir das wünschst. Du musst hierbleiben, musst dir ansehen, was dein Kind durchmacht, jeden Tag. Während du so tust, als hättest du die Macht, es doch noch aufzuhalten. Es ist stärker als du, und du weißt das. Es frisst dein Kind, vor deinen Augen, Tag für Tag frisst es mehr Zellen, zerstört sie, es schaltet Stück für Stück ab, was Leben ist. Du machst es immer nur noch schlimmer mit der Vermessenheit und den Lügen. Du ignorierst die Grenzen, denkst, dass es sie dann nicht mehr gibt. Aber die Regeln gelten für alle. Einer stirbt, und viele leben, so ist das. Es gibt Opfer, es gibt Täter, nicht jedes Opfer hat einen Täter, es gibt die, die Glück haben, und die, die es verlassen hat.

Er hockte auf seiner Brust, der Dämon, quetschte die Lunge. Er bekam schlecht Luft, atmete keuchend, trotz allem bemüht, nicht zu laut zu sein. Er wollte Julia nicht wecken, er durfte Julia nicht wecken, sie sollte ihn nicht sehen, nicht so. Sie würde zu viel begreifen.

Wäre der Dämon sichtbar gewesen, er hätte rote Augen gehabt. Rote Augen und bleiche Haut. Einen großen Mund mit spitzen Zähnen und schmalen Lippen, zwischen denen die Worte mit giftigem Speichel herauszischten.

Natürlich konnte er ihn nicht sehen. Er war nicht real, hatte keine Gestalt.

Nicht real, lachte es böse, hämisch. Das sagst du, der du nichts bist, niemand, ein Machtloser, ein Blender, Täuscher. Du weißt genau, wer gewinnt. Du wirst danebenstehen, wenn er stirbt. Unter grauenhaften Schmerzen. Du wirst ihn verlieren und erst dann begreifen, dass du ihn schon längst verloren hast. Du machst es schlimmer, jeden Tag machst du es schlimmer.

Nein, wollte er schreien. Nein. Er suchte, versuchte zu wecken, was irgendwo in seinem Kopf war. Hoffnung. Sie war stark, und sie war irgendwo, aber er konnte sie nicht finden, der Dämon versteckte sie.

Die Affen. Er konzentrierte sich auf die Affen. Er sah sie vor sich. Sie hockten in den Käfigen im Versuchstierraum. Sie schliefen, schlummerten friedlich. Es ging ihnen gut, es ging ihnen sehr gut, dachte er, aber dann erwachten sie, richteten sich auf, einer nach dem anderen. Sie umklammerten die Gitterstäbe, die haarigen Gesichter verzerrt. Ob vor Schmerz oder Wut, konnte er nicht sagen. Lügner, brüllten sie und bleckten ihre langen gelben Zähne. Lügner! Blender! Du kannst nicht gewinnen!

Immer enger, sein Brustkorb. Er erstickte!

Nein, dachte er. Nein. Immer lauter. Nein. Er sammelte seine Kraft, bündelte sie. Alles tat weh, jeder Muskel, jeder Knochen, alles tat entsetzlich weh, aber er schaffte es, sich aufzusetzen. Nach Luft zu schnappen, leise, ganz leise.

Julia rührte sich wieder, ein paar unverständliche Worte drangen aus ihrem Mund.

Er hielt inne, hielt aus, wie weh es tat. Wie Durst, dachte er, es fühlt sich an wie Durst, aber es ist kein Durst.

Er stand auf, langsam, leise; besser, dachte er, schon besser. Er zwang sich, langsam zu gehen, zu schleichen, erst im Flur beschleunigte er seine Schritte. Er machte kein Licht. Wie ein Einbrecher tappte er durch das stille Haus – totenstill, wisperte die Stimme. Tot, bald ist er tot. In der Küche öffnete er den Kühlschrank und griff nach einer Flasche Wasser. Er trank, ohne ein Glas zu benutzen. Er schluckte und schluckte. Die Kohlensäure brannte im Hals. Das Wasser machte ihn wach, immer wacher. Er würde nicht mehr einschlafen, jetzt nicht mehr.

Die Flasche war leer. Seine Beine fühlten sich schwach an.

Er war weg. Der Dämon war verschwunden.

Er gab dem Gefühl der Erleichterung nach, ließ die Beine einknicken, sank auf den Boden. Die Kühlschranktür stand offen, beleuchtete die Küche mit gelbem Licht. Er saß da und wusste, dass es vorbei war. Für heute.

***

»Was soll das denn?« Ruth blickte unsicher von dem Zettel auf, den Andrea soeben vor ihr auf den Schreibtisch gelegt hatte. »Christine Gröbnitz«, stand darauf, »Psychologin«, daneben eine Telefonnummer und eine Adresse.

»Es geht mir gut«, erklärte sie vorsichtshalber.

»Es geht dir nicht gut«, widersprach Andrea gut gelaunt, »aber du hast klargemacht, dass das dein Privatvergnügen ist. Das hier ist eine Spur. Er war nämlich verrückt, der Herr Berg, und das ist die Psychologin, bei der er in Behandlung war. Ich finde, das ist zur Abwechslung mal eine gute Nachricht, oder?«

»Andrea!« Brodtmanns Stimme klang alarmiert.

»Was denn? Oh, ach ja, also, was ich sagen wollte …« Sie warf Ruth einen schuldbewussten Blick zu. »Entschuldige«, murmelte sie.

»Du musst dich nicht entschuldigen. Entschuldige dich nicht!«, verlangte Ruth.

»Wer zum Psychologen geht, ist nicht verrückt«, mischte sich Brodtmann ein. »Verrückte müssen zum Psychiater. Zum Psychologen gehen die, die schlau genug sind, sich mit ihren Problemen konstruktiv auseinanderzusetzen. Menschen, die sich helfen lassen. Das sind kluge Menschen. Das ist nämlich das Gegenteil von verrückt.«

»Ach?«

»Das sagt meine Frau. Und die muss es schließlich wissen.«

Andrea wirkte nicht überzeugt. »Wie dem auch sei«, sagte sie. »Es ist eine Spur. Es ist vielversprechend.«

»Das ist es«, sagte Ruth. Sie versuchte, das zu fangen, was am Rande ihres Bewusstseins herumgeisterte. Konstruktiver Umgang mit Problemen, dachte sie, Menschen, die sich helfen lassen. Genau! Das war es. »Er hat sich helfen lassen.« Genau diese Formulierung hatte Markus Berg gebraucht, als er von Carsten Landau und dessen Krise gesprochen hatte.

Sie griff nach dem Telefonhörer und wählte Katharina Glaswinklers Nummer. Die meldete sich sofort, und so dauerte es nicht einmal zwei Minuten, bis Ruth ihre Theorie verifiziert hatte.

»Landau auch!« Sie sah Brodtmann und Andrea an. »Landau war auch in Behandlung bei dieser Gröbnitz.«

»Heidewitzka!«, sagte Brodtmann. »Eine brauchbare Spur!«

»Ich fahr da jetzt hin.« Ruth stand auf. Ihr Körper schien zu kribbeln. Endlich, dachte sie, möglicherweise bewegt sich jetzt endlich alles.

Bevor sie ihre Pläne in die Tat umsetzen konnte, öffnete sich die Bürotür, und Jan Nelles erschien. Ohne weitere Umschweife nahm er Platz und forderte Kaffee. Dann musterte er die Anwesenden misstrauisch. »Ihr habt ja alle eine Laune«, beklagte er sich. »Ist jemand gestorben oder was?« Er lachte dröhnend über seinen Scherz, während er sein Heißgetränk aus Andreas Händen entgegennahm.

»Pressekonferenz«, erläuterte die. »Heute Mittag muss Herr Orth der Welt vom zügigen Fortschritt der Ermittlungen berichten, und da trotz der Wochenendschicht von zügigem Fortschritt keine Rede sein kann, ist er etwas verstimmt. Er teilt gern, unser Herr Orth, vor allem schlechte Laune mit Mitarbeitern.«

»Verstehe.« Nelles hob seinen Becher, schnupperte und grunzte dann wohlig. »Zaubertrank! Hochsignifikanter Schutzeffekt, vermindert die Herz-Kreislauf-Mortalität um dreiundvierzig Prozent.«

»Was?« Brodtmanns Kopf ruckte nach oben. »Ich dachte, Kaffee ist ungesund?«

»Kommt drauf an.« Nelles warf ihm einen Blick zu. »Du solltest mal wieder deinen Blutdruck kontrollieren lassen.«

»Wieso? Was ist mit meinem Blutdruck?«

»Woher soll ich das wissen? Mit Blutdruck kenn ich mich nun wirklich nicht aus, den haben meine Klienten nämlich nicht mehr. Aber in deinem Alter sollte man die Vorsorge ernst nehmen.«

»Idiot«, knurrte Brodtmann. »Bist du gekommen, um mir einen Vortrag über die Gesundheit des höheren Lebensalters zu halten?«

»Ich bin gekommen, um mit euch Kaffee zu trinken.«

Nelles lehnte sich auf dem Stuhl zurück und tat demonstrativ ebendas.

»Tut mir leid, aber ich muss los ...« Ruth bewegte sich in Richtung Tür.

»Moment, meine Schöne – ich wollte euch auch den Abschlussbericht zum Fall Brandmeyer bringen«, sagte er dann. »Schenk mir noch fünf Minuten, denn die histologischen Befunde sind da. Vielleicht hab ich da was für euch.«

Er legte eine Pause ein, überprüfte die allgemeine Aufmerksamkeit und fuhr dann zufrieden fort: »Ein Tumor. Ich hatte schon so einen Verdacht, aber ich wollte erst sichergehen. Ein Winzling ist es noch, ein fieser Winzling allerdings. Ein echter Eins-a-Tumor.«

»Hast du gerade wirklich ›Eins-a-Tumor‹ gesagt?« Brodtmann verzog das Gesicht. »Du bist widerlich, Nelles!«

»Ein eGIST«, fuhr der so Beschimpfte unbeeindruckt fort. »Extragastrointestinaler Stromatumor im großen Netz.« Er warf seinen Zuhörern einen beifallheischenden Blick zu.

»Auf Deutsch«, bat Ruth. »Auf Deutsch und für Doofe?«

»Der GIST, der gastrointestinale Stromatumor, ist ein Bindegewebstumor, ziemlich selten. Betrifft in der Regel den Magen-Darm-Trakt, wie der Name schon sagt. Noch seltener findet man ein solches Schätzchen ohne Bezug zur Wandung des Gastrointestinaltrakts.«

»Das ist kein Deutsch«, unterbrach Brodtmann. »Und auch nicht für Doofe.«

»Es spielt auch keine Rolle.« Nelles stellte den Kaffeebecher ab. »Wenn ihr es verstehen wollt, dann lest es im Bericht nach.« Er wühlte in der abgelebten Aktentasche, die er neben seinem Stuhl auf den Boden gestellt hatte. »Ihr müsst ihn ja nicht mehr heilen.«

Ruth griff nach dem Ordner. Sie schlug eine Seite auf, starrte auf die Worte. »Gott«, sagte sie. »Das ist eine Zumutung!«

»Einen Tumor als Zumutung zu bezeichnen entbehrt nicht einer gewissen Finesse.« Nelles grinste.

»Hat er davon gewusst?«

»Bin ich Jesus?«

»Nelles, bitte!«

»Vermutlich nicht. So ein Ding verursacht zunächst unspezifische Beschwerden. Abgeschlagenheit, Müdigkeit, Übelkeit.«

Brodtmann legte eine Hand auf seine Brust und stöhnte leise. Er war ein überaus begabter Hypochonder, einer der Gründe, warum er ungern mit Nelles plauderte.

»Mach dir keine Sorgen«, beruhigte Nelles ihn. »Ein weiteres Symptom ist Gewichtsverlust.«

»Ich liebe deinen feinsinnigen Humor!«, sagte Brodtmann.

»Ich weiß.« Nelles strahlte.

»Was hat so ein Ding für eine Prognose?«, fragte Ruth. »Wenn man es denn dann gefunden hat.«

Nelles verzog Nase und Mund. »Schwer zu sagen. Kommt immer auf den Zeitpunkt der Diagnose an. Und dann hängt es natürlich von der miotischen Aktivität ab – Tempo der Zellteilung«, setzte er eilig hinzu, weil er Ruths Blick aufgefangen hatte. »Ich bin kein Onkologe, aber ich würde mal sagen, dass dieser kleine Freund ihm ganz schnell übel mitgespielt hätte.«

»Eine Diagnose, die einen gestandenen Mann dazu hätte bringen können, sich umzubringen?«

»Ich bin leider auch kein Hellseher und kein Philosoph, meine Liebe. Menschen reagieren sehr unterschiedlich auf solche Diagnosen.«

»Waldberg«, murmelte Ruth. »Ein Hausarzt müsste das wissen.« Sie machte sich gedankenverloren eine Notiz, während sie darüber nachsann, wie Verena Brandmeyer auf diese Neuigkeit reagieren würde. Und fragte sich, ob das etwas ändern würde für sie.

Sie klappte ihr Notizbuch zu und erhob sich. »Vielleicht fahre ich auch bei dem noch mal vorbei.«

»Moment, schöne Frau, ich bin noch nicht fertig.« Nelles nippte erneut an seinem Kaffee.

»Schade«, murmelte Brodtmann, der mittlerweile dazu übergegangen war, die Lymphknoten in seinem Halsbereich zu befühlen.

»Ich hab das mit dem Blutdruck nur gesagt, um dich zu ärgern.« Nelles grinste ihn fröhlich an. »Ich weiß nicht, ob es eine Rolle spielt«, fuhr er dann fort, »aber es ist zu interessant und merkwürdig, um es für mich zu behalten. Ich komme ja gerade von diesem Kongress. Der Kollege aus Koblenz war auch da, netter Kerl übrigens. Und stellt euch vor, was der mir erzählt hat!«

»Dass Koblenz eine schöne, wenngleich langweilige Stadt ist?«, schlug Brodtmann vor.

»Blödmann!«

»Gleichfalls. Nelles, wir haben unsere Zeit nicht gestohlen.«

»Schon gut, schon gut. Er hat erzählt, dass er gerade eine Frau auf dem Tisch hatte. Mit genau dem gleichen Tumor. Ich wusste ja noch nichts von Brandmeyers Histologie, aber das ist schon interessant.«

»Wieso?« Andrea sah ihn hilflos an.

»Wir reden von achthundert bis eintausendzweihundert Neuerkrankungen pro Jahr. Das heißt, dass auf eine Million Einwohner zehn bis fünfzehn Fälle kommen!«

»Das klingt nicht selten«, befand Brodtmann.

»Ist es aber. Ungefähr hundertmal seltener als Prostata- und Brustkrebs! Und wie gesagt – die extragastrointestinale Form macht einen Bruchteil dieser Fälle aus. Das ist absolut selten genug, um einen solchen Fall unter Kollegen zu erwähnen. Selten genug, um sich sehr zu wundern, wenn man zu Hause genauso einen Fall vorfindet.«

»Du nennst deinen Leichenkeller ›zu Hause‹?« Brodtmann klang empört. »Gott, Nelles!«

»Ich identifiziere mich eben mit meinem Beruf«, gab Nelles zurück.

»Und was bedeutet das?«, fragte Ruth.

»Das bedeutet, dass ich das, was ich da tue, wichtig und spannend finde. Das bedeutet …«

»Herrgott! Was bedeutet das mit dem Tumor?«

»Keine Ahnung. Möglicherweise gar nichts. Es kann ein Zufall sein. Aber es ist ein auffälliger Zufall. Zwei fragwürdige Suizide mit dieser Diagnose. Es ist so eine Sache mit Wahrscheinlichkeiten.«

»Fragwürdiger Suizid?«

»Sie hing an einem Baum. Aber es gab da gewisse Unstimmigkeiten. Wenn es euch interessiert, dann könnt ihr ja die Akte anfordern. Das ist nicht mein Bier, ich dachte nur, ich erzähl euch davon. Ich hab eine Notiz in den Bericht gelegt.« Er trank den letzten Schluck Kaffee und stand auf. »Dann überlasse ich euch jetzt mal wieder eurer wichtigen Tätigkeit und schleiche zurück zu denen, die das Elend hinter sich haben.«

»Der Sonnenschein aus dem Leichenkeller«, murmelte Andrea, als die Tür hinter Nelles ins Schloss gefallen war.

»Was machen wir jetzt damit?« Ruth hielt noch immer den Ordner in der Hand.

»Am liebsten gar nichts«, murmelte Brodtmann.

»Ich fordere die Ermittlungsakte an«, sagte Andrea. »Es schadet ja nicht, wenn wir einen Blick reinwerfen. Und den Waldberg kann ich auch anrufen. Ihr fahrt zu dieser Psychologin. Und zur Witwe. Das mit dem Tumor sollte sie vermutlich wissen.«

»Muss das sein?« Brodtmann klang gequält. »Ich muss noch gefühlte drei Millionen Mails von diesem Landau checken. Und der Bank Beine machen, die haben sich noch immer nicht gemeldet.«

»Ich kann allein zur Brandmeyer«, sagte Ruth schnell. »Mach du ruhig erst deinen Kram fertig.«

Andrea ließ ihren Blick misstrauisch zwischen Ruth und Brodtmann wandern. »Ich sage nichts«, sagte sie. »Ich sag jetzt einfach kein Wort.«

27

Verena Brandmeyer trug den nachtblauen Kimono. Es war erschreckend, wie wenig die Person, die heute darin steckte, mit der Frau gemein hatte, an die Ruth sich erinnerte. Die Haare hingen strähnig um ihren Kopf, das Gesicht war fleckig. Ruth wappnete sich. Sie würde sich nicht wegschicken lassen. Sie musste irgendwie durchdringen zu dieser Frau.

Sie rechnete mit allem, aber nicht mit dem freundlichen Lächeln, das die Hausherrin ihr schenkte. »Kommen Sie rein«, sagte sie und führte die verdatterte Ruth in die Küche. »Entschuldigen Sie, es sieht ein bisschen chaotisch aus.« Sie deutete vage auf die Anrichte, auf der ein Karton Eier neben der Pfanne stand. »Ich wollte mir gerade etwas zu essen machen.« Sie seufzte, strich sich die ungewaschenen Haare zurück. »Ich muss die Putzfrau anrufen. Es ist wohl höchste Zeit.«

Ruth sah sich um. Sie kannte durchaus Räume, die eine Putzfrau nötiger gehabt hätten. Aber darum ging es ja nicht. Der nüchterne, fast aufgeräumte Ton, das Interesse an ihrer Umgebung, Verenas ganzes Auftreten schien darauf hinzudeuten, dass sie allmählich wieder zu sich kam.

Obwohl Ruth der wundersamen Wandlung instinktiv misstraute, war sie doch vage erleichtert. Auch darüber, dass Verena Brandmeyer ihr ohne Groll zu begegnen schien. Die Szene in der Cafeteria hing ihr nach. Sie hatte sich gehen lassen. Sie hatte eine Szene gemacht, genau wie die Brandmeyer. Sie hatte sich unprofessionell verhalten, und das tat ihr leid.

Nun probierte sie vorsichtig den Gedanken, dass es vielleicht gerade ihr Fehlverhalten gewesen war, das die Anwaltswitwe zur Vernunft gebracht hatte. Leider taugte er nicht viel. Denn sosehr sie es sich wünschte, Ruth sah höchstens einen dünnen Firnis aus Vernunft. Und sie sah hässliche Flecken auf der Vorderseite des Seidenkimonos.

Die Witwe schniefte, wischte sich mit dem Handrücken unter der Nase entlang. »Möchten Sie einen Kaffee?«

Ruth verneinte eilig, aber Verena Brandmeyer schien sie gar nicht zu hören, sondern hantierte mit der cremeweißen Thermoskanne am Waschbecken. Erst als die Maschine zu blubbern begann und der Duft sich heimelig in der sonnendurchfluteten Küche ausbreitete, setzte sie sich zu Ruth an den Tisch.

»Was kann ich denn heute für Sie tun?«, fragte sie, freundlich, verbindlich. So, als rede sie mit dem Eismann oder einem Staubsaugervertreter.

Ruth schob ihr Unbehagen beiseite. »Der abschließende Obduktionsbefund Ihres Mannes ist heute Morgen gekommen«, sagte sie. Sie beäugte Verena Brandmeyer vorsichtig, suchte Tränen oder einen nahenden Ausbruch, aber sie saß einfach da, und fast war es Ruth, als umspiele ein Lächeln ihren Mund, während die blauen Puppenaugen fragend auf ihrer Gesprächspartnerin ruhten.

»Er war krank«, fuhr Ruth fort. »Ihr Mann hatte einen Tumor.«

»Ach ja?« Verena Brandmeyer klang, als habe Ruth etwas erwähnt, das sie im weitesten Sinne interessant fand.

»Ein sehr frühes Stadium«, fuhr Ruth fort. »Der Rechtsmediziner sagte, diese Art käme nicht häufig vor.«

»Der Kaffee ist fertig«, sagte die Witwe. »Jetzt tun Sie mir den Gefallen, und trinken Sie eine Tasse mit!«

Sie schenkte ein, und Ruth bedankte sich höflich. »Hat er davon gewusst?«, fragte sie dann.

»Wovon?« Verena Brandmeyer sah sie fragend an.

»Von dem Tumor. Ich sagte doch gerade, dass Ihr Mann einen Tumor hatte.«

»Tumor«, sagte Frau Brandmeyer. »Tumor, Tumor, Tumor … Krebs. Sie meinen Krebs?« Sie lachte, als sei das irgendwie komisch. »Mein Mann hat keinen Krebs«, sagte sie dann. »Eugen ist kerngesund! Er geht regelmäßig zur Vorsorge. Er ist Diabetiker, wissen Sie? Er achtet auf seinen Körper. Er nimmt es genau mit den Arztbesuchen.«

»Haben Sie etwas genommen?«, erkundigte Ruth sich vorsichtig.

»Eine Aspirin«, erwiderte die Witwe. »Ich hatte Kopfschmerzen. Ich habe nicht besonders gut geschlafen, wissen Sie, und ich glaube, ich bekomme meine Tage.« Ein mädchenhafter Hauch Rot huschte bei dieser Auskunft über ihre bleichen Wangen.

»Sie wissen, dass Ihr Mann tot ist?« Ruth fiel keine diplomatischere Formulierung ein.

Verena Brandmeyer, die gerade die Kaffeetasse zum Mund führte, erstarrte. Für eine Sekunde saß sie ganz still, dann senkte sie die Tasse, setzte sie vorsichtig auf den fragilen Unterteller. Sie hob den Blick. »Selbstverständlich«, sagte sie. »Mein Mann ist tot. So etwas vergisst man doch nicht.« Sie lächelte. »Aber sprechen Sie ruhig weiter. Ein Tumor, sagen Sie?« Sie legte den Kopf ein wenig schief, verzog den Mund zu einer Schnute. »Ein Tumor«, wiederholte sie. »So was. Aber dann ist es ja gut.«

Ruth starrte sie an.

»Darum sind Sie doch hier, oder? Das wollen Sie doch hören? Es ist sehr tröstlich für mich, dass er sowieso gestorben wäre.«

»Das will ich nicht hören«, widersprach Ruth. »Ich verstehe nicht, was Sie sagen wollen.«

»Ich weiß Ihre Mühe zu schätzen. Ich verstehe, dass Sie Ihre Pflicht tun und versuchen, mir die Sache leichter zu machen. Es geht mir ja auch schon viel besser. Trauer ist ein Prozess, nicht wahr? Das ist alles sehr viel für mich, aber ich schaffe das schon. Und ich nehme an, Sie haben jede Menge zu tun.« Sie erhob sich, stieß dabei an den Tisch, sodass die Tassen leise klirrten.

»Bestellen Sie ihm schöne Grüße«, sagte sie zu Ruth, die sich nicht von der Stelle rührte. »Ihrem Kollegen, dem Herrn … Brodtmann, richtig?« Abermals neigte sie den Kopf auf kindliche Weise. Aber ihr Blick war unmissverständlich.

Ruth blieb trotzdem sitzen.

»Ich möchte nicht unhöflich sein«, sagte Verena Brandmeyer nach einem Moment unbehaglichen Schweigens. »Aber ich würde mich gern etwas hinlegen. Dr. Waldberg hat mir Ruhe verordnet, ich soll mich unbedingt schonen. Wenn Sie mich also jetzt entschuldigen würden?«

Ruth hatte keine Wahl. Außerdem hatte sie es eilig. An diesen Gedanken klammerte sie sich auf ihrem Weg zur Tür. Sie konnte nichts weiter tun, gar nichts.

Verena Brandmeyer stand oben an der Treppe und sah zu,

wie Ruth ihr Auto aufschloss. »Ach, und einen schönen Gruß an Herrn Litwinenko auch«, rief sie, als Ruth im Begriff war, einzusteigen. Bevor die ihrem Unverständnis Ausdruck verleihen konnte, hatte Frau Brandmeyer schon die schwere Holztür donnernd ins Schloss geworfen.

***

»Es ist wirklich dringend!« Angela bemühte sich, den Worten den richtigen Nachdruck zu verleihen. Sie stand im Hof hinter dem Büro und hielt das Handy fest an ihr Ohr gepresst.

»Nächste Woche? Das ist zu spät. Hören Sie, Frau Gröbnitz, es geht mir jetzt schlecht! Das ist eine Krise. Ich kann nicht schlafen. Es geht mir sehr schlecht!« Sie sah sich hektisch um. Keine Seele weit und breit. Dennoch rechnete sie jeden Moment mit der Gottler, die hier ihre widerlichen Zigaretten rauchte. Vielleicht stand sie auch im Gebäude hinter einem der gekippten Fenster und lauschte.

Sie versuchte sich auf die Worte zu konzentrieren, die aus dem Handy drangen. Fühlte ihre Wut wachsen.

»Ja, mir tut das auch leid«, sagte sie, lauter diesmal, ein bisschen zu laut. »Das tut mir sehr leid, dass Sie so wenig Zeit haben! Aber Sie sind meine behandelnde Ärztin! Es muss doch möglich sein, kurzfristig einen Termin zu machen. Es ist wie gesagt ein Notfall!«

Abermals lauschte sie, fassungslos. Tränen stiegen auf, ob aus Zorn oder Verzweiflung, hätte sie nicht sagen können. Sie würde nicht weinen. Das war keine Option. Sie musste zurück in ihr Büro. Sie würde keine Schwäche zeigen, nicht vor der Gottler und vor dem Chef. Die warteten ja nur auf so etwas. Anklagende Blicke, Forderungen, immer Forderungen. Angela wusste nicht, wie lange sie das noch aushalten konnte. Aber sie würde denen nicht die Genugtuung gönnen, sie weinen zu sehen.

Sie konzentrierte sich auf die Wut. Vor nächster Woche war es der ach so beschäftigten Frau Gröbnitz angeblich nicht möglich, sie zu empfangen. Dabei war es ihr verdammter Beruf, für ihre Patienten da zu sein. Was war das für eine Therapeutin, die einen in Momenten der Not einfach abwimmelte? Möglicherweise war das ein Fall für die Ärztekammer.

Sie steckte das Handy in die Tasche und versuchte, sich zu fassen. Sie tat kaum etwas anderes in den letzten Tagen. Sie wusste nicht mehr ein noch aus. Sie kannte ihre Tochter. Hannah war ein sensibles Kind. Das Wissen, dass ihr eigener Vater sie nicht gewollt hatte, nagte an ihr. Natürlich tat sie mit der enervierenden Bockigkeit eines Teenagers so, als wäre alles in bester Ordnung. Sie telefonierte täglich mit ihm. Und wenn Angela versuchte, mit ihr zu reden, blockte sie einfach ab. Ich bin okay, sagte sie, immer wieder, in diesem genervten Ton. Als wäre Angela das Problem.

Immerhin hatte sie auch das leidige Thema Amerika nicht mehr angesprochen. Angela konnte nur hoffen, dass sie begriffen hatte, dass die Geschichte vom Tisch war, ein für alle Mal.

Gott, sie konnte nicht mehr. Sie war wirklich am Ende.

Dadrinnen im Büro warteten die Geier, die keinen Hehl daraus machten, dass sie Angela lieber heute als morgen los wären. Leute, die keine Ahnung hatten, wie das Leben, Angelas Leben, wirklich war.

Und jetzt fiel ihr auch noch ihre Therapeutin in den Rücken.

Angela wusste wirklich nicht, wie lange sie das alles noch aushalten konnte.

***

»Das wirst du jetzt nicht glauben!« Enthusiastisch sprudelten Brodtmanns Worte aus dem Handy.

»Ich glaube jetzt gerade alles«, versicherte Ruth und starrte hinaus auf die Seitenstraße, in der sie gehalten hatte, um zu telefonieren. Ein alter Herr führte einen winzigen Hund undefinierbarer Rasse über das saubere Trottoir und beäugte sie misstrauisch. »Ich glaube jetzt alles und gar nichts, denn ich hatte eine Begegnung der dritten Art.«

»So schlimm?«

»Wenn ich das wüsste, ginge es mir besser«, erwiderte Ruth. »Wer zum Henker ist Litwinenko?«

»Keine Ahnung. Kommt mir irgendwie bekannt vor, der Name. Politiker vielleicht? Fällt mir noch ein. Aber jetzt pass auf, ich bin da auf etwas gestoßen. Diese Firma, die den Laden von Landau übernehmen wollte – rate, wem die gehört!«

Ruth hatte keine Lust, zu raten. Das war auch nicht nötig. »Morowski«, brüllte Brodtmann nämlich nun in den Hörer. »Ist das ein Hammer oder was?«

»Ein Hammer«, bestätigte Ruth leidenschaftslos. »Ich wusste nicht, dass der auch im Internet-Business ist.«

»Der ist in jedem Business, in dem Geld steckt. Und auch in dem, in dem kein Geld steckt, denn da kann er das Geld, das er da macht, wo viel Geld ist, reinstecken und schön sauber waschen.«

Ruth beobachtete, wie der Mann seinen Köter zu einer weiteren Kehrtwende nötigte, um sie nicht aus den Augen zu verlieren.

»Ich werde jetzt umgehend meinen breiten Beamtenarsch in diese Firma schwingen«, tat Brodtmann derweil kund. »Du schaffst die Psychotante auch allein, oder?«

»Sicher.« Ruth beendete das Gespräch und legte kurz den Kopf in den Nacken. Endlich ging es weiter, endlich bewegte sich etwas. Sie hätte motiviert sein müssen. Aber sie fühlte sich einfach nur müde. Erschöpft bis auf die Knochen. Der alte Mann hatte seinen bummelnden Hund mittlerweile auf die Höhe ihres Wagens gezwungen. Er blieb stehen und beugte sich ein wenig vor, sodass er in das halb geöffnete Fenster sehen konnte.

»Kann ich Ihnen irgendwie helfen?«, fragte er. »Suchen Sie etwas?«

Ruth öffnete die Augen und schenkte ihm das unverbindlichste Lächeln, das sie zustande brachte. »Alles in Ordnung«, sagte sie, »vielen Dank. Ich hab nur schnell telefoniert.« Sie hob das Beweismittel Handy ein Stück nach oben, bevor sie es in ihrer Handtasche verstaute. Der Herr nickte, obwohl er weder überzeugt noch zufrieden wirkte.

Kümmer dich um deinen eigenen Scheiß, hätte Ruth am liebsten gesagt. Oder besser noch – kümmer dich um deine Nachbarinnen, die in ihren schicken Villen sitzen und den Verstand verlieren.

Stattdessen wandte sie ihre Aufmerksamkeit dem Navigationssystem zu und trug ihm auf, ihr den Weg zur Praxis von Christine Gröbnitz zu weisen.

Knapp zehn Minuten später parkte sie vor dem Haus, das wie die Antithese zur Villa Brandmeyer wirkte. Glas und Stahl, gerade Linien, umgeben von einem Garten, der so akkurat aussah, dass es einem fast Angst machte. Alles war gerade und sortiert, ausgewogen und berechnet. Sogar auf dem Kiesweg, der zwischen den kurz gemähten Grashalmen des Vorgartens zur Haustür führte, schien jedes Kieselsteinchen seinen Platz genau zu kennen. Das Grundstück wirkte riesig. Ein Vermögen war das wert, in dieser Lage, und auch das Haus hatte sicherlich eine Kleinigkeit gekostet. Hinter einer Scheibe im ersten Stock schien sich etwas zu bewegen. Die Fassade mit den großen Glasflächen war allerdings so geschickt entworfen, dass man keinen Blick ins Innere erhaschen konnte. Vielleicht war es einfach ein Sonnenreflex gewesen.

Neben der weißen Haustür hing ein Praxisschild, die Klingel groß und präsent. Ein zweiter, deutlich dezenterer Klingelknopf und ein dazugehöriges Schild verrieten, dass Christine Gröbnitz ihre private Wohnstatt offenbar im oberen Geschoss hatte.

Ruth klingelte. Eine Weile tat sich nichts, aber als sie eben den anderen Knopf probieren wollte, hörte sie Schritte hinter der Tür.

»Was kann ich für Sie tun?« Die Frau war etwa in Ruths Alter. In dem dunklen Haar, das zu einem eleganten Knoten geschlungen war, zeigten sich erste graue Strähnen. Sie sah müde aus, ein bisschen blass, aber die grünen Augen blickten Ruth warm und freundlich an.

»Veritzky, Ruth Veritzky ist mein Name. Kriminalpolizei.« Ruth fingerte nach ihrem Dienstausweis. »Ich hätte gern mit Frau Gröbnitz gesprochen.«

Über das warme Grün schob sich eine kühle Schicht Grau. »Das geht jetzt nicht. Ich habe Termine.«

Es kam naturgemäß selten vor, dass Ruth bei ihren unangekündigten Besuchen freudig empfangen wurde. Die meisten Leute reagierten mit Unbehagen, mit Nervosität oder Angst. Ein so klares und offensives Desinteresse, wie Christine Gröbnitz es an den Tag legte, war Ruth allerdings bislang noch nicht untergekommen. Entweder war sie eine Frau, die sich nicht leicht aus der Fassung bringen ließ, oder sie verstand es ausgezeichnet, ihre Gefühle zu kontrollieren. Ruth hätte ebenso gut für hungrige Zirkustiere sammeln können oder ihr statt des Dienstausweises, den sie nun mit spitzen Fingern in Empfang nahm, ein Exemplar des »Wachtturms« reichen können.

Aber Ruth war von der Polizei, verdammt, und sie ermittelte in einem Mordfall. Ruth war nicht in der Stimmung, sich so behandeln zu lassen. »Ich werde Sie nicht lange aufhalten«, erklärte sie knapp.

Frau Gröbnitz schob den Ärmel ihrer weiten Baumwolltunika ein wenig nach oben, blickte auf ihre Uhr, seufzte dann und bedeutete Ruth, ihr zu folgen. Der schmale weiße Flur führte in einen Raum, der erstaunlich gemütlich wirkte. Obwohl auch er von der klaren und nüchternen Formgebung des Hauses bestimmt war, sorgten warme Rot- und Gelbtöne sowie eine große Bücherwand beinah für eine kuschelige Stimmung. Durch die riesigen Fenster, die fast eine ganze Wand einnahmen, blickte man hinaus in den Garten. Christine Gröbnitz bot Ruth mit einer Handbewegung Platz in einem der roten Sessel vor dem Fenster an. Sie waren weit bequemer, als das moderne Design erwarten ließ.

Ruth fühlte sich sonderbar weich, als sie in die Polster sank. In Polster, so schoss es ihr durch den Kopf, in denen sonst die Patienten saßen. Markus Berg hatte hier gesessen, in genau diesem Stuhl vermutlich, und er hatte dieser Frau eine Menge Dinge erzählt. Dinge, von denen Ruth nichts wusste. Die er ihr möglicherweise auch erzählt hätte irgendwann, hätte er dazu die Gelegenheit bekommen.

Sie konzentrierte sich auf den niedrigen Holztisch, der zwischen ihrem Sessel und dem von Frau Gröbnitz stand. Eine kleine Vase mit einer frischen Rose, daneben lag ein Paket Papiertaschentücher. Falls jemand weint, dachte Ruth, hier wird sicher viel geweint. Das Weiche in ihr drohte kurz, sich zu verflüssigen.

»Was führt Sie zu mir?« Christine Gröbnitz' Ton bewegte sich noch immer zwischen Gleichgültigkeit und Ablehnung und riss Ruth zurück ins Trockene. Sie fixierte sie. »Es geht um Markus

Berg«, sagte sie. »Um Markus Berg und Carsten Landau.« Ihre Stimme klang beruhigend klar.

Christine schien zu stutzen. Sie schwieg.

»Sie kennen die beiden?« Ruth setzte sich ein wenig aufrechter.

»Ich möchte das nicht beantworten.« Die Psychologin räusperte sich. »Zumal es eine rhetorische und somit überflüssige Frage ist. Sie kennen die Antwort, sonst wären Sie ja nicht hier.« Sie war ganz offensichtlich geübt in der Kunst, andere Menschen abzukanzeln.

Zum Glück war Ruth ebenso geübt darin, sich nicht abkanzeln zu lassen. »Herr Berg ist tot«, erklärte sie ohne weitere schonende Umschweife. »Eine Nachbarin hat ihn gefunden. Es sieht so aus, als habe er sich erhängt.« Sie legte eine Pause ein, studierte ihr Gegenüber. Etwas ging vor. Hinter der Fassade von Christine Gröbnitz passierte etwas. Sie brach den Augenkontakt ab, ihr Blick flatterte kurz durch den Raum. »Wie furchtbar!« Sie klang, als meine sie das ehrlich.

»Carsten Landau ist auch tot«, fuhr Ruth fort. Sie ließ die Frau nicht aus den Augen. Die schien kurz zu zucken, die langen silbernen Ohrringe mit den Schmucksteinen, die farblich zum dunklen Grau der Tunika passten, klirrten leise. »Herr Landau ist vor einen durchfahrenden Zug gestürzt, am Bahnhof, Sie werden davon gehört haben, es kam ja in den Nachrichten.«

Christine Gröbnitz nahm die Brille ab und umklammerte sie mit der rechten Hand, während sie mit der linken ihre Nasenwurzel packte und massierte. »Das ist wirklich ganz grauenhaft!« Sie setzte die Brille wieder auf, straffte den Rücken. »Aber ich verstehe nicht, was Sie zu mir führt«, sagte sie dann. Sie schien sich wieder vollständig unter Kontrolle zu haben.

»Frau Gröbnitz! Zwei Menschen sind tot, gestorben innerhalb von vierundzwanzig Stunden. Beide waren bei Ihnen in Behandlung. Wir brauchen jede Information, die wir bekommen können.«

»Und da kommen Sie zu mir?« Christine klang fast belustigt.

»Selbstverständlich komme ich da zu Ihnen. Ich bin sicher, dass Sie viel über Markus Berg und Carsten Landau wissen.« Eine Menge intimer Details, dachte sie und fragte sich, wann Markus das letzte Mal hier gewesen war. Sicher nicht am Tag seines Todes. Bestimmt war ihr Name nie gefallen in diesem Raum. Aber allein der Gedanke rüttelte an ihrer inneren Stabilität.

»Meine liebe Frau Veritzky!« Christine Gröbnitz' Stimme klang nachsichtig. »Sie haben sicher schon einmal von der ärztlichen Schweigepflicht gehört?«

»Sie sind tot«, sagte Ruth, und ihre Stimme klang auf einmal heiser. Sie räusperte sich erneut. »Carsten Landau und Markus Berg sind nicht mehr am Leben. Ich brauche Ihre Hilfe!«

»Die Schweigepflicht gilt über den Tod hinaus. Ich bin sicher, dass Ihnen das bekannt ist.« Erneut vertrieb der Tonfall der Psychologin Ruths Anflug von Weinerlichkeit.

»Ich frage Sie nicht nach intimen Geheimnissen«, sagte sie. »Ich brauche einfach Fakten. Eine Einschätzung. Waren sie nervös in letzter Zeit? Hatten sie womöglich Angst vor etwas oder vor jemandem?«

Christine Gröbnitz kniff die Augen ein wenig zusammen und musterte Ruth misstrauisch. »Was soll die Frage? Worauf wollen Sie hinaus? Ich bin Therapeutin. Natürlich sind die meisten meiner Patienten angespannt, stehen unter Druck. Sonst würden sie mich nicht aufsuchen. Ich kann nur zuhören und beobachten.« Sie erhob sich und ging ein paar Schritte zum Fenster. Sie wandte Ruth den Rücken zu und blickte einen Moment hinaus in den Garten. Dann drehte sie sich um. »Ich denke, ich kann Ihnen so weit entgegenkommen: Nein, keiner von beiden zeigte Anzeichen für eine suizidale Tendenz. Sonst hätte ich natürlich darauf reagiert.«

Abermals blickte sie auf ihre Uhr, ziemlich demonstrativ, wie Ruth fand.

»Sie waren befreundet, das wissen wir«, bohrte sie hastig weiter. »Wir sind auf der Suche nach anderen Gemeinsamkeiten. Wir brauchen etwas, wo wir ansetzen können.« Schnell schießen war die einzige Möglichkeit. So viele Fragen wie möglich loswerden, bevor sie vor die Tür gesetzt wurde. Und sie traf. Es waren nur Millisekunden, winzige Momente, in denen das beherrschte und überlegene Gesicht von Christine Gröbnitz zu entgleisen drohte. Aber Ruth war ziemlich sicher, so etwas wie Panik in den

Augen dieser Frau zu sehen, bevor sie scheinbar energisch das Kinn hob. »Was soll das?«, fragte sie. »Was soll diese Frage nach Gemeinsamkeiten? Ich verstehe nicht, worauf Sie hinauswollen?«

»Es ist mehr als fraglich, dass es sich um Suizide handelt.« Ruths Stimme klang schrill. »Es geht möglicherweise um Mord, verstehen Sie?«

Melodramatisch, dachte sie, aber wenn sie diese Eisprinzessin knacken wollte, konnte Dramatik nur helfen. Trotz dieser heimlichen Hoffnung überraschte sie der Effekt ihrer Worte. Christine Gröbnitz' Mund öffnete sich, klappte dann wieder zu. Sie ging zurück zum Sessel, wankte fast, ließ sich so vorsichtig nieder, als fürchte sie, sonst zusammenzubrechen. »Mord?«

»Ja, Mord!« Ganz rein war Ruths Gewissen nicht. Immerhin fehlte im Fall von Markus Berg noch der klare Beweis dafür, dass er sich nicht das Leben genommen hatte. Aber sie hatte keine Zeit, sich mit derartigen Feinheiten aufzuhalten.

»Aber das ist ja grauenhaft«, sagte Christine. »Sind Sie ganz sicher?«

»Ich bin sicher, dass es einen Zusammenhang gibt.« Ruth ignorierte die Frage geflissentlich. »Deshalb stelle ich Ihnen diese Fragen. Sie kannten beide. Sie verfügen möglicherweise über Informationen, die in der jetzigen Phase der Ermittlung von existenzieller Bedeutung sind.«

»Hören Sie auf!« Christine klang verärgert. »Ich verstehe durchaus, worauf Sie hinauswollen. Aber leider ändert das nichts. Ich nehme meine Schweigepflicht ernst. Ich lasse mich hier nicht auf so billige Art und Weise unter Druck setzen. Ich kann Ihnen nichts sagen, was Ihnen weiterhilft.«

»Das zu beurteilen, sollten Sie vielleicht lieber mir überlassen!« Ruth bremste sich. So kam sie nicht weiter. »Bitte, Frau Gröbnitz«, sagte sie. »Ich respektiere Ihre Prinzipien. Es ist kein Problem, einen richterlichen Beschluss zu erwirken und Einsicht in die Akten zu nehmen. Aber es kostet Zeit. Wertvolle Zeit, die ich lieber nutzen möchte, um die Sache zu klären. Ich versichere Ihnen, dass ich alles, was Sie sagen, diskret behandeln werde.«

»Bitte«, unterbrach die Frau sie. »Das ist unter meinem Niveau. Und unter Ihrem auch. Drehen Sie die Sache doch einmal um.

Stellen Sie sich vor, ich komme zu Ihnen ins Büro und bitte Sie, mir eine Ermittlungsakte zu zeigen. Weil die wichtig ist. Damit ich jemandem helfen kann, den ich behandle. Würden Sie meiner Bitte entsprechen, weil ich verspreche, die Sache sehr diskret zu behandeln?«

»Das können Sie doch nicht vergleichen!« Ruth hätte gern gebrüllt, behielt sich aber im Griff. »Zwei Menschen sind tot. Zwei Menschen, die genug durchgemacht haben. Jetzt hatten sie ihr Leben wieder im Griff. Sie hatten die Chance, noch einmal glücklich zu werden. Und plötzlich sind sie tot, alle beide. Glauben Sie wirklich, einer von ihnen würde sich um Ihre heilige Schweigepflicht scheren?« Es fühlte sich gut an, das lähmende Gefühl von Frustration wenigstens verbal zu entladen. Ruth hatte keine Lust mehr, sie hatte wirklich keine Lust mehr. Das war nicht unprofessionell, versicherte sie sich heimlich. Provokation war in manchen Momenten das Mittel der Wahl, so war das eben.

Ohne zu fragen, griff sie nach den Taschentüchern auf dem Tisch und schnäuzte sich die Nase. Scheiß-Allergie, dachte sie, seit wann habe ich eigentlich Allergie?

»Machen Sie das immer?« Aus Augen und Ton der Psychologin war die Feinseligkeit gewichen. Sie betrachtete Ruth interessiert. »Nichts für ungut, aber diese Art von persönlicher Emotion scheint mir recht ungewöhnlich für jemanden in ihrem Beruf.«

Ruth schluckte den Zorn hinunter. Suchte nach einer passenden Antwort.

»Ich will Ihnen nicht zu nahe treten«, sprach Christine Gröbnitz weiter. »Aber das ist gefährlich. Ich weiß nicht, wie lange Sie den Job schon machen, aber wenn Sie sich jeden Fall so zu Herzen nehmen, dann werden Sie in kürzester Zeit ausgebrannt sein. Reden Sie mit jemandem? Ich meine, Sie haben doch bei der Polizei Psychologen, nicht wahr?«

Ruth sprang auf. Zu sagen, dass ihr die Richtung des Gesprächs missfiel, wäre eine lächerliche Untertreibung gewesen. Sie baute sich vor der anmaßenden Seelenklempnerin auf, die sie vom Sessel aus noch immer mit klinischem Interesse betrachtete, und fauchte: »Ich komme ausgezeichnet klar, danke der Nachfrage. Obwohl mein Job für mich tatsächlich mehr ist als eine

Geldbeschaffungsmaßnahme. Natürlich nehme ich Anteil. Und ich finde es hochinteressant, dass das gerade eine Therapeutin überrascht.«

Die Gröbnitz besaß tatsächlich die Stirn, sie anzulächeln. »Sie sind wütend«, sagte sie, und Ruth kämpfte gegen den Drang, ihr die Richtigkeit ihrer Worte zu bestätigen, indem sie jedes herablassende Wort mit der Faust zurück in ihren Mund stopfte. »Sie sind wütend auf mich, und ich kann das verstehen. Es ist Ihr gutes Recht. Aber ich habe keine Wahl. Es gibt Dinge, die sind nicht verhandelbar. Wenn Sie einen richterlichen Beschluss erwirken, können Sie die Akten einsehen. Dann bin ich gerne bereit, Ihnen dabei auftauchende Fragen zu beantworten. Aber so kann ich leider nichts für Sie tun.« Sie erhob sich und deutete zur Tür. »Wenn ich Sie also dann jetzt bitten dürfte?«

Ruth schluckte. Sie schluckte viele Worte, die eindeutig in die Kategorie »unprofessionell« fielen. In weit schlimmere Kategorien, bedachte man es genau.

»Wie Sie wollen«, sagte sie und transportierte möglichst viel von dem Ungesagten, Unsäglichen mit ihren Augen. »Ganz wie Sie wollen. Bemühen Sie sich nicht, ich finde allein zur Tür!«

28

Verena musterte das Gesicht im Spiegel über dem Waschbecken. Es war kein Wunder, überhaupt kein Wunder, dass alles so schiefgegangen war. Das, was sie da sah, war nicht sie. Das war nicht Verena, denn Verena war schön. Auffallend attraktiv. Das war Verenas Kapital, Schönheit öffnete ihr Türen, ebnete die Wege. Ihre Schönheit war ein Teil von ihr, und daher hatte sie nie etwas Anstößiges daran sehen können, sie zu nutzen, um das zu bekommen, was sie wollte. Ein Teil von ihr, so selbstverständlich, dass sie nicht einmal bemerkt hatte, wie stumpf diese natürliche Waffe geworden war in den letzten Tagen. Es war kein Wunder, dass Brodtmann nicht gekommen war. Sie dachte das ohne großes Bedauern. Für solche Gefühle hatte sie keine Zeit. Der Plan, ihn zu verführen, war ihr sinnvoll erschienen. Wenn er mit ihr geschlafen hätte, dann wäre er auf ihrer Seite gewesen. Aber das spielte keine wirkliche Rolle. Er war schwach. Nun, da Verena endlich begriff, womit sie es zu tun hatte, kam es ihr fast lächerlich vor, dass sie die Hoffnung auf Brodtmann hatte setzen wollen.

Es spielte keine Rolle. Jetzt nicht mehr.

Sie öffnete den Badezimmerschrank und entnahm ihm eine kleine Dose. Sie trug die grüne duftende Masse auf ihr Gesicht auf, ließ Augen und Mundpartie frei. Kühl schmiegte sich die Cremeschicht auf ihre Haut, drang in die Poren, löste, was schlimm und hässlich war.

Sie ging zur Badewanne, in der das schaumgekrönte Wasser duftete, und drehte den Hahn zu. Sie zog den Kimono aus, ließ ihn achtlos auf den Boden fallen und stieg vorsichtig ins Wasser.

Es war heiß. Es brannte auf der Haut. Es tat weh. Es tat gut.

Sie legte den Kopf an den Wannenrand.

Krebs. Sie dachte an die Polizistin, die ihr diese Information einfach so serviert hatte. Als wäre nichts dabei. Krebs. Sie fühlten sich verdammt sicher, alle miteinander. Vielleicht war sie dumm, die Polizistin, dumm genug, um nicht zu begreifen, wie irrwitzig das Spiel war, in dem sie ihre kleine erbärmliche Rolle spielte. Vielleicht war sie aber auch grausam und weidete sich an Verenas Schmerz. Verena wusste es nicht. Das Einzige, was sie mit Sicherheit wusste, war, dass es genug war. Mehr als genug.

Ihre Haut hatte sich an die Wassertemperatur gewöhnt. Es tat nicht mehr weh. Verena schloss die Augen. Sofort waren da Bilder. Bilder eines kahlköpfigen, eingefallenen Mannes in einem Krankenhausbett. Voll mit Gift und Krebs. Sein Gesicht war verschwommen, die Züge veränderten sich. Manchmal sah sie Eugen. Dann wieder ihn, dann Morowski, er lächelte, ganz sanft und freundlich, eine Lüge, das Lächeln, dahinter nur Gemeinheit.

Keine Skrupel, keine Scham. Eugen war robust gewesen. Kerngesund. Zu robust vermutlich, es hatte wohl zu lange gedauert. Deshalb hatten sie die Sache beschleunigt. Sie taten das. Weil sie es konnten. Sie hatten keine Skrupel, denn sie wussten, dass sie nichts zu befürchten hatten.

Verena ließ sich ein wenig tiefer ins Wasser sinken. Sie sog den Duft nach Orangenblüten ein.

Ihre Stärke war auch ihre Schwäche. Sie unterschätzten sie. Sie rechneten nicht mit Gegenwehr, ahnten nicht, was mit ihr geschah. Es überraschte sie selbst. Aber sie hatte keine Angst mehr. Sie hatte nichts mehr zu verlieren.

Sie hob eine Hand aus dem Wasser, tastete auf dem Badewannenrand. Sie fand den Rasierer, nahm ihn, umklammerte den Griff. Sie hielt ihn vor ihr Gesicht, sah die Klinge an. Nein, sie hatte keine Angst mehr. Es gab einen Ausweg. Einen Weg, der klar und gerade vor ihr lag.

Sie rutschte ein wenig höher, ignorierte das Gefühl von Kälte an den nassen, nackten Armen. Sie streckte die Hand mit dem Rasierer aus, ließ sie wieder eintauchen, suchen und tasten. Sie fand, was sie suchte, setzte an.

Sie begann, die hässlichen Stoppeln von ihren Beinen zu schaben. Langsam und vorsichtig, Stück für Stück. Sie entfernte all das Widerliche, das Verzweifelte.

Sie war ganz klar. Sie durfte keine Tabletten mehr nehmen. Möglicherweise war auch etwas im Wodka. Die Möglichkeiten waren vielfältig. Sie musste aufpassen, was sie zu sich nahm.

Sie musste trinken. Musste sich Wasser aus dem Supermarkt besorgen. Auf Essen konnte sie verzichten. Sie konnte sich nicht einmal erinnern, wann sie das letzte Mal so etwas wie Hunger verspürt hatte. Aber sie musste trinken, das war lebensnotwendig.

Sie hob ein Bein aus dem Wasser, betrachtete zufrieden das Ergebnis der blinden Rasur. Es wurde immer perfekt in der Wanne. Wenn die Haut weich war und warm. Sie legte den Rasierer auf den Wannenrand zurück.

Erneut schloss sie die Augen. Sie dachte an den Abend, den schrecklichen Abend, an dem Eugen das Böse in ihr Haus geholt hatte. In ihr Leben.

Er hatte oft Klienten eingeladen. Wichtige Klienten. Es waren schöne Abende. Man aß zusammen, unterhielt sich angeregt. Es waren nette Menschen, intelligente Leute, die sich auf Unterhaltung verstanden. Kultivierte Männer in teuren Anzügen, Männer, die Geld hatten und Geschmack. Die großen Fische, wie Eugen sie nannte. Meist verstand Verena nicht wirklich, was genau sie angeblich verbrochen hatten. Das war natürlich auch kein Thema. Verena wusste nur, dass sie keine Verbrecher waren, nicht im herkömmlichen Sinn. Es ging um Geld, um Steuern, es ging um Geschäfte und Gesetze, die diese Geschäfte oft unmöglich machten. Diese Männer waren keine Kriminellen, und natürlich war Verena davon ausgegangen, dass Morowski genauso war wie die anderen. Ein reicher Mann mit ausgezeichneten Manieren, einer, der charmanter war und ein bisschen besser aussah als die meisten anderen Klienten. Er interessierte sich sehr für Kunst. Unterhielt sich mit Verena darüber, bewunderte ihr Wissen. Er besaß eine bescheidene Kunstsammlung. Es war ein wunderbarer Abend gewesen, damals, nichts hatte darauf hingedeutet, dass Eugen den Teufel ins Haus geholt hatte.

Er hatte mit ihr geflirtet. Dezent und leichtfüßig, so, dass sogar Eugen gelächelt hatte und den Zeigefinger gehoben, einen Witz gemacht hatte darüber. So, dass sie Stolz gesehen hatte in seinen Augen.

Das Wasser wurde langsam kalt. Verena fröstelte. Sie setzte sich auf. Sie nahm den Duschkopf, wusch ihre Haare, wusch die Maske vom Gesicht. Dann stieg sie aus der Wanne, trocknete sich mit einem großen, weichen Handtuch ab. Nackt ging sie in ihr Schlafzimmer, nahm einen warmen Bademantel aus dem Schrank, in den sie sich hüllte.

Sie griff nach dem Handy. Sie hatte sich gewundert, dass es nicht mehr geklingelt hatte. Bis sie bemerkte, dass der Akku leer war. Jetzt war es aufgeladen. Sie sah sich die Liste der verpassten Anrufe an.

Sie war ganz ruhig.

Sie drückte auf einen Knopf. Es tutete, es läutete, sie wartete, bis die Stimme sich meldete.

»Wir müssen uns sehen«, sagte sie. Ganz ruhig. »Ich komme um fünf!« Sie wartete nicht auf eine Antwort, sondern drückte das Gespräch weg. Sie sah auf die Uhr. Sie hatte viel zu tun. Aber sie hatte Zeit genug.

Jetzt hatte sie Zeit genug.

***

Eigentlich mochte er das Gefühl. Sehen und nicht gesehen werden, hier oben am Fenster. Der unsichtbare Beobachter erfuhr eine Menge. Vor allem wenn man ein geübtes Auge hatte, so wie er. Die Art und Weise etwa, wie die Patienten sich bewegten, wenn sie kamen und gingen, ihre Mimik, ihr Tempo, sagte ihm viel darüber, wie Christines Tag lief. Es gefiel ihm, seine Schlüsse zu ziehen. Es gefiel ihm noch besser, dass es fast immer die richtigen Schlüsse waren. Rainer wusste gern, was vorging.

Und daher gefiel ihm nicht, was er da sah. Er kannte diese Frau nicht. Und außerdem war Montag. Montag hatte Christine keine Termine. Montag kümmerte sie sich um Papierkram. Christine nahm das genau. Sie war völlig fixiert auf Regeln und Zeitpläne. Sie hielt das für organisiert.

Eine neue Patientin am Montag war nicht denkbar. Nicht einmal, wenn es sich um einen Notfall handelte.

Es handelte sich nicht um einen Notfall. Sie hatte entschlossen gewirkt, als sie klingelte, beherrscht und ruhig. Jetzt allerdings war von dieser Souveränität nicht mehr viel übrig. Sie war durch den

Vorgarten gehetzt, als wäre etwas hinter ihr her. Hektisch war sie ins Auto gestiegen, krallte sich am Lenkrad fest. Sie war zu weit weg von Rainers Spähposten, aber es war durchaus möglich, dass sie weinte.

Etwas stimmte nicht mit dieser Frau. Etwas ging vor.

Natürlich hätte er einfach hinuntergehen können und Christine fragen. Theoretisch jedenfalls. Aber Christine stand unter Stress. Und wenn sie unter Stress stand, dann neigte sie zu einer milden Form der Paranoia. Rainer kannte das. Er konnte damit umgehen. Trotzdem machte es ihn wütend. Es war nicht leicht, ihr feindseliges Verhalten zu ertragen. Die Unberechenbarkeit, die so gar nicht zu ihr passte.

Sie würde wieder Vernunft annehmen. Irgendwann. Er kannte sie lange genug. Irgendwann würde sie begreifen, dass sie sich überschätzt hatte. Irgendwann würde sie wieder mit ihm reden, auf ihn hören, irgendwann würde sie wieder seine Christine sein, dankbar und einsichtig. Es war eine Frage der Zeit.

»Rainer?«

Er fuhr zusammen. Er hatte sie nicht kommen hören. Sie stand da, klein und verloren in der Tür. Ihr Blick war leer. Bevor Rainer den Mund öffnen und irgendetwas sagen konnte, bewegte sie sich plötzlich, stürzte auf ihn zu. Eine Sekunde fürchtete er, sie würde ihn schlagen. Aber sie fiel ihm um den Hals, umklammerte ihn fest. Sie verbarg ihr Gesicht an seiner Schulter. Sie zitterte. Nein, sie zitterte nicht, sie weinte. Kleine, hektische Schluchzer, lautlos und verzweifelt.

Rainer hob die Arme, hielt sie fest.

»Du musst mir helfen«, flüsterte sie heiser. »Rainer, du musst mir helfen. Bitte, hilf mir!«

»Ich helfe dir«, sagte er. »Natürlich helfe ich dir.«

Sie drängte sich an ihn wie ein verängstigtes Kind. Sie fühlte sich leicht an, zerbrechlich, ohne jeden Widerstand.

Es brauchte seine Zeit. Aber es zahlte sich aus, Geduld zu haben. Rainer hielt Christine fest und lächelte zufrieden.

***

Jeder Muskel war angespannt. Fest und hart saß Ruth da und konzentrierte sich auf die einzig denkbaren Gedanken. Nichts war passiert. Es ging ihr gut.

Sie hätte einfach fahren können. Sie wollte weg von hier.

Sie hätte den Autoschlüssel drehen, den Motor anlassen und fahren können. Aber das tat sie nicht. Sie saß da und nahm immerhin am Rand ihres Bewusstseins zur Kenntnis, dass der von der Gröbnitz angekündigte Patient, den sie angeblich erwartete, ausblieb. Sie hatte gelogen.

Es spielte vermutlich keine große Rolle. Eine kleine Lüge, eine verzeihliche Unwahrheit, um eine lästige Besucherin loszuwerden. Nicht der Rede wert.

Genau wie zwei tote Patienten. Nicht der Rede wert. Kein Anlass, heilige Prinzipien in Frage zu stellen. Eine so integre Person, diese Christine Gröbnitz!

Ruth ballte die Faust und hieb sie zornig aufs Lenkrad. Eine derart unerquickliche und frustrierende Zeugenbefragung hatte sie lange nicht mehr erlebt.

Das war eine Erklärung. Trotzdem fühlte sich der Zorn merkwürdig ziellos an.

Und wenn doch? Wenn sich der kleine Junge mit dem großen Namen irrte? Vielleicht hatte Landau sich das Leben genommen. Wenn nicht, bestand trotzdem die Möglichkeit, dass Berg verzweifelt war am Tod seines Freundes, die Schuldgefühle wegen der Sache mit Katharina nicht ertragen hatte.

Was wusste sie schon? Möglicherweise gab es eine endlose Liste von Gründen, gute Gründe für Markus Berg, sich einen Strick zu nehmen. Ohne auch nur einen Gedanken zu verschwenden an Ruth und ihre albernen, sinnlosen Hoffnungen.

Ich werde nicht heulen, dachte sie und versetzte dem Lenkrad einen weiteren wütenden Hieb. Nicht hier und nicht jetzt. Ich werde nicht heulen, und ich werde nicht länger darüber nachdenken, was diese Frau weiß. Was sie hätte sagen können darüber, wer Markus Berg gewesen war. Was er gehofft hatte, was gefühlt, was getan. Dinge, die Ruth wissen musste. Dinge, die man ihr vorenthielt, obwohl sie ein verdammtes Recht darauf hatte.

Sie würde nicht heulen. Sie würde einen Beschluss erwirken und zurückkommen. Sie würde ihn dieser aufgeblasenen, arroganten Frau um die Ohren schlagen. Und sie würde dieses emotionale Chaos in den Griff bekommen. Dieses Gefühl, betrogen worden zu sein. Um etwas Wichtiges.

Sie würde das in den Griff bekommen. Ruth würde diesen verdammten Fall klären!

Sie drehte den Schlüssel und ließ den Motor aufheulen.

Im Büro mischte sich der Duft der Depression mit dem der Rosinenschnecken.

Brodtmann war von seinem Besuch bei der Internet-Klitsche, wie er das Unternehmen, das Landaus Firma hatte übernehmen und sanieren wollen, mittlerweile nannte, schwer ernüchtert zurückgekehrt. Man hatte sich angesichts des Todes von Landau bestürzt gezeigt. Menschlich und auch geschäftlich. Man hatte Landau ein Angebot machen wollen, eines, das in seinem Sinne gewesen wäre. Die Kooperation mit einer dynamischen, expansionswilligen Firma, einer, die – glaubte man dem dynamischen, expansionswilligen Geschäftsführer – nur nominell beziehungsweise finanziell etwas mit Morowski zu tun hatte.

Wie so oft war Morowski nicht zu greifen. Er schwebte irgendwo über den Dingen, laborierte im Hintergrund. Er pumpte Geld in die Firma und überließ das Geschäft denen, die sich auskannten, den Dynamischen, Expansionswilligen, die mit Worten um sich warfen, die Brodtmann nicht einmal kannte. Die ernst- und glaubhaft bezweifelten, dass Herr Morowski auch nur Kenntnis gehabt hatte von der Existenz eines Carsten Landau.

Sackgasse, Sackgasse und Geldwäsche, das waren die Worte, die Brodtmann zwischen den Bissen in die Rosinenschnecken immer wieder murmelte.

Als Andrea mit der Akte Töpfer auftauchte, Nelles' sonderbarem Krebsfall, zögerte Ruth nicht lange. Sie brauchte Luft. Und Abstand zu denen, die genauso frustriert und schlecht gelaunt waren wie sie selbst.

Sie nahm der verdutzten Andrea die Akte einfach aus der Hand und floh aus dem Büro. Sie verließ das Präsidium und schlenderte die kurze Strecke hinunter zum Rhein. Dort suchte sie sich ein Plätzchen im Gras und öffnete das Schriftstück.

Ines Töpfer-Ehring hatte ihre drei kleinen Kinder bei ihrer im Dorf wohnhaften Mutter abgegeben, wie sie das gelegentlich tat, um eine Stunde im Wald joggen zu gehen. Ihrer Mutter zufolge war sie guter Dinge gewesen, las Ruth, ein bisschen gestresst, ja, aber das war normal, mit drei kleinen Kindern kam man eben zuweilen an seine Grenzen. Ines war losgelaufen und nicht zurückgekommen. Drei Stunden später hatte sich ihr Mann auf die Suche gemacht. Er war ihre übliche Laufstrecke abgegangen und hatte sie gefunden. Sie hing an einem Baum. Einfach so.

Es gab eine Menge offener Fragen. Etwa die, woher das Seil gekommen war. Natürlich bestand die Möglichkeit, dass sie es im Vorfeld dort deponiert, ihre Tat also vorbereitet hatte. Aber ein so durchgeplanter Suizid ohne einen Abschiedsbrief war sonderbar. Zudem gab es Anzeichen eines Kampfes. Unklare, diffuse Anzeichen. Ein Hämatom am Arm, ein paar Kratzer. Verletzungen, die sie sich auch bei einem Sturz oder bei anderer Gelegenheit zugezogen haben könnte. Die Kollegen hatten schnell herausgefunden, dass die Familie hoffnungslos überschuldet war. Ines hatte darunter gelitten, es war ihr nicht besonders gut gegangen.

Das schien den Kollegen zu reichen. Tragische Geschichte, ein Selbstmord, Ende der Akte.

Bizarr, dachte Ruth. Mitten im Wald, so ganz allein, kein Abschiedsbrief. Mutter von drei kleinen Kindern. Und dann war da noch der Tumor. Der seltene, der sonderbare Tumor.

Ruth hob den Blick und blickte hinunter auf den Fluss. Ein Frachtschiff schob sich beharrlich gegen den Strom. Auf dem Heck stand ein rotes Auto, Wäsche flatterte auf einer Leine.

Eine junge Mutter mit Finanzproblemen. Ein erfolgreicher Anwalt mit Eheproblemen. Ein seltener Tumor. Zufall. Vermutlich reiner Zufall.

Ines Töpfer-Ehring hatte eine Schwester in Bonn. Sie hatte sie häufig besucht in letzter Zeit. Obwohl sie sich laut Auskunft von Mutter und Ehemann eigentlich nicht besonders nahegestanden hatten. Da klang etwas mit, noch etwas, das Ruth hellhörig machte. Man hatte die Schwester telefonisch befragt. Sie hatte nichts zur Aufklärung des Sachverhalts beitragen können.

Eigentlich reichte Ruth eine unkooperative Zeugin am Tag vollkommen. Ein Besuch bei Marlies Töpfer war allerdings sicherlich sinnvoller, als den Rest des Tages im Gras oder im Büro zu sitzen und darauf zu warten, dass sich die Staatsanwaltschaft in Sachen Akteneinsicht bei der Gröbnitz meldete.

Ruth stand auf, klopfte sich ein paar Grashalme von der Hose und machte sich auf den Weg.

29

Christine hatte aufgehört zu zittern. Sie kauerte auf dem Sofa, eingewickelt in eine Decke. Noch immer fühlte sie sich schwach.

Sie zog den weichen Stoff ein wenig enger um die Schultern. Versicherte sich, dass sie das Richtige getan hatte. Tag für Tag predigte sie ihren Patienten, dass es keine Schande war, Schwäche einzugestehen. Um Hilfe zu bitten. Warum also schämte sie sich, warum fühlte sie sich besiegt?

Sie hörte Rainer in der Küche hantieren. Er kochte Tee. Eine untypische Geste, fürsorglich und liebevoll. Eigentlich genau das, was sie jetzt brauchte. Und doch wäre ihr lieber gewesen, ihn herablassend lächeln zu sehen. Ihn sagen zu hören, dass sie überreagierte. Dass es kein Problem gab, dass alles in bester Ordnung war.

Aber es war eben gar nichts in Ordnung. Drei Patienten waren tot. Und Christine wusste nicht, was sie noch glauben sollte. Sie hatte fest damit gerechnet, dass diese Polizistin wegen Brandmeyer da war. Als sie dann von Landau und Berg sprach, hatte es Christine alles gekostet, die Fassung zu wahren.

Sie hatte es geschafft. Sie hatte sich beherrscht, hatte sich professionell verhalten, bis die Polizistin weg war. Dann war alles auseinandergebrochen.

Es gab ein Problem. Es gab ein großes Problem.

Rainer hatte ihr zugehört. Er hatte sie behutsam durch das Dickicht in ihrem Kopf geleitet. Er machte das gut. Er half ihr, sich auf das Wesentliche zu konzentrieren. Das große Problem zu formulieren.

Ein Problem, das auch er leider nicht lösen konnte.

Und deshalb kochte er jetzt Tee. Deshalb reichte ihr jetzt den Becher. Es duftete nach Minze und Ingwer.

»Sie hat recht«, sagte Christine. »Es ist absurd, aber diese Frau hat recht. Das waren keine Selbstmorde.«

»Christine«, sagte Rainer, zu viel Nachsicht in der Stimme, »dich trifft keine Schuld.«

Christine atmete tief durch. »Es ging ihnen gut. Sie hatten es doch geschafft. Landau war glücklich, wirklich glücklich. Er hatte diese Beziehung, eine Perspektive. Er hat begriffen, dass der Wert seines Lebens nicht von geschäftlichen Erfolgen abhängt, von einer Firma.«

»Das hat doch keinen Sinn!« Rainer klang ungeduldig. »Das bringt uns doch nicht weiter.«

»Berg hatte auch so viele Fortschritte gemacht.« Christine sprach einfach weiter. Sie musste es aussprechen, alles aussprechen. »Er hat verstanden, dass es eine Zukunft gibt. Dass er sich nicht länger bestrafen muss für etwas, was er nicht wirklich verschuldet hat. Er hat sich nicht umgebracht. Er nicht und Landau nicht. Und auch nicht Eugen Brandmeyer.«

»Christine, hör auf! Es spielt keine Rolle!« Rainer wurde laut.

Sie zuckte zusammen, sah ihn verwirrt an.

»Wir müssen uns auf die Fakten konzentrieren«, sagte er. »Diese Kripotante wird zurückkommen.«

Christine nickte. Sie fühlte sich entsetzlich müde.

»Sie hat noch keinen Zusammenhang zwischen dir und Brandmeyer hergestellt?«

»Sie hat nichts von Brandmeyer gesagt.«

»Wir müssen dafür sorgen, dass das so bleibt.«

»Aber warum? Und wie? Rainer, was soll ich denn machen?«

»Du musst Brandmeyers Akte verschwinden lassen.« Er sagte das beiläufig.

Christine starrte ihn ungläubig an. »Das kann ich nicht tun!«

»Du kannst nicht nur, du musst!« Er klang ungeduldig. »Es geht um Wahrscheinlichkeiten. Und die, dass an dieser Sache mit dem Mord etwas dran ist, ist extrem gering. Genau darum müssen wir deinen Namen aus der Sache raushalten. Soweit das jetzt noch möglich ist.«

»Aber warum? Rainer, das ist doch absurd. Diese Menschen haben sich nicht umgebracht! Und ich kann keine Akten verschwinden lassen. Schon wegen der Studie, verdammt, ich leite diese Studie.«

»Christine, begreifst du nicht, um was es hier geht? Wenn du jetzt einen Fehler machst, bist du erledigt. Vergiss die Studie!«

Etwas in Christine weigerte sich, das zu begreifen, was er da sagte. »Ich habe mir nichts zuschulden kommen lassen!« Es war ihr ein Bedürfnis, das laut auszusprechen.

»Darum geht es nicht«, sagte er. »Das interessiert niemanden. Drei deiner Patienten sind tot. Drei Menschen, die wegen Depressionen bei dir in Behandlung waren. Im Rahmen der großartigen und vielversprechenden Kombinationstherapie. Kapierst du nicht, dass deine Studie Makulatur ist? Nicht das Papier wert, auf dem sie geschrieben ist?«

Zufrieden, dachte sie. Warum klingt er so verdammt zufrieden? Sofort schämte sie sich des Gedankens. Rainer saß da und zerbrach sich den Kopf über ihre Probleme. Und sie fing schon wieder an, ihm zu misstrauen. Sie seufzte schwer.

»Es ist nicht deine Schuld«, sagte Rainer wieder.

Nicht wie damals. Das sagte er nicht. Und doch hallten diese Worte in Christines Kopf.

Weckten Bilder. Bilder einer eingetretenen Tür, hinter der das Grauen lauerte.

»Du musst jetzt logisch denken. Sachlich bleiben. Es geht um Schadensbegrenzung«, fuhr er fort.

Christine nickte mechanisch. Schadensbegrenzung. Auch damals hatte er das Wort gewählt. Als wäre ein toter Mensch ein Schaden, der sich begrenzen ließ. Sie versuchte, die Bilder wegzuschieben. Bilder, die dicht unter der Oberfläche lauerten, seit sie von Brandmeyers Tod gelesen hatte. Bilder einer Praxis, einer anderen Praxis. Sie war jung gewesen, wirklich jung, unerfahren und ehrgeizig. Sie hatte etwas Innovatives gewagt, etwas Revolutionäres. Bewusstseinserweiterung als Therapie. Sie hatte Regeln gebrochen, Grenzen überschritten. Sie hatte mehr riskiert, als erlaubt war. Es hatte einen Menschen das Leben gekostet. Schuld, die an ihr klebte. Schaden, der sich nicht begrenzen ließ.

Ein Mensch damals. Drei Menschen jetzt. Aber es war anders. Das eine hatte nichts mit dem anderen zu tun. Das, was sie jetzt tat, war das Ergebnis langer und gründlicher Forschung. Das Werk einer gestandenen Frau, einer Therapeutin, die ihre langjährige Erfahrung nutzte, um neue Ansätze zu schaffen. Menschen waren gestorben, aber sie trug keine Schuld. Mord, hatte die Polizistin gesagt, es ging um Mord. Das war monströs. Aber es hatte nichts mit ihr zu tun.

»Wir gehen ins Ausland«, hörte sie Rainer sagen. »Ich spiele schon eine Weile mit dem Gedanken. Nach Amerika zum Beispiel, ich habe gute Kontakte zu ein paar Universitäten da. Man ist durchaus interessiert an mir. Und du hast da auch Möglichkeiten, es wird sich ein Job finden. Wir fangen ganz neu an.«

Christine presste die Lippen aufeinander. Sie versuchte, das, was Rainer sagte, zu Ende zu denken. Langsam und vorsichtig.

»Nein«, sagte sie. »Rainer, wie soll denn das gehen? Ich gehe doch jetzt nicht weg. Ich werde diese Klinik leiten. Ich werde endlich das tun, was ich immer tun wollte.«

»Gott, Christine!« Rainer sprang auf. »Red nicht so einen Stuss!«

Christine vergrub ihr Gesicht in den Händen.

Sie fühlte die Wärme seines Körpers, als er sich neben sie auf die Sofakante hockte. Spürte seinen Arm, der sich um ihre Schultern legte. Fühlte die Sicherheit, diese trügerische Sicherheit, die die Nähe eines Menschen so leicht vermittelte. Sie ließ die Hände sinken und lehnte ihren Kopf an seine Schulter.

»Es tut mir leid«, hörte sie ihn sagen. »Ich weiß, was für eine Enttäuschung das für dich ist. Aber wir kriegen das hin.«

Wir. Das klang verlockend. Für einen Moment brachte dieses kleine Wort die hässlichen Stimmen zum Schweigen.

Dann war dieser Moment vorbei. Dann fiel ihr wieder ein, dass Rainers »Wir« nicht das bedeutete, was sie verstehen wollte.

»Ich gebe das nicht auf«, sagte sie. »Ich kann das nicht einfach aufgeben, Rainer. Diese Klinik, der Job … das ist das, was ich will, was ich immer wollte.«

Rainer rückte von ihr ab, packte ihre Schultern und sah ihr ins Gesicht. »Jetzt stell dich nicht dümmer, als du bist! Du kannst nicht, Christine. Du kannst diesen Job nicht annehmen. Das ist absolut unmöglich!«

Sie schüttelte den Kopf. Wieder und wieder und wieder.

»Nein«, sagte sie, fühlte sich dabei dumm und hilflos.

»Christine!«, brüllte er. Für einen Moment fürchtete sie, er würde sie schlagen. »Es geht um alles! Es geht um deinen Namen, deinen Ruf. Du weißt so gut wie ich, wie das läuft. Es ist völlig egal, was die Polizei herausfindet und ermittelt. Du kommst aus dieser Sache nicht sauber raus. Du weißt doch, wie die Leute sind. Glaubst du wirklich, du kannst nach so einer Geschichte eine solche Position bekleiden? Eine, um die man dich beneidet? Sie werden dich schlachten! Sie werden sich auf diese Geschichte stürzen, und irgendjemand wird die Sache von damals ausgraben. Sie werden dich diskreditieren. Vernichten! Die Therapeutin, die ihre Patienten in den Selbstmord treibt. Es hat mich einiges gekostet, die Sache damals vom Tisch zu kriegen. Ich werde nicht zulassen, dass dir das jetzt noch das Genick bricht.«

»Das ist doch Unsinn. Das ist ... so ist es nicht. Außerdem ist es zu spät«, sagte sie. »Ich kann das nicht mehr aufhalten. Die Studie ist abgeschlossen, die Unterlagen sind verschickt, es geht alles seinen Gang. Ich kann nicht mehr zurück.«

»Du hast keine Wahl.« Seine Stimme klang kontrolliert. Er stand vom Sofa auf, begann im Raum herumzuwandern. »Du kannst zurück. Weil du musst. Verdammt, du schläfst mit dem Typen. Rede mit ihm! Erklär ihm, worum es hier geht!«

»Ich habe es versucht«, sagte sie kläglich. »Ich versuche doch schon die ganze Zeit, Sandmann zu erreichen. Er ... er redet nicht mit mir. Er lässt sich verleugnen. Er reagiert nicht mal auf Mails.«

»Warum nicht?«

»Gott, Rainer, frag nicht, bitte.«

Rainer blieb wie angewurzelt stehen, drehte sich zu ihr um. »Oh Scheiße, nein! So eine Geschichte, ja? So eine Bettgeschichte, die fischig endet? Und das mit jemandem, der für deine Karriere so wichtig ist?«

»Ich hätte doch nicht ahnen können ... Rainer, ich habe ihm keinerlei Anlass gegeben ...«

»Das spielt keine Rolle. Bring das in Ordnung! Vielleicht kann er wenigstens seinen Hals retten. Bring das in Ordnung, Christine!«

Sie versuchte, den Gedanken zu Ende zu denken. Keine Studie. Keine Therapie. Keine Klinik. Es ging nicht. Es war undenkbar.

»Ich rufe ihn an«, sagte sie.

Rainer stand neben dem Sessel, umklammerte die Lehne. »Es tut mir leid«, sagte er. Er seufzte, ließ den Sessel los und kehrte zu ihr aufs Sofa zurück. Diesmal fühlte sich sein Arm nicht warm an, nicht sicher. Ihr Körper versteifte sich unter der Berührung. Er schien das nicht einmal zu bemerken. »Es tut mir wirklich wahnsinnig leid für dich, mein Mädchen«, murmelte er in ihr Haar. »Du hast es versucht. Und es hat nicht funktioniert. Ich wünschte, du hättest früher mit mir gesprochen. Aber du wirst noch viele Chancen kriegen.«

Zufrieden, dachte Christine. Sie versuchte, sich gegen den Gedanken zu wehren. Vergeblich. Zufrieden, ätzte die Stimme in ihrem Kopf, jetzt ist er endlich zufrieden.

***

Marlies Töpfer war nicht zu Hause. Bevor Ruth das Treppenhaus verlassen konnte, öffnete sich jedoch die Tür der Nachbarwohnung, und ein Kopf mit modischer Trikolor-Strähnchenfrisur streckte sich in den Flur. Frau Töpfer sei bei der Arbeit, erklärte die Dame hilfsbereit. Sie arbeite als Übersetzerin, Russisch und Portugiesisch, bei einer Versicherung, sie verdiene sehr ordentlich da. Darum, so erklärte die Nachbarin, sei es auch so erfreulich, dass sie wieder zur Arbeit gehe, endlich. Sie habe sich ja krankschreiben lassen nach dieser schrecklichen Sache mit ihrer Schwester.

An dieser Stelle legte die auskunftsfreudige Dame eine Pause ein, wohl um Ruth Gelegenheit zu geben, sich nach der »schrecklichen Sache« zu erkundigen.

Die Bereitwilligkeit, mit der diese Frau so ziemlich alles, was sie über das Privatleben ihrer Nachbarin wusste, vor einer wildfremden Person ausbreitete, einer, die sich weder vorgestellt noch gar ausgewiesen hatte, war befremdlich. Gott schütze uns vor Menschen, die zu viel Zeit und niemanden zum Reden haben, dachte Ruth, während sie sich knapp verabschiedete und aus dem Hort nachbarschaftlichen Tratsches floh.

Wenig später stand sie Marlies Töpfer in der kühlen Empfangshalle der Versicherung gegenüber.

»Was wollen Sie?« Sie hielt sich nicht mit Höflichkeiten auf. »Haben Sie doch Zweifel bekommen?«

»Zweifel?« Ruth sah die kleine, dünne Frau fragend an.

»Zweifel an der idiotischen Selbstmord-Theorie!«

»Nein«, sagte Ruth, in genau dem Ton, der weder Scham noch Schuldgefühle, die die Stimme dieser Frau forderte, zuzulassen bereit war.

Das war schließlich nicht ihr Fall. Es stand ihr nicht zu, über die Arbeit der Kollegen zu urteilen. Schon gar nicht einer Betroffenen gegenüber.

Die Falten, die die Mundwinkel von Marlies Töpfer nach unten zu ziehen schienen, vertieften sich, als sie ihre Kiefermuskeln anspannte. Ihre Haut wirkte ledrig. Die Kleider hingen auf eine Art um ihren Körper, die verriet, dass sie in letzter Zeit Gewicht verloren hatte. Nun hob sie den Kopf ein Stück, um Ruth ins Gesicht zu sehen. »Was wollen Sie dann von mir?«

Ruth fühlte sich unbehaglich in der Halle. »Können wir uns irgendwo unterhalten?«

Marlies Töpfer presste kurz die Lippen aufeinander. Sie warf einen Blick auf ihre Uhr, nickte dann. »Meinetwegen«, murmelte sie, und ohne eine Antwort abzuwarten, bewegte sie sich in Richtung Ausgang. »Ich mach Mittag«, rief sie dem Pförtner zu, der die Szene neugierig beobachtet hatte. »Sagst du bitte oben Bescheid?«

Ruth folgte ihr nach draußen. Vor der Tür zog Marlies Töpfer eine Schachtel Zigaretten aus der Tasche. Sie zündete eine an und sog gierig den Rauch ein. »Da ist ein Café«, sagte sie, »ein Stück die Straße runter. Nicht besonders schön, aber man kann draußen sitzen.«

Als sie sich auf den billigen Plastikstühlen in der Sonne niedergelassen und bei einem müde wirkenden älteren Herrn Kaffee bestellt hatten, erklärte Ruth, worum es ging.

»Ein Tumor?« Marlies Töpfer griff nach der Schachtel. Sie zündete sich eine weitere Zigarette an, rauchte hektisch. »Ich verstehe nicht. Sie hatte einen Tumor und irgendein Anwalt auch? Was bedeutet das?«

»Das wissen wir nicht.« Ruth schielte nach dem Rauch, der

sich wie eine Wolke um den Kopf der Frau ausbreitete, und die leise, fast vergessene Stimme der Sehnsucht meldete sich in ihrem Kopf. Ekelhaft, erinnerte sie sich schnell. Rauchen ist ekelhaft und stinkt.

»Vielleicht hat sie davon gewusst«, sagte sie. »Vielleicht war das der Grund, dass sie …«

»Meine Schwester hat sich nicht umgebracht!«, unterbrach Marlies Töpfer. »Egal was Sie und Ihre Kollegen denken. Sie hat nichts von einem Tumor gewusst, das hätte sie mir erzählt. Selbst wenn sie einen Tumor gehabt hätte, dann hätte sie ihre Kinder nicht im Stich gelassen. Nicht so! Das ist undenkbar. Das ist absolut ausgeschlossen!«

Ruth nickte.

Die Frau betrachtete, was von ihrer Zigarette übrig war, und drückte den Stummel dann im Aschenbecher aus. »Ich weiß, wie es aussieht«, sagte sie. »Von außen. Sie hat diesen Typen geheiratet. Einen Angeber. Einen Versager. Ganz schlechte Kombination, das. Er hat nichts auf die Reihe gekriegt. Aber das hat ihn nicht davon abgehalten, ihr ein Kind nach dem anderen zu machen. Und dieses irrsinnige Haus zu kaufen. Ein fettes Auto natürlich, schicker Kombi, soll ja jeder sehen, wie gut es einem geht.« Sie zog eine neue Zigarette aus der Schachtel, drehte sie kurz zwischen den Fingern, bevor sie sie anzündete. »Ich muss dringend wieder aufhören«, sagte sie, während sie den Rauch ausatmete. »Ich hatte es schon fast geschafft, als …« Sie brach ab. »Gott«, sagte sie. »Scheiße. Ich benutze den Tod meiner Schwester als Grund, mal wieder rückfällig zu werden. Das ist erbärmlich, oder?«

Ruth wollte widersprechen, aber Marlies Töpfer winkte ab. »Ich weiß, wie das aussieht«, kehrte sie zum Thema zurück. »Drei kleine Kinder, ein Schuldenberg, der Gatte ein Komplettversager. Sie hatte kein Leben mehr. Das war ein Laufrad. Sie hat nebenher für fremde Leute gebügelt, hat nachts Büros geputzt. Heimlich, damit bloß keiner was merkt im Dorf. Sie war am Ende. Ich bin die Letzte, die abstreitet, dass Ines am Ende war. Wenn ich in dieser Situation gewesen wäre, ich hätte mich womöglich umgebracht, das können Sie mir glauben!« Sie klang bestimmt. »Aber sie hat das ertragen. Für die Kinder. Sie hat das großartig gemacht. Ich habe ihr nie gesagt, wie großartig sie das gemacht hat.« Sie zerquetschte die nächste Kippe im Aschenbecher. »Vielleicht hilft mir dieser bescheuerte Tumor sogar. Ein Tumor, das heißt, sie wäre vermutlich sowieso gestorben. Sie wäre entsetzlich krank geworden. Sie hätte Schmerzen gehabt, hätte sich gequält. Sie wäre vielleicht so gestorben, dass alle gesagt hätten, dass es doch ein Segen ist. Eine Erlösung.«

Endlich kam der Kaffee. Kleine Tassen mit lauwarmer Flüssigkeit, der Milchschaum eine dünne, wenig beeindruckende Angelegenheit. Alles andere als das Meisterwerk eines Baristas.

»Es ist schwer«, sagte Ruth, nachdem sie eine Weile geschwiegen hatten. »Es ist für Angehörige schwer, mit so etwas fertigzuwerden. Es ist nicht gut auszuhalten, dass etwas, das so wehtut, so sinnlos ist. Wenn einem einfach so etwas weggenommen wird. Ein Mensch, den man liebte. Den man brauchte.« Sie griff nach dem Zuckerstreuer. Eigentlich trank sie ihren Kaffee ohne Zucker, aber bei diesem Gebräu war sie bereit, alles zu versuchen. Sie nahm den Löffel, rührte, dankbar, dass ihre Hände etwas zu tun hatten. Sonst hätten sie möglicherweise nach der Zigarettenschachtel gegriffen. Es lag in der Luft. Diese Stimmung, die einen idiotische Dinge tun ließ.

Marlies Töpfer lachte bitter. »Mein Schwager hat übrigens geglaubt, dass sie eine Affäre hatte. Ich habe ihn in dem Glauben gelassen. Ich bin ein Miststück. Aber er war ihr Mann, verdammt. Er hätte doch auf sie aufpassen müssen. Er hat der Polizei gesagt, dass sie ständig nach Bonn gefahren ist. Vermutlich, weil sie einen anderen Kerl hatte.« Ihr neuerliches unfrohes Lachen ging in ein Husten über. »Eine Affäre! Die Frau war zu müde zum Schlafen. Allein die Idee ist doch absurd«, erklärte sie, als sie wieder Luft bekam. »Deshalb bin ich ganz froh, dass Sie da sind. Ich hatte schon überlegt, ob ich anrufe. Aber ich habe mich nicht getraut. Ich habe gedacht, dass es keinen Unterschied macht. Ich war wütend, und darum habe ich Ihren Kollegen nicht erzählt, warum sie wirklich hier war. Auch weil ich nicht wollte, dass man sich noch mehr das Maul zerreißt über sie, zu Hause. In diesem Kaff. Da, wo wir herkommen, da gilt man als verrückt, wenn man zur

Therapie geht. Und wer verrückt ist, der ist immer ein bisschen selber schuld. Man kann sich schließlich zusammennehmen.«

»Therapie?« Ruths Kopfhaut begann zu prickeln. »Sie hat eine Therapie gemacht?«

»Ich hätte das sagen müssen, ich weiß. Aber ich habe es nicht geschafft. Das wäre doch Wasser auf diesen Mühlen gewesen. *Sie war verrückt, sie hat sich umgebracht.* Es war ihr wirklich peinlich. Es hat ihr geholfen, das hat sie selbst gesagt, aber trotzdem war es ihr peinlich.«

»Bei wem? Bei wem hat sie eine Therapie gemacht?«

»Sie war völlig am Ende.« Marlies Töpfer ignorierte die Frage. »Sie hätte das nicht mehr lange durchgehalten. Ich habe sie zu meinem Hausarzt geschleppt.« Sie inhalierte tief. »Wie ein kleines Kind. Er hat ihr klargemacht, dass sie nicht ein bisschen müde und erschöpft ist. Dass sie Hilfe braucht.«

»Bei wem?«, unterbrach Ruth. »Bei wem hat sie die Therapie gemacht?«

»Bei einer sehr fähigen Psychologin. Eine, die spezialisiert ist auf reaktive Depression. Erst wollte sie nicht, es herrscht wohl ein ziemlicher Andrang, aber ich habe mit ihr telefoniert und ihr erklärt, wie die Dinge liegen, bis sie schließlich doch bereit war, Ines zu behandeln.«

»Der Name?« Ruth stand kurz vor der Explosion. »Wie heißt diese Psychologin?«

»Gröbnitz. Christine Gröbnitz …«

Ruth sprang auf. Sie zerrte ihren Geldbeutel aus der Tasche und zog einen Fünf-Euro-Schein heraus, den sie auf den Tisch warf. »Vielen Dank«, sagte sie, »Sie haben mir sehr geholfen.«

»Aber was ist denn los?« Marlies Töpfer erhob sich ebenfalls. Sie wirkte verwirrt. Ein bisschen enttäuscht.

»Ich habe keine Zeit«, erklärte Ruth knapp. »Nicht jetzt.« Sie hatte sich schon fast umgedreht, zögerte dann aber. »Haben Sie eine Karte?«, fragte sie die verdutzte Frau. Die nickte und kramte. »Ich melde mich«, versprach Ruth. Und sie meinte es. »Ich melde mich, sobald ich Zeit habe, und dann erkläre ich Ihnen alles!«

30

Sie setzte die Pinzette an, packte die Härchen, die die Gleichform störten, packte fest zu und riss sie aus. Bis alles perfekt war. Fast genoss sie den Schmerz. Er erinnerte sie daran, dass sie noch Teil dieser fremden, sonderbaren Welt war. Sie lächelte dem Gesicht im Spiegel zu. Ein falsches Lächeln, und doch sah es richtig aus. Sie war fast so weit. Die Hülle glich verblüffend dem, was Verena gewesen war. Sie trug Feuchtigkeitscreme auf das ungeschminkte Gesicht auf. Noch eine Schicht, die sie umgab und schützte.

Sie versuchte, sich daran zu erinnern, wie richtig alles gewesen war. Jeden Morgen hatte sie die Augen aufgeschlagen. Jeden Morgen war ihr erster Gedanke gewesen, dass sie es geschafft hatte. Sie war immer noch ein bisschen liegen geblieben in ihrem warmen Bett. Sie hatte sich im Raum umgesehen und das Gefühl genossen, dass das Leben perfekt war. Zufrieden und mit einem leisen Erstaunen.

Sie probierte ein anderes Lächeln, breiter, offener, weiße Zähne in gleichmäßiger Reihe. Sie bewegte ihr Gesicht näher zum Spiegel. Musterte winzige Makel, kleine Unebenheiten der Haut. Aber nichts, was sich nicht überdecken ließ oder sonst wie kaschieren. Sie war noch schön, immer noch eine schöne Frau.

Schöne Frau, hörte sie die Stimme, Eugens Stimme, schöne Frau, wo haben Sie sich bis heute versteckt vor mir? Das war damals gewesen, in der Galerie, in der sie ihr Praktikum gemacht hatte. Kunstgeschichte, hörte sie den Vater brüllen, ungläubig, fassungslos. Wenn schon Abitur, dann doch wenigstens Jura, Medizin. Aber sie hatte es trotzdem getan, Kunstgeschichte, brotlos, und in der Galerie stand sie und fühlte sich gut, aber unsicher. Wie eine Betrügerin, die nur so tat, als würde sie dort hingehören.

Eugen hatte sie zum Essen eingeladen, sie mitgenommen in diese Welt, die ihr mittlerweile so vertraut war. Er hatte sie umworben, altmodisch, romantisch, hatte alles richtig gemacht, und irgendwann hatte sie sich nicht mehr fremd gefühlt, sondern richtig.

Schöne Frau, meine schöne Frau, hörte sie Eugen sagen, stolz, zufrieden. Ihr Leben war nicht laut und klirrend zerbrochen. Es war still und leise auseinandergebröselt. An diesem Abend, an dem Eugen das Falsche getan hatte, waren die ersten Risse aufgetaucht. Haarfeine Risse, kaum zu sehen, kaum zu bemerken, bis es zu spät war.

Verena hob beide Hände und presste sie auf den Mund, um den Schrei, der bei diesem Gedanken hinauswollte, zurückzustopfen. Nicht schreien. Nicht heulen. Keine verquollenen Augen, sie musste schön sein, sie musste perfekt sein. Nur ein einziges Mal noch.

Sie griff nach der Flasche mit der Bodylotion. Sie öffnete den Verschluss und roch daran. Ein süßer Duft, fast zu schwer. Das Zeug hatte ein Vermögen gekostet.

Sie hatte es an dem Tag gekauft, an diesem Tag, an dem sich alles änderte, obwohl sie das damals nicht wusste. Ein Vermögen. Sie hatte nicht widerstehen können und danach ein schlechtes Gewissen gehabt. So viel Geld durfte man nicht ausgeben für etwas so Profanes wie Creme.

Sie hörte Eugens Lachen. Süß wie das Paradies, sagt er, meine schöne, duftende Frau. Dabei hatte sie gemerkt, dass er den Duft nicht mochte.

Kleine Zeichen, Warnungen, die sie ignoriert hatte. Der Duft war den ganzen Abend da gewesen. Er hatte sich in den des Essens gemischt, hatte neben dem des teuren Weins gehangen. Er hatte sich sogar gegen die albernen Zigarren, die nach dem Essen geraucht wurden, behauptet.

Sie hatte sich nie wieder mit der Lotion eingecremt. Nicht zu Hause. Zu süß, zu schwer, Eugen mochte das nicht. Aber er war jetzt tot, und nichts störte ihn mehr. Jemand musste sich um die Beerdigung kümmern. Bald. Frau Jäger würde das übernehmen. Sie würde das besser machen als Verena.

Sie fühlte sich klar und gut. Frei von Schwäche und lähmendem Entsetzen. Sie sah den Abgrund, der sich direkt vor ihren Füßen auftat, aber sie war imstande, hineinzusehen.

Sie ließ etwas zähe Flüssigkeit in ihre Hände laufen. Stellte ein Bein auf den Rand der Badewanne und massierte die Creme in die Haut ihrer Waden. Langsam und sorgfältig. Glatte Haut, süßer Duft.

Du riechst so gut, sagt eine Stimme, heiser. Du machst mich verrückt, du machst mich wahnsinnig, sagt die Stimme, und Hände gleiten über ihre Haut, über die Beine, die Hüften, die Brüste. Du machst mich wahnsinnig, sagt eine Stimme, ich werde wahnsinnig, sagt eine andere, auch heiser, aber anders, verzweifelt und voller Schmerz. Dann klirren Eiswürfel in einem Glas, und man hört gieriges Schlucken. Hör auf, sagt eine Stimme, wieder eine andere, bitte hör auf. Rede mit mir, rede doch endlich mit mir. Es ist vorbei, sagt die Stimme, flehend. Es ist Verenas Stimme. Sie kommt von weit her.

Immer schneller cremten ihre Hände, immer fester massierten sie die zähflüssige, duftende Masse in die weiche, schimmernde Haut. Es tat weh, sie musste aufpassen. Blaue Flecke würden alles ruinieren, und sie konnte nicht zulassen, dass etwas schiefging. Nicht heute. Nicht mehr.

Sie verschloss die Flasche wieder, stellte sie zurück in das Regal, das in der Badezimmerwand eingelassen war. Sie trat einen Schritt zurück, betrachtete sich in dem Spiegel, der seitlich des Waschbeckens die ganze Wand einnahm. Ihre Haut glänzte im warmen Schein der Deckenlampe. Schlank und perfekt der Körper, honigfarben. Meine schöne Frau, sagt Eugen.

Verena ging hinüber ins Schlafzimmer und öffnete den Schrank. Sie betrachtete die Kleider, die ordentlich auf den Bügeln hingen. Weiche Stoffe, schöne Farben, dezente Muster. Sie genoss den Anblick. Das gehörte ihr. Es war genau so gewesen, wie sie es sich erträumt hatte. Perfekt.

Jetzt war alles zerstört. Das war ihre Schuld. Aber nicht allein ihre Schuld. Es war auch Eugens Schuld, nie hätte Eugen sich einlassen dürfen auf das Böse. Er hatte es nicht wissen können, aber das änderte nichts an seiner Schuld.

Schuld, die sie beide zerquetscht hatte. Man saß nicht ungestraft mit dem Bösen am Tisch. Man schaute dem Bösen nicht ungestraft in die schönen Augen.

Verena schloss kurz die Augen, sah Eugen gestikulieren am Tisch. Das alles, hatte er gesagt und durch den Raum gedeutet, das hat sie gemacht. Er hatte das Zimmer genommen, ihre Möbel, alles hatte er genommen und dem Bösen zum Fraß vorgeworfen. Sie hat ein Händchen für Einrichtung, hatte er gesagt, sie hat Geschmack und ein gutes Auge.

Sogar sie warf er dem Bösen zum Fraß vor.

Wie konntest du, sagt die Stimme später, wie konntest du mir das antun, und es klirrt im Glas, schon wieder nachgeschenkt, es klirrt, und es stinkt.

Rede mit mir, hör mir zu.

Es ist vorbei.

Es ist nicht vorbei, sagt die andere Stimme, das geht nicht. Ich liebe dich, ich brauche dich, ich kann dich nicht gehen lassen, sagt die Stimme.

Du musst, sagt Verena. Und sie geht und denkt wirklich, dass es so einfach ist.

Eiswürfel, Eis im Glas, immer ein Glas, das zeigt, dass es nicht einfach ist. Eis im Glas, Eis wird in den Körper geschüttet, bis alles eisig ist. Sie hat trotzdem nicht aufgehört zu glauben, dass man Dinge reparieren kann.

Verena griff in den Schrank. Sie musste nicht nachdenken, sie hatte diese Wahl vor langer Zeit getroffen. Das grüne Kleid, leichte Seide. Ein bisschen zu sommerlich für den Tag, aber es war egal. Sie würde nicht frieren. Nicht heute.

Der schimmernde, weiche Stoff schmiegt sich um ihren Körper. Ein perfektes Kleid, es steht ihr wahnsinnig gut.

Wahnsinnig, sagt die Stimme wieder, du machst mich wahnsinnig. Die eine Stimme und die andere Stimme, zwei Stimmen, die gleichen Worte, aber nicht dieselbe Bedeutung.

Verena strich mit der Hand über die Hüften, strich den leichten Stoff glatt. Perfekt. Genau richtig.

Es tut mir leid, sagt eine Stimme. Verenas Stimme. Sie öffnete den Mund und ließ die Worte heraus. »Es tut mir leid«, sagte sie.

Es ist zu spät, sagt eine Stimme. Es ist doch viel zu spät.

Aber Verena wusste, dass sich die Stimme irrte.

***

Dass es sich mit Ermittlern und ihrer Klientel ähnlich verhielt wie mit Hunden und ihren Herrchen, war ein Gedanke, der Brodtmann jedes Mal in den Kopf schoss, wenn er Gerd Mayer ansah. Die langen, leicht ölig wirkenden dunklen Haare waren zu einem Pferdeschwanz gebunden, und der Anzug, den er trug, wirkte irgendwie halbseiden. »El Gerdo« wäre jederzeit als halbwegs erfolgreicher Mafioso durchgegangen.

Brodtmann kannte Gerd Mayer schon seit der gemeinsamen Ausbildung und wusste daher, dass er weder Habitus noch Spitznamen seiner Tätigkeit im Bereich der Bekämpfung des organisierten Verbrechens verdankte, sondern vielmehr einer italienischen Großmutter, die sich genetisch äußerst dominant gegen das blassblonde Erbe der deutschen Restfamilie durchgesetzt hatte. El Gerdo trug seinen Spitznamen seit jeher mit Würde und einem Hauch mafiösen Stolzes.

Er hatte nicht geklopft, sondern war einfach in Brodtmanns Büro gestürmt. El Gerdo hatte gern die Überraschung auf seiner Seite. »Brodtmann«, schmetterte er fröhlich, »du wirst ja immer fetter!«

Brodtmann grinste. Sie trafen sich selten, liefen sich meist zufällig über den Weg, und El Gerdo hielt sich ungern mit höflichen Lügen auf. Einzig die gelegentliche Versicherung, mal anzurufen, sich irgendwo in Ruhe zu treffen, einen gemütlichen Abend zu verbringen, ließ auch er nicht aus, obwohl sie beide wussten, dass es vermutlich nie dazu kommen würde.

Wie das halt war.

»Schau an, der Herr Mayer. Was treibt dich in die Niederungen des gemeinen Mordes?«

El Gerdo ließ sich in lässiger Pose auf der Kante von Ruths verwaistem Schreibtisch nieder. »Die Not«, erklärte er. »Not und Verzweiflung! Da denkt so ein naiver Bulle, er kann mal zwei Wochen Urlaub machen. Und dann kommt er zurück und muss feststellen, dass ihm ein dicker, alter Brodtmann in die Suppe gespuckt hat. Bevor ich dir die Fresse poliere, wollte ich der Höflichkeit halber nachfragen, was zum Henker du dir dabei gedacht hast, Morowski aufzumischen. Der Mann, den wir seit Monaten so vorsichtig und diskret beschatten, dass wir es fast selbst nicht merken. Damit er bloß nicht nervös wird. Damit er schön in Ruhe das tut, was er zu tun pflegt. Wie könnt ihr derart dummdreist sein, ihn einfach mal auf einen Plausch zu besuchen? Ohne auch nur auf die Idee zu kommen, das vorher mit uns abzusprechen? Wer oder was hat den letzten Rest Hirn in euren Köpfen so verdorren lassen?«

»Ach Gerdo«, seufzte Brodtmann. »Fragen über Fragen. Das ist alles nicht so leicht. Es ist sogar schwierig. Es geht um seinen Anwalt. Brandmeyer. Er ist tot.«

El Gerdo lächelte. »Das ist mir bekannt«, sagte er. »Ich war zwar im Urlaub, aber solch erschütternde Nachrichten erhalte ich auch da. So leid es mir tut um den wackeren Herrn Brandmeyer, für uns ist das eine verdammt gute Nachricht. Ich hoffe, du willst mir jetzt nicht erzählen, dass irgendjemand auf die schwachsinnige Idee gekommen ist, dass Morowski ihm das Licht ausgeblasen hat.«

»Wir ermitteln in alle Richtungen«, murmelte Brodtmann, der sich tatsächlich ein wenig schwachsinnig vorkam.

El Gerdo lachte. »Eher würde der seine Mutter umbringen. Und seine Großmutter gleich dazu. Eher würde er sich in die Kniescheibe schießen. Einen so guten Anwalt findet Morowski im Leben nicht wieder. Nie und nimmer hätte er ihm was angetan. Er ist ja nicht blöd. Leider ist er ja überhaupt nicht blöd!« Er schüttelte den Kopf, dass der Pferdeschwanz flog. »Umgekehrt hätte es vielleicht Sinn gemacht. Umgekehrt hätte es mir, allein aus Gründen der Arbeitsersparnis, eigentlich auch viel besser gefallen.«

»Wie jetzt – umgekehrt?«

El Gerdo zog die dichten Augenbrauen hoch. »Umgekehrt im Sinne von umgekehrt. Sag mal, so richtig weit seid ihr nicht gekommen mit euren Ermittlungen, kann das sein?«

Brodtmann hob die Schultern. »Es ist ja nicht der einzige Fall, an dem wir dran sind.« Es klang wie eine Rechtfertigung. Möglicherweise war es auch eine, dachte Brodtmann und fuhr eilig fort: »Es sieht eigentlich sowieso eher nach Suizid aus. Aber das muss natürlich geklärt werden. Und ich wäre dir sehr verbunden, wenn du mir auf die Sprünge hilfst, statt in Rätseln zu sprechen.«

El Gerdo zog eine Umlaufmappe aus der speckigen Ledertasche, die er achtlos auf den Tisch geworfen hatte, und reichte sie Brodtmann. »Ich dachte mir, dass du mich um Hilfe anbettelst. Wir wissen nicht, ob Brandmeyer wusste, was du jetzt gleich wissen wirst. Was ich offen gestanden überhaupt nicht begreife, ist, dass ein Typ wie Morowski plötzlich so schwanzgesteuert ist. Wenn ich er wäre, ich würde den Teufel tun, meinen Anwalt zu ärgern. Wenn ›ärgern‹ denn das richtige Wort ist.«

Brodtmann hörte ihn und hörte ihn nicht, denn das, was ihn aus der mittlerweile geöffneten Mappe ansah, forderte seine ganze Aufmerksamkeit. Die Fotos waren auf A5-Format abgezogen. Ein wenig verschwommen, aber nicht so, dass ein Zweifel möglich war. Sogar auf den fotografisch eher laienhaft gestalteten Bildern sah Verena Brandmeyer wunderschön aus. Lebhaft und strahlend beim gemeinsamen Abendessen mit Morowski. Ein Restaurant, Kristall und Kerzenschein. Vor dem Essen, beim Essen, nach dem Essen. Hände, die sich hielten, Gabeln, mit denen man sich neckisch gegenseitig fütterte. Blicke, die immer tiefer ineinander versanken. Allesamt Gesten, die kaum einen Zweifel an der Natur dieser Bekanntschaft ließen. Es hätte die Aufnahmen, die weiter unten lagen, nicht gebraucht. Aufnahmen, die zeigten, dass der Abend nach dem Essen noch lange nicht zu Ende war.

»Scheiße!«, ächzte Brodtmann und starrte ungläubig auf die Bilder. »Verdammte Scheiße, das gibt's doch nicht!«

31

Christine hätte das Telefon am liebsten gegen die Wand geworfen. Stellvertretend für die liebreizende Sekretärin. Der Herr Sandmann sei unterwegs, hatte die geflötet. Sehr wichtige Besprechung, nicht zu erreichen, aber natürlich werde sie ihm Bescheid sagen und sei sicher, dass er sich umgehend melden werde bei ihr. Umgehend. Selbstverständlich.

Vermutlich log sie nicht einmal. Vermutlich hatte Edgar wirklich ständig Besprechungen und Termine. Und daher hatte es auch keinen Sinn, sich ins Auto zu setzen und zu ihm zu fahren. Einfach sein Büro zu belagern, bis er auftauchte und sie ihm alles erklären konnte.

Es wäre auffällig gewesen. Es durfte nicht so dringend aussehen. Niemand sollte mitbekommen, wie wichtig die Sache war.

Sie starrte auf den Bildschirm. Las zum hundertsten Mal den Text, den sie so mühevoll und vorsichtig formuliert hatte.

Von neuen Erkenntnissen war die Rede, von der Notwendigkeit, bestimmte Dinge persönlich zu besprechen. Er musste ihr einfach zuhören. Er würde mitspielen. Da immerhin war sie sicher.

Sieben Nachrichten auf seiner Mailbox. Sie hoffte, dass er sie wirklich nicht abgehört hatte. Dass er nicht so dumm war, jetzt seinen verletzten Stolz zu pflegen und sie mit Schweigen zu bestrafen.

Christine hatte versucht, Rainers Vorschlag ernsthaft in Betracht zu ziehen. Aber es war unmöglich. Sie war nicht mehr die kleine Christine. Sie war nicht bereit, all das, wofür sie so hart gearbeitet hatte, aufzugeben. Sich in seinem Gefolge in ein fremdes Land zu begeben, um dort bei null anzufangen.

Sie verstand nicht, was passierte. Aber sie würde es in Ordnung bringen. Denn letztlich hatte sich nichts geändert. Die Studie war abgeschlossen. Alles, was sie enthielt, war richtig. Diese verdammte Versuchsreihe war ein Erfolg. Sie würde keine Ergebnisse schönen. Sie würde lediglich ein paar Namen entfernen. Ersetzen.

Um zu verhindern, dass etwas, das vermutlich nichts mit der Sache zu tun hatte, alles ruinierte.

Ein paar Namen würden verschwinden. Datenfehler kamen vor. Es war nicht rechtens, aber richtig. Und es war möglich. Aber sie brauchte Edgar. Er musste ihr helfen, alles in Ordnung zu bringen.

Das gehässige kleine Stimmchen in ihrem Kopf würde irgendwann verschwinden. Das Flüstern und Wispern, das sagte, dass Rainer vielleicht recht hatte. Kein Mord, sagte das Stimmchen. Sondern eine Therapeutin, die etwas übersah. Deren Patienten sich reihenweise erhängten. Weil sie versagte.

Unsinn. Natürlich war das Unsinn. Christine war alles andere als eine schlechte Therapeutin. Man musste sich nur ihre Veröffentlichungen ansehen. Die Patienten fragen, die sie erfolgreich behandelt hatte. Hunderte!

Die, die an Fenstergriffen hingen, konnte man ja nicht fragen, zischelte das Stimmchen.

Keine Suizide. Morde. Es war die einzige Möglichkeit.

Es spielte keine Rolle. Wenn die Namen verschwunden waren, dann war es egal. Sie hatte nicht alles verloren. Es sah nur so aus. Sie saß hier. Sie war am Leben. Bereit, zu kämpfen.

Auch wenn es Rainer nicht gefiel. Sie spürte, wie ihre Nackenmuskeln sich verspannten. Es war irrational. Kindisch. Aber der Gedanke wollte nicht verschwinden. Er meinte es nicht gut. Er tat, als wollte er ihr helfen. Aber das wollte er nicht. Er ertrug es nicht, dass sie nicht mehr sein Geschöpf war, sondern frei, am Ziel. Dass sie ihn überholen würde, übertrumpfen, mehr erreichen, als er geschafft hatte.

Wenn sie mit ihm nach Amerika ging, dann war sie wieder genau da, wo er sie haben wollte.

Sie atmete tief durch. Ließ den Computer Computer sein und nahm den Ordner mit den Klinikunterlagen zur Hand. Das einst so weiße frische Papier war lappig geworden, so oft hatte sie es in der Hand gehabt. Knitterig und schmuddelig. Und trotzdem ihre Zukunft.

Es klingelte an der Tür. Einmal, dann gleich wieder. Lang, schrill und laut.

Sie erwartete niemanden. Daher konnte das Klingeln nichts

Gutes bedeuten. Sie saß reglos, wartete, dass derjenige wegging, der da vor der Tür stand. Sie würde nicht aufmachen.

Sie hörte Schritte auf dem Flur, sprang auf und eilte zur Bürotür. Sie öffnete sie einen Spalt und sah Rainer. Rainer ging zur Tür. Wie ein Fels stand er im Rahmen. An mir kommt keiner vorbei, sagte sein Körper. Ich habe die Kontrolle übernommen.

»Sie ist nicht zu sprechen«, hörte sie ihn sagen. Dann erkannte sie die Stimme der Polizistin. Aufgeregt, noch schriller, als Christine sie in Erinnerung hatte. Sie konnte nicht verstehen, was sie sagte. Bis der Name fiel. Ines Töpfer, keifte die Stimme, Töpfer-Ehring. Christine wurde schwindelig.

Ines Töpfer-Ehring. Sie hatte Probleme gehabt, sich auf die Therapie einzulassen, schämte sich für ihr Leiden. Und dafür, Hilfe in Anspruch zu nehmen. Ines Töpfer-Ehring hätte nie geduldet, dass irgendwer erfuhr, dass sie in Behandlung war. Wie kam diese Polizistin an ihren Namen? Wie kam sie dazu, ihn laut zu nennen, da draußen vor der Tür?

Ines Töpfer war eine Weile nicht mehr da gewesen. Christine hatte ihr Zeit geben wollen. Sie hatte ihr Schweigen akzeptiert, hatte sich vorgenommen, sie irgendwann anzurufen. Es kam vor, dass Patienten sich zurückzogen. Sich sperrten. Es war manchmal sinnvoll, ihnen diese Zeit zuzugestehen. Ines Töpfer gehörte zu den Menschen, denen man wirklich helfen konnte. In die man investierte – Zeit und Geduld.

»Tumor«, hörte sie die Stimme der Polizistin. »Einen seltenen Tumor … nicht die einzige …«, sprach sie weiter. »Ich muss mit Frau Gröbnitz sprechen, und zwar sofort!«

»Soweit ich informiert bin, hat meine Partnerin Ihnen bereits gesagt, dass Sie Ihnen nicht einfach so vertrauliche Daten zur Verfügung stellen kann«, hörte sie Rainer sagen. Meine Partnerin. Das klang, als hätte Rainer etwas mit dem zu tun, was Christine hier tat. Was sie sich aufgebaut hatte.

Er ist am Ziel. Der Gedanke bohrte sich in ihren Kopf. Sie wehrte sich dagegen. Es war ungerecht, hysterisch.

Er versuchte, ihr zu helfen.

Aber er half ihr nicht. Er übernahm die Kontrolle. Das war nicht gut. Meine Partnerin. Mein Geschöpf.

Sie riss die Tür auf, rannte fast über den Flur. Sie schob Rainer beiseite. Er war zu verblüfft, um es zu verhindern. Christine sah die Polizistin an. »Was ist mit Ines Töpfer?« Ihre Stimme klang heiser, sie räusperte sich. »Was wissen Sie über Ines Töpfer? Und von was für einem Tumor reden Sie da?«

Die Polizistin war kurz zurückgezuckt, als Christine aufgetaucht war, aber sie fing sich rasch wieder. »Bei der Obduktion hat man einen Tumor gefunden. Genauso einen wie bei einem Anwalt, der kürzlich hier verstorben ist, wir ermitteln noch in dieser Sache.«

»Was soll das?«, unterbrach Christine. »Wieso Obduktion? Diese Patientin wusste nichts von einem Tumor, sie war körperlich völlig gesund. Was soll denn das für ein Tumor sein, an dem man so schnell stirbt, ich meine, ich habe sie doch kürzlich noch gesehen, sie hätte doch erwähnt …«

»Nein«, sagte die Polizistin und klang sonderbar geduldig, »nein, sie ist nicht an diesem Tumor gestorben. Man hat sie im Wald gefunden. Ines Töpfer-Ehring hat sich augenscheinlich an einem Baum im Wald erhängt.«

Es wurde schwarz um Christine. Nein, dachte sie, nein, so etwas tue ich nicht. Ich falle nicht in Ohnmacht, dachte sie, während sie Rainers Arme fühlte. Ihn sagen hörte: »Es ist wohl besser, wenn Sie jetzt gehen!«

***

Es war wie ein Traum. Verena fuhr durch die Dämmerung und hatte das Gefühl, gar nicht wach zu sein. Immerhin hatten ihre Gedanken aufgehört, wie Poltergeister in ihrem Kopf zu wüten.

Sie fuhr vorsichtig, schlafwandlerisch, sicher. Gesichter blitzten in den anderen Autos auf, weiße Schemen, ärgerliche, ungeduldige Mienen. Es spielte keine Rolle.

Es war still im Auto. Anders als beim ersten Mal, als sie die Strecke gefahren war. Damals hatte die sanfte computergenerierte Stimme ihr den Weg gewiesen. Es war eine Woche nach diesem Abendessen gewesen. Ein Notfall, hatte er gesagt, und sie hatte sich gewundert, woher er ihre Handynummer hatte. Vielleicht hätte sie fragen sollen. Man habe ihm ein Bild angeboten. Er sei nicht sicher, ob er kaufen wolle. Eine fachkundige Meinung brauche er. Sie hatte sich geschmeichelt gefühlt, und sie war aufgeregter gewesen als angemessen. Sie hatte nicht gefragt, woher er ihre Nummer hatte. Sie hatte Eugen, der im Arbeitszimmer über Akten brütete, nicht erzählt, wo sie hinfuhr.

Sie hatte so getan, als sei das völlig normal.

Der Verkehr war dicht, aber flüssig. Sie fuhr zügig, setzte den Blinker, wenn nötig. Sie schaute über die Schulter, bevor sie Spuren wechselte. Wie ein großes Ballett, alles war in Bewegung. So viele Menschen, auf dem Weg nach Hause vermutlich, in ihr ordentliches, schönes Leben. Beneidenswerte Menschen, deren Glück niemand zerstört hatte.

Über den Feldern, die sich links und rechts der Autobahn erstreckten, färbte sich der Himmel rosa.

Das Bild war mittelmäßig gewesen. Nicht annähernd den Preis wert, den er dafür hätte zahlen sollen. Sie hatte Hemmungen gehabt, es laut zu sagen. Sie hatte gefürchtet, ihn damit zu beleidigen. Aber er war nicht beleidigt gewesen, sondern dankbar. Er hatte darauf bestanden, sie zum Essen einzuladen.

Erneut setzte Verena den Blinker. Sie nahm die Ausfahrt, von dort war es nicht weit bis zum Haus. Es war kein Problem, einen Parkplatz zu finden. Wer Wohnungen in dieser Preisklasse kaufte, durfte erwarten, dass es keine Parkplatzprobleme gab. Der Motor verstummte, und Verena saß einen Moment ganz still.

Beim Essen hatten sie geredet. So viel geredet. Das Böse sprach alle Sprachen. Es bediente sich des richtigen Tons und der richtigen Worte. Es sah in ihren Kopf, und es sah in ihre Seele. Sie hätte begreifen müssen. Aber sie hatte nicht begriffen, war zu beschäftigt damit gewesen, zu genießen. Sie hatte darauf gewartet, dass er sie küsste. Hatte den Kuss gierig erwidert, obwohl sie wusste, dass es falsch war. Sie hatte nicht ahnen können, wie falsch.

Sie öffnete die Wagentür, strich das Kleid glatt. Sie packte Erinnerung und Schuld und verstaute sie an einer sicheren Stelle im Kopf. Jetzt war keine Zeit dafür.

Er wartete im Foyer. Sie war zu spät, bestimmt eine Viertelstunde, aber er hatte gewartet. Als er sie sah, sprang er auf. Er sagte ihren Namen, griff nach ihrer Hand. Die Art und Weise, wie er sie ansah, verriet, dass er bemerkte, dass sie dasselbe Kleid trug wie damals. Anders als Eugen hatte er solche Dinge immer bemerkt.

Er führte sie zum Aufzug, sie fuhren hinauf in die Wohnung. Hier kostete jeder Quadratzentimeter mehr, als ihr Vater im Monat verdient hatte. Glas und Licht, die Einrichtung im dezenten Design. Ein perfekter Ort, jedes Detail geplant und teuer bezahlt. Verena sah hinunter auf den Rhein, sah die Schiffe und hörte das leise Stampfen der Motoren.

»Ich bin so froh, dass du da bist«, sagte er. »Ich habe mir Sorgen um dich gemacht. Es ist furchtbar, was passiert ist.« Wie immer wählte er den richtigen Ton. Träufelte süße, tröstende Worte in die Seele, die dort ihr Gift verbreiteten. Aber heute war Verenas Seele geschützt. Umschlossen von einer Hülle, die Lügen abwehrte. Er verstand ihre Seele, und darum hatte ihr Körper so gierig auf seine Berührung gewartet.

»Setz dich«, sagte er. Er wirkte nervös. »Was möchtest du trinken?«

»Ein Glas Wein«, sagte Verena. »Ein Glas Wein, bitte.« Es fühlte sich merkwürdig an, hier zu stehen. So vertraut und doch völlig anders als je zuvor.

Er spürte es auch. Es war in seinem Blick, in seiner Stimme. Und doch hatte er keine Angst. Er war sich seines Sieges sicher. Alles andere war undenkbar in seiner Welt. In seinem Spiel.

Sie waren vorsichtig gewesen. Sehr vorsichtig. Sie hatten nie darüber gesprochen, es verstand sich von selbst. Er brauchte Eugen. Er brauchte seinen Anwalt. Und Verena wollte Eugen nicht verletzen. Verena wollte nicht darüber nachdenken. Sie hatte sich davongeschlichen, immer wieder, um das zu tun, was sie auf eine Art und Weise glücklich machte, die sie vorher nicht gekannt hatte. Gestern, Heute und Morgen waren keine Kategorien gewesen. Es gab nur kostbare Momente.

»Es tut mir so leid«, sagte er, als er mit zwei Weingläsern zurückkehrte. Verena schwieg. Sie durfte ihn nicht unterschätzen. So wie er sie unterschätzte. »Dein Mann war ein hervorragender

Anwalt, aber er fehlt mir auch, weil er ein wunderbarer Mensch war.«

Wie kannst du es wagen, wollte sie schreien, aber sie schluckte die Worte hinunter.

Leb mit mir, hatte er irgendwann gesagt. Ich liebe dich, verlass Eugen, ich kann ohne dich nicht sein. Hier hatte er das gesagt, hier in diesem Raum. Sie hatten auf dem Sofa gelegen, erhitzt, befriedigt, ineinander verschlungen.

Es ist so weit, hatte das Böse gesagt, du gehörst jetzt mir. Und sie hatte es nicht verstanden.

Er trat zu ihr, nah, zu nah, reichte ihr das Weinglas. Er wollte sie berühren, das spürte sie. Und sie wollte sich berühren lassen. Sie wich zurück, ein winziges Stück nur, aber er verstand. Sie hob das Glas, trank einen hastigen Schluck, kühler Weißwein, moussierend, ein Prickeln auf der Zunge. Sie setzte sich aufs Sofa, steif auf die Kante, sie hörte ihn seufzen, als er sich ebenfalls setzte. Ihr gegenüber, weit weg, Lichtjahre entfernt.

»Geht es dir besser?«, fragte er. »Gibt es etwas, das ich tun kann?«

»Es geht mir gut«, sagte Verena. »Es geht mir jetzt wieder gut.«

»Täubchen«, sagte er, machte Anstalten, aufzustehen, sank aber zurück, als er ihren Blick auffing. »Oh Gott, was ist nur geschehen mit dir? Sag mir doch, wie ich dir helfen kann!«

Gefährliche Worte, süßes Gift. Verena fühlte, wie sie trafen, wie die Schutzhülle rissig wurde.

Sie hatte Eugen geliebt. Für alles, was er ihr gab. Eugen hatte ihr eine Welt zu Füßen gelegt. Er hatte ihr Leben richtig gemacht, vollkommen. Sie hatte ihn geliebt, bis jemand Gift in sie geträufelt hatte. Das Gift der Versuchung. »Was hat er getan?«, hatte sie Eugen irgendwann gefragt. Ganz beiläufig. »Worum geht es eigentlich in dem Prozess?« Eugen hatte sie angesehen, und für einen Moment hatte er traurig gewirkt. Dann hatte er den Kopf geschüttelt und gelächelt. »Das willst du nicht wissen«, hatte er gesagt.

Natürlich hatte er recht gehabt. Er konnte nicht ahnen, dass es längst zu spät war. Sie wollte es nicht wissen, aber sie musste. Sie hatte getan, was nicht verboten war, was sich aber von selbst verbot. Als Eugen bei Gericht war, war sie in sein Arbeitszimmer gegangen. Sie hatte die Akten genommen. Die Akten, die die Polizei nicht sehen wollte. Obwohl alles da stand. Sie hatte am Schreibtisch gesessen und auf die Worte gestarrt, unfähig, wirklich zu begreifen. Der Angeschuldigte, stand da, sie hatte alles gelesen, Sätze in trockenem Juristendeutsch. Worte, die von Gewalt handelten, die grauenhafte Dinge in nüchterne Buchstaben verpackten. Sie hatte es gelesen, bis sie verstanden hatte. Sie hatte keine Sekunde an der Wahrheit der Worte gezweifelt.

Danach hatte sie geduscht, lange und viel zu heiß. Sie hatte versucht, all das Schreckliche abzuwaschen von ihrem Körper. Sie hatte nicht begriffen, dass es zu spät war.

Sie hatte ihm gesagt, dass sie ihn nie wiedersehen wollte. Er hatte sie getäuscht. Sie war hereingefallen auf einen brutalen, gewissenlosen Mann, der sich hinter einer Maske verbarg. Ihr war fast schlecht geworden, weil sie begriff, wie nah sie am Abgrund gestanden hatte. Hatte sie doch ernsthaft mit dem Gedanken gespielt, Eugen zu verlassen. Um mit jemandem zu leben, der so war wie Morowski. Böse und schlecht. Jemand, der ins Gefängnis wandern würde. Um ein Haar hätte sie ihr Leben weggeworfen, um die Frau eines Kriminellen zu sein.

Sie hatte ihm mehrmals gesagt, dass sie ihn nie wiedersehen wollte.

Aber er hatte nicht lockergelassen. Tu mir das nicht an, immer wieder, ich kann nicht ohne dich leben, ich liebe dich, erklär mir doch, was passiert ist. Immer wieder, immer wieder.

Es war schwer gewesen. Jede Nacht drängte er sich in ihre Träume. Jede wache Minute war die Versuchung da. Es kann nicht die Wahrheit sein, sagte das Gift in ihrer Seele, er kann das nicht getan haben. Aber sie hatte es besser gewusst. Sie war stark geblieben. Stärker als die Anrufe. Die flehenden Bitten.

Sie wusste nicht, wer es letztlich gewesen war. Irgendwer hatte sie gesehen, irgendwo, diffuser Klatsch, der an Eugens Ohr drang. Sie hätte es leugnen können, aber sie hatte es nicht geschafft, ihrem Mann ins Gesicht zu lügen. Sie hatte ihm geschworen, dass es vorbei war. Sie hatte geweint und geschworen. Ein schrecklicher Fehler.

Sie hatte ihn nie zuvor so gesehen. So zornig, so verletzt. So gedemütigt. Eine Witzfigur, hatte er gesagt, ein alter Mann mit einer jungen, schönen Frau. Jeder weiß, wie das ausgeht. Trotzdem hatte er sie nicht verlassen. Er war nicht gegangen, und doch war er gegangen. Er sprach kaum noch mit ihr. Verbrachte seine Tage in der Kanzlei, die Abende im Gartenhaus. Manchmal trank er. Oft. Das bringt ihn um, hatte sie gedacht und doch nicht geahnt, wie recht sie damit hatte.

Sie konnte nur warten. Allein im Haus sitzen, das Handy ausgeschaltet. Um die Nachrichten nicht zu sehen. Nachrichten, die irgendwann ausblieben.

»Ich weiß, dass es jetzt schwer für dich ist«, sagte Morowski. »Glaub mir, ich weiß, was du durchmachst. Ich will dich nicht drängen. Aber du musst wissen, dass ich da bin. Ich bin hier, Verena, ich bin für dich da. An meinen Gefühlen hat sich nichts geändert.«

Verena biss sich auf die Zunge. Sie konzentrierte sich auf den Schmerz, körperlich, begründet, hilfreicher Schmerz, ganz anders als der, den sie fühlte, während sie auf Eugens Vergebung gewartet hatte. Während sie zusah, wie er sich quälte, sich zerstörte, während Morowski weiter sein Spiel spielte. Ein Spiel, dessen Regel sie erst jetzt begriffen hatte. Ich gewinne, besagte die Regel, am Ende gewinne ich.

Möglicherweise hatte er die Richter, die ihn gehen ließen, nicht gekauft und auch nicht die Polizisten oder diese Psychologin, von der Verena sich erhofft hatte, dass sie Eugen helfen würde, ihr zu vergeben. Möglicherweise hatten all diese Menschen wirklich nicht begriffen, mit wem sie es zu tun hatten.

Er hatte Eugen eine Kiste Whisky geschickt. Nach dem Prozess. Teuren, edlen Whisky. Verena hörte noch Eugens bitteres Lachen. Das kommt gerade recht, hatte er gesagt und die Kiste ins Gartenhaus getragen.

Zu monströs, um denkbar zu sein. Das Undenkbare zu denken war nicht leicht. Selbst jetzt nicht, wo alles so klar war. Es spielte keine Rolle mehr. Nicht für Verena.

Eugen war tot, und ihr Leben war zu Ende.

»Du hast ihn umgebracht«, sagte sie.

Morowski sprang auf. »Nein!« Er klang verzweifelt, sein Gesicht war ungläubig. »Verena, das glaubst du nicht wirklich, oder?«

Sie sah ihn an, ihr Blick Antwort genug.

»Das ist nicht wahr«, sagte er. »Das ist nicht wahr, und das weißt du genau.«

Wie mühelos er log. Wie richtig der Tonfall. Wie perfekt er das Spiel beherrschte.

»Es war der Whisky«, sagte Verena. »Sie haben den Tumor gefunden. Es hat funktioniert. Aber es hat dir zu lange gedauert, nicht wahr?«

»Wovon redest du?«

»Er war zäher, als du erwartet hattest. Du hast womöglich gedacht, dass sein Körper klarkommt mit dem Gift. Du hast die Geduld verloren. Und alles nur, damit du bekommst, was du willst!«

Er öffnete den Mund. Verena sah in sein Gesicht. Worte, viele Worte, er redete, schnell, hastig, er wirkte verzweifelt. Viele Masken, dachte Verena. Sie hörte die Worte nicht, sie wollte diese Worte nicht hören. Sie handelten von Liebe und von Lügen, und sie wusste, dass sie diese Worte nicht hören durfte. Jetzt nicht, nie wieder. Sie stand vom Sofa auf, griff nach ihrer Handtasche.

»Nein!«, sagte er. »Verena, geh nicht. Du kannst nicht gehen, wenn du das von mir denkst. Verena, ich liebe dich!«

Sie öffnete die Handtasche. »Du hast keine Ahnung von Liebe. Du wolltest mich einfach haben«, sagte sie. »Und dass du mich nicht bekommen hast, musste mein Mann mit seinem Leben bezahlen. Du hast ihn getötet, und dafür verabscheue ich dich.«

»Ich liebe dich doch«, sagte er wieder. »Ich liebe dich, und du liebst mich auch. Ich weiß das, Verena, mein Täubchen, ich weiß das, hast du denn alles vergessen?«

»Ich habe gar nichts vergessen. Ich könnte niemals jemanden lieben, der so ist wie du!« Es fiel ihr schwer, diese Worte zu sagen. Es tat weh, weil sie eine Lüge waren. Und das war das Schlimmste. Dieser Mann war böse. Er war böse, und trotzdem konnte sie nicht aufhören, ihn zu lieben.

Er gab einen heiseren Laut von sich. Er weinte. Nein, korrigierte Verena sich, er tat so. Es gehörte zum Spiel. Alles gehörte zum Spiel.

»Ich hasse dich«, sagte sie. Ihre Hand umklammerte den Griff der Pistole. Sie zog sie aus der Tasche, richtete den Lauf auf ihn. »Du wirst dafür bezahlen, dass du mir alles genommen hast!«

Eine legale, registrierte Pistole. Sie war alt, ein Liebhaberstück. Eugen hatte sie im Schreibtisch aufbewahrt, eingeschlossen in der untersten Schublade. Der glatte Griff fühlte sich gut an in ihrer Hand. Sie zielte. Sie konnte nicht schießen. Aber aus dieser Entfernung sollte es funktionieren. Es musste nicht das Herz sein. Es waren viele Schüsse in der Waffe. Verena würde so oft schießen, bis sie verbraucht waren.

Sie sah Angst in seinem Blick. Angst, dann wieder Schmerz. Er öffnete den Mund. Wollte etwas sagen. Verena sah in seine Augen. Sie sah Liebe und Angst. Unter dem Blick bröckelte es, ihr Panzer bekam noch mehr Risse, die schnell breiter wurden. Er zerfiel in tausend Stücke. Bevor es zu spät war, schoss sie. Sie drückte so oft ab, bis nur noch ein Klicken zu hören war.

Er lag auf dem Boden. Wunden am Oberkörper. Seine Augen waren offen. Er röchelte, und ein Rinnsal Blut lief aus einem Mundwinkel. Er sah sie an, und sie las in seinem Blick, wie weh es ihm tat.

Sie merkte, dass sie weinte. Aber sie gab keinen Laut von sich. Sie stand da und sah ihn an.

Es hämmerte an der Wohnungstür. »Was ist los?«, rief eine Stimme. »Was ist dadrin los?«

Verena kümmerte sich nicht darum. Sie stand einfach da und sah Morowski beim Sterben zu.

32

»Warum dauert das so lange?« Ruth tigerte durchs Büro. Sie war wütend. Sie war nervös. Es war ein Fehler gewesen, Christine Gröbnitz einfach so auf die Pelle zu rücken. Ein Anfängerfehler, einer, der Ruth eigentlich nicht hätte passieren dürfen. Jetzt war die Psychologin gewarnt. Jetzt hatte sie genug Zeit gehabt, belastendes Material verschwinden zu lassen.

Ruth war wütend. Zu wütend, um klar zu denken, und das machte sie noch wütender. All das sah ihr nicht ähnlich. Ruth Veritzky war eine gute Ermittlerin. Sie konnte das besser – eigentlich.

Sie starrte auf das Telefon, richtete all die Aggression auf den Apparat, der so hartnäckig schwieg. Sie hatte klargemacht, wie dringend die Sache war. War sie denn von Deppen umgeben?

»Du weißt, dass die Staatsanwaltschaft in Arbeit ersäuft«, sagte Brodtmann. Es wunderte Ruth nicht, dass er offenbar ihre Gedanken las. Laut genug fühlten sie sich jedenfalls an.

Brodtmann seufzte. »Tu mir wenigstens den Gefallen und setz dich auf deinen Hintern! Es dauert so lang, wie es dauert, und es geht ganz sicher nicht schneller, wenn du mich wahnsinnig machst!«

Den Gefallen konnte Ruth ihm tun. Sie starrte auf die Notizen, die vor ihr auf dem Schreibtisch lagen. Auf die Kreise, große Kreise, kleine Kreise, sie hatte Namen umkringelt, Berg und Landau, Ines Töpfer-Ehring, Christine Gröbnitz. Auch Eugen Brandmeyer stand da. In einem Kreis, von dem eine Linie zum Kreis von Ines Töpfer führte, Pfeile überall, gekritzelte Bemerkungen. Sah man von Brandmeyer ab, wirkte das Bild wunderbar logisch. Alle Wege führten zu Christine Gröbnitz. Leider half Ruth das nicht weiter, denn die Frage nach dem Warum blieb bei aller optischen Logik unbeantwortet.

Weil ein Teil fehlte, das Teil, dachte Ruth, das vor meiner Nase baumelt wie die Mohrrübe vor der Schnauze des Esels. Genauso fühlte sie sich langsam. Wie ein Esel, der brav vor sich hin trabte und dem langsam schwante, dass er keine Chance hatte, diese idiotische Rübe irgendwann zu fressen.

Sie griff nach dem Kugelschreiber und malte einen weiteren Kringel um den Namen Christine Gröbnitz. Der Kugelschreiber kreiste, drang tief ins Papier ein, die Ränder des Kreises wirkten schon mehr schwarz als blau.

»Ruth!« Brodtmann schlug mit der Faust auf den Tisch. Dass im selben Moment die Tür aufsprang, verlieh der Geste eine beeindruckende Dramatik.

»Scheiße!« Andrea lehnte sich an den Türrahmen. Sie war blass, rote Flecken zierten ihr rundes Gesicht. »Scheiße, jetzt geht's rund!« Sie rang kurz nach Luft. »Sie hat ihn erschossen«, stieß sie dann hervor. »Verena Brandmeyer hat gestern Abend Morowski erschossen!«

Brodtmanns Stuhl kippte um, so hastig sprang er auf. Er murmelte und stammelte, aber bevor es ihm gelang, eine klare Frage zu formulieren, oder Andrea gar Gelegenheit hatte, die zu beantworten, stürmte Orth in den Raum.

»Wie konnte das passieren?«, brüllte er. »Was habt ihr da für eine Scheiße gebaut?«

Es hörte sich an, als hätte einer der Anwesenden persönlich den Abzug gedrückt.

Ruth fühlte eine derart mächtige Woge von gerechtem Zorn in sich aufsteigen, dass ihre Hände Halt an der Schreibtischkante suchten. »Wir?«, brachte sie hervor. »Was soll das heißen – wir?«

Orth unterbrach sie mit einer Handbewegung. »Sie sitzt in Köln, sie wird gerade zum zweiten Mal vernommen. Los, Brodtmann, wir fahren dahin. Jetzt sofort, los jetzt!«

Brodtmann nickte stumm und griff nach seiner Jacke.

»Was ist mit meinem Beschluss? Die Akteneinsicht bei der Gröbnitz?«, fragte Ruth.

Orth vollführte eine undifferenzierte Handbewegung. »Der Staatsanwalt ist krank. Die wussten nicht, wer ihn vertritt. Sie werden das weiterleiten. Herrgott, Veritzky, du siehst doch wohl, dass ich gerade andere Sorgen habe!«

Bevor Ruth etwas erwidern konnte, hatte er das Büro verlassen, gefolgt von Brodtmann.

Andrea starrte den Herren mit offenem Mund nach. »Kapierst du das?«, erkundigte sie sich nach einer Weile.

Ruth zuckte die Schultern. »Ich kapiere gar nichts! Ich kapiere nichts, und ich weiß nicht, was ich jetzt machen soll.« Sie versuchte, die neue, die ungeheuerliche Information irgendwo einzupassen in das, was in ihrem Kopf herumgeisterte. Vergeblich.

Brandmeyer und Ines Töpfer, ein Tumor, der vielleicht doch nichts weiter als bizarrer, schrecklicher Zufall war?

Betrachtete man hingegen den Fall Brandmeyer ganz für sich, führte kein Weg an einer niederschmetternden Gradlinigkeit vorbei. Verena Brandmeyer hatte mit Morowski geschlafen. Ihr Mann war gestorben. Aus irgendwelchen Gründen, Gründen, die möglicherweise sogar Sinn ergaben, die sie aber nicht mit der Polizei geteilt hatte, war sie felsenfest davon überzeugt, dass es ihr ehemaliger Liebhaber war, der ihren Mann ermordet hatte. Alle hatten gesehen, dass es nicht gut bestellt war um die geistige Gesundheit der Brandmeyer. Und niemand hatte sich zuständig gefühlt oder kompetent genug. Alle hatten zugesehen, bis die Frau durchgebrannt war wie eine Sicherung. Bis es knallte und finster wurde, bis ein weiterer Mensch tot war. Und Verena Brandmeyer eine Mörderin.

Wir haben sie ignoriert, dachte Ruth. Wir haben alle Warnzeichen ignoriert. Sosehr Orths Vorwurf schmerzte, er hatte völlig recht. Auch wenn er geflissentlich übersah, dass auch er ein gerüttelt Maß an Mitschuld trug.

»Scheiße«, fasste Andrea knapp und treffend das zusammen, was Ruth dachte. »Was für eine deprimierende Scheiße!« Sie kratzte sich am Hals. »Aber für dich hab ich auch noch was«, sagte sie dann. Ruth starrte auf ihr Kunstwerk. »Ich habe mit Dr. Waldberg telefoniert«, hörte sie Andrea sagen. »Wegen der Tumorsache.«

Ruth winkte ungeduldig ab. »Das muss Brodtmann machen. Ich muss mich jetzt erst mal auf diese Gröbnitz konzentrieren«, sagte sie.

»Jetzt hör mir doch erst mal zu«, verlangte Andrea.

Ruth blickte auf und tat ihr Bestes, eine interessierte Miene aufzusetzen.

»Dr. Waldberg«, sagte Andrea, »hat sich ein wenig verheddert in seiner diplomatischen Arztgeheimnisverschleierungswelt. Er wollte nicht mit mir reden über solcherlei, hat sich aber verplappert. Brandmeyer hat sich im letzten Jahr nur zu einer einzigen fachärztlichen Behandlung überweisen lassen. Und zwar nicht zum Onkologen.« Sie grinste. »Sondern zu einer gewissen Dame …«

Ruth starrte ihre Kollegin an. »Nein!« Sie keuchte fast. »Das ist nicht dein Ernst! Brandmeyer auch? Dann sind es alle. Alle Opfer waren bei der Gröbnitz in Behandlung? Herrgott!« Sie griff nach ihrer Jacke.

»Danke, liebe Andrea«, sagte Andrea. »Danke für diese wichtige Information.«

»Ich schick dir später Blumen«, sagte Ruth und eilte zur Tür.

»Wo gehst du hin?«

»Ich fahr rüber zur Staatsanwaltschaft. Wenn ich damit nicht in drei Minuten meinen Beschluss bekomme, dann weiß ich auch nicht!«

***

Sie hatte Rainer weggeschickt.

Sie wollte allein sein. Hier auf dem Sofa liegen und ihren Gedanken beim Kreisen zusehen. Dabei vielleicht einen Weg finden, das Karussell in ihrem Kopf zu bremsen. Um die Fäden zu entwirren. Sich darauf zu konzentrieren, wer und was sie war.

Christine Gröbnitz, erfolgreiche Therapeutin, Wissenschaftlerin. Eine Frau, die etwas riskierte, die viel zu verlieren hatte.

Jemand will mich zerstören.

Der Gedanke war so präsent wie die Kopfschmerzen, die hinter ihrer Stirn hämmerten.

Ein irrationaler Gedanke. Trotzdem besser auszuhalten als die Alternativen.

Sie wusste nicht, was Rainer ihr gegeben hatte. Sie hatte die Flüssigkeit geschluckt, war nicht daran interessiert gewesen, was sie da nahm. Eine Weile hatte sie in einer Art Dämmerschlaf gelegen. Zwischendurch blitzten die Dinge in ihrem Kopf auf, grell und hässlich, Versagen, Schuld und Tod. Langsam wurde sie wacher. Klarer. Langsam näherte sie sich dem, was man Denken nennen konnte. Immer ein paar Minuten. Immer so lange, wie sie es eben aushalten konnte.

Dieser Tumor. Zufall. Oder Nebenwirkung, Folgewirkung? Es konnte nicht sein. Der Wirkstoff, den sie in der Studie verwendet hatten, war erprobt. Nichts Neues im Grunde, sondern ein leicht variiertes Antidepressivum. Ein Mittel, das Tausende Menschen seit Jahren nahmen, ohne seltene Tumore zu entwickeln. Sanivitale verkaufte es als bahnbrechende Neuerung, aber das war Unsinn. Im Rahmen dieser Kombinationstherapie war einzig ihr Therapieansatz bahnbrechend und neu. Dieser dubiose Tumor, von dem die Polizistin gesprochen hatte, konnte nur ein Zufall sein. Ein bizarrer, grauenhafter Zufall.

Tumor. Mord. Suizid. Gedanken, die sich verhakten, bis wieder Nebel kam, durch den Ines Töpfer, Eugen Brandmeyer, Markus Berg und Carsten Landau irrten. Die Menschen, die jetzt in einer Schublade lagen, irgendwo auf Eis in einem Leichenschauhaus.

Jemand will mich zerstören.

Eine Welle der Übelkeit stieg in ihr hoch. Sie setzte sich auf, atmete kontrolliert.

Sie hatte nichts falsch gemacht. Diesmal nicht. Sie verstand nicht, was passierte, aber es war nicht ihre Schuld. Sie hatte ihnen helfen wollen. Sie hatte ihnen geholfen. Natürlich war sie nicht ohne Eitelkeit und Ehrgeiz. Natürlich war ihr diese Studie extrem wichtig gewesen. Sie wollte Erfolg. Anerkennung und Bewunderung. Genau wie Edgar, den sie doch heimlich dafür verachtete. Aber es war nicht verwerflich, von einer Welt zu träumen, in der Christine Gröbnitz ein Name war, den man mit Ehrfurcht aussprach, mit Respekt und Bewunderung.

So wie Rainers Namen. Damals.

Sie musste etwas tun. Der Gedanke kam aus dem Nichts und fühlte sich merkwürdig konkret an. Kein verzweifeltes Mantra, sondern ein Auftrag, ein Auftrag aus ihrem Unterbewusstsein. Es gab etwas, das sie tun musste, jetzt sofort. Sie schloss die Augen. Konzentrierte sich. Sie stöhnte auf, als sie es begriff.

Wieder war da der saure Geschmack im Hals. Was war nur aus ihr geworden?

Sie warf die Decke zur Seite, sprang vom Sofa hoch. Ihr Blutdruck sackte nach unten, ihr wurde schwarz vor Augen, und sie musste sich einen Moment festhalten. Dann taumelte sie in Richtung Tür. Was immer Rainer ihr gegeben hatte, es ging auf den Kreislauf. Sie ging trotzdem weiter, Schritt für Schritt, wie eine alte, kranke Frau. Sie stieg die Treppe hinunter in die Praxis. Immer wieder musste sie stehen bleiben und sich an der Wand abstützen.

Sie hatte die Telefonnummer gespeichert. Sie hatte alle Patientennummern gespeichert. Sie drückte auf den Knopf, wartete. Sie hörte die Stimme von Angela Nebgen. Sie klang überrascht. Sehr überrascht.

»Frau Nebgen«, sagte Christine, »ich muss Ihnen etwas sagen. Ich weiß nicht, was es bedeutet, aber es ist wichtig, dass Sie mir jetzt genau zuhören!«

***

»Wenn sie auf Unzurechnungsfähigkeit setzt, macht sie ihre Sache verdammt gut.«

Der Kölner Kollege stand mit Brodtmann und Orth hinter der verspiegelten Wand. Es kam Brodtmann merkwürdig unanständig vor, Verena Brandmeyer so anzuschauen. Wie ein Tier im Zoo. Sie saß an dem Holztisch in dem leeren, dem freudlosen Raum. Sie wirkte entspannt. Nicht glücklich, aber gelöst. Das Getriebene, Gequälte war von ihr gewichen. Sie war wieder sie selbst. So wie an dem Tag, an dem Brodtmann sie das erste Mal getroffen hatte. Zart und verletzt und wunderschön.

Die Vorstellung, dass sie gerade kaltblütig einen Menschen erschossen hatte, war ungeheuerlich. Einen Menschen, den viele tot sehen wollten. Einen, der sich nicht so leicht erschießen ließ.

Die Nachbarn hatten die Schüsse gehört. Als niemand auf das Klopfen und Rufen reagierte, hatten sie die Polizei gerufen und die Wohnungstür aufgebrochen.

Man hatte die Witwe des Anwalts neben Morowskis Leiche gefunden. Sie saß auf dem Boden, hielt seinen Kopf in ihrem Schoß. Sie streichelte ihm über die Haare und weinte, sang leise ein russisches Wiegenlied. Sie ließ sich ohne Gegenwehr abführen und legte ein umfassendes Geständnis ab.

»Wenn sie den Mund aufmacht«, riss der Kölner Kollege Brodtmann aus seinen Gedanken, »dann läuft es dir kalt den Rücken runter.«

»Schon mal auf den Gedanken gekommen, dass sie kein Theater spielt?« Brodtmann klang zu barsch, und er erntete einen misstrauischen Blick.

»Gibt es Befindlichkeiten, von denen ich vielleicht wissen sollte?«, erkundigte sich der Kollege pikiert.

»Entschuldige.« Brodtmann riss den Blick von Verena Brandmeyer los. »Ich bin ein bisschen runter mit den Nerven.«

»Dazu hast du auch allen Grund«, mischte Orth sich ein. »Du hast dich schön in die Scheiße geritten, mein Lieber!«

Brodtmann holte Luft, aber bevor er etwas sagen konnte, fühlte er die Hand des Kölners auf seinem Arm. Er fing dessen Blick auf, lächelte kurz und dankbar.

Natürlich war es nötig, seinem Chef ein paar Takte zum Thema Verantwortung zu erzählen. Ein bisschen über die Fürsorgepflicht zu plaudern. Aber jetzt war kein guter Zeitpunkt. Orth war ein Idiot. Und er würde ein Idiot bleiben. Brodtmann hatte jetzt Wichtigeres zu tun, als sich an Idioten abzuarbeiten.

»Kann ich mit ihr reden?«, fragte er.

»Bitte.« Der Kölner Kollege vollführte eine einladende Geste in Richtung Tür. »Meinetwegen. Kann ja nur helfen.«

***

Eigentlich mochte Ruth Staatsanwalt Stegemann, nicht trotz, sondern eher wegen seiner Bedächtigkeit. Er gehörte zu den Menschen, die die Dinge gründlich durchdachten, bevor sie handelten. Stegemann ließ sich nicht aus der Ruhe bringen. Schon gar nicht von einer Ermittlerin, die fast zitternd vor Nervosität durch das Büro tigerte und der man in diesem Moment sicher anmerkte, dass sie kurz davor war, die Bedächtigkeit des Staatsanwalts mit körperlichen Sanktionen zu ahnden.

»Ich musste mir das erst mal alles ansehen.« Stegemann sah von seinem Schreibtisch auf. »Es ist ja nicht mein Fall, wie Sie wissen, ich springe nur für Brückner ein, bis der wieder auf dem Damm ist. Außerdem bin ich mit medizinischen Akten etwas skrupulös. Zumal im Bereich der Psychotherapie. Aber wie es aussieht, führt wohl kein Weg daran vorbei, dass wir einen Blick in diese Akten werfen müssen. Aber dass wir uns da richtig verstehen, nur die Akten der betreffenden Verstorbenen.« Er schenkte Ruth ein so freundliches Lächeln, dass ihre Ohren sich spürbar erhitzten, weil ihr all die schmutzigen Worte in den Sinn kamen, mit denen sie Stegemann auf der Fahrt mit dem Auto hierher bedacht hatte.

Stegemann konnte nichts dafür. Er machte seinen Job, er machte ihn gründlich. Alle machten ihren Job gut und gründlich, alle waren überlastet, und keiner hatte Zeit zu verschenken. Vielleicht war das der Grund, dass so viel schieflief überall. Vielleicht brüllte man sich deshalb lieber an, statt sich auszutauschen. Kümmerte sich ausschließlich um das, was einen direkt betraf, und ignorierte den Rest. Vielleicht war das der Grund, dass am Ende die Verenas dieser Welt irgendwen erschossen. Dass alles in Schutt und Asche versank.

Stegemann konnte nichts dafür, dass die Welt so war, wie sie war.

»Sie müssen entschuldigen, dass ich so drängele«, sagte sie. »Ich habe einfach das Gefühl, dass wir ganz dicht dran sind.«

»Das hoffe ich.« Stegemann nahm die randlose Brille von der Nase. »Obwohl es mir persönlich offen gestanden leidtäte, wenn Frau Gröbnitz da tatsächlich in irgendwas hineingeraten ist. Ich mochte sie, ich war damals wirklich sicher, dass es eine dumme kleine Jugendsünde war.«

»Damals?« Ruth sah ihn verständnislos an.

»Das wissen Sie nicht?« Stegemanns rechte Augenbraue hob sich. Es erstaunte Ruth immer wieder aufs Neue, was dieser Mann mit seinen schwarzen buschigen Augenbrauen anzufangen vermochte. Deren Bewegungsradius war so enorm, dass er zuweilen einer Comicfigur glich. Drei Zentimeter Spiel nach oben waren das locker. Bei beiden Brauen. Und zwar unabhängig voneinander. Jetzt wanderte die rechte bis fast zum Haaransatz, während die linke deutlich zurückblieb, sich dafür aber in leichte Schieflage schob.

»Das wissen Sie nicht?«, wiederholte er. »Ich dachte, Orth wäre damals schon dabei gewesen. Vielleicht täusche ich mich aber auch. Wann war das gleich – Gott, es ist ewig her. Sie hatte gerade angefangen, damals, als Therapeutin. Sie war eine junge Wilde, ganz innovativ, wollte neue Wege gehen. Bei so einem Therapiewochenende ist dann alles aus dem Ruder gelaufen. Sie hat mit halluzinogenen Wirkstoffen herumgespielt. Pilze, wenn ich mich recht erinnere. Um das Bewusstsein zu erweitern, Zugang zu sich selbst zu finden.« Seine Brauen näherten sich mittig an und formten nun ein V, das wenig Zweifel daran ließ, wie sehr er derartiges Tun missbilligte.

»Drogen?«

»Pilze, wie gesagt. Schwierig. Es ist nicht verboten, Pilze zu essen, auch Pilze, die nicht zum Verzehr geeignet scheinen. Es ist allerdings ziemlich dumm, wenn eine behandelnde Therapeutin ihre Patienten dazu anhält, so etwas zu tun, und das als Therapie verkauft. Im Grunde war es einfach nur tragisch. Einer der Teilnehmer ist wohl auf einen bösen Trip geraten. Hat sich im Badezimmer eingeschlossen und am Fenstergriff erhängt.«

»Wie bitte?« Ruth konnte nicht glauben, was sie da hörte.

»Die Familie war außer sich. Verständlicherweise. Das ist ja nicht das, was man sich erhofft von einer Therapie. Sie haben Anzeige erstattet, und das hätte die gute Frau Gröbnitz damals fast die Existenz gekostet.«

»Fast?« Ruth war fassungslos. »Wieso nur fast? Ich meine, das ist … das ist doch unverantwortlich!«

Stegemann hob die Hand, um ihre Empörung zu bremsen. »Sie würden sich wundern, wie oft so etwas vorkommt«, sagte er. »Zuweilen sind die Menschen schon saublöd.« Er seufzte. »Es sah nach einer großen Sache aus am Anfang. Aber irgendwer hat Schlimmeres verhindert. Die Familie hat die Anzeige zurückgezogen, die anderen Teilnehmer in der Gruppe wollten auf einmal nichts mehr von angeordnetem Drogenkonsum wissen.

Und uns waren die Hände gebunden. Ein klarer Fall von Suizid, ein psychisch angeschlagener Mann, der unter Drogen stand, das war tragisch, aber niemand trug die Verantwortung. Das Verfahren wurde eingestellt. Ich habe die Dame eine Weile im Blick behalten, aber es sah so aus, als habe sie ihre Lektion gelernt. Sie hat eine solide Karriere gemacht. Ganz sauber, dachte ich.«

Ruth versuchte, diese Information irgendwo einzupassen. Das, was Stegemann gesagt hatte, erklärte immerhin die Feindseligkeit der Gröbnitz.

Und der Umstand, dass sich damals jemand erhängt hatte, sah auf den ersten Blick aus wie genau das Puzzleteil, das Ruth gesucht hatte. Leider wusste sie nicht, wo es hinpasste. Noch verweigerte sich ihr das Bild.

»Ist doch erstaunlich«, sagte Stegemann und setzte seinen Namen unter ein Stück Papier. »Ich mach den Job jetzt seit fast drei Jahrzehnten. Und ich mache mir immer noch Hoffnungen, dass die Katzen das Mausen dauerhaft sein lassen.«

33

Verena sah auf, als Brodtmann den Raum betrat. Sie lächelte ihn an. Wie man einen überraschenden Besucher zur Kaffeezeit anlächelt, einen, mit dem man nicht gerechnet hat und über den man sich freut.

»Herr Brodtmann«, sagte sie. »Wie nett!«

Nett. Brodtmann atmete tief durch und setzte sich ihr gegenüber. Er suchte nach Worten, einem Einstieg. Nach einer Brücke, die von seiner in ihre Welt führen würde.

»Sie haben ihn erschossen«, sagte er. »Sie haben Morowski erschossen.«

Sie nickte. »Es tut mir leid, dass ich Ihnen solche Unannehmlichkeiten mache. Aber es musste ja sein.« Sie klang nun immerhin ein bisschen bedauernd.

Brodtmann räusperte sich leise. »Nein«, sagte er. »Es musste nicht sein. Warum haben Sie nicht die Wahrheit gesagt?«

»Welche Wahrheit?«

»Sie hatten ein Verhältnis mit diesem Mann.«

»Ach!« Verena winkte ab. »Hätte ich das gesagt, es hätte doch nichts geändert. Hätte die Dinge nur noch komplizierter gemacht. Das war sein Plan, verstehen Sie nicht? Alles kompliziert zu machen, so kompliziert, dass am Ende keiner mehr versteht, was eigentlich geschieht. Aber zum Glück spielt das ja keine Rolle mehr. Es ist ja nun gut ausgegangen, alles, wir können ja jetzt alle zufrieden sein.«

Brodtmann brauchte ein paar Sekunden, um die Sprachlo sigkeit zu überwinden. »Sie haben einen Menschen erschossen«, sagte er dann. »Ein Mensch ist tot. Und Sie kommen ins Gefängnis.«

»Ja, das ist schade«, sagte Verena. »Aber es gab leider keine andere Möglichkeit. Es ist nun einmal kompliziert. Ich habe ja auch lange gebraucht, um es zu begreifen. Erst dachte ich, es ist Eugens Schuld. Weil er diesen Mann in unser Haus gebracht hat. Dann dachte ich, es ist alles meine Schuld. Dabei hat er mich verführt. Er hat mich verführt und dazu gebracht, ihn zu lieben. Können Sie sich das vorstellen? Ich habe ihn geliebt, obwohl er ein Monster ist. Anfangs wusste ich es ja nicht, aber ich habe es herausgefunden. Und ich habe ihn trotzdem immer noch geliebt. Ich habe auch Eugen geliebt. Aber Eugen konnte mir nicht verzeihen. Auch als ich Morowski nicht mehr getroffen habe, hat Eugen nicht einmal versucht, mir zu vergeben. Ich habe mir so viel Mühe gegeben, meine Ehe zu retten. Aber Morowski wollte mich haben. Ganz für sich. Und darum hat er Eugen ermordet. Er hat ihn umgebracht, weil er gemerkt hat, dass ich bei Eugen bleibe. Er hat das alles geplant, jeden Schritt. Er hat Eugens Seele vergiftet und dann auch seinen Körper. Hätte ich ihn verlassen, dann würde mein Mann noch leben.« Sie hielt inne, sah Brodtmann aus blauen Puppenaugen an. »Als Ihre Kollegin von diesem Tumor erzählt hat«, sagte sie. »Da habe ich es erst begriffen. So gehen sie vor. Das letzte Mal in London. Mit diesem Agenten. Litwinenko. Es stand in der Zeitung. So machen sie das. Morowski musste Eugen töten, um mich zu bekommen. Aber Eugen war stark. Eugen war stark und ich auch, und das hat Morowski wütend gemacht. Er ist es nicht gewohnt, etwas nicht zu bekommen. Er kann nicht warten, er ist ungeduldig. Er wollte mich sofort, und darum ist er nachts ins Gartenhaus gegangen und hat Eugen ermordet. Er wusste, dass ich das nicht aushalte. Er dachte, ich komme zu ihm, lasse mich beschützen. Aber ich wollte nicht.« Sie hielt inne, schien einen Moment zu zögern. »Ich wollte, dass Sie mich beschützen«, sagte sie dann und schaute Brodtmann direkt in die Augen. »Das war dumm von mir, und es tut mir leid. Ich habe Sie in Gefahr gebracht. Ich kann verstehen, dass Ihnen das Risiko zu hoch war. Aber jetzt müssen Sie sich keine Sorgen mehr machen. Jetzt ist alles gut ausgegangen.« Wieder lächelte sie, sanft und freundlich. »Glauben Sie, ich habe auch einen Tumor? Er hat mir wahrscheinlich etwas ins Essen getan. Oder in die Tabletten. Ich konnte ja gar nicht mehr denken in letzter Zeit. Andererseits wollte er mich ja nicht umbringen. Ich war ja sein Täubchen. Vermutlich habe ich keinen Tumor, denn man bringt ja sein Täubchen nicht um, oder?« Sie sah Brodtmann an, als erwarte sie ernsthaft eine Antwort. Als sie begriff, dass keine kommen würde, seufzte sie. »Ich fürchte mich vor dem Gefängnis. Werden Sie mich besuchen? Ich würde mich freuen, wenn Sie mich besuchen.« Wieder sah sie ihm in die Augen, bittend.

Brodtmann nickte langsam. »Natürlich«, sagte er. »Natürlich besuche ich Sie.«

»Bitte, sehen Sie mich nicht so an! Ich bin doch nicht böse. Ich hatte doch keine Wahl. Irgendwer musste ihn doch aufhalten, verstehen Sie?«

Brodtmann sah ihr in die Augen. »Nein«, sagte er. »Nein, ich verstehe das nicht.«

»Schade«, sagte Verena. »Das ist wirklich sehr schade!«

***

Angelas Hände zitterten, als sie die Nummer wählte.

Kopfschmerzen. Schwäche. Die Schlafstörungen.

Es tutete im Hörer.

Gewichtsverlust. Verdammt, sie hatte sich noch gefreut, dass sie dünner geworden war. Sie war gar nicht auf die Idee gekommen, sich Sorgen zu machen deshalb. Es war ihr nicht gut gegangen, die ganze Zeit nicht, schon lange nicht. Stress, hatte sie gedacht, all der Stress mit Hannah, mit ihrem Ex und im Büro. Sie war ja schon immer anfällig gewesen und sensibel, körperlich wie seelisch.

Die Gröbnitz war völlig durch den Wind gewesen am Telefon. Ein derart wirres und sonderbares Gespräch hatte Angela noch nie in ihrem Leben geführt.

Sie hatte von Selbstmorden gefaselt, von Erhängen, Suizidgefährdung. Unmöglich war diese Frau. Sie wusste ja nun von allen Menschen am besten, was Angela durchmachte. Sie war diejenige, die immer wieder so tat, als wäre das alles gar nicht so schlimm. Und jetzt kam sie mit so etwas? Wenn sie ihr auch nur einmal zugehört hätte, wirklich zugehört, dann hätte ihr klar sein müssen, dass sie auf keinen Fall der Typ für Selbstmord war. Sie war eine Kämpferin. Es war unfassbar, dass diese Frau sich Psychologin schimpfte.

Sie würde sich eine andere Therapeutin suchen.

Wenn, dachte sie, wenn sie noch die Gelegenheit dazu hatte. Sie schluckte.

Ein Tumor.

Ein Tumor erklärte alles.

Sie hätte sich nie im Leben auf diese Studie einlassen dürfen. Dieses Wochenende. Sie hatte sich darauf verlassen, dass sie an einer klinischen Studie teilnahm. Dass sie unter Aufsicht Medikamente bekam, die noch nicht zugelassen waren, aber absolut sicher. Sie hatte sich auf die leeren Worte verlassen, dass die Sache im Grunde ohne Risiko war. Sie war gutgläubig gewesen. Viel zu gutgläubig. Ein völlig harmloses Mittel, lang anhaltende antidepressive Wirkung. Die Liste der Risiken und Nebenwirkungen hatte man kleingeredet.

Und Angela hatte tatsächlich geglaubt, man habe ihr geholfen. Es war ihr ja ein wenig besser gegangen danach, seelisch. Aber nicht körperlich. Nur hatte sie das nicht begriffen. Sie war todkrank. Sie hatte möglicherweise Krebs. Sie war zu jung, viel zu jung zum Sterben. Was sollte nur aus Hannah werden, wenn sie tot war?

Tränen schnürten ihr die Kehle zu. Es tutete im Hörer. Gleich würde jemand ans Telefon gehen. Jemand, der ihr sagte, dass alles gut war. Ein Irrtum. Jemand würde ihr erklären, dass das alles ein Irrtum war.

Eine Stimme meldete sich. Angela hatte den Namen nicht verstanden, aber es spielte keine Rolle.

»Bin ich da richtig bei Sanivitale? Ich muss mit Herrn Sandmann sprechen, sofort!«

»Ich bedaure, der Herr Sandmann ist nicht zu sprechen im Moment«, erklärte ihr Gesprächspartner. »Ich kann Ihnen leider auch nicht sagen, wann er wiederkommt. Das Sekretariat ist gerade nicht besetzt. Aber wenn Sie ihm vielleicht eine Nachricht hinterlassen wollen?«

»Ich will ihm keine Nachricht hinterlassen. Ich muss ihn sprechen. Sofort. Oder jemand anderen, der zuständig ist für diese Studie, diesen Medikamententest!«

»Test?« Der Mann schien aufzuhorchen.

»Ich bin Teilnehmerin der Studie zur Anpassungsstörung.« Angela benutzte das Wort äußerst ungern. »Ich habe mich zur Verfügung gestellt, um dieses Mittel und diese Kombinationstherapie zu testen. Es ging mir schlecht, darum habe ich mich darauf eingelassen. Man hat mir gesagt, das Risiko wäre minimal. Und jetzt ...« Ein jäher Schluchzer hinderte sie am Weitersprechen.

»Um Gottes willen, was ist los?«

»Ein Tumor. Ich habe vielleicht Krebs!«, stieß Angela heiser hervor.

»Bitte, beruhigen Sie sich. Was für ein Tumor? Ich versichere Ihnen, dass das nicht sein kann. Das ist vollkommen ausgeschlossen. Sie müssen sich beruhigen!«

»Meine Therapeutin hat mich angerufen. Sie hat von Suiziden gesprochen. Und von einem Tumor. Ich verlange, dass Sie sich äußern. Ich verlange, dass Sie etwas unternehmen. Sie können nicht Menschen als Versuchskaninchen missbrauchen. Ich habe ein Kind. Ich bin gerade erst vierzig und jetzt so etwas!«

Es tat gut, sich aufzuregen. Es bändigte die Angst ein wenig.

»Bleiben Sie ganz ruhig!«, sagte der Mann. »Welcher Arzt hat Sie denn untersucht?«

»Kein Arzt. Ich habe nur diesen Anruf bekommen von Frau Gröbnitz. Ich weiß selber nicht, was ich davon halten soll. Ich habe Angst. Ich habe Gewicht verloren, ich fühle mich oft schwach, ich habe große Angst. Ich verlange ...« Sie brach ab. Sie wusste nicht genau, was sie verlangte. Dass sich jemand darum kümmerte. Dass jemand dafür sorgte, dass sie aus dem Alptraum erwachte.

»Wenn ich einen Tumor habe, dann verklage ich Sie. Ich klage Ihre Firma in Grund und Boden!«, sagte sie. Weil es sich irgendwie richtig anfühlte.

»Eins nach dem anderen«, sagte der Mann. »Hören Sie, ich weiß, worum es geht. Und ich versichere Ihnen, dass kein Anlass zur Sorge besteht. Wir werden uns darum kümmern. Ich persönlich werde mich sofort darum kümmern. Eine gründliche Untersuchung, wir werden alles genau unter die Lupe nehmen. Wir machen einen Termin.«

»Jetzt! Ich will jetzt untersucht werden, nicht zu irgendeinem

Termin! Glauben Sie im Ernst, dass ich mich jetzt vertrösten lasse?«

Kurz herrschte Schweigen in der Leitung. Dann hörte Angela etwas, das wie ein tiefes Seufzen klang. »Heute wird es nicht mehr gehen«, sagte der Mann. »Es tut mir leid, es tut mir wirklich sehr leid. Aber aus dem Stegreif können die nötigen Untersuchungen nicht gemacht werden. Ich verstehe, dass das sehr schwierig für Sie ist, aber ich kann nichts machen. Kommen Sie morgen früh. Gleich um acht, nein halb acht. Ich veranlasse alles Nötige.«

Angela überlegte. Die Vorstellung, einen Nachmittag, einen Abend, eine Nacht zu warten, gefiel ihr nicht. Andererseits fühlte sie sich zu schwach, jetzt weiterzudiskutieren. Sie würde nicht zur Arbeit gehen können morgen, aber es war davon auszugehen, dass unter den gegebenen Umständen selbst die Gottler Verständnis dafür aufbrachte.

»Nehmen Sie eine Tablette«, sagte der Mann. »Haben Sie Schlaftabletten im Haus? Versuchen Sie, sich zu beruhigen. Kommen Sie nüchtern morgen, bitte, essen Sie nichts, wegen der Blutabnahme. Sobald wir das gemacht haben, werden wir Ihnen ein Frühstück besorgen.«

»In Ordnung.«

»Wo sind Sie den Rest des Tages zu erreichen?«

Angela zögerte. »Wieso?«

»Für den Fall, dass Herr Sandmann Sie zurückrufen möchte. Es ist ja sozusagen seine Testreihe, möglicherweise hat er noch Fragen.«

»Ich bin zu Hause«, sagte Angela. »Ich bin zu Hause zu erreichen.«

»Gut«, sagte der Mann. »Ihre Nummer und Ihre Anschrift hat er ja sicherlich.«

»Nebgen«, sagte Angela. »Angela Nebgen, Pappelweg 45. Und die Nummer sollte auf Ihrem Display stehen!« Sie bemühte sich, so ruhig wie möglich zu sprechen. Der Mann gab sich Mühe. Er nahm die Sache ernst. »Dann also morgen früh«, sagte sie. »Pünktlich um halb acht.«

»Machen Sie sich keine Sorgen«, sagte er noch.

Sie legte den Hörer auf. Merkwürdigerweise hatte das Gespräch sie beruhigt.

Sie war allein. Hannah war mit irgendwelchen Freundinnen unterwegs, im Kino. Angela überlegte, ob sie sie anrufen sollte. Sie wollte nicht allein sein. Aber so wie Hannah sie behandelte in letzter Zeit, bezweifelte sie, dass sie eine große Stütze sein würde. Sie starrte das Telefon an. Überlegte hin und her. Aber niemand fiel ihr ein. Da war keiner, den sie hätte anrufen können. Keiner, der ihr jetzt beistand.

Sie war allein. Sie war so verdammt allein.

***

Nach dem Telefonat war sie in der Praxis geblieben. Hier unten war es leichter, sich auf das zu konzentrieren, was jetzt wichtig war. Sie saß im Sessel und blickte in den Garten, in diesen Garten, in dem es um Kontrolle ging.

Sie ertrug das nicht mehr. Sie wollte etwas anderes. Sie brauchte etwas anderes. Einen Garten mit Blumen, mit Düften und Farben.

Ihr Leben zerbrach in tausend Stücke, und sie saß da, verspürte eine fast heitere Ruhe. Sie hatte keine Angst mehr.

Es war absurd, dass ausgerechnet Angela Nebgen ihr klargemacht hatte, was falsch lief. Sie hatte diese Stimme gehört, weinerlich und vorwurfsvoll. Sie hatte sich kurz gefasst, das gesagt, was sie sagen musste. Sie hatte den Hörer aufgelegt und erkannt, dass sie im Begriff war, einen Fehler zu machen. Einen, der ihr Leben ruinieren würde.

Vier Menschen waren tot. Und sie trug möglicherweise die Verantwortung. Sie konnte nicht weglaufen. Nicht den gleichen Fehler machen wie Angela Nebgen, die sich so vehement weigerte, sich der Realität zu stellen. Sich damit selbst ihr Leben zur Hölle machte. Sie musste den Dingen ins Gesicht sehen. Eine banale Erkenntnis, verdammt banal, trotzdem der Gedanke, der ihr die Ruhe schenkte, die sie jetzt brauchte.

Sie dachte an damals, an diesen Tag, an dem sie sich schuldig gemacht hatte. Sie dachte daran, wie sie ihre Verantwortung abgegeben hatte. An Rainer, der sich um alles kümmerte. Sie dachte an den Preis, den sie seither zahlte. Ewige Dankbarkeit. Ein hoher Preis. Zu hoch.

Sie war Christine Gröbnitz. Sie war nicht ohne Makel, sie machte Fehler. Aber sie war stark. Sie war in der Lage, die Konsequenzen ihres Handelns zu tragen. Vier Menschen waren tot, und es machte ihr Angst, weil sie es nicht verstand. Aber wenn sie jetzt den gleichen Fehler machte wie damals, wenn sie wieder die Kontrolle abgab und einfach davonlief, dann würde sie den Rest ihres Lebens auf der Flucht vor etwas sein, dem man nicht entkommen konnte. Wenn sie die Studie manipulierte, würde sie nie in ihrem Leben zur Ruhe kommen. Sondern täglich fürchten, dass die Dinge sie einholten.

Sie würde warten. Auf die Polizistin. Sie würde mit ihr reden, die Wahrheit sagen. Sie hatte nichts zu verbergen. Und sie brauchte eine Erklärung.

Wenn das hier vorbei war, dann wusste sie, womit sie es zu tun hatte. Dann war vielleicht alles gut. Dann würde sie vielleicht eine Klinik führen, am Ziel sein. Vielleicht würde sie auch nie wieder in ihrem Beruf arbeiten können. Vielleicht hatte sie wirklich versagt. Den Finger zu tief in die Wunden gelegt, die so offensichtlich waren. Übersteigerter Stolz, diffuse Schuld, das Bedürfnis, die Last der Welt zu schultern. Eitelkeit und Egozentrik. Es gab keine Skala für Tragödien. Markus Berg, Carsten Landau, Eugen Brandmeyer, Ines Töpfer, ja sogar Angela Nebgen litten. Erfolglosigkeit, Verlust eine Ehepartners, eines Lebensmodells, Schuldgefühle, lauter individuelle Katastrophen, die Wunden rissen. Wunden, die von allein nicht heilten, weil diese Menschen es nicht zuließen. Ihr Ansatz war neu gewesen, sehr aggressiv. Sie hatte ihre Patienten konfrontiert, wieder und wieder, mit dem, was sie nicht hören und sehen wollten. Hatte darauf gebaut, dass ihr natürlicher Instinkt sie dazu treiben würde, sich zu verteidigen. Die Wunde zu schützen und zu schließen, um sich gegen sie zu verteidigen, gegen ihre Therapeutin. Bei allen war sie so vorgegangen, bei allen außer Angela Nebgen, die als Kontrollgruppe diente. Die sich nicht wirklich bewegte, die stetig und verbissen die gleichen Kreise zog in ihrer eingeschränkten

Gedankenwelt und ihre Wunde immer wieder selbst aufriss, um sie Christine zu zeigen. Angela Nebgen war der Beweis dafür, dass der andere Ansatz viel besser funktionierte.

Das jedenfalls hatte Christine sich einbilden wollen. Vielleicht hatte sie sich etwas vorgemacht. Versagt und nicht gesehen, was nicht in ihr Bild passte. Möglicherweise trug sie tatsächlich Schuld am Tod dieser Menschen. So wie damals.

Sie sah aus dem Fenster. Sah in Rainers Garten. Er war vollkommen auf seine Art. Es lag nicht am Garten. Es lag an ihr.

Sie würde ihn verlassen. Egal wie das hier ausging. Sie würde gehen. Und sie würde sich dem stellen, was geschah. Würde nötigenfalls die Konsequenzen tragen.

Sie ließ ihren Kopf gegen die hohe Lehne des Sessels sinken und schloss kurz die Augen, um zu prüfen, wie ernst der Gedanke war, der so unschuldig tat, sich so beiläufig in ihre Grübelei gemogelt hatte.

Ernst, stellte sie fest.

Sie würde gehen. Sie liebte Rainer, auf eine merkwürdige und ungesunde Art würde sie ihn immer lieben. Aber das hier war eine Sackgasse. Es war nicht, was sie brauchte und wollte. Schon lange nicht mehr.

Aus dem Büro nebenan hörte sie das Geräusch einer Schublade. Dann raschelte Papier.

Sie runzelte die Stirn. Griff nach der Brille, die sie auf den kleinen Tisch gelegt hatte. Sie stand auf und ging nach nebenan.

Er hatte sie offenbar nicht kommen hören. Langsam ging sie auf den grauen Stahlschrank zu. Er hatte eine der großen Schubladen mit den Hängemappen herausgezogen, suchte offenbar nach einer Akte.

Sie sagte seinen Namen. Er erschrak und fasste sich kurz an den Hals. »Christine, was machst du hier unten? Du solltest dich doch ausruhen!« Er sah sie an, vorwurfsvoll. Als hätte er sie bei etwas Ungeheuerlichem erwischt, nicht umgekehrt.

»Was tust du da?« Sie trat auf ihn zu, nahm ihm die Akte aus der Hand, die er gerade aus der Schublade gezogen hatte. »Was zum Teufel tust du da?«, wiederholte sie.

»Wir haben nicht viel Zeit«, erwiderte er.

Sie umklammerte die Akte.

»Es wird nicht mehr lange dauern, bis die Polizei auftaucht.« Er klang ungeduldig. Als redete er mit einem unverständigen Kind. »So wie die Dinge liegen, bekommt diese Frau ihren Beschluss. Wir müssen uns um die Akten kümmern. Wenn kein Bezug zur Studie hergestellt wird, dann kann dein Sandmann vielleicht noch ein paar Schäfchen ins Trockene bringen …«

»Rainer!«, unterbrach sie. Zornig. Erschöpft. Sie wusste es nicht genau. »Wir werden nichts mit diesen Akten tun.«

Er legte eine Hand auf ihre Schulter, sah sie an. Sanft der Blick und doch nicht ohne Strenge. Väterlich, dachte sie und ärgerte sich. »Leg dich wieder hin, Schatz. Ich kümmere mich um alles.«

Sie schob seinen Arm weg. »Lass die Akten in Ruhe. Du hast kein Recht, Patientenakten zu manipulieren. Ich habe nichts zu verbergen.«

Alles Sanfte wich aus seinem Gesicht. »Vier Menschen sind tot.«

»Eben«, sagte sie. »Eben!« Ihre Stimme zitterte.

»Das hier ist eine Nummer größer als die Geschichte damals.«

»Ich bin kein Idiot, Rainer.«

»Dann benimm dich auch nicht so!« Er strich sich die Haare aus dem Gesicht. Graue Haare, aber noch immer dicht. Schöne Haare, dachte sie, er sieht immer noch gut aus. Er seufzte. Abermals hob er die Hand, legte sie auf ihre Schulter. Er versuchte, sie in Richtung Tür zu schieben. »Nimm noch eine Tablette. Leg dich hin. Es wäre am besten, wenn du schläfst, wenn sie kommen. Die Polizisten.«

»Ich werde mit ihnen reden«, widersprach Christine. »Rainer, ich habe möglicherweise etwas Grauenhaftes angerichtet. Ich muss mich dem stellen. Ich werde der Polizei alles sagen. Alles, was ich weiß.«

»Den Teufel wirst du tun!« Seine Hände hatten sich zu Fäusten geballt, und für eine Sekunde fragte Christine sich, ob er fähig wäre, sie zu schlagen. »Es geht nicht nur um dich, meine Liebe«, sagte er dann. Seine Stimme war ruhig geworden. Gefährlich ruhig.

»Ich habe etwas damit zu tun. Ich weiß nicht, was, aber ich

hänge mittendrin«, sagte sie. »Vier Menschen sind tot. Es geht um ihre Familien, die Angehörigen. Es geht um diese Studie und ein Medikament, es geht um falsche Schlüsse, die ich möglicherweise gezogen habe. Ich habe einmal versucht, mich vor einer Schuld zu verstecken. Schau, wo mich das hingeführt hat. Ab jetzt entscheide ich selbst, was richtig ist, verstehst du? Und das da«, sie deutete auf die Schublade, »das ist ganz sicher nicht richtig!«

Er seufzte vernehmlich. »Stuss«, sagte er leise. »Gott, was du für einen Stuss redest!« Er schloss die Schublade, öffnete eine andere und zog eine Akte heraus. So als wäre Christine gar nicht da.

Sie griff zu. Riss ihm die Akte aus der Hand. »Raus!«, sagte sie. »Raus aus meinem Büro!«

Abermals hatte sie den Eindruck, dass er kurz davor war, sie zu schlagen. »Dein Büro?«, fragte er stattdessen. Er lachte hässlich. »Das hier ist immer noch mein Haus! Du schuldest mir etwas, Christine. Du schuldest mir alles! Wo wärst du denn heute ohne mich? Glaubst du wirklich, du wärst etwas Besonderes? Ich habe dir alle Türen geöffnet. Ich habe dir geholfen, das hier aufzubauen. Ich habe aus dir die Frau gemacht, die du heute bist. Ich werde nicht zulassen, dass du alles kaputt machst. Du wirst jetzt hochgehen und eine Tablette nehmen. Ich werde mich mit der Polizei befassen. Ich werde mit diesem Sandmann reden. Und mit einem Anwalt. Ich werde retten, was zu retten ist. Ich verstehe, dass du im Moment nicht in der Lage bist, zu begreifen, was du angerichtet hast. Aber den Anstand, mir nicht noch vorzuwerfen, dass ich all das für dich tue, den solltest du besitzen.«

In Christines Kopf brach ein Damm. Schmerz und Enttäuschung und Wut und Hass bildeten eine gewaltige Flutwelle. Dann war es vorbei. Dann war es ruhig, sie fühlte sich taub, taub und stumm und wie gelähmt.

Sie nickte mechanisch. »Natürlich«, hörte sie sich sagen. »Ich habe verstanden. Ich gehe nach oben. Ich lege mich hin.«

Er schien sich nicht zu wundern über ihre plötzliche Folgsamkeit. Auch er sah nur das, was er erwartete, für richtig hielt. Sie wandte sich ab, ging über den Flur. Vorbei an der Treppe, die nach oben führte.

Sie hatte immer gewusst, wie er die ganze Sache sah: dass sie nur den Weg ging, den er ihr geebnet hatte. Es war nicht wirklich überraschend, dass er es aussprach.

Es war ihr egal, was er tat. Es spielte keine Rolle. Es gab Kopien von den Akten, er konnte nicht wirklich etwas anrichten. Aber sie konnte nicht mehr mit ihm reden. Sie konnte ihn nicht einmal mehr ansehen.

Sie griff nach einer Strickjacke, die am Garderobenhaken hing, und öffnete die Haustür. Sie verstand ihn ja. Verstand, wie es für ihn war. Ihr Versagen würde auf ihn zurückfallen. Seinen Ruf schädigen, den Mythos, auf den er hoffte. Sie verstand, was ihn antrieb. Sie mochte es nicht.

Sie trat hinaus in den Vorgarten und schloss kurz die Augen, weil das helle Sonnenlicht sie blendete.

Als sie sie wieder öffnete, sah sie die Polizistin vor sich stehen. »Wo wollen Sie hin?«, fragte sie und hielt ihr ein Stück Papier entgegen. »Sie können jetzt nicht weg.«

»Es tut mir leid«, sagte Christine. »Ich habe mich falsch verhalten. Ich hatte Angst. Ich habe immer noch Angst.« Sie brach ab, hustete leise.

»Ich weiß«, sagte die Polizistin. »Das weiß ich.«

Christine atmete tief durch. »Ich bin in Panik geraten«, sagte sie. »Das war ein Fehler. Ich werde mit Ihnen reden. Ich sage Ihnen alles, was Sie wissen müssen.«

34

Die Idee, so ungeplant vorzugehen, macht ihm Angst. Genau wie der Gedanke, dass keine Zeit bleibt. Die Ereignisse überschlagen sich, es ist unmöglich, die Kontrolle zu behalten. Er müsste Angst empfinden, Panik womöglich.

Aber dem ist nicht so. Bald ist es zu Ende. Es ist ein guter Gedanke. Verlockend.

Zumal auch das sonderbare Glück wieder da ist. Dieser merkwürdige Zustand, gebaut aus Zufällen. Die Frau würde nicht Glück dazu sagen.

Sie sieht ihn fragend an, als sie die Tür öffnet. Sie sieht verweint aus. Sie hört sich an, was er zu sagen hat.

Sie lässt ihn ins Haus, bittet ihn in die Küche. Sie kocht Kaffee, immer Kaffee, überall Kaffee, Allheilmittel für Krisen. Sie redet und redet, sie redet viel über sich, über Dinge, die ihn nicht interessieren. Sie scheint es für völlig normal zu halten, einen Wildfremden ins Haus zu lassen und all diese Dinge zu erzählen.

Dinge, die sie für Probleme hält. Lächerliche Dinge.

Er möchte ihr sagen, dass es Schlimmeres gibt, viel Schlimmeres, aber das geht natürlich nicht, das ist unsinnig, er darf keine Verbindung riskieren, muss sachlich bleiben, er darf nicht mit ihr sprechen, nicht wirklich, und darum sagt er nichts, hört einfach zu, nickt gelegentlich, täuscht Mitgefühl vor. Sagt das, was sie hören will, Worthülsen, es ist ganz einfach. Ihr Lächeln zeigt, dass er es richtig macht.

Jetzt steht sie auf, verlässt die Küche. Sie kommt gleich wieder, sagt sie, überflüssig, natürlich kommt sie wieder. Er lässt sie gehen, und als sie weg ist, tut er, was zu tun ist. Sie kommt zurück, bemerkt nichts und greift nach der Tasse. Er ist erleichtert, obwohl es noch nicht zu Ende ist.

Er hat nicht verloren. Es wird noch einmal gut gehen. Sie wissen zu viel, aber sie verstehen den Zusammenhang nicht. Und so wird es bleiben. Weil er es jetzt zu Ende bringt. Er hat keine Wahl, er nutzt die Chance.

Alles endet so, wie es enden soll. Es spielt keine Rolle, wie groß oder klein die Chance ist. Sie ist alles, was ihm bleibt.

Sie trinkt die Tasse aus, redet, redet, redet, sie redet so viel, aber immer langsamer. Dann sinkt ihr Kopf auf die Brust.

Er nimmt das Seil aus der Tasche. Tut noch einmal, was er tun muss. Routiniert. Er spült die Tassen, während er wartet. Darauf wartet, dass es vorbei ist.

Es dauert nicht lange.

***

Hannah Nebgen schloss die Haustür auf. Im Flur stellte sie ihre Schuhe ordentlich ins Schuhregal und hängte ihre Jacke an die Garderobe.

Es war still im Haus. »Mama?«, rief sie. Keine Antwort.

Vielleicht hatte sie sich hingelegt. Ihre Mutter legte sich ständig hin, ausruhen war ihre Antwort auf alle Fragen. Hannah versuchte, das Hämische und Böse aus ihren Gedanken zu bekommen. Es ging ihrer Mutter nicht gut. Seit Papa ausgezogen war, ging es ihr schlecht, und sie konnte nichts dafür.

Hannah liebte ihre Mutter. Auch wenn das manchmal schwierig war.

Denn ihre Mutter liebte sie. Das sagte Papa ihr immer wieder. Sie machte sich Sorgen, weil sie sie liebte. Sie wollte ihr Bestes, und auch wenn es schwer war, es ihr recht zu machen, meinte sie es gut. Sagte Papa.

Hannah war entschlossen, sich Mühe zu geben. Noch mehr Mühe. Sie war nicht dumm. Egal was Papa ihr versprach; wenn sie ihre Mutter nicht von dem Plan mit Amerika überzeugen konnte, dann würde die Sache ein Traum bleiben.

Hannah wollte nach Amerika. Sie wollte irgendwohin, weit weg. Sie wollte irgendwo neu sein. Neu und fremd. Nicht Hannah, deren Eltern sich gerade scheiden ließen. Nicht Hannah, deren Mutter ständig jammerte und klagte und sich hinlegte. Hannah wollte Hannah sein. Einfach nur Hannah. Ohne Ballast.

»Mama?«, rief sie wieder.

Es stank. Hannah wusste nicht, was das für ein Geruch war.

Er kam ihr vage bekannt vor, eklig war das, aber sie hätte nicht sagen können, was da so roch.

Sie hatte Hunger. Sie sah auf die Uhr. Kurz nach vier. Wenn ihre Mutter schlief, dann konnte sie sich schnell ein Brot machen. Wenn sie wach war, ginge das nicht, dann würde sie zu hören kriegen, wie viele Kalorien so ein Brot hatte und dass es bald Abendessen gebe, bald, in drei oder vier Stunden.

Sie schlief nicht, dachte Hannah. Sie würde nicht schlafen, wenn hier irgendwas so roch. Vielleicht war sie nicht da. Vielleicht war sie weggegangen, und etwas war ausgelaufen oder übergelaufen oder so. Hannah hatte keine Lust, sich darum zu kümmern.

Hannah hatte Hunger, und sie wollte ein Brot, aber sie hatte Pech, denn als sie die Küchentür öffnete, sah sie ihre Mutter. Sie kniete auf dem Boden, vermutlich machte sie weg, was da so stank. Warum hatte sie nicht geantwortet? Hannah überlegte, ob sie wieder etwas falsch gemacht hatte. Sie hatte angerufen, hatte gefragt, ob sie nach der Schule mit zu Susi gehen konnte, dann ins Kino mit den anderen. Ihre Mutter hatte es erlaubt.

»Was riecht hier denn so eklig?«, fragte sie.

Keine Antwort. Noch immer wehrte sich etwas in Hannah. Noch immer blickte sie geradeaus, zum Fenster, behielt die Gestalt ihrer Mutter im Augenwinkel. Sie konzentrierte sich auf den Gedanken, dass sie sogar ihr Zimmer aufgeräumt hatte. Sie hatte alles richtig gemacht. Alles. Richtig.

Und doch war alles falsch.

Schlimm und entsetzlich falsch, und jetzt schaffte sie es nicht mehr, das auszublenden.

Sie wandte den Kopf. »Was machst du da?«, wollte sie fragen, aber es kam nur ein Krächzen. Sie starrte auf das Seil, das um den Hals ihrer Mutter geschlungen war und zur Heizung führte. Das blau karierte Küchenhandtuch, das dort zum Trocknen gelegen hatte, war hinuntergefallen.

»Mama?«, rief Hannah, laut, ganz laut und sah die Pfütze, in der sie kniete, auf dem Boden, die sie nicht wegmachte, sondern die von ihr kam, Ausscheidungen, es war egal, der Gestank war schlimm, aber nicht das Schlimmste, und Hannah hatte nichts falsch gemacht, gar nichts, aber trotzdem war alles furchtbar falsch.

Dann stand sie im Vorgarten. Fragte sich, wer so laut schrie. Bis sie verstand, dass sie das selbst war.

***

Das Gespräch mit Christine Gröbnitz hatte nicht länger als eine halbe Stunde gedauert. Eine halbe Stunde, die irgendwann zur längsten halben Stunde in Ruths Leben wurde. Sie hatte der Gröbnitz zugehört, hatte deren Partner mit deutlichen Worten aufgefordert, die Akten in Ruhe zu lassen. Sie hatte die Psychologin gezwungen, ihr Büro abzuschließen, hatte den Schlüssel an sich genommen. Sie hatte sich eingebildet, dass sie alles im Griff hatte, dass sie einen guten Job machte. Und dann war ihr diese Frau mit dieser Information gekommen. Ganz beiläufig.

Jetzt kam sie sich vor wie in einem Actionfilm. Mit eingeschaltetem Blaulicht auf ihrem Zivilfahrzeug und quietschenden Reifen raste sie durch den Stadtverkehr, missachtete Vorfahrt und rote Ampeln und brachte sich und die anderen Verkehrsteilnehmer ein ums andere Mal in Lebensgefahr. Ein verdammt schlechter Actionfilm, dachte sie, sie taugte nicht zur Heldin, jedenfalls nicht am Steuer. Noch immer konnte sie nicht fassen, mit welcher Gelassenheit Christine Gröbnitz ihr erklärt hatte, dass es fünf waren. Fünf Patienten, die an der Studie teilgenommen hatten. Sie meinte es nicht böse. Christine Gröbnitz hatte schlicht nicht begriffen, was das für Angela Nebgen bedeutete.

Sie sei nicht in Gefahr, hatte sie gesagt, sie habe mit ihr telefoniert, diese Frau sei nicht suizidgefährdet. Die Psychologin hatte es nicht verstanden!

Zehn kleine Negerlein, dachte sie, fünf kleine Negerlein, da war es nur noch eins. Endlich bog sie in die Sackgasse ein, in der sich artig Reihenhäuser nebeneinander kuschelten. Zu spät, dachte sie dann, und der schlechte Film wurde miserabel. Überall parkten Autos, kreuz und quer, Streifenwagen und Zivilfahrzeuge. Zu spät, dachte Ruth und versuchte, das Déjà-vu zu verdrängen, das sie beim Anblick von Brodtmann, der im

Vorgarten eines Hauses stand, den Arm um eine junge Frau gelegt, überkam. Sie biss sich auf die Unterlippe, um nicht laut zu schreien.

Ritterliche Gesten, zerbrechliche Frauen, sie hatte die Nase voll, zumal sie nun erkannte, dass es sich nicht wirklich um eine Frau handelte, sondern um ein Kind. Kräftig, dachte sie, äußerlich nicht zerbrechlich, aber jung, schrecklich jung.

Ruth bremste, sie schaltete hektisch, würgte den Motor ab. Sie hieb mit der Faust aufs Lenkrad. »Scheiße!«, schrie sie. »Scheiße, Scheiße, Scheiße!« Zu spät. Sie war zu spät gekommen, zu spät, sie hatte sich zu lange aufgehalten mit der Gröbnitz, hatte erst am Ende das gefragt, was sie am Anfang hätte fragen sollen.

Er hatte gewonnen. Wer immer er war, was immer er wollte, er hatte es geschafft, vor ihren Augen, unter ihrer Nase fünf Menschen zu ermorden. Morde, keine Selbstmorde, ein Täter, ein Mörder, ein Serienmörder sogar. Einer, der besser im Morden war als Ruth im Ermitteln.

Sie machte sich nicht die Mühe, den Wagen erneut zu starten. Sie ließ ihn quer auf der Sackgasse stehen, zog die Handbremse an und stieg aus. »Brodtmann«, rief sie, winkte ihn zu sich. Er sagte etwas zu dem Mädchen, führte es zu einer Bank, die neben der Haustür stand. Eine hübsche kleine Bank, blau gestrichen, darauf und daneben Blumentöpfe mit blühenden Pflanzen, farblich aufeinander abgestimmt.

»Veritzky, endlich«, sagte er. »Ich dachte schon, die Zentrale erreicht dich nie mehr.«

Ruths Handy hatte immer wieder mal geklingelt, aber sie hatte die Anrufe nicht annehmen können. Sie war jedes Mal mit Wichtigerem beschäftigt gewesen.

»Die Tochter«, sagte Brodtmann und deutete mit dem Kopf in Richtung der Bank. »Scheiße, sie ist vierzehn. Sie hat sie gefunden.«

»Und?«

»Erhängt an der Heizung in der Küche.« Brodtmann seufzte. »Nelles ist aus seinem Keller gekrochen, um irgendwelche Hinweise auf flüchtige Substanzen zu finden. Oder sonst was. Verdammt, es gibt keine Abwehrverletzungen. Der Bastard betäubt sie, mit irgendetwas, wonach wir nicht gesucht haben. Ruth? Ruth, wo willst du hin?«

Ruth riss die Tür ihres Autos auf. »Wir sehen uns nachher«, sagte sie. »Wir sehen uns im Präsidium.«

»Du kannst doch nicht einfach abhauen jetzt«, protestierte Brodtmann. Aber Ruth hörte ihn schon nicht mehr.

Erstaunlicherweise war es kein Problem, in der Firma Sanivitale vorgelassen zu werden. Ruth hatte sich am Empfang nach Herrn Sandmann erkundigt, und die strahlende Dame hatte ihr bereitwillig Stockwerk und Zimmernummer seines Büros mitgeteilt, bevor sie versuchte, ihn telefonisch darüber in Kenntnis zu setzen, dass er Besuch hatte. Bevor sie jemanden an der Strippe hatte, befand sich Ruth schon in einem Aufzug und fuhr hinauf in den dritten Stock.

Vor Sandmanns Büro stieß sie mit einem Mann zusammen, der ihr fast so hektisch vorkam, wie sie sich fühlte. Er murmelte eine Entschuldigung, wich ihrem Blick aus und verschwand eilig hinter einer der Türen im Flur.

Die resolut wirkende Frau hinter dem Schreibtisch in Sandmanns Vorzimmer war offenbar gewarnt. Ihre Missbilligung wich Zugänglichkeit, als Ruth sich vorstellte und auswies. Wenige Minuten später fand sie sich auf dem Besucherstuhl im Büro wieder, Auge in Auge mit Edgar Sandmann, der an einem beeindruckenden Schreibtisch thronte und sie fragend ansah.

»Mordkommission?«, sagte er. »Was hat das zu bedeuten?«

»Sie kennen Christine Gröbnitz?«, konterte Ruth mit einer Gegenfrage.

Sandmann wurde blass. »Christine? Ja, sicher. Um Himmels willen, ist Frau Gröbnitz etwas zugestoßen?«

Ruth musterte ihn aufmerksam. Seine Sorge wirkte echt. Der Mann kam ihr vage bekannt vor, aber sie konnte sich nicht erinnern, wo sie ihm schon einmal begegnet war.

»Nicht Frau Gröbnitz«, sagte sie. »Aber Eugen Brandmeyer. Carsten Landau, Markus Berg. Ines Töpfer. Ja, ach ja, und dann haben wir gerade auch noch Angela Nebgen tot aufgefunden.«

Sandmanns Blick flackerte unruhig. »Wovon reden Sie da, bitte?«

»Ich rede von den Menschen, die an Ihrer Studie teilgenommen haben. Denen, die von Ihnen ein nicht zugelassenes Medikament bekommen haben.«

Sandmann hob eine Hand. »Moment«, sagte er. »Jetzt mal langsam. Geht es um die Studie? Oder um den im Rahmen der Studie durchgeführten Medikamententest? Bei dem wir selbstverständlich ein nicht zugelassenes Medikament testen – wie der Name schon sagt: Medikamententest!«

Ruth atmete. Langsam, beherrscht. »Es geht um Mord«, sagte sie dann. »Ich habe keine Zeit für Spitzfindigkeiten!«

Sandmanns überlegene Miene bröselte. Er senkte den Blick. »Ich bin Ihnen gerne behilflich«, sagte er. »Aber Sie müssen mir schon erklären, um was genau es geht.«

»Sie haben zusammen mit Frau Gröbnitz eine Studie durchgeführt, ist das richtig?«

Sandmann nickte, und der Hauch eines Lächelns umspielte kurz seine Mundwinkel. »Eine äußerst erfolgreiche Studie. Es geht um eine Kombinationstherapie zur Behandlung von Anpassungsstörungen. Fast dreihundert Probanden bundesweit. Patienten, die sich für die Teilnahme qualifiziert haben, weil sie alle an etwas leiden, was man früher neurotische Depression nannte. Auch als Erschöpfungsdepression bezeichnet, was die Sache eher trifft. Verursacht durch eine länger andauernde belastende Erfahrung. Um diesen Menschen zu helfen, haben wir von Sanivitale in enger Kooperation mit Frau Dr. Gröbnitz, die ich als Koryphäe auf dem Gebiet bezeichnen möchte, eine sogenannte Kombinationstherapie entwickelt, die einen ganz neuen Behandlungsansatz ermöglicht.«

»Herr Sandmann, wir befinden uns hier nicht auf einer Werbeveranstaltung! Was ist da gelaufen?«

Sandmann holte tief Luft und schien einen Moment angestrengt nachzudenken. »Nun, vereinfacht gesagt begann die Sache mit einem stationären Wochenende. Alle Patienten befanden sich zu diesem Zeitpunkt in einer mehr oder weniger intensiven depressiven Krise. Die von uns verabreichten Kombi-Präparate ermöglichten es ihnen, ihre innere Lähmung zu durchbrechen, sich längerfristig zu entspannen, und versetzten sie somit in die Lage, therapeutische Hilfsangebote wahr- und damit auch anzunehmen. Nach den Details diesbezüglich dürfen Sie mich nicht fragen, ich bin hier der Mann fürs Pharmazeutische. Frau Gröbnitz und zahlreiche Kollegen im ganzen Bundesgebiet haben an diesem Wochenende mit verschiedenen Entspannungsübungen und gruppentherapeutischen Maßnahmen gearbeitet. Davon verstehe ich offen gesagt nicht so viel.«

»Der Mann fürs Grobe«, murmelte Ruth.

Sandmann hustete. »Hören Sie, Sie scheinen da eine etwas eigenwillige Vorstellung zu haben. Aber ich kann Sie beruhigen. Es gibt klare Bestimmungen. Medikamententests sind ein völlig normaler Bestandteil der Entwicklung neuer Wirkstoffe. Glauben Sie, die Tabletten, die Sie schlucken, fallen vom Himmel? Bevor wir so weit sind, einen Wirkstoff am menschlichen Probanden einzusetzen, wird jahrelang getestet. Im Labor, an Tieren, Jahr um Jahr. Das ist ungeheuer kostspielig. Sie machen sich keine Vorstellung, wie vorsichtig man hierzulande mit solchen Tests ist. Und es wird immer schwieriger, Freiwillige zu finden, obgleich die Sache gut bezahlt wird.« Er klang fast vorwurfsvoll. »Daher wird ein Großteil auch mittlerweile nach Indien ausgelagert. Aber in diesem Fall war das natürlich unmöglich. Die psychischen Begleitumstände sind in einem so anderen Kulturkreis einfach nicht zu finden, daher waren wir mehr als dankbar, so viele Probanden gewinnen zu können.«

»Sie sind tot«, sagte Ruth. »Alle Patienten von Frau Gröbnitz, die an der Studie teilgenommen haben, sind tot!«

Sandmanns Kopf ruckte von links nach rechts. »Das kann nicht sein. Das ist völlig unmöglich!«

»Es sah zuerst nach Selbstmorden aus«, fuhr Ruth unbeeindruckt fort. »Aber mittlerweile deutet alles darauf hin, dass irgendjemand diese Leute umgebracht hat. Können Sie sich einen Grund dafür vorstellen?«

»Nein.« Sandmann sprang auf. »Das ist doch völlig absurd! Das ist abwegig. Wer sollte denn so etwas tun? Und warum?«

»Ja, genau das wüsste ich auch gern«, sagte Ruth. »Da ist noch etwas. Bei zweien der Opfer wurde ein Tumor gefunden. Ein …« Sie zögerte, kramte in ihrem Gedächtnis, vergebens. »Ich kann mich nicht an diesen Namen erinnern«, fuhr sie fort, »aber unser Rechtsmediziner sagte, dass es sich um einen auffallend seltenen Tumor handelt.«

»Sie denken, das könnte mit unserem Medikament zu tun haben?« Sandmann ließ sich wieder auf seinen Stuhl fallen. »Gott, natürlich denken Sie das. Aber das kann nicht sein. Ich versichere Ihnen, dass das absurd ist. Es handelt sich bei dem Mittel um die Weiterentwicklung bewährter Stoffe. Wären sie karzinogen, hätte der Tierversuch das gezeigt. Das ist ausgeschlossen.«

»Ich weiß nur, was die Obduktion ergeben hat«, sagte Ruth. »Man kann doch nie sicher sein, oder? Man verändert einen Wirkstoff, und auf einmal haben die Leute einen Tumor. Wenn das ans Licht kommt, dann wäre das eine Katastrophe, oder? Für einen wie Sie, einen, der so eine Studie leitet.«

Sandmann lächelte müde. »Gute Frau«, sagte er. »Wenn das, was Sie da andeuten, zuträfe, dann wäre das nicht nur das Aus für mich, sondern möglicherweise das Aus für die Firma Sanivitale. Der Markt ist dicht besetzt. Die Konkurrenz ist enorm. Ein solcher Skandal könnte einem Unternehmen in unserer Größenordnung leicht den Hals brechen. Was einer der Gründe ist, dass niemand je ein solches Risiko eingehen würde. Gott!« Er stützte die Ellbogen auf den Schreibtisch und lehnte ein paar Sekunden die Stirn auf die Hände. Dann sah er Ruth an. »Ich will Ihnen helfen. Ganz sicher ist es in unserem Interesse, diese Sache aufzuklären. Aber ich muss zugeben, dass es mir schwerfällt, mir einen Reim darauf zu machen. Sind Sie sicher, dass es sich nicht doch um Suizide handelt? Nicht, dass wir uns missverstehen, auch das wäre eine Katastrophe für mich und diese Studie. Aber wir reden von psychisch kranken Menschen. Patienten, die unter einer schweren Depression leiden. Die in ihrem Leben ständigen Belastungen ausgesetzt sind. Frau Gröbnitz leistet sicher gute Arbeit, aber vielleicht ist etwas schiefgegangen im Rahmen der Therapie.«

Jetzt serviert er mir seine so sehr geschätzte Kollegin, dachte Ruth, und für einen Moment tat ihr Christine Gröbnitz tatsächlich leid. Offenbar hatte die Dame ein Händchen dafür, sich mit Männern zu umgeben, die sich in Zeiten der Not als illoyale Arschlöcher entpuppten.

»Und der Tumor?«, fragte sie. »Was ist mit dem Tumor?«

Sandmann lachte auf. »Haben Sie eine Ahnung, wie viele Menschen einen Tumor bekommen? Sie möchten ganz sicher nicht wissen, wie hoch die Wahrscheinlichkeit ist, dass in diesem Moment irgendwo in ihrem Körper eine abnorme Zellteilung stattfindet. Dass irgendwo ein ganz kleiner Tumor entsteht, einer, der möglicherweise ganz langsam wächst, von dem Sie vielleicht jahrelang nichts bemerken.«

»Aber nicht so einer«, unterbrach Ruth.

Sandmann zuckte die Schultern.

Ruth ärgerte sich. Schon wieder so ein Schnellschuss, dachte sie. So kam sie hier nicht weiter. Sandmann wirkte kooperativ. Die Sache ging ihm offensichtlich nahe. Ganz sicher wirkte er nicht wie ein eiskalter Killer.

Das Motiv, das verdammte Motiv war der Dreh- und Angelpunkt. Ohne ein Motiv kam sie nicht weiter, egal was sie tat.

Sie erhob sich. »Denken Sie nach«, sagte sie. »Ich werde mich wieder bei Ihnen melden. Wenn Ihnen etwas einfällt, irgendetwas, das uns vielleicht weiterhelfen könnte, rufen Sie mich an. Ich brauche eine Liste von allen, die an dieser Studie teilgenommen haben. Psychologen und Patienten. Überlegen Sie bitte auch, ob es jemanden gibt, der ein Interesse daran hätte, die Sache zu torpedieren. Konkurrenten? Ehemalige Mitarbeiter? Das alles mag absurd klingen, aber wir müssen alle Möglichkeiten in Betracht ziehen.«

Sandmann nickte. Er stand auf, reichte ihr die Hand. »Ich werde es versuchen. Ich werde sofort mit Frau Gröbnitz Kontakt aufnehmen. Ich weiß offen gestanden nicht, was werden soll. Die Patientendaten sind natürlich verschlüsselt. Aber ich tue, was ich kann. Diese Studie ist enorm wichtig. Für mich und meinen Forschungsbereich. Ich weiß wirklich nicht, wie das jetzt weitergeht.« Wieder bewegte er den Kopf auf diese sonderbar ruckartige Weise. Wie eine traurige Marionette sah er aus.

Vielleicht war es diese Traurigkeit, die Ruths Erinnerung

endlich auf die Sprünge half. Das Restaurant, dieser Abend, an dem sie vergeblich auf Markus gewartet hatte. Er war das gewesen, der Mann am Nachbartisch, ihr Leidensgenosse. Ein Zufall. Ein alberner, absurder Zufall. Weil Bonn ein Dorf war. Oder vielleicht nicht?

»Kann ich Sie noch um etwas bitten?«, riss Sandmann sie aus den ziellosen Gedanken, als sie schon fast an der Tür war.

»Ja?«

»Können Sie mir die Obduktionsergebnisse der, äh, Patienten zukommen lassen? Natürlich anonymisiert. Es wäre hilfreich, wenn ich wüsste, womit wir es zu tun haben. Ich würde mir diesen Tumor gerne genauer ansehen.«

Ruth nickte. »Ich werde sehen, was ich tun kann.«

35

»Sagt dir das Wort ›Team‹ eigentlich irgendetwas?« Brodtmann klang eher erschöpft als wütend. »Was denkst du dir eigentlich, Veritzky?«

Er hatte recht, natürlich hatte er recht. Sie war übers Ziel hinausgeschossen. Ihr Alleingang war überflüssig und sinnlos gewesen. »Nichts«, erklärte Ruth daher wahrheitsgemäß. »Ich habe überhaupt nichts gedacht. Es tut mir leid.« Sie setzte sich an ihren Schreibtisch und wirkte offenbar zerknirscht genug, um den Kollegen milder zu stimmen, denn seine Miene entspannte sich, und sein Blick wurde weicher.

»Wir müssen diese Gröbnitz vernehmen«, sagte Ruth. »Dieser Pharmatyp ist ein Weichei. Wenn der etwas wüsste, ich hätte es aus ihm rausgekriegt. Aber diese Studie ist der Schüssel. Da laufen alle Fäden zusammen. Wir müssen nur kapieren, um was es eigentlich geht.«

»Morgen«, sagte Brodtmann. »Morgen früh nehmen wir uns die Dame vor. Mir reicht's für heute.«

»Brodtmann, das kannst du jetzt nicht bringen«, protestierte Ruth. »Wir können doch jetzt nicht gemütlich Feierabend machen.«

»Doch. Doch, das können wir. Wir haben es nämlich versaut, Ruth. Sie sind tot. Alle Teilnehmer dieser Studie sind tot. Als kleine Zugabe auch noch Morowski. Und Verena Brandmeyer sitzt hinter Gittern. Ruth, wir haben diese Geschichte so versemmelt, dass es tatsächlich nicht mehr schlimmer werden kann. Das ist beschissen, aber es lässt sich nicht mehr ändern, und deshalb können wir nach Hause gehen. Wenn ich schon meine berufliche Zukunft nachhaltig vermasselt habe, dann hätte ich wenigstens gern ein harmonisches Privatleben, weißt du?«

»Hat Nelles den Bericht gefaxt?«, versuchte Ruth abzulenken.

»Ja, hat er. Spricht nichts dagegen, meint er.« Brodtmann stand auf und griff nach seiner Jacke.

»Hat er irgendwas wegen der Betäubung gesagt? Hat er etwas gefunden?«

»Noch nicht. Er hat allerdings einen Verdacht. GHB, Liquid Ecstasy. Die gute alte Vergewaltigungsdroge. Macht einen willen- und wehrlos und eignet sich daher für vorgetäuschte Selbstmorde durch Erhängen ebenso wie für Vergewaltigungen. Allerdings wird es sich nachweisen lassen, wenn Nelles recht hat, denn wenn man das Opfer umbringt, dann wird das Zeug ja nicht mehr verstoffwechselt.«

Er zog seine Jacke an.

»Er hat sein Vorgehen geändert«, sagte Ruth. »Das ist untypisch für Serientäter. Aber bei Landau musste er anders vorgehen, weil Landau Katharina Glaswinkler bei sich wohnen hatte. Das Risiko war ihm zu hoch. Aber nicht bei Angela Nebgen. Er musste doch damit rechnen, dass ihre Tochter nach Hause kommt. Er ist das Risiko trotzdem eingegangen, und das heißt, dass ihm das Wasser bis zum Hals steht. Warum hat sie ihn reingelassen? Sie muss ihn gekannt haben, oder sie hat ihm vertraut, weil er etwas erzählt hat, das einleuchtend war. Er hat Zugang zu seinen Opfern, und das heißt, dass er nah dran ist, ganz nah.«

Brodtmann nickte. »Möglich«, sagte er und ging zur Tür.

»Brodtmann!«, flehte Ruth.

»Was?«

»Du kannst jetzt nicht gehen«, sagte Ruth. »Das kannst du echt nicht machen.«

»Verdammt!«, brüllte er, so unvermittelt, dass Ruth zusammenzuckte, und schlug mit der Faust gegen den Türrahmen. »Verdammt, Veritzky, hast du eine Vorstellung, wie ich mich fühle? Nach diesem Tag? Nach diesem Gespräch mit der Brandmeyer, nach dem Sermon, den ich mir von Orth anhören musste? Was glaubst du, wie es sich anfühlt, ein Kind zu beruhigen, das gerade seine Mutter erhängt aufgefunden hat? Umgebracht von jemandem, den wir längst hätten fassen müssen? Ich bin kaputt. Ich bin körperlich und seelisch am Ende, und selbst wenn ich bleiben wollte, es hätte keinen Sinn. Ich kriege heute nichts mehr gebacken. Ich kann nicht mehr denken. Ich muss jetzt nach Hause. Ich muss an meinem Scheißkerl riechen. Ich muss mir ein

Bier reingießen und meiner Frau erzählen, wie beschissen dieser Tag war. Ich brauch so einen Abend, sonst komme ich vielleicht nie wieder zurück in dieses Büro. Begreifst du das nicht?«

»Scheiße!«, brüllte Ruth. »Du denkst immer nur an dich!«

Für einen Moment herrschte Schweigen.

»Komm mit«, sagte Brodtmann dann. »Los, Veritzky, pack deinen Kram und komm mit. Genug Bier hab ich bestimmt im Kühlschrank, und wenn du brav bist, dann darfst du auch mal am Scheißkerl schnuppern.«

Es war genau das, was Ruth wollte. Sie wollte auf seinen Ton eingehen, wollte ihre Jacke nehmen, wollte mit zu Brodtmann nach Hause. Sie wollte auf seinem Sofa sitzen und mit ihm und der Holden schlechte Witze machen. Es war das, was sie wollte, aber es ging nicht.

»Arschloch«, brüllte sie. »Tu nicht so, als wäre ich ein Pflegefall! Tu nicht so, als ginge es um mich! Das hier ist kein Job mit geregelten Arbeitszeiten. Wir haben Morde aufzuklären, da draußen läuft ein Serienmörder frei herum. Da kann man nicht einfach nach Hause gehen und einen auf heile Familie machen!«

Brodtmann räusperte sich. »Ruth«, sagte er. »Jetzt komm mal wieder runter.«

»Leck mich am Arsch!«, brüllte sie. »Los, hau schon ab!« Es war Zeit, dass er ging. Allerhöchste Zeit. Lange würden die Tränen sich nicht mehr zurückhalten lassen.

Er zögerte. Machte einen Schritt in ihre Richtung.

»Verpiss dich«, fauchte sie. Gleich würde er sie womöglich anfassen. Seine Arme um sie legen und sie festhalten. Das durfte nicht passieren. Nicht jetzt. Wenn das passierte, dann war es vorbei, das wusste Ruth mit Sicherheit. Denn sie hatte gelogen. Sie war ein Pflegefall. Sie war ein vereinsamter Pflegefall, der Angst davor hatte, nach Hause zu gehen, Angst davor, allein zu sein. Nicht, weil sie nicht klarkam. Natürlich kam sie klar. Aber sie hatte keine Lust mehr dazu. »Ich kann deine blöde Fresse nicht mehr sehen, Brodtmann!«

Das reichte nun endlich auch Brodtmann. Er hob seinen Kopf. Murmelte etwas Unverständliches. An der Tür wandte er sich noch mal um. »Wir sehen uns morgen.«

»Scheiße«, schrie Ruth, als er den Raum verlassen hatte. »Scheiße, Scheiße, Scheiße!« Sie hob den Arm, wischte mit einer zornigen Bewegung all das Papier vom Schreibtisch, das sich da stapelte. Sie war so unordentlich! Unorganisiert! Sie war eine schlechte Polizistin. Sie musste sich konzentrieren. Jetzt. Sie würde Grund in die Sache bringen. Sie würde noch einmal alles durchgehen, alles sortieren, sie würde einen Plan machen. Sie würde arbeiten, notfalls die ganze Nacht. Und wenn Brodtmann wiederkam, würde sie sich entschuldigen. Sie würde sich entschuldigen und ihm eine brauchbare, eine glaubhafte Theorie präsentieren, und er wäre beeindruckt und würde ihr diese schreckliche Szene von eben nicht nachtragen.

Sie stand vom Stuhl auf, ging in die Knie und begann, die Papiere, die sich weiträumig auf dem abgetretenen Teppich verteilt hatten, zu sortieren. Ihre Notizen legte sie auf einen Stapel, sortierte dann die Standbilder der Überwachungskamera auf einen anderen.

Es war das dritte Bild, das sie in die Hand nahm. Mehr streifte ihr Blick das Gesicht, das ihr verschwommen, aber erkennbar entgegensah. Sie stutzte. Sie starrte. »Verdammt«, murmelte sie. »Verdammt noch mal, das gibt es doch nicht!«

***

Im Flur brannte bereits die Notbeleuchtung. Sogar Wolkenhauers Büro war dunkel. Sandmann wunderte sich.

Seine Schritte quietschten auf dem Linoleumboden. Er war in der Kantine gewesen, hatte der Dame hinter dem Tresen noch einen Kaffee abgeschwatzt, bevor diese das Metallrollo hinunterließ und Feierabend machte. Es war der schlimmste Kaffee gewesen, den er je getrunken hatte. Abgestanden und bitter. Trotzdem hatte er strahlend gelächelt und sich überschwänglich bedankt. Es ging nicht um Geschmack. Es ging ihm um Koffein und die Illusion, sich irgendwie zu beleben. Verdammter Schlamassel war das. Und kein Ausweg in Sicht. Er konnte Christine einfach nicht erreichen. Sie ging nicht an ihr Handy, und auch die Anrufe auf ihrer Festnetznummer blieben unbeantwortet. Sie dreht den

Spieß um, dachte Sandmann. Das ärgerte ihn umso mehr, als dass es nicht zu ihr passte. Nicht zu der Christine, die er zu kennen glaubte, jedenfalls.

Er hatte wirklich gedacht, dass sie eine starke Persönlichkeit war. Eine Frau, die wusste, was sie wollte. Mittlerweile wankte dieses Bild gehörig. Dass sie sich an diese Ehe klammerte, sich tatsächlich weigerte, diesen alten Mann zu verlassen, der sie doch ganz offensichtlich nicht glücklich machte, war einfach nicht zu begreifen. Er hatte nichts, was Edgar ihr nicht auch hätte bieten können. Verdammt, Edgar war wirklich bereit gewesen, ihr noch eine Chance zu geben.

Er hatte ja nicht ahnen können, was sich da zusammenbraute.

Anders als Christine! Sie hatte es gewusst. Die ganze Zeit hatte sie es gewusst, und sie hätte ihn warnen müssen. Stattdessen hatte sie ihn auflaufen lassen. Sie hatte ihn wie einen Volltrottel aussehen lassen, als die hysterische Polizistin da war. Was zum Teufel ging da vor?

Wenn irgendjemand das wusste, dann war es Christine. Er musste mit ihr sprechen. Und wenn er sie telefonisch nicht erreichte, dann würde er eben zu ihr fahren. Der Gedanke behagte ihm nicht. Edgar war nur ein einziges Mal bei Christine in der Praxis gewesen. Natürlich war er dabei diesem Rainer in die Arme gelaufen. Ein viel zu fester Händedruck, großspurig in Ton und Auftreten. Der Typ hatte es geschafft, in den wenigen Sätzen, die sie gewechselt hatten, derart viel Herablassung unterzubringen, dass Edgar bei der Erinnerung noch immer wütend wurde. Es war nicht so, dass er Angst hatte vor diesem Rainer. Er legte einfach nur keinerlei Wert darauf, die Begegnung zu wiederholen. Aber wie es aussah, musste er das Risiko eingehen.

Er musste mit Christine sprechen. Sie mussten diese Sache in Ordnung bringen.

Sie war ehrgeizig. So wie er. Aber sie war auch eine kluge Frau. Edgar war sicher, dass sie einsehen würde, dass es nur einen einzigen Weg gab. Es ging ja auch um die Sache. Um die Patienten, die ihr am Herzen lagen. Irgendwer musste die Verantwortung übernehmen. Und das war ganz sicher nicht seine Aufgabe. Sie würde begreifen müssen, dass es jetzt darum ging, zu retten, was zu retten war. Sie war erledigt, so oder so. Es gab keinen Grund, ihn und die Sache mit in den Abgrund zu reißen.

Edgar schmerzte der Kopf bei dem Gedanken. Es war absurd. All diese toten Menschen, es war bizarr und sonderbar. Es musste eine Erklärung geben, es musste einfach.

Er hörte das Faxgerät im Vorzimmer. Sprang vom Schreibtisch auf, stürzte hin. Er starrte auf die Seiten, die sich enervierend langsam aus dem Gerät schoben. Geschwärzt die Namen, aber das spielte keine Rolle. Sandmann griff nach den Obduktionsberichten und kehrte an seinen Schreibtisch zurück. Er las, studierte, blätterte vor und zurück. Er las. Und stockte. Er las noch einmal. Ließ den Bericht sinken. Er runzelte die Stirn, weil er sich an etwas erinnerte. Aber das ergab keinen Sinn. Das ergab doch überhaupt keinen Sinn! Es konnte ein Zufall sein. Natürlich. Ein ungeheuer sonderbarer und merkwürdiger Zufall.

Edgar starrte und verstand die Welt nicht mehr. Irgendwann hatte er sich so weit gesammelt, dass er in der Lage war, aufzustehen und das Büro zu verlassen. Er musste der Sache auf den Grund gehen.

Er ging über den stillen Flur, öffnete die Tür zum Nachbarlabor. Er sah sich um. Ordentlich war es hier, alles an seinem Platz. Er ging hinüber zu dem Schrank, in dem die Akten lagerten. Fand den Ordner, den er suchte. Er öffnete ihn und studierte die Sektionsprotokolle. »Extragastrointestinaler Stromatumor im großen Netz«, las er. Ihm wurde übel. Das konnte nicht sein. So einen Zufall gab es nicht.

»Was machst du da?«

Sandmann fuhr derart zusammen, dass ihm der Ordner entglitt und zu Boden fiel.

»Robert«, stammelte er. »Du bist noch da? Ich dachte, du wärst längst zu Hause.«

»Was machst du da?«, wiederholte Wolkenhauer. Seine Stimme klang monoton. »Edgar, was machst du mit meinen Unterlagen?«

Sandmann schluckte. Er ging in die Knie und hob den Ordner wieder auf. »Es gibt da etwas, das ich nicht verstehe«, sagte er. »Robert, du bist mir eine Erklärung schuldig.«

Wolkenhauer seufzte. Er ging zu seinem Schreibtisch und öffnete eine Schublade. »Das bin ich wohl«, sagte er und griff hinein. »Obwohl ich wünschte, du hättest nicht danach gefragt.«

Sandmann konnte nicht antworten. Wie hypnotisiert starrte er auf die glänzende Pistole, die Wolkenhauer auf ihn gerichtet hatte.

36

Zweifelsohne, zweifellos. Kein Zweifel möglich. Ruth bemühte sich, es so zu sehen, aber es gelang nicht. Natürlich gelang das nicht, denn die vergrößerte Aufnahme war viel zu körnig, zu wackelig und unscharf. Genau wie ihre Erinnerung an den Zusammenstoß des Nachmittags. Es bestand ein Zweifel, ein massiver Zweifel. Er war allerdings nicht groß genug, um Ruth in ihrem Aktionismus zu bremsen.

Und auch das Stimmchen der Vernunft, das ihr schüchtern vorschlug, doch Brodtmann anzurufen, vielleicht sogar Orth zu informieren, vermochte sich nicht durchzusetzen. Der feine Herr Brodtmann hatte klargemacht, wie heilig ihm sein Feierabend war. Der feine Herr Orth konnte sie ja ohnehin und schon lange mal. Und schließlich hätte die feine Frau Vernunft sich ja auch äußern können, bevor sie im Auto saß. Jetzt war es zu spät. Jetzt würde sie der Sache auf den Grund gehen, ganz allein, es spielte sowieso keine Rolle mehr.

Auf dem Parkplatz der Firma Sanivitale standen nur noch vereinzelt ein paar Mittelklassewagen in der Dämmerung.

Natürlich war die Eingangstür verschlossen. Ruth sah sich nach einer Klingel um, aber da huschte schon ein Schatten durch die Eingangshalle. Eine Frau verließ das Gebäude. Ihre Kleidung wies sie als Mitarbeiterin der Kantine aus, sie schien es eilig zu haben, hielt Ruth aber zuvorkommend die Tür auf. Sie lächelte, als Ruth ihr einen schönen Feierabend wünschte. Offenbar war es höchste Zeit, dass irgendwer mit der Firmenleitung über Sicherheitsstandards sprach, dachte Ruth, als sie die stille Halle in Richtung Fahrstuhl durchquerte.

In Sandmanns Büro brannte die Schreibtischlampe und warf einen warmen Schein auf den Obduktionsbericht, der dort lag. Er war offensichtlich nur kurz verschwunden und würde jeden Moment zurückkommen. Ruth trat ans Fenster. Sie wartete. Nach etwa dreißig Sekunden stellte sie fest, dass Warten keine besonders gute Idee war. Nervös wanderte sie durchs Büro, hin und her, ging dann ins Vorzimmer. Sie lauschte einen Moment, meinte, gedämpfte Stimmen von irgendwo zu hören. Sie trat hinaus auf den Flur, lauschte erneut.

Unter der Tür fiel ein Lichtschein heraus. Ruth überlegte, ob das die Tür war, hinter der der Mann, mit dem sie am Nachmittag hier kollidiert war, verschwunden war. Sie konnte sich nicht erinnern. Es war so ein Flur, in dem alle Türen gleich aussahen. Einer, der in Alpträumen vorkam, dachte sie und riss sich zusammen.

»Es tut mir leid, Edgar«, hörte sie jemanden sagen. »Ich wollte das nicht. Ich wollte das alles nicht, aber ich habe ja keine Wahl.«

Ruth stieß die Tür auf. Mit einem Blick sondierte sie die Lage und verfluchte sich dafür, dass sie Brodtmann nicht angerufen hatte. »Halt«, schrie sie und tastete nach ihrer Waffe.

Edgar Sandmann gab einen Ton von sich, der entfernt an ein Schluchzen erinnerte. Die Erleichterung in seinen Augen erlosch allerdings genauso schnell, wie sie aufgeflackert war, denn der Mann, der neben ihm stand, hielt ihm den Lauf seiner Waffe an die Schläfe.

»Machen Sie keinen Unsinn!« Ruths Stimme klang heiser.

Der Mann lachte leise. »Ich gebe mir Mühe. Aber wie Sie sehen, kommt Ihr guter Rat ein bisschen zu spät. Ich möchte niemandem mehr wehtun, wirklich nicht, aber ich habe nichts zu verlieren. Legen Sie Ihre Waffe auf den Boden, bitte, ganz langsam!«

»Robert«, wimmerte Sandmann. »Was soll denn das, was ist denn in dich gefahren?«

»Ganz ruhig«, sagte Ruth. »Ich tue alles, was Sie sagen.« Sie ging langsam in die Hocke, legte die Waffe auf den Boden. Dann erhob sie sich wieder, gab ihr einen Tritt, sodass sie in Wolkenhauers Griffweite schlidderte.

»Das hat doch keinen Sinn«, sagte sie dann.

»Ich weiß«, sagte Wolkenhauer. »Das weiß ich.« Er griff in die offene Schublade des Tisches, neben dem er stand. Er nahm etwas heraus, schob dann Sandmann in Richtung der an der Wand montierten Arbeitsplatte. Er forderte ihn auf, sich auf den Boden zu setzen. »Kommen Sie«, sagte er zu Ruth. Er drückte ihr die Kabelbinder in die Hand. »Binden Sie ihn fest. Gründlich, bitte!«

Ruth tat, was er sagte. Sie wartete auf einen Moment, den Moment, in dem er abgelenkt genug war, um überwältigt zu werden. Aber das Risiko war zu hoch. Er war bewaffnet, verdammt, und Ruth zweifelte nicht an seiner Aussage, dass er nichts mehr zu verlieren hatte.

Als sie mit Sandmann fertig war, richtete er die Waffe auf sie.

»Gehen Sie zum Kühlschrank«, sagte er und deutete mit dem Lauf in die entsprechende Ecke des Raums. »Öffnen Sie ihn!«

Ruth tat wie geheißen. Wolkenhauer näherte sich. Gemeinsam standen sie vor dem nun offenen Kühlschrank. Wolkenhauer drückte Ruth die Waffe in die Seite. Mit der anderen Hand griff er nach einer Schachtel mit Ampullen, die im oberen Fach lag. Vorsichtig hob er sie heraus und schloss dann die Kühlschranktür.

»Kommen Sie«, sagte er zu Ruth. »Ich habe noch etwas zu erledigen.«

Zweifellos, dachte Ruth, kein Zweifel möglich, also doch. Noch nie hatte es ihr so wenig Spaß gemacht, recht zu behalten.

Wolkenhauer führte Ruth zu einem dunkelblauen Golf. Harmlos und unauffällig, sauber, gepflegt und so normal, dass Ruth ihn unter anderen Umständen sofort wieder vergessen hätte. Genau wie seinen Besitzer, hätte der nicht zufällig gerade mit einer Waffe auf sie gezielt.

Es kam ihr ein bisschen so vor, als sei er selbst erstaunt über das, was er da tat. Das machte die Sache leider nicht unbedingt besser.

Er wies Ruth an, auf dem Fahrersitz Platz zu nehmen. Ihre Hände waren erstaunlich ruhig, als sie Sitz und Rückspiegel justierte. Die Angst, die durch ihren Körper tobte, ihr Herz zum Stolpern brachte und ihre Gedanken zu wirrem Brei mengte, schaffte es offenbar nicht, durch die Haut nach außen zu dringen.

Ruth war schon früher in brenzlige Situationen geraten. Das brachte der Beruf so mit sich. Sie war mit tobenden Betrunkenen fertiggeworden, mit hysterisch Verzweifelten. Sie hatte manchmal Angst gehabt. Aber es war eine andere Art von Angst gewesen. Tobsüchtige und Randalierer waren bedrohlich, aber sie forderten ständig Reaktionen. Man musste reden, musste die Lage fortwährend neu bewerten, Entscheidungen treffen. Man war zu beschäftigt, um sich groß mit der Angst zu beschäftigen. Anders als jetzt.

Ruth drehte den Zündschlüssel. Wolkenhauer nannte eine Adresse. »Wissen Sie, wo das ist?«

Ruth nickte. »So ungefähr.« Sie versuchte, sich auf den abendlichen Verkehr zu konzentrieren, der leider nicht viel Aufmerksamkeit forderte. Aber selbst wenn mehr Autos unterwegs gewesen wären, niemand hätte ihr wohl Beachtung geschenkt. Eine Frau und ein Mann als Beifahrer, ein ganz normaler Mann, dem man die Waffe nicht ansah und auch nicht, dass er zu allem entschlossen war. Dass er sie, ohne mit der Wimper zu zucken, erschießen würde, wenn die Situation es erforderte. Nichts mehr zu verlieren.

Ruth verstand nicht, was er wollte. Aber sie verstand sehr genau, dass er zu Ende bringen würde, was er begonnen hatte.

»Haben Sie Kinder?«, fragte er irgendwann.

Es war wie ein winziger Blitz hinter ihrer Stirn. Keine Explosion, nichts Dramatisches, aber doch spürbar. Etwas bündelte sich, und das, was sie für Angst gehalten hatte, fühlte sich auf einmal ganz anders an. Hätte ich Kinder, brüllte es in ihrem Kopf, dann wäre ich jetzt nicht hier. Dann wäre ich nach Hause gegangen, so wie Brodtmann, dann säße ich jetzt auf meinem Sofa und hätte gute Chancen, achtzig Jahre alt zu werden. Hätte ich Kinder, dann hätte ich es gut und würde das vermutlich nicht einmal bemerken, sondern mich ständig beklagen über Schlafmangel und Stress. »Nein«, sagte sie, und bevor sie das, was da außer Kontrolle geriet, in den Griff bekam, fuhr sie schon fort:

»Ich habe keine Kinder. Ich bin eine völlig nutzlose, alleinstehende Frau. Sie können mich also ruhig erschießen, mich wird keiner groß vermissen. Obwohl das ja keine Rolle spielt, oder? Ines Töpfer hatte drei kleine Kinder. Und Angela Nebgens Tochter hat gerade die Leiche ihrer Mutter gefunden. Das stört Sie ja offenbar nicht weiter!« Sei still, dachte sie, Veritzky, halt die Fresse jetzt!

»Ich erschieße Sie doch nicht!« Er klang fast erschrocken. »Ich bin doch kein …« Er brach ab. Schwieg einen Moment. Dann lachte er leise. »Ich bin doch kein Mörder. Fast hätte ich das wirklich gesagt. Ist das nicht bizarr?«

»Bizarr«, murmelte Ruth. Autopilot, dachte sie. Kein klarer Gedanke, kein Plan. »Fünf Menschen!« Es war heraus, bevor sie sich zusammennehmen konnte. »Fünf tote Menschen. Eine ordentliche Bilanz für einen, der sich selbst nicht für einen Mörder hält.«

»Ich wollte das nicht«, sagte er. »Es war ein Unfall, gewissermaßen, eigentlich war es ein Unfall.«

»Natürlich«, sagte Ruth. »So etwas passiert ja schnell. Dass jemand vor den Zug stürzt. Oder ein Seil um den Hals hat und irgendwo hängt. Unfälle passieren, so ist das eben.«

Wolkenhauer keuchte kurz. Ruths Muskeln verkrampften sich. Hätte sie nicht am Steuer gesessen, sie hätte die Augen zugekniffen, ganz fest, wie ein kleines Kind.

»Sie verstehen das falsch«, sagte er.

»Ich verstehe das gar nicht!«

»Wenn man jemanden liebt, dann hat man manchmal keine Wahl«, sagte er.

Da war er wieder. Der kleine Blitz hinter der Stirn. Wut, die sich aus ängstlich überspannten Nervenbahnen entlud. Ich hätte ihn lieben können, dachte sie. Ich hätte Markus Berg lieben können. Aber dieser Mann hat ihn umgebracht. Und jetzt beansprucht er Liebe als Entschuldigung für Mord. Jetzt beansprucht er Liebe für sich. Wie kann er es wagen?

»Verena Brandmeyer hat jemanden erschossen«, sagte sie. »Sie hat den Tod ihres Mannes nicht verkraftet. Das haben Sie gut gemacht, übrigens, wir sind tatsächlich von einem Suizid ausgegangen. Sie hat es allerdings nicht geglaubt. Sie war sicher, dass er sich nicht umgebracht hat. Sie ist durchgedreht vor Verzweiflung. Weil ihr niemand geglaubt hat. Sie hat den erschossen, den sie für den Mörder hielt. Sie hat sich getäuscht, leider, darum ist ein weiterer Mensch gestorben. Ein weiteres Leben ausgelöscht, eines ruiniert.«

»Hören Sie auf!« Zum ersten Mal wirkte Wolkenhauer unbeherrscht. »Halten Sie den Mund!«

Er streitet nichts ab, dachte Ruth. Es ist wie ein Geständnis. Er muss mich umbringen. Er hat keine Wahl.

»Ich habe das doch nicht gewollt«, sagte er wieder.

»Warum haben Sie es dann getan?«

Wolkenhauer zögerte. »Es ist nicht zu entschuldigen«, sagte er dann. »Und trotzdem will ich, dass Sie es verstehen. Dass alle es verstehen. Das ist menschlich, nicht wahr? Das ist doch ein ganz normaler menschlicher Zug.«

Ruth schwieg.

»Mein Sohn ist krank«, sagte Wolkenhauer. »Ein Gendefekt. Da nimmt die Schuld ihren Anfang. Wir haben ihm diese Gene vererbt. Meine Frau und ich. In dem Moment, in dem wir ihn zeugten, haben wir ihn zu einem langsamen, schmerzvollen und frühen Tod verurteilt. Zwei schlechte Gene, das macht einen Defekt. Einen Fehler, der nicht zu beheben ist. Wir haben uns dieses Kind so sehr gewünscht. Aber ich hätte ihn nie bekommen, hätte ich geahnt, was wir ihm antun. Es ist meine Schuld. Obwohl ich nichts dafür kann. Ich muss trotzdem dafür büßen. Ich muss jeden Tag zusehen, wie etwas von ihm verloren geht. Jeden Tag ein bisschen mehr, motorisch und intellektuell, jeden Tag wird alles ein bisschen schlimmer. Bis er stirbt. Ich muss zusehen, wie der Mensch, den ich mehr liebe als alles andere auf der Welt, ganz langsam und qualvoll zugrunde geht. Können Sie sich vorstellen, wie das ist?«

»Ja«, sagte Ruth, »natürlich kann ich mir das vorstellen. Es ist entsetzlich.« Sie zögerte einen Moment. »Es tut mir leid«, sagte sie. »Das tut mir wirklich leid.«

»Es tut allen leid. Aber niemand begreift, wie es sich anfühlt. Es gibt kaum Forschung auf dem Gebiet. Seltene Krankheit, unheilbar. Es lohnt sich nicht, wissen Sie?« Er lachte kurz und bitter. »Es lohnt sich nicht«, wiederholte er leise. »Aber vielleicht steckt mehr dahinter, als wir begreifen können. Ich bin nicht vermessen, aber es ist schon ein erstaunlicher Zufall gewesen, dass es gerade meinen Sohn trifft. Es war schon vorher mein Fachgebiet. Sanivitale gehört zu den wenigen Unternehmen, die auf dem Gebiet forschen. Nicht im großen Stil natürlich, mehr zur Imagepflege, aber das ist egal. Es gab diese Planstelle, und ich habe sie bekommen, und somit war ich in der Lage, vielleicht doch das Unmögliche zu schaffen. Ich habe nicht wirklich damit gerechnet, aber ich habe auch nicht aufgegeben, und darum ist das Unvorstellbare eingetreten. Ich bin fast am Ziel. Ich habe es fast geschafft, aber jetzt läuft die Zeit weg. So etwas braucht Zeit. Endlos viel Zeit. Test um Test, Papierkrieg, Genehmigungen, Dokumentationen, Anträge für weitere Gelder, Zeit, immer mehr Zeit. Mein Junge hat diese Zeit nicht. Und darum musste ich einen anderen Weg finden. Als Sandmann mit dieser Studie ankam, war das wie ein Zeichen des Himmels. Lauter kerngesunde Probanden. Ein paar Probleme, ein großes Geschrei. Depressionen, dafür gibt es immer Geld. Es war ganz leicht. Ich habe das Mittel ausgetauscht. Und niemand hat auch nur einen Unterschied bemerkt. Alle diese Patienten haben gemerkt, dass es ihnen gleich viel besser ging. Der Placebo-Effekt – allein der Gedanke, dass man ihnen etwas gibt, das gegen ihre Depressionen hilft, war ausreichend heilsam. Ich dachte, alles wäre gut. Ich musste sie nur im Auge behalten, kontrollieren, ob es ihnen gut geht. Und dann haben wir bei den Ratten diesen Tumor gefunden. Bei allen Ratten. Es war kein Zweifel möglich. Ein Tumor, selten, auffällig, tödlich. Sie wären sowieso gestorben, verstehen Sie? Alle diese Leute wären gestorben. Nicht heute oder morgen, aber im Lauf des nächsten Jahres. Es wäre aufgefallen. Wenn sich eine so seltene Erkrankung so häuft, dann schaut man genauer hin. Man hätte es zurückverfolgt zu Sanivitale, zu der Studie. Und das wäre das Aus gewesen für die Firma. Das konnte ich nicht zulassen!« Er schwieg einen Moment. Ruth hielt den Blick fest auf die Straße gerichtet. Sie fuhr, ruhig, nicht zu schnell, nicht zu langsam. »Fahren Sie hier links«, sagte Wolkenhauer. Ruth setzte den Blinker.

»Sie wussten genau, was passieren kann«, sagte sie. »Ihnen war das Risiko bewusst, sonst hätten Sie das Mittel gleich Ihrem Sohn gespritzt.«

Er räusperte sich. »Es ist nicht so einfach«, sagte er. »Es ist alles nicht einfach. Man muss sich auf eine Sache konzentrieren. Auf die Sache, die die Energie braucht. Sonst verheddert man sich. Sonst kommt man nicht weiter. Ich habe mich konzentriert. Ich habe den Fehler gefunden. Es war nicht mal schwer. Ein winziger Denkfehler im Grunde. Es ist gut jetzt, verstehen Sie? Ich bin am Ziel. Ich bin am Ziel, und es tut mir leid, was geschehen ist, aber es ließ sich nicht vermeiden. Man muss Opfer bringen. Ich hatte keine Wahl!«

Keine Wahl, dachte Ruth. Er muss mich erschießen.

»Ich hatte keine Wahl.« Er klang, als wiederhole er ein Mantra, eines, das er in- und auswendig kannte. »Sie waren eigentlich schon tot. Es hat letztlich keinen Unterschied gemacht für sie. Aber für Tobias, für meinen Sohn, macht es jeden Unterschied. Ich bin ihm das schuldig. Ich bin schuld, ich bin etwas schuldig, ihm, meiner Frau, ich habe meiner Frau versprochen, dass ich ihn rette!« Er schluchzte auf.

Ruth riskierte einen schnellen Seitenblick. Wenn er die Fassung verlor, dann konnte sie ihm möglicherweise die Waffe abnehmen. Sein Gesicht war verzogen, Tränen liefen aus seinen Augen, aber er hatte Blick und Waffe fest auf Ruth gerichtet. Er hatte die Lage im Griff.

»Was wollen Sie jetzt tun?«, fragte Ruth. Sie schaffte es, ganz ruhig zu klingen. So als sei das eine beiläufige Frage.

»Ich bringe es zu Ende«, sagte er. »Ich habe ja keine Wahl. Schon lange nicht mehr.«

»Jeder hat eine Wahl.«

»Hier«, sagte er. »Halten Sie hier. Wir sind da.«

37

Das Chaos im Büro verhieß nichts Gutes. Ruth war alles andere als ein Ordnungsfanatiker, aber ihren Arbeitsplatz in einem derartigen Zustand zu hinterlassen sah ihr nicht wirklich ähnlich. Sie hatte es eilig gehabt, verdammt eilig, und das fand Brodtmann unter den gegebenen Umständen durchaus beunruhigend.

Da ihr Handy einmal mehr ausgeschaltet war, blieb es Brodtmanns ermittlerischen Fähigkeiten überlassen, die Frage nach dem Warum und vor allem die nach dem Wohin zu beantworten.

Zuerst hatte er es bei der Psychologin versucht. Keine Ruth. Das jedenfalls versicherte ihm die fahrige, hypernervöse Frau, die die Tür geöffnet hatte. Mehr der Vollständigkeit halber – und weil es auf dem Weg lag – fuhr er bei Ruth zu Hause vorbei. Dunkle Fenster, ein leerer Parkplatz, das war keine Überraschung. Somit blieb eigentlich nur die Pharmafirma, wenngleich Brodtmann sich kaum Hoffnungen machte, dort um diese Zeit noch irgendjemanden anzutreffen. Sie konnte überall sein. Vielleicht hockte seine Kollegin gerade in irgendeiner Kneipe und spülte ihren Frust mit Bier weg. Vielleicht fuhr sie einfach in der Gegend herum. Der Himmel wusste, was diese bockige und anstrengende Frau gerade tat.

Deren Auto dann doch auf dem Parkplatz der Sanivitale stand. Was wiederum Brodtmann zu einem erleichterten Seufzer veranlasste.

Die Erleichterung war leider nicht von Dauer. Das Gebäude lag still und verlassen. Alle Türen waren verschlossen, und weit und breit war kein Mensch zu sehen. Obwohl er wusste, dass es keinen Sinn hatte, zog Brodtmann erneut sein Handy aus der Tasche. Er hörte sich zum hundertsten Mal an, dass der von ihm gewünschte Teilnehmer derzeit nicht erreichbar war, und musterte dabei die Fassade. Im dritten Stock brannte Licht. Brodtmann ging zur Eingangstür und drückte die dort angebrachte Klingel. Keine Reaktion.

Er trat einen Schritt zurück, sah wieder hinauf zu dem Fenster. Niemand erschien, um nachzusehen, wer um diese Zeit Sturm klingelte. Brodtmann kehrte zur Tür zurück und wählte die Nummer des Sicherheitsdienstes, die an einem Schild an der Tür vermerkt war.

Möglicherweise war das alles Schwachsinn, dachte er, während er wartete. Möglicherweise war er gerade dabei, viel Lärm um nichts zu veranstalten. Aber Ruths Wagen stand da, direkt vor seiner Nase. Er hatte ein ungutes Gefühl. Eines, das ihn drängte, sich einfach umzudrehen und zurück nach Hause zu fahren. Zurück zum Scheißkerl, der selig schlummerte, sodass er und die Holde gemütlich auf dem Sofa sitzen und irgendeinen Unsinn im Fernsehen anschauen konnten.

So, wie das sein sollte im Leben.

So, wie es war in den meisten anderen Leben. In Brodtmanns Leben hingegen raste nun ein Auto mit quietschenden Reifen auf den Parkplatz. Ein Wachmann in Uniform, der ganz offensichtlich einen großen Teil seiner Freizeit damit verbrachte, Actionserien im Fernsehen anzuschauen, sprang voller Elan heraus. »Wir gehen am besten direkt rein«, erklärte er, ohne sich mit Begrüßungsformalitäten aufzuhalten. »Sie sind doch bewaffnet, oder?«

Brodtmann unterdrückte ein Seufzen. »Schließen Sie mir doch bitte einfach nur die Tür auf«, sagte er. Und lassen Sie sich vorher meinen Dienstausweis zeigen, fügte er in Gedanken hinzu. »Ich kann meine Kollegin nicht erreichen, und da ihr Wagen hier steht, ist es möglich, dass sie dadrin ist.« Er deutete zu dem erleuchteten Fenster.

»Sie wollen da ganz allein rein?« Der Wachmann wirkte enttäuscht. »Wollen Sie nicht wenigstens Verstärkung anfordern?« Er hatte sich offenbar deutlich mehr von seinem abendlichen Außeneinsatz versprochen.

»Keine Zeit«, bellte Brodtmann in einem Ton, von dem er annahm, dass sein Gegenüber ihn erwartete. »Machen Sie auf. Ich gehe rein, und Sie bleiben hier und halten sich zur Verfügung! Sichern Sie den Eingang!« Er war froh, dass der Wachmann so eifrig nach seinem Schlüssel wühlte, dass er sein Grinsen nicht bemerkte.

Im dritten Stock war es still. So still, dass Brodtmann doch ein bisschen mulmig wurde. Er zog seine Waffe, hielt sich eng an der Wand und näherte sich langsam der Tür, hinter der das Licht brannte. Er stoppte kurz, lauschte, dann stieß er sie mit dem Fuß auf und richtete die Pistole in den Raum.

Der Mann, der neben dem Tisch auf dem Boden hockte und offenbar verzweifelt daran arbeitete, sich von seinen Fesseln zu befreien, starrte ihn eine Sekunde ängstlich an. Dann begann er zu schreien.

***

Es roch, wie es riechen sollte. Ein bisschen nach Essen, ein wenig nach Tee, ganz leicht nach Putzmittel. Es roch richtig, roch wie ein Zuhause, und so sah es auch aus.

Robert Wolkenhauer stellte die Schachtel mit dem Medikament auf den kleinen Tisch neben der Tür und zog seine Schuhe aus. Ruth tat es ihm gleich, und erst als sie ihre schmuddeligen Treter neben seine ordentlich geputzten Herrenschuhe stellte, wurde ihr bewusst, wie absurd die Handlung war.

Das schien auch die Frau zu finden, die im Wohnzimmer vor dem Fernseher saß. Sie starrte auf die Waffe, ließ dann den Blick sinken und musterte fassungslos Ruths bestrumpfte Füße. »Was soll das?«, fragte sie. »Robert, was geht hier vor?«

»Mach dir keine Sorgen«, sagte er. »Es ist kompliziert, aber ich erkläre dir das später. Alles wird gut, Julia. Jetzt wird endlich alles gut!«

»Wer ist diese Frau? Warum hast du eine Waffe?« Julia klang nicht, als sei sie bereit, die Sache auf sich beruhen zu lassen.

»Ich erkläre es später«, wiederholte Wolkenhauer ungeduldig. »Jetzt haben wir Wichtigeres zu tun. Ich habe es geschafft, Julia. Ich weiß, du hast schon nicht mehr daran geglaubt. Das ist nicht schlimm. Ich bin dir nicht böse. Ich habe es ja selbst kaum noch geglaubt, aber ich habe nie aufgegeben. Und jetzt habe ich es geschafft!«

Die Frau wirkte kurz unschlüssig. Sie öffnete den Mund, schloss ihn wieder. Ihre Augen richteten sich fest auf die Waffe.

»Es ist im Flur. Das Medikament! Jetzt ist alles richtig. Ich kann ihn heilen, Julia. Dieses Mittel wird ihn heilen. Ob er je wieder so wird wie früher, weiß ich nicht. Aber ich kann es aufhalten, ich kann es jetzt endlich stoppen!«

»Warum hast du eine Waffe?« Julia Wolkenhauer stand vom Sofa auf, näherte sich aber nicht. Abermals blickte sie auf Ruths Füße, ungläubig verwirrt. »Wer sind Sie?« Sie sah Ruth an. »Können Sie mir vielleicht erklären, was das soll?«

Du hast Nerven, dachte Ruth, wenngleich sie der Umstand, dass Julia Wolkenhauer keine Angst zu haben schien, vage beruhigte. »Ich bin Ruth Veritzky.« Sie räusperte das Heisere aus ihrer Stimme, bevor sie fortfuhr. »Ich bin Polizistin.«

»Julia, das spielt jetzt keine Rolle!«

»Du bedrohst eine Polizistin mit einer Waffe und sagst mir, dass das keine Rolle spielt?«

»Hast du mir nicht zugehört?« Robert Wolkenhauer klang verzweifelt. Wie ein kleiner Junge, der nicht die Aufmerksamkeit bekam, die er sich wünschte. »Ich habe es geschafft. Ich kann unseren Sohn heilen!«

»Ich habe dich verstanden«, sagte seine Frau »Ich habe das verstanden. Aber ich will wissen, warum du einen Menschen mit einer Waffe bedrohst. In unserem Wohnzimmer. Du machst mir Angst, verstehst du das nicht?«

Sie sah Ruth einen Moment in die Augen. Ruth versuchte, ihren Blick zu deuten, Kontakt aufzunehmen zu der Frau. Sie hätte gern gewusst, was sie von ihr zu erwarten hatte.

»Ich erkläre dir das später«, sagte Wolkenhauer. »Ich gehe jetzt hoch. Ich gehe hoch und gebe ihm die Spritze. Ich gehe jetzt und heile meinen Sohn. Ich dachte, du willst dabei sein.«

»Was willst du ihm geben?«

»Das Mittel, Herrgott!« Robert Wolkenhauers Stimme klang gepresst.

»Das kannst du nicht machen. Tobias ist dein Sohn, kein Versuchskaninchen!«

Robert ließ ein Geräusch vernehmen, das sich irgendwo zwischen Seufzer und Schluchzer bewegte. »Er stirbt, Julia! Er stirbt, und es geht immer schneller. Du musst aufhören, dir etwas vorzumachen. Es gibt ein Risiko, es gibt immer ein Risiko. Aber es ist gering. Es ist seine einzige Chance, verstehst du das nicht?«

Er packte Ruth am Arm. »Kommen Sie«, sagte er. »Gehen Sie vor. Einfach die Treppe hoch.«

Vielleicht bleibt sie, dachte Ruth. Vielleicht bleibt diese Julia hier unten und ruft die Polizei an. Vielleicht ist sie klug genug, diesen Wahnsinn zu beenden, bevor etwas wirklich Schlimmes geschieht. Aber sie folgte ihnen. Natürlich folgte sie ihnen in das Zimmer, in dem ein Junge, ihr Sohn, in einem Bett lag und tief schlief. »Tobias«, sagte Robert Wolkenhauer leise. Er fasste den Jungen an der Schulter, rüttelte ihn sanft. »Wach auf, mein Schatz«, sagte er. »Du musst aufwachen!«

Die Mutter des Jungen seufzte resigniert. »Er wacht nicht auf«, sagte sie. »Er hat ein Schlafmittel genommen.«

Robert Wolkenhauer fuhr herum. Für einen Moment war seine Aufmerksamkeit ganz bei seiner Frau. Empört sah er sie an, die Hand mit der Waffe hing hinab. »Was soll das heißen? Wieso Schlafmittel?«

Jetzt, dachte Ruth, jetzt ist die Gelegenheit. Aber es war zu riskant. Da war ein Kind im Raum, ein unschuldiges Kind und eine unschuldige Frau. Hier durfte kein Schuss fallen, es war einfach viel zu riskant.

»Wieso?« Julia Wolkenhauer schien den Tränen nah. »Weil er schlafen muss, Robert. Weil unser Sohn erschöpft ist. Weil er jeden Tag einen Kampf kämpft, der ihn unendlich viel Kraft kostet. Er muss sich ausruhen. Er braucht Schlaf. Aber er kann nicht schlafen, weil die Monster kommen. Er hat jede Nacht Halluzinationen, Robert. Er hat panische Angst. Und darum bekommt er ein Schlafmittel!«

»Wer hat ihm das verschrieben? Warum weiß ich davon nichts?«

Seine Frau lachte leise. »Du hast nicht gefragt. Du warst nicht da. Es ist kein Geheimnis, es hat sich nur einfach keine Gelegenheit ergeben, es dir zu erzählen.«

Robert Wolkenhauer sah wieder seinen Sohn an. »Es ging nicht anders. Das weißt du doch. Wir waren uns doch einig.«

»Nein«, sagte sie. »Wir waren uns nicht einig. Schon lange

nicht mehr. Wie auch? Wir reden nicht mehr miteinander. Seit Jahren nicht. Du wohnst noch hier, du schläfst in meinem Bett, und manchmal isst du an meinem Tisch, aber du hast uns schon lange verlassen. Es hat mir wehgetan, am Anfang. Aber ich liebe dich. Und ich habe verstanden, dass du es anders nicht schaffst. Dass du das hier nicht erträgst und dich darum in dein Labor verkriechen musst. Ich habe verstanden, dass du den Kampf auf deine Weise kämpfst. An einer Front, an der du dich sicherer fühlst. Ich war manchmal fast neidisch auf dich. Es ist nicht leicht, zuzusehen. Aber einer muss es tun. Und ich kann es. Tobias ist mein Sohn, und darum kann ich es. Ich liebe dich, Robert, und ich hätte gern um dich gekämpft, aber dazu reichte die Kraft nicht.«

»Was redest du da? Ich habe es dir versprochen, erinnerst du dich nicht? Ich habe dir versprochen, dass ich unseren Sohn rette!«

»Du konntest das nicht versprechen«, sagte sie. »Das hast du genau gewusst. Ich hatte noch keine Ahnung damals. Ich habe erst ganz langsam begriffen, mit was wir es zu tun haben. Wir hätten das zusammen begreifen müssen. Und zusammen diesen Weg gehen. Es ist kein schöner Weg, es ist nicht leicht, aber es ist alles, was wir haben. Wir haben einen Sohn, Robert, trotz allem haben wir ein Kind. Tobias ist krank, aber er ist ein wundervoller und tapferer Junge. Ich bin so stolz auf ihn. Wir haben viel Spaß zusammen. Ich liebe mein Kind, ich genieße jede Minute mit ihm. Umso mehr, weil ich weiß, dass uns nicht viel Zeit zusammen bleibt.«

»Er stirbt!«, brüllte Wolkenhauer. Tobias seufzte kurz im Schlaf auf, bewegte sich ein wenig. »Pst«, sagte sein Vater, strich ihm übers Haar. »Ich bin da, mein Schatz. Ich rette dich. Alles wird gut!«

»Nichts wird gut«, sagte Julia. »Du hast eine Waffe in der Hand, Robert. Du bedrohst eine Polizistin. Ich weiß nicht, was passiert ist. Aber ich weiß, dass das hier nicht gut ausgehen kann. Und ich weiß, dass ich nicht zulassen werde, dass du ihm irgendetwas spritzt. Etwas, von dem du glaubst, dass es ihm helfen könnte. Ich habe dir immer vertraut, das weißt du, aber das hier, das geht zu weit. Das ist einfach zu viel.«

»Sie hat recht«, sagte Ruth. »Ihre Frau hat recht. Geben Sie mir die Waffe, Herr Wolkenhauer. Wir finden eine Lösung. Ich verspreche Ihnen, dass wir eine Lösung finden. Es ist nicht zu spät!«

»Wie bitte?« Wolkenhauers Kopf fuhr herum. Er lachte hässlich. »Ich habe fünf Menschen getötet. Was für eine Lösung kann man da wohl finden?«

Seine Frau keuchte auf. Sie hob eine Hand, hielt ihren Kopf. Mit der anderen stützte sie sich an der Wand ab, die in freundlichem Gelb gestrichen war und an der ein Poster mit einem Tiger hing. »Das ist nicht wahr. Sag, dass das nicht wahr ist.«

»Es spielt keine Rolle«, sagte er. »Julia, ich habe das alles nicht gewollt. Etwas ist schiefgelaufen, und es ist einfach so gekommen. Ich werde dafür büßen. Ich werde bezahlen. Ich gehe ins Gefängnis, ich werde bezahlen. Ich werde gern bezahlen, denn es ist kein hoher Preis, weil ich jetzt zu Ende bringen werde, was ich angefangen habe. Tobias wird leben. Der Rest ist nicht wichtig!«

»Du bist wahnsinnig«, sagte Julia Wolkenhauer. »Was soll denn werden, wenn du im Gefängnis bist? Meinst du, dein Sohn braucht einen Vater, den er einmal im Monat besuchen darf? Im Knast? Einen, der ihm womöglich noch erzählt, dass er das alles nur für ihn getan hat?«

»Es ist zu spät«, wiederholte ihr Mann resigniert. »Vielleicht kannst du mich eines Tages verstehen. Ich bin sicher, dass du das kannst. Ich bin sicher, dass du mir dankbar sein wirst. Wenn Tobias gesund ist. Das wird dir helfen, mir all das zu verzeihen.« Er nahm die Waffe in die linke Hand. Griff mit der rechten nach der Schachtel, die er neben dem Bett auf dem Boden abgestellt hatte. Er nahm eine Ampulle und eine Spritze heraus. »Kommen Sie«, sagte er zu Ruth. »Kommen Sie her!« Er reichte ihr Spritze und Ampulle. »Sie müssen sie oben abbrechen. Dann aufziehen …« Ruth folgte seinen Anweisungen. Ihre Hände zitterten. Als sie fertig war, reichte sie ihm die Spritze.

»Das wirst du nicht tun«, sagte Julia Wolkenhauer. »Robert, ich verbiete dir, das zu tun!«

Er zog die Decke ein Stück zurück, griff nach dem Arm des

schlafenden Jungen. Er trug ein T-Shirt, und Ruth stand nah genug, um die Venen blau unter der zarten Kinderhaut im Bereich des inneren Ellbogens schimmern zu sehen. Falsch, dachte sie, das ist falsch.

Julia Wolkenhauer machte einen Schritt auf das Bett und ihren Mann zu. »Bleib stehen!«, sagte er. Dann sah er Ruth an. »Hinknien«, sagte er und deutete auf den Boden neben sich. Sie tat wie geheißen und spürte dann den Lauf der Waffe, der sich gegen die Seite ihres Kopfes drückte. Das schafft er nicht, dachte sie, das schafft er nicht mit einer Hand.

Das schafft er doch, wusste sie gleichzeitig, er bringt die Sache zu Ende.

Abermals suchte sie Augenkontakt mit der Mutter des kranken Jungen, die noch immer an der Wand lehnte und die Szene mit ungläubigem Entsetzen verfolgte. »Nein«, sagte sie wieder, leise diesmal. »Das ist nicht wahr. Das geschieht nicht wirklich!«

»Es wird gut, Julia.« Robert Wolkenhauers Stimme klang gepresst. »Du verstehst das jetzt noch nicht, aber es wird gut. Ich muss das tun, ich tue das für dich und für ihn.«

Es klingelte an der Haustür. Julia fuhr zusammen.

Robert schien das Geräusch gar nicht wahrzunehmen. Vorsichtig nahm er Tobias' Arm. Mit seinem Oberschenkel klemmte er ihn vorsichtig fest, setzte dann die Spritze erstaunlich geschickt an. Scheinbar ohne Widerstand drang die Nadel durch die dünne Haut. Robert drückte den Kolben.

Abermals gab Tobias ein leises Seufzen von sich, sein Arm zuckte ein wenig, aber Robert fing die Bewegung ab.

Julia war mit wenigen Schritten bei ihm. Sie riss ihm die Waffe aus der Hand, umklammerte sie. Sie weinte, lautlos und verzweifelt. »Wie konntest du?«, sagte sie. »Robert, wie konntest du alles kaputt machen?« Sie zielte auf ihren Mann, hielt die Waffe ganz dicht vor sein Gesicht. Ruth sah, dass sich ihr Finger leicht krümmte.

»Nein«, sagte sie. »Bitte, nein, tun Sie das nicht!«

Julia Wolkenhauer schluchzte.

Ruths Gedanken rasten. Es war zu riskant. Es war viel zu riskant.

»Er braucht Sie«, sagte sie. »Frau Wolkenhauer, Ihr Sohn wird Sie brauchen. Sie dürfen das nicht tun!«

»Ich kann auch nicht«, sagte sie, sah ihren Mann an. »Oh Gott, ich kann nicht!«

Es klingelte Sturm. Dann hört man ein lautes Krachen. Rufen von unten. »Ist jemand zu Hause?«, brüllte eine Stimme. Brodtmann, dachte Ruth, verdammter Idiot, und bevor aus Wut Dankbarkeit werden konnte, bevor sie Schritte auf der Treppe hörte, schnellte Wolkenhauers Hand nach oben und legte sich auf die seiner Frau. Bevor Ruth sich auch nur rühren konnte, hatte sein Finger ihren bewegt. Im selben Augenblick hörte sie den Schuss, und Robert Wolkenhauer sank zur Seite, lag auf den Beinen seines Sohnes, der noch immer schlief.

Der Mund seiner Frau öffnete sich. Sie schien zu schreien, aber kein Laut drang aus ihrer Kehle. Sie starrte auf ihren schlafenden Sohn und auf ihren toten Mann. Die Waffe war auf den Boden gefallen.

Im selben Moment wurde die Tür aufgerissen, und Brodtmann stürmte, gefolgt von zwei Kollegen, in den Raum.

Er blickte auf die Szene, sah den toten Mann. Er sah Ruth, die die Waffe gesichert hatte, sie umklammerte, während sie zitternd und heulend neben dem Bett kniete.

»Scheiße«, sagte er. »Verdammte, verfluchte Scheiße!«

38

Katharina kam mit dem Wein aus der Küche. Sie war zu dünn, sie war zu blass, und doch wirkte sie ein bisschen stabiler. Jeden Tag ein kleiner Schritt. Das war das Motto, und es schien zu funktionieren.

Nachdem sie eingeschenkt hatte, stießen sie an.

»Und?«, fragte Katharina dann.

Ruth seufzte. »Noch gar nichts. Es wird dauern. So etwas braucht seine Zeit.« Und das ist vielleicht ganz gut so, dachte sie, denn noch immer war sie nicht sicher, ob ihr Entschluss, die Versetzung zu beantragen, richtig gewesen war. Dass es nicht klug war, hatte Orths Tobsuchtsanfall bewiesen. Brodtmanns Wunsch nach Elternzeit hatte sein Nervenkostüm ausreichend beschädigt, um die Sache als persönlichen Angriff zu werten. Trotzdem hatte Ruth das Lamento überrascht. Es war erstaunlich, wie viel ihrem Chef auf einmal an ihrer Mitarbeit zu liegen schien.

»Ich habe Angst«, sagte sie. »Das war möglicherweise ein Fehler.«

Katharina nickte. »So viele mögliche Fehler«, sagte sie. »Aber man muss es riskieren. Sonst ändert sich nichts.«

Ruth hob ihr Glas. »Auf die Weisheit«, sagte sie und grinste.

»Es wird schon gut gehen. Wenn nicht, dann kannst du immer noch zurückkommen.«

Sie hatte recht. Allerdings spielte es keine Rolle. Klug oder unklug, richtig oder falsch, es war unvermeidlich gewesen. Etwas musste sich ändern. So einfach war es manchmal.

»Ich werde Lara vermissen«, sagte sie. »Und Brodtmann, den alten Muffel.« Sie zögerte. »Ich werde dich vermissen«, sagte sie dann. Das war die Wahrheit, wenngleich es sie erstaunte. Sie wusste bis heute nicht genau, was sie bewogen hatte, bei Katharina Glaswinkler zu klingeln. Als alles vorbei war. Als alles zu Ende war auf eine Weise, auf die es nicht zu Ende hätte gehen sollen. Sie hatte sich wie eine Versagerin gefühlt. Sie hatte Alpträume gehabt. Und das Bedürfnis, jemanden zu haben, mit dem sie darüber reden konnte. Jemand, für den Markus Berg mehr gewesen war als eine Schimäre, eine Nacht in ihrem Leben und ein diffuser Schmerz. Sie war sich albern vorgekommen, ein bisschen aufdringlich, als sie vor der Tür gestanden hatte. Aber Katharina hatte sie einfach hereingebeten. Sie hatte in Anspruch genommen, was Ruth ihr anbot, und es anschließend zurückgegeben. Ein bisschen Unterstützung. Ein bisschen Gesellschaft. Reden, immer wieder über dieselben Dinge, bis man das Gefühl hatte, endlich alles oft genug gesagt zu haben.

»Hast du noch etwas von dieser Frau gehört? Von dem Jungen?«, erkundigte sich Katharina nun. »Kommen sie klar?«

Ruth griff nach dem Glas. »Für uns ist die Sache abgeschlossen«, sagte sie.

»Ich denke viel an sie«, sagte Katharina. »Ich denke an ihn. Er ist tot, er hat bezahlt, und das sollte doch irgendeine Zufriedenheit auslösen. Er hatte einen Grund für das, was er mir angetan hat und all den anderen. Ich versuche, ihn nicht zu hassen. Ich versuche, daran zu denken, dass seine Frau viel mehr verloren hat als ich.«

»Das ist Unsinn«, sagte Ruth. »Das kannst du doch nicht vergleichen.«

»Manchmal hasse ich ihn«, sagte Katharina. »Manchmal hasse ich die ganze Welt und finde alles einfach nur ungerecht. Aber manchmal tut er mir auch leid. Es spielt keine Rolle. Es ändert ja nichts.« Sie stellte das Glas ab. »Man muss eben weitermachen. Und ich mache weiter. Ich mache weiter, du machst weiter. Diese Frau macht weiter.« Sie sah Ruth an. »Ich bin so weit«, sagte sie dann. »Sollen wir?«

Ruth nickte. Sie stand auf, öffnete die Tür zum Balkon. Die große Bodenvase stand vorn am Geländer. Das, was darin faulte, war kaum noch als Lilienstrauß zu erkennen. Die Stängel hatten sich mit dem Wasser zu einer zähflüssigen Brühe vereint. Es stank erbärmlich. Eine Woche zuvor hatten sie die Sauerei gemeinsam auf den Balkon getragen. Jetzt war die Zeit für den nächsten Schritt gekommen.

Katharina trat neben sie, verzog das Gesicht. »Widerlich«, sagte sie und rang sich ein Lächeln ab. Dann beugte sie sich hinunter, griff nach der Vase. Sie trug sie durch die Wohnung. Ruth öffnete die Türen, gemeinsam verließen sie das Haus und gingen zum Müllcontainer hinter dem Haus. Katharina zögerte eine Sekunde, dann warf sie die stinkende Bescherung samt Vase hinein. Einen Moment stand sie reglos, blickte in den Container. Dann ließ sie den Deckel zugleiten, atmete tief durch und wandte sich an Ruth. »Danke«, sagte sie.

Ruth nickte. »Keine Ursache.«

Katharina lächelte.

***

Die Magnolie blühte so üppig, dass es fast obszön wirkte an diesem Ort. Es war ein Zufall, dass der Baum hier stand. Julia hatte nicht darauf geachtet damals. Damals, dachte sie, damals klang sicher, lange her, damals. Und doch war die Erinnerung noch frisch. Damals, als sie das Grab gekauft hatte, wie ein Grundstück, es war schrecklich gewesen und bizarr, und sie hatte das nicht gewollt. Es war ihr falsch vorgekommen, ihm einen Ort zu geben, denn sie wollte nicht, dass er einen Ort hatte, einen Platz in ihrem Leben und in dem von Tobias.

Aber sie hatte es trotzdem getan. Weil man es tun musste. Und eben auch für Tobias, der ein Recht auf einen Vater hatte, auch wenn dieser Vater tot war, wenn er seinen Sohn verlassen hatte und seine Frau. Auch wenn er grauenhafte Dinge getan hatte. Tobias braucht diesen Ort, hatte sie damals gedacht, ich tue das für Tobias.

Heute war sie froh, dass der Baum dort stand. Robert hatte Bäume gemocht. Früher, ganz früher, als er noch mit ihr gemeinsam in ihrer Welt gelebt hatte, hatte Robert sogar einen Baum gepflanzt.

Damals hatte sie nicht auf Bäume geachtet, sie hatte auf gar nichts geachtet, jede Stelle war recht gewesen. Sie hatte getan, was sie tun musste, hatte ein Grab gekauft, eine Beerdigung organisiert. Sie hatte all das getan und ihn so gehasst dafür, dass er das Schreckliche, das im Übermaß da war, noch schrecklicher gemacht hatte.

Natürlich hatte ein Teil von ihr verstanden, warum er das getan hatte. Natürlich hatte sie begriffen, wie es geschehen war. Wie sich die Grenzen immer weiter verschoben hatten, wie das Undenkbare erst denk- und dann machbar wurde. Natürlich hatte sie gesehen, dass Robert seinen Weg gegangen war, einen Weg, der auf ein Ziel hinführte, eines, das irgendwann alle Mittel heiligte.

Aber gehasst hatte sie ihn trotzdem.

Sie hatte das Grab besucht, von Anfang an, mit Tobias. Er hatte um seinen Vater getrauert. Er vermisste ihn. Und es war erstaunlich, wie wenig er fragte. Er hatte sich leicht mit vagen Aussagen abspeisen lassen, obwohl das nicht seine Art war. Als ahnte er, dass er die Wahrheit nicht wissen wollte.

Sie hatten das Grab besucht, jede Woche, von Anfang an. Tobias hatte getrauert, und sie hatte ihren Hass hierhergetragen, immer wieder. Und mit der Zeit hatte er nachgelassen. Ganz langsam hatte er dem Rest Platz gemacht. Dem Schmerz. Dem Vorwurf. Warum hast du mich alleingelassen?, hatte sie dem Stein stumm entgegengebrüllt. Warum warst du zu schwach, das mit mir gemeinsam zu ertragen?

Sie kamen zurecht. Ohne ihn. Es machte keinen großen Unterschied. Finanziell kamen sie über die Runden. Die Firma zahlte ihr eine größere Summe. Sie hatte das Geld nicht nehmen wollen. Es war Schweigegeld, es war schmutzig, die Firma wollte sich herauskaufen aus dem, was man offiziell nicht zum Thema machte. Sie wollte vermeiden, dass über Verantwortung diskutiert wurde. Offiziell war das Geld für die Ergebnisse. Sie kauften seine Arbeit, kauften das, wofür Robert seine Seele und sein Leben geopfert hatte.

Sie wollte das Geld nicht, aber sie hatte keine Wahl.

Sie hatte irgendwann seine Kollegin im Supermarkt getroffen. Sie kannten sich nur flüchtig, aber Katrin – Julia meinte, sich an diesen Namen zu erinnern – war freundlich gewesen. Ein bisschen verlegen hatte sie erzählt, dass das Forschungsprojekt eingestellt war. Dass sie jetzt in einer anderen Abteilung arbeitete. Sie hatte gesagt, dass sie Robert vermisse, dass sie ihn immer gemocht habe, trotzdem. Julia hatte gelächelt, und sie hatten sich rasch verabschiedet.

Die Gräber links und rechts waren ordentlich. Sie kannte die Leute, die sie pflegten. Man traf sich, immer wieder, es war eine Art Nachbarschaft. Und alle schauten sie voll Mitleid an. Die Frau, die zu jung war, um Witwe zu sein. Und dann der arme Junge im Rollstuhl. Das störte Julia nicht. Sie hatten keine Ahnung, dachte sie manchmal, und dann war sie glücklich.

Vielleicht war der Hass verschwunden, weil etwas in ihr spürte, was geschah. Es ging langsam, sehr langsam, aber sie kannte ihren Sohn, kannte ihn und seinen Körper besser als jeder andere Mensch auf der Welt.

Sie hatte es geahnt, lange bevor die Ärzte sonderbar schauten. Bevor sie die Akte nahmen, blätterten, die Stirn runzelten und sich wunderten.

Sie blickte hoch. Sah Tobias entgegen, der sich mit dem Rollstuhl abmühte. Er bestand darauf, den Weg allein zu fahren. Es war anstrengend, aber er war entschlossen, zu trainieren. Immer weiterzumachen.

Niemand hatte das Wort »Wunder« in den Mund genommen. Und doch stand es im Raum. »Wunder« war keine Kategorie, die ein Mediziner benutzte. Keiner wollte das Risiko eingehen, sich lächerlich zu machen.

Sie wandte sich wieder dem Grab zu. Blickte auf den schlichten schwarzen Stein, auf das rosa Blütenblatt, das darauf gefallen war.

Es fiel ihr noch immer schwer. Es war nicht in Ordnung, dankbar für das zu sein, was Robert getan hatte.

Das Geräusch der Rollstuhlräder verstummte. Tobias wartete. Er spürte, dass sie noch einen Moment brauchte, allein vor dem Grabstein. Ihr Sohn war sehr reif für sein Alter. Das war kein Wunder nach allem, was er schon durchgemacht hatte in seinem Leben. Das war kein Wunder, aber andere Dinge waren ein Wunder, sein Leben war ein Wunder und sein Zustand.

Es gab keine Garantie. Es konnte jederzeit wieder losgehen, konnte ganz schnell zu Ende sein plötzlich, das hatten die Ärzte ihr klargemacht. Aber die Ärzte wussten eben nicht alles. Julia wickelte den Strauß, den sie in der Hand trug, aus dem Papier. Es war Geldverschwendung, Robert Blumen zu bringen. Er war tot, und auch als er gelebt hatte, hatte er sich nicht für Blumen interessiert. Der Baum hätte ihm gereicht, vor allem jetzt, im Frühling.

Trotzdem stellte Julia die Rosen in die Vase, die auf dem Grab wartete. Robert hatte sie verdient.